王蒙文学创作七十年研究论集

温奉桥　张波涛　编

人民出版社

目　录

一、综合研究

二、小说整体研究

三、王蒙作品研究

四、作品海外译介研究

附　录

一、综合研究

王蒙与俄苏文学的几个问题

孙　郁

　　中国人对于俄国一直有着复杂的情感，其中因由，一时难以道尽。有几个时期，俄国的文学是颇吸引了国人的注意的。从现代文学到当代文学，这个邻国的资源一直蕴含其中。谁都知道，20 世纪的俄苏文学翻译十分活跃，二三十年代俄苏文学翻译数量大增，50 年代初达到高潮。而这两个时期，恰是文学思潮变动的阶段，知识人的思想风貌也出现新的变化。王蒙曾经感叹："俄罗斯的文学太沉重太悲哀太激情也太伟大太发达了"①。这种感叹与30 年代左翼作家不无相同之处。讨论这个话题，他与鲁迅那代人都提供了丰富的阅读经验，从几代作家摄取域外审美意识的过程，也看出新文学发展的轨迹，中国知识人如何借外来思想解决内部问题，他们身上呈现的意象，都有代表性的意义。

　　鲁迅那代人翻译介绍俄苏文学，存在一个知识分子的自我拷问和精神自新的问题。即如何从旧的营垒进入新的精神天地，并将其改良人生纳入到实践中去。那些作品"忍受，呻吟，挣扎，反抗，战斗，变革，战斗，建设，战斗，成功"②，颇有参考意义。王蒙那代人与俄苏文学相遇，则是走进革命，且在大的爱意里描绘出精神的狂欢。鲁迅将自己视为革命的同路人，而王蒙则是革命队伍的一员。前者要处理传统带来的重负，后者则沐浴在列宁主义的阳光下，在空白处描绘最新的图画。

---

① 王蒙：《俄罗斯八日》，《苏联祭》，作家出版社 2006 年版，第 29 页。

② 鲁迅：《祝中俄文字之交》，《鲁迅全集》第四卷，人民文学出版社 2005 年版，第 475 页。

同样是接触俄苏文学观念，特别是马克思主义观念，鲁迅没有进入列宁主义世界，还停留在普列汉诺夫和早期的卢那察尔斯基的阶段。但王蒙是从列宁主义与斯大林主义的语境开始自己的审美历程的。这种差异也导致了写作姿态和视野的不同。鲁迅自身的个人主义痕迹依稀可见，而王蒙是革命队伍里的先锋派。这先锋派不是亚历山大·雅各武莱夫和康斯坦丁·费定式的，而是伊萨克·巴别尔和米哈伊尔·米哈伊洛维奇·左琴科式的。鲁迅最早提及过巴别尔的成就，但并不了解其深层的轨迹如何形成。但王蒙是深入到巴别尔那代人的世界的，知道革命者也可以在精神游离中超越世俗的感觉阈限，向着陌生的极限挺进。我觉得从这种差异性里认识从鲁迅到王蒙的创作生涯，当明了文学史特别的一幕，中国新文学何以走上后来的路径，他们提供的经验都是值得深入打量的。

一

按照一般的观点，王蒙属于老北京。但他既非京派作家，也非京味儿文人，常常是游离于古都的历史。他好奇于域外文学，很早就被苏联的一切所吸引。那里的不安的、飘逸的神色托起一个突奔的梦，自己完全被淹没于其中。他幼小时期就有意识拉开与古文脉的距离，对于帝京的文化持一种排斥的态度，城门外的世界引导着他的目光，他似乎觉得，京派的自由主义似乎过于暮气，而京味儿又太世俗化了。这些都无法给自己的精神带来愉悦。现代性不是温情脉脉的花香鸟语，还有摧枯拉朽的风暴，后者对于他，乃自由的象征。于是在叛逆与激情中，有了别开生面的渴念，在稚气的文字里开始苦苦地寻找别一类的人们。

那些来自斯拉夫的声音给他以无限的神往，无论是柴可夫斯基还是肖斯塔科维奇，不管是普希金还是格拉特珂夫，都给予他想象的空间，早期作品含有他们的影响是显而易见的。外在的排他性与内在的丰富性是俄苏文学吸引他的主要原因之一。他说："是爱伦堡的《谈谈作家的工作》在50年代初期诱引我走上写作之途。是安东诺夫的《第一个职务》与纳吉宾的《冬天的橡树》照耀着我的短篇小说创作。是法捷耶夫的《青年近卫军》帮助我去挖掘新生活带来的新的精神世界之美"①。他早期写下的《青春万岁》里可以清晰地看到其思想本色。不过在追求精神的纯粹性过程中，他很快遇到了生活的混沌性，那篇《组织部新来的青年人》是革命政权内部生活的片段，理想主义的主人公在复杂的机关里感受到了异样的人生，失望的情绪是浓烈的。但在压抑之中，依然感受到了理想之光。这些无疑受到了苏联文学的启示。于是我们在他的作品里看到了柴可夫斯基式的摇曳感，词语里带出特瓦尔多夫斯基式的抒情特点。他后来谈到自己喜欢俄苏文学的原因时写道：

> 他们承认人道主义，承认人性、人情，乃至强调人的重要、人的价值；而中国的文学理论长久以来是闻人而疑，闻人而惊而怒。二、他们承认爱情的美丽，乃至一定程度上承认婚外恋的可能（虽然他们也主张理性的自制），并一定程度上承认性的地位。三、他们喜欢表现人的内心，他们努力塑造苏维埃的美丽丰富的精神世界。而在中国，长期以来文艺界相信"上升的阶级面向世界，没落的阶级面向内心的断言"……②

即便在"文革"期间，王蒙对于苏联的文化形态依然是抱有兴趣的。《狂欢的季节》里这样写主人公在新疆边界中的感想，对于已经被认为是修正主义的国度，有着别样的心结：

> 那边至少还可以跳华尔兹舞，可以写爱情诗，可以在抒情歌曲里歌唱姑娘房间里不灭的灯光。那边的电影里也有历史上的文化名人，有大海，有街头花园的簇簇鲜花，有漂亮的男女青年述说他们对幸福的向往。而我们这里的一切有趣味的有生活的有美感的有灵气的东西全都成了革命的死敌。③

苏联是否属于修正主义且不说，它在艺术层面带来的光泽，是中国文学要汲取的。所以在小说中，不时出现联共（布）党史的话题，托派遗产，斯大林主义等气息，都萦绕在其间。而普希金、莱蒙托夫的诗，以及《青年近卫军》等片段交织在主人公的思绪里。革命与富有想象力的诗文交织在一起，

---

① 王蒙：《苏联文学的光明梦》，《欲读书结》，人民文学出版社 2014 年版，第 171 页。

② 王蒙：《苏联文学的光明梦》，《欲读书结》，人民文学出版社 2014 年版，第 172 页。

③ 王蒙：《狂欢的季节》，人民文学出版社 2000 年版，第 72 页。

诞生的是浪漫的高蹈。王蒙的精神就在这个浪漫中被沐浴着，那种空旷中的幽思，与天地悄悄对话的神情，某些地方让人想起屠格涅夫和肖洛霍夫的文字里的颜色，冲荡中的辽远之气，将精神引向神异的地方。

苏联解体无疑给王蒙很大的震动。疑惑与追问在其作品中偶有表述。中篇小说《歌声好像明媚的春光》是以苏联友谊为题材的，从对于苏联艺术的崇拜，到中苏合作的蜜月，再到两国交恶后的沧桑，以及苏联解体的感受，冷战及冷战结束后的东方政治版图的演绎，映衬着思想与审美的纠葛之痛。审美里的政治，不是政治中的审美，王蒙和鲁迅一样，在创作上以前者为提要展开自己的写作，但他们却共同遇见了政治中的审美戒律。在鲁迅那里是以抵抗周扬的压抑而保持野性，而在王蒙那里，则选择了杂色，即于理想中警惕着什么在困境中憧憬着什么。而这种憧憬不是回到陶渊明那里，而是瞭望没有路的前方，突围的热情弥散其间。

俄苏文学的参照，使王蒙的创作出现了两个突出的特点，一是空间的辽阔性，不仅仅凝视东方经验，也吸收中亚与东欧的精神资源。二是人性表达的复杂性，在时间纵轴里，刻出中国革命的曲折经历。他的《蝴蝶》《杂色》《布礼》《活动变人形》及"季节"系列的作品，都记录了时代的坎坷路途，政治与文化，民俗与士风，人性与民族性等，杂糅于一体。我们可以将此视为自我经验的一种提纯，主人公既在革命的风云内部，也神游于风暴的外部。拷问中的深思和理解中的释然，在酣畅淋漓的笔致中得以升华。

在王蒙那里，五四那代人对于现代性的渴念，是被延伸为革命性的路径中的，胡适提倡的写实的感受，被他转变为先锋性的体验。革命与先锋是同义语。马雅科夫斯基、勃洛克都描述了革命，然而他们都是俄语世界的前卫性的人物，词语的逻辑被不断改写，精神的坐标被位移了。鲁迅当年介绍的苏联艺术家，都不在古老的传统里，带有精神的突围性，在鲁迅看来，革命者也是审美的前卫战士，毕斯凯莱夫、法复尔斯基、毕珂夫无不如此。不过王蒙与鲁迅不同，不是陀思妥耶夫斯基式的忧郁与灰暗，而含有艾特玛托夫式的宏阔与激昂。不是安德莱夫式的阴冷，而是伊萨克·巴别尔式的轰鸣。他在80年代呈现的词语实验，就颠覆了京派式的儒雅和来自苏区文学的肃穆感，而是在反讽、归谬、深省、回旋中画出旧岁风貌，一代人的风风雨雨、沧桑之气，都于此生动地流动出来。这个时候读者会联想起潘诺娃《光明的河岸》、爱伦堡的《解冻》，以及格拉特珂夫的《士敏土》。与鲁迅那代人相比，传统的阴影被切割到历史的沟壑里，王蒙在文本世界里的洒脱与逍遥，是前辈作家中很少见到的。

二

用苏俄文学的方式矫正中国文学创作问题，或许是王蒙的深层动机。比如人性化的展示，内省性，崇高感等，无一不可借鉴。自从胡风文学观受阻后，文学的功能被日趋窄化，有灵气的作品日见其少。王蒙从苏联作品中看到生气勃勃的一面，那里是阴晴俱在，苦乐悉存的。《士敏土》就不回避主人翁缺点，人的七情六欲在故事里是晃动的。《静静的顿河》也非一种声音，在轰鸣里高低互存，昏暗里见到明亮之色。革命题材不是过滤杂质，而是呈现着杂质里的纯真如何可能。《毁灭》写了莱奋生的迟疑与不安，《青年近卫军》里的战士色泽各异。至于同路人作品中颓败感的流泻，无望里的凄冷，都一定程度表现了精神的真。在巨变时代，旧的必将过去，是不以人的意志为转移的。路翎之后，中国小说家一段时间不易见到《财主底儿女们》那样撕裂性的审美表达，这种态势使王蒙感到不满。我们看《组织部新来的青年人》中的结构，就有矫正以往左翼文学的叙述用意。

王蒙对于苏联作家抱有敬意者甚多，其中伊萨克·巴别尔是其中一员。巴别尔的《敖德萨故事》属于早期记忆的描述，混沌与庄严，残酷与温柔那么复杂地交错其间。《骑兵军》对于"逻辑怪圈"的拆卸，奇思迭起。这种在凌乱与死灭里展示人性光泽的作品，我们在王蒙的《杂色》与《活动变人形》中亦可看到。王氏的复杂性不是卡夫卡式的，与黑塞的那种哲学意味的表达也有所不同，这些主要来自俄苏文学的馈赠。巴别尔与高尔基的交流，以及在苏联作家协会书记处的工作经验，与他的作品的蒙太奇式的与核爆炸式的精神辐射，给世人的惊异至今没有消失。王蒙的写作同样是带有繁复、冲荡与不可思议的悖谬之曲。他的纯然的感受是在扭曲与变异中猛烈生长出来的。①

很难用一个确切的概念描述王蒙的精神选择。上面我们谈到王蒙的开阔性与复杂性，是研究其内在精神时不能不考虑的元素。他在《淡灰色的眼珠》中描绘的伊犁故事，就是多种民族、多种记忆、多种撕裂的政治语态的交响。主人公马尔克木匠的母亲是俄国人，父亲是汉人，属于"黄胡子"，"据说原是东北抗日联军的难民，被侵华日军打散，从海参崴、伯力一带逃亡到苏联境内，穿过西伯利亚，到达苏联的中亚，从阿拉木图一带回到我国新疆伊犁地区的"②。作为一个混血儿，马尔克的血液里也有近代史的悲凉元素。他在伊犁的生活传奇而感人，于一个封闭的环境，以自己的智慧与不幸的命运周旋。在他身上几乎集中了时光里最为曲折的人影，但这种描写不是抽象的，人物的特别之处有时候让我们想起《敖德萨故事》的某些意象。这里已经看不到丁玲式的单线条的画面，也无巴金那种线性因果，但通篇的沧桑感和悲悯，则带着肖洛霍夫式的回旋之力。那时候的共和国小说几乎没有这种类型，王蒙的富有锐气的表述，给文坛注入的热流实在是令人难忘的。

三

鲁迅限于环境，没有意识到自己对于苏联的误读。王蒙在 1983 年访苏时便开始反省自己的俄苏文学观。他在苏联解体后，对于历史的反省既不是自由主义式的，也非新左派的，而是带着清醒的现实态度和沉重的历史感。这一点使他与同代许多人发生了分歧，但也拥有了共同的交叉点。在李泽厚那里是回到康德主义中去，巴金则重提托尔斯泰主义，而王蒙却带着布尔什维克之迹，念念不忘马克思主义的神奇性，并且借鉴老庄、孔子的思想，在中国智慧里调试自己的人生观与审美观。苏联解体后，如何看待其文化遗产与艺术遗产，是有过争议的。王蒙在 1993 年发表的《苏联文学的光明梦》，

---

① 关于巴别尔的创作，笔者 2007 年在巴别尔小说研讨会上听过王蒙的发言，他对于这位苏联作家的评价极高，给笔者留下了深刻的印象。
② 王蒙：《淡灰色的眼珠》，《杂色：中短篇小说选》，北京联合出版公司 2016 年版，第 127 页。

就带出复杂的感受，既不是欢呼，也非哀叹，一反流行的看法，对于自己钟爱过的苏联发出诸多感慨。我一直觉得90年代是王蒙文学观念的转型期，他对于文学与政治、审美与伦理的认知，较之80年代略有调整。这调整的原因是，不再仅仅以苏俄文学作为参照辨析社会问题，而是从古代遗产和现代非左翼遗产中汲取智慧和养分。

晚年的王蒙接触过许多新京派的作家与学者。季羡林、张中行、汪曾祺、宗璞等人的知识结构都缺少苏俄元素，但他们真正影响了90年代后的文学思潮。这些使王蒙不能置身于外，他开始思考那些曾被遗漏的遗存，从中填补自己的意识空白。比如他对于张中行某些观念的欣赏，但却无苦雨斋辞章的暮气。他对于王小波的批判性思维是认可的，而罗素式的哲学在他那里并不显得十分重要。京派的特点是对于俄苏文化持一种警惕的态度，甚至多有批判。王蒙后来虽然对于新京派表示过某种敬意，但对于心中的苏联的乌托邦之意带给自己的美好记忆，并未一笔挥之，弃之身后，而是感激那狂欢的季节迸发的生命的热能。不过，他对于王小波的理性主义是认可的，因为怀疑主义的科学精神殊为重要。王蒙晚年欣赏的许多人与事，都是偏离斯拉夫语境的，诸多作家对于俄苏文学的审美的消解，对于他自己未尝没有深刻的影响力。但要动摇生命中的乌托邦精神，似乎也是难的。

新京派的出现，对于知识界的影响，渐渐超出王蒙、张贤亮、李国文这批受俄苏文学影响的作家，那原因十分复杂，汪曾祺、张中行、宗璞、阿城、王小波等人的知识结构，俄苏的元素是被稀释掉的。他们在冷静的文字中，关注的是世俗社会，而非左派的激情。从汪曾祺、张中行、王小波文章里，可以看到他们对于苏联文化逻辑的漠视，审美的路向是回到自由主义语境的。而一些青年批评家对于王蒙的批评，可能也基于相似的立场。新京派的作家与批评家不再关注溅血的革命，而是日常生活，比如风俗、语言、图腾，西方语文学家的素养开始置换东方单一的道德话语，其特点不再是宏大叙事，而是回到没有体系的体系。在这里，革命与世俗精神是对立的，后者似乎更被人们所玩味。但王蒙并不同意类似的看法，他常常努力协调那些看似对立的元素在精神结构中的位置。他认为"革命、世俗与精英诉求三者之间，并不总是对立的。革命者和精英们理解人民大众的正当世俗愿望，并为满足人民的这种要求而努力而献身，实在无伤于革命和精英，而正是革命与精英之所以为革命与精英的题中应有之义”①。

　　较之于知识界对于曼德施塔姆、茨维塔耶娃、帕斯捷尔纳克的趣味，王蒙更关注法捷耶夫、巴别尔等遗产在今天的价值，他也注意欧美文学的经验，对于基督教文化的关注和回到传统文化的过程，都有对于苏联审美经验的修补②。他对于日丹诺夫的清理，思路与汪曾祺很像，那么说其审美观念带有新京派的痕迹也是对的③。这里，王蒙目睹了从红色岁月到邓小平时代的文化变迁，从有激情的歌咏到冷静的自我思考，知道尊重常识与理性的意义，知识界不能没有智性与趣味。当回到智性与趣味时，唯道德主义的审美就与他很远了。从纯粹到杂色的过程，也就是思想不断生长的过程，他也完成了一次重要的精神蜕变。他的复杂性也恰在这里，不再是武断主义、一元论和排他意识，一直在质疑、反省、拷问里丰富自己。这种状态，有对于既有的观念的坚守，也有记忆的修正。恰在这个修正里，他打开了另一扇窗口，让爱意的风吹来，使自由的歌声飘来，无数读者因此感受了世界的多样性。先验的观念不能都开花结果，寻路者才会在拓展中“转识成智”，“达于大道”。我们这一代人的文学之梦，受益于他那代人的启示，《青春万岁》《活动变人形》《蝴蝶》《杂色》《十字架上》《一嚏千娇》都是跨越藩篱的文本。70 余年的苍茫之路，因为有了这些存在，使我们知道，如何在不确定性里保持自己的确定性，写作者不是为了先验的概念而存在，而是海德格尔所说的“把人置入存在之敞开状态中”④。在敞开的天地里，人才懂得了什么是自由和不自由。

2023.10.24

（孙郁：中国人民大学文学院教授、博士生导师）

---

① 王蒙：《革命·世俗与精英诉求》，《欲读书结》，人民文学出版社 2014 年版，第 334 页。

② 王蒙晚年对于福柯、卡夫卡、马尔克斯都有关注，本人将在另一篇文章中具体讨论。

③ 王蒙：《想起了日丹诺夫》，《欲读书结》，人民文学出版社 2014 年版，第 236 页。

④ ［德］马丁·海德格尔：《哲学论稿》，孙周兴译，商务印书馆 2015 年版，第 360 页。

王蒙：青春感兴的文学存在

朱寿桐

　　王蒙做过许多非文学的工作，承担过许多非文学的职务，乃至于担任过共和国的文化部部长。但他最重要的社会身份无疑是共和国最具代表性的文学家。王蒙作为文学家承担过许多方面的工作，他的文学评论在任何历史阶段都可能成为有时代影响的文学舆论，例如关于王朔"躲避崇高"的评述；他对于文学经典的研究也常常能够成为文学学术的经典，例如对曹禺"永远的《雷雨》"的论断。但所有这些文学文化贡献都无法覆盖甚至冲淡他在文学创作方面所作出的具有决定性的社会贡献、历史贡献和时代贡献。在这样的意义上，王蒙有理由被定位为我们这个社会、我们这个时代巨大的文学存在。而且，与共和国的其他文学家有明显区别，他是这个时代青春感兴的文学存在。

　　所谓文学存在，是指这样一种对象的历史性和现实性的肯定：他属于文学行为的独特主体，经常同时也是文学创作的突出主体，不过这一文学主体早已超越文学作品甚至文学写作，他成为一种无法绕过的社会现象，也就是说，作为一个综合性的社会存在，为文学内外的世界所关注、所讨论，由此甚至延展为一种有价值的文化现象。王蒙作为共和国的文学存在已经分别在《汉语新文学中的文学存在——以王蒙研究为个案》《王蒙文学存在的深刻性》等论文中进行过论证，现从青春感兴这样一个特定的角度探讨王蒙作为文学存在的意义。

　　一、王蒙作为中国当代文学史上最值得关注、最值得研究的一个典型的文学存在，体现着共和国青春时代文学发展的节奏，并成为共和国青春文学的时代符码。他的文学之笔总是涂满了青春的色彩，他用青春的旋律歌咏国家和社会到处郁郁葱葱的青春气息。

文学存在的主体必然体现一定时代一定社会文学的典型现象，王蒙是一个足以被称为文学存在的本体，是因为他的文学创作几乎在每个时代都能够形成相当的影响，并成为一定时代文学记忆的价值风标。

这样的时代包括王蒙的青春时代，包括他以"青春"为关键词的青涩而充满活力的创作，以《组织部新来的青年人》的轰动、挫折为标志，同时也以《青春万岁》的构思、开笔为支撑，王蒙几乎是唯一的一位以自己青春的体验和梦想为弹指敲动共和国青春琴键的代表性作家。《组织部新来的青年人》有多个异名，分别是《组织部来了一个年轻人》《组织部来了个青年人》《组织部新来的青年》《组织部新来的年轻人》等，这部小说的题目几经修改，但还是以《组织部新来的青年人》为基本标题，实际上也应该是这部作品的通用标题。关键词"青年人"虽然并不像"年轻人"那样更符合汉语发展的趋势，更为通用，但它突出了"青春"的意涵，更能体现作者及作品的精神指向。这部作品最先正式问世所用的是这样的标题，王蒙的原稿标题是《组织部来了一个年轻人》，1956年《人民文学》9月号发表时，在秦朝阳的主持下更名为《组织部新来的青年人》。当此篇小说收入《1956年短篇小说选》时，王蒙将作品题目更换为原题，但删去了一个"一"字，变成《组织部新来的青年》。后来，王蒙基本上倾向于用《组织部新来的青年》作为这部作品的标准题名，但作为历史的记忆，他还是愿意非常准确地使用《组织部新来的青年人》的题目。他常说《组织部新来的青年人》受到种种指责的往事，他不会忘记李希凡那篇批判文章题目就叫《评〈组织部新来的青年人〉》[1]。重要的是，《组织部新来的青年人》给王蒙不愉快的记忆太深了，于是他一有机会就用部分恢复了原名的《组织部新来的青年》作为记忆"切割"的处理方式。其实，王蒙不会放弃"青"字，"青"是那个时代王蒙这辈人与共和国最为相通的生命感受，青春的跃动，青涩的情绪，青色的梦幻与希冀，诠释着那个时代所有的美好向往和甜蜜体验，当然也遭遇到由于时代浪潮的颠簸而导致的挫折与击打。面对时代的挫折和击打，王蒙接受了，但青

---

[1] 《文汇报》笔会版，1957年2月9日。

春无悔，青涩无悔，更无论痛苦的幻灭和空虚的绝望，这一切都会与青春的记忆和青春的体验无缘。于是，即使遭受青春击打的王蒙也仍然继续写作未曾完成的《青春万岁》，继续承受着青春的诱引、青涩的烂漫以及青春的梦幻。有评论者认为王蒙的写作有"少年布尔什维克"情结，其实只说对了一半，王蒙所体现的更主要的是青春气息，是与共和国当代历史相吻合的青春型的时代气息。

共和国的诞生承续着五四时代"新青年"的青春梦，共和国最初的歌吟也都重拾了五四青春文化的色彩与音响。五四时代的先进力量在文化上呼唤着青春时代，激发着青年力量，创办有《青年杂志》，撰著有《青春》之类的鸿文，在政治上则倡导"少年中国"学说，鼓励青春期许与中国自强意识的结合。这一青春时代的文化气息和人生质量在郭沫若等创造社文学家的笔下得以张扬与伸展，但很快为严酷的战争和动乱现实所冲淡，中国现代的文化青春在时代烽烟的渲染中被迫中断。接续中华文化青春余脉的时代便是共和国新生的时代。这一时代虽然仍然充满着激荡的烽烟，包括抗美援朝这样的战争事实，也包括时刻准备打仗这样的时代气氛，但新中国、新生活、新时代、新天地的时代畅想有效地覆盖了战时气氛或备战气氛的紧张，成为那个时代的社会主旋律。

在新中国成长起来的青年作家中，王蒙以最为灵敏的青春感受拥抱着这个青春时代，也是以最大的热忱描写、刻画和歌颂这个青春时代，因而成为这个青春时代最典型的文学表现者。他牢牢把握住了所处的这个时代"青春"特征，也深切感受到青春时代的社会氛围和文化心理，通过一系列小说集中表现了青春的时代主题，体现了新中国创立时期的时代精神。这是对共和国事业和时代的一种青春型承担。这样的承担到了1980年代初的《春之声》都在延续。

几乎所有中国作家都会描写青春，都会表现青春，也都会摹写国家青春时代的青春气息，但很少有作家像王蒙这样如此长时期地描写青春，表现青春，并且如此长时期地摹写共和国的青春气息。他作为文学存在，将自己的人生和写作完全浸润到共和国的青春时代，将自己的感兴和情感完全投入到对共和国青春生命的体验之中。

二、王蒙作为共和国时代代表性的文学存在，致力于表现具有年轻共和国特质和色泽的青春气质。在他的文学世界，"青春万岁"似乎是永恒的主题。青年人的"插嘴"现象和"置喙"情结，与庄周式的青春型思维，是王蒙作为时代文学存在典型的体现。

但即便如此，还是不能同意将王蒙文学的主题概括为"少布"思维或"少共"情结。为什么不能同意将王蒙的创作，哪怕是他持续时间较长的青春写作，与"少年布尔什维克"或者"少共"情结相联系？因为"少年布尔什维克"或者"少共"情结意味着一种成长的期盼，意味着一种成熟的期待，意味着对少年时代的"此在"进行否定的意志行动。正如那部不朽的长篇的标题所标示的："青春万岁！"王蒙的创作始终执着于青春，执着于青春的关注、赞美和讴歌，青春对于王蒙的文学而言，几乎就是一个"永恒"的主题。

王蒙从1950年代前期，就为中国当代文学带来了生气勃勃的青春感兴，也带来了与青春话题相关的各种文学议题。因众所周知的原因沉默了20多年，复出之后，仍然不断给中国当代文学带来新的成果，也同样带来新的话题，包括政治性的话题如《坚硬的稀粥》，文化性的话题如对"轰动效应"①"躲避崇高"②的评论，文学性的话题如先锋意识、意识流情节等。这时候，王蒙已至中年，但他对文坛的反应仍然是青春感兴的反应，也可以说是青春期的反应。他是那么热切地关注文坛浪潮的每一朵绚丽的浪花甚至是阳光对每一滴涡流的反射，然后或欢呼，或惊异，或赞叹，或疑惑，不加掩饰，不施回避，虽做不到言无不尽，但总是以"插嘴""置喙"的方式发表自己的见解。这是一种典型的青春感兴的发言方式，也是改革开放时代中年王蒙式的发言方式。他的这些发言又是非常典型的文学发言，这些发言对他的青春感兴式的文学存在是一种强化。

文学的发言可以是代圣贤立言式的，也可以是总结评定式的。复出后的王蒙有这样的资格作这样的发言，不过这样的发言不免中正平和，正襟危坐，老气横秋，暮气十足。这显然不是王蒙的风格。他以青春的姿态进入，充满生气但又几乎有些"冒失"地"插嘴"，在通常认为不适宜他这种身份

---

① 阳雨：《文学：失却轰动效应之后》，《文艺报》1988年1月30日。此文提出了一个重要
话题，引起了文学界较长久的论争。

② 王蒙：《躲避崇高》，《读书》1993年第1期。

的人说话的领域贸然"置喙"，这便是青春感兴的表达。他是作家，但对有趣而重要的文学艺术现象常常忍不住"插嘴"批评，所显示的独到、锐利、睿智和精警，使得文学批评界即便是在若干年以后也不得不将这样的"插嘴"式的批评奉为经典。

如果说王蒙作为著名作家，对"躲避崇高"和"轰动效应"的文学批评话题进行的是"插嘴"式的贡献，那么，他作为现代作家对老子哲学的解读便可算得上一种"置喙"式的发言。无论是"插嘴"还是"置喙"，显现的是青春感兴的英姿勃发，勃勃英气中伴随着青年人才有的爽气、锐气、豪气与才气，显露出才高气傲的青年人才有的洞见和拒绝平俗的判断。

中年复出的王蒙为中国当时最新潮的意识流小说创作做出了开拓性的贡献。其实，王蒙所有的意识流或者荒诞派的先锋型探索主要并不是来自对西方先锋文学的窥望、临摹和倾心，而是来自他内心中早已萌动的青春型人格表现的冲动。只不过这样的青春型冲动正好吻合着共和国又一度勃发青春的时代意气。于是《夜的眼》《春之声》《海的梦》《风筝飘带》等作品完全合拍着时代的律动和社会的节奏。也许，70 年代到 80 年代之交的文学热点中，"伤痕文学"具有先声夺人的声势和感动力，但在应和时代的青春感兴和生命律动方面，任何其他类型的创作也无法与王蒙的意识流小说相比，正如从历史的长镜头透视，卢新华《伤痕》标题，对于时代的概括力以及对于那时候中国社会发展节律的吻合度，无论如何都不能与《春之声》的标题相比。《伤痕》是青年作者描写青年人的故事和情感，但表达的却是充满沧桑和悲悯的成年情怀；《春之声》是成年作者表现成年人的胸襟与感受，但情绪的色泽却是凝合着激动、悸动和颤动的青春节律。青春属于王蒙，也属于那时候虽百废待兴但已经是生气勃勃的中国，王蒙的文学再一次以青春感兴的抒发成为时代精神的代表，王蒙又一次成为共和国文学的典型存在。

《蝴蝶》应该说是最典型的王蒙式的意识流作品。这种意识流显然不同于普鲁克斯的那种基于弗洛伊德—荣格学说的心理主义而作精神延伸和意识涂抹的西式意识流，它非常明显地将自己的传统归属于东方世界意识流先驱庄子，蝴蝶梦周与庄子梦蝶的心理和哲理的纠缠，产生了超出梦境的意识流效应，其精神深度足以阐解和重释现实的主人公在历史记忆与现实感兴之间的错杂、错乱和错失。这样的东方式的，对于那一段文学历史来说可谓王蒙式的意识流，由于心理、哲理的深邃与交织，非常自然地与荒诞表现相交合，就像梦蝶的庄周会通过鼓盆而歌或扇坟而泣等荒诞离奇的情节表现自己的迷思与深思一样。从一定意义上说，王蒙就是当代的庄子，《蝴蝶》等小说的构思基础便是当代化了的庄周情思、迷思与深思的结合体。

无论是古代的庄周还是当代的王蒙，其之所以能够将勃动的情思、荒诞的迷思和丰硕的深思交织在一起，是因为他们都体现着青春型思维的特性，都显露着青春型思维的生动、灵异以及无忌、无羁的率性。王蒙曾表示，意识流的写作"不是为了发神经，不是为了发泄世纪末的悲哀，而是为了一种更深沉，更美丽，更丰实也更文明的灵魂"，[①] 是对那个时代人生感兴的一种无忌、无羁的宣泄，体现出青春型思维的率性，包括真率、真诚和真朴。

王蒙作为巨大的文学存在，其文学生命力宛如松柏长青。他在耄耋之年连续出版了创作时间历经40年的自传体小说《这边风景》，以及几乎是一气呵成一挥而就（当然是夸张的说法）的心灵自传体长篇《闷与狂》。后者无论从内容的震撼力还是写作手法的创新性，都足以成为汉语新文学世界具有决定性影响的文学事件。这是两部相互呼应同时又不相对称的长篇小说。《这边风景》是作家王蒙经磨历劫的数十年人生的自叙传，《闷与狂》乃是作家王蒙萃思与"纵情"的心灵叙述与心理宣泄。这两部作品成书于作家的晚年，但一点都没有"禅与晚祷"的迟暮与老气横秋，更多的是体现着青春型思维的活跃以及其艺术表现的青涩率性的气息。"自叙传"令人联想到100多年前郭沫若、郁达夫塑造的青春型文学社团——创造社，"自叙传"题材与格式是他们的青春情绪表现的典型样貌。而心理自传、情绪自传从来都是青年文学家的专利，《忏悔录》文学通过卢梭、奥古斯都等人的历史运作，已经被锁定为有相当情怀的文学家开始走出青春期叙事的历史标志。

《闷与狂》是一种青春型思维非常强烈的精神的狂欢，有时候可能是灵魂痛苦的呻吟，但由始至终的狂欢式的描写，非常鲜明地销蚀或折损了成年的定力和老年的沉郁，让情绪的笔触施展于青春型思维的骀荡与放恣之中。而《这边风景》是一种特殊形式的青春日志，它可以被理解为《闷与狂》的叙事基础和情绪基础，它甚至是在总体结构中注入了青春叙事和"成长"叙

---

① 王蒙：《漫话小说创作》，上海文艺出版社1983年版，第56页。

事的某种因素，让作者在这样的叙事因素中不断反思，不断追悔与怅然慨叹。《这边风景》所描写的每一串人生故事都能对应于《闷与狂》中的某一段心灵喧嚣。两者无疑是相互独立的个体，各自有其文学生命的特殊体征。但它们都来自王蒙作为精神创造个体反观自身、省察自身的内在冲动，这样的冲动都属于青春的勃郁，甚至包含着类似于"成长""烦恼"的情绪与感兴。

王蒙其实也已意识到在《这边风景》和《闷与狂》中透露出来的情绪具有青春感兴的特征，那便是"狂暴与粗糙"，实际上从自谦的负面来理解就是青春期的冲动和冒失的展露。《这边风景》"前言"中王蒙这样说：作品中表现的情绪是一种对于自我的"发现"，对于过往岁月的寻找，是对特定生命过程中"狂暴与粗糙"的叙写。作品中体现的生命过程的幽暗与光明，酸楚与甜蜜，庸碌与雅致，粗俗与庄严，都包含着青春萌动时期的心灵激动和情绪躁动。王蒙似乎忽然意识到，需要用自己所体验的青春经历和青春感兴加入自己晚年的小说创作，这一切的轰轰烈烈或者鸡零狗碎，这一切的堂堂正正或者忐忐忑忑，这一切的时代人生或者庸常琐屑，都可以拯救作为文学存在主体的衰年情绪、迟暮感兴。王蒙以他富有青春气息和青年气度的领悟和超卓的艺术把握，将自己的文学存在主体角色打造得光鲜锃亮。

他自然习惯于小说，于是他写出了自己理解中的真正的小说，这样的理解至少在相当一段时间内或许只有他本人能够独步。事情曾经正是这样，人们带着怀疑的目光打量《闷与狂》，其实也在打量王蒙的所有近作，因为它在文体上肆无忌惮地离经叛道，不仅颠覆了原先人们印象中的回忆录体的体裁特征，将小说写得不像小说。这一切都是他的青春情绪和青年感兴的结果。

三、王蒙以青春视角和青春笔法投入创作本体，也以青春思维和青春感性展开社会批评和文明批评，更以青春的活跃和生气勃勃去进行学术本体的写作。文学的创作本体、学术本体和批评本体复合性地体现着他自己的文学存在。这是他在文学世界充满青春活力的表现。

每一个历史时代都会有相当杰出的人物从事文学事业，分别通过不同的文学建树对于人类和社会的文明积累作出贡献：有的创作精美的作品，有的研究深厚的学术，有的奉献犀利的批评。这就构成了文学事业的3种本体形态：创作本体、学术本体和批评本体。创作本体基于主体的生命体验，在经验层次上表现对于世界的审美感受，并以文学的经典性、规范性为价值目标，踏踏实实地创作，力图拿出在文学史上有影响，在一定的时代有一定社会审美效应的文学作品。学术本体是指对于文学理论和文学历史进行学术研究的相关建树，这种学术研究不仅服务于文明的积累，而且贡献出不同时代的文学观念。批评本体的文学家以社会、文化、文明批评作为自己的主要目标，作为自己从事文学活动的主要内容，通过文学视角进行社会批评、文化批评和文明批评，以这种批评方式参与社会和时代。并不是任何国度任何时代的文学都会全面地、均衡地凸显文学的这 3 种本体形态。

在中国当代文学史上，王蒙作为特别的文学存在，完整地体现着这 3 种本体形态。而且，他是以青春情态和姿态体现出这 3 种本体形态，因而成为这个时代最典型的文学存在。

王蒙在创作本体上始终保持着青春姿态和青年情态。他是共和国青春文学的开创者，《青春万岁》是他作品的题目，也是他对新中国时代情绪的精彩概括。这部小说陪伴着他从青春年代走到壮硕年华，此后他的青春情绪并没有随着他年龄的增长而减退。即便是到了耄耋之年，他的创作如《这边风景》《闷与狂》依然洋溢着青春气息和生命热度。他是共和国青春气息的摹写者、歌颂者和执着的实践者。王蒙是这个时代代表性的文学存在，他以自己的创作本体集中体现了这个时代文学存在的青春特色。

作为文学存在主体，王蒙的批评本体活动同样体现着青春情绪和青年感兴。他具有社会批评和文明批评的热忱，相当一段时间也分明具有这方面的责任。但他的社会批评和文明批评总是保持着青春的激情，有时甚至保持着青年人的角度和姿态。他是一定意义上的鲁迅传人，至少在这一点上完全可以成立：他始终不放弃用小说或文学创作批评社会、批评人生并阐述文明愿景。虽然《坚硬的稀粥》事件导源于不懂文学者的恶意寻衅，但谁也难以否认这篇小说中的文明批评甚至是对社会改革主题的某种关怀。在王蒙的作品中，缺少社会关怀和文学文化批评、社会批评的现象并不存在，这是他作为批评本体意识的自然流露，也说明他的文学构思总是体现"好事"的青春型心态：那种"事不关己，高高挂起"的老气横秋向来与他无关。

对于任何一个时代，自由的、理性的批评都是非常重要的，它不仅是时代文化的主要体现，也是这个时代建设健康的文化环境的重要保障。在这样的批评文体中，可以有来自记者、律师、专栏作者、政论家和社会学者的批评，因为关于社会状况，各种时事，在现代社会正常环境之下，谁都可以发表议论和评述。但是，来自一个像王蒙这样属于青春型人格的文学存在主体的批评，往往可能是较为激烈、较有冲击性以及较能体现自由心性的批评。由于青春型人格的作用，王蒙的社会批评和文明批评其立意和立场会最大限度地体现社会的良心，于是，王蒙的社会批评和文明批评很少带有"匠气"，很少带有某种世俗的腐气。

王蒙做过主管共和国文化艺术工作的主官，他的社会身份、政治身份从来没有冲淡更不用说取代他的文学身份，于是他作为具有青春型人格的文学家毅然在文学创作本体、文学批评本体以及文学学术本体意义上，依然保持着相对自由的风格。一个拥有强烈的政治身份的人，哪怕他对非政治领域发言，人们也会很自然地将他重要的政治身份考虑在内，这样，他的任何批评和发言都被赋予了非同寻常的政治解读，甚至会被寻找出掩藏在言论批评背后的政治上的微言大义。于是一个政要所讲述的几乎每一句话都可能被阐释出巨大的政治含量。一个具有重要或敏感的社会身份的主体同样如此，他的每一句话都可能被诠释为另外一种特殊的信息，当然是与他的社会身份所代表和象征的那种意义紧密相连的信息。一个人的种族身份被强调以后，他的任何批评言论都会被理解为与这种特殊的种族诉求有联系。王蒙一度拥有非常强烈的政治身份，非常敏感的社会身份，不过这样的身份都未能掩盖或取代他作为文学家的文学身份。文学者的身份是一种天然的意念传导者和批评言论的阐发者的身份，其主体的其他身份往往遭到最大限度的忽略：拥有崇高的政治和社会身份甚至拥有相应权力的高尔基，即便是在苏维埃政权如日中天的岁月，其非文学身份也没有引起足够的重视，更没有得到特别的强调，他的所有议论仍然是被当作纯粹的文学身份的批评在社会主义文学阵营传颂。只有文学身份的批评言论不会牵扯到言论主体身份的敏感性、特殊性及其所可能寓含的象征意义，因此，文学身份的批评才能获得真正意义上的自由。王蒙非常幸运地保持着这样的自由，并且，他以自己作为文学家的青春感兴维护着文学身份应有的自由心性。当然这种自由具有明确的相对意义，具有为社会政治和道德秩序所接受的程度性和层次感。

王蒙作为学术本体的写作，同样也体现了这种相对自由的青春品格。德国狂飙突进运动倡导者施勒格尔曾这样描述过"随心所欲"的自由状态："使自己随心所欲地具有哲学或语文学的、批评或诗的、历史或修辞学的旨趣"。① 王蒙在当代文明秩序中努力达成这种有教养的自由，这同样显示了他哪怕年届耄耋，哪怕研究老子，都能体现出青春型人格和青年感兴的人格、品格。他的学术思维是那样的活跃，学术文笔是那样的灵动，学术欲望是那样的旺盛，这些都体现出青春人格和青年感兴的特征。

于是，王蒙作为共和国事业的文学存在，成为共和国文化70多年曲折发展过程的见证和文学实证，但同时也是这段伟大历史文学呈现的最具青春个性的光辉案例。这段历史的文学呈现出不同的历史特性和时代风采，几乎每一个、每一种时代风采都被王蒙的文学所深刻地承载过，更重要的是被王蒙以青春的视角去审视过，以青春的笔法去描述过，以青春的风格去歌咏过。王蒙作为共和国的文学存在，其文学创作和文学行为的历史，其青春人格展示的风格，都成为共和国历史的活泼、精细和精粹、生动的缩影。

（朱寿桐：澳门大学教授、博士生导师）

---

① ［德］施勒格尔：《浪漫派风格——施勒格尔批评文集》，李伯杰译，华夏出版社2005年版，第86页。

王蒙文学的人民性

何向阳

《王蒙文选》1983 年出版 4 卷，1993 年出版 10 卷，《王蒙文存》2003 年出版 23 卷，《王蒙文集》2014 年出版 45 卷，2020 年人民文学出版社出版《王蒙文集》50 卷，而 2023 年，放在我们面前的《人民艺术家·王蒙创作 70 年全稿》已达 61 卷。2023 年距 1983 年整 40 年，从 4 卷到 61 卷的增量，可比天文数字，而这个增量发生于 50 岁到 90 岁之间，王蒙先生如一个参加马拉松的长跑健将，作为共和国第一代作家，他跑在新中国的起始队伍中，是新时期文学的领跑者，而在新时代的文学征程中又不断加速，迎来了他 70 年创作中的又一次"井喷"。当然，这 61 卷作品之于王蒙先生而言，不只是量的增值，自 2012 年之后的长、中、短篇小说以及文化论著，王蒙创作达到巅峰状态，他从写作中获取了极大的快乐，他不只一次地说过：我所有的细胞都在舞蹈。

我想，如果将王蒙先生作为一个创作心理研究课题，较之于前者量的积聚而言，对于后者——心的能量的理解更为重要。杜勃罗留波夫曾说过这样一句话，"作家应有一种令人震惊的能力——他能够在任何一个特定的瞬间，摄住那正在飞驰过去的生活现象，把握它的全部完整性与新鲜性，把它保持在自己的面前，一直保持到它整个都属于艺术家所有"。这句话所讲的"令人震惊的能力"从哪里来？不同的作家可能会有不同的看法。我的看法是，要具备这种能力，即在"一个特定的瞬间"，将生活现象全整地把握和新鲜性地表达的能力，还得从文学的根基去寻求。

这个根基不是别的，就是生活。

只有生活才能教会一个作家深刻地观察。而文学的确首先需要这种深刻而不浮泛，细致入微而不浮光掠影的观察。这种观察的幽微与深度，决定一部作品的高下。换句话说，一个作家，或者一个诗人写出的文字或诗句，是在心灵深处打动人的，还是只在物质表象提供认识的，都源于对于生活观察的层级的不同。

只有生活才能教会一个作家独特的体悟。而文学所传达给他人的正是这种源于生活的体悟，这种在许多人都视作日常的生活中所拥有的不一样的觉知，是成就一个真正作家的关键。这有些像树和木头的区别，在土地里扎根的树有千姿百态的繁茂，它有无限的生长性，而被砍伐了的木头，只呈现出一种固定的样貌。一个经典的文本，不会随时光流逝而减损魅力，反而时间愈久，愈能感受到文字传递给我们的光泽和温度。原因何在？这种文字背后的觉知之源，就是厚重而实在的生活。

刚刚在展厅玻璃橱窗中看到《王蒙和他笔下的新疆》，其中文字选自《在伊犁》系列小说，有《哦，穆罕默德·阿麦德》《淡灰色的眼珠》《好汉子依斯麻尔》《虚掩的土屋小院》《爱弥拉姑娘的爱情》等。作为王蒙第二故乡的新疆，16年的生活是王蒙取之不竭的写作源泉，正如王蒙先生所言，"是她在最困难的时候给了我快乐和安慰，在最匮乏的时候给了我以丰富和享受，在最软弱的时候给了我粗犷和坚强，在最迷茫的时候给了我以永远的乐观和力量。"一个地方与一个作家相互找到之后，"我"和"你"所建立起的关系经过时间转化，必将凝结为生命的新质——"我们"，而这个"我们"，是王蒙一直保持旺盛的生命力和蓬勃创作活力的深在原因。这种超越自我而与人民真正融合的能力，只有深邃地感受过人民的爱并一直爱着人民的作家才能做到。正是"受到了边疆巍巍天山、茫茫戈壁、锦绣绿洲、缤纷农舍的洗礼"，《你好，新疆》一书开始一句："我天天想着新疆！"才会喷涌而出，《这边风景》才可能为我们呈现出不只是空间的、地理意义上的辽阔，这种深厚与宽阔，是生活带给一位作家的，是一位汉族青年从新疆多民族尤其是维吾尔族、哈萨克族人民身上学习到的，这种辽阔进入他的生命，塑造他的性格，改变他的认识，成就了他的文学。

新疆对于王蒙先生的写作而言，不仅是1963年到1979年的度过，也不仅见证了一个汉族青年生命中年轻而美好的岁月；不仅是一个怀有诗情的青年人与当地人民"同室而眠，同桌而餐，有酒同歌，有诗同吟"而结下的"将心比心，相濡以沫，情同手足，感同一体"的友情。王蒙先生从新疆那里得到的不只是一个作家从不同民族的文化风习中获得了经验、灵感和启示，不只是非常岁月里从边地人民中获得的挚爱亲情，甚至不只是"第二故乡"的惦记、怀念、祝福和快乐，更不只是"别一样山水，别一样歌弦，别一样礼节和风姿，别一样服饰，别一样民族，别一样语言"。新疆给予王蒙的更多，多到超出了一个作家的创作风貌和艺术品格。"除了乌鲁木齐是我最熟悉的城市"，王蒙不只一次提到，"我爱听维吾尔语，我爱讲维吾尔语"，维吾尔语是"我的另一个舌头"。这些文字传递出的信息，都在告知我们，王蒙的创作，为我们呈现儒家的仁爱、庄严，道家的自由、旷达，同时，还有一个属于田野的，积极快乐、天真奔放的王蒙。

《这边风景》为我们呈现的就是这样一个王蒙，当我们读到爱弥拉、雪林姑丽，读到泰外库，我们读到的是一位作家在人物身上寄寓的深情，这种深情是人民给予的。"琐细的切肤的百姓的日子""美丽得令人痴迷的土地"，"活泼的热腾腾的"人民，使作家不只一次发出惊叹："我找到了，我发现了"。王蒙的发现绝不止于一段过往岁月或青春自我，而更是困难的岁月中如"黑洞当中亮起了一盏光影错落的奇灯"的温暖理想，这种理想源于爱的信念，而爱的信念则是人民教会他的，所以王蒙才会在叙事文本之后加入"小说人语"，其中有一句这么写道，"我们有一个梦，它的名字叫做人民"，而书中的另一句自问也同样令人震撼，"你爱人民吗？你爱新疆的各族人民、维吾尔族人民吗？你爱雪林姑丽们吗？"

无疑，王蒙是爱的，1985 年他在《心声》里写："这是一扇窗，打开了这扇窗便看到了又一个世界，特别是兄弟的维吾尔族人的内心世界。这是一条路，顺着这条路，你走进了边疆的古城、土屋、花坛、果园，进而走向中亚和西亚，走向世界。这是一座桥，连接着两个不同的民族，连接着你的心和我的心。这是一双眼睛，使你发现了少数民族的文化和历史。反转过来帮助你发现自身的文化和历史"；"这是耳朵……这是舌头……这是灵魂……这是信念、是胸怀，是一种开放得多的时代精神，……"2001 年《祝福新疆》中，王蒙写道，"不同民族的友好相处，团结一心，这不仅是国家的统一、社会的安定的重要保证，也是一种心胸，一种智慧，一种活泼开放的学习与求进步的态度。没有比在与不同民族的同胞的往来中有所收获有所心得更令人快乐的了……"其乐也何如！这是一种理性认识和文化态度，更是认识与文化之上的一种兄弟式的情感和发自内心的真正快乐。是这种挚爱带来的世界观，成就了王蒙创作中的人民性，是这无比珍贵、不可替代的人民性，成为他一路跋涉，万山无阻，至今仍快乐地向前的强有力的保证。

祝福王蒙！

2023.9.26 改定

（何向阳：诗人、评论家，中国作家协会党组成员、书记处书记，创作研究部主任）

"是单纯的日子，也是多变的日子"

——王蒙创作 70 年拾零

潘凯雄

    我虽于 20 世纪 80 年代有幸结识王蒙先生，但由于较多地陷于具体的出版编辑业务和行政管理事务，当然更主要是由于个人学识的不足，对王蒙先生博大的创作成就实在无能深入研究。只能就王蒙先生 70 年创作生涯中给我印象极为深刻的两点谈一点个人粗浅的印象以就教于大家。这两点印象正好借用王蒙先生在《青春万岁》的序诗《所有的日子》中的两句作为小题。

一、70 年："单纯的日子"

    王蒙先生 70 年的创作生涯当然十分丰富、非常饱满，很难用几句话来言说。但王蒙先生 70 年的创作生涯又很单纯，单纯到只剩下 4 个字，那就是笔耕不辍。

    王蒙先生一生的确扮演过不同的角色，比如"少共"、比如农民、比如专业作家、比如主编、比如作协领导、比如部长、比如全国政协的专委会主任、比如教授……但无论是哪种角色，创作则与他始终如影相随。

    王蒙先生一生经历过许多个"日子"，这些个"日子"组成了不同的年代或时代，无论是新中国成立以来的 17 年还是 10 年，无论是新时期还是新时代，笔耕都是他给年轮与时代留下的不灭印记；

    王蒙先生的人生经历过坦途，也遭遇过坎坷；走过康庄大道，也蹚过蜿蜒曲折，经历过众星拱月的高光，也遭遇过门庭冷落的寂凉。但无论是哪种境遇，"码字"却日复一日地与之如影随形。

如果说上述描述还带有个人的主观色彩，未必一定那么可靠，但数据则是客观的，尽管看上去有些冷冰冰。我在人民文学出版社工作期间，有幸先后亲历了4个版本《王蒙文集》中两个版本的部分出版过程。第一个名为《王蒙文存》，凡23卷，2003年出版；第二个名为《王蒙文集》，凡45卷，2014年出版；第三个名为《王蒙文集》（新版），凡50卷，2020年出版；事隔3年即2023年，原《王蒙文集》更名为《人民艺术家·王蒙创作70年全稿》，凡61卷。以每卷20万字计，总计也达1220万字。这个数字当然是十分保守与有失准确的，我新近看到的一个数字统计是王蒙先生迄今的创作总量高达2000万字。但无论是哪个数据，都意味着在王蒙先生70年的创作生涯中，创作始终是他人生的绝对"主旋律"。而在这70年中的20个年头左右，王蒙先生实际上已被剥夺了发表的权利，也几乎没有多少创作的时间与环境。因此，在自由的时光里，他的"日子"的确是"单纯"的。

二、70年："多变的日子"

王蒙先生70年的创作生涯固然是"单纯"的，那就是创作、创作、再创作；但在这些个单纯的"日子"中，他又是"多变"的、不消停地"折腾"——"折腾"着自己，也"折腾"着读者。而且这种"折腾"对他而言几乎是全方位的：从作品所表现的时代到如何表现，从小说到小说之外的其他文学样式，从文学到非文学，从最新鲜、最当下穿越到遥遥的远古……你似乎永远也号不准他下一部作品的脉动会是个啥模样。

这一点强烈的感觉是我在参与编辑出版2014年45卷本的《王蒙文集》时开始萌生，现在时光又过去了10年，这种感觉不仅没有淡化，反而更加强烈。我相信，如果现在还有能力再通读一下最新版的61卷本的《人民艺术家·王蒙创作70年全稿》，这种感觉一定会更加强烈。如同他自己新近在接受《人物》杂志采访时所坦言的那样"我没有躺平过，没有无所事事过，没有无聊无赖过，没有全然放弃过。"

我同样也无能一一详细描绘出王蒙先生"多变"的具体轨迹，但至少在如下3个方面他的"多变"是显而易见的。

一是"写什么"。以王蒙先生几部"处女作"或"代表作"为例：全本长篇小说《青春万岁》虽一直到1979年才由人民文学出版社首次正式出版，但却是王蒙先生1953年创作的处女作，表现的是不同社会制度下各色人物的不同命运，讴歌了新中国成立伊始时那青春的力量；1955年，王蒙先生发表了处女作《小豆儿》，呈现的是一位少先队员大义灭亲的故事；1956年，"代表作"《组织部新来的青年人》面世，作品因其描写了一位刚到某共青团团委工作的青年面对官僚领导的不满而于次年被划为右派；1979年，久违了的王蒙先生《说客盈门》发表，这部讽刺当年"走后门"现象的短篇小说向世人昭告了王蒙被平反回到了北京。仅以这4部创作于不同年代不同节点的作品为例，便不难看出在王蒙先生的笔下，无论是时代的巨变还是微调都各有艺术的不同呈现。至于在他70年的创作生涯中，其所经历的无论是社会主义革命和建设初期的17年还是10年，无论是改革开放后的新时期还是新时代，这些大的历史分野在王蒙先生的笔下更是有着鲜明而个性的艺术表现。这就是"多变"。

二是"怎么写"。在王蒙先生70年的创作生涯中，既有小说文体的多路径实验，也有运用不同体裁的多文体表达。这一点首先表现在王蒙先生作为小说家的身份上。无论是长篇小说，从1953年创作的《青春万岁》到2021年面世的《猴儿与少年》；还是数量更多、形式更丰富的中短篇小说，在文体表现上，王蒙始终都给人以不停滞的"折腾者"印象。比如现在的各种文学史在谈及20世纪80年代的文学现象时，"85文学新潮"或"先锋文学"几乎是必谈话题之一，所涉作家也多是莫言、余华、苏童、格非、马原、孙甘露等当时的一批青年作家，而其实在此前的两三年中，以王蒙为代表的一些中年作家也已开始了这方面的文学实验，只不过当时还不叫"先锋文学"而多以所谓"意识流小说"或"几只小风筝"谓之，甚至也有学者以"革命的意识流"或是"理想主义的意识流"来描述。其中典型者当属王蒙那时颇具代表性的几部中短篇小说和其中的主人公，诸如《布礼》与钟亦成、《蝴蝶》与张思远、《春之声》与岳之峰、《海的梦》与缪可言等，故事情节与人物性格的编排退居其后，心理、情绪、意识、印象的分析和联想式的叙述被推上前台。这些在我看来其实就已悄然拉开了所谓"85文学新潮"的大幕。

三是跨文体、跨领域。在参与编辑出版2014年45卷本《王蒙文集》的过程中，给我另一印象深刻之处便是他的跨文体和跨领域，其跨度之大令我吃惊。作为小说家的王蒙自不必多言，散文、随笔亦是信笔而来，诗歌（包括新诗和格律诗）自成景观。如果说这些作为文学创作的常客还不足为奇，那么，在王蒙笔下还有以当年在《读书》杂志开设"欲读书结"专栏为代表的作家作品赏析美文；有以《红楼启示录》为代表的对中国古典文学名著进行艺术解读的名作；有从对老庄开始的解读逐步形成了当下12卷本的"王蒙解读传统文化经典系列"……更有甚者竟然还有译诗以及在文学领域之外对多种国内外社会现象的进行评说的言论……所涉领域如此之宽、跨度之大在中国当代作家中实为凤毛麟角。

在这些个时刻，王蒙的"日子"的确是"多变"的。

也正是上述这"单纯"与"多变"的"日子"构成了王蒙先生70年创作生涯"所有的日子"。而当我们现在为之钦佩、为之祝福、为之研究的时刻，称其为"所有"其实还为时尚早。在接下来的"日子"里，我们在衷心祝福王蒙先生继续快乐、继续健康的同时，谁知他老人家又会给我们排出什么样的"日子"呢？

为此，我们祝福，我们期待！

（潘凯雄：中国作家协会小说委员会副主任）

共和国的文学星链

——论王蒙的文学价值

王　干

一个时代有一个时代的文学，一个时代有自己的代表性作家。王蒙在文坛辛勤耕耘 70 年，创作了两千余万字的著作，皇皇巨著，巍峨人生，这位与新中国共同成长的作家如今已经成为共和国文学的一个标志，并于 2019 年荣获"人民艺术家"国家荣誉称号。是时代选择了王蒙，还是王蒙选择了这个时代？应该是双向奔赴、双向选择，共和国的历史赋予王蒙写作的巨大动力和文学资源，而王蒙的写作为共和国留下独特的文学文本和精神库藏，成为共和国独一无二的"文学星链"。

称王蒙是共和国的文学星链，原因有三，一是王蒙的文学创作对应了整个共和国的历史，他和共和国一起成长、一起进步，有足够的历史长度，形成了文学与历史的互文。二是王蒙的创作每一个阶段都有亮点，都有璀璨耀眼的作品，星星一样相连，形成了巨大的光带。三是王蒙的文学覆盖面极其宽广，从时间上看，他的作品涉及共和国的各个历史阶段，从新中国成立之初到改革开放，从新世纪一直到当下生活，地域涉及北京、河北、新疆和世界各地，人物更是涵括古今中外，文体则是小说、散文、诗歌、评论、报告文学等各类文体兼备。而近年来对中国古代文化的研究阐释，从诸子百家到李商隐、《红楼梦》，他的视野几乎覆盖了整个中国文化的发展的脉络。中国传统文明照亮了王蒙的创作和文化实践，而王蒙留下的两千多万文字也会像星链一样，与共和国的文学地图根脉深连，路径相通。

一、共和国的一面镜子

"镜子"的比喻多少有些平常，也有些机械反映论的意味，但我们今天在讨论和认定王蒙创作的意义和价值时，却似乎找不到更好的比喻来表达王蒙的历史性作用。我固然可以用其他的文学话语来形容和概括王蒙的文学贡献，但作为大家容易理解的历史性的评介语，"镜子"无疑是最普通的，也是最恰切的。列宁说过"托尔斯泰是俄国革命的一面镜子"，而鲁迅的小说又被公认为是"辛亥革命的一面镜子"，很明显，"镜子"的评价在中国文学评论的范畴内无疑属于顶流性的赞语，称王蒙为新中国的一面镜子，也就顺理成章了。

说王蒙是新中国的一面镜子，是因为王蒙是和新中国一起长大的。1948年他14岁的时候就加入了中国共产党，新中国成立初期就在北京东城区担任团委的领导工作。1953年起开始从事文学创作，写作了长篇小说《青春万岁》，1956年发表短篇小说《组织部新来的青年人》，引起强烈反响。1958年又因这部小说被错划为右派，之后便在北京郊区从事体力劳动，1962年在北京师范学院中文系任教，1963年举家迁驻新疆，曾在伊犁农村从事劳动6年，他的小说集《在伊犁》记录了这一段生活。1979年回到北京继续从事文学创作，1983年至1986年任《人民文学》主编，1986年至1989年任中华人民共和国文化部部长，之后又在全国政协担任文史和学习委员会的主任，现已鲐背之年，仍任中央文史研究馆的资深馆员。2019年中华人民共和国成立70周年大庆前夕，被授予"人民艺术家"的国家荣誉称号。其间，还获得"茅盾文学奖"等国内外文艺大奖无数。他任职文化部期间出台的一些新政，迄今还在发挥着作用。

从这么一个极简的简历中，可以窥见王蒙的文学生涯是与中国社会政治风云的起伏和动荡密切关联的，几乎在中国社会的每个重要时刻，王蒙的命运都会发生重大的转折。新中国成立前夕，北京城里山雨欲来风满楼，向往光明、追求进步的王蒙成为"少共"，1957年反右风暴，王蒙落入社会底层，远行到边疆。1979年拨乱反正，改革开放，王蒙步步"高升"，直至中共中央委员、文化部部长。1989年夏天之后，他又从政坛回到文坛，专心于文学创作和文学研究。1990年代初又因短篇《坚硬的稀粥》引发巨大的文坛风波。新中国每一次风云兴起，似乎都会引起王蒙的沉浮。王蒙的作品也几乎完整地记录了个人的沉浮和社会的变迁，《青春万岁》的"少共"情结，《组织部新来的青年人》直面生活的倾向，《蝴蝶》对历史和个人双重的反思，《名医梁有志传奇》的"部长心态"，《春堤六桥》对 90 年代中国社会文化的咏叹与感慨，这些小说几乎囊括了他一生的经历，同时也是新中国几十年来风风雨雨多难历程的折射。如果说过去那些中短篇小说尚是阶段性、片段性地表现社会生活和心态的变化，仍是局部性的，缺乏内在连续性，那么他在 90 年代潜心写作的"季节"系列多卷本长篇小说《恋爱的季节》《失态的季节》《蹉跎的季节》《狂欢的季节》以及"后季节"的《青狐》等，则采用编年史的方式，纵向地展现了从 1949 年到 1985 年各个历史时期的时代风貌和精神历程，钱文的命运与王蒙的命运有着某种互文性，王蒙通过钱文的人生经历折射出中国当代知识分子的心路历程。新时代的王蒙依然充满了创作的活力，他的《尴尬风流》《这边风景》《闷与狂》《猴儿与少年》《霞满天》等小说，或记录当下的生活情态和精神状态，或回顾历史钩沉往事，都是对时代生活的真实反映。

列宁把托尔斯泰称为俄国革命的一面镜子，因为托尔斯泰的作品记录了俄国革命的运行轨迹。同理可推，王蒙也是共和国的一面镜子。这面镜子折射了共和国辉煌而艰辛的历史进程，是共和国活的心灵档案。从新中国成立初期到改革开放的漫长岁月里都留下了王蒙创作的印记，从共和国第一代中学生的青春到知识分子中老年的婚恋，从北京胡同里旧式家庭的内斗到新疆维吾尔族人民的生活状态，从京郊农民的悲欢到球星、名医的奇遇，都在王蒙不同时期、不同地域的作品里得到体现。

说王蒙是共和国的镜子，从物理时间而言，王蒙每个时期的创作都能对应到共和国的历史进程。这些客观存在的物理时间在王蒙的小说写作中留下明显的痕迹，《青春万岁》、《这边风景》、"季节"系列长篇小说、《春之声》、《蝴蝶》、《相见时难》、《青狐》、《尴尬风流》、《仉仉》、《奇葩奇葩处处哀》、《女神》、《笑的风》、《霞满天》等等，这些作品串起来就成为共和国的时间档案，记录了共和国的全部历史进程。如果把王蒙作品排列起来，会发现其居然是一个编年史的结构，也就是说王蒙不自觉地成为了共和国的"书记官"（巴尔扎克语）。

这种物理时间还表现在王蒙的写作时态上，王蒙既是一个回忆性的作家，也是一个即时性写作的作家。这种即时性或许秉承了《青春万岁》《组织部新来的青年人》最初的写作初心，也与热爱当下生活的精神气质相关。王蒙的《春之声》《悠悠寸草心》《名医梁有志传奇》《尴尬风流》《仇仇》《霞满天》等一系列小说，可以说是当下生活的"现场直播"，他的写作时间和小说中的时间是同步的，他和小说拥有了共同的物理时间，小说和生活在时间上是重合的。

王蒙如果仅停留在一个知识分子、一个作家对当代中国社会的观察和反映的层面上，他的文学价值还不足以区别于同时代的作家。王蒙作为新中国的一面镜子存在，还在于他是新中国肌体的一个分子，是新中国革命和建设的参与者，不仅仅是一个文人，正如评论家顾骧所言，王蒙的小说是"革命情结的升华"。早年"少共"的风雨，中年"中委"的政治色彩，晚年"人民艺术家"的桂冠，这种政治色彩不是作家为了表达某种政治意图添加上去的，而是一种与之俱来的宿命。王蒙已去世的夫人方蕤在《我与王蒙》一书中，说王蒙在日常生活中喜欢"政治分析"，"经常是值得不值得的一点儿小事，他总爱分析，总以自己的观察讲一堆自己拥有的道理，他自认为那是千真万确的"。① 这种"革命情结"也正是当代中国社会区别于其他社会的一个重要标志，而王蒙能够置身其中又出乎其外，他是新中国的参与者，又是旁观者，他的小说也自然成为革命的见证，他自己也是新中国的见证人。以致有评论家说他的小说时刻都在"布礼"，虽颇多疑惑，但更有解不开的忠诚，《布礼》的主人公钟亦成便是"忠亦诚"的同音表达。见证，是镜子的属性之一。但王蒙这面镜子已非传统意义上的镜子，他的这面镜子是多功能的，有折射反映事物本来面貌的功能，还有放大显微的作用，有时候还是变形夸大的哈哈镜。不论怎么说，"镜子"的概念仍然源于现实主义美学，而王蒙并不满足于现实主义美学理想的实现，他在艺术上的创新精神有时候到了近乎疯狂的地步，更多的时候他用心灵的镜子去折射生活、折射社会，他的小说又具备了很多现代主义的色彩。

与新中国的文学同步，与现实的亲密接触，是王蒙的人生态度，也是王

---

① 方蕤：《我与王蒙》，广西教育出版社 1998 年版，第 85 页。

蒙的文学触发点，他用最贴近的文学方式、最真诚的情感去表现共和国的变迁、社会的沧桑、人的成长和精神世界的变化，他的作品也成为共和国一份珍贵的心灵档案。

二、文学创新的旗帜

阅读王蒙要掌握一个关键词，这就是"青春"。青春的心态，让王蒙永葆文学的青春。很多作家在青春或后青春时期都写出过文采斐然的篇章，但往往随着年龄的增加变得沉默而失去了活力。王蒙似乎永远不老，保持着青春心态，在伴过了他的同代人"五七族"作家之后，又伴过了"知青族"作家，当知青族作家和先锋派作家呈衰颓之势，王蒙丝毫并没有显出疲态来，他的近作《霞满天》犹然可见《蝴蝶》式的灵动和"生猛"，而他"王蒙老矣"的宣言，实是他内心不服老的表示。虽然他年近九旬，但他的内心仍是盎然生机的"春堤"，"是许多沧桑却也是依然未悔的鲁莽和天真"①。正是这种沧桑、鲁莽和天真铸造了一个文学的王蒙。

青春的心态，不老的神态，让王蒙的创作保持着极高的产能，也成为"高质量发展"的典范。王蒙的创作青春来自他不断创新的精神，他70年的文学创作始终处于革故创新的状态，因为他知道文学的生命力在于创新。是创新，就是走在别人的前面，后来就有了一个略带悲壮的名词，叫先锋，先锋因为冲在队伍的前面，往往开路、拓展和先遣。

20世纪80年代的文坛对文学创新曾经有过多种称呼，最初称为现代派，后来称为实验文学，也有叫新潮文学，之后又有先锋文学的冠名。这与新时期文学的特性密切相关。新时期文学是一个思潮更迭迅速、旗帜变换如云的文学时代，文学的高速旋转犹如变幻无穷的龙卷云，不断推出新的花样、新的潮流、新的人物，也不断卷掉各种人物，各种花样，各种潮流。作家的淘汰和思潮的更新也以前所未有的速度在进行，各领风骚三五天者有之，三五月者亦有之，三五年者亦有之，但能在这潮汐涌动的大浪淘沙的文学旋流

---

① 王蒙：《写完〈春堤六桥〉以后》，《小说选刊》1997年第11期。

中不被新潮卷掉、不被创新筛掉并始终处于风口浪尖上弄潮的，却只有王蒙。新时期文学创新的第一股大潮是与《夜的眼》《春之声》《蝴蝶》分不开的，王蒙的艺术触角率先触及西方现代文学的范畴，他的小说能看到"意识流""象征主义""黑色幽默""超现实主义""荒诞派戏剧"的影响，1980年代中期，他推出了长篇力作《活动变人形》，这部小说实际为后来的"新写实"运动奠定了一个坚实的范例，《活动变人形》把当时文学的社会批判转向文化的反思、人性的批判，那种宽容、悲悯的人文情怀和客观冷静的零度叙述成为"新写实"的主要美学精神。80年代末、90年代初，他那些夸张变形、荒诞不经的酷似漫画的寓言小说，像《球星奇遇记》《一嚏千娇》等实际是开了当代文学"后现代"的先河，他对主题、人物、结构及至对现代小说本身的消解，该是"后现代"文化在中国最早的登陆。90年代之后，与王蒙同时代的作家大多已青春不再，已很少活力，而王蒙却进入了他创作的又一个高峰时期，10年间，他评红楼，论李商隐，谈大众文化，议人文精神，敏捷不逊当年，深刻渐越昔日。而150万字的"季节"系列长篇的发表，更是了却了他一个伟大的心愿，他在倾注了10年心血的跨世纪工程中，写下了一部更有多重价值的史诗巨著。

进入新世纪之后，王蒙的创作并没有随着年龄的增加而减退文学实验和创新的激情，他依然保持着旺盛的好奇的先锋心态。在写作了"季节"系列长篇和《青狐》之后，他的笔端转向了《尴尬风流》这种"无技巧"的写作。所谓的"无技巧"不是真的零技巧或者缺技巧，而是"绚烂至极归于平淡"，是将技巧藏起来，在不显山不露水的状态下，完成小说的意蕴。《尴尬风流》是王蒙写的最长的系列小说，也是王蒙有意识向中国传统笔记小说"看齐"的作品，他从"老王"的日常生活状态中发现"尴尬"和"风流"的悖反，小说有极强的纪实和即时写作的性质，但作品使用了言简意赅的笔记和简约派的手法，又显得与人物和生活拉开距离。诚如其早些时候在《小说选刊》发表的小说《悬疑的荒芜·作者自白》中所说："把虚构的东西写得与真实的东西没有区别，把真实的见闻、新闻、实际发生的众所周知的事情写得洋溢着小说的部件感、链条感、气氛感，还冒充'新新闻主义'。"① 王蒙的

---

① 王蒙：《悬疑的荒芜·作者自白》，《小说选刊》2012 年第 4 期。

这一尝试和实验，在当时没有引起广泛的注意，等我们后来读到《女神》《闷与狂》等神作的时候，才会发现王蒙在积攒力量、调整文气、休养生息，往回走一步，其实是为了更大的跃进一步。其实，《尴尬风流》也不只是简单地回归笔记体，而是在纪实中融合很多荒诞派的元素，时有"黑色幽默"，令人喷嚏、令人喷饭、令人寒战。再者，在体量上，《尴尬风流》也是实验性的创造性，4卷近百万字的笔记小说，在当代无人能出其右，放到古代去，也恐怕是第一人。惜乎文学界目前对王蒙《尴尬风流》的创造性和实验性研究不够。

2014年以后，王蒙的第二个"春之声"时代再度降临。《女神》《闷与狂》《笑的风》《猴儿与少年》等陆续发表，当年被称为"集束手榴弹"的意识流作品如今升级为多弹头导弹的意象流，让略显沉闷的小说界为之一振。因为进入新世纪之后，尤其近10年来，曾经的先锋精神逐渐消退，曾经的先锋派也慢慢转向写实、转向常规化写作，而王蒙反其道而行之，他继续高举先锋的旗帜，继续进行着探索和实验。《闷与狂》是这一时期的集大成之作，也是目前王蒙最完整的意识流或者意象流作品。这篇小说集中了意识流小说的全部特点，散点叙述，人物形象淡化，没有完整的故事情节，意象化成为小说的主干，人物的潜意识和无意识在语言的"狂"与"闷"中若隐若现。最重要的是，王蒙在作品中将曾经非常浓郁的老干部色彩和意识转化为一个老诗人、老文人的情怀，这也是先锋派为人物去魅常用的一种表现手法，而王蒙的自然呈现，显得尤为可贵。

王蒙还尝试过类型小说的创作，他的小说《暗杀——3322》就是对推理小说的戏仿和解构，而《生死恋》则是对言情小说的借用，《尴尬风流》是对笔记小说外壳的转化性运用，这都说明他在不断进行文体实验、艺术创新。对于文学评论，王蒙也希望能够不拘一格，大胆创新，他在《把文艺评论的文体解放一下》中提出，"不要一写评论文章就摆出那么一副规范化的架势。评而论之，大而化之，褒之贬之，真实之倾向之固然可以是评论；思而念之，悲而叹之，谐而谑之，联而想之，或借题发挥、小题大做，或独出心裁、别有高见，又何尝不是评论？"[1]王蒙自己的评论文体就是充分的自由

---

① 王蒙：《把文艺评论的文体解放一下》，《王蒙文集》第26卷，人民文学出版社2020年版，第223—224页。

奔放，在他的影响和推动下，20 世纪 80 年代文学评论繁盛一时，青年评论家大量涌现，成为文学界的一道风景线。

王蒙对文学新潮的推动，不仅是自己的创作，还通过评论和工作关系来对青年一代的实验和创作表示支持。在他主编《人民文学》期间，率先推出刘索拉的《你别无选择》之后，一批青年作家创作的具有探险性的作品陆续出场，像何立伟的《白色鸟》《花非花》《一夕三逝》、张承志的《九座宫殿》、韩少功的《爸爸爸》、徐星的《无主题变奏》、莫言的《爆炸》《红高粱》、刘西鸿的《你不可改变我》、马原的《喜马拉雅古歌》、余华的《十八岁出门远行》、洪峰的《生命之流》《湮没》等，具有审美艺术的独创性、不可重复性，深刻影响了当时的文学潮流。刘心武的《5·19 长镜头》《公共汽车咏叹调》《王府万花筒》等，运用"纪实小说"这种前所未有的方式，即时性地传达了生活中的新信息、新动态，受到读者和评论家的关注和好评。

步入晚年，王蒙在文学上的创新能力并没有因为年龄变大而衰退，80 岁之后，他又"老夫聊发少年狂"，写出了《闷与狂》《猴儿与少年》等一系列"超文本"，成为先锋文学一面不倒的旗帜，也是先锋文学最忠实的守灵人。

三、追思现代性的智者

70 年来，王蒙一直都在与现代性纠缠、博弈、对话。年轻时他把革命等同于现代性，在他眼里，革命就是启蒙，革命就是现代性。在经历了几十年的风风雨雨之后，他对年轻时的理想主义没有放弃，但对极端真理、极端现代性有所怀疑，并在他的作品里委婉而细腻地表达出来。

一百多年来，中国文人志士对现代性的追求一直没有停止过，由于现代性的"未完成的设计"的特性，也让现代性随时随地地更新和变异，教条主义的照搬和克隆反而会让现代性失去生命力。王蒙不是一个教条主义者，他是一个实践家、践行者。历时 70 年之久，王蒙对现代性的追寻与反刍从未停止过，这也与现代性本身的特点有关，现代性的每一个层面在自身的发展过程中，都遭到了反诘和批判。它既受到保守主义的攻击，也受到后现代主义的解构，可以说处于前后夹击的困境，但现代性并不因此而停止前行的脚步，现代性的意义就是向前，像《活动变人形》里的倪藻游泳那样，不断地游向前去，才有希望。

新时期文学被人们称为五四以后的又一轮现代性思潮，我们在那个时期的作品里读到了太多的抗争以及隐藏在背后的"怨恨"。王蒙这一时期的小说创作并没有和主流的思潮完全同步，王蒙忽上忽下、波澜起伏的人生经历，让他有更多的理由去写出类似《天云山传奇》《绿化树》那样的悲剧，但王蒙没有去惨痛地展示自己的身心创伤，而是努力去弥合伤口，修复身体和心理上的疼痛。他的《最宝贵的》《悠悠寸草心》等小说，描写党群关系上的疏远，没有太多的愤怒和愤恨，受害者作为领导干部反而以一种愧疚者的心理来看待这些年的苦难历史，在这一段时间内，修复疏远已久的党群关系，修复个人与周围的关系，修复心灵与肉身的断裂，成为王蒙面对历史的选择。在《布礼》和《蝴蝶》两部中篇小说里，王蒙书写的是当时"右派作家"常写的个人的苦难遭遇。在被命运捉弄之后，钟亦成受尽磨难，还是忘不了"布尔什维克"的敬礼，而《蝴蝶》里的张思远则物我两忘，幻觉化蝶，完全没有外在的创伤，连心灵也转化为超越时空的状态。

并非20多年的右派生涯没有给王蒙留下乖戾和痛苦的记忆创伤，也不是王蒙好了伤疤忘了痛，而是底层的磨难经历让他重新思考个人的定位与历史和生活的关联。并不是王蒙没有挖掘、揭露伤疤的能力，也不是王蒙故意粉饰生活、粉饰人性，他只是不想以怨恨的方式来呈现往昔的记忆。王蒙对人性和生活的洞察的尖锐和冷静，在其后创作的《活动变人形》中有充分的表现，王蒙对父亲辈的精神疾患毫不留情，对母亲辈的精神恶习的描写也刀刀见血，但是在这样一部具有某种"吐槽"意味的小说中，王蒙依然是充满了费厄泼赖的精神，他写得很痛苦，写得很不粉饰，但在内心里还是充满了悲悯。而《活动变人形》中静宜、静珍的带着农耕文明气息"前现代"轻而易举地击败了倪吾诚高调出击的"现代性"和启蒙腔，王蒙沉痛地发现了现代性的脆弱和空洞。

《杂色》这篇兼有现代主义和后现代主义色彩的中篇小说，可以说是王蒙对现代性的反思录。王蒙将自己的迷茫通过曹千里这样一个化身表达出来，曹千里的迷茫其实是王蒙对现代性的迷茫，在小说里就是那匹毫无生气、毫无现代性的杂色老马。和枣红马相比，杂色老马就是一个无用和无能的象征，但枣红马迟早也会走到灰杂色老马的境地，小说里写道："皮鞭再乘上岁月，总有一天枣红马也会像这一匹灰杂色的老马一样，萧萧然，噩噩然，吉凶不避，宠辱无惊的吧？""所以，大家都说骑这一匹灰杂色的老马最安全。是啊，当它失去了一切的时候，它却得到了安全。而有了安全就会有一切，没有了安全一切就变成了零。"①

如果说枣红马是现代性的象征的话，那么灰杂色老马则有些反现代性，这是一匹被时间遗弃了的老马，"瞧它这个样儿吧：灰中夹杂着白，甚至还有一点褐黑的杂色，无人修剪、因而过长而且蓬草般的杂乱的鬃毛。磨烂了的、显出污黑的、令人厌恶的血迹和伤斑的脊梁。肚皮上的一道道丑陋的血管，臀部的深重、粗笨因而显得格外残酷的烙印……尤其是挂在柱子上的、属于它的那副肮脏、破烂、沾满了泥巴和枯草的鞍子——胡大呀，这难道能够叫作鞍子吗？"②

当初王蒙呼唤"所有的日子都来吧"的时候，绝对没有想到"所有的日子"来了之后，曾经年轻的骏马会成为现在的模样，这是对现代性的一种解构，在《杂色》里，王蒙已经预感到现代性也会衰老，也会变得脆弱，也会变成时间的"过去时"。到了他的长篇小说《活动变人形》，王蒙在《杂色》里的困惑，由情绪的意识流和语言的延展再生慢慢转化为一种写实性的理性呈现。

多年之后，王蒙写作了小说《笑的风》，这是一部反伤痕写作的后爱情小说。《笑的风》里的傅大成对"现代性"的向往、追求，是通过对爱情的追求来表达的。傅大成感受过现代性的快乐和喜悦，但现代性追求带给傅大成的困惑和苦痛也同样煎熬着傅大成。傅大成和杜小鹃或许代表着某种现代性，而白甜美代表的则是前现代，代表着某种乡土文明，穿行在现代文明和传统文明之间的傅大成在饱尝爱情的悲欢离合之后，选择和判断愈发彷徨。

傅大成的内心是有伤痕的，情感是有伤痕的，他无疑是带着理想主义的

---

① 王蒙：《杂色》，《王蒙文集》第 13 卷，人民文学出版社 2020 年版，第 165 页。

② 王蒙：《杂色》，《王蒙文集》第 13 卷，人民文学出版社 2020 年版，第 164 页。

目标去选择婚姻，但是父母包办的婚姻不是理想主义的，因为傅大成娶了白甜美，傅大成有挫败感，觉得生活"不真实"，觉得生活太庸俗，这就是现代性造成的焦虑。但傅大成在与理想的"爱人"杜小鹃结婚之后，并没有想象的幸福，最终还是分手了。离婚以后，傅大成更加产生了"被欺骗"的感觉，又产生了新的"伤痕"，因为他追求的理想实现之后，他反而觉得更加的失落，更加的失重，所以他又回到了白甜美的"身边"，甚至要为她建立"婚姻博物馆"，完成她生前的设想。人生是如此的吊诡，爱是自由的还是孤独的？王蒙的发问是哲学层面上的诘问，王蒙的写作很多的时候也被人称赞为"智慧"，王蒙的"不怨恨"其实在于对生活的深刻认识，不是简单地用现代性观照来判断，不是用一种绝对的理想主义和绝对的真理去剖析生活的是非、黑白，将人简单地分为善恶、美丑，而是遵循生活的本真，在"去真理"化之后，还原生活现象本身，因为小说不是观念的传声筒，现代性不是包治百病的灵丹妙药。

王蒙不仅通过小说来反刍现代性，还通过一些言论的写作来表达自己的思考与省悟，《论"费厄泼赖"应该实行》是他对现代性的追问，而20世纪90年代的"人文精神"大讨论，王蒙也在一片"拯救"和"颓废"的声浪中，提出了自己的观点，虽然当时被误解，但几十年过去之后，当时王蒙关于"人文精神"的论述和见解今天依然熠熠有光，没有时过境迁。回头来看当时的"人文精神"的讨论，是对中国现代性的一次规划和阐释，也是现代性在中国落地后的众声喧哗的反响。王蒙的冷静和清醒，再次证明他对现代性的反刍不是从教条出发，而是对生活的热爱，对任何"向前一步"真理的警惕。

四、中国意象流小说的大家

新时期以来，王蒙被称为意识流写作第一人，他的《夜的眼》《春之声》《海的梦》《风筝飘带》等小说，打破了之前故事情节结构小说的创作模式，以人物的感受来结构小说，在当时的文坛上引起了巨大的波动，引发了中国文学"现代派"的大讨论。而王蒙自己并没有意识到写作这些小说将会引起整个文坛的小说革命，他当时觉得"故国八千里，风云三十年"的时空交集的信息交织和复杂情感的层积堆叠，用传统的小说方式难以表达，于是索性采用一种更加自由的方式表达出来，因而被称为意识流小说。而王蒙当时并没有接触过伍尔夫、普鲁斯特这些意识流大师的作品，那么王蒙的意识流来自何处？王蒙这些作品能算真正的意识流吗？

王蒙虽然没有直接接触到意识流的作品，但王蒙酷爱李商隐的诗歌，他写过好几篇关于李商隐的评论，他对李商隐的《无题·锦瑟》推崇至极。如果我们用现代诗歌意象学的观点来看，李商隐的《锦瑟》是非常规范的意象诗。事实上，美国意象派诗歌的鼻祖庞德正是通过对王维等中国唐代诗人作品的改写和创造，才创立了对现代主义影响极大的意象派诗歌，庞德的意象派诗歌后来对意识流小说非理性的心理表现方式产生过直接的影响。也就是说，王蒙的所谓的东方意识流的表现方式，实际和庞德等现代派同宗，师承的是一个祖宗——唐诗，唐诗体现出来的意象美学。王蒙对李商隐的欣赏和崇拜实际上是对其意象美学精神的赞叹，在他的小说创作中能够感受到"李商隐"化身为他笔下五彩缤纷的意象激流冲破传统小说的藩篱，自由地逍遥游。小说《相见时难》的题目直接化用李商隐《无题》的诗句。王蒙小说的意识流其实是从中国诗歌意象美学转化出来的意象流。

其实，意象化写作在当代小说创作中是一股涌动的暗流，"文革"前，孙犁、汪曾祺、茹志鹃等人的中短篇小说在当时的非诗化的文学环境里顽强体现着中国小说的诗学传统，就是对意象写作的痴迷和执著。孙犁的《风云初记》、汪曾祺的《羊舍一夕》、茹志鹃的《百合花》等都有意象化写作的流韵，他们或以女性视角或以童年视角来营造的小说场景和当时的小说拉开了距离。到了1978年以后，对意象大面积的运用，最初是一些先锋作家的特殊手段，但很快被更多的作家在创作中接纳，他们同时又借鉴西方的象征主义，形成了具有中国诗学特色的意象写作。张炜的《古船》《九月寓言》、铁凝的《玫瑰门》、张承志的《金牧场》、莫言的《红高粱》、孙甘露的《信使之函》《访问梦境》、苏童的《罂粟之家》《1934年的逃亡》《河岸》、格非的《青黄》等都大量使用意象写作的手段，来丰富小说的内涵和层次。张炜的《古船》属于写实主义的小说，但整个叙事的过程中，始终洋溢着意象的激情，而《九月寓言》则是其意象小说的代表作，小说中历史和现实之间的联系，思想和情绪的载体，正是借助意象的方式搭建。另一位几乎全身心投入意象写作并初步建立了自己意象王国的作家苏童,他的长篇小说《河岸》以其充沛的意象语言勾勒壮阔的小说语言洪流,成为第一部意象流的长篇小说。如果结合起来看,我们就会发现,王蒙其实是用意象的蒙太奇方式来结构小说、组织语言,与意识流有异曲同工之妙。

这样看来,王蒙的意象流被误读为意识流也就很正常了。发端于《夜的眼》《春之声》《风筝飘带》等的"东方意识流",其实源于王蒙对意象美学的钟情与爱戴,王蒙这些小说实际不是以情节或人物的命运来结构小说,而是通过一个意象作为触发点来结构小说。《夜的眼》是陈杲对城市夜的眼奇妙联想,继而扩展为情绪的流动,人物的思绪和潜意识也浮出水面。而《春之声》则以施特劳斯的名曲来贯穿小说,通过声音的聆听和联想,发现了生活的转机。而《风筝飘带》被人看作是象征小说,但对象征物又众说纷纭,就像汪曾祺在致唐湜的信中所说,"随处是象征而没有一点'象征'的意味。"①《海的梦》也是如此,"海"象征什么?也是很难具体落实的,但却构成了小说的整体结构。《蝴蝶》当时被称为"反思小说",王蒙确实在回叙历史、反刍人生,但张思远最后的蝴蝶之幻,又让小说超越了当时的流行套路,不仅是历史的审思,还是对自我的怀疑和丧失。《杂色》的出现,可以说王蒙意象流美学的完美呈现。《杂色》虽然有意识流的形态,写曹千里和杂色马在草原上行走的思绪,但其意象的流动和意象的自由组合,更具备李商隐式的美学。《闷与狂》的结构又超越了《杂色》的思维形态,《杂色》还属于定点叙述的产物,曹千里和杂色马在草原上的时空是固定的,而《闷与狂》完全以一种中国画散点透视的方式来组合意象,又以意象来贯穿小说,穿越时空,连接未来,时空消失了,只是意象的汪洋。

在谈到《红楼梦》时,王蒙和张爱玲不约而同地说到《红楼梦》的一个特点,就是小说可以从任何一回读起,甚至随手翻阅一页都可以津津有味地阅读下去。王蒙以一个作家特有的敏锐发现了《红楼梦》的特别之处,他说,《红楼梦》有些章回可以当作短篇来阅读,这是因为《红楼梦》采用非线性化的思维方式,通过"横断云岭""伏脉千里"(脂砚斋评语)的意象化来结

---

① 汪曾祺:《汪曾祺致唐湜的信》,唐湜:《虔诚的纳蕤思——谈汪曾祺的小说》,《新意度集》,生活·读书·新知三联书店 1990 年版,第 127—128 页。

构小说。王蒙不是一个特别善于讲故事和编排情节的作家，他更擅长在作品中表达情绪、渲染情感，他的小说结构常常不使用情节为主线，而以意象来结构，这从他的小说题目就可以看出。小说的题目是小说的文眼，也往往是一个作家构思一部作品灵感的源头，《夜的眼》《春之声》《海的梦》《风筝飘带》《布礼》《蝴蝶》这6篇最早被称为意识流的小说，除了《布礼》外，其余5篇都是具象的画面感，意象形态化。后来写的小说《蜘蛛》《夏之波》《笑的风》《青狐》《活动变人形》《春堤六桥》《葡萄的精灵》《霞满天》《女神》等，都是用意象来作为题目。

除了小说结构意象化之外，王蒙笔下的人物也是意象化的，有很强的精神性。王蒙深得《红楼梦》写人的三昧，他的小说既有非常写实的人物，也写了大量的意象化的人物，《布礼》《杂色》等小说就尤其明显。另外还有一些形象模糊的人物，比如《春之声》里的岳之峰，《夜的眼》里的陈杲，他们不像传统小说里的人物那样棱角分明，他们更接近印象派画家笔下的人物，情绪化，变形化。意象化的人物不注重人物的全貌，而是将人物的命运和性格通过特定的意象来展示，形象的意象化在王蒙的小说写作中发挥巨大的作用，它们不一定是小说中的主要形象，但是在主人公的心理发生巨大变化时伴随在主人公身边的重要角色，这些角色大多是主人公内心的外化，这种外化的意象让小说离开了实指而进入虚境，使得小说极具审美想象的空间。《来劲》中的 Xiang Ming 不再是具体的名字，而是一个靠声音来分辨的人物，人名的"去具象化"并不影响名称本身的指代，所以，《来劲》这个小说最有意思的地方就是人名的意象化，人名意象化带来的人本身的意象化。

王蒙的意象流被误读为意识流，无意中让他开创了中国新时期意识流小说创作的先河。由此误解，王蒙之后的小说创作确实有意识地探寻东方意识流的表现方式，像《铃的闪》《来劲》确实只是一股奇妙的语言流或意识流了，而力作《杂色》就是一部超级意识流的作品，说它"超级"，是因为小说不仅仅有意识流的表现方法，还有其他现代主义和后现代主义的表现手段。曹千里和杂色马在草原上的行走，带来的语言和意识的新变，也成为文坛的一道风景。到了晚年，王蒙又重燃《春之声》时期的热情，再度探索意象流的极限。写作了一部文体桀骜不驯的奇作《闷与狂》，在这部小说里王蒙将意识流叙述的多视点、无视点无限发挥，将意识流的潜意识、无意识自由书写，将意识流语言的"自动书写"、无标点叙述等反语言的功能巧妙整合，和中国古典诗歌意象美学的跨时空、无时空、零时空成功嫁接，形成了独一无二的中国意象流的巨著，堪称中国版的《追忆逝水年华》。

五、激励青年作家的良师

作家张炜曾不无激动地说：王蒙是中国作家"学习的榜样"，"他长期以来提携了众多的中青年作家，不光是个人创作成果丰硕，对整个作家队伍的培养也做出了很大贡献。"①张炜的话道出了很多年轻人的心声，从知青作家到"60后"的余华、陈染，从"80后"的张悦然到"90后"的郑在欢，都得到王蒙不同方式的扶持和激励。

王蒙喜欢春天，热爱春天，他知道文学的未来在于青年，文学的春天也在青年作家身上。只有春天，才富有活力和生机，才能创造一个蓬勃朝气的中国文学之春。2000年1月，王蒙把自己获得的"《当代》文学拉力赛"10万元大奖捐给了人民文学出版社，倡议设立一项30岁以下的文学新人奖，支持年轻人的创作，以促进中国文学事业的繁荣。当时有人建议用王蒙的名字来命名，王蒙坚持用"春天文学奖"命名奖项，以此寓意文学的希望和未来在春天。

春天文学奖一共颁发了5届，先后有十几位青年作家获得了正奖和提名奖，徐则臣、李修文、张悦然、戴来、了一容、彭扬等人小荷才露尖尖角，就获得了春天文学奖。徐则臣2005年获得第四届春天文学奖后，创作呈现出井喷的状态，由此先后获得鲁迅文学奖、庄重文学奖、老舍文学奖和茅盾文学奖，成为"70后"作家的代表性人物。青年作家李修文在获得第二届春天文学奖后，作品更是形成了自己的风格，2018年，他当选为湖北省作家协会主席，之后他又以作品《山河袈裟》获得第七届鲁迅文学奖散文杂文奖。

① 新华网：《〈王蒙文集（新版）〉推出 耄耋之年欲写饕餮之作》，2020年1月16日，见 http://www.xinhuanet.com/politics/2020-01/16/c_1210441098.htm。

王蒙在文坛的身份主要是一个作家，但也有高光的编辑生涯。1984年担任《人民文学》主编之后，《人民文学》成为文学新人、文学新潮的高地。为了更多地了解年轻作家的创作计划和创作现状，1985年，《人民文学》发起并组织了全国青年作家创作座谈会，莫言、马原、扎西达娃、何立伟、刘索拉、徐星等先锋作家都到会，并做了具有个性的发言。多年后，马原在文章中说："在一九八五年的《人民文学》的这次研讨会上露面的这些新的作家，带动了我国文坛上一轮新的小说美学、小说方法论。"[①]王蒙对先锋文学的提携不仅是在《人民文学》发表青年作家的作品，还在于在他们的小说引起文坛争论后，以名家的身份撰写文章进行评介。他为青年作家写下了大量的评论，最早对张承志的《北方的河》予以肯定，余华的《十八岁出门远行》刚刚问世，他就在《文艺报》上撰文推荐。这些评论是王蒙在繁忙的创作之余抽空写出来的，体现了敢为人先、甘为青年作家奉献的精神。

2022年9月22日，首届（2021—2022）"王蒙青年作家支持计划·年度特选作家"名单在北京揭晓，青年作家孙频、郑在欢、渡澜入选。王蒙与中国作协主席、中国文联主席铁凝共同向入选作家代表郑在欢颁授"王蒙青年作家支持计划·年度特选作家"荣誉证书。这是继春天文学奖之后王蒙的又一次"特别行动"。70年前，王蒙欢呼青春万岁，70年后已经耄耋之年的他，将青春的火炬用特殊的方式传递到更年轻的作家手中。

六、传统文化与现代文明的桥梁

近十余年来，王蒙在创作之余，悉心研究中国传统文化经典，陆续出版了《庄子的奔腾》《庄子的快活》《与庄共舞》《庄子的享受》《老子的帮助》《老子的智慧》《天下归仁》《中华玄机》《得民心 得天下》《御风而行》《天地人生》《治国平天下》等著作，对孔子、孟子、老子、庄子、荀子、列子等古代思想家、哲学家的著作，进行了全方位的解读。

中国文化源远流长，博大精深。王蒙通过对传统典籍的解读，为中华文

---

① 马原：《小说密码：一位作家的文学课》，作家出版社2009年版，第341页。

明的现代化做出了有益尝试，他在《天地人生》中写道："我们讨论文化与传统，目的不是为了查核与校正古史古事古物古书，不是为了发思古之幽情、怀古之高雅，更不是要返回古代与先辈的生活方式，而是为了更深刻全面地认识当下，认识我们的文化、我们的生活的来历与精微内涵，认识传统文化的坚韧与新变"①。王蒙历时多年研习和解读，深入浅出地解读中华五千年文明，用自有的独特的生活化、哲理化、思辨性的语言，揭示中华优秀传统文化的丰厚内涵与深远意义，回应时代对文化转化与创新的呼唤。王蒙这些著作的一个显著特点，是在尊重原著的基础上大胆创造性解读，从文化与生活之关系作为解读的出发点，阐发中华传统文化与新时代国人心理链接的可能，强调传统文化对当下生活的共情性和精神支撑。

在这些著作中，王蒙化身为星链，链接着中华传统文化与现代文明，承先启后，贯通古今，连接中外。随着时间的推移，他的这些著述和他的文学作品交相辉映，在共和国的星空中，将发出更加璀璨的光芒。

（王干：作家、评论家）

---

① 王蒙：《天地人生：中国传统文化十章》，江苏人民出版社 2022 年版，第 11 页。

论王蒙的现代性

——以"人文精神大讨论"为中心的思想考察

朱自强

1993 年至 1995 年的"人文精神大讨论",是中国当代思想史、文学史上的一个重要事件。以市场经济为社会背景的这场讨论,与一百年前在人生观问题上"科学与玄学"的思想论战具有共同的问题本质,就是如何处理物质与精神、物质文化与精神文化的关系问题。倡导"人文精神",发起"人文精神大讨论"的部分人文知识分子将物质文明与精神文明对立起来,显露出具有唯心主义倾向的思维特点。而王蒙则秉持唯物主义的认识论,坚持"人文精神"的现实实践性,信奉"现代性"的进步历史观,从而坚定地站在了"现代性"的一边,站在了市场经济的一边。时间过去了 30 年,历史已经证明当年王蒙的正确性,因为他看准了历史发展的现代化进程。

一、"人文精神大讨论"的问题实质——王蒙出场的背景

1993 年开始,持续了两年之久,有众多学者、作家、文人参与的"人文精神大讨论",是中国当代思想史、文学史上的一个重要事件。"人文精神大讨论"折射出的是当时中国社会的思想领域中人文知识分子的"现代性"思想水准这一重要问题。

正因为这场讨论的重要,它才会被很多学者一再"旧事重提"。我注意到,至少是每过 10 年,当年"人文精神"的倡导者之一、"人文精神大讨论"

发起者之一的王晓明教授就会站出来发文，重申其当年所倡导的"人文精神"的重要性，重申其发起的"人文精神大讨论"这一思想行动的正确性。在最近的一场 30 年回顾中，王晓明对他所理解的"人文精神大讨论"的性质做了迄今为止最为清晰的说明。王晓明说，"这场讨论触及了一个比较重大的社会文化问题"，而对这个"重大的社会文化问题"，他是这样描述的——"我们当时模模糊糊地觉得，社会正在快速形成一种新的主流文化，它明显不同于 1980 年代的主流文化。自 1978 年我们进大学读书的时候起，思想解放、政治民主、文化开放，这些是清楚地构成 1980 年代主流文化的重点。可到了 90 年代，一种新的文化或者说支配性的文化快速形成，当时我们并没有看得很清楚，很多与之有关的事情，我们其实都来不及想清楚，但有一点是明确的：这种不同于 1980 年代的新的文化，是有很大问题的，它意味着某种对于社会进步来说必不可缺的文化因素的萎缩和破坏，所谓'人文精神'就是对这个文化因素的称呼。"①不难看出，王晓明的这一总结是将 1980 年代的"思想解放"这一"文化"与 1990 年代明确起来并全面展开的市场经济所萌生的"新文化"（比如王朔的小说）对立起来的。这就是深层问题之所在。在我看来，王晓明所描述的"思想解放、政治民主、文化开放"的 1980 年代与同样是他所描述的"一种新的文化或者说支配性的文化快速形成"的 1990 年代，都是处于"改革开放"这一个时代走向之上，即处于中国社会主义现代化这一发展方向之上。在 1980 年代，"市场经济"（即"新的文化"）是呼之欲出（已经开始萌动），而在 1990 年代，"市场经济"是闪亮登场（以 1992 年 10 月党的十四大报告中正式提出"我国经济体制改革的目标是建立社会主义市场经济体制"为标志）。1980 年代的"思想解放、政治民主、文化开放"这一文化，如果不发展为 1990 年代至今的由市场经济创造出的"新的文化"，中国社会的现代化进程将会发生中断。但是，从 1993 年至 2023 年，以王晓明为代表的部分人文知识分子一以贯之地将这两者对立起来，根本问题出在对"现代性"思想和实践的认知障碍和思想隔膜。

"现代性"是名词，"现代化"是动词，"现代化"是"现代性"这一理

---

① 陈思和、王晓明主讲：《内卷时代如何重建"人"的尺度——"人文精神大讨论"30 年与当代思想状况》，《探索与争鸣》2023 年第 12 期。

念的实践过程。因此，一个社会的"现代性"思想水准，极大地影响着这个社会的"现代化"发展进程。

自清末民初以来，在中国社会的现代化进程中，围绕"现代性"问题，思想领域里的一个重要的课题就是如何处理物质文明与精神文明、物质文化与精神文化的关系。

1907 年，鲁迅在《文化偏至论》中思考、规划中国社会的发展路径时说道："诚若为今立计，所当稽求既往，相度方来，掊物质而张灵明，任个人而排众数。人既发扬踔厉矣，则邦国亦以兴起。"①《文化偏至论》整篇文章的根底处流露着对"现代性"的物质文明的贬抑思想。文章中，鲁迅所借重的尼采的"超人"哲学也是唯意志论的哲学。

1920 年，梁启超发表《欧游心影录》，尽管他对整体的西方文明仍然持有一定的信心，但也明确指出，西方的物质文明已经破产，要靠中国文化来拯救。他呼喊道："我的可爱的青年啊，立正，开步走！大海那边有好几万万人，愁着物质文明破产，哀哀欲绝地喊救命，等着你来超拔他哩。"②梁启超的西方物质文明已经破产这一思想产生于他在"一战"以后去欧洲的游历、考察之中，而当时与梁启超一道在欧洲游历的张君劢则进一步发展出了他的玄学人生观。张君劢认为，科学是物质的，人生观是精神的，西方是"物质文明"，中国则是"精神文明"，而解决人生观的问题，要靠"精神文明"。③张君劢的这一观点招致同样与梁启超一道在欧洲游历，但是主张科学人生观的地质科学家丁文江的批评，从而引发了 1923 年至 1924 年的"科学与玄学"之间的一场思想论战。在这场论争中，科学人生观派得到了陈独秀这样的马克思主义者的支持。陈独秀明确指出："把欧洲文化破产的责任归到科学与物质文明，固然是十分糊涂……欧洲大战分明是英德两大工业资本发展到不得不互争世界商场之战争，但看他们战争结果所定的和约便知道，如此大的变动，那里是玄学家教育家政治家能够制造得来的。如果离了

---

① 鲁迅：《文化偏至论》，《鲁迅全集》第 1 卷，人民文学出版社 2005 年版，第 47 页。
② 梁启超：《欧洲心影录》，商务印书馆 2014 年版，第 52 页。
③ 参见张君劢：《人生观》，张君劢、丁文江等：《科学与人生观》，岳麓书社 2012 年版，第 1—7 页。

物质的即经济的原因，排科学的玄学家教育家政治家能够造成这样空前的大战争；那末，我们不得不承认张君劢所谓自由意志的人生观真有力量了。我们相信只有客观的物质原因可以变动社会，可以解释历史，可以支配人生观，这便是'唯物的历史观'。"① 在陈独秀这里，我们看到了科学人生观与马克思主义的唯物主义历史观之间的内在联系。

1993 年，王晓明等 5 人在《上海文学》第 6 期上发表了《旷野上的废墟——文学和人文精神的危机》这篇对谈文章，接着，《读书》杂志有计划地组织讨论，刊发文章，由此引发了一场旷日持久的"人文精神大讨论"。必须承认，最初的文学知识分子提出的"人文精神"，虽然有凌空蹈虚的倾向，但是，其关注剧烈变动的社会，并试图有所作为的意识是具有十分积极的现实意义的。不过，这场讨论，由于处于十分复杂而又不甚肯定的社会转型（主要是由计划经济向市场经济转型）的动荡过程之中，更由于倡导"人文精神"的年轻的人文学者们缺乏哲学认识论的理论修养，持有的是过于单一甚至有些陈旧的人文知识结构以及狭窄的本土视野，从而导致了争论的思想焦点不够明确突出，讨论成果缺乏理论的深刻性和思想的高度这些问题。

我认为，1993 年至 1995 年间的"人文精神大讨论"，与一百年前的"科学与玄学"之争一样，在本质上也是关于物质与精神、物质文化与精神文化之间的关系的一场思想论战。我们可以从倡导"人文精神"的人文知识分子那里，明确地看到这一点。比如，王彬彬在讨论的当时，就是将"世俗的""经验的""尘世的东西"作为"具有宗教性"的"人文精神"的对立面："人文精神如果理解为批判性与否定性，那么人文学者，知识分子则必然站在现实的对立面上，而若站在现实对立面上，则必然要有一个价值立脚点。这立脚点不能是世俗的、经验的，它必须具有神圣和超验的性质，而这只能是一种具有宗教性的东西。所以人文精神要重建，要昂扬，与其说回到'岗位'，不如说回到天国，你要否定和批判尘世的东西，就必须有一种源自天国的尺度。"② 再比

---

① 陈独秀：《〈科学与人生观〉序》，张君劢、丁文江等：《科学与人生观》，岳麓书社 2012 年版，第 6—7 页。

② 吴炫、王干、费振钟、王彬彬：《我们需要怎样的人文精神》，王晓明编：《人文精神寻思》，文汇出版社 1996 年版，第 69—70 页。

如，2023 年 4 月 24 日，复旦大学文理学社邀请王晓明、陈思和、许纪霖，以"人文精神大讨论 30 年"为题进行了一场回顾历史的对谈，互联网上发表的据称经过对谈人审定的对谈纪要中有这样一段文字："许纪霖补充……大写的'人'是思想的解放，小写的'人'是欲望的解放。欲望的解放能推动社会的发展，90 年代无论国家还是民间，主流的观念都是发展主义，关心'吃饱饭'的问题，也就是小写的'人'。但当时人文精神的提倡者们觉得真正代表人的本质的还是大写的'人'。这在当时有些不合时宜，有很多反对的声音，两边的声音旗鼓相当。他接着说道：'但三十年后看，还是我们对。'"①从许纪霖的这段话中，明显可以感到他是将"大写的'人'"和"小写的'人'"对立起来，将"精神"（"思想"）与"物质"（"吃饱饭"）对立起来的。许纪霖话语中的这种对立，令人联想起晚期儒家的"存天理，灭人欲"这种人论，令人怀想起早期儒家的"饮食男女，人之大欲存焉"这一健全思想。

将物质与精神对立起来的代表正是"人文精神大讨论"发起者之一的王晓明教授。令人深思的是，那场大讨论过去了 30 年之久，他依然固守着这一立场："在 1990 年代初期，并不是所有被压抑的欲望都有释放的空间的，有一些门还是被锁着的，只有发展经济、改善物质生活这一方面的欲望之门是敞开了的。在这样的有明显偏向的社会条件下形成的新的文化，出现问题是必然的。……30 年来，这种文化日长夜大，不但面目非常清晰了，而且我们每一个人都在它的笼罩之下，几乎时时刻刻都会体验到它的强大和偏颇，领略它给社会和个人造成的影响乃至伤害。所以，现在的情况可能是越来越多的人开始讨厌它、想要摆脱它了。"③不能否认，进入 1990 年代以后，是存在着王晓明教授所指出的"只有发展经济、改善物质生活"的"偏向"，即使是这样，按照唯物主义的观点，"发展经济、改善物质生活"依然会带来一定程度的整个社会的思想的活跃和精神的解放，而不是像王晓明教授所

---

① 《"人文精神"大讨论三十年》，2023 年 4 月 27 日，见 https://www.thepaper.cn/newsDetail_forward_22863078。

③ 陈思和、王晓明：《内卷时代如何重建"人"的尺度 —— "人文精神大讨论" 30 年与当代思想状况》，《探索与争鸣》2023 年第 12 期。

判断的,"只有发展经济、改善物质生活"的"偏向"会造成一种"给社会和个人"带来"伤害"的"新的文化"。

"人文精神大讨论"面对的直接现实就是社会主义市场经济的大潮。站在今天这个时空来看,"人文精神大讨论"的根本起因就是一部分人文知识分子面对社会主义市场经济大潮,怀着不适、退缩甚至惧怕的心理。王晓明明确作出判断说:"这一股极富中国特色的'商品化'潮水几乎要将文学界连根拔起"。① 崔宜明则说:"……就是遇上了再严酷的时代,我们这个社会也总会有些人铁了心甘当殉道者的。"② 所谓"殉道"就是在这个"再严酷"不过的"市场经济"时代,拒绝"'商品化'潮水"带来的物质诱惑,就是抱守"人文精神"这一"终极价值"。可见,发起人文精神讨论的文学知识分子从一开始就把"人文精神"与市场经济对立起来,进而将两者视为水火不容的关系。这种构建人文精神的思路与社会学家马克斯·韦伯在《新教伦理与资本主义精神》一书(此书的中译本早已于 1986 年由四川人民出版社出版)中指出的新教徒为了市场经济的实施,而将宗教世俗化这一路径完全相反。更进一步说,在主张市场经济的经济学家那里,"人文精神"与"市场经济"并不必然是矛盾冲突的。亚当·斯密在撰写了《道德情操论》一书之后,不是一转身就在《国富论》一书中论证、设计"市场经济"吗?哈耶克、米塞斯这样的经济学家,哪一个不是秉持着"人文精神"的立场、情怀和视野来建构市场经济理论的呢。

我们还可以看一看认同"现代性"及其市场经济的科学家型的思想家是如何阐释"人文主义"(即人文精神)的。史蒂芬·平克说:"生命、健康、幸福、自由、知识、爱、丰富的体验,实现这些人类繁荣最大化的目标,可以被称作人文主义。"③ 史蒂芬·平克所说的"生命""健康""幸福""知识""丰富的体验",甚至包括"自由",它们都不是形而上的所谓"终极价值",而

---

① 王晓明、张宏、徐麟、张柠、崔宜明:《旷野上的废墟——文学和人文精神的危机》,《上海文学》1993 年第 6 期。

② 王晓明、张宏、徐麟、张柠、崔宜明:《旷野上的废墟——文学和人文精神的危机》,《上海文学》1993 年第 6 期。

③ [美] 史蒂芬·平克:《当下的启蒙——为理性、科学、人文主义和进步辩护》,侯新智等译,浙江人民出版社 2018 年版,第 444 页。

是与"尘世"的物质生活联系在一起。史蒂芬·平克甚至将现代科学（"现代性"的有机组成部分）带来的物质进步视为"道德"进步。他说："……科学赐予了我们有关生命、健康、财富、知识和自由的礼物。……我们凭借科学知识根除了天花这种痛苦不堪、导致毁容的疾病。仅在 20 世纪，天花就夺去了 3 亿人的生命。如果有人还没有意识到这一道德成就的壮举，那么请允许我再说一遍：我们凭借科学知识根除了天花这种痛苦不堪、导致毁容的疾病，仅在 20 世纪，天花就夺去了 3 亿人的生命。"① 毫无疑问，史蒂芬·平克的"人文精神"或"人文主义"是唯物主义的，而不是唯心主义的。

不得不说，倡导"人文精神"的中国的一部分人文知识分子口中、笔下的"人文精神"具有较为浓厚的唯心主义色彩。这才是问题的根本。

也正是在这一问题的根本处，我们看到了王蒙的存在。在"人文精神大讨论"中，王蒙的存在是"众里寻他千百度"的存在，是"众人皆醉我独醒"的存在，也是"春江水暖鸭先知"的存在。然而，作为这样的存在的王蒙，无论是在当年的讨论中，还是在当下的对当年讨论的回顾、总结中，都是在一定程度上被误解、被遮蔽、被忽视了的。出现这样的令人遗憾的误解、遮蔽和忽视，反映出的是中国当代思想界令人深思的深层次问题。

评价王蒙在"人文精神大讨论"中的真正的价值和意义，与对其透彻、深刻、有力的观点的关注相比，更重要的是了解、把握王蒙面对、处理社会转型时期的重大思想问题时，其观点背后的思想方法和理论资源。正是在王蒙的思想方法和理论资源这里，我感受到了王蒙的根基牢固、思辨明晰、目光高远的现代性思想。

二、王蒙：以唯物主义为根底的现代性

在"人文精神大讨论"中，王蒙在看待重要的问题时往往直逼本质和真相。王蒙的眼光、见识之所以明显高于倡导"人文精神"的"青年批评家"们，

---

① ［美］史蒂芬·平克：《当下的启蒙——为理性、科学、人文主义和进步辩护》，侯新智等译，浙江人民出版社 2018 年版，第 419 页。

原因之一是他自觉地持有的理论武器是唯物主义。

"现代性"是唯物主义的，而反现代性的尼采以及以尼采为思想资源的激进的后现代主义都有唯心主义的特征。同样，市场经济也是唯物主义的，而计划经济则具有唯心主义的色彩。

王蒙深知"现代性"的市场经济是唯物主义的，他通过指出计划经济的唯心性质来质疑拒绝市场经济的所谓"人文精神"的虚幻性。他说，"计划经济"表面看起来，比"市场经济"更人文，但是"计划经济的悲剧恰恰在于它的伪人文精神，它的实质上唯意志论唯精神论的无效性。它实质上是用假想的大写的人的乌托邦来无视、抹杀人的欲望与需求。它无视真实的活人，却执着于所谓新型的大公无私的人。"① 王蒙的这段话也是在说，正视"真实的活人"的"市场经济"其实才有可能是真正的"人文"。这样的观点不仅非常深刻而有力，而且至今仍然有着现实力量。对此，我们可以回想一下前面引述过的许纪霖将"大写的'人'"与"小写的'人'"对立起来，扬前者而贬后者的那段话。

王蒙的市场经济与人文精神非但并不必然、并不总是存在矛盾和对立，反而往往与人文精神存在着必然联系这一观点，让我想到奥地利经济学派的领袖之一米塞斯的经济学思想。米塞斯说：经济学"它决不止于讨论人们在'经济方面'的努力——为取得财货，为改善他的物质福利而作的努力。它是人的全部行为的科学。选择，是人的一切决定之所以决定。在作选择的时候，他不只是在一些物质的东西和一些劳务之间选择。所有的人类价值，都在供他选择。一切目的与一切手段，现实的与理想的，崇高的与低下的，光荣的与卑鄙的，都在一个排列中任人取舍。人们所想取得的或想避免的，没有一样漏在这个排列以外。……这个现代价值论，扩张了科学的眼界，也扩大了经济学研究的范围。"②"所有的人类价值，都在供他选择"，这就是米塞斯主张的市场经济。米塞斯还批判道："……人是可以随自己的意思来组织社会的。如果社会条件不符合改革者的愿望，如果他们的理想国无法实行，

---

① 王蒙：《人文精神问题偶感》，《东方》1994 年第 5 期。

② ［奥］路德维希·冯·米瑟斯：《人的行为》，夏道平译，上海社会科学院出版社 2015 年版，第 3 页。

那就归咎于人的道德不够。一些社会问题被当作伦理问题来考虑。"①心有灵犀也好，无师自通也好，王蒙对市场经济的理解，的确是超出了传统人文学科（为倡导"人文精神"的一部分人文知识分子所固守）的知识视野。信奉唯物主义认识论的王蒙，敏锐地抓住了经济学的本质，抓住了市场经济的本质。倡导作家要学者化的王蒙，本身就不是一般意义上的或者经院意义上的学者，而是一个知识视野极为开阔，并且能在诸多知识领域乃至思想领域"横通"的治学之人。这是作家王蒙的独特之处，也是思想者王蒙的超人之处。

思考现代性的相关问题，仅仅依靠传统的人文学科的知识，是无法获得阐释力的。倡导"人文精神"的一部分人文知识分子，因为囿于单一的人文学科的知识（而且显得陈旧），忽视本来是构成问题本源之一的经济学、社会学知识（这里的"知识"，完全可以换成"思想"），所以，使自己所倡导的"人文精神"成了来路不明、去路不见的"玄学"。他们没有意识到"人文精神"的问题，比如其中的道德问题，也是需要在他们所定义的"人文"领域之外来解决的。比如，在健全的市场经济的社会系统中，损害他人的不道德的行为，往往是以自身经济利益的损失为代价，因而为了自身的经济利益，他也必须改变不道德的行为。

但王蒙就不同了。他所追求的"人文精神"打着鲜明的"现代性"标记，而承认物质人性的市场经济就是王蒙主张的这种"人文精神"的诞生地和生长地。王蒙在批判将"商品"与艺术对立起来的"人文精神"时，以一个将美丽围巾作为焦点的宣传片（他一度误以为是广告）为例说道："与他们的意识形态宣传相比较，纺织品或围巾的成色问题，与之有关的商品弘扬不是更多一点单纯和人类共识，多一点艺术的童心，多一些人文精神乃至终极关怀——不是对于上帝或某个概念的关怀而是对于普通人的物质的从而也是精神的关怀吗？"②

因为持唯物主义立场，王蒙必然像写作《新教伦理与资本主义精神》的

---

① ［奥］路德维希·冯·米瑟斯：《人的行为》，夏道平译，上海社会科学院出版社 2015 年版，第 2 页。

② 王蒙：《美丽围巾的启示》，《读书》1996 年第 8 期。

马克斯·韦伯那样赞成现代社会的"世俗化"（并不必然与人文精神相对立），于是，我们就看到了王蒙要"躲避崇高"，并站出来为王朔的所谓"痞子文学"辩护。

1990 年代，我读王朔小说时虽然对其没有太高的评价，但是，也没有半点厌恶之感，甚至认为严肃和真诚才是王朔小说的底色——消解根深蒂固的伪"崇高"，底色不可能不是严肃和真诚的，就像塞林格的《麦田里的守望者》一样，表面是颓废、痞气，内里却是严肃和真诚。王朔不可能是词典意义的"痞子"，其小说不可能是词典意义的"痞子"文学。所以，我在 30 年前阅读王蒙的《躲避崇高》一文，固然还没能力觉察到其小中见大、弦外之音的表现背后深刻的思想史、文学史的意义，但也确实是认同的。

文学具有审美性，但是它既离不开政治，也离不开经济（商品化），离不开世俗化。可是坚守"文学"，坚守"人文精神"的一些文学知识分子将文学看作纯而又纯的东西，而不愿意让"政治""经济""世俗化"玷污了文学，因为"文学自有它不可亵渎的神圣性"（王晓明语）。王晓明就说："我过去认为，文学在我们的生活中占有非常重要的地位，现在明白了，这是个错觉。即使在文学最有'轰动效应'的那些时候，公众真正关注的也并非文学，而是裹在文学外衣里面的那些非文学的东西。"[1]正是按照这一将"文学"看成纯而又纯，纯成了不及物的抽象理念这一认知逻辑，被"公众真正关注的"，但被他们定性为"痞子文学"的王朔小说，其"文学外衣里面"的"调侃""痞子气"就都成了"非文学的东西"。

但是，王蒙并不将"世俗化"与文学的艺术性对立起来，他定义"文学"的眼光是与时俱进的。他在历数了王朔的"痞子文学"的种种"罪状"（在否定者眼里）之后说道："承认不承认，高兴不高兴，出镜不出镜，表态不表态，这已经是文学，是前所未有的文学选择，是前所未有的文学现象与作家类属，谁也无法视而不见。"[2]在王蒙支持王朔小说的种种理由中，有一句值得重视和深思的话——"他们很适应四项原则和市场经济"。准确地判断

---

[1] 王晓明、张宏、徐麟、张柠、崔宜明：《旷野上的废墟——文学和人文精神的危机》，《上海文学》1993 年第 6 期。

[2] 王蒙：《躲避崇高》，《读书》1993 年第 1 期。

一种文学的价值和属性，有的时候，比如面对"满纸荒唐言，一把辛酸泪"的王朔小说的时候，同时具有政治学和经济学的眼光是看不到其中的文学真义的。

王蒙支持"躲避崇高"的王朔的"痞子文学"，还因为他对"终极价值"的警惕。"人文精神"倡导者们口中的"终极价值"，也许在王蒙眼里就表现为"绝对价值"。对"绝对价值"，王蒙是怀着足够敏感的警惕之心的。他在评论易卜生的剧作《罗斯莫庄》中的罗斯莫为了证明自己的绝对价值，要求情人吕贝克为自己殉情而死时就说："这是绝对价值的悲剧性、郑重性、惨烈性乃至必然性即强制性。"①王蒙毕竟胜人一筹。我们也许能从"绝对价值"中感受到其"强制性"意味，但却难以发现其"残酷"之性质。读了王蒙的《绝对的价值与残酷》一文，我不由得对拒绝市场经济的物质诱惑，在精神上"铁了心甘当殉道者"的某些人文知识分子，心情变得复杂起来——这"殉道"云云，如果求诸于己，似可敬佩，如果强加于人，则不免"残酷"，如果这种强加变成具体的社会行动，真就会具有"惨烈性"。

在唯物主义者看来，"人文精神大讨论"的发起者要讨论的"人文精神的危机""人文精神日渐萎缩"这一问题（假设其真的存在），其实首先是一个十分现实的社会问题，而不只是一个所谓追求"终极价值"的形而上的问题，更不只是一个伦理道德的问题。试图通过只用伦理道德（也可以用形而上的"终极价值"来表述）来改变人心并解决社会问题，这是唯心主义者的思维方式和做法。

唯物主义者王蒙深刻地指出："对于人的关注本来是包括了对于改善人的物质生活条件的关注的，就是说我们总不应该以叫人们长期勒紧裤带喝西北风并制造美化这种状况的理论来弘扬人文精神。但是，当我们强调人文精神是一种精神的时候，我们自古以来于今尤烈的重义轻利、安贫乐道、存天理、灭人欲、舍生忘死、把精神与物质直至与肉体的生命对立起来的传统就开始起作用了。"②"仓廪实而知礼节"，这是古话，而根据唯物主义思想，人的伦理道德是特定的社会生产力所决定的。夫为妻纲、男尊女卑这种伦理道

---

① 王蒙：《绝对的价值与残酷》，《读书》1999 年第 1 期。
② 王蒙：《人文精神问题偶感》，《东方》1994 年第 5 期。

德是农耕文明的产物，在工业文明中必然渐渐走向衰亡。同样的道理，在现代性的社会主义市场经济的实践中，必然会产生新的"人文精神"。

三、王蒙：实践性的"人文精神"、历史化方法和进步的历史观

临渊羡鱼不如退而结网。人文精神如果不去实践，如果不能转化为全体人民的幸福生活，而只是停留在知识分子口头上，这样的"人文精神"有什么意义和价值呢？

从传统社会到现代社会，变化了的是人的行为。市场经济的出现，就是人的行为变化的一种必然结果。所以米塞斯主张，经济学就是研究人的行为的学科，经济学就是"人的全部行为的科学"。

面对倡导"人文精神"的一部分人文知识分子的讨论，我有种空对空的感觉。他们一往情深地倡导"人文精神"，却并不想将其落实到具体的"人的行为"之上。这与史蒂芬·平克所说的"人文主义"大不一样。史蒂芬·平克在《当下的启蒙——为理性、科学、人文主义和进步辩护》一书中，在支持现代性的"进步"这一理念时，用了大量数据来证明现代社会的进步，而那些数据的背后都是人的行为。

"边缘化"是"人文精神大讨论"中的常用词，指的是倡导"人文精神"的知识分子，主要是文学知识分子被"市场经济""商品化大潮"所"边缘化"。为什么文学知识分子们会觉得被社会"边缘化"了，觉得"'商品化'潮水几乎要将文学界连根拔起"，而王蒙、王朔们为什么没有被"边缘化"的感觉，反而是跃跃欲试地要扑进"商品化大潮"中去冲浪？《上海文学》杂志1994年第4期发表了白烨、王朔、吴滨、杨争光4人的对谈文章《选择的自由与文化态势》，在讨论"人文精神"时，王朔等人反对"坐而论道"，因此这篇文章使用的关键词就不是王晓明等人使用的"意义""价值""终极价值""人格""道德"等名词，而是"选择""下海""改变""发展""建设""求同存异"等动词。对照起来，某些人文知识分子的所谓被"边缘化"，其实是缺乏社会实践的行动性的必然结果。

米瑟斯认为观念之后要有行动，"行为之前是思想。思想是预筹将来的行为，并回顾过后的行为。思想与行为是不可分的。每一行为总是基于一个关于因果关系的特定观念。思考一个因果关系的人，是在思考一个理论。没有思想的行为，不要理论的实施，是不可想象的。"①人文精神也是一种观念，也应该化为具体的行动。可是，在"人文精神讨论"中，人文知识分子却有着较为明显的避世心态，其具体表现就是要回归、"修复"所谓的知识分子的"传统"，而不是走进市场经济的社会实践之中。本来讨论是因"商业化大潮"而起，但是他们却不把自己主张的"人文精神"放在"商业化大潮"中去实践，更不会想到在"商业化大潮"中建构具有现实合理性的人文精神。在这一点上，王蒙就完全不同，他是要在"市场经济"中去建设新的"人文精神"。他说："我们的目标不是建立一个人人大公无私的君子国，而是建立一个人人都正直的劳动与奋斗获得发展的机会更加公平也更加有章可循的社会。这个目标只能在市场经济条件下达到，达到了这样的目标也才更容易寻找人文精神。"②王蒙在谈论人文精神时，不停地联系当下社会，联系市场经济，他知道人文精神的找寻或建构，只能在当下的社会实践即市场经济中去实现。正如王干所指出的："王蒙不是一个教条主义者，他是一个实践家。"③王蒙的确是个"实践家"。他在谈及创作时，喜欢把自己说成是"劳动者""劳动力"。王蒙的这种实践品性在其年轻时就有体现。我把《青春万岁》的序诗里的"擦完了枪，擦完了机器，擦完了汗"的那个"我"，看作是"实践家"王蒙的自我。

程光炜在回顾"人文精神讨论"时敏锐地感觉到了王蒙的"历史目光"——"实际上，双方已争论到'十七年'的历史问题，只是后来人们并未注意到这个问题对于人文精神讨论的真正含义。据我看到的历史文献，上海的人文精神倡导者都未注意到'十七年'这个重要的历史资源，倒是为王朔命运愤愤不平的作家王蒙把它当作立论的出发点。"④王蒙不仅关注"十七年"这段

---

① [奥]路德维希·冯·米瑟斯：《人的行为》，夏道平译，上海社会科学院出版社 2015 年版，第 173 页。

② 王蒙：《人文精神问题偶感》，《东方》1994 年第 5 期。

③ 王干：《论王蒙》，人民出版社 2023 年版，第 50 页。

④ 程光炜：《引文式研究：重寻"人文精神讨论"》，《文艺研究》2013 年第 2 期。

历史，他的眼光还涵盖着"自古以来"的整个历史。王蒙指出的"强调人文精神"的"青年评论家"们的"人文精神"其实与历史传统是相连接的："但是，当我们强调人文精神是一种'精神'的时候，我，自古以来于今尤烈的重义轻利、安贫乐道、存天理、灭人欲、舍生忘死、把精神与物质直至与肉体的生命对立起来的传统就开始起作用了。"① 正是因为放出了"历史目光"，王蒙看到了一些文学知识分子所倡导的"人文精神"的非现实性、非实践性，并提出了创造新的"中国式的人文精神"这一重要思想——"我们可以或者也许应该寻找人文精神，探讨人文精神，努力争取源于欧洲的人文精神与中国的文化传统与实际生活相结合，结出中国式的人文精神之果，却不大可能哀叹人文精神的失落。"②

王蒙的"历史目光"不仅指向中国，而且指向世界，从而反观回来看清中国——"改革开放以来文化生活的情况难以一概而论。恕我直言，我不知道为什么别的国家市场经济搞了几百年也照样有大作家大艺术家大思想家大文化人引领风流，而我们的知识分子一见市场经济起了个头就那样脆弱地哀鸣起来了呢?"③

王蒙在思考人文精神建设时的历史化方法，其背后蕴含着他处理传统与现代关系时的思想逻辑。在《中国人的思路》一书中，王蒙先生明确揭示出了被很多人所忽视，被某些人所遮蔽的继承、发扬优秀传统文化的现实实践这一逻辑："今天，我们骄傲于改革开放、中国特色社会主义现代化的长足进展，乃有信心大谈'博大精深'其实曾经是困难重重的中华传统文化。这是中华民族的胜利，也是人类一切科学文化成果洋为中用的胜利，还是以孔子为代表的中华传统古为今用的成功，是我们的古老文化实现创造性现代化创新转化的胜利。"④ 王蒙先生深刻地指出："新文化运动与革命文化，也使人们看到了仅仅一个孔子的学说不足以完成提供中国现代化征程所需的精神支撑的任务，我们必须汲取数千年历史上的一切精华，更新完善我们的民

---

① 王蒙：《人文精神问题偶感》，《东方》1994 年第 5 期。

② 王蒙：《人文精神问题偶感》，《东方》1994 年第 5 期。

③ 王蒙：《人文精神问题偶感》，《东方》1994 年第 5 期。

④ 王蒙：《中国人的思路》，外文出版社 2018 年版，第 45 页。

主、自由、平等、法治、科学、真理、价值、方法论、逻辑学等诸种观念，必须汲取人类一切先进文化成果，必须汲取历史唯物主义与科学社会主义并使之本土化。不了解传统文化，就不了解国情人心，脱离国情民心就必然碰壁。不改革开放发展现代化，也只能向隅而泣乃至被开除球籍。"①的确如王蒙先生所言，因为有改革开放的巨大成就，因为有社会主义市场经济的伟大实践，我们才获得了弘扬中华优秀传统文化的底气和资本，而在 1840 年、1860 年、1895 年、1915 年时，我们是没有这样的底气和资本的。

在"人文精神大讨论"中，王蒙之所以站在了现代性的社会主义市场经济的一边，是因为他持着现代性所信奉的"进步"的历史观。这种进步的历史观构成了他的《中国人的思路》的论述逻辑。要进步就必然要走进未知的新领域，就必然会面临难以预知的风险。但是"现代性"的信奉者是坚定的乐观主义者（这与索维尔在《知识分子与社会》一书中所指出的"悲观构想"并不矛盾）。王蒙的"我们的知识分子一见市场经济起了个头就那样脆弱地哀鸣起来"这句话，可谓一针见血地指出了"人文精神大讨论"中的某些文学知识分子其实是精神脆弱的悲观主义者。

我们对"人文精神大讨论"这一历史事件应该抱有理解之同情。我们理解倡导"人文精神"的人文知识分子的历史局限，但我们更要思考王蒙为什么没有那种历史局限。思考这一问题，关于"人文精神大讨论"的当下思考才能取得思想的进步。史蒂芬·平克指出："知识分子厌恶进步，那些标榜自己为'进步人士'的知识分子尤其厌恶进步。这并不是说他们讨厌进步所带来的成果，例如：大多数专家、批评家以及思想传统的读者都在使用电脑，而不再是羽毛笔和墨水瓶；他们更愿意在手术时接受麻醉，而非直接动刀。真正让喋喋不休的知识分子感到不快的，是进步的理念，也就是启蒙运动认为通过理解世界可以改善人类处境的理念。"② 在本质上，当时倡导"人文精神"的文学知识分子存在的根本问题，是不是就是史蒂芬·平克指出的"厌恶进步"这一思想问题呢？

---

① 王蒙：《中国人的思路》，外文出版社 2018 年版，第 45 页。
② ［美］史蒂芬·平克：《当下的启蒙——为理性、科学、人文主义和进步辩护》，侯新智等译，浙江人民出版社 2018 年版，第 39 页。

　　王蒙之所以在市场经济背景下的"人文精神大讨论"中选择了"进步"一方，站在了"现代性"这一立场之上，是因为他是一位乐观主义者。王蒙的乐观主义心性在他 19 岁时就表现出来了。他在《青春万岁》的序诗中呼唤"所有的日子都来吧"，同时也勇于主动地让"所有的日子都去吧"。70年后，王蒙这样解释"所有的日子都去吧"的内涵——"后边我还说'所有的日子都去吧'，就是说该往前发展就往前发展，该告别就告别，然后欢呼更美好的、更进步的、更富裕的……一切更好的日子都在前面，一天一天都往更好的地方走。说这个是歌颂现代化也是合理的延伸性推论。"[①]

　　在对待"现代性"问题上，在对待人类历史进程中必然出现的市场经济的问题上，乐观主义者才是洞察本质和真相的智者。"人文精神大讨论"过去了 30 年，这 30 年的中国社会主义现代化的历史实践已经说明了问题：从总体来看，历史是进步的——人文精神在社会主义市场经济的展开过程中，非但没有显出明显的失落，反而得到了相当程度的张扬。

　　所以，30 年前的王蒙就是对的，他看准了一切。

　　（朱自强：中国海洋大学文学与新闻传播学院讲席教授、博士生导师）

[①]　王蒙、王干：《"现代性"的"爱与痛"》，王干：《论王蒙》，人民出版社 2023 年版，第 56 页。

文艺春天里的警醒之声

——学习王蒙先生关于作家队伍"非学者化"的论述

赵德发

改革开放之后，我们的国家万象更新，文艺创作的春天也轰轰烈烈来临。经历寒冬，积蓄太久，乍遇春风，姹紫嫣红。一件作品问世，全国争相传阅的奇观频频发生；无数读者被同一篇文章感动，共洒热泪。自1979年开始评选的全国中篇小说奖、短篇小说奖、报告文学奖、诗歌奖，每一届揭晓后都引起轰动，有的被改编成影视作品，更是赢得了海量受众。许多人都认为，我国的文学创作到了最繁荣的时候，热烈欢呼，额手称庆。

然而，当时在文化界影响很大的《读书》杂志，1982年第11期突然发表了王蒙先生的文章《一个值得探讨的问题——谈我国作家的非学者化》（以下简称《一个值得探讨的问题》），立即引起反响。文章开篇第一句是，"作家不一定是学者"，在概述了中国当代作家现状之后接着说："但是大作家都是非常非常有学问的人""大作家都称得上是学者。"王蒙先生以现代文学史上的几位大作家为例，说他们"有哪一位不是文通古今，学贯中西的呢？"他肯定了当代作家的优长之处，却又尖锐地指出："建国三十余年来，我们的作家队伍的平均文化水平有降低的趋势（近年来可能略有好转），我们的作家愈来愈非学者化，这也是事实。""如果不正视和改变这种状况，我们的文学事业碍难得到更上一层楼的发展。"王蒙先生在此发问："为什么当代还没有出现鲁迅、郭沫若、茅盾、巴金那样的大作家？"他这样作答："我认为这至少是原因之一，我们不重视作家的学问基础，我们的作家队伍明显地呈现出非学者化的趋势。"他还分析了一些作家"后力"不继的情况，明确断定：

062

"一个重要原因就是因为缺乏学问素养。"

此文发表后，有人将其主要观点归纳为"作家学者化"这 5 个字，进而被一些不读原文的人理解成作家应该成为学者。因此，"作家学者化"成为一个持久的议题，赞同者有之，反对者有之。王蒙先生发现他的观点被人片面化、简单化理解，在 1990 年第 5 期《读书》上发表《谈学问之累》一文时，顺便对这个问题做了阐释，以正视听："那一篇文章中我强调了作家努力地严肃地治学求学乃至'争取作一个学者'（是争取，还是到化的程度）的必要性"。

但是，许多人依然只记得"作家学者化"这 5 个字，认定王蒙先生享有专利权。进入新世纪之后，我们还经常看到这样的说法：早在 20 世纪 80 年代，王蒙先生就提出了"作家学者化"的主张。因此，王蒙先生不得不经常重申他的原意。2023 年年初他接受《中华读书报》记者舒晋瑜采访时，再次说到这件事情："我忧虑的是作家的非学者化，但我从来不要求作家学者化，有些本色本事特别是工农兵的作家，我都为之欢呼。我也许有点过虑，改革开放初期，我感觉到了那时或有一种用精神来质疑发展的物质性与市场性的苗头。但我并不十分熟悉这个话题，我的某些说法肯定也有冒失之处。"① 从这段话中，我们看到了先生的谦虚。

我认为，无论是否有人反对和批评，无论王蒙先生后来在这一问题上的态度如何，一个无法否认的事实是：41 年前，他对作家非学者化倾向的论述，是文艺春天里难得的警醒之声，在一定程度上推动了作家队伍的文化建设，可谓远见卓识，功莫大焉。

第一，赓续现代文学传统。

《一个值得探讨的问题》中，有这样一段话："现代文学史上的几位大作家：鲁迅、郭沫若、茅盾、叶圣陶、巴金、曹禺、冰心……有哪一位不是文通古今、学贯中西的呢？鲁迅做《古小说钩沉》，鲁迅翻译《死魂灵》《毁灭》……鲁迅杂文里的旁征博引；郭老之治史、治甲骨文及其大量译著；茅盾《夜读偶记》之渊博精深；叶圣老之为语言学、教育学之权威；巴金之世界语与冰心之梵语……随便顺手举出他们的某个例子（可能根本不能代表他

---

① 舒晋瑜：《王蒙创作 70 周年对谈：为文进载，意犹未尽》，《中华读书报》2023 年 1 月 28 日。

们的学问造诣），不足以使当今一代活跃文坛的佼佼者们汗流浃背吗？"王蒙先生从童年开始就大量阅读中外名著，对现代文学作品如数家珍。他在文章中只是举了最有代表性的作家，实际情况是，从新文化运动到新中国成立，那一代作家的文化素养普遍深厚，许多人学富五车，集作家、诗人、学者于一身，如鲁迅、朱自清、叶圣陶、郭沫若、郑振铎、俞平伯、钱锺书、施蛰存、聂绀弩、冯至等。正因为如此，现代文学群星璀璨，留下了大量传世之作，成为中华民族的精神财富。

王蒙先生之所以提到现代文学的辉煌，是看到1980年前后我国文学创作虽然呈"井喷式"状态，读者众多，但是大量当红作家仅凭生活积累写作。从他们的学历与经历上看，从他们的作品中看，堪称学者或堪比学者的寥寥无几。因此，王蒙以超常的勇气发声，提醒大家仰望现代文学的星空，看到自己的差距。尽管造成差距的原因不在个人，是被时代耽误的，但也要让大家意识到，"东隅已逝，桑榆未晚"，应当通过大量读书，汲取中外文化，弥补这一缺憾。

王蒙先生是身体力行的。他的读书与创作密不可分，为学日益。20世纪80年代我读他的作品，觉得青春气息、时尚理念扑面而来，新颖的创作手法让我瞠目结舌。当时我就想，王蒙先生太有学问了。后来先生当了文化部部长，依然是佳作迭出。尤其是1986年问世的长篇小说《活动变人形》，书中对民族文化的深刻反省、对民族生命力的热切呼唤，代表了那个时代知识分子的思想制高点，发人深省。90年代他更不得了，评《红楼梦》，论李商隐，谈大众文化，议人文精神，学者风范愈加明显。进入21世纪，他对中华文化的研究与解读，独树一帜。《老子的帮助》《庄子的奔腾》《庄子的享受》《庄子的快活》《天地人生：中华传统文化十章》《天下归仁》《得民心者得天下》等等，让人深深受益。他说："作家的生活，应该是一种文化的对象、文化的实体，作家应该时时从生活中得到对于自己的源远流长的文化传统的验证、启示、补充、发展，才能从生活出发而对于文化做出贡献。"① 先生在这一点上知行合一，给作家们树立了榜样。

王蒙先生虽然成了大学者，却仍然以作家形象屹立于中国文坛。他的小

---

① 王蒙：《一个值得探讨的问题——谈我国作家的非学者化》，《读书》1982年第11期。

说创作一直蓬勃丰茂，长篇、中篇、短篇，难以计数。在这些小说中，我们都能领略到作者的学问，感受到文化的质地。

我一直崇拜王蒙先生，觉得他的聪明智慧不可思议。今年6月中旬，我在中国海洋大学参加"王蒙先生从事文学创作70周年系列学术活动"时与他同桌共餐，曾经这样问："王部长，您的智商是多少？"他哈哈一笑："不知道，没测过，可能是零。"我也笑了："那就是爆表了，高到没法测了。"我认为，先生的超强大脑，既有赖于先天条件，也有赖于后天修炼。尤其是后天的不断学习，勇猛精进，让他成为学者型作家，一位可与现代文学名家比肩而立的文化巨人。

王蒙先生一马当先，大批作家奋起直追。他们博览群书，各取所需，思想迅疾丰盈，学问快速积累。从20世纪80年代起，除了王蒙，还有一批学者化作家陆续长成参天大树，矗立文坛，如张炜、莫言、刘震云、王安忆、韩少功等等，个个才高八斗。他们既是作家，也是学者，阵容强大，作品丰硕，让现代文学传统得以赓续，使当代文学赢得了荣耀。

第二，让创作可持续发展。

2009年10月17日，王蒙文学馆在中国海洋大学开馆，长期跟踪研究王蒙先生创作的著名学者王干先生在开馆后的座谈会上发言，说了这么一句："这些年追王蒙，真是追累了。"我和许多在场的人会心而笑。但是，王干追累了也还是继续追，每年都与王蒙先生对话，经常发表研究成果。我们这些普通读者也是看累了，但看累了也继续看，因为这个当代文学奇迹不容错过。

这个文学奇迹是怎样发生的？王蒙先生在《一个值得探讨的问题》中道出了此中三昧："只有有了学问，用学问来熔冶、提炼、生发自己的经验，才能触类旁通、举一反三、融会贯通生活与艺术、现实与历史、经验与想象、思想与形体……从而不断开拓扩展，不断与时代同步前进，从而获得一个较长久、较旺盛、较开阔的艺术生命。"[1]

"一个较长久、较旺盛、较开阔的艺术生命"，王蒙先生就是一个典型的标本。我们看到，1990年代之后，与王蒙同时代的作家大多淡出文坛，他

---

[1]　王蒙：《一个值得探讨的问题——谈我国作家的非学者化》，《读书》1982年第11期。

依然奋勇当先，在文坛领跑。2013 年，先生 80 虚岁时，写了一篇《明年我将衰老》，但我们看到的是，80 之后的他依旧"抡圆了写"，还要与青年作家"在文学的劳作上，在作品的质与量上，展开'友好比赛'"①。果然，他在比赛中取得优异成绩，新作频频问世，展现出非凡的创造力与创新力。

王蒙先生能在文学道路上长跑 70 年，除了他有长寿基因，且养生有道；除了他慧根极深，悟性超群，更重要的原因是他已经修炼成一位大学者。他的大脑像个容量极大的硬盘，存满了各种知识与信息，并具备了处理、升华这些知识与信息的超级能力，因此，他在许多领域都能够融会贯通，挥洒自如，能够源源不断地输出作品，让人目不暇接。

每一位作家尤其是青年作家，都面临如何能让自己的创作可持续发展的问题，王蒙先生给出了解决的方案："我喜欢说的一句话是开拓精神空间，增益精神能力，包括想象力、联想力、延伸力与重组及虚拟的能力。"②他谈到自己的创作，不无幽默地讲："底下吹一句：货多了，就可以方方面面。这也是长袖善舞，多写不苦。"③他告诫我们，"搞创作和做学问的道理是一样的：你肚子有真实货色才能拿出给人启迪、给人教益的作品，而为了积累真货，必须努力学习。""在思想、生活、学识、技巧几个方面下功夫……学习、学习、再学习"④。我们应该牢牢记住先生的教诲，努力学习，终身学习。

有人将作家分为两类："生活型"与"思想型"。"生活型"作家靠经验写作，经验耗尽，创作往往难以为继。而"思想型"作家可以用思想之光将一些平常的素材照射出异样的光泽，重新发现其价值与意义，这样他的素材可能会取之不尽用之不竭。"思想型"作家还会将思想之光投向陌生地带，开拓新的题材疆域，让创作从经验之内到经验之外，达到开阔乃至浩瀚的境界。当然，这种开拓，不只是拥有思想，还要拥有相关的专业知识，让自己成为某个方面的专家，这更需要艰苦的学习、深入的调研，以及与陌生人群"打成一片"的本领。王蒙先生当年去新疆生活，放下架子向当地群众学习，很快

---

① 王蒙：《说给青年同行》，《中华读书报》2013 年 11 月 6 日。
② 舒晋瑜：《王蒙创作 70 周年对谈：为文进载，意犹未尽》，《中华读书报》2023 年 1 月 28 日。
③ 舒晋瑜：《王蒙创作 70 周年对谈：为文进载，意犹未尽》，《中华读书报》2023 年 1 月 28 日。
④ 王蒙：《一个值得探讨的问题——谈我国作家的非学者化》，《读书》1982 年第 11 期。

掌握了维吾尔语，成为他们的翻译，还当上了副大队长。有了这份独特的深入骨髓的体验，加上王蒙先生对民族文化、中华文化的深刻理解，以及对那段历史的理性研判，《那边风景》才成为中国文坛上不可替代的独特风景。

总之，像王蒙先生那样成为学者型作家，是保持创作后劲的秘诀。不只是他，我们观察中国文坛上的每一棵"常青树"，都会发现他们身上闪耀着学问之光。

第三，提升当代文学品质。

中国改革开放之后的第一波文学大潮，可谓泥沙俱下。说真话、道实情，呐喊声声，给读者以强大冲击力，引发强烈共鸣，但是，主题浅显、文笔粗粝的问题也在许多作品中明显存在。有鉴于此，王蒙先生郑重指出作家队伍平均文化水平降低的趋势，主要用意是让中青年作家补上因"文革"而耽误了的文化知识学习。王蒙先生的这一倡议，得到了文学界的普遍认可，作家读书蔚然成风。

为满足青年作家们的读书意愿，我国多所大学举办作家班，鲁迅文学院也开始招生。学员们在那里接受系统而全面的文学教育，同时还大量接触中国传统文化与西方文化，尤其是翻译过来的大量外国文学作品。还有一些作家，或者考入全日制大学，或者在业余时间参加电大、函大、夜大学习，让自己的文化素养得到提高。各省作协也陆续办起文学讲习所或文学院，频频举办培训班，也取得了良好效果。可以说，到20世纪末，我国中青年作家群体的文化程度普遍得到了提升。

进入新世纪，"教授作家"多了起来，除了原来就在高校任教的，著名作家莫言、王安忆、余华、毕飞宇、刘震云、苏童、阎连科等等也进入高校当了教授甚至博导。还有一些作家被聘为"驻校作家""驻校诗人"，经常在高校授课、举办文学讲座。这个学者型作家群体，在某种程度上反映了当代作家的文化品位。

高校的文学教育也有很多创新，复旦大学、北京大学、北京师范大学、中国人民大学、南京大学等名校设立了创意写作专业，有的还招收硕士研究生。这些专业的目标很明确，就是培养青年作家。良好的文学教育与专业训练，让他们汲取了更丰富的思想文化资源，具备了更完备的综合文化修养，可以调用知识、理论弥补经验的匮乏，将思想成果与研究所得有机地融入作品。许多青年作家通过学习如虎添翼，成为中国文坛的新生力量。

王蒙先生说过，"文学是一个民族的精神花朵，是一个民族的品位与素质，是一个族群的精神史，是一个民族的乃至影响世界的智慧与胸襟。"[1]40多年过去，中国作家的整体文化素养有了显著提高，中国当代文学的水准也不断提升。虽然少了改革开放初期的轰动效应，但是作家们已经懂得什么是文学应有的模样，他们向时代投去更加深邃的目光，以更为隽永的文笔潜心写作，奉献出了许多品质优良、经得起历史检验的作品。有的作品成为经典，成为长销书，并被翻译到国外。莫言先生荣获诺贝尔文学奖，是中国文学走向世界的重要标志。可以说，中华民族的"精神花朵"在当代开放得愈加艳丽，中国当代文学在某些方面已经与现代文学旗鼓相当。特别是长篇小说的成就，已经超过了那个时期。

中国当代文学的辉煌，是中国作家集体创造的，但是王蒙先生作为旗手的带头作用显而易见。他当年对作家"非学者化"倾向的警醒，历史应该记得。

2023 年 10 月 28 日

（赵德发：作家、山东大学特聘教授）

---

[1]　王蒙：《说给青年同行》，《中华读书报》2013 年 11 月 6 日。

气 象 新[①]

——从《活动变人形》看王蒙小说的文学史意义

耿传明

王蒙是新时期以来中国文坛上的领军人物，他的创作对于中国文学 40 余年来的创作走向有着深刻的影响，《活动变人形》是他写于 20 世纪 80 年代中期的作品，这也是作家动用了他一生最为重要的经验储备的作品，这种经验其珍贵犹如周作人所说"好比是钞票，用一张少一张"，这部小说直接取材于作家自己的童年记忆和家庭生活，小说的主旨是对自己父母、亲人的生存状态进行理性的审视、灵魂的拷问，这种颠覆性、冒犯性写作也是一般作家很难做到的事情，相近的有美国作家尤金·奥尼尔的自传性戏剧《长夜漫漫路迢迢》，也是作家取材于自己痛苦的家庭生活经历的作品，奥尼尔将其称为"这是一部消除旧恨，用血与泪写的戏"[②]。《活动变人形》也同样是王蒙一生中写得"十分痛苦"[③]、最为艰难也因此最有价值的一个文学精品，因为正如尼采所言："凡一切已经写下的，我只爱其人用血写的书，用血书写，然后你将体会到，血便是经义。"[④]"血便是经义"，也就是说作家的这部作品已经"道成肉身"、将个体生命与宇宙精神合而为一，进入到一种

---

① 本文为国家社科基金项目"近现代以来文学中儒家士人形象嬗变与中国文学的现代性转型"（编码：BEY108902）阶段性成果。

② 泗渡：《整个世界是一滴伤心之泪》，《新京报》2017 年 7 月 29 日。

③ 《王蒙文集》第 2 卷，华艺出版社 1993 年版，第 1 页。

④ ［德］弗里德里希·威廉·尼采：《苏鲁支语录》，许梵澄译，商务印书馆 1992 年版，第 34 页。

彻底的、忘我的、沉浸状态，通灵状态，一切的杂念私心、技巧手法等都已被抛到脑后，写作成了一种行为艺术。这种写作方式近乎是一种残忍的活体解剖，作家将已长好的伤口重新撕开，将自己和家人的一切隐私作为人性标本献祭于文学，也就是献祭于公众和天地面前，任人评说，所以它与不关痛痒的轻飘飘的文字游戏不可同日而语，它是作家用自己的生命书写的灵魂传记。它具有一种极其尖锐的，也可以说是撕裂人心的力与美，可以说是代表了王蒙写作所达到的巅峰体验。

一、从偏于一极到整体观照

从现代文学的发展史来看，现代作家对人的理解经历了从传统的道德人性论到现代的自然人性论的发展过程，也可以说是经历了从偏重超我的道德理性向偏重本我的自然人性的发展过程，五四启蒙主义文学可以说是这种转换的启动时期，鲁迅《狂人日记》的礼教吃人的指控就来自超我对于本我的压制和扼杀，所以《肥皂》中拿卫道士四铭来开玩笑，揭示其道学面目下潜藏的性幻想、力比多，显然带有一种启蒙主义的文化批判指向。但是并不是反面人物才心口不一、色厉内荏、拧巴分裂，而是所有人都如此，因为在自然人性论看来这属于人性常态、普遍状况。如果不把某一方推向极致，我们会发现人性并不只有理性的一面，也非只有非理性的一面，而是理性和非理性的融合，只有将这两者结合起来，我们才能真正把握住人性的整体。而五四人还是比较偏于一极，把非理性当成了理性批判的武器，实际上还是把非理性化了，如施蛰存的《石秀》等小说过于客观化，倾向于精神分析的病案，而王蒙对于人的非理性的一面的揭示，则超出了这种急近的功利和置身事外的客观，而进入到一种让人动容而又逼人直视的人性的深渊，这集中体现在小说中的倪静珍这一形象，小说里写到倪静珍早上梳洗完后从镜子里看到了自己的影像的无助、悲惨、绝望和残酷：

> 哼地冷笑了一声。想算计我吗，想让我进你的圈套连环计吗，想剥我的皮抽我的筋喝我的血吃我的肉吗，你算瞎了你的眼睛！她两眼发直，激动起来，"呸"的一声，一口唾沫啐到了镜子上。积蓄已久的仇

怨和恶毒，悲哀和愤怒，突然喷涌而出：你真是心狠手毒。好哇，你？量小非君子，无毒不丈夫！杀人不过头点地。苦苦哀求，就是不留！风急天高猿啸哀！无边落木萧萧下！……

这是一些能指和所指断裂后的语言碎片、情绪符号，主人公对此的自由组合代表的是个人经验对公共话语的征用和挥霍，借此抒发的是心中压抑已久的个人的激愤哀怨和恨意，它代表的是既有话语的贫困和对自我陷于被迫的沉默的反抗。它是为非理性而非理性的，不再是被理性充当工具。所以在静珍这儿，能指第一次压倒所指、挣脱理性的束缚，陷入一种情绪性的宣泄和语言的狂欢。它是一种无言的言语，正如鲁迅在《野草》中《颓败线的颤动》中写到的弃妇的崩溃："她在深夜中尽走，一直走到无边的荒野；四面都是荒野，头上只有高天，并无一个虫鸟飞过。她赤身露体地，石像似的站在荒野的中央，于一刹那间照见过往的一切：饥饿，苦痛，惊异，羞辱，欢欣，于是发抖；害苦，委屈，带累，于是痉挛；杀，于是平静。……又于一刹那间将一切并合：眷念与决绝，爱抚与复仇，养育与歼除，祝福与咒诅……。她于是举两手尽量向天，口唇间漏出人与兽的，非人间所有，所以无词的言语。"[1]静珍在此过程中的精神状态也已摆脱理智，走向癫狂：静珍嘟嘟嗫嗫地念着这些不连贯的句子，脸上做出各种强烈的表情，忽而痛苦，忽而悲伤，忽而怜惜，忽而迷醉，忽而冷酷。她的情绪愈来愈激昂，她与镜子里的自己谈得愈来愈火热。她挤眉弄眼、咬牙切齿、浑身发抖，直如鬼神附体一般。她挣扎着，边说边浑身用力，边拼命地往上下左右四面啐唾沫……倪藻知道，如果这时候走到姨姨的身边，必被周姜氏啐一脸唾沫无疑。而他们家的任何人，都知道这个时候避姨姨三分。周姜氏静珍已完全被非理性控制，成为一个倾泻愤怒怨恨的喷火筒：

你丧尽天良、衣冠禽兽，欺负我寡妇失业的！你心如蛇蝎、煎炒烹炸、五毒俱全，杀人不眨眼，杀人不见血！

……这是一个由极端理性的行为"守志"所导致的极端非理性的结果，它具有一种令人心灵战栗的震撼性，与鲁迅《孤独者》魏连殳在祖母葬礼后撕心裂肺的狼嚎般的痛哭颇有可比之处，它们都是看似无事的悲剧，只有真

---

[1] 《鲁迅全集》第二卷，人民文学出版社 2005 年版，第 210—211 页。

正的先觉者、有心人、大悲悯者才能体味到其中蕴藏的形而上的人生悲感、孤独、无助、荒凉、迷茫……其所造成的原因也是复杂的，既有个人的、主观的因素，也有社会的时代的因素，但总而言之是无法消除的、难以解决的，无法靠着单纯的、外在的社会改造就能使其枯木逢春、找到幸福的。但即便如此，我们也无法对这样的源于人性自身的、内在的、形而上的悲剧视若无睹、无动于衷。正是因为具有了这种将人类的痛苦当成自己的痛苦来体验、来承担的善感性，现代文学才能发现这种在古典时代被视为平淡无事的悲剧。王蒙不但发现了人性中被理性掩盖住的疯狂，而且找到了表现这种疯狂的强有力的、独特的方式，这是他对文学史的一大贡献。

二、由自我主体的独白转向交互主体的复调

从五四启蒙主义小说来看，它的小说内部是以一个主导性的声音为统辖的，如《狂人日记》《长明灯》中的狂人、疯子，虽有其他人的声音存在，但是其出现是为衬托这种主导性的声音的，如"大哥的声音""孩童的声音"等等；《药》中的主导声音显然是属于夏瑜的，其他如红鼻子阿义等的声音都是为了衬托夏瑜的，如阿义觉得夏瑜"疯了"，显然是在凸显夏瑜的先觉性。这种现象在启蒙主义小说中出现是非常正常的，因为"我思故我在"，启蒙主义的深层逻辑就建立在这种主客二元对立之上，但是这种二元对立也会走向一种唯我论，使人彻底失去了意识到不同于自我的他者存在的能力，陷于无边无际的自大、自恋之中。所以主体性的提出就很有必要，正如老子所言："自见者不明，自是者不彰。自伐者无功，自矜者不长。其在道也，曰余食赘行。物或恶之，故有道者不处也。"（《道德经》第二十四章）《活动变人形》中难得的是除了自命启蒙者的主人公倪吾诚的声音，小说中还有与之针锋相对、毫不相让的妻子静宜的声音，两人势均力敌，并没有让一个服从于另一个，倪吾诚真正遇到了硬茬，碰上了难以同化的他者，从而使启蒙主义的独白性的闭合式话语走向了异声同啸的开放性场域。如静宜对倪吾诚的规劝：

你这是扯的哪一家的邪哟！着三不着两，信口开河，就像说梦话。

你怎么不醒醒，睁睁眼睛？我是明媒正娶，八抬大轿进了你们家的。我们就应该相敬如宾，白头到老！俗话说一夜夫妻百日恩，我们该有多少恩呢？如今又有了孩子，照你的话说，是第二代。你却说什么做梦也要个现代女性。呸！你勾画的那个影，只有去窑子里找去！我是正经人家、知书知礼的人家的闺女！我怎么能作那种卖弄风情的狐狸精！你也太狂了，太云山雾罩了，你总该睁开眼睛四下里到一到。人家都野蛮，人家都龌龊，人家都白痴。连我们的爹妈祖宗全都白痴，就你一个人文明！就你一个人文明！我看就你一个人做梦！……树高千丈，叶落归根，你去欧洲去了两年，不过才两年而已，这不是回来了吗？哪至于忘了自家姓甚名谁，忘了祖宗牌位供在哪里？姓倪的我告诉你，我听出你话里的话来了，你没安好心，你少发坏！你是我夫我是你妻，这孩子是你亲骨肉，你愿意也是这样，你不愿意也是这样。你没有一点爱情了。没有一点爱情孩子哪里来的？你想想你去欧洲留学用了谁的钱？你刚才的一番话简直像禽兽！ ①

静宜的话令人想起萨特的名言，那就是"他人即地狱"，萨特认为，每个人都会为了自我的主体性，而与他人展开斗争，每个人在和他人相处的时候，都想把他人变成客体。就像在日常的人际关系中，人大都希望自己是掌控者一样，掌控感会给人带来安全感。地狱并不是什么刀山火海，而是永远和他人在一起，这本身就是地狱，这就是：他人即地狱。而静宜就是倪吾诚的他人，如果他以主客体关系模式来对待静宜，那他得到的也只能是静宜的以夷之道来治夷，以主客关系来对抗主客关系，由此产生的便是生活在相互折磨的敌意之中，形同地狱。

启蒙主义文学中的启蒙者和被启蒙者的关系也就是这样一种主体对客体的关系，但这种主客体关系在当时主要以先觉对后觉、新与旧的方式呈现出来，所以启蒙者对于被启蒙者具有了一种时代的正当性以及由此而来的优越性，但这种正当性和优越性并非一劳永逸的，而且理性程度上的差异也不足以成为人与人之间的根本差异，如果要以此构建现代性的等级关系，显然也是不可能的，正如茅盾《创造》《诗与散文》中的男女关系一样，茅盾很早

---

① 王蒙：《活动变人形》，《王蒙文集》第2卷，华艺出版社1993年版，第97—98页。

就意识到了启蒙的悖论，启蒙者也可能被启蒙者超越，成为被启蒙者，由此主客易位成为常态，再没有持久不变的支配关系，只不过当时大多数的启蒙者还停留在倪吾诚式的一厢情愿的唯我主义的自恋之梦中不愿醒来。

三、从善恶对立两极到超出善恶的多极存在

倪吾诚自以为自己是中国传统的彻底反叛者，实则他仍是这个传统中的一员，他可以说是从明清以来的自然人性论的继承者和发扬者，尤其可以说是《红楼梦》中的善恶两赋人物贾宝玉情种一脉的现代化身，曹雪芹在《红楼梦》第二回借贾雨村之口对他的善恶两赋之人的发现做了这样的阐发：

> 天地生人，除大仁大恶两种，余者皆无大异。若大仁者，则应运而生，大恶者，则应劫而生。运生世治，劫生世危。……大仁者，修治天下；大恶者，挠乱天下。清明灵秀，天地之正气，仁者之所秉也；残忍乖僻，天地之邪气，恶者之所秉也。今当运隆祚永之朝，太平无为之世，清明灵秀之气所秉者，上至朝廷，下及草野，比比皆是。所余之秀气，漫无所归，遂为甘露，为和风，洽然溉及四海。彼残忍乖僻之邪气，不能荡溢于光天化日之中，遂凝结充塞于深沟大壑之内，偶因风荡，或被云催，略有摇动感发之意，一丝半缕误而泄出者，偶值灵秀之气适过，正不容邪，邪复妒正，两不相下，亦如风水雷电，地中既遇，既不能消，又不能让，必至搏击掀发后始尽。故其气亦必赋人，发泄一尽始散。使男女偶秉此气而生者，在上则不能成仁人君子，下亦不能为大凶大恶。置之于万万人中，其聪俊灵秀之气，则在万万人之上；其乖僻邪谬不近人情之态，又在万万人之下。若生于公侯富贵之家，则为情痴情种；若生于诗书清贫之族，则为逸士高人，纵再偶生于薄祚寒门，断不能为走卒健仆，甘遭庸人驱制驾驭，必为奇优名倡。①

也就是说，曹雪芹《红楼梦》的重大突破就在于他在善恶之外发现了第三类人的存在，并赋予了它超越善恶的、独特的价值和意义。也就是说大善

---

① 曹雪芹：《红楼梦》，人民文学出版社 2008 年版，第 29—30 页。

大恶者都无情，因为前者趋向于至善的理性，所以"太上忘情"，而大恶则沉溺于欲望，不及于情，所以"情之所钟，正在吾辈"①，介于善恶之间的"情种"于此产生，其突出特性在于善感性和共情心，也就是善于体察他人的特别是异性的痛苦，并且以情感取代理性作为判断一切的价值标准，由此产生出的就是一种新的不同于传统圣贤人格的新的人格理想，那就是清末辛亥革命元老何海鸣所说的"今生不做拿破仑，便做贾宝玉"②，前者是主宰沉浮、铜像巍巍的革命元勋，后者是缠绵于温柔之乡、泛爱无归、重情轻欲、怜香惜玉的情圣、情种，学做圣人的理想已对他们失去了吸引力，吸引他们的是成为英雄浪子、情圣情种。所以这也是中西浪漫爱的会合所产生的一种现代性的文化风尚，在其背后是对于人性的理解由道德人性论向自然人性论的转换，卢梭的《忏悔录》在这种转换中可以说是起到了导引作用，他的善感性和"只有我是这样的人"的追求个人独异性的自信，为这种情感主义个人的出现奠定了哲学根基，倪吾诚也正是在这样一种浪漫主义氛围中生长起来的现代新青年的代表，像哲学家朱谦之所倡导的唯情主义、真情之流，也就是其在哲学文化上的表现。

倪吾诚可以说是这种现代情感主义的代表，他多情善感、富于同情心、喜欢感情用事、处处碰壁的人生与小说中以理统情、圣贤人格的化身赵尚同，绰号"晃悠"的成功人生恰成对照，赵的特点是道德理性完全压倒感性欲望，是一个天生地就的道德样板，不需要像常人那样经过天人交战才能进入圣贤境界，而是生就的圣贤，所以他也就成为倪吾诚的绝对化的对立面，以至于他的存在成为了倪吾诚们的梦魇，作为邻居大哥的完美的存在。书中写道：

> 赵尚同既孝且悌，对于乡党亲族，也是极为友爱。与这母女三人，一见如故，一见如一家。首先，他从此负起了为这母女三人与倪萍倪藻二人看病的任务。……其次，对静宜与倪吾诚的关系，在静宜等向他诉苦后，他也关心备至，用静宜的话叫作"比娘家哥哥还强哩！"他态度明确，几度与倪吾诚晤谈，给倪吾诚施加了巨大的压力，在防止倪吾诚抛弃静宜和孩子，阻止这个家庭的解体方面起了巨大的作用。这样，他

---

① 余嘉锡：《世说新语》，《伤逝》，中华书局1983年版，第4页。
② 何海鸣：《求幸福斋随笔》，上海书店出版社1997年版，第24页。

就不仅是卫生保护神，更是家庭伦理风化的保护神了。

赵尚同对并非生母瘫痪了的嫡母孝敬之至，喂食喂水、擦屎擦尿，从不假手他人代劳，而且平生不二色，与麻脸、缠足、文盲太太举案齐眉、相敬如宾；并且赵尚同行医事业上的成功及其在社会交往上的游刃有余都是倪吾诚所望尘莫及的，而且更难得者他对自己的人生选择还有高度的自觉，形成了一整套的理论：

> 每个人可以说都是由三部分组成的。他的心灵，他的欲望和愿望，他的幻想、理想、追求、希望，这些是他的头。他的知识，他的本领，他的资本，他的成就，他的行为、行动、做人行事，这些是他的身。他的环境，他的地位，他站立在一块什么样的地面上。这些是他的腿。这三者能和谐，能大致调和，哪怕只是能彼此相容，你就能活，也许还能活的不错。不然，就只有烦恼，只有痛苦。所以说欲望生爱恋，爱恋生烦恼、生痛苦。所以说苦海无边，回头是岸。你算个什么？你有几斤几两？你知道天有多高，地有多厚？就凭你那点不值伫呀俩呀的皮皮毛毛的玩意儿，你连肚子都混不上，妻儿都养不起，你还要蔑视中华的文明，传统的道德吗？你就要推行你的欧化吗？你会造洋枪洋炮吗？你会经营股票和其他有价证券吗？你究竟会什么？会喝咖啡会高谈阔论会吃西餐又当如何呢，姜静宜哪一点配不上你比不上你？你能离得开你脚底下这块文明古国的故土吗？像你这个样儿如果生活在欧洲北美苏俄日本，不是得活活饿死吗？你不讲人伦不讲道德不讲孝悌忠信能在这块土地上站稳脚跟吗？站都站不住又侈谈什么文明、进步、幸福！逞一己之贪欲，志大才疏，云山雾罩，这才是野蛮。①

面对这样坚定自信、稳如泰山、坚如磐石的赵尚同，倪吾诚觉得无地自容、羞愧莫名：

> 他理亏地辩解说，他和静宜在一起，他觉得非常——他用了一个英语的词，意思是寂寞。他还说，让他勉强和静宜过下去是不人道的。

> 赵尚同冷笑了一声纠正他的用词和发音，赵尚同说，如果你想用洋文表达一种洋化的情绪，起码应该把洋文学得更好一些。然后赵尚同向

---

① 王蒙：《活动变人形》，《王蒙文集》第 2 卷，华艺出版社 1993 年版，第 268 页。

他提出一个尖锐的问题，这是任何其他试图教训倪吾诚的道学先生、正人君子、贤夫慈父问不出来的。赵尚同问："你这么不喜欢你太太，为什么和她生了不止一个孩子……"

倪吾诚的脸涨得通红。

"很显然"，赵尚同略带笑容地、咬文嚼字地说，"你是一个卑劣的人。你欺侮弱者，欺侮比你更无助的人。你要发泄你的兽欲，你要满足你的生理需要……而你又自以为比人家高明得多，伟大得多。你不拿人家当人。你觉得她应该为你而牺牲，而你不能为她牺牲什么。天之道损有余以奉不足，人之道相反，损不足以奉有余。这就是你从欧洲学来的人道吗？"

这种新旧两派的对立到了最为剧烈的时候，就只能以一方的死亡做结束，倪吾诚在挨了赵尚同正义凛然的三个大嘴巴之后，上吊解脱了，这也可以说是整个中国百年文学史上最为惊心动魄的浪漫派和保守派的对决场景，他比鲁迅《孤独者》中魏连殳在祖母葬礼上的狼嚎似的痛哭更近了一步，那就是不管是打人的赵尚同还是被打的倪吾诚都有绝对充分的理由采取这样的行动和承受这样的结果，因为这是一个真正的二律背反，双方都有充分的合理性，正像当年雨果在绝对正确的革命和绝对正确的人道主义之间的彷徨，这就需要像"小儿辩日"那样具有超出僵局的新思维，而中国文化的特点则在于它不执着于外在事物本身，而是将重点放在提升自己的认识模式上，王蒙也是如此，他的高明之处就在于他像陀思妥耶夫斯基那样没有简单地站在某一边来否定另一边，而是让相互矛盾的双方都得到充分言说的自由，通过主体间性打开对话交往的空间，同时也就将黑白二色的世界转变成五颜六色杂陈共在的彩色世界，情感毕竟是先于理性的更为基础性的存在，人的自我的本我化作为世俗主义现代性的历史趋势是不可阻挡的，终究会将赵圣人这种自我超我化的人物推向边缘。

实际上赵尚同和倪吾诚的冲突从清末以来延续至今，青年鲁迅在《破恶声论》中曾提到两种典型的时代思潮，即国家主义和世界主义，他说："聚今人之所张主，理而察之……一曰汝其为国民，一曰汝其为世界人。前者慑以不如是则亡中国，后者慑以不如是则畔（叛）文明。"[①]可为一例。近年来，

---

① 《鲁迅全集》第8卷，人民文学出版社2005年版，第28页。

有海外研究者将中国近现代文学称为一种"民族国家叙事",海内也有人靡然从之,实则这只是一种想当然的推论。在国家主义与世界主义、立国与立人问题上,晚清知识界曾进行过激烈的论战,但占据上风的往往是世界主义者和无政府主义者,这不但是因为他们的理论较新,而且还因为他们具有更强的现实超越性。所以单从建立现代民族国家的角度来把握近现代文学,显然尚未搔到痒处,而且会有悖于近现代思想文化史的实际。因为中国是一个以自己独特的文明作为立国基础的文明型国家,所以它所关心的从来都不止于政治国家的问题,而是整个世界、人类的前途和命运的问题、人的生存的终极价值和意义的问题。晚清时期"立国""新民"是一个比较切近的政治目标,但对于志存高远、注目于人类生存和发展远景的中国思想文化界的知识分子来说,这是一个"卑之无甚高论"的话题。如针对梁启超的民族国家主义,章太炎曾大唱反调:"国家之事业,是最鄙贱者,非最神圣者也。"[1]一切国家学说均是"谬乱无伦之说的炫耀,直与崇信上帝同其混悖。"[2]他称国家只是一种"虚幻",只有个人才是"实有",因此更关心的还是作为个体的人的境遇、命运,而这与新文明的想象、构建密切相关。所以倪吾诚与赵尚同的冲突也可以说是这种客观务实派与主观理想派、急务派与终极派的矛盾。

在对于文明的理解上,赵与倪也产生了尖锐的对立,两人可以说是都是单数的文明论者,即文明要么以东方为标准要么以西方为标准,只能进行二选一的抉择,赵尚同显然认为西方文明只体现在物质文明方面,在精神文明方面还应该以中华文明为标准,而倪吾诚则认为中国不但在物质上而且在精神上都已落后,沦为野蛮,世界上唯一的文明是西方文明,不管是精神还是物质都是如此。既然文明的标准已归西方,倪吾诚们就认为只要照抄西方的现代文明就可以了,学习西方越彻底、越到家,就越接近现代化,而中国传统作为一种有害的遗产,需要对之加以铲除、灭杀,由此他们夸大了传统与现代之间的断裂,将破坏本身当成了进步和建设,这也就是中国的现代化付出了本可避免的更大代价的原因,也就是文明观上的偏执和浅薄,导致了中

---

① 章太炎:《国家论》,《章太炎全集》第4卷,上海人民出版社1985年版,第457页。

② 章太炎:《国家论》,《章太炎全集》第4卷,上海人民出版社1985年版,第459页。

国的现代化走向弯路，这在倪吾诚身上体现得最为充分，倪吾诚曾做过这样的心灵剖白：

> 一个赤条条的我从废墟上站立而起！回首一望，自己的家乡，自己的祖先，自己的妻眷，仍在万丈深渊的黑暗重压之下。而他硬是睁开了几千年不准睁的眼睛！

> 欧洲，欧洲，我怎么能不服膺你！只看看你们的服装，你们的身体，你们的面容和化妆品，你们的鞋子和走路（更不必说跳舞了）的姿势，你们的社交和风习。哪一个从孟官屯、陶村、李家洼、张家坨的沙地、碱地、洼地来的土财主的子弟留学生见了你们的女性能不如雷击顶、目瞪口呆、目不转睛、张开大口、流下口涎！再想想自己的国、自己的村、自己的家的众贞节烈妇和候补贞节烈女，真想放一把火把自己烧死，把倪家姜家烧个鸡犬不留。堂堂的中华，五千年的文明，五千年的历史，你怎么落到了这般田地！

> 我是一个去过欧洲的人，我是一个大学讲师。没有几年就会当教授，当校长。我在欧洲学会了游泳跳舞骑马喝咖啡，我所爱的我所希望爱的我所幻想我所做梦的是现代女性。而你差得太远。

总之，倪吾诚现代性想象中充满了如此这般的不切实际、虚慕文明的天真的幻想，但他又是真诚的、善良的、无怨无悔地将自己献祭于这场前无古人后无来者事关民族生死存亡的大实验、大决战之中。没有中国文化中所特具的家国情怀，中国是无法完成民族复兴的重任的，这其中也有作为失败者的倪吾诚的贡献。

中西文明之间的差异有历史落差的差异，但更多的是文明基因的差异，《尚书·大禹谟》所述"正德、利用、厚生、惟和"。也就是把正人德，正物德，充分利用自然资源，使人们生活富足，使社会趋于和谐，作为治理的目标也就是文明的目标。而现代西方文明只是把利用、厚生作为其文明目标，所以西方现代文明呈现出与中国文明颇为不同的另一种面貌，表现为一种物质文明偏胜的文化，当然西方也有其精神文明，但其精神文明主要来自基督教信仰，而这种信仰在现代一直处于衰落之中，上帝死了，一直回响了一个多世纪，工具理性的膨胀和价值理性的萎缩成为现代西方文化的痼疾，但这种对西方现代文明的理性判断和整体反思在倪吾诚的时代还没有成为共识，倪吾诚对西方的理解还停留在"一战"前后的状态，所以他对西方文化的理解趋于浪漫化、理想化，甚至把西方文明视为人类历史的必由之路，相信一种单数化的文明观，也就是说世界上只存在一种文明那就是西方文明，其他文明与之相比都是野蛮，由此，他还萌生出一种将西化等同于现代化，将西方历史等同于人类历史的文明论信念，认为中国也会像春秋时的文明等级论那样："齐一变至于鲁，鲁一变至于道。"将中国先变成文明程度较高的西方，再进一步就会至于道，世界大同、文明昌盛，这显然也是一厢情愿的幻想，西方两次自相残杀的世界大战将 20 世纪变成人类历史上流血最多的世纪，而大战并没有开出所谓文明的大道，反而使世界陷入空前的混乱和动荡之中，所以这也使西方文明论的幻象不攻自破了。

而中国由于自身的文明结构的封闭性、稳固性，如果没有来自西方文化的冲击是无法完成其现代性转型的，所以在现代化初始阶段适当的尊崇、仰慕西方是有其合理性的，它会催生出人们见贤思齐的上进心和变革要求，推动中国迅速完成在工业化、信息化、数字化等方面赶上西方这一现代化历史落差的任务，在与西方经济上、政治上、军事上等领域齐头并进之后，中国人的文化意识、文化主体性应该被充分唤醒，因为我们学习西方的最终目的不是为了成为第二个西方，而是为了成为更好的自己，由此，我们的文明结构就不能像西方那样只讲利用、厚生，更要讲正德、惟和，从而为文明的发展提供道德规范和目标方向，如此，苟日新、日日新，止于至善，就能使得经济发展的同时，人心也能得到安顿，由此也就更能接近文明的本意，那就是中国式的文艺复兴，藉此促进社会关系良序的生成，提高文明体中人民共同的良知水平。将人心之厚薄和民生之荣悴，当成衡量文明优劣之根本标准，由此才能使中国现代化少走弯路，这也是倪吾诚们的西化之梦应有的归宿。

小说中"活动变人形"也颇具象征寓意，可以说它是一个关于现代性的文化寓言，也就是说现代性给人们提供了自由选择生活方式的可能，但并没有提供给它得以实现的现实环境。而且作为一种文化理想，它是一把双刃剑，既可以说是现代性的馈赠也可以说是现代性的陷阱，活动变人形是一本日本玩具读物，它像是一本书，全是画，头、上身、下身三部分，都可以独立翻动，这样，排列组合，可以组合成无数个不同的人的图案。所以叫"活动变人形",它一方面拓展了人的自由选择的空间,有利于人们从过于狭隘的非此即彼的赵尚同式的选择中挣脱出来,给倪吾诚们以喘息、生存、发展的空间,更大程度上激发出人的潜能和创造性,另一方面它也可能导致人的去本质化、去现实化和去传统化,使人成为了一个谁也不是的四不像之物。就像蝙蝠在鸟与兽之间的徘徊一样,人在可以成为任何人之前是否先要具备成为某一种人的基本条件,也就是说人是否应该具有超越性的基本人性?这种基本人性是多余的枷锁还是天生的鳞甲,这都是我们需要考虑的问题。王蒙对于这种现代性的思考是高出群侪、遥遥领先的,这也得益于他有那位真诚的、失败的父亲及其悲剧的人生带给他的启示和教训,这好比给他打了西化病的防疫针,而很多知识精英都未能逃脱这种思想的瘟疫,直到很久之后才能挣脱出来,这种思想文化优势也奠定了这部小说在百年文学史上的开拓性和原创性。

总之,王蒙正是因为有一颗与中国现代化的进程合而为一的活跃的心灵,所以他能在人和文学的观念以及小说创作的文体实验上引领时代的文学,成为当代文学中的常青树和不老松。

（耿传明：南开大学文学院教授、博士生导师）

王蒙对当代若干历史人物的品评

郭宝亮

文学批评历来有"知人论世""以意逆志"之说，批评不仅包括了对文的解读评析，自然也包括对人的品评。王蒙作为一个长期处于文坛中心的著名作家和文艺文化领导者，他对当代文艺文化界的领导与同行的怀念与品评、批评就显得弥足珍贵。而且，这些历史人物也成为他文学创作的重要资源，对我们进一步理解王蒙的作品具有重要意义。

一、王蒙对胡乔木的怀念与侧评

胡乔木是中国共产党的高级别领导者之一，曾长期担任毛泽东主席秘书，新中国成立后历任新华社社长，新闻总署署长，中共中央宣传部副部长，政务院文化教育委员会秘书长，中共中央副秘书长，中国社会科学院院长，中共中央书记处书记，中共第十二届中央政治局委员，中共中央顾问委员会常委等职。毛泽东曾戏称"靠乔木，有饭吃"，邓小平赞誉他是"中共中央第一支笔"。1992 年 9 月 28 日，胡乔木因病逝世。

1994 年《读书》第 11 期发表了王蒙《不成样子的怀念》一文，文章记述了王蒙与胡乔木的交往过程，表达了对胡乔木的无限哀思与敬重和感激之情，同时也侧评了乔木丰富的内心世界，展示了多侧面、多层次的党的高级知识分子干部的真实立体形象，读来相当可信，而且诚恳、友好、客观，不讳饰，是人物传记写作的一种"新突破"。

1981 年夏末，胡乔木写信给王蒙，表达在病中阅读王蒙近作之后的喜悦欣赏之情，并赠五言律诗一首。不久之后，王蒙与胡乔木见面，王蒙眼中的胡乔木，显得有些衰弱，说话"底气"不足，但知识丰富，思路清晰，字斟句酌，缓慢平和。"他从温庭筠说到爱伦·坡，讲形式的求奇与一味的风格化未必是大家风范。他非常清晰而准确地将筠读成 yún 而不是像许多人那样将错就错地读成 jūn。他说例如以托尔斯泰与屠格涅夫相比，后者比前者更风格化，而前者更伟大。（大意）我不能不佩服他的见地。"①

可见，王蒙笔下的胡乔木，是一位知识学养丰厚、见解独到新异的党内高级知识分子。比如他谈到马克思、恩格斯虽然文化艺术修养高，有一些对文艺问题的有价值的见解，但没有建立起系统的文艺学体系，并且说："我这样说，也许会被认为大逆不道。"的确，作为一名意识形态领域的党的高级干部，在当时的形势下，敢于说出这样的话，确实给人深刻的印象。

在王蒙看来，胡乔木的艺术趣味偏向雅致高洁，欣赏品位也极高。比如他认为高尔基的《母亲》是典型的，但他更推崇《克里木·萨木金的一生》，"然后如数家珍地谈这部长而且怪的"小说，使王蒙"大吃一惊"。胡乔木喜欢黄自、贺绿汀的音乐，喜欢芭蕾舞。王蒙开玩笑说，胡乔木是"贵族马克思主义者"。

作为主管党的意识形态工作的领导，胡乔木必然是从大局和全局来看待问题的，他有时也会显得无奈，甚至保守乃至偏执。比如关于对毕加索的评价，他回答"在我们这样的国家，还难于接受毕加索"。王蒙感到了胡乔木的回答中流露出的某种苦涩。对于《当代文艺思潮》由于发表了徐敬亚的评"朦胧诗"的一篇文章而大发雷霆，认为徐的文章否定革命文艺，认为《当代文艺思潮》刊物的倾向不好，"他甚至不准旁人称徐为'同志'"，"这使我看到此老的另一面"。

然而，王蒙笔下的胡乔木又是蔼蔼长者，他尽最大可能地保护爱护作家。1982 年下半年，《文艺报》等展开对"现代派"的批判，起因是高行健的一本小册子《现代派小说技巧初探》出版，王蒙以及刘心武、冯骥才、李陀致信高行健，表示赞赏，致使《文艺报》等如临大敌，上纲上线。"乔木同志当时在政治局分管意识形态工作。他当然熟知这些情况，更知道批现代派中

---

① 王蒙：《不成样子的怀念》，《读书》1994 年第 11 期。

‘批王’的潜台词和主攻目标。"① 于是，1983 年春节时，乔木命令派车接王蒙夫妇到家里会面，向外昭示胡乔木对王蒙的保护，致使那些跃跃欲试准备大批王的人偃旗息鼓。② 王蒙评论道："这一点也很有胡乔木的风格，他要批现代派，或不能不首肯批现代派，他也要保护乃至支持王蒙，鱼与熊掌，兼得。"③ 但胡乔木仍然不赞成王蒙在"现代派"的探索道路上走得太远，他来信寄文告诫王蒙，甚至还通过韦君宜捎话给王蒙，让他"少搞一点意识流"，可见其心拳拳，其意纠纠。乔木关心张洁、宗璞，挽救电影《芙蓉镇》、为刘晓庆《我的路》辩护④，肯定《黄土地》，他悄悄做了许多"好事"，他反对徐敬亚等对朦胧诗的评价，但对待诗人舒婷却十分友好，甚至还亲自去上门拜访舒婷，尽管他把这次拜访称为"失败"。对待作家浩然，胡乔木表现出十分厚道的一面。王蒙记叙了有一次他和邓友梅同乔木会面，邓友梅讲了一些对浩然与有关现象的看法，胡乔木十分反感，"他愤然说，是他特别指示《人民

---

① 王蒙：《不成样子的怀念》，《读书》1994 年第 11 期。

② 据张光年 1983 年 6 月 1 日日记记："……王蒙来，谈半小时。他最近参加了中宣部部务会议，讨论文艺问题。刚开了两次，为的统一思想，乔木、周扬出席，冯牧和他列席。贺敬之作了情词激烈的发言，点名批夏衍，不点名批我，说批现代派及反党文艺遇到阻难。他没法干了。真可笑……"参看张光年：《文坛回春纪事》下，海天出版社 1998 年版，第 457 页。

③ 王蒙：《不成样子的怀念》，《读书》1994 年第 11 期。

④ 李美皆在《严肃的好玩》一文中记载："《文汇报》前总编辑马达回忆，刘晓庆《我的路》在《文汇报》连载后，胡乔木把他叫到北京去批评：'为什么文汇报要连载刘晓庆的《我的路》呀？'马达回答：'那是她写自己从事电影活动的经历。'胡反驳道：'什么我的路呀，那还不是鼓吹个人奋斗，个人成名……'马达赶紧解释说：'倒也不是，她个人奋斗，也是在党的领导下奋斗的。'这时，胡有些不高兴，严肃地说：'马达同志，你是个老党员，你们提倡个人奋斗，走个人奋斗的道路，党性原则到哪里去了。'见胡将问题提到如此程度，马达不再分辩。随后，几乎是胡一个人的独白，他长篇大论批判资产阶级人道主义，反对抽象的人道主义，着重阐述了'社会主义人道主义'的道理，从学雷锋讲到见义勇为……一直讲了近 3 个小时……但是，就在大约半个月后，《文汇报》记者给马达看了一份复印件，是胡乔木写给北京电影制片厂厂长汪洋的信：'汪洋同志，最近我看了刘晓庆写的《我的路》，我认为写得很好，她的个人奋斗经历是不容易的。听说最近她积极要求入党，希望你们热情帮助她，鼓励她进步。此致敬礼。乔木。'这事发生在反对资产阶级自由化的背景下。"（参见李美皆：《严肃的好玩》，《文学自由谈》2012 年第 5 期。）

日报》发表了浩然新作《苍生》出版的消息。提起浩然他也充满友善。"①

王蒙谈到后来自己也担任文艺界的领导职务，与胡乔木有了更频繁的接触、交流与碰撞②。王蒙发现了胡乔木的天真与可爱。"他老人家欣赏创作上的新意与新异，却警惕异论新论。他在形象思维上宽容，在理论思维上严峻。"③当然，胡乔木也重视他的权力与地位，也很重视表现他的智识和才华，以及他的人情味。王蒙说："这种表演有时候非常精彩，以至于我相信他的去世所造成的损失是无法弥补的，乔公是不二的人物。有时候又十分拙劣，例如自己刚这样说了又那样说，乃至贻笑大方。一九八三年他批了周扬又赠诗给周扬，他的这一举动使他两面不讨好，这才是胡乔木。只谈一面，当不是胡的全人。"④王蒙谈到1989年10月与胡见面，"他很紧张，叫着秘书作记录"。据说在后来的一次会议上，他极力向批他的人套近乎，说了一些未必得体的话，但反应冷淡。甚至还要与写过《坚硬的稀粥》挨批的王蒙拉开距离做铺垫，这与他讲的看访舒婷"失败"具有相近似的含义。

王蒙写出了自己眼中的胡乔木，这是一个天真、可爱、复杂、多面、立体的，既政治又人性，既宽厚又峻厉，既开明又保守的党内高级知识分子形象。正像丹晨所说的："王蒙这篇文章与他别的一些作品文章也有不同，写得朴实无华，基本上不用他惯用的重叠的一连串的形容词，堆加语，不俏皮戏谑，不反讽讥刺，不渲染铺叙。他像许多类似怀念性散文一样，就个人与传主的交往中亲见亲闻来叙事状物，所依据的都是他自己的第一手材料，故而准确可信，他尽量让事实来说话，避免或减少不必要的议论评价性的语

---

① 王蒙：《不成样子的怀念》，《读书》1994年第11期。

② "有一次谈话中胡乔木说'忧患意识'是受了现代派而且是'纳粹分子'海德格尔哲学思潮的影响，我说恐怕未必，忧患云云，更像是从范仲淹的'先天下之忧而忧，后天下之乐而乐'那里来的，但是胡坚持他的看法，他的知识太多，可能自找了麻烦（现在忧患意识作为一个正面的词，已经出现在党的正式文件中）。胡还专门对我说：'希望对现代派的讨论，不要影响你的创作情绪。'有言在先。胡向我大骂《当代文艺思潮》，我介绍说，它的主编谢昌余同志曾经在省委主要领导（后在中央工作，地位很高）身边做过文字工作，他大说'荒谬'，但态度平和了些"。（参见《王蒙自传》第二部《大块文章》，《王蒙文集》第42卷，人民文学出版社2014年版，第210页。）

③ 《王蒙自传》第二部《大块文章》，《王蒙文集》第42卷，人民文学出版社2014年版，第209页。

④ 王蒙：《不成样子的怀念》，《读书》1994年第11期。

言。虽然这只是一篇五六千字的文章，而非数十万言的传记专著，但却让人们清晰地看到这是一位饱学的睿智的开明的善良的思想活跃的为党的事业殚精竭虑有所创造的党内高级知识分子，同时又是一位疑虑重重自相矛盾片面极端有点矫情比较重视个人得失权力地位党性很强的高级干部。"① 此言信矣！

二、王蒙对周扬的怀念与品读

王蒙与周扬的相识与交往比较久远。早在 1957 年 2 月，由于《组织部新来的青年人》的大红大紫，也引来了严厉批判的文字，《文汇报》突然发表了李希凡猛烈批判《组织部新来的青年人》的长文，② 从政治上上纲上线，定位为立场问题、观点问题，意在批倒批臭，一棍毙命。这时王蒙写信给周扬，"说明自己身份，求见求谈求指示"。周扬很快给王蒙回了信，约王蒙前往中宣部他住的子民堂一谈。周扬开宗明义，告诉王蒙毛主席看了小说，不赞成把小说完全否定，不赞成李希凡的文章等等。③ 这次相见，王蒙的谦虚适度

---

① 丹晨：《王蒙的怀念》，丁东、孙珉选编：《世纪之交的冲撞——王蒙现象争鸣录》，光明日报出版社 1996 年版，第 400 页。

② 李希凡：《评〈组织部新来的青年人〉》，《文汇报》1957 年 2 月 9 日。

③ 据崔建飞《毛泽东五谈〈组织部新来的青年人〉》一文记载：毛泽东曾在不同场合 5 次谈到这篇小说。毛泽东首次评说《组织部新来的青年人》，应是 1957 年 2 月 16 日上午，地点在毛泽东中南海的居住地——颐年堂。这是一次中央领导和部分文艺界领导人关于"双百方针"的座谈会。与会的除了文艺界的周扬、林默涵、张光年、严文井、邵荃麟、郭小川外，还有周恩来、邓小平、康生、陈伯达、郭沫若、胡乔木、胡绳、胡耀邦、张奚若、邓拓、杨秀峰、陈沂等领导同志。据郭小川当天的日记记载，毛泽东谈的"主要是对于王蒙的小说《组织部新来的青年人》和对它的批评，主要是李希凡和马寒冰对它的批评。主席特别不满意这两篇批评。它们是教条主义的。他指出：不要仓促应战，不要打无准备、无把握之仗，在批评时要搜集材料，多下一番功夫。而在批评时，应当是又保护、又批评，一棍子打死的态度是错误。"毛泽东当场对周扬说："周扬同志，你找王蒙谈谈，告诉他：第一是你好，你反对官僚主义。第二是你有片面性，你的反面人物写得好，正面人物弱。"他赞扬王蒙"是新生力量，有才华，有希望。"第二次是 1957 年 2 月 27 日，毛泽东在最高国务会议第十一次（扩大）会议上，作了那篇后来题为《关于正确处理人民内部矛盾的问题》的著名讲话。在讲话中，他再一次提到王蒙和《组织部新来的青年人》。

的举止言谈给周扬留下了极好的印象，从此王蒙与周扬建立了长期的友谊。1963 年，周扬在全国文联扩大全委会上还提到王蒙，称赞王蒙有才华，要帮助王蒙云云。所以，1978 年 10 月，当王蒙从报纸上看到周扬的名字，立即写信给周扬，并很快收到回信。所以，1982 年底，批判现代派（批王）的时候，周扬倾向特别鲜明地大讲王蒙"很有思想"，因而得罪了相当一批人。当时《文艺报》就有所谓的"读者来信"，非议周扬，并把"来信"转给周扬，以示"黄牌"。①

可见，王蒙与周扬的"私交"甚笃，周扬对王蒙有知遇之恩，王蒙对周扬

黎之听了毛泽东在最高国务会议上的讲话录音，根据他的记载，毛泽东是这样谈王蒙的："有个人叫王明，哎，不对，叫王蒙。他写了篇小说，叫《组织部新来的青年人》。批评我们工作中的缺点。仔细一查他也是个共产党，共产党骂共产党，好嘛。有人说北京没有官僚主义。北京怎么会没有官僚主义。北京的城墙这么高，官僚主义不少。现在有人围剿王蒙，还是部队的几个同志，好家伙，大军围剿啊。我要为王蒙解围！"毛泽东第 3 次在会议上公开谈论《组织部新来的青年人》，是在中共中央召开的有党外文化人士参加的全国宣传工作会议上。从 1957 年 3 月 6 日至 13 日，在北京开了 7 天。从披露出来的资料看，毛泽东在这个会议上先后两次谈到王蒙。一次是 3 月 8 日谈话是这样的："我看到文艺批评方面围剿王蒙，所以要开这个宣传工作会议。从批评王蒙这件事情看来，写文章的人也不去调查研究王蒙这个人有多高多大，他就住在北京，要写批评文章，也不跟他商量一下，你批评他，还是为着帮助他嘛！要批评一个人的文章，最好跟被批评人谈一谈，把文章给他看一看，批评的目的，是要帮助被批评的人。可以提倡这种风气。"第 4 次谈这篇小说是在 3 月 12 日傍晚 5 时，毛泽东来到全国宣传工作会议会场作报告，大约讲到晚 7 点散会。毛泽东是一边抽烟、一边作报告的，听过录音的王蒙本人还记得：毛泽东在谈到他的时候，中间停顿了一下说："粮草没有了。"毛泽东把香烟比作他的粮草。别人赶忙给他递上烟，毛泽东于是继续往下谈。"对于自己的工作就是肯定一切，现在共产党里面还有这种人。总而言之，只能讲好，不能讲坏，只能赞扬，不能批评。最近就在北京发生了一个'世界大战'，有个人叫王蒙，大家想剿灭他。总而言之，讲不得，违犯了军法，军法从事。我也是过甚其词，就是有那么几个人，写了那么几篇文章。现在我们替王蒙解围，要把这个人救出来，此人虽有缺点，但是他讲正了一个问题，就是批评官僚主义"。"其实王蒙的这些东西不是毒草。""批评王蒙的文章我看了就不服。这个人我也不认识，我跟他也不是儿女亲家，我就不服。"毛泽东第 5 次提到《组织部新来的青年人》，是一次内部谈话。据 1957 年 4 月 14 日郭小川的日记记载，这一天下午他给邵荃麟打电话，在电话中，"荃麟告诉我，说毛主席看了《宣教动态》登的《人民文学》怎样修改了《组织部新来的青年人》，大为震怒，说这是'缺德''损阴功'，同时认为《人民日报》也是不好的……现在的'百家争鸣'究竟是谁在领导。主席主张《人民文学》的这件事要公开批评，荃麟说，秦兆阳为此很紧张。"（参看崔建飞：《毛泽东五谈〈组织部新来的青年人〉》，《长城》2006 年第 2 期。）

① 《王蒙自传》第二部《大块文章》，《王蒙文集》第 42 卷，人民文学出版社 2014 年版，第 209 页。

充满感激。对于这样一位领导、一位长者，一位恩人，王蒙的品读也不落窠臼。

1996年，王蒙在《读书》第4期发表了怀念文章《周扬的目光》，这是一篇记人记事的优美散文，也是一篇颇有史料价值的传记。文章记述了1983年岁末，王蒙去周扬家里看望病中的他，"当时周扬说话词不达意，前言不搭后语，以至尽是错话"。他自己惭愧地不时笑着，王蒙说："这是我见到的唯一一次，他笑得这样谦虚质朴随和，说得更传神一点，应该叫做傻笑。眼见一个严肃精明，富有威望的领导同志，由于年事已高，由于病痛，变成这样，我心中着实叹息。"① 然而，令人惊异的事情发生了，当王蒙他们与周告别，说还有一个文艺方面的座谈会要参加时，"我发现周扬的眼睛一亮，'什么会?'他问，他的口齿不再含糊，他的语言再无障碍，他的笑容也不再随意平和，他的目光如电。他恢复了严肃精明乃至有点厉害的审视与警惕的表情。……于是我们哈哈大笑，劝他老人家养病要紧……他似乎略略犹豫了一下，然后'认输'，向命运低头，重新'傻笑'起来。"② 这的确是"惊心动魄"的一幕，这目光太传神了也太令人感到"恐惧"了。王蒙写出了政治化的周扬，"周扬抓政治抓文艺领导层的种种麻烦抓文坛各种斗争长达半个世纪，他是一听到这方面的话题就闻风抖擞起舞，甚至可以暂时超越疾病，焕发出常人在他那个情况下没有的精气神采。这给我的印象太深了。同时，没有'出息'的我那时甚至微觉恐惧，如果当文艺界的'领导'当到这一步，太可怕了。"③

然而，周扬又是一个有着真性情的人。王蒙记述了80年代初在一个会议上，周扬总结发言时，借某位作家的说法，说艺术家是讲良心的，而政治家则不然。周说，有些作家把他看作政治家，是不讲良心的，而某些政治家又把他看成艺术家的保护伞，是"自由化"的。说到这里，听众们大笑起来，然而周扬很激动，"他半天说不出话来"。"由于我坐在前排，我看到他流出了眼泪。实实在在的眼泪，不是眼睛湿润闪光之类。"④ 王蒙深深理解周扬的

---

① 王蒙：《周扬的目光》，《王蒙文集》第20卷，人民文学出版社2014年版，第259页。
② 王蒙：《周扬的目光》，《王蒙文集》第20卷，人民文学出版社2014年版，第259页。
③ 王蒙：《周扬的目光》，《王蒙文集》第20卷，人民文学出版社2014年版，第260页。
④ 王蒙：《周扬的目光》，《王蒙文集》第20卷，人民文学出版社2014年版，第260页。

内心隐痛，作为党的文艺工作的领导人，他可谓呕心沥血，但文艺界纷繁复杂的各种矛盾，也的确令人委屈痛楚。还有一次，周扬苦口婆心地劝导作家不要骄傲，不要指手画脚，让一个作家去当一个县委书记或地委领导，不一定能干得了。这时，年轻的作家张洁反唇相讥："那让这些书记们来写写小说试试看！"这时周扬一怔，……接着大笑起来。王蒙说，"周扬那一次显得如此宽厚。"这里有着丰富的潜台词，曾几何时，周扬的气场，周扬的"派头"，有谁敢这样对待之，然而，时过境迁，周扬已不是昔日的周扬了。

王蒙还写到1983年秋，周扬因"社会主义异化论"而受到批评，王蒙去看他，告别时，"周扬显出了失望的表情，他说：'再多坐一会儿嘛，再多谈谈嘛。'我很不好意思也很感叹。时光就是这样不饶人，这位当年光辉夺目，我只能仰视的前辈、领导、大家，这一次几乎是幽怨地要求我在他那里多坐一会儿。他的这种不无酸楚的挽留甚至使我想起了我的父亲，他每次对于我的难得的造访都是这样挽留的。"[1]真是酸楚得很！王蒙传神地写出了晚年周扬的寂寞、孤独，以及政治上遭遇冷落之后的落寞心态。

王蒙充分肯定了周扬在新时期的反思与反省，以及对产生"文革"灾难的理论探索。王蒙认为：

> 周扬是旧社会的反叛者，是"砍脑壳党"，是真正服膺毛泽东的战士。……正是他的追求真理的执着才使他成为革命者，正是他对于真理的须臾不可暂别，才使他在经历了"文革"的挫折以后苦苦地，我要说是悲情地思考了再思考。"文革"后他讲过，有两条主要的教训，一个是社会发展阶段是不能逾越的，一个是中国的发展是不能脱离世界的。这两点提得很有深度，可惜他没有展开论述，也没有相关的文字。……[2]

周扬注定是一个不断遭遇争议的人物，晚年的周扬对"文革"颇多反省，常常向遭到他错整过的同志道歉，泪眼模糊，但还是不容易被谅解。王蒙说："周扬无论功过如何，他都是个大人物，不是小人。"[3]

---

[1] 王蒙：《周扬的目光》，《王蒙文集》第20卷，人民文学出版社2014年版，第261—262页。

[2] 《王蒙自传》第二部《大块文章》，《王蒙文集》第42卷，人民文学出版社2014年版，第244—245页。

[3] 王蒙：《周扬的目光》，《王蒙文集》第20卷，人民文学出版社2014年版，第264页。

三、王蒙"心目中的丁玲"

丁玲是新文学史上一位极具个性且声名显赫的重要作家,她一生坎坷,争议不断,"又与文坛的那么多是是非非、恩恩怨怨纠缠在一起",因此,要给这样一个作家立传,的确"是一个危险的题目"。与胡乔木、周扬不大相同,王蒙与丁玲的个人交往并不多,"我本人几次去看望过丁玲,但是无法交心,不无防范戒备、应对进退,着实可叹。"[1]正因为如此,妨碍了王蒙通过个人与工作上的交往接触,近距离描写传主的形迹性相,进而窥见其内心含蕴的便利,但却可以拉开距离,通过研读传主的生活行状与著述,加上王蒙在80年代活跃在文坛中心的位置,以及王蒙作为小说家的独到眼光和"世事洞明"的洞察力,王蒙对丁玲的记述和品读就具有较大的可信度与独特性。可以说,王蒙通过对丁玲的"研究",还原出了一个自己心目中的比较真实的丁玲。

1979年丁玲的"右派"问题获得平反,从山西长治农村回到北京,王蒙与邵燕祥、从维熙、邓友梅、刘真等人,在丁玲的老秘书后来的《中国作家》副主编张凤珠引见下去看望丁玲。王蒙写道:"我们是流着热泪去看丁玲的,我们只觉得与丁玲之间有说不完的话。"[2]这次看望,王蒙在《王蒙自传》里是这样说的:"丁玲反而显得冷静谨慎,不想说太多的话。痛巨则思深,她似乎仍在观望。她仍然很健康,她的湖南话字字有力到位。她并不怎么跟着风骂'四人帮'。她更想骂的,更较劲的可能另有其人。"[3]可见这次"同是天涯沦落人"的看望并不十分融洽。从丁玲不同场合的讲话中、文章里,乃至行为——比如,她拿出《牛棚小品》时,她不屑地对编辑说:"给你们,时鲜货……"

于是有了传言,丁玲不支持"伤痕文学",不支持青年作家,丁玲站在

---

① 王蒙:《我心目中的丁玲》,《王蒙文集》第20卷,人民文学出版社2014年版,第286页。
② 王蒙:《我心目中的丁玲》,《王蒙文集》第20卷,人民文学出版社2014年版,第278页。
③ 《王蒙自传》第二部《大块文章》,《王蒙文集》第42卷,人民文学出版社2014年版,第83页。

了"左"的方面云云。"晚年丁玲"形象被广泛地视为"左",而她的"对立面"——周扬则反倒成为反思者、思想解放的支持者,她又一次站在了"对立面"上。王蒙写道:

> 一位比我大七八岁的名作家,[1] 一次私下对我说:"丁玲缺少一位高参。她与××的矛盾,大家本来是同情丁的。但是她犯了战略错误。五十年代,那时候是愈左愈吃得开,××批评她右,她岂有不倒霉之理?现在八十年代了,是谁'左'谁不得人心,丁玲应该批判她的对立面的左,揭露××才是文艺界的左的根源,责备他思想解放得不够,处处限制大家,这样天下归心,而××就臭了。偏偏她老人家现在批起××的右来,这样一来,××是愈批愈香,而她老人家愈证明自己不右而是很左,就愈不得人心了。咱们最好给她讲一讲。"

> 令人哭笑不得。当然,一直没有谁去就任这个丁氏高参的角色。[2]

那么,丁玲是真的"左"了吗?王蒙的回答是"不是"。

王蒙列举了丁玲的一些惊人的言谈和文章来证明。比如全国短篇小说评奖会上,丁玲反驳一位大姐(草明)强调小说首先看思想性的观点:

> 话没等她说完,丁玲就接了过去,以不容置疑的口气说:"什么思想性,当然是首先考虑艺术性,小说是艺术品,当然要先看艺术性……"

> 我吓了一跳。因为那儿有毛主席《在延安文艺座谈会上的讲话》管着,谁敢把艺术性的强调排在对思想性的较真前头?

> 王蒙不敢,丁玲敢。[3]

不但敢,而且还发表出来了。

王蒙继续举例说:

> 有一次丁玲给青年作家学员讲话,也是出语惊人。她说:"什么思想解放?我们那个时候,谁和谁相好,搬到一起住就是,哪里像现在这

---

[1] 王蒙在《王蒙自传》第二部《大块文章》中,说的是作家李准。见《王蒙文集》第42卷,人民文学出版社 2014 年版,第 247 页。

[2] 王蒙:《我心目中的丁玲》,《王蒙文集》第 20 卷,人民文学出版社 2014 年版,第 279 页。

[3] 王蒙:《我心目中的丁玲》,《王蒙文集》第 20 卷,人民文学出版社 2014 年版,第 280 页。

样麻烦!"

　　她又说:"谁说我们没有创造性,每一次政治运动,整起人来,从来没有重样过!"①

　　所有这些,哪里是"左",简直是比右还右,所以王蒙坚信,丁玲骨子里绝对不是极左。那么,为什么丁玲晚年形象呈现为"左"呢?王蒙认为原因有二:

　　其一,丁玲有强烈的创作意识、名作家意识、大作家意识,或者叫明星意识、竞争意识(我觉得,这些意识保不齐也会转化为嫉妒意识——笔者注)。王蒙认为,丁玲的爱出风头、在乎谁挂头牌的性格,是她昔日得罪领导的原因之一。王蒙讲了一个掌故,丁玲50年代到苏联开会回来就到处散布,爱伦堡多次请她讲话,并说:"你是大作家,你应该讲话。"但代表团团长是与她不睦的周扬。"她引用爱伦堡的话说那个××团长'长着一副做报告的脸'等等。"这能不招领导讨厌吗?如今,出尽风头、历尽坎坷、销声匿迹30余年后重回文坛,她发现自己已经不处于舞台的中心,已不处于聚光灯的交叉照射之下。这是她最不能正视的。她就是不服这些风头正健的中青年作家,要跟他们比一比。她也并不是不支持年轻作家,而是觉得这种支持的风头让"对立面"抢去了,她要另找一条路。

　　其二,王蒙认为,是由于她的特殊的政治经验特别是文坛内斗的经验。当她回到文坛,自己的"对立面"已经把思想解放的大旗扛在自己肩上了,人家正受到许多中青年作家和整个知识界的拥戴②,但她也看到,"对立面"也受到某些领导人与老同志的非议,因此,她必须借重领导和党内老同志的力量才能与之抗衡。特别是她的"历史问题"还没有最终定论,而"对立面"正是要用这一点证明她的"右"和并非真革命真共产主义者,因此,她必须坚持反右,以"左"的面目来证明自己政治上的一贯可靠性、忠诚性。所以

---

① 王蒙:《我心目中的丁玲》,《王蒙文集》第20卷,人民文学出版社2014年版,第280页。

② 据王蒙在自传里讲,在1984年底到1985年初召开的第四次作代会,"开幕式上,宣读各领导人贺词贺信的时候,胡乔木的声音受到冷落,周扬的名字轰动全场。有人发起了致周扬的慰问信,会场上悬挂着这样的大信,许多人去签名。我没有签。"参看《王蒙自传》第二部《大块文章》,《王蒙文集》第42卷,人民文学出版社2014年版,第280页。

王蒙理解了为什么她刚一复出，就对沈从文《记丁玲》中的描写那样反感。[1]因为她觉得，沈从文的描写客观上为"对立面"提供了整她的炮弹。当然，王蒙认为，这里不仅有功利性的考虑，而且有真诚的信仰。作为第一个投奔延安的知名作家，她曾受到毛泽东、周恩来等中国共产党领导人的器重，经历了革命的大风大浪的考验和深入骨髓的改造，丁玲完全把自己政治化了，她随时都准备牺牲自己。这种对革命信仰的真诚性与自我利害得失的权衡的矛盾统一，构成一个真实的丁玲。

然而，政治化的丁玲其实并不是一个"政治家"。"丁玲是一个艺术气质很浓的人，她炽热，敏感，好强，争胜，自信，情绪化，个性很强，针尖麦芒，意气用事，有时候相当刻薄。"[2]王蒙举例说，有一次中篇小说评奖大会后合影，她看到自己身旁的周扬的签名，"她噢了一声，像被蝎子蜇了一下，立即站起身来。她的表现毫无政治风度"。她动不动就打击一大片，只求泄愤，不计后果，结果搞得腹背受敌。

王蒙说，她一辈子搅在是非里，她也用这种眼光看别人。本来是非政治家，却偏要往政治上靠，结果就只剩下了钩心斗角。[3]王蒙借用一位有地位的老作家兼领导的话说：丁具有"一切坏女人"的毛病：表现欲、风头欲、

---

[1]　沈从文：《记丁玲》，良友图书出版公司 1933 年版。

[2]　王蒙：《我心目中的丁玲》，《王蒙文集》第 20 卷，人民文学出版社 2014 年版，第 285 页。

[3]　有资料显示，晚年丁玲与周扬围绕着"丁玲历史问题"的平反与否展开了公开的斗争。1979 年 11 月 8 日，丁玲在中国作协第三次会员代表大会上即兴发表讲话，谈到了宗派问题，矛头直指周扬："就说宗派吧，据说是从延安就有了的。一名外国记者，赵浩生先生写过一篇访问报告就说宗派，说延安嘛就有宗派。有两派，一派是'鲁艺'，为首的是谁谁。另有一派是'文抗'派，'文抗'派是以我为头子，还有艾青。我们很多人，大约并没有什么派，但是居然有人说他是派！他又是派的头子！又是以他为代表！这就是说，有派了！要没有，他能承认吗？"（参见周良沛：《无法漏抄的一则发言记录》，汪洪编：《左右说丁玲》，中国工人出版社 2002 年版，第 136 页。）1985 年 9 月 11 日下午，刘白羽看望住院治疗的丁玲，告诉她周扬现在得了脑软化症，说话很吃力，有人去看他，他还常常流眼泪。丁玲说，天晓得，你要是不得脑软化症，那还是你笑到最后你笑得最好，我顶多只能翻身么，我还有许多遗留的问题在那里么，你没有啊，可惜你脑软化了。说罢哈哈大笑。（参见李向东、王增如：《丁陈反党集团冤案始末》，湖北人民出版社 2006 年版，第 289 页。）

领袖欲、嫉妒……为什么一个人的自我估量与某些旁人的看法相距如此之遥？①

当然，丁的一生被伤害过也伤害过别人，"例如她的一篇文章《作为一种倾向来看》就差不多'消灭'了萧也牧；但主要是她被伤害过。她理应得到更多的同情"。②

正因为丁玲的这些近乎天真的个性，她才是一个天才的"大作家"，王蒙说："我愿意愚蠢地和冒昧地以一个后辈作家和曾经是丁玲忠实读者的身份，怀着对天人相隔的一个大作家的难以释怀的怀念和敬意，为丁玲长歌当哭。"③

王蒙的这篇"研究"丁玲的文章，所提出的观点，至今仍然没有人真正地超越，即便有所变化，也是在王蒙观点上的修修补补。④

也有不同声音，比如，丁玲的丈夫陈明在《读书》1997年第10期发表《事实与传说》一文，对王蒙文章中提到的有关丁玲不支持不关心青年作家的传说提出质疑，并以《丁玲文集》中的有关文章加以澄清。文章的最后，陈明对王蒙用一位有地位的老作家兼老领导说丁玲具有了"一切坏女人"的毛病的话表示不满：

> 谈到这里，我不得不再说一点：一九五七年批斗丁玲、陈企霞反党集团，把丁玲划为右派，开除出党时，"一位有地位的老作家兼领导"说丁具有"一切坏女人"的毛病，表现欲、风头欲、领袖欲、嫉妒……。当时那得意的神情，那置人于死地而后快的语气，使我刻骨难忘。由于年代久远，参加批斗会的人有的已经过去，有的也许已经淡忘，现在的年轻人更无从知晓。没想到，王蒙同志在论及丁玲的"实际状况特别是旁人的观感与她自己的设想"的距离时，引用的是"一位有地位的老作

---

① 王蒙：《我心目中的丁玲》，《王蒙文集》第20卷，人民文学出版社2014年版，第287页。
② 王蒙：《我心目中的丁玲》，《王蒙文集》第20卷，人民文学出版社2014年版，第287页。
③ 王蒙：《我心目中的丁玲》，《王蒙文集》第20卷，人民文学出版社2014年版，第288页。
④ 2001年袁良骏在《粤海风》第5期上发表《丁玲：不解的恩怨和谜团》一文，就是把王蒙《我心目中的丁玲》一文的观点做了进一步的延伸和细化。秦林芳2005年出版的《丁玲的最后37年》，李美皆2013年的博士论文《"晚年丁玲"研究》等，其基本观点也是王蒙观点的进一步细化和深化。

家兼领导"曾对他说过的话，这话与当年批丁时如出一辙，一字不差。我实在为才思敏捷、聪明过人而且主张宽容的王蒙同志的失察而惋惜。时至九十年代，有人借用您的笔给丁玲再次戴上"坏女人"的帽子，这是非同小可的事啊！丁玲在九泉之下，又怎能安宁？①

还有写过《丁玲传》的周良沛写了一篇《重读丁玲》的文章投给《读书》杂志，遭到退稿，他改投《文艺理论与批评》，并附信一封，发表在该刊1997年第4期。在这篇文章中，周良沛列举了一些事例，比如丁玲对张贤亮、白桦甚至对王蒙自己的帮助，来证明丁玲的"为人厚道"与"非政治化"的人格，还有编辑文集时对旧作处理上的光明磊落，进而衬托"对立面"的删除旧作以维持自己"正面"形象的不够光彩的行为等。②

四、王蒙对父亲王锦第的"审视"性的品评

王蒙在自传里对父亲王锦第的品评是颇具意味的。他打破了一般传记"为尊者讳，为贤者讳"的惯例，大胆披露真相，对王锦第采取了"审视"性的批评。通读《王蒙自传》，我们可以看到，王锦第的性格作派以及婚姻生活行状，基本上就是长篇小说《活动变人形》的故事原型。当《活动变人形》出版后，刘心武曾把它称为王蒙的"审父"之作，③从这一意义上看，《王蒙自传》与《活动变人形》具有互文性，在自传里，王蒙对父亲王锦第的叙述也是一种"审父"。

在《王蒙自传》和《活动变人形》里，王蒙都特别强调了自己的沧州故乡的"根"的意义。王蒙说："我不想回避这个根，我必须正视和抓住这个根，

① 陈明：《事实与传说》，《读书》1997年第10期。
② 周良沛：《重读丁玲》，《文艺理论与批评》1997年第4期。
③ 据《王蒙自传》记载，1985年"在出版社召开的小说座谈会上，刘心武提出了'审父意识'一词。在特定的情况下，就是说是在清算第四次作代会的时候，刘白羽老师冷笑着提到文学界有人要审父，仅仅从字面上看，你会以为是要审革命的老前辈（其实是审不革命没革命的倪吾诚），令人毛骨悚然。"参见《王蒙自传》第二部《大块文章》，《王蒙文集》第42卷，人民文学出版社2014年版，第290页。

它既亲切又痛苦，既沉重又庄严，它是我的出发点、我的背景、我的许多选择与衡量的依据，它，我要说，也是我的原罪、我的隐痛。我为之同情也为之扼腕：我们的家乡人，我们的先人，尤其是我的父母。"① 王蒙的故乡为沧州南皮县潞灌乡龙堂村，这里到处是白花花的盐碱地，自然条件比较恶劣。清朝时，南皮出过两个大人物，一个是世人熟知的张之洞，另一个是他的堂兄张之万，系道光二十七年状元及第，官至军机大臣、东阁大学士。而王蒙的祖父王章峰参加过公车上书，组织过"天足会"，属于康梁改革派。据王蒙言，他的祖上原是孟村回族自治县人，后因家里连续死人，为换风水才来到南皮。王蒙说："本人的一个革新意识，一个与穆斯林为邻，密切相处，看来都有些遗传基因。"②

王蒙的父亲王锦第，1911 年 2 月出生于龙堂村，1929 年考上北京大学哲学系，与何其芳、李长之是舍友，王蒙的名字是何其芳起的，王蒙姐姐的名字王洒是李长之起的。王锦第 1933 年北京大学毕业后于次年入日本东京帝国大学教育系就读，3 年后毕业回国，就任北平市立高级商业学校的校长。王蒙在自传里回忆这段经历时还颇感得意：

> 时间不长，但是他很高级了一段，那时候的一个"职高"校长，比现在强老鼻子啦。我们租了后海附近的大翔凤（实原名大墙缝）的一套两进院落的房子，安装了卫生设备，邀请了中德学会的同事、友人、德国汉学家傅吾康来住过。父亲有一个管家，姓程，办事麻利清晰。那时还有专用的包月人力车和厨子。他并与傅吾康（Wolfgon Frankle）联合在北海公园购买了一条瓜皮游艇，我们去北海划船不是到游艇出租处而是到船坞取自家的船。有几分神气。③

然而，好景不长，父亲不再被续聘校长，日子也越过越寒碜，房子搬一次差一次直至贫民窟。王锦第只能靠自学的德语，翻译一些德文哲学著作挣

---

① 《王蒙自传》第一部《半生多事》，《王蒙文集》第 41 卷，人民文学出版社 2014 年版，第 1 页。

② 《王蒙自传》第一部《半生多事》，《王蒙文集》第 41 卷，人民文学出版社 2014 年版，第 3 页。

③ 《王蒙自传》第一部《半生多事》，《王蒙文集》第 41 卷，人民文学出版社 2014 年版，第 7 页。

一点微薄的稿酬维持家用。在王蒙看来，父亲王锦第是一个受到新文化影响的知识分子，有他自己的知识专长，英德日俄语都能对付一气，崇拜欧美，喜欢与外国人结交，喜欢读书，整日整日地读书，喜欢喝茶和咖啡，喜欢洗澡讲卫生，喜欢体育运动尤其喜欢游泳，待人热情，喜欢下馆子。喜欢讲哲学，讲苏格拉底、柏拉图、黑格尔、费尔巴哈、罗素，"他生命的后期绰号王尔巴哈"。然而，他言过其实，往往境界高耸入云，实务永远一塌糊涂。他瞧不起一切小事。终身不得志，蹉跎坎坷、一事无成，在他年近60岁时还说自己的人生黄金时代没有开始。显而易见，王蒙对父亲以及母亲、姥姥、姨这"三位一体"的"审视"，是上升到文化（文明）的高度为出发点的。在他们身上永远烙刻着文化的烙印，他们纠缠在矛盾的旋涡中不能自拔。王蒙的母亲董玉兰（后改名董毓兰、董敏）、姨（董芝兰，后名董学文、董效）也都接受过新文化的影响，母亲还读过北京大学预科，读过冰心、巴金、张恨水、徐志摩的书，但是越懂得一点新思想，她就越是痛恨痛惜痛苦。二姨也是如此，"提起冰心、庐隐、巴金、鲁迅，她都极尊敬"。二姨还是王蒙的文学启蒙老师。但母亲与二姨骨子里还是被传统文化所塑形的。二姨19岁守寡，不再嫁人，那种仪式般的化妆、自言自语乃至痛骂淬唾沫好半天，不会不与文化的某种根性有某种联系。母亲与父亲决然不同的生活习惯，也显示出两人大相径庭的文化取向。父亲王锦第常常严厉抨击故乡，对家乡的愚昧、落后、残酷深恶痛绝。他常常喜欢说一句话："藏污纳垢。""他确认旧中国的每一个角落每个家庭每条街区或者乡镇，都藏着太多的'污泥浊水'"。所以他"认同风暴，认同反封建，认定封建罪恶就在家里。就在故乡"。他属于激进派，应该也属于五四启蒙主义影响下的激进知识分子。然而，他也只是语言上的巨人，而行动上只能是矮子。他对西方文明的认同，只是皮毛，比如他教育孩子不要驼背、要洗澡、要加强体育锻炼，如何吃西餐、如何进行社交等等，固然是文明的标志，但又是多么皮毛啊！他崇拜科学，但在全家断粮的情况下，他有一点钱先买一件温、湿度计，以为科学。对鱼肝油"狂喜地大喝不止，喝得腹痛腹泻仍然兴高采烈"。因此，母亲称他为"外国六""猴儿变"，"前者说他脱离国情，全盘西化；后者说他一会儿一变，像一只猴子一样靠不住。后来，母亲的评说更加厉害，说父亲是'社会一害'。而父亲对母亲和她的母、姐，则称为

'三位一体''愚而诈'……"① 可见，在王蒙旧家里的夫妻冲突，实际上也是两种文化的冲突。当然也是性格、习性的冲突。

王蒙对父母的"审视"，不是简单化的二分法，而是从多种因素的矛盾统一中寻找原因。即便是"全盘西化"的王锦第，骨子里也深深烙刻着传统的基因和胎记，包括那些极丑陋的传统印记。王蒙难忘在西城南魏儿胡同14号发生的那些痛苦往事：

> 有许多发生在这所住房的场面至今令我毛骨悚然。父亲下午醺醺地回来。父亲几天没有回家，母亲锁住了他住的北屋，父亲回来后进不了房间，大怒，发力，将一扇门拉倒，进了房间。父亲去厕所，母亲闪电般地进入北屋，对父亲的衣服搜查，拿出全部——似乎也很有限——钱财。父亲与母亲吵闹，大打出手，姨妈（我们通常称之为二姨）顺手拿起了煤球炉上坐着的一锅沸腾着的绿豆汤，向父亲泼去……而另一回当三个女人一起向父亲冲去的时候，父亲的最后一招是真正南皮潞灌龙堂的土特产：脱下裤子……②

王蒙痛苦地评论道："河南作家张宇有一句名言，你想找农民吗？不一定非得去农村，你所在的大学、研究所、领导机关、外事俱乐部……哪里不是农民？哪个教授，哪个艺人，哪个长官，哪个老板不是农民？信哉斯言！"③

在南魏儿胡同14号，王蒙度过了自己"精彩与荒谬""慈祥与温暖""如同梦魇"的童年时光。4个长辈除了"外国六"与"三位一体"之间的无休止的争吵，另外"三位一体"之间的"内斗"，也让幼小的王蒙刻骨铭心。《王蒙自传》与小说《活动变人形》都有记录：

> 她们跳起来骂：出门让汽车撞死。舌头上长疔。脑浆子干喽。大卸八块。乱箭穿身。死无葬身之地。养汉老婆。打血扑拉（似指临死前的

---

① 《王蒙自传》第一部《半生多事》，《王蒙文集》第41卷，人民文学出版社2014年版，第16页。

② 《王蒙自传》第一部《半生多事》，《王蒙文集》第41卷，人民文学出版社2014年版，第13—14页。

③ 《王蒙自传》第一部《半生多事》，《王蒙文集》第41卷，人民文学出版社2014年版，第14页。

挣扎搐动）。有时是咒骂对方，有时是"骂誓"，是说对方冤枉了自己，如自己做了对方称有自己辩无的事，自己就会出现这样的报应，而如果自己并未做不应做的事，对方则会"着誓"，即不是自身而是对方落实种种可怕的场面情景。骂的结果，常常她们三个人也各自独立，三人分成三方或两方起灶做饭，以免经济不清。这母女三人确实说明着"他人就是地狱"的命题。①

不但三人吵，甚至还骂邻居。骂仗甚至发展到王蒙的姐姐和妹妹身上。新中国成立之后，在一次冲突中，母亲说姥姥是地主，而二姨则说母亲的儿子王蒙是右派分子。对此，王蒙说：

> 我不认为这只是一个家庭、一组人物的故事。早在明代，我国已经有人提出社会上广泛存在的戾气问题来了。古老的中国，积累了光荣也积累了屈辱，积累了灿烂也积累了乖戾，积累了文明也积累了野蛮，积累了事功也积累了压抑，积累了辉煌也积累了痛苦。而新学、西学的冲击，呼唤着悲壮的先行者也呼唤着皮相的浮躁，激发着志士仁人也激发着大言欺世，造就着真正的猛士，也造就着悲喜剧的唐·吉诃德——搅屎棍；已经许多代，许多年了。②

由此我们可以看出，王蒙对父亲王锦第以及对母亲等的"审视"是把他们作为知识分子的典型，在传统与现代、东方与西方、启蒙与革命等复杂纠结的文化矛盾中来省思的。通过自传中的王锦第，我们可以更好地理解长篇小说《活动变人形》的深层主题意蕴。《活动变人形》省思了传统、启蒙，也省思了革命。在80年代学界普遍推崇启蒙的一边倒的情况下，王蒙却在借倪吾诚反思着启蒙，同时也反思传统与革命（倪藻对自我的反思），确实走在了时代的前面。

当然，我们也看到了王蒙对待父亲王锦第的"审视"中，带有过多的怨气和情绪化的成分。这也可能遮蔽了某些真相。比如王蒙说："据一个我所

---

① 《王蒙自传》第一部《半生多事》，《王蒙文集》第41卷，人民文学出版社2014年版，第26页。

② 《王蒙自传》第一部《半生多事》，《王蒙文集》第41卷，人民文学出版社2014年版，第27页。

认识的朋友说，父亲讲课不是很成功，他说得乱，没有重点，没有主线。"①
但有关资料显示，王锦第的形象其实也有闪光的一面。"李长之、张岱年曾
分别为王锦第的诗集、译著写过评论和序言。张岱年晚年回忆说：'1937年
北平沦陷后，我与王森都滞留故都，由王森介绍，认识了王锦第，……王锦
第看过我发表的文章，颇相器重。1943年春节，他买一盆梅花送给我，至
今感念不忘。北京解放后，王锦第亦在北京大学工作，在教研室讨论明清思
想时，王锦第以木刻本方以智的《物理小识》相示。当时我不了解此书的
价值，对王锦第说：这书没有什么。后来才认识到此书含有重要的唯物论观
点，深悔当时太不虚心了。'王蒙多次提到父亲讲课不受欢迎，但据欧阳中
石（他于1950年考入北京辅仁大学哲学系，院系调整后转入北京大学哲学
系，王锦第在辅仁和北大都曾教过他）回忆：'王锦第到北大后，很少上课，
也不怎么露面，独往独来，但是学生都喜欢他。'"②王蒙在自传里也谈到有
关情况：

> 居然在有关张岱年的文字里，还有史学家赵俪生的《篱槿堂叙》
> 里，都提到了王锦第的名字，而且不全是负面的说法。赵先生说他有点
> "轴"，即别扭，他用了"鼬"字，疑非。赵先生还说他晚年住在我那
> 里，非是。赵先生与张先生自己的文字里都提到张老为先父不平的话，
> 说是先父的历史问题早在解放区即有结论，不应该后来再折腾。为此还
> 给张老找了麻烦，张老的划右派都与此有关，真是令人感动。至于在我
> 的《半生多事》发表后，网上的一些人的闹哄，则超过了"文革"中的
> 专案组，我以充满阳光的坦诚，回顾旧事，却碰到了阴暗乖戾的一些小
> 痞子。中国的文化环境如此，任何事都急不得，倒也长了我的见识。③

那为什么王蒙在谈到父亲王锦第的时候，显得负面的东西多一些？这可
能正是因为父母感情不和，导致的家庭成见的缘故。王蒙说："我们从小有
一个印象，父亲不好，母亲好。这方面母亲给我们天天灌输。我们对父亲的

---

① 《王蒙自传》第一部《半生多事》，《王蒙文集》第41卷，人民文学出版社2014年版，第
　18页。

② 赵天成：《王蒙的少年时代》，《传记文学》2019年第4期。

③ 《王蒙自传》第二部《大块文章》，《王蒙文集》第42卷，人民文学出版社2014年版，第
　224页。

态度经常不那么好。"①他们兄弟姐妹几个尤其讨厌父亲的教育，也是因为这个父亲，素日不做饭、不缝衣、不顾家，甚至还在外面有外遇，至少是希望有机会结识更多的年轻貌美新派洋派的女性的父亲，他的教育又怎能不令子女讨厌？对"父亲"的可疑面孔的描写也出现在王蒙的许多作品里，《活动变人形》更不消说，《恋爱的季节》里的父亲，也是一个面目可疑的形象。这个父亲号称留学法国，但却不具备起码的素质。他错别字连篇，牢骚满腹，经常愤愤不平。王蒙夫人崔瑞芳（方蕤）提到的 7 岁王蒙"逛棺材铺"事件，②证明王蒙童年的不幸。我在我的博士论文《王蒙小说文体研究》中说："我们不敢肯定'逛棺材铺'事件是否可以说明王蒙在潜意识里具有某种弗洛伊德式的'弑父情结'，但我们可以说，对父亲的不信任乃至厌恶的情感肯定是存在的。"③这一点，王蒙在自传里也说过："母亲从小告诉我父亲是不顾家的，是靠不住靠不上的。我的爱讲家乡话和强调自己是沧州——南皮人的动机中，有反抗父亲的'崇洋媚外'，也许还有'弑父情结'在里头。"④

当然，王蒙肯定了父亲从龙堂村走出来的意义：

> 我曾经抱着沉痛、同情却也是轻视与怜悯的态度回顾父亲的一生。我认定他一事无成。只是在老父弃世以后许多年，我的一个异母弟弟在父亲的墓地上说了一句话，他说父亲的一生的最大贡献就是走出了龙堂村。他说父亲的墓碑上必须写上龙堂的字样。走出龙堂并不容易，父亲说家乡的地主最希望的是孩子早早吸上鸦片，这样就一辈子不会离开乡土，不会受新潮尤其是革命潮流的影响了。

---

① 《王蒙自传》第一部《半生多事》，《王蒙文集》第 41 卷，人民文学出版社 2014 年版，第 20 页。

② 方蕤写到王蒙 7 岁时的一次荒唐的"逛棺材铺"事件："王蒙上学后，不喜欢放学就回家，宁愿一个人在马路上闲逛，因为他害怕看到父母吵架。七岁时有一次，他漫无目的地走在西四牌楼的南北大街上……无聊的他，看到路边的一家棺材铺，顺手推门走进去，看看这口棺材，又看看那口。突然问道：'掌柜的，您的这个棺材多少钱？'店铺掌柜惊讶地看着这个小孩。'你这小兄弟问这个干什么？还不快回家。'王蒙自觉没趣儿，赶紧退了出来。"参见方蕤：《我的先生王蒙》，长江文艺出版社 2004 年版，第 14 页。

③ 郭宝亮：《王蒙小说文体研究》，北京大学出版社 2006 年版，第 145 页。

④ 《王蒙自传》第一部《半生多事》，《王蒙文集》第 41 卷，人民文学出版社 2014 年版，第 9 页。

我很震动，这可是不得了啊。如果没有走出龙堂村，王蒙的一生会是什么样子呢？就算你有天大的本事，你能混成什么样呢？机遇呀，天地呀，空间呀，平台呀，谁能掉以轻心？①

我觉得，王蒙在这里所说的父亲王锦第走出龙堂村的意义，也是中国近代以来，特别是五四一代知识分子以及受五四新文化影响下的知识分子走出乡土中国，"睁开眼睛"向世界寻求现代文明自新之路的一种象征。没有这一"走出"，就不会有中国的现代意义上的革命发生，尽管他们有着各种各样的弱点，但"走出""乡村中国"这一步，就足以"石破天惊""振聋发聩"了。

五、王蒙对刘宾雁及其《人妖之间》的批评

王蒙在《王蒙自传》中多处提到刘宾雁。比如在《王蒙自传》第一部《半生多事》的第 28 章谈到自己的小说《组织部新来的青年人》时，说道："是不同啊。比较一下那一年常常被与王同时提起的发表了影响甚大的'揭露阴暗面'特写的另一位写作人吧，与他的黑白分明、零和模式、极端对立、一念之差换转过来就万事大吉的对生活的审理与判断相比较，或者哪怕是与苏联的奥维奇金、杜金采夫相比，小小的王蒙是多么的不同啊。"②在《王蒙自传》第二部《大块文章》中的第 9 章两处写到刘宾雁。一处写道：

文代会前夕，一位文笔极好的新华社著名女记者郭玲春特别约了白桦、刘宾雁与我三个人做了一次访谈，地点在新侨或和平饭店。……访谈内容全不记得了，这个"阵容"倒是令人莞尔。事情就是这样。人要的是个明白。明白的前提是简单。汉语叫作"简明"。……这个简明性

① 《王蒙自传》第一部《半生多事》，《王蒙文集》第 41 卷，人民文学出版社 2014 年版，第 19 页。
② 《王蒙自传》第一部《半生多事》，《王蒙文集》第 41 卷，人民文学出版社 2014 年版，第 157 页。

当然不是出自新华社的著名记者郭同志。1956、1957年后，文坛一谈到拙作《组织部新来的青年》必定会先谈到刘君的《在桥梁工地上》与《本报内部消息》，后来由于非文学的原因才不再提那两篇作品。而且，有趣的是，需要深思的是，1956年下半年至1957年初，发生险情的是拙作而不是刘文。刘文曾经被认为相对健康，因为那里黑白分明，"好人"一往无前，势如破竹，坏人颠顶废料，早该完蛋。一句话，刘文本身符合"简明"的预期。刘文比王文容易接受得多。早在五十年前，就有团市委的同志指出："王某的思想太复杂。"此后，一些文友在海外也屡次放言，王蒙的思想复杂，这不像是在夸奖。①

在另一处写道："刘宾雁讲如果成吉思汗安装了电话会是什么情景。他喜欢大骂国人，把愚蠢、野蛮、专横、无知之类的字眼挂在嘴边，显得高高在上，话说得到位过瘾。"②而在该书的第16章，以"一位先生与他的大方向"为题专门批评了刘宾雁和他的《人妖之间》。

刘宾雁1978年恢复工作，1979年第9期的《人民文学》发表报告文学《人妖之间》，作品中所写人物王守信，当时被称为新中国成立以来最大的贪污犯，共贪污人民币50余万元，于1979年10月20日被判处死刑，1980年2月8日在哈尔滨工人体育馆举行公审后被执行死刑。《人妖之间》受到欢迎并获了奖。那么为什么在时隔20多年后（王蒙写作《王蒙自传》第二部《大块文章》时为2006年——笔者注）王蒙要对刘宾雁《人妖之间》进行批评呢？王蒙说这些看法其实早在20多年前就有，却由于不合时宜才贮藏了这么久。一是，如果当时提出质疑，对于一个含冤二十载刚刚复出就受到同样是含冤二十载的人的批评的话，那就会有人问："我的屁股坐到哪里去了呢？"其次是人言可畏。如果那时提出来，必然是千夫所指，千目所视。王蒙称自己是有私心的，因为"有趣的是，连被一般人认为最'左'的人对此公也并不怎么反感，甚至某些时候还愿意为他说两句话"。"此公虽然是个大话狂"，但

---

① 《王蒙自传》第二部《大块文章》，《王蒙文集》第42卷，人民文学出版社2014年版，第85页。

② 《王蒙自传》第二部《大块文章》，《王蒙文集》第42卷，人民文学出版社2014年版，第90页。

他所有的话都不涉及文艺界的领导权问题，对谁都没有威胁。① 而今为什么又要说出来呢？王蒙说："自传是在我年逾古稀后写下来的一个留言，我已经顾不得那么多，想说出实话的愿望像火焰一样烧毁着樊篱。我已经为朋友们也是为自己的犹豫（其中当然不无庸俗与利己的量度）活埋了几十年的真实，现在，不能再深埋下去了。"② 王蒙要说出真相，尽管说出真相，说出事实是要敢冒天下之大不韪，是要"悍然爆弹"的。果然，《王蒙自传》出版后就有人议论纷纷，有人认为王蒙缺少"史德"，在刘尸骨未寒之时说这样的话，是太不厚道云云。③

那么，王蒙对刘宾雁的批评究竟说了些什么呢？王蒙批评刘宾雁报告文学的性别歧视，语言暴力，以及报告文学的小说化（虚构）倾向，特别是作品受到大批读者的欢迎，实际上涵盖了许多文化低、粗俗、自己说了算、专横的干部与权力系统，因而无意中投合了许多读者的弗洛伊德力比多。然而，王蒙在这里批评的重心还不是这些，而是一种长久以来左右着我们的独特的思维模式："看大方向，大方向对了，细节小节错也算对，大方向错了，细节小节等等，再准确也没有用"。④

这种看大方向的思维方式实际上是一种简单化的二极对立的思维方式，这种方式往往在用语上是暴力式的语言。

中国的历史沿革中，暴力扮演了重要的角色，近代以降，更加重要。语言也要全称化绝对化极端化暴力化结论化泰山压顶化不容分说化才过瘾。我们分明可以从作品中听到大众（对于王守信）的呐喊：

"骚娘们儿，毙了她！"⑤

---

① 《王蒙自传》第二部《大块文章》，《王蒙文集》第 42 卷，人民文学出版社 2014 年版，第 180 页。

② 《王蒙自传》第二部《大块文章》，《王蒙文集》第 42 卷，人民文学出版社 2014 年版，第 181 页。

③ 汪成法：《〈大块文章〉与王蒙的史识、史德》，《山西文学》2007 年第 10 期。

④ 《王蒙自传》第二部《大块文章》，《王蒙文集》第 42 卷，人民文学出版社 2014 年版，第 172 页。

⑤ 《王蒙自传》第二部《大块文章》，《王蒙文集》第 42 卷，人民文学出版社 2014 年版，第 174 页。

在这里，王蒙指出了刘宾雁与一些读者联谋制造了对于王守信的审判，我们是不是可以听到类似于鲁迅对看客的警惕的味道呢？

《人妖之间》正是符合了批"文革"的大方向，同时也写了"焦裕禄式"县委书记田凤山，还有李勇奇和刘长春，一方正一方邪、一方黑一方白、一方人一方妖，这种简单的二极对立式思维方式，简直小葱拌豆腐一样，何其分明，何其简洁！

王蒙说1981年他与这位先生同去广西，亲见刘宾雁处理新、老两代劳模之间矛盾纠纷时的简单粗暴作风，以至于临上火车了，被所谓"对立面"的群众包围，不得脱身。"他的行事特点是，打算站到某一方面了，那么对立方的人员一律拒绝接触，以免自己的观点受到动摇。……他只承认一种模式，就是人与妖的模式，其实是阶级斗争路线斗争的方式。他只承认一种语言，就是作结论的语言。他完全不理解从孔子到亚里士多德都提出的'美德是一种中间状态'的命题。西方思想家认为，极权主义的特点恰恰在于否认中间状态的存在。"[1]

现在我们可以回到前面王蒙说到刘宾雁的地方，难道不是都在讲这样一个意思吗？因此，王蒙总结道：

> 如果我们面临的选择面对的是人与妖，那简直太好了，太省事了，就好像在黄金与狗屎之间进行选择一样。谁愿意选择妖和狗屎呢？

> 问题恰恰在于我们面临的选择是在各执一词的人与人之间。而在绝对对立的两方面的人之间，还有广阔的中间地带，就是说，选择中还有选择，公正中还有更加的公正。今天的正确选择不等于明天也选择正确。此事正确不等于彼事正确。大局正确不等于细部正确。细部正确也不等于大局正确。在这样的分辨与选择中，痛骂，高喊，扣大帽子，捶胸顿足，逞言语之快感，都是裨益缺失的。什么时候我们的作家读者能够拎得清这些，什么时候我们的掌握了话语权的人懂得自身并没有权利认定你本人是一个大妖一样，我们的民族、我们的社会、我们的改革开放就成熟多了。从这样一篇作品来回顾，我们也知道此后天下之无法不

---

① 《王蒙自传》第二部《大块文章》，《王蒙文集》第42卷，人民文学出版社2014年版，第174页。

多事了。①

六、王蒙对邵荃麟、冯牧等的怀念及品读

王蒙在《王蒙自传》第一部《半生多事》中的第 40 章专门写到了邵荃麟和冯牧。另外还有散文《祭长者——邵荃麟同志》②《难忘冯牧》③。另外在《半生多事》的第 32 章也写到了 1957 年中国作协党组扩大会议批判丁玲、陈企霞时邵荃麟的与会情景。王蒙写道：

> 我始终记得骨瘦如柴的邵荃麟的自问自答。他说，也许有人会问，毁损一个丁玲这样的老作家大作家是否应该。他回答说，越是大作家革命的作家党员作家越是要接受党的挽救、党的帮助，是他们的错误思想首先毁损了他们自身，而我们的批判斗争，正是为了爱护帮助他们。

> 我不认为有谁在这个时候会提出类似"不要毁损"之类的"不同政见"。我认为他的发言反映了他自己的矛盾，然后他用特别高尚和感人的说辞来说服自己，平息自己的内心波澜。可惜此后的事实是，通过这种特殊的爱护与帮助，把一个作家帮到地狱里去了——而后是邵荃麟的下场比丁玲惨得多。④

王蒙回忆他在 1962 年摘帽回城后到邵荃麟家里与邵会面时，听到邵荃麟说，丁玲对说她反党想不通，这里可能有一些下意识的东西。王蒙说："'下意识反党论'固然奇特，但他说这些事时有一种客观感和距离感，确实

---

① 《王蒙自传》第二部《大块文章》，《王蒙文集》第 42 卷，人民文学出版社 2014 年版，第178—179 页。

② 王蒙：《祭长者——邵荃麟同志》，《王蒙文集》第 16 卷，人民文学出版社 2014 年版，第34—37 页。

③ 王蒙：《难忘冯牧》，《王蒙文集》第 17 卷，人民文学出版社 2014 年版，第 247—250 页。

④ 《王蒙自传》第一部《半生多事》，《王蒙文集》第 41 卷，人民文学出版社 2014 年版，第176 页。

这也不是他能做主的事。"① 在这次会见中，邵荃麟给王蒙谈到了他的"写中间人物论"。王蒙认为，"他无法从更大的方面调整政策，只能说点中间人物之类的小打小闹，无非是让文学创作松动一下"。王蒙还通过黄秋耘的回忆，谈到 1957 年黄在邵荃麟家中，见到邵接了一个电话，"立刻神情一变，紧张地说：'要收了。'"黄秋耘还说到邵荃麟匪夷所思的想法，"说是 60 年代初期，作家们想写'大跃进'中的种种画面与教训，又不敢写，他设想能不能出一个内部文学刊物，只限于领导干部阅读参考。"② 王蒙评论道："文学内参？旷古未闻。"

王蒙回忆起 1963 年因《青春万岁》出版事宜第三次见到邵荃麟的情景。邵称赞了《青春万岁》，但沉吟着忧虑地说："不过，以你的处境，你恐怕经不住再一次的批判了……"他建议"先摆一摆"，看到王蒙难过的表情，又说："由哪个地方出版社出，我也不反对。"③

王蒙通过这些白描式的书写，把当时担任中国作家协会主要负责同志的邵荃麟宽厚和蔼以及在特定年代，既想保护作家又怕埋没作家的复杂心理刻画出来。

王蒙一定与冯牧特别熟悉。1962 年因为《青春万岁》第一次见面，王蒙便感到冯牧的面善。他眉清目秀，口齿清晰，一脸的书卷气，忙忙碌碌，随随便便，不大像文人，也不大像领导。他热情地肯定了《青春万岁》，但形势一变，别人问到他对王某长篇小说的看法时，他甚是尴尬。他也只有嘴里发出咝咝的声音，显得紧张不安。"许多年来，遇有风吹草动，冯牧就会咝咝一番，咝咝完了他还是勉为其难地支撑着，维持着，执行着，维护着，力争多保护一点文学的生机。"④

新时期以后，冯牧家里总是宾朋满座，熙熙攘攘，许多青年作家把冯牧

---

① 《王蒙自传》第一部《半生多事》，《王蒙文集》第 41 卷，人民文学出版社 2014 年版，第 220 页。

② 《王蒙自传》第一部《半生多事》，《王蒙文集》第 41 卷，人民文学出版社 2014 年版，第 223 页。

③ 王蒙：《祭长者——邵荃麟同志》，《王蒙文集》第 16 卷，人民文学出版社 2014 年版，第 35—36 页。

④ 王蒙：《难忘冯牧》，《王蒙文集》第 17 卷，人民文学出版社 2014 年版，第 248 页。

看成是靠山。冯牧读新作最多，每晚读书都要到深夜。他上联下达，谈"左"色变，对那些目空一切、大话连连的"右爷"也颇感无奈，只有唑唑的分儿了。因此王蒙说：

> 冯牧有一种重要性，……长时期以来，他是中国作协的一个虽然行政职务并非最高，却是读作品最多，联系作家最广，关心文学事业的发展最热烈专注，陷入各种矛盾最多，被致敬与被骂差不多也是最多，对于文学事业的责任心最强，发表意见最多，或者可以从某种意义上说，他是最专职、最恪守岗位、最受罪也最风光、最尽作家的朋友与领导责任、最容易兴奋也最容易紧张的评论家、组织家、领导人。①

王蒙也写到冯牧的保守。1982 年因高行健的《现代派小说技巧初探》引起的"批现代派"风波中，冯牧激动异常，反感加不忿，多次讲"有一个小批评家（指高行健）写了一本小册子，结果几个大作家捧他……"尤其对他新时期之初披荆斩棘，保护、扶植的刘心武转而吹捧"现代派"而恼火，逢人都大讲"捉襟见肘"，知情人知道，"捉襟见肘"4 字，已成为刘心武的代号。……冯牧甚至不惜与那么多人特别是上海的同志决裂……②

另据张光年 1983 年 1 月 30 日日记记载："冯牧同志近来多次谈到王蒙、李陀等发表在《北京文学》12 月号的 4 篇文章，认为王蒙文否定写典型，否定恩格斯的公式，昨天会上，他又激动地谈了，引起白羽说'应当公开论战'。我请阿誉哥寻找到了这本刊物，上下午把其中 4 篇谈典型问题的文章看过了，王蒙并未否认写典型，无大错，李陀文章不对头。"③1985 年 10 月 5 日日记中说："上午看了引起争议的、昨天冯牧点名批评的《人民文学》7 月号上的短篇小说《无主题变奏》。冯牧斥之为'垮了的一代'的文学，有一定道理。"④1985 年 10 月 10 日日记记载：王蒙"对冯牧那样急躁地到处宣传'现实主义在受难'颇表不满，认为将引起不良效果。"⑤从这些旁证材料

---

① 王蒙：《难忘冯牧》，《王蒙文集》第 17 卷，人民文学出版社 2014 年版，第 247 页。
② 《王蒙自传》第二部《大块文章》，《王蒙文集》第 42 卷，人民文学出版社 2014 年版，第 205—210 页。
③ 张光年：《文坛回春纪事》（上），海天出版社 1998 年版，第 420 页。
④ 张光年：《文坛回春纪事》（上），海天出版社 1998 年版，第 678 页。
⑤ 张光年：《文坛回春纪事》（上），海天出版社 1998 年版，第 679 页。

看，冯牧对王蒙也是常常有不同的意见和看法的，而王蒙对冯牧也不是没有看法和意见的。

但是，王蒙说，所有这些对他有些不满意的人又都认为，他是个好人！

这就是王蒙笔下的冯牧，我窃以为，王蒙小说"季节"系列中的犁原等人物身上是否也有冯牧的影子呢？当然，王蒙的犁原一定是综合了多种人物原型的产物，不仅仅只有冯牧。

王蒙在自传和其他的一些文章中，写到了许多文坛人物，比如夏衍、冰心、曹禺、老舍、贺敬之、刘白羽、林默涵、浩然、张贤亮、陆文夫、从维熙等等。有的虽然只有寥寥几笔，却也给人深刻的印象，限于篇幅，这里不再做重点评述了。

（郭宝亮：河北师范大学文学院教授、博士生导师）

王蒙与中国当代文学

李 骞

对于已经拥有 70 多年历史的中国当代文学而言，著名作家王蒙是一个巨大的存在，无论是文学史的撰写，还是当代文学的学术研究，王蒙都不能缺席，也不可能缺席。王蒙现象作为文学史的认知和学术研究的重要领域，无论是"十七年文学"、20 世纪八九十年代文学，还是"新世纪文学"，他的小说、评论都成为中国文化自信的样板。作为中华人民共和国文学的一面旗帜，王蒙的文学创作已经成为中国当代文学变迁和演化的样本，并成为学术界研究的重要课题。本文将从当代文学史对王蒙所作书写的分析，王蒙对当代文学思潮的引领，王蒙小说对当代小说叙事文体转变的启示，以及他对年轻作家的关心、培养等几个层次，全面梳理王蒙与当代文学的关系，探察他在中国当代文学史上的不可或缺性，探讨他的小说创作何以成为中国当代文学创作实践的重要收获。

一、文学史中的王蒙

文学史是史学家对已有的文学资源开发、分析之后的史识表达，是编撰者写作思想、史学立场的集中体现。文学史不仅要对文学思潮、文学现状进行客观的叙述，还要对作家作品进行史学的鉴定。有学者认为："'当代史'通常是指被视为最近过去一段时间的历史，不论它是过去五十年的、十年的、一年的、一月的、一日的、还是过去一小时或一分钟的。"①中国当代文学史的上限时间是 1949 年 7 月 2 日至 17 日，中华全国文学艺术工作者第一次代表大会在北平（今北京）召开，以此为起点，开启了中国当代文学的光辉历程。中国当代文学史是一部不断积累、不断创新、愈来愈丰富、愈来愈深刻的历史。70 多年来，从山西师范大学中文系于 1960 年 8 月集体编纂的《当代文学》至今，"中国当代文学史"或将"现代文学"与"当代文学"合在一起编写的"20 世纪中国文学史"，其著作数量之多，令人叹为观止。这些当代文学史无论是集体编著，还是个人撰写，王蒙都是重点描写的对象，这几乎是定论如铁的规律。

纵观几十年来的"中国当代文学史"著作，个人独撰而影响比较大的有洪子诚的《中国当代文学史》，陈晓明的《中国当代文学主潮》，孟繁华的《中国当代文学史通论》，孟繁华、程光炜的《中国当代文学发展史》等。集体编著并具有代表性的，有陈思和主编的《中国当代文学史教程》，王万森、吴义勤、房福贤主编的《中国当代文学 50 年》，张志忠主编的《中国当代文学 60 年》等。这些史学著作之所以在学术界产生广泛影响，是因为著述者对中国当代文学的追溯和总结有着与众不同的尺度，对文学史的判断和论述彰显了撰写者别具一格的史学观。特别说明的是，以上几部史学著作，对王蒙在当代文学史上的贡献都做了较为详尽的解读。集体合编的文学史虽然一定程度上体现了主编的立场，但因为是多人合著，对作家作品的解剖难免出现思想不统一的遗憾。所以，本文侧重以个人或两人合著的"当代文学史"为案例，研讨王蒙在文学史书写中的地位和影响。

洪子诚撰写的《中国当代文学史》认为："王蒙的《组织部新来的青年人》讲述的是关于 20 世纪现代中国社会的'疏离者'的故事。"②这个所谓的"疏离者"，是指小说中自信、热情的林震来到新的工作环境，遇到一位对工作不闻不问的上司，整个单位的气氛很沉闷，因不能融入其中而倍感困惑。这样的解释符合作家的创作理念，也是作品所要表达的主旨意涵。作为"外来

---

① ［意］贝奈戴托·克罗齐：《历史学的理论和实际》，道格拉斯·安斯利英、傅任敢译，商务印书馆 1982 年版，第 1 页。

② 洪子诚：《中国当代文学史》（修订版），北京大学出版社 2016 年版，第 128 页。

者"的林震"到何处去",就是王蒙给社会提出的一个重要命题,也是作家对人生哲学的思考。对于王蒙20世纪70年代末、80年代以来的文学创作,洪子诚从作品的题材、启蒙的思想意义、艺术探索等方面做了较为完整的解读,认为王蒙的小说:"竭力要从混乱中寻找'秩序'重建的可能,从负有责任者那里发现可以谅解之处,也会在被冤屈、受损害中看到弱点和需要反省的'劣根性'"①。面对过往那段特定历史时期,王蒙的小说常常是从深沉的现实人生感受中,重新审视那一段社会,试图从人性的角度谅解制造"伤痕"的"负有责任者",从而反思社会体制下普通人的人性弱点。此外,洪子诚对王蒙的长篇小说《活动变人形》也做了精辟的点评,剖析了主人公倪吾诚在东西方文化背景下人生失败的原因。总之,洪子诚对王蒙的评价具有一定权威性,这种权威性是建立在对文学思潮和作家作品的解读之上的。

陈晓明在《中国当代文学主潮》中,也把《组织部新来的青年人》放在"双百方针"文学主潮下的"反官僚主义的文学"的范畴来讨论,他不仅翔实地介绍了小说创作的时代背景,也概述了当年赞成派和反对派的观点,梳理了小说中的林震、王清泉、韩常新、刘世吾、赵慧文等人物形象之间的关系,并对每一个人物的意义作了颇为精准的分析。陈晓明认为书中的人物"就是一群知识分子",作品所表现的就是"知识分子在革命年代里内心的茫然无措"②。对于复出后的王蒙,陈晓明是这样总结的:"王蒙作为新时期最敏锐的一个作家,与历史总体性却总是有所偏离,这种偏离使他的作品具有更长久的历史反思性意义。他在意识流小说系列中,试图去揭示个人与自身的历史可能分离这样一个独特的主题。"③在当代作家中,王蒙是一位以思想敏锐、作品主旨厚重透彻、艺术形式不断创新而领先文坛的杰出作家。陈晓明的评价,是基于对王蒙小说文本熟读之后的透彻分析。由于王蒙是"最敏锐的作家",他对中国历史和现实生活的表达,具有深透的史学反思意义。他笔下的人物既在历史之中,又在历史之外,总是带着沉重的历史意识拷问历史,将历史元素与主流意识紧密结合。所以,他笔下的岳之峰、张思远、钟亦

---

① 洪子诚:《中国当代文学史》(修订版),北京大学出版社2016年版,第264页。

② 陈晓明:《中国当代文学主潮》,北京大学出版社2009年版,第151页。

③ 陈晓明:《中国当代文学主潮》,北京大学出版社2009年版,第255页。

成、倪吾诚等人物形象都有着历史的厚重感。对王蒙的"季节四部曲"，陈晓明认为是"重温历史记忆"，是"补课和还愿"①。总之，无论时代如何变化，真诚地还原历史、再现生活现实，依然是王蒙不变的审美情怀。

孟繁华、程光炜的《中国当代文学发展史》把《组织部新来的青年人》列入"干预生活"的文学思潮中的重点作品，从林震"他者"的眼光中剖析作品中的几类人物，而区委组织部暴露出的诸多的问题，让刚到单位的年轻的共产党员林震无法接受，更找不到存在感。"这些问题使一个年轻人的内心充满焦虑不安，但他没有能力改变这一切。这些在日常生活中表现出的问题，从一个方面透露了社会已经出现的危机。"② 这部文学史从"他者"的视域，重估《组织部新来的青年人》的社会批判意义，提升了小说的主旨品格。对改革开放以来的王蒙，《中国当代文学发展史》认为："阅读王蒙的小说，人们发现两重视野成为他作品的基本结构方式：一个是'青春视野'，另一个是'老干部视野'。两个视野的交叉渗透，构成像王蒙这样的 20 世纪五六十年代一代作家充满矛盾的创作世界。"③ 这是从叙事策略的角度总结王蒙小说的结构模式，肯定王蒙的叙述文体在文学史上所起到的垂范作用。无论是"青春视野"，还是"老干部视野"，都拓展了当代小说表达领域的空间，对后来青年作家的创作有着引导的功效。

海外的两本史学著作《剑桥中华人民共和国史》《哥伦比亚中国文学史》也对王蒙的文学成就做了评介。对于《组织部新来的青年人》，海外学者认为，虽然是刻画惰性的，"但它是一篇更具匠心的作品。文章主线是一个没有结局的爱情故事，相当隐晦，不是一眼能看穿的"④。撰写者肯定作品对惰性的揭示，但却认为小说的主线索是"新来的年轻人"林震和赵慧文之间"没有结局的爱情故事"。这个解释与国内众多学者的观点颇为不同，主要是从被遮蔽的情爱来诠注小说的主旨内涵，突出林震、赵慧文在工作中的相互理解和支持，与所在单位"组织部"索然无味的沉闷生活形成对比。很显然，

---

① 陈晓明：《中国当代文学主潮》，北京大学出版社 2009 年版，第 257 页。

② 孟繁华、程光炜：《中国当代文学发展史》（修订版），北京大学出版社 2011 年版，第 113 页。

③ 孟繁华、程光炜：《中国当代文学发展史》（修订版），北京大学出版社 2011 年版，第 244 页。

④ ［美］R. 麦克法夸尔、费正清编：《剑桥中华人民共和国史》（下卷），俞金尧、孟庆龙、郑文鑫、张晓华等译，中国社会科学出版社 1992 年版，第 764 页。

这样的结论是从人的身心需求切入，根据小说暗藏的叙事副线来讨论主题意涵，虽然有一点偏离，却又不乏新颖。对王蒙 20 世纪 70 年代末、80 年代以来的文学创作，《剑桥中华人民共和国史》是这样评价的："王蒙主要关心的仍是做官的道德"，"由于他乐意进行技巧革新的试验，因而他的作品列在当前中国小说的前沿"①。诚如所论，王蒙改革开放以来的小说，既注重技巧的革新，更强调官员的道德与信仰。《悠悠寸草心》《布礼》《春之声》《蝴蝶》等小说，都具有为国家、为人民"以身殉道"的理想精神。正是他小说中任重而道远的积极元素，和艺术形式上的不断革新，王蒙和他的文学创作在当代文学史上才"列在当前中国小说的前沿"。认为王蒙"以谨慎检验文本接受度极限的一系列惊人作品，促进了有抱负的年轻作家的追求，从而在文坛留下深刻烙印。"②这个烙印是深刻的，也是当代文学史上其他作家无可替代的。

到了新时代，当代文学史的撰写更为重要，对王蒙这样有卓越贡献的作家，更应该重点关注。王蒙在每一个时段，都具有引领文坛风向的标杆性小说，编写者必须根植于具体的作品，回到文学现场，才能更好地把握王蒙在当代文学史上的特殊地位。

二、文学思潮的"弄潮者"

文学思潮是文学史的记忆，由于每一次思潮的出现都有一定的社会潮流作为背景，因此，不管愿意与否，事实上任何一位作家都不太可能脱离当时的文学思潮而独立存在。文学思潮是文学繁荣的标志，文学史上的文学思潮都有其特定的创作理想和创作方法，作家只有融入当时的文学潮流，其作品才具有时代性。王蒙是中华人民共和国成立以来杰出的作家，无论是表现

---

① ［美］R. 麦克法夸尔、费正清编：《剑桥中华人民共和国史》（下卷），俞金尧、孟庆龙、郑文鑫、张晓华等译，中国社会科学出版社 1992 年版，第 809 页。

② ［美］梅维恒主编：《哥伦比亚中国文学史》（上卷），马小悟、张治、刘文楠译，新星出版社 2016 年版，第 841 页。

题材、创作方法、叙述技巧，都与当代文学思潮有着千丝万缕的联系，他不仅用创作实践来证明当代文学的存在，还在理论上指导文学思潮的健康发展。

"干预生活"是 20 世纪 50 年代最为显著的文学思潮，这个思潮的社会背景是"百花齐放，百家争鸣"方针的提出和贯彻。在"双百方针"的鼓励下，作家冲破了条条框框的束缚，特别是 1956 年《文艺报》在第 3 期刊登了《勇敢地揭露生活中的矛盾和冲突》的文章，提出了"作家勇敢干预生活的精神"①，反对口号式的"粉饰生活"，认为文学作品中"无冲突"不符合生活的客观存在。于是文学界出现了"百花齐放"的现象，很多作家都以文学创作实践参与了这次文学思潮，用热情洋溢的笔墨勇敢地"干预生活"。王蒙的《组织部新来的青年人》，从不同侧面触及现实生活中一些消极的东西，对工作中的官僚主义、教条主义现象进行了揭示、批判和讽刺，这在当时和现在都是有积极意义的。几十年之后，当我们重新审视这一段文学史，便深刻地感受到在这一次文学思潮中，王蒙的《组织部新来的青年人》影响最为持久，是"干预生活"的上乘之作。据《文艺学习》披露，这篇作品发表后，在广大人民群众中"引起了强烈的反响，在某些机关和学校，人们在饭桌上，在寝室里都纷纷交换着各种意见"②。《人民日报》《光明日报》《文汇报》《北京日报》发表了大量评论文章，《中国青年报》和《文艺学习》还组织了对这篇小说的讨论，收到数以千计的稿件，许多名家都参与了讨论，热烈程度在中国当代文学史上堪称空前绝后。从这个意义上说，《组织部新来的青年人》对当代文坛的贡献已经超出了文学的价值范畴，从而具有社会学、政治学的深广意涵。"双百方针"引领下的"干预生活"的创作热潮，在中国当代文学史上虽然时间很短，但史学地位特殊。特别是《组织部新来的青年人》，以其敏锐的洞察力，经典的叙事方式，厚重的思想意涵，凸显了这一文学思潮的时代意义。

20 世纪 80 年代以来的文学，是中国当代文学的重要时期，在短短十多年的时间里，先后出现了"伤痕文学""反思文学""改革文学""寻根文学""先

---

① 《勇敢地揭露生活中的矛盾和冲突》，《文艺报》1956 年第 3 期。

② 参见《关于〈组织部新来的年轻人〉的讨论》的"编者按"，《文艺学习》1956 年第 12 期。

锋小说""新历史小说""新写实小说"等重要文学思潮。复出后的王蒙，始终是文学的弄潮者，他早期的作品有意识地偏离"伤痕文学"的苦难叙事，注意剖析特定时代环境下人物的心理特征。也就是说，王蒙当时小说的叙事框架始终与揭露、控诉的书写方式保持一定的距离。1978 年，王蒙的小说有《向春晖》《队长、书记、野猫和半截筷子的故事》《最宝贵的》《光明》《难忘难记》。这些作品并没有脱离"伤痕"的具体历史形态，而是强调人的品格在特殊年代的自强意识，以及复出后的老干部对受伤害的年轻人心灵的启发和修正。相比控诉类的小说，王蒙的"伤痕"叙事，思想更鲜明，意义更深邃。王蒙理解心灵被伤害的一代人，他所要做的是纠正这一代人内心世界的"恶魔"，帮助他们重建信仰，割除心灵的"毒瘤"，清理他们灵魂深处的废墟，让他们从被伤害的心理阴霾中走出来，重拾丢失的信仰。在"伤痕"文学的书写大潮中，王蒙的小说彰显了拯救被损害者心灵的责任，从心理上给"伤痕"者动手术，增强他们"抗毒免疫"的能力。王蒙的小说，表层上避开了"伤痕文学"控诉苦难的悲剧叙事，但是作家力图从人性的话语中寻找救赎被伤害者的药方，从而构成了他改革开放初期小说的丰厚内涵。"反思文学"是"伤痕文学"基础上的理性发展，作为"伤痕文学"的升华，不仅仅是对历史经验的总结，而是将人性的思维延伸到更广阔的社会空间。如果从文学历史学的角度讨论整个思潮，王蒙是"反思文学"中成就最大、影响更为广泛的作家。他的《悠悠寸草心》《布礼》《蝴蝶》《杂色》《相见时难》，都是"反思文学"乃至当代文学史上审美品质较高的精品。将个人的命运与政治学、社会学以及人民的生活现实结合起来拷问，这是王蒙式的反思。从小说的文本意义考察，王蒙的这种怀疑性反思，是当年《组织部新来的青年人》的文脉精神的再延续。当然，在新的文学语境下，王蒙反思的尖锐性又比当年更具有穿透力。《悠悠寸草心》的思考力度是建立在被解放的老干部是否还站在人民的立场，心中有没有人民的利益的层面展开。《布礼》回溯了历史的艰辛，展示了钟亦成在 20 多年的悲惨遭遇中，意志坚定，始终不改初衷，内心深处总是站在党和国家的立场思考人生。《蝴蝶》的反思是通过人物内心独白的自我反省、自我否定，从而又自我肯定来完成。小说通过时间的交错，内心世界的转换，人物身份的多次叠加，反思和诠释了当权者与人民群众的关系问题。《杂色》将抒情与议论相结合，在人与马的对话中完成对历史、对人生、对社会的疑虑与反思。《杂色》中老马的两次开口说话，似乎是在用它的生存现状提醒曹千里，只有回到自然，回到人民群众之中，个人才会找到自己的价值。王蒙的"反思小说"用浓厚、立体的象征意蕴，反思了被压抑的个体生命只有融入大自然广阔的环境，在与人民朝夕相处的生活中，才会获得新的价值和意义。这就是王蒙不同于其他作家的反思，这样的反思是人生经验在作品中的升华，具有社会性意义和价值。

"改革文学"是以文学的创作实践对政治上改革开放的回应，是小说与时代主潮同步的审美体现。王蒙对"改革文学"的贡献主要是在理论上的引导和支持，他的《谱写农村的新生活交响乐章》《漫谈改革题材文学》等文章，对这一思潮作出了肯定性的评价，并要求作家："要热情反映农村的现实、农村的变革、农村的新面貌，要充分肯定和赞扬现在党中央在农村实行的一系列政策，这些政策是探索中国式的社会主义道路的。"[1]针对一些对改革文学的负面评论，王蒙认为："说改革题材作品不受群众欢迎是没有道理的。如一些反映改革的电视剧，尽管不是十全十美，尽管文艺界对它有不同的议论，但它在群众中掀起那样的热潮，反映了人们对改革事业的关注。"[2]有了文学大家王蒙的强势介入，"改革文学"在当代文坛产生了广泛而深远的影响。"知青文学"是随着知青返城后逐渐形成的一个文学主潮，代表作家有史铁生、王安忆、张抗抗、张承志、梁晓声、叶辛、孔捷生等。对于年轻一辈的知青作家，王蒙给予了宽厚而客观公允的评价，先后发表过《王安忆的"这一站"和"下一站"》《读〈绿夜〉》《英勇悲壮的"知青"纪念碑——评〈今夜有暴风雪〉》等文章。在这些文章中，王蒙热情推荐了"知青"作家的作品，高度肯定了他们的探索精神。在王蒙看来，"知青"作家们"写的不是一己的悲欢离合，而是一代人的功勋和失误、欢乐和痛苦"[3]。王蒙为年轻一代的"知青"作家鼓与呼，使他们的小说迅速在全国产生重大影响。1984年12月在杭州举办的"青年作家与评论家对话会"，被认为是

---

① 王蒙：《谱写农村的新生活交响乐章》，《王蒙文集》第45卷，人民文学出版社2014年版，第41页。

② 王蒙：《漫谈改革题材文学》，《王蒙文集》第45卷，人民文学出版社2014年版，第150页。

③ 王蒙：《英勇悲壮的"知青"纪念碑——评〈今夜有暴风雪〉》，《王蒙文集》第22卷，人民文学出版社2014年版，第71页。

"寻根文学"的开始。"寻根文学"就是回到本民族的文化源流，获得文学创作的新元素，以解救现代城市文化困境下人的精神价值的沦陷。对"寻根文学"，王蒙是理解和支持的，他不仅对"寻根文学"的实力作家阿城的中篇小说《棋王》寄予很高的希望，还为这个思潮的代表作家李杭育的小说集《最后一个渔佬儿》写了序言，分析了李杭育的"葛川江系列"小说对于"文化寻根"的意义，助推了这一文学思潮的发生发展。王蒙就是这样，以自己高境界的学养，关心和指导当代文学思潮的发展。陈晓明认为："先锋派并不是某一个特定时期出现的特定派别，它应该指可能发生在任何时期的、有创新精神，并且明显超越传统的文学群落或派别。"①这样看来，王蒙在1979年发表的《夜的眼》等系列"意识流小说"，从创作手法、内涵意义上就是对同时期文学的超越，是中国当代先锋文学的前奏。而他在1988年发表的中篇小说《一嚏千娇》就是带有后现代意味的文本叙事，作品叙事以议论为主，描述为辅，在很大程度上契合着"先锋文学"主潮的发展。对于"先锋文学"和之后的"新写实小说"，王蒙的《中国的先锋小说与新写实小说》《先锋文学失败了吗?》《先锋考——作为一种文化精神的先锋》等文章，都对这两个文学主潮有过高屋建瓴的论述。对马原、孙甘露、余华、格非、洪峰等人的作品，王蒙都一一做了入木三分的评价，认为："他们的作品侧重表达作者的内心感受，他们很讲究叙述的技巧与语言的奥妙、语义的含蓄与多层次性。"②至于"新写实小说"，王蒙的"系列小说"《在伊犁》就是典型的纪实文本，小说中的人物、故事情节，在王蒙16年的新疆生活中都具有真实的原型。这种生活化的写实文体，对"新写实小说"思潮的产生，至少起到了孵化的作用。而且对以王朔、池莉、苏童、李晓、叶兆言、刘恒、周梅森为代表的"新写实派小说"的作家及作品，王蒙从7个层面论证了这一流派作品中的"新"，全面阐述了"新写实小说"的审美功能。同时还对批评"先锋文学""新写实文学"的评论家的观点进行了有力的反批评。由此可以看出，王蒙对当代文坛新生力量的保护，对各种文学思潮的介入和指导，从来都是

---

① 陈晓明：《中国当代文学主潮》，北京大学出版社2013年版，第338页。

② 王蒙：《中国的先锋小说与新写实小说》，《王蒙文集》第23卷，人民文学出版社2014年版，第300页。

不遗余力的，这不仅需要勇气和胆识，更需要远见卓识的大智慧。

三、文体叙事的探索、创新及其在文坛的影响力

1979 年是中国当代文学重要年份之一，当文学界还沉浸在"伤痕""反思"的文学现象中时，王蒙这一年发表了《夜的眼》，这篇作品开启了中国当代小说现代主义叙事模式的转变，为中国当代小说叙事的现代化转型奠定了坚实的基础。之后，《春之声》《海的梦》《布礼》《蝴蝶》《杂色》等"意识流"小说相继发表。这些小说通过人物在不同的生存环境中的意识流向，在恍恍惚惚的感觉中完成对人的存在价值的思考。这些被称为"集束手榴弹"的意识流小说引来了文学界的争议，一些读者觉得读不懂，另外一些读者却大加赞美。《夜的眼》发表后，文坛出现"争相传阅"的现象。由于是当代文学史上较早用现代"意识流"进行创作的小说，所以，一些读者难以适应这样的创作方法。有的读者之所以"看不甚懂"甚至"不知道主题是什么"[1]，对小说表达的内容无法理解，是因为《夜的眼》的双重主题被主人公陈杲反复叠加的心理意识所遮蔽。作品实际上是反思改革开放以后中国所面临的一些实际问题，只不过这样的反思是用流动的诗意语言来完成的。

《人民文学》1980 年第 5 期发表了王蒙的短篇小说《春之声》，作品通过一组跳动的、开放性的慢镜头，折射了岳之峰对人生、对生活、对社会的思虑。作家对人物形象在旅行中的见闻作了绝妙的艺术处理，通过内心的想象，展示了岳之峰的童年时代、故乡景色、经历生涯、国外风光。以岳之峰的旅行为经，用全面开花的描写技巧为纬，完成了小说深厚的主题意图，这正是《春之声》的艺术力量之所在。《蝴蝶》是"意识流"小说的典范，作品通过张思远内心世界的开放性描述，艺术地再现了一个有执着信仰又有诗情韵味的共产党人的心路历程。张思远对自我的认识——否定——再认识的过程，蕴含着作家对当代历史、当代社会、现实生活的思辨。韦勒克、沃伦

---

① 宋炳辉、张毅编：《王蒙研究资料》（上），天津人民出版社 2009 年版，第 27 页。

认为："只有文体学的方法才能界定一件文学作品的特质。"①无论从当时的语境还是40年后重新定位这部中篇小说，在文体方法的创新方面，《蝴蝶》都是与众不同的作品，其影响力一定会穿越时空，成为文学史上的永恒话题。《海的梦》沿袭了《春之声》的叙事模式，缪可言的内心意识控制着小说的叙事进度，作品通过他的心理活动，巧妙地将其人生的重要片段与社会生活紧密结合，反思一代人血与火的经历。面对大海，翻译家缪可言既感慨韶华易逝，过了"做梦的年纪"，又对未来自由的生活张开想象的翅膀。虽然是短篇，容量却格外丰厚。《杂色》也堪称"意识流"的精品，广阔无垠的沙漠和人格化的瘦马，是作品的写实线索，曹千里的意识幻觉是作品内涵的书写脉络，两条线索相互叠加，构成作品雄浑而厚实的社会内容。王蒙的这一组"意识流"小说，给当时的文坛带来较大的影响，没有沿袭当时已经贯穿当代文学多年的现实主义的方法论。有学者认为："王蒙留给文学史的重要贡献也许是多种多样的，但他留给文学史的最重要的贡献之一一定是在文体上的创新。"②王蒙的"意识流"小说，开创了中国当代文学汲取现代主义方法进行文体写作的先河，推动了此后文学"百花齐放"的繁荣局面，对后来各流派的小说，特别是张辛欣、刘索拉、徐星等人的心理小说，以及孙甘露、余华、格非、残雪、陈染、林白等人的"先锋"小说产生了较大影响。

王蒙是一位在艺术审美形式上具有多元化意识的杰出作家，他对艺术形式的成功实践总是令人耳目一新，目不暇接。除了"意识流"的审美技巧，寓言式的讽喻体也是他对中国当代文学的审美贡献。作为一位大智慧的作家，作为中华人民共和国历史的参与者和见证者，当他把自己丰富的人生阅历融化到小说创作中时，一种智性的、讽喻性的文体便在文坛出现，并对当代文学的叙事美学产生了重大影响。这类文体在王蒙的小说中占的比重较大，都是对历史、对社会、对民俗民情的表现和总结。这些作品，具有一种温和而雅趣的幽默，虽然都是以较强的写实性来完成人物性格的塑造，但是语言调侃的含蓄性，情节的荒诞不经，常常让读者在忍俊不禁的笑声中，自

---

① ［美］勒内·韦勒克、［美］奥斯汀·沃伦：《文学理论》，刘象愚、邢培明、陈圣生、李哲明译，江苏教育出版社2005年版，第203页。

② 郭宝亮：《王蒙小说文体研究》，北京大学出版社2006年版，第8页。

觉接受文本的审美指向，钦佩作家世事洞明的深刻。《队长、书记、野猫和半截筷子的故事》是最基层故事的表达，这是一篇接地气的优秀作品，作品用一种荒诞的现实来批评荒唐的形式主义作风，在幽默讽刺的文体背后，蕴藏着对荒诞历史事件与不正常的现实生活的批判力度。其他的如《风马牛小说二题》《冬天的话题》《来劲》对现实生活的幽默性嘲讽，《名医梁有志传奇》对现代生活的智慧调侃，《星球奇遇记》独树一帜的寓言式的讽喻叙述，《莫须有事件——荒唐的游戏》对王大壮处世态度的尖锐批评，《冬天的话题》通过"沐浴学问"的讨论进而对朱慎独性格两面性的讥笑，《郑重的故事》关于文学"评奖"的嘲讽等等。《蜘蛛》通过祝英哲的发迹史，对官场游戏与商场游戏的潜规则进行批判，揭示了所谓"潜规则"对社会生态的危害性。这些作品从社会生活的某一个荒诞层面提取素材，通过形形色色的人性表演，表达了作家对后工业变革下现代人性的切齿之痛，其文本的讽喻体叙事已经达到艺术的顶峰，实现了全景式的立体放射状叙事。在当代文学史上，王蒙是较早实践讽喻体的作家，他小说的寓言式讽喻文体既具有开创性，又通过文学作品的创作使这一文体走向成熟。王蒙小说文体的创造性不但扩大了20世纪80年代以来文学的叙述领域，对当代小说的多样化表现艺术，也起到了敢为人先的引领作用。

谈到文体创新的贡献，王蒙的长篇小说叙事模式对当代文学的影响更是可圈可点。《青春万岁》中"少共情结"积极向上的抒情，《活动变人形》对旧时代知识分子在新时期的历史困境下的记忆性叙事，《暗杀——3322》以宽厚而包容的幽默体表达思想转折的叙述，以及"季节四部曲"古今文化的杂糅，《青狐》叙述主体的开放性，《这边风景》对执着爱情、坚韧信念的原生态生活的再现，都凸显了他的长篇小说文体变革的轨迹。

1955年，21岁的王蒙完成了《青春万岁》的创作，这部以20世纪50年代初期的高中生为题材的小说虽然时隔20多年才出版，但同样引起文坛的广泛关注，有评论家认为它是"一部典型的青春叙事长篇小说"①，而且是一部超越时代的弥漫着青春理想与朝气的优秀长篇。小说以1952年9月一群即将升入高三的中学生杨蔷云、郑波、袁新枝、吴长福、苏宁、呼玛丽等

---

① 王春林：《王蒙论》，作家出版社2018年版，第50页。

人的生活、理想，以及他们对人生、对社会的思考为描写基点，展示了新中国成立初期的青年人家国情怀的价值立场，开启了中国当代文学"青春体小说"的宏大叙事模式，对之后文坛以"青春／理想／信念"为主旨的小说创作，有着独特贡献。《活动变人形》是中国当代文学史上重要的长篇小说，作家将描写的笔触深入到民族文化的深层次领域，通过倪吾诚的人生悲剧，见证了 20 世纪中国知识分子的心路历程。在文体上则是以诗意的自由和随意性见长，追求诗的精神特质，以一种笔力深厚的功力，驾驭小说的情节发展。作品不注重故事的关联性，没有人为的结构，更没有框定人物的情节，而是将倪吾诚、姜静宜、姜静珍、姜赵氏等不同人物在不同时空的生存现状，自然地穿插在诗意的叙述之中，表达人性的大美。这种蕴含深厚、矜持而诗意的文体叙事，丰富了当代小说的审美风格。这种原创性的、跳跃性的诗性美叙事文体，从叙述的审美视角来说，对中国当代文学极具引领价值意义。"季节四部曲"则是将时代符号化，由于作家把"革命／爱情"的结构指向，隐匿在意涵深厚的审美叙事内层，将时代信息隐藏在诗情画意的文体叙述之中，因而被文艺理论家王一川称为"拟骚体"的作品。从文本的内容和文体的表达形式而言，"季节四部曲"确实有将政治意识诉诸个人情怀的直抒胸臆，将人物的社会悲剧"移位为既有悲剧成分又有喜剧因素的政治悲喜剧"[①]的成分，从而形成了大气派的、富丽铺排的新汉语文体。从文学史的意义上说，王蒙这种"骚体"今用的"半自传体"叙事，有着承前启后、继往开来的创造性。《青狐》被学界称为"后季节"小说，这是因为《青狐》在解构历史叙事方面延续了"季节四部曲"的传统，小说采取了主线和副线两条结构相互交错的模式，叙述的主线以"青狐"即女主角卢倩姑的人生履历为描写的立足点，以重叠恣肆的笔法展开"青狐"大起大落的人生悲剧；副线则是钱文、东菊、米其南、王模楷、犁原、紫罗兰等来自"季节四部曲"的人物形象的延伸。两条结构线交叉重合，构筑了《青狐》夹叙夹议、妙趣横生的诗学境界。特别是叙事者直接出场的干预性评论，更是增添了小说"讲述"的审美功能。创作于 1974 年至 1978 年的长篇小说《这边风景》，以细腻真切的文笔，再现了作家"故国八千里，风云三十年"的生活现实。尤其是情

---

① 王一川：《汉语形象美学引论》，广东人民出版社 1999 年版，第 181 页。

节跌宕、故事曲折的章回体文风，以及人物富有斗争性的青春性格，使小说具有较强的可读性。《这边风景》中浓郁的现实主义表现技巧，再次彰显了王蒙小说文本的现实主义文学的价值魅力。

王蒙的小说叙事文体对当代文学的影响是深远的，无论是他此前的现实主义的"青春体"写作，还是改革开放以来的多元化叙事，都是一种智慧的创意。就当代文学史而言，王蒙素以文体探索著称于文坛。这种叙述多元化的大胆实验精神，来源于作家深厚的文学底蕴，以及对复杂多变的社会生活的把控。

四、《人民文学》王蒙主编时期

以长者的大度和智者的宽容，对年轻一代作家的关爱与呵护，关心他们的成长，介绍和推荐他们的优秀作品，是王蒙对当代文学的又一重大贡献。当代文学之所以薪火相传，锦绣繁花，就在于有王蒙这样的文学大家对文坛的关注，对后起之秀无私地扶持。这主要体现在他担任《人民文学》主编时曾力排众议，培养了一批年轻有为、敢于在艺术上探索求真的作家。王蒙于1983 年第 8 期出任《人民文学》主编后，提出了突破名家圈子，"特别愿意推出文学新人"①的办刊理念。在他的努力下，莫言、张炜、乌热尔图、李杭育、残雪、洪峰、李锐、阿城、迟子建、徐坤、邓刚、刘索拉、徐星等文学新锐，通过"国刊"平台登上文坛。他以大家的身份、用激情的思维、从自我创作的经验和感觉出发，来阅读当代文坛的新秀新作，力助他们的创作之路畅通无阻。他主编《人民文学》期间身体力行，兼容并包，引导了当代文坛多样化的文学潮流，对中国当代文学的发展，起到了重要的推动作用。

拓宽刊物的办刊渠道，接纳新生力量，培植文学新人，贯穿王蒙主编《人民文学》时期。从 1983 年第 8 期开始，《人民文学》有了较大的变革，其中最为显著的是一批名不见经传的作者从"国刊"步入文坛。残雪是当代著名的先锋作家之一，她的作品刻意违反约定俗成的写作原则，追求艺术形

---

① 参见《编者的话》，《人民文学》1985 年第 3 期。

式的新奇，发掘人物的内心世界，描述瞬间的神秘梦境。这样的小说在20世纪80年代很难被杂志刊载，但是，她的成名作《山上的小屋》却在《人民文学》1985年第8期推出，并引起文坛的热议，而这时候残雪的身份只是"个体户"。如果没有《人民文学》的慧眼初识，作为作家的残雪可能晚些时候才会出道。又比如1984年第10期发表的《蜜蜜姑娘》，作者刘岚是待业青年，1985年第11期发表的《小城热闹事》的作者小牛，只是在县城商业局工作的年轻的文学爱好者。这样的案例，在王蒙主编《人民文学》时期还有很多。其中最为特殊的是刘索拉的《你别无选择》，这是一篇有争议的中篇小说，但《人民文学》却在1985年第3期以头条的方式推出，这个中篇被誉为中国现代派小说的重要作品，是改革开放以来先锋文学的奠基之作。评论家李洁非认为："像《你别无选择》这样的作品，确实给当时文坛造成了一种蜜月般的气氛，它象征着中国当代文学和世界的联姻，现实主义的大龄青年讨了一位现代派的老婆。"[1] 在李洁非看来，《你别无选择》之所以给文坛带来"蜜月"，是因为这篇小说从中国现实主义的主流文学中脱颖而出，实现了中国先锋文学与世界文学的接轨。这足以说明《你别无选择》引发了20世纪80年代文坛的震动，也正是有了王蒙这样敏锐而胆识超群的大家担任主编，刘索拉的《你别无选择》、残雪的《山上的小屋》、徐星的《无主题变奏》等先锋意识审美密度较高的作品，才可能被"国刊"强势推广。1985年及其之后的当代文坛，一种宽松多元的文学繁荣局面，在王蒙主编的《人民文学》的引领下已然形成。继《你别无选择》之后，一批青年作家创作的具有探险性的作品陆续出场，如何立伟的《白色鸟》《花非花》《一夕三逝》、张承志的《九座宫殿》、韩少功的《爸爸爸》、徐星的《无主题变奏》、莫言的《爆炸》《红高粱》、刘西鸿的《你不可改变我》、高行健的《给我老爷买鱼竿》、马原的《喜马拉雅古歌》、余华的《十八岁出门远行》、洪峰的《生命之流》《湮没》等，这些作品在技巧上以暗喻、象征、联想、通感和知觉化为主，用人物的意识流动来揭示其内心世界的奥秘，具有审美艺术的独创性、不可重复性。《人民文学》有针对性地刊载这些探索意味浓烈的小说，标志着中国现代主义文学的集体亮相，体现了主编的卓越见识。推出先锋文

---

[1] 李洁非：《1985年的狂喜》，《漂泊者手记》，人民文学出版社2000年版，第31页。

学的同时，《人民文学》坚守现实主义文学阵营，刊发了许多具有现实针对性的文学作品，特别是农村社会主义改革的小说，如张一弓的《挂匾》、何士光的《又是桃李花开时》《远行》、伍本荟的《宿愿》、杨东明的《消失的莲村》、林翔的《吐鲁番的葡萄》等。此外，王蒙主编时期，《人民文学》也非常重视报告文学，在他担任主编的 1983 年第 8 期至 1986 年，共发表了报告文学 40 多篇，其中蒋巍的《在大时代的弯弓上》，韩少华、李巍、韩怡冰的《晚霞》，理由的《香港心态录》还刊于头条。而刘心武的纪实小说《5·19长镜头》《公共汽车咏叹调》《王府万花筒》更是开创了当代纪实类文学的叙事空间，在读者层面和文学评论界都产生了较大影响。同时，老一辈的巴金、冰心、艾青、臧克家、丁玲等作家也在《人民文学》发表优秀力作。在王蒙主编的倡导下，《人民文学》成为推动当代文学思潮发展的重镇，老中青三代作家和平共处，各种艺术流派的作品共存共荣，呈现了中国当代文学"百花齐放"的良好风貌。

王蒙主编时期的《人民文学》，拓宽了杂志的办刊空间，强化刊物与作者、读者的联系，实现了与作者的密切沟通，"更好地面对读者""希望能够成为广大读者的知心朋友"① 的宗旨。其时的《人民文学》，不再是高高在上的"国刊"，而是青年作家成长的摇篮，各种文学思潮发表作品的阵地。为了更多地了解年轻作家的创作计划和创作现状，1985 年，《人民文学》发起并组织了全国青年作家创作座谈会，莫言、马原、扎西达娃、何立伟、刘索拉、徐星等先锋作家都到会，并作了具有个性的发言。多年后，马原在文章中说："在一九八五年的《人民文学》的这次研讨会上露面的这些新的作家，带动了我国文坛上一轮新的小说美学、小说方法论。"② 王蒙对先锋文学的提携不仅是在主编的刊物上发表青年作家的作品，还在于他们的小说引起文坛争论后，以名家的身份撰写文章进行评介。王蒙以作家和主编的双重身份，身体力行，兼容并包，倡扬"百花齐放"的文风，这对中国当代文学的多元化格局的形成，具有不容忽视的促进作用。

对于中国当代文学而言，"王蒙现象"内蕴丰富，是中国特色社会主义

---

① 参见《不仅仅是为了文学——告读者》，《人民文学》1983 年第 8 期。

② 马原：《小说密码：一位作家的文学课》，作家出版社 2009 年版，第 341 页。

新文化与当代文学的重要组成部分。他的创作无愧于伟大的时代，他的小说、散文、文学评论，以及对中国古代文学的研究，共同构成他维度丰赡的文学主体。因此，全面解读王蒙，别具意义和价值。

（李骞：云南民族大学文学与传媒学院教授、博士生导师）

"寻美的批评"[①]

——论王蒙文学评论的特点

王军君

法国20世纪著名的批评家蒂博代在《批评生理学》中把批评界定为3种形态,"自发的批评""职业的批评"和"大师的批评"。自发的批评指的是报刊文学记者的批评,职业的批评指的是大学教授的批评,大师的批评则指的是"公认的作家的批评"。在那些公认的作家眼里,批评首先是一种"理解和同情的行为",批评者如果能努力站在作者的立场,"根据支配作品的精神来阅读"作品,必定会因在作品中发现美而惊喜,仿佛自己也成了美的创造者,夏多布里昂称之为"寻美的批评"。蒂博代甚至在费纳隆的批评中发现了"寻美的批评"的"原则"和"本质"就是"对艺术创造力的深刻同情",蒂博代将此称之为"同情说"。[②]

在中国当代文学中,王蒙是一个创作和评论"双肩挑"的典型。其实,许多西方大作家,如夏多布里昂、雨果、波特莱尔等,都是一流的批评家,中国现代的鲁迅、茅盾等也是优秀的批评家。鲁迅把"作家与批评家的关系"比作"厨司和食客"的关系[③],大概做过"厨司"的"食客"比起单纯的"食客"或许更有说好歹的权力了。王蒙的评论,与"职业的批评"相比较,明

---

① [法]蒂博代:《六说文学批评·读〈批评生理学〉——代译本序》,生活·读书·新知三联书店2002年版,第24页。

② 参见鲁迅:《花边文学》,人民文学出版社1973年版。

③ 鲁迅:《花边文学》,人民文学出版社1973年版,第106页。

显少了些专业的术语、严密的理论和"格式化"的形式，却有了作家式评论所具有的充沛的主观情感、灵动的鲜活、细腻的观察和丰富的想象。单看文章标题，诸如"且说……""漫话……""我说……""关于……""读……"等等，还有那些形象生动的比喻式的、直感式的、习语式的，就不挂一丝学问之累，轻松活泼。由此可见，王蒙的批评属于"公认的作家的批评"，即"寻美的批评"。

王蒙说"创作是一种燃烧"，其实他的文学批评也是一种燃烧，即一种热情的同情的批评，这是王蒙文学批评的灵魂。王蒙对作品的批评，常常努力站在作家和读者的立场，把自己置身于作品所描绘的世界中，仿佛亲眼看见作者笔下的人物，亲耳听见他们说话。他在《王安忆的"这一站"和"下一站"》中谈到小说的人物时说"'瞧，我们的日子有多么沉重'我仿佛听见王安忆和她作品中的主人公们的同声叹息"，好似与作者及其笔下的主人公们同呼吸、共命运了。王蒙站在作家同行的立场上表达"对艺术创造力的深刻同情"："从她（王安忆）的作品里，我们可以感受到她对于生活的温柔的、不能不说还有些天真的幻想，以及她对于自己的幻想、对于青年人的热情的遭际、对于一切冷暖炎凉的十分敏感。这种敏感来自一种同情心，她的作品里充满了对于各式各样的不幸者，处境艰难、地位卑微者的同情，……"再如，王蒙在评张洁长篇新作《无字》的《极限写作与无边的现实主义》一文中，也是"极限"地投入进去，既评判作品的得与失，也评骘女主人公情感和心胸，还剖析文字背后的作者的"淌血的破碎的心"。在这些评论中，王蒙几乎与作者、人物达到了一种甘苦共知的"同情"和共振。

但是"寻美的批评"不是单纯的赞扬和吹捧，它的出发点是"两个意识的遇合"，终点则可能是"相容"（即"同情"），也可能是"不相容"①。作家的批评在表达"不相容"时也同样是明确的。王蒙"评"作品的"一板斧"就是不虚"得"、不隐"失"，这是王蒙批评的可贵之处，而直言好坏对于身处"行帮"中的职业评论家来说并非容易做到的。在《香雪的善良的眼睛——读铁凝的小说》中，王蒙毫不掩饰对铁凝小说的激赏，说"读这样的作品是

---

① ［法］蒂博代：《六说文学批评·读〈批评生理学〉——代译本序》，生活·读书·新知三联书店 2002 年版，第 25—26 页。

幸福的",同时又明确指出"她（指铁凝）的香雪式的难能可贵的对善与美的追求是她的长处，但她不能老是用一种比较幼稚的方式去处理复杂得多的题材。安然式的纯真远远不是她不喜欢的不纯真的对手。她应该在不失赤子之心的同时，艰苦地、痛苦地去探寻社会、人生、艺术的底蕴"。王蒙表达"相容"和"不相容"时最常用的方法就是对比，在"比"中找特点，话得失，此可谓王蒙批评的"二板斧"。以《漫话几个作者和他们的作品》为例，既有两个之间的比较："与王安忆的作品比较一下就很明显，张承志的作品有时失之艰涩，缺少让生活本身发言、从而提供雅俗共赏的可能与多方面地加以评价的可能的那种王安忆式的巧妙与从容，但他的作品里也包含着王安忆所不能比的生活与情感的升腾与浓聚。"也有围绕同一问题的群组比较：谈到写"恶"时，文章说"王安忆也写恶，然而她是怀着善来写恶的，用善来照耀恶的。她揭露的社会矛盾的广度和深度并不下于张辛欣，……张承志也写恶，然而他是怀着火烫的、近乎愚傻（我从这两个字最好的意思来理解）的对于理想和信念的忠诚来鞭挞恶。而张辛欣呢，她既没有'降'到王安忆那样脚踏实地地与千百万庸常之辈在一起，同情他们，抚慰他们，同时也讽劝他们，并为他们而立言，而呐喊；她也没有'升'到张承志那样，九死未悔地去贯彻那种对于人民、对于革命理想的博大的忠诚和挚爱。……她有时是带着恶意来写恶的。"王蒙在表达"相容"和"不相容"时还有一个值得称道的特点，就是"巨细无遗"。在《且说〈棋王〉》中，王蒙找到了阿城"竟在一个细处栽了跟头：在该用'令尊'的地方用了'家父'"，看出了主人公"王一生的信条里却也存在着消极的东西"，可以说细到字里行间和骨缝；又把《棋王》放到当时整个知青题材小说中察看，"在这些小说里，城市知识青年上山下乡这个事件是绝对的主角，是一切人物命运、纠葛、悲欢离合的主宰力量"，"但是《棋王》不同，虽然这篇小说同样相当真实地反映了当年知青生活的若干画面，但他的人物和故事有大得多的独立性。在这篇小说里，棋呆子王一生的身世、性格、下棋故事是真正的主体，知青上山下乡事件是背景"，堪称是宏观着眼。得了西瓜，不丢芝麻，更见准确，更有说服力，可以说是王蒙批评的"三板斧"。

"寻美的批评"认为，"批评的高层次的功能不是批改学生的作业，而是抛弃毫无价值的作品，理解杰作，理解其自由的创造冲动所蕴含的有朝气的、新颖的东西"①。在王蒙的批评中，不乏对经过时间考验的现代作家冰心、沈从文、曹禺的旧作(我们不妨看作中国现代文学的"杰作")重新理解。

诚然，旧作重评，比起谈论新人新作更为困难，必须有新的见解才能吸引人。而王蒙有自己的一套：一是避免了用职业批评那种"张献忠考秀才"式的预设的理论"圈子"②去套作品，往往能提出"圈子"以外的"有朝气的、新颖的"见解；另一是知人论文，知文论人。

例如，《光明澄静　如归故乡——谈冰心早期的散文小品》是倾诉式的，是他批评中少有的无保留的倾注和倾诉。作者重读冰心早期散文小品，一开篇就连连赞叹："那是绝美的文字，那是朗朗上口的诗篇，那更是心底的一片光明，是心灵的光辉对于宇宙的普照"，这些儿时已经"课上课下朗读吟咏"的散文，现在重读，仍然"感动""醉心""赞美"。文章用王蒙式的句型描述冰心小品的境界："心象语象，如诗如歌，主体客体，若离若即，以心为文，来去无迹，玲珑剔透，光明澄澈，平实雅淡，亲切随意，如语家常，如归故里。"又由早期的文移至现在的人，"这时的冰心，是一个超拔而又关注的智者，是一个热烈而又冷峻的哲人，是一个亲亲热热而又俏俏皮皮的老太太，是我们这一代作家和更年轻的作家们的良师益友"，识人知文，如读其文，如见其人。《我说沈从文——贺兴安〈沈从文评论〉序》，实际上是一篇"心平气和、实事求是地论一论"沈从文先生的怀人散文。文章描述对沈从文的接受的情感变化史，从小时候的"失望"，到后来的"同情"，再到最后接触后的"引以为荣"，其实，也是写随着时代变迁，沈从文先生一生命运的变迁。

曹禺的《雷雨》无疑是中国现代文学中的经典，研究文章多如牛毛，但是《永远的雷雨》仍然能开掘出新解，紧紧抓住戏里表现出来的罪恶的两个来源：阶级和性。不同的是，王蒙却取了前人忽视的阶级的"类属的配置"(即每个阶级都有极端派和死硬派，有颓废派、天真派乃至造反派之类属)的角度，把《雷雨》中的人物进行"类属配置"，结合演出的历史进行评析。

---

① ［法］蒂博代：《六说文学批评·读〈批评生理学〉——代译本序》，生活·读书·新知三联书店 2002 年版，第 27 页。

② 鲁迅：《花边文学》，人民文学出版社 1973 年版，第 9—10 页。

又由"阶级"而"性",认为《雷雨》中阶级的罪恶表现为性罪恶,对曹氏戏中写"乱伦"的火候加以分析。最后,还是由文及人,触及曹禺一件鲜为人知的故事,讨论曹禺解放后创作下滑的老问题(曹禺夫子自道"从写完《蜕变》,我已经枯竭了!"),认为除了过去公认的原因外,还有曹禺写戏的"经典加通俗的范式使他难以为继"了。

在处理这些可以称为中国现代"杰作"的时候,"寻美的批评"往往表现出极高的悟性,迸射出天才的火花。那么,面临当代新人新作时,"寻美的批评"是否也和职业批评一样,会遇到"作坊批评"①,也就是我们说的小圈子的批评困难呢?王蒙批评新作时,绝不是没有判断上的失误,但是它却没有把文学之外或之上的利己打算夹缠在那些批评之中,尤其是"王蒙常以提携新人、保护新作而让人关注,其指点江山的文字,每每引起争议。"②而这些新人新作都是曾经引起争议的作家作品,如王朔、陈染、刘索拉及铁凝的《大浴女》、韩少功的《马桥词典》等。

王朔是新时期争议最大的作家之一。王蒙在《王朔的挑战》中,毫不掩饰地表达了对王朔小说挑战性的理解和肯定:王朔的作品的语言、人物、调侃……都有与众不同的魅力,而王朔从事文学的活动方式更有魅力,更有先锋性,是社会转型期中的一大必在历史上留下痕迹的文化现象;《谁也不要固步自封——刘索拉小说集序》围绕"不像"的质疑展开,分析完成了,疑惑也解决了。王蒙落笔就说,"一开始觉得刘索拉的作品有点不可思议,不太像。怎么这么'洋'呢?""书中的人物好像是一群吃饱了撑出病来的年轻人","有点或者干脆就是精神贵族,和人民距离太远了"。行文至中游,又问:"不像吗?根本不像的杜撰又能提供什么评论的对象呢?"然而"它写得是那样不像,却又那样活灵活现,有时候甚至令人为之折服","也真实地再现了八十年代某些城市青年的心态风貌,好像又像极了。"王蒙"理解"刘索拉,"刘索拉的小说在一九八五年出现是一个先锋性的,并非偶然的现象",而且"刘索拉有刘索拉的真实,正像贾平凹有贾平凹的真实,王安忆

---

① [法]蒂博代:《六说文学批评·读〈批评生理学〉——代译本序》,生活·读书·新知三联书店 2002 年版,第 29 页。

② 格尔:《批评为何左右不了文学创作》,《北京日报》2000 年 11 月 16 日。

有王安忆的真实一样。承认一种而否认另一种是容易的，却未必是公正和明智的"，那么"谁（包括我自己）也不要固步自封"；王蒙同样也理解饱受争议的陈染，《陌生的陈染》几乎一口气说出了陈染的独一无二，甚至题目、语言、意象、人物的姓名、比喻和暗喻等等，"她有自己的感觉，自己的语汇，自己的世界，自己的符号！""反正我读了很多同时代青年作家的优秀的作品的时候一会儿想起加西亚·马尔克斯，一会儿想起昆德拉，一会儿想起卡夫卡，一会儿想起艾特马托夫，最近还动辄想起张爱玲……而陈染的作品，硬让我谁也想不起来"，陈染的作品是我们的文学中的一个变数；《读〈大浴女〉》，作者一下笔就判断，"这是一本相当纯粹的小说。它的人物好像回到了原初的状态。"王蒙并不回避小说中的露骨的感官描写，而是以"是身体的同时也是精神现象"的观念，看到的是人物，尤其是女性灵与肉纠缠在一起的生死攸关的精神寻觅，看到的是人性深处的东西，说它是一本"集穿透与坦诚、俏丽与悲悯，形而下的具体性与形而上的探索性苍茫性于一体"的书；王蒙对惹起一场诉讼的《马桥词典》也不回避，《道是词典还小说》从韩少功的"给马桥的每一件东西立传"的宣言说起，赞叹韩作的"以词典的形式、以词条及其解释的形式"结构小说，指出"新作的可贵之处在于它的角度：语言，命名，文化，生活在语言、命名、文化中的人与物"。文章前半部分侧重围绕作为文化基石的语言，讨论韩作词典形式的"特异的光彩"，道出韩著将小说当词典写的原因。后半部分"来到了语言后边的故事上"，即小说上，对更富有原创性的书里精彩的故事大加肯定，认为这种小说结构艺术，"战略上是藐视传统的——他居然把小说写成了词典。战术上却又是重视传统的，因为他的许多词条都写得极富故事性、趣味盎然，富有人间性、烟火气，不回避食色性也，乃至带几分刺激和悬念"。

如果把夏衍欣赏的王蒙的一句话"理解比爱高得多"[1] 拿来形容王蒙对这些新人新作的解读，再合适不过了。

蒂博代的 3 种批评界定在 80 多年前就提出来了，虽然至今犹未过时，但是 3 种批评已经不再是原来的面目了，今天的"寻美的批评"也不再纯粹，

---

[1] 《王蒙文存》第 19 卷，人民文学出版社 2003 年版，第 237 页。

或打上职业批评的色彩，或多少受到自发批评的收买，但是，那种热情、理解、甘苦共知、富于形象、流露出天性等特点仍然没有失去。这也正是王蒙批评的特点所在。

（王军君：西藏民族大学文学院院长、教授）

王蒙与陈映真的一次交集

——1995 年"威海会议"考

李 勇

王蒙和陈映真（1937—2016）是海峡两岸极具代表性和影响力的当代作家。他们不仅年龄相近，更与中国左翼革命有着深切的关联。把这两个作家放在一起进行比较和观察，是一个非常有意思和有意义的话题。系统和深入地比较，有待后来者，我们在此仅以 1995 年在威海召开的"人与大自然——环境文学研讨会"（简称"威海会议"①）为例，通过探察二人之间的这次交集，管窥 20 世纪 90 年代海峡两岸知识分子的精神脉动。

一、"威海会议"

当 30 多年前陈映真开始往来中国大陆之后，他如何看待当时的大陆尤其是大陆知识分子，而大陆知识分子又如何看待陈映真？这是一个非常值得回溯和反思的问题。关于这个问题，最广为人知的一个故事出自查建英的《八十年代访谈录》：

阿城：……我记得八十年代末吧，我在美国见到陈映真，他那时在

---

① 1995 年 11 月 2—5 日在山东威海召开，由中国环境报社、环境文学研究会、中国作家杂志社、三联书店和威海市环境科学学会联合举办。有来自海峡两岸、海外的新加坡、马来西亚、美国等国家和地区的作家、环保人士共 50 余人参加。

台湾编《人间》,《人间》杂志的百姓生活照片拍得很好,过了十年,大陆才开始有很多人拍类似的照片了。我记得陈映真问我作为一个知识分子,怎么看人民,也就是工人农民?这正是我七十年代在乡下想过的问题,所以随口就说,我就是人民,我就是农民啊。陈映真不说话,我觉得气氛尴尬,就离开了。当时在场的朋友后来告诉我,我离开后陈映真大怒。陈映真是我尊敬的作家,他怒什么呢?写字的人,将自己精英化,无可无不可,但人民是什么?在我看来人民就是所有的人啊,等于没有啊。不过在精英看来,也许人民应该是除自己以外的所有人吧,所以才会有"你怎么看人民"的问题。所有的人,都是暂时处在有权或者没权的位置,随时会变化,一个小科员,在单位里没权,可是回到家里有父权,可以决定或者干涉一下儿女的命运。你今天看这个人可怜,属于弱势群体,可是你给他点权力试试,他马上会有模有样地刁难欺负别人。这是人性,也是动物性,从灵长类的社会性就是这样。在我看来"人民"是个伪概念。所以在它前面加上任何美好的修饰,都显得矫情。

　　查建英:我见到陈映真是在山东威海的一个会上,那都九几年了,他可能真是台湾七十年代构成的一种性格,强烈的社会主义倾向,菁英意识、怀旧,特别严肃、认真、纯粹。但是他在上头发言,底下那些大陆人就在那里交换眼光。你想那满场的老运动员啊。陈映真不管,他很忧虑啊,对年轻一代,对时事。那个会讨论的是环境与文化,然后就上来张贤亮发言,上来就调侃,说,我呼吁全世界的投资商赶快上我们宁夏污染,你们来污染我们才能脱贫哇!后来听说陈映真会下去找张贤亮交流探讨,可是张贤亮说:哎呀,两个男人到一起不谈女人,谈什么国家命运民族前途,多晦气啊!这也成段子了。其实张贤亮和陈映真年纪大概差不多。

查建英和阿城的这段对话,后来经常被人们在谈论陈映真和大陆知识界关系时所援引。这段话里,阿城和查建英的叙述,以及查建英叙述中张贤亮的表现,都包含着对陈映真的一种不认同态度。这段话的戏剧性场景,以及那种大陆知识分子对陈映真的"不认同",不少人曾做过理解和反思。①不过,不管我们对于彼时大陆作家对陈映真的印象和观感作何认识,都须承认:那确实是当时大陆知识界一种普遍性的心理的折射。不过,笔者读到《八十年代访谈录》中的这个场景以及他人的相关评述时,更好奇的是查建英所说的那个"山东威海的一个会":那究竟是一个什么会?除了陈映真、张贤亮、查建英之外,还有什么人参加?张贤亮和陈映真的"不愉快"——如果可以这么描述和形容的话——是否有更详细的细节?

而当我们以"威海""九几年"和张贤亮、陈映真等关键词去搜寻线索的时候,1995年召开的以环境保护为主题的"威海会议"逐渐浮出水面。与之共同浮出水面的,还有更多的面孔:王蒙、张炜、刘心武,以及台湾的齐邦媛等。

这其中,虽然在查建英书中叙述的那个生动场景里,处于聚焦位置的是张贤亮和陈映真,但是如果从彼时两岸知识分子精神差异的角度选取典型个案的话,王蒙可能比张贤亮更合适。因为1995年前后的王蒙不仅处于创作的高峰期("季节"系列),实际上也处于他精神思想最活跃最丰富和最复杂期。他和陈映真在会上不管有没有直接的交流和对话,都不妨碍我们把彼时的他和陈映真做一种比较性的观察。

比较之前,首先概述一下"威海会议"。当时召开的这个主要由海峡两岸(海外人数较少)作家和知识分子参加的会议,其名称为"人与大自然——环境文学研讨会",发起人应该是王蒙和齐邦媛。有关资料显示,"威海会议"是由"中国环境报社、环境文学研究会、中国作家杂志社、三联书店和威海市环境科学学会联合举办"。②中国环境文学研究会秘书长高桦回忆,会议地点是威海市风景宜人的东山宾馆。参加会议的包括:大陆有王蒙、雷加、黄宗英、从维熙、肖平、张贤亮、叶楠、舒乙、陈祖芬、刘心武、柳树滋、俞天白、鲁枢元、孙小礼、赵一凡、章仲锷、杨匡满、沈昌文、朱幼棣、张炜、尤凤伟、赵玫、斯好等29位,台湾有齐邦媛、陈映真、林明德、

① 参见李云雷:《从排斥到认同——大陆作家对陈映真20年的"接受史"》;刘继明:《走近陈映真》等。

② 《人民日报》1995年11月25日。

陈信元、杨南郡、胡台丽、王文进、刘克襄、李丰楙、金恒镳、瓦历斯诺干（高山族）等 14 位，新加坡、马来西亚、美国的华人作家、学者黄孟文、吴岸、戴小华、许以祺、查建英、肖甦等 11 位。[①] 陈映真、张贤亮、查建英等都在列。

威海会议的召开，是多方面因素促成的。据齐邦媛回忆，她和王蒙的私人交谊则是促成这次会议两岸作家能够碰面的重要原因。《巨流河》中，齐邦媛回忆，她与王蒙是 1982 年在纽约圣约翰大学参加"中国现代文学研讨会"首次相遇，此后又在国际性会议相遇过 5 次。1993 年底，由她和王德威、郑树森策划的在台湾举办的"四十年来中国文学会议"邀请王蒙参加，在这个会上，王蒙反过来又邀请齐邦媛和其他台湾作家下次到大陆开会，这才有了后来包括齐邦媛、陈映真在内的一众台湾作家的威海之行。[②]

二、1995 年前后的王蒙和陈映真

关于威海会议，高桦、萧平、刘心武等都有相关回忆，这些回忆中有的直接涉及陈映真。而关于王蒙在这次会议上的活动，目前所掌握的材料还非常有限。但这并不妨碍我们回到当时的历史语境，结合他们的文字和相关活动，观察一下他们当时的精神状态，并试着思考他们之间是否构成一种潜在的精神对话——至少是关联。

观察这种潜在的对话和关联，不妨从两位作家的创作入手。王蒙和陈映真从年龄上看相差 3 岁，是同代人。他们走上文学创作道路都是在 20 世纪 50 年代。王蒙的成名作《组织部新来的青年人》发表于 1956 年，这也是他的早期代表作；陈映真的处女作是小说《面摊》，发表于 1959 年。王蒙的小说是"干预现实"的典型作品，对社会现实的批判力更强；陈映真的《面摊》以警察和面摊贩一家的"冲突"为焦点，主要写的是跨越阶层和身份隔阂的人与人之间的温情。但总体而言，它们都怀有鲜明的对于合理社会秩序、美

---

① 高桦：《难忘的一次盛会——"人与大自然环境文学研讨会"散记》，《绿叶》1996 年第 3 期。
② 齐邦媛：《巨流河》，生活·读书·新知三联书店 2012 年版，第 312—313 页。

好生活的向往，都是非常典型的批判现实主义之作。

20世纪80年代之后，王蒙的创作进入一个丰富多彩的爆发期，"东方意识流""反思小说""荒诞派"等都不足以完全概括王蒙这一时期小说所展现出来的实验气质和探索样貌。陈映真在《面摊》之后，受台湾文坛20世纪六七十年代现代主义文学的影响，更由于当时台湾严苛的政治体制所造成的高压禁锢，所以在1975年（1968—1975年入狱）之前，他的小说整体而言也更具有较强的"现代主义"意味（包括陈映真本人在内的很多人也把1968年作为陈映真早期现代主义风格转向的标志年份）。从陈映真出狱后的70年代末期开始，他重返现实主义，创作出了"华盛顿大楼"系列和"山路"系列。此后，勤力实践的陈映真在1985—1989年创办《人间》杂志，将大部分的精力投入了台湾民主化的社会实践，从而陷入了长达10余年（1987—1999）的创作停滞。

整个20世纪90年代，中国社会和文学都进入了一个新的阶段，王蒙的生命和创作历程也内在于这个新阶段当中，从而彰显着一种新的气象。在他此间发表的众多作品中，"季节"系列无疑是最重要的作品，它的发表不仅贯穿了几乎整个90年代（1992—1999），而且以其所显示出来的宏阔的历史意识和深切的反思情怀，可以说将王蒙大半生的生命史和精神史进行了一次"巡礼"。而在社会运动和实践中渐行渐远的陈映真，直到1999年才复出文坛，并在此后3年相继发表了《归乡》《夜雾》《忠孝公园》3部历史题材的中篇小说。"归乡"系列和"季节"系列都是历史题材的创作，但对于两位作家来说，其意义并不一样。"季节"系列写的是王蒙自身（及其"少共"一代人）的历史，对于王蒙来说这是"近诸己"的历史；"归乡"系列是写冷战和中国内战给两岸留下的创痛，对陈映真来说是"远诸己"的历史。所以，从题材来看"归乡"系列和"季节"系列构不成更直接的对话关系。

和"季节"系列构成更直接对话关系的是陈映真的"山路"系列。《山路》《杂色》的创作都和"爱荷华国际写作计划"有直接的关联，这是两个作品跨越时空的联系。《山路》（1983）是陈映真出狱后遭遇精神信仰危机之际吐露心志、表达社会主义信念的"明志"之作，构成这个作品背景的，是大陆的"文革"——陈映真出狱后由辗转得来的关于"文革"的各种负面消息，而感到了自己当年为之倾心和付出巨大代价的理想破灭。在这种情况下，他一方面表达自己的困惑("蔡千惠之问"),另一方面又试图重新召唤当年的理想以振作和奋起。《杂色》以一匹杂色老马和"靠边站"的知识分子曹千里,隐喻了 20 世纪 50 年代政治化时代的人生悲剧和遭逢这种悲剧之后知识分子的精神心理。两个小说虽然写的是不同的时空和人生命运,但对于政治、精神危机、理想信念的反顾,却使得它们有一种内在的呼应。

《杂色》写于 1983 年,那个人生阶段的王蒙以《蝴蝶》《悠悠寸草心》等侧身文坛当时的反思文学风潮,而到了 90 年代的"季节"系列,他接续了而且更进一步发展了反思文学阶段对于历史的反顾与思考——以其新的时代感受和认知,将这种反思推向了深入。如前所述,"山路"系列与中国大陆的革命(尤其是"文革")反思有更直接的对话关系。在小说《山路》中,陈映真借蔡千惠之口发出过锥心之问("蔡千惠之问"):"如果大陆的革命堕落了,国坤大哥的赴死,和您的长久的囚锢,会不会终于成为比死、比半生囚禁更为残酷的徒然……"(《铃铛花》)。蔡千惠早年受左翼精神感召,在革命者(李国坤)赴死之后,毅然假冒其遗孀的身份投身其家庭,付出青春年华以为家族赎罪(蔡的哥哥被捕后曾告密),为革命尽心(她早年受李国坤等影响早已思想"左"倾),但在 60 年代之后(血与火的年代也落幕)台湾整个社会经济大发展、革命历史被遗忘的世俗化进程中,在富裕和舒适的中产阶级生活环绕包裹中,她自己也渐渐忘却了"不敢轻死以赎回我的可耻的家族的罪愆的我的初心"。在蔡千惠给黄贞柏的信中,她是把台湾的这种富裕化和中产阶级化的发展视为一种"堕落"。而这样的台湾的富裕化和中产阶级化,也正在八九十年代的对岸大陆发生,所以这才有了她所谓的"如果大陆的革命堕落了……"之问。"蔡千惠之问"当然也是陈映真对于中国改革开放社会发展道路的疑问。这个疑问指向了"文革"之后的中国社会历史发展道路问题。而正是侧身于这样的社会历史发展中,王蒙创作并发表了"季节"系列。

三、"季节"系列与"山路"系列

王蒙的"季节"系列起意于 80 年代后期,动笔于 1991 年,完稿于

1999 年，从 1993 年发表《恋爱的季节》到 2000 年出版《狂欢的季节》，总耗时 10 年之久。① 这是王蒙迈入花甲之年后对于过往生命的回顾，他瞄准的是"知识分子的心路历程"，用王蒙的话来说这是一部"心灵史、心理史、心史"。② 这部"心灵史、心理史、心史"，虽然和 80 年代的《蝴蝶》《悠悠寸草心》一样都是反思革命历史，但时代已经发生了很大的变化，"这就迫使他不得不面对已经发生变化了的和正在变化着的人、事，试图用一种新的眼光，重估其中的意义和价值。在这个过程中，王蒙当然也经历了诸多的失落和困惑、矛盾和痛苦，但却逐渐增长了一种新的意识。这种意识或可称之为对过去的历史和自己的经历的一种反省意识或曰批判意识，即不再一味地迷恋青春年华，眷念'青春万岁'，而是觉出了青春的单纯和幼稚，同时也觉出了社会的复杂和多变，因此他此后的创作，便多写这'觉'的过程和在这个过程中的失落与困惑、矛盾与痛苦。"③

王蒙早期的历史反思作品，如果说那种革命理想激情式的"少共"情结是其突出特征的话，"季节"系列则是对革命历史的更为冷峻的审视与反思。这 4 部作品（《恋爱的季节》《蹉跎的季节》《失态的季节》《狂欢的季节》）以一群追随革命的青年在新中国成立之初、反右派运动、60 年代初和"文革"这几个历史阶段的经历为主线，展现了那一代知识青年在历史的波谲云诡中所遭遇的磨难。这个系列性作品，最让人印象深刻之处，首先当然在于对历史的记录和反思，像 1949 年解放前后北京城建制的过程与革命者朝气蓬勃的精神状态，"右派"下放和改造期间发生的各种人性丑陋演出（悲剧、喜剧、闹剧），"文革"时期文坛甚至高层的种种见闻和内幕，等等。这些都让我们感喟和深思。其次，这个系列作品更入木三分地刻画了以钱文为首的知识分子在那段历史中的挫折、尴尬，特别是他们并不仅仅源于外部打击，更源于自身怯懦、卑俗、为历史所裹挟所致的滑稽、丑陋、辛酸等。

但在这些之外，更值得玩味的是它所透露出来的作家的历史态度。这态度十分复杂，因为这个系列作品是立足于 90 年代所作的历史反顾，所以这

① 於可训：《王蒙传论》，武汉大学出版社 2009 年版，第 528 页。
② 《王蒙自传》第三部《九命七羊》，花城出版社 2008 年版，第 301 页。
③ 於可训：《王蒙传论》，武汉大学出版社 2009 年版，第 532 页。

态度也有两个指向，一是指向历史，二是指向"当下"——创作这个系列作品时的90年代。指向历史的态度，如果说是反思为主的话，那么小说中零星透露出来的关于90年代的叙述则会让我们发现其历史态度的暧昧和复杂。在《蹒跚的季节》中，钱文想起少年时代唱过的歌，"春天的花是多么的香，秋天的月是多么的亮，少年的我是多么的快乐，美丽的她不知怎么样？"这首歌，以及钱文年轻时爱唱的《喀秋莎》，竟在1990年北京亚运会开幕式上被唱起，一下子让钱文回到了当年。然而，身处"当下"，他所感到的却是一种难言的惆怅——

> 当这一切都变成了久远的回忆以后，当新的轻薄的歌曲代替了往日的诗性的向往的时候，当愤怒的青年宣谕着自以为是新发明的理想的时候，苏联的坍塌的碎片怎么能不使一代人遍体鳞伤？爱一首歌儿是幸福的，而相信一首歌儿是危险的。不能不把这句话告诉你，不管它是多么残酷，多么不应该过早地让你知道这过来人的心情。超脱和冷峻也许被认为是淡漠直至堕落，又有什么办法？每一代人都有自己的与某一首歌曲有关的秘密，难以传达，难以言表。

这是经历过挫折和打击之后的一个"过来人"的复杂的心境，这个心境里有"苏联的坍塌"所致的"遍体鳞伤"，有"超脱和冷峻"，它们让他不再轻信和盲从。但是当现实中充斥着的是"新的轻薄的歌曲""愤怒的青年宣谕着自以为是新发明的理想"时，他显然还在眷念着曾经那么真挚的"爱一首歌儿""相信一首歌儿"的"幸福"的时光。

90年代"后革命"或曰"告别革命"的论调甚嚣尘上，一些人对于"革命"的谈论，充斥着"轻薄"而嘲笑着"相信"。但主人公钱文（以及王蒙）显然接受不了这种轻慢的态度。在《失态的季节》中，杜仲不屈不挠地给钱文讲鲁若和鸿嘉的私生活轶事，钱文却是无比的尴尬和不满。钱文在小说中作为唯一的主人公，带有王蒙本人的影子，对这个人物王蒙并没有怜惜，他写了他身上很多弱点，但是唯有这一点——相信——他并没有，这一点甚至是钱文在那个风雨飘摇的年代里唯一保存下来的让他的人性变得有光辉的地方。

钱文的这种"相信"让人想起80年代的《布礼》《蝴蝶》，那里也有一种"相信"。"相信"在《恋爱的季节》里也有。这部作品虽然在后半部分开始了对革命体制化和阶级斗争趋向紧张的描写，但从主体情绪和叙事格调来看，更接近积极昂扬的《青春万岁》（而不是《组织部新来的青年人》）。这种"相信"曾受到批评（比如洪子诚等），而对于王蒙反思文学时期所暴露出来的思想倾向的批评在当时乃至后来都不鲜见。

不知道这样的批评是否影响到了王蒙，或者说影响到了他多少。在90年代的"季节"系列中，他的反思显然已大大拓展和深化了。又因为"季节"系列是诞生于90年代，所以它自然渗透了作家对时代的感受和认知。然而，也恰是这种感受和认识，似乎又让他在反思自己当年的"历史反思"时，对于当年的"历史反思"有所保留。

总的来看，王蒙对于"革命"的眷念，其实基于两方面的原因或两种心态。首先是带有一种较普遍的规律性的"革命后心理"："但奈何革命后的社会，有时候又往往不那么尽如人意，或不尽如人意，更不要说符合革命的初衷和理想了。问题是，人们对这一切，又似乎安之若素，乃至'复辟'革命前的许多旧毛病，也不以为奇，甚至也跟着一起'复辟'。让人觉着这革命似乎纯属多余，仿佛压根儿就不该搞似的。这又禁不住要让他们生出许多的虚妄、迷惘和怀疑出来。总之是，在革命高潮过去和没有革命的年代，那些革命者和追随过革命的人们，是最容易对革命产生失望情绪的，就连鲁迅这样清醒的'革命家'，也不例外。"[1] 这种较普遍的"革命后心理"，在王蒙而言主要是发生在20世纪50年代，以《组织部新来的青年人》为代表。此后随着八九十年代中国社会生活的变化，因这种新变化而起的是另一种更新的并不完满的时代感受，它更进一步刺激了作家对于革命和革命年代的眷恋。相较于"季节"系列，作为这个系列的编外册的《青狐》[2] 写的便是八九十年代的文坛和生活。在小说中有一段，写钱文回到家之后的遐想：

> 在他的住房的小小厨房的窗口，他可以俯视所有出入这幢居民楼的人，太多的人反而使他感到孤独、琐碎、抓不成个儿。每个人生活在自己的小盒子里，每个人都关心自己的一点小事，每个人都已经有或将要

---

[1] 於可训：《王蒙传论》，武汉大学出版社2009年版，第49页。

[2] 小说接续了"季节"系列的故事脉络，只是主人公变成了一个突然走红的女作家青狐，钱文则不再是主要人物。青狐在80年代日渐宽松、自由的空气里，得到了风气之先，以一篇作品跃上文坛，受到大人物的赏识，然而她自己的胸无城府、神经质，又让她在复杂的文坛和时代旋涡中尽显其滑稽，过得不如意。

有或曾经有自己的老公老婆，在自己的被窝底下干一些千篇一律的活计。每个人都发发牢骚，喝喝茶水，说说套话，跑跑关系。这里只有水滴没有河流。这里只有小草没有大树。这里只有土圪垯没有高山。钱文忽然想起了毛主席，毛泽东就是不承认这分散的渺小的个体，而要求大集合的翻天覆地。然而翻天覆地并非总是能够成功，于是人们又恢复了那平凡的群相、众生相。

这是由世俗化对于理想化、由渺小对于伟大的向往。于钱文所代表的有理想主义气质的知识分子而言，八九十年代日渐世俗化的个人生活和日常生活，相对于政治斗争频仍的年代虽意味着安稳和满足，但也意味着失落，甚至失望。这催生了眷念。正是这种眷念，拉近了他和陈映真的精神距离。

陈映真的"山路"系列正是表达革命眷念之作。《山路》中的蔡千惠早年受到黄贞柏等的影响思想"左"倾，在对于革命的倾心和对于革命者的爱慕中，亲眼目睹革命的失败和革命者的被屠戮，遂生出了为之献身和赎罪的决心，哪怕如她自我反思和忏悔的那样，她在长久的"富裕化"的生活中渐渐遗忘了初心，而一旦听闻革命者出狱自己也猛醒之后，毅然以自尽（拒绝接受治疗）的方式结束生命。《赵南栋》更是直接走进了 20 世纪 50 年代便入狱的那群台湾共产党人的狱中岁月，再现了其坚贞不渝、慷慨赴死的气概。这两部小说同时也都将笔触延伸到了"当下"，以革命历史在"当下"的被遗忘，表达一种锥心之痛——这正是陈映真表达革命眷念（缅怀甚至召唤革命）的真正心理动因所在。

四、眷念与眷念的差异

然而，同是对革命历史和革命岁月的眷念，王蒙和陈映真却有很大不同。这种不同首先在于其是否有更坚强的理性支撑，并发展出一种思想和实践品格。在"季节"系列中，绝大部分篇幅都是在反思历史，表现历史对于人（尤其是知识分子）的异化（反思当然是有理性品格的，但是反思的思想资源和反思的路径等却彰显着当时的时代局限，待展开），眷念是十分片段化地存在着的。另外，眷念本身似乎也包含着一种犹疑。而在文本之外，眷念似乎也只限于文学或者说文字层面，在社会实践领域它并没有衍生出相应的行动和实践。陈映真却不同，"山路"系列不仅是对革命历史的再现，更是对革命先烈和精神的缅怀与礼赞——它不仅有着显而易见的实践渴求，而且也确实生发和开拓出了强有力的社会实践。

陈映真更具理性品格的"眷念"与以下原因有关：首先是他生发于早年的左翼信仰（这一点和王蒙相同），这种信仰也一直被他保持（哪怕遭遇"文革"打击）；其次更关键的是，他在 80 年代之后的台湾社会历史发展中更深切地发现了左翼革命的价值和必要性。

王蒙不同。在 90 年代，王蒙曾置身诸多社会事件和思想文化事件，发言很多，精神面向很多，有很多真知灼见，有的还引领一时风潮，把自己甚至推到风口浪尖；然而，于左翼革命的信念和理念方面，他似乎缺少将其作为生命信条在生活和社会实践中加以贯彻的决心和意志。当然，这里有多方面的尤其是时代性的很复杂的原因，而时代环境和它造就的文化知识和思想氛围乃是主因。大陆八九十年代之后为"后革命"或曰"告别革命"的社会气氛覆盖和笼罩，在这种氛围中，社会性的"发展"一往无前，尽管也带来了问题，招致了反思，甚至这些反思还使得左翼精神资源被重新审视和发现，但很显然，在当时甚至一直到今天，这种左翼精神资源在大陆知识界的分量和地位仍很尴尬和微妙。20 世纪 90 年代至今，陈映真在大陆知识界的境遇也颇为形象地体现了这一点——"威海会议"便是生动的缩影。

王蒙当然无法自外于大陆整体的文化知识和思想氛围。他对于革命历史和革命理想主义的眷念，如果说更多的是感性化的话，那是因为在彼时的时代氛围和知识气候中，确实难以发展出一种更理性、更具思想性和建设性——甚至足以影响其生活和道德——的思考。那是一种由理念（思想）、道德和行动共同构成的理性支撑结构，它生发于那份眷念，并对其形成坚固的维护和支撑。陈映真具有这种"理性支撑结构"，这除了和他自身有关外，还更与台湾特殊的社会历史语境——尤其是台湾左翼被压抑、被摧毁、被边缘化的全部历史——有关。也许，陈映真和王蒙精神差异，最关键的原因便是这种社会历史语境差异——前者是置身于左翼革命取得了最终胜利并掌握了政权的大陆，后者是身在左翼一直被压抑（日据）、被摧毁（国民党执政）、被边缘化（20 世纪八九十年代以来）的台湾。现实往往就是如此，越是置身于一种被压制的境地，爆发出来的批判意识和反抗力量就越强。

社会环境和时代气氛是一种弥漫性的、无边无际、无形无踪甚至不知不觉却又极其强大的力量。身处其中，很难获得一种超脱和超越的眼光，除非能借助外来参照打开一种比较性的视野。对于大陆来说，陈映真便是帮助打开这个"比较视野"的"外来参照"。

陈映真与大陆知识界的相遇，最早是1983年在爱荷华与王安忆等人相遇。关于这次相遇的点滴，有诸多回忆。陈映真在那里见到了茹志鹃、王安忆母女、吴祖光，他们的交流，尤其是陈映真和王安忆的精神错位与隔膜，当事人已有诸多回忆（待补充）。那种个体的隔膜与错位，极为生动形象地展现了陈映真和大陆知识界的错位。而10余年之后的"威海会议"更是将这种错位展现得分外鲜明。

在威海，陈映真和王蒙是否有过直接的交流？我们不得而知。但王蒙的另一个同代人刘心武却和陈映真有过直接的交流，他在《瓜菜代·小球藻》一文中曾回忆威海之行与陈映真相处的一个场景，那个场景里陈映真听刘心武唱起革命年代的歌曲激动得"眼睛都潮湿了"，然而那个歌曲于刘心武却是连接着让他不堪回首的一整个年代。不过，相较于年轻一代（阿城、陈丹青），刘心武显得更为理性和宽容。在他眼里，陈映真听革命歌曲"好激动，眼睛都湿了"的表现和大陆人把《绿岛小夜曲》当成"缠绵的情歌"来听是一样的。

王蒙不是刘心武，但对于两岸知识分子的这种错位和差异，相信也会有同样的理解力。错位及其带来的差异，是理解王蒙和陈映真不同形态的"眷念"的关键。陈映真的眷念有着更执拗和执着的质地。大陆作家，即如王蒙这般有着"少共"情结者，在经过了新中国成立后近30年坎坷多难的历史之后，也难免生出几多彷徨、感慨和苍茫。他们从"恋爱的季节"走来，走过"蹉跎的季节""失态的季节""狂欢的季节"，那种创痕累累的身心状态恐怕也是未曾经历过这样的历史的陈映真所无法体会的。

（李勇：郑州大学文学院教授、博士生导师）

论王蒙"文学谈"中的创作本位书写

余　凡

一、作家"文学谈"研究的创作本位视角

在批评与创作之间：作家"文学谈"的双重属性。作家"文学谈"在知识生产、文体类型、表述方法上与学院派谈文学有着具体差异。评价作家"文学谈"须澄清两个主体、两个中心和两种话语间的不同，明确创作主体与接受主体、作家中心与读者中心、创作话语和批评话语间的差别，不同的定位背后有着不同的审视立场，更有着各自不同的命题、立意、出发点和结论导向。这背后关联着时代文学观念、言说身份和功能的演变问题。服务创作本身、印证作家自我观念诉求是"文学谈"的第一属性，服务文学批评是其第二属性。批评者中心的批评话语及其背后的研究范式阻碍着学界对作家"文学谈"的阐释与价值定位。作家对经典作家作品的创造性解读，服务于自我创作活动本身，着眼于对自我创作的反观和反思。进而，否弃旧的文学模式，实现自我创作方法上的更新；服务于创作技能的发现与确认，借他人作品来标识自我创作、抒个人之块垒，意在再现、标榜、强化、宣扬作家自己的文学观念。此时，其他作家的创作起到了作家文学观建构的媒介和材料的作用。新时期之前，批评家的意见尤为重要，甚至左右着作家作品的命运。而新时期以来，文学批评回归常态的同时，批评的捧杀、棒杀现象导致批评家批评活动的公信力下降，批评家的地位不断降低。学院派式的文学批评，不能为文学生产带来明显的推动作用，而陷入了失语的境地。这就凸显

出作家"文学谈"的价值，作家言说地位的上升。

从"是什么"到"为什么"：作家"文学谈"的"本事"探究。在惯常审视视角下，"文学谈"常被定位为"批评"谈。这与中国传统"诗文评"模式渐趋失落、作家维度的谈文学模式不再被重视有着密切关联。作家作品内部研究方法搁置了作家的相关信息，导致了对作家"文学谈"的开掘相对不足，造成了文学批评自身的失衡，未能做到对作家进行知人论世、见微知著。将"文学谈"定位于"创作"谈，则是对作家创作维度的重启和彰显，凸显了作家在对作品的初始意图、意义赋予方面的重要地位。作家"赋意"与批评者"释意"之间有着明显的区别：作家在"文学谈"中注重表达"为什么写"的问题，而批评者在阅读和批评中更关注"写的是什么"的问题。"为什么"是探究作家"文学谈"的重心，即作家"文学谈"的"本事"研究重在勘察作家为什么如此表达等，创作中的留白、闲笔、心理书写、叙述时间和叙述腔调等作为"作者"所关切的创作技巧问题。

二、王蒙文学思想探析的三个话题

从创作本位角度来审视王蒙的创作倾向和创作理念，则有利于更为清晰地探究"蝴蝶"飞舞时的姿态①，有利于认知王蒙创作动机与创作"原点"，有利于科学看待王蒙创作上的转型与坚守，进而，揭示诸多争论背后的深层次原因，并发现、抵近作为非文学视域、非公众化视野中的"王蒙"。

王蒙是一位有着浪漫主义气质的作家，身上有着拉斯蒂涅的精神。这不仅体现在其创作和"文学谈"中所体现的思想追求上，还体现在他汪洋恣肆的语言表达上。已有研究对其解构、意识流、语言的悖反研究已经较多。而其"文学谈"如何建构起一个类似于拉斯蒂涅的存在者形象，则是研究较少的话题。

---

① 王蒙：《蝴蝶为什么得意》，《王蒙文存》第 21 卷，人民文学出版社 2003 年版，第 96—97 页；郜元宝：《当蝴蝶飞舞时——王蒙创作的几个阶段与方面》，《当代作家评论》2007 年第 2 期。

王蒙是一位天才型的作家，通过其天马行空、泥沙俱下的长句表达，可见一斑。王蒙在创作中那种喷涌的、不可遏制的语言表达激情，是弥足珍贵的。从这一角度而言，王蒙亦是一位幻觉现实主义作家。

王蒙的文学观甚至文学思想是驳杂而庞大的，简化地探究王蒙文学创作的稳固风格是一种自欺。王蒙的文学思想应当体现在两个方面："夫子自道"中直接呈现的文学观念，和创作的作品中所间接反映出的王蒙的人生态度、价值立场和审美趣味。王蒙谈了很多其他作家，别传即自传的角度，则从中能照见王蒙的文学观。王蒙在评价张承志、史铁生、刘心武的作品时，能够显现出他的文学立场和审美趣味。

新时期以来，王蒙创作文本中的讲述故事本身在下降，议论与抒情的文字在上升，通过创作传递一种或几种思想理念的潜在目的预设越来越强烈，"少共精神"、政治情怀、"主人翁"意识和达观的人生态度等创作"原点"是形成其文学理念和文学创作具体指向的一个重要动因。同时，这些"原点"使得"王蒙"这一作家形象在新时期以来的文坛上独一无二。

王蒙创作复杂且多元，但其转型是建立在"定型"的基础上。晓立（即李子云，曾任《上海文学》副主编）将王蒙创作风格形成的既是后续创作滋养又是后续创作限度与束缚的"巨大高炉"视为《组织部新来的青年人》，王蒙后续的创作无论如何变迁，皆离不开该作品所形成的基本风格，皆能从这部作品中找到原发性特质，"我觉得，正是这个，构成了我心目中'王蒙'的基本形象与风格特色。你以后的作品，固然有这样那样的变奏，但是其主要旋律却都与这个特点有所联系。"[①] 在笔者看来，王蒙的诸多"原点"是值得细致考究的议题，这其中亦内嵌着王蒙对少年"王蒙"不厌其烦的赞美、怀念与歌咏，内嵌着对"青春万岁"这一真理的不厌其烦的品咂。《组织部新来的青年人》这部小说作为"原点"之一，并由此引发的长达70年的自我凝视，是自然而然的创作发展规律的体现，这一"原点"并非缺点，而恰恰是王蒙创作上具体的徽记与指纹的重要体现。

---

① 晓立、王蒙：《关于创作的通信》，《文学评论》1980年第6期。

"你这个崇高的卑鄙的人"。[①] 道德嬗变与价值观念评价经历了 3 个转变：第一阶段，传统的善有善报恶有恶报。第二阶段，北岛所发现的异化时期的"卑鄙是卑鄙者的通行证，高尚是高尚者的墓志铭"。第三阶段，张光芒教授所挖掘和阐释的"高尚是卑鄙者的通行证，卑鄙是高尚者的墓志铭"。王蒙的文学思想的一个重要主线是对时代道德嬗变的转变的总结与评析，暗合着上述 3 个转变中的后两种形态。对于王蒙而言，从少年布尔什维克到支持王朔，是一种自我悖反，是一种进步。

作家创作的思想性问题。王蒙专门谈过"何其芳现象"，即作家思想提高了，而艺术创作的水准却下降了。

王蒙在评价其他作家作品时，在承认风格本身受多种主客观因素影响的前提下，更多的是关注风格的稳定与变迁。钱锺书在《魔鬼夜访钱锺书先生》中指出："你要知道一个人的自己，你得看他为别人做的传。自传就是别传。"[②] 这就使得作家对其他作家作品的批评有着浓厚的照见作家自己的意义和价值。王蒙对其他作家作品的评析，可见其对文学艺术评价标准的基本态度。从王蒙对其他作家作品的评析可以看出，他是反对鲁迅式的睚眦必报与决绝的，而更欣赏宽容与温情的创作。王蒙发现了张辛欣身上的决绝，认为这是令人担忧的写作情绪、写作视野。

王蒙往往会从作家讲述故事时的决绝或宽容、激进与恬淡、冷漠与温情、促狭与从容、留恋小我与干预社会等方面来评价其创作所存在的优缺点，而这背后则关联着作家的性情。王蒙在评价张承志、王安忆、铁凝和张辛欣等作家时，更多地去审视这些作家创作时的思想情感、价值立场与审美趣味的差异。王蒙注意到了作家叙述腔调上的独特性，拒绝情感表达上的偏执与极端、牢骚与怨毒。王蒙发现张承志有着火热的情思，而早期的王安忆恰恰在这方面是缺乏的。所谓情思，在王蒙这里指的是思想性和抒情性[③]。在《读〈大浴女〉》中，王蒙认为铁凝这种善良且不悲观的调子是奇果，独

---

① 王蒙：《王蒙小说的悖反现象》，《王蒙文存》第 20 卷，人民文学出版社 2003 年版，第 355 页。

② 钱锺书：《钱锺书散文》，浙江文艺出版社 2004 年版，第 7 页。

③ 王蒙：《漫话几个作者和他们的作品》，《文艺研究》1983 年第 3 期。

一无二。"她的作品里基本上没有大恶，没有大绝望也没有大愤激。有痛苦，但不极端，有嘲笑但不恶毒，有悲伤但不决绝，有丑恶但不捶胸顿足，有腥臭但不窒息。怨而不怒，哀而不伤，乐而淫，淫而止于所当止。不颓废，不怎么仇恨，也没有那种疯疯癫癫的咒骂。也许字里行间你能体会到作家的人物的一种生正逢时生正逢地的幸福感，包括对于国家社会福安市的一切进步的自豪。回顾铁凝的其他作品，她的人物有时善良得匪夷所思。"① 对于作家的发现，就要发现作家叙述的独特风格。不喜不悲，即使书写恶，也并非要展现恶的决绝，而是使人看到希望，王蒙发现了铁凝小说结尾的理想化结尾，认为这是"非常铁凝式的处理"。

王蒙在谈论文学、谈论其他作家创作时，往往是发现断裂、发现庸常之中的违和感。王蒙通过对语言的锤炼，通过对中西传统理论的审思，获得了关于文艺批评标准的独特认知。王蒙对人文精神的否定，建立在其对过去的反思的基础上，而其对幽默与讽刺的运用，对寓言式小说的极致发挥，则是表达其对荒诞的过去的反思的一种修辞策略。

王蒙在新疆待了 16 年，从新疆生活中王蒙习得的一个词汇"塔玛霞儿"，即游戏、玩耍、惬意和享受，该词体现出一种淡泊的人生态度，"塔玛霞儿"与随遇而安相契合，这标志着王蒙获得了一种超然的生存观念，无论外在的天地如何变化、人心如何动荡，王蒙都拥有着从容、舒朗的日常神韵。有学者指出："在王蒙的思想或'人生哲学'中，有两点特别突出：重生思想（重视生命和生活）和乐观态度。这两点都与他的新疆生活经历有关。"② 此外，新疆生活经历亦使王蒙获得了一种底层视角，获得对于日常生活的新理解，改变了其看待问题的立场、观念和态度。这亦是解释为何王蒙会为王朔的创作站台的一个重要原因。

王蒙"文学谈"与创作的互文性及"文学外王蒙"问题。学界已有的王蒙小说互文性研究，主要关注王蒙创作与经典文本之间的互文性，而非"文学外王蒙"议题的探析。时至今日，评价王蒙的文学创作，应当跳脱出文学

---

① 王蒙：《读〈大浴女〉》，《读书》2000 年第 9 期。

② 温奉桥、温凤霞：《从伊犁走向世界——试论新疆对王蒙的影响》，《中国海洋大学学报（社会科学版）》2010 年第 1 期。

本身。过分从文学内在标准评价王蒙创作的动机与价值是没有意义的。加之在王蒙这里，文学自始至终仅仅是实现其文学外的意义与目的的手段与工具，这方面的研究学界早有提及，且从王蒙自传、王蒙“文学谈”中也能找到相应的印证。应当将王蒙视作一位对“文明中国”、时代问题进行着长期凝视的思考者。在思考者这一大的视域下，王蒙的小说、非小说都是在回答关于政治、社会、人生、文艺问题的思考，这使得“王蒙与共和国”议题成为可能。种种思考的片段表达，构成了王蒙思想家的身份，而不同的片段、不同文体之间，有着互文性。

（余凡：浙江师范大学人文学院讲师、博士）

"《青春万岁》热"：20世纪50年代革命理想主义的复归与重构

常鹏飞

引　言

为何要谈"《青春万岁》热"？

1979年5月，上海文艺出版社编辑的作品集《重放的鲜花》公开出版，随即在全国文艺界引起轰动。《组织部新来的青年人》《本报内部消息》《在悬崖上》《小巷深处》等20世纪50年代[①]曾被批判的作品名列在册，在思想解放的大势下可见"编选这些'毒草'出版"，"实际上是为它们向社会公开宣布平反"[②]。同月，王蒙的"处女作"——长篇小说《青春万岁》[③]在动笔写作的26年后也终获出版。只是相较前者无论发表时还是回归后的备受瞩目，同为"旧作"的《青春万岁》尽管在出版前就已将"后记"在"代

---

① 本文所涉时间如无特殊说明，均系20世纪，下同。

② 左泥：《〈重放的鲜花〉走过的荆棘之路》，《编辑学刊》2004年第2期。

③ 本文如无特殊说明，小说《青春万岁》均系1979年由人民文学出版社首次发行的"初版本"。此外，小说的主要版本还有《北京日报》《文汇报》《北京文艺》的"选载版"，以及1998年由人民文学出版社发行的"恢复版"。相关研究可参见温奉桥、王雪敏：《〈青春万岁〉版本流变考释》，《华中学术》2017年第3期；张睿颖：《王蒙小说〈青春万岁〉版本研究》，《中国当代文学研究》2021年第2期。

表着权威、地位与'精英社会'"的"中共中央主办的报纸"上发表①，并公开预告"即将由人民文学出版社出版"②，可这部首印即 17 万册的小说却仍遭到了文艺评论界与官方部门的冷淡回应，甚至作为当时少有的一部以中学生生活为题材的作品，"团中央向青年推荐的读物中也没有把它列入在内"①。这显然与王蒙从中学生处得到的"三年来我一直收受着来自这些读者的热情来信"的反响不尽一致④，也和此后改编的同名电影"唤起成千上万不同年龄和职业观众的共鸣，获得了好评"的事实不相符合⑤。而一直以来，《青春万岁》的小说出版或电影改编，给人带来的似乎都是一经推出就随即引发热议或轰动的印象，至于从遭受"冷落"到引起各方"热议"的曲折过程，则被有意或无意地忽略，"《青春万岁》热"自然也成为一个不言自明的话题。

既往研究对小说《青春万岁》少有专论，且多将其放置在"去政治化"的脉络中分析，因而作为一个迎合政治意识形态的被驯化的文本，小说就成为王蒙创作"进化"链条的前端而受到轻视或指摘。近年来，部分研究者在"重读"中开始关注到《青春万岁》的"复杂性"，围绕"复调性主题与对话性文体"⑥，"对青年的政治驯化以及暗含的潜在抵抗"⑦，"生活与革命的关系"⑧，"'纯粹'与'杂色'的变奏"⑨ 等方面进行阐释，从而在"再解读"中重新激活了小说内部的矛盾性与多义性，只是尚未涉及对小说正式出版后接受情况的探讨。也有研究对小说《青春万岁》及其电影改编进行讨论，

---

① 王蒙为小说《青春万岁》所作的"后记"，实际经由人民文学出版社转给《光明日报》发表。参见王蒙：《大块文章》，《王蒙文集》第 47 卷，人民文学出版社 2020 年版，第 39 页。

② 王蒙：《〈青春万岁〉后记》，《光明日报》1979 年 1 月 21 日。

① 张弦：《关于〈青春万岁〉改编的一封信》，《电影新作》1983 年第 1 期。

④ 王蒙：《谢谢你，爱读〈青春万岁〉的朋友》，《语文教学通讯》1982 年第 4 期。

⑤ 蔡师勇：《朴素就是美——影片〈青春万岁〉导演艺术漫谈》，《电影新作》1984 年第 2 期。

⑥ 孙先科：《复调性主题与对话性文体——王蒙小说创作从〈青春万岁〉到"季节"系列的一条主脉》，《福建师范大学学报（哲学社会科学版）》2006 年第 2 期。

⑦ 宋明炜：《规训与狂欢的叙事——论〈青春万岁〉》，康凌译，《东吴学术》2011 年第 3 期。

⑧ 金浪：《生活与革命的辩证法——〈青春万岁〉与王蒙早期小说的思想主题》，《文艺争鸣》2020 年第 4 期。

⑨ 金理：《"纯粹"与"杂色"的变奏——重读〈青春万岁〉》，《文学评论》2020 年第 4 期。

考察其中的乌托邦倾向与理想主义激情如何参与到 1980 年代的人文精神建构①，呈现其中所蕴含的复杂意识形态和文化内涵②，但在讨论中却都将小说出版或改编引发的"结果"看作不言自明的"常识"，这样也就难以透过其中的曲折变化发现小说与电影背后所涉及的更为核心的时代关切。

事实上，"《青春万岁》热"的背后，并非只是简单反映作品从被轻视到被广泛接受的变化过程，更牵涉到不同群体围绕这一变化的理解与评价。作为一部诞生于新中国成立初期的小说，《青春万岁》集中表现了中学生们"对美好生活的向往""为祖国献身的渴望"，以及"那种纯真、善良的集体主义精神"③，这些要素无疑也是当时培育具有革命理想主义情怀的社会主义新人的核心构件。更重要的是，作为一部带有浓厚革命理想主义色彩的小说，之所以在反思革命的 80 年代初再度引起热议，恰恰说明其中依然存在需要直面的现实议题，即 50 年代的革命理想主义在"后革命"时代何以复归，又如何被重新理解？由此，本文将深入探讨 80 年代初的"《青春万岁》热"，经由分析小说及其改编从"冷落"到"热议"的过程，打开对革命理想主义理解的不同面向，并试图将之作为一个界面，呈现"后革命"时代各方话语对革命理想主义的承继与重构，及其背后所牵涉的对历史、现实与未来的不同理解和想象。

一、最初的"冷遇"：从小说出版到电影改编

1978 年 9 月，王蒙从北戴河改稿返回新疆时途经北京，并与人民文学出版社的韦君宜短暂会面。其间，韦君宜不仅告知《青春万岁》可以立即出版，还特意提醒他到了甄别个人"右派"问题与调回北京的时机。年末，远在新疆的王蒙收到寄来的《光明日报》，竟意外看到了此前他经韦君宜建议

---

① 李冰雁：《抒情与集体主义叙事的乌托邦——从小说〈青春万岁〉谈到其电影改编》，《山东师范大学学报（人文社会科学版）》2013 年第 5 期。

② 温奉桥、王雪敏：《〈青春万岁〉：从小说到电影》，《井冈山大学学报（社会科学版）》2017 年第 5 期。

③ 王蒙：《内容说明》，《青春万岁》，人民文学出版社 1979 年版。

为小说所作的后记，这无疑等于正式预告了小说即将公开出版的消息，当然也不无宣告为作家平反的意味。

实际上，韦君宜本来建议请萧殷作序，以说明小说为"旧作"①，可因萧殷身体不好无法动笔，遂改为王蒙作后记。因考虑到尚在"抓纲治国"的历史时期，作为一部写作时间与故事时间均开端于 50 年代初期的带有革命理想主义色彩的小说，基于对其面世后可能遭受的境遇的清醒预判与策略考量，作为出版方的韦君宜又在对后记的建议中，特别强调要"说明是当时写的，不一定完全符合当前规格"②。在出版之前，小说还得到了韦君宜在具体内容上的修改意见，韦君宜认为"只要稍稍改动一点易被认为感情不够健康的段落——如写到的杨蔷云的春季的迷惑——即可"③。1979 年经《北京文艺》选载的第 2—4 节同样注意到这个问题，回避了"爱情的懵懂等'不健康'的内容"，转而突出相对安全地表现小说人物学习生活的章节④。

需要说明的是，即将出版的小说虽是"初版本"却并非"初刊本"，其是王蒙对冯牧与韦君宜的修改意见有所参考的"删改本"，主要对苏联内容、爱情描写与小说结尾作出相应删改。可尽管已是经过预先删改的"洁本"，在思想解放的时代背景下，仍显得颇为尴尬。不仅未在官方与评论界引起相应关注，甚至有回忆谈到"经过'文化大革命'的淬砺，再读《青春万岁》，早无感动，只剩唏嘘"⑤。毕竟在"伤痕""反思"潮流大行其时的 80 年代初，到处充斥的不是对"文革"造成的灵肉双重创伤的揭露、控诉和反思，就是对"意识流"小说等形式探索作品的热烈争议。在这样一个新旧交替的"危

---

① 在《青春万岁》的出版历程中，萧殷无疑扮演了重要的角色，从审稿、改稿、数次推荐，再到"文革"后对小说出版的关心，可谓执着始终、用心良苦。参见王蒙：《〈青春万岁〉六十年（外一篇）》，《新文学史料》2013 年第 2 期；王蒙：《半生多事》，《王蒙文集》第 46 卷，人民文学出版社 2020 年版；黄树森主编：《百年萧殷纪念文集》，花城出版社 2018 年版。

② 王蒙：《大块文章》，《王蒙文集》第 47 卷，人民文学出版社 2020 年版，第 30 页。

③ 王蒙：《大块文章》，《王蒙文集》第 47 卷，人民文学出版社 2020 年版，第 30 页。

④ 张睿颖：《王蒙小说〈青春万岁〉版本研究》，《中国当代文学研究》2021 年第 2 期。

⑤ 汪兆骞：《老去诗篇浑漫与——王蒙"季节系列"长篇与〈这边风景〉》，《我们的 80 年代：中国的文学与文人》，现代出版社 2020 年版，第 142 页。

机"时刻，小说无论在题材主题还是形式技巧上都已显得颇为格格不入，所以作为"过时"的"旧作"，就显然与同时期那些聚焦历史批判或形式探索的作品不能相提并论，遭受官方和评论界的忽视似乎也在情理之中。

同时，小说《青春万岁》的改编工作也由作家张弦重启。早在50年代，张弦就在《文汇报》上读过"连载版"的《青春万岁》，并两次向王蒙提出小说出版后要由他改编为电影剧本的想法。那时担任上海电影制片厂编辑的刘果生也注意到了小说，有意向王蒙组电影剧本稿，王蒙便顺势"'嫁祸于人'，建议他去找友人张弦同志改编"①。不想随后政治形势发生变化，3人都被打成右派分子，改编事宜也不了了之。及至1978年，身份尚未"改正"的刘果生再次找到王蒙联系小说的改编事宜，王蒙遂写信张弦询问改编意向，而对此已有夙愿的张弦当然欣然同意，并在次年春天就开始着手电影剧本的改编。后几易其稿，1981年以《初春》为题在《电影新作》发表。可不想"认为'今天的青年不理解、不欢迎'，这个题材'缺乏现实意义'的意见，如此之普遍，以致剧本从1979年5月初稿完成到今年（1982年——此处为笔者所加）3月以前这段不短的日子里，没有一位导演愿意接受！"对此，不仅张弦"颇感困惑和苦恼"②，王蒙也"根本不抱希望"③。

不过，随着1981年5月"首届全国中学生评选'我所喜欢的十本书'活动"的火热开展，情况开始得到改观。该项活动由山西师范学院《语文教学通讯》编辑部组织发起，得到团中央、教育部、中宣部以及山西省委的指导与支持，涉及全国26个省、自治区、直辖市的2.7万多名中学生。其间，活动在教师与中学生中反响强烈，各地出版与新闻部门也纷纷积极报道活动消息。最终经过长达半年多的评选，次年3月，在全国31家出版社推荐的289部作品中，选出十本书籍。它们分别是：小说《红岩》《青春万岁》《许茂和他的女儿们》《李自成》；报告文学《新一代最可爱的人》；科学知识书籍《科学发现纵横谈》；青年思想修养读物《爱国与信仰》《青年修养十二讲》；语文辅导工具书《写作一百例》《语文基础知识》。可以看到，此次活动入选

---

① 王蒙：《写在〈青春万岁〉上了银幕的时候》，《大众电影》1983年第9期。

② 张弦：《关于〈青春万岁〉改编的一封信》，《电影新作》1983年第1期。

③ 王蒙：《写在〈青春万岁〉上了银幕的时候》，《大众电影》1983年第9期。

书籍的类别并非只有小说，而即使在仅有的 4 部小说中，《青春万岁》也排在仅次于《红岩》之后。鉴于小说前期在中学生外所受的冷遇，就连王蒙本人也对其居然能够入选而"感到惊喜"①。而相较《青春万岁》，另外 3 部小说的入选似乎更加自然，特别是《红岩》《李自成》，早在 1979 年团中央向青少年推荐的暑期读物中就被共同列入②。

作为指导单位之一的团中央，此前显然并未意识到小说在全国中学生中的巨大"市场"。与此相反，对中小学相对熟悉的儿童文学作家严文井，对此有着更为清晰的认知，他直言"孩子们究竟读得怎么样？他们在读哪些书，他们喜欢读哪些书？我们的教育主管部门、出版发行部门、我们的教师、家长，应该知道，应该很好地研究指导。我看，大家并不是情况很明的"③。这从一个侧面也说明官方与文艺评论界对小说普遍轻视或无视的事实。不过，在活动前的采访中，时任团中央书记处书记的高占祥倒是对活动的预期成效有着自觉的认识，他指出"发动读者评选，选票最多的给予奖励，这对写书的人，印书的人，发行的人，会起到促进和鼓励作用"④。也正因此，这次评选活动发起的目的虽然是"为了提高中学语文教学水平，为了引导和鼓励青少年的课外阅读"⑤，但在客观上却将小说《青春万岁》在"民意测验"式的评选中，推到了各方目光所及的前台，同时也极大地改善了此前小说被官方与文艺评论界普遍冷落与质疑的现实处境。

随后，根据小说改编的电影剧本在上海电影制片厂顺利通过，张弦的改编工作也开始出现转机。其实早在 1979 年，小说《青春万岁》刚一出版，导演谢晋就将其推荐给黄蜀芹。张弦改编的电影剧本发表后，又经《电影新作》编辑王世桢再次推荐，并转去了上百封中学生评论剧本的来信，这也使得本就熟悉 50 年代女中生活的黄蜀芹，无论在情感上还是现实上都产生了

---

① 王蒙：《谢谢你，爱读〈青春万岁〉的朋友》，《语文教学通讯》1982 年第 4 期。

② 《团中央向青少年推荐一批暑期读物》，《人民日报》1979 年 7 月 15 日。

③ 田增科、左郁莲：《支持·关怀·呼吁——访作家严文井同志》，《语文教学通讯》1981 年第 7 期。

④ 田增科：《"拜良师 求益友"——高占祥同志谈评书活动》，《语文教学通讯》1981 年第 8 期。

⑤ 孟伟哉：《中学生评书活动好》，《语文教学通讯》1982 年第 4 期。

强烈的拍摄动机。此后经历一番争取，时任厂长徐桑楚终于将《青春万岁》的剧本交由黄蜀芹导演。其间，1982 年 9 月 1 日至 11 日，党的十二大召开，大会指出党在指导思想上已经完成了拨乱反正的艰巨任务，并提出"努力建设高度的社会主义精神文明"的时代任务①。随之社会"大气候"发生变化，"这部影片在拍摄过程中逐步升温，成了上影的重点片"②。经过两三个月的集中拍摄后，电影《青春万岁》终于出片送审。

尽管拍摄前既有来自全国各地中学生的热烈期待，也得到上海电影制片厂的重点支持，但影片送审后的评价还是让作为导演的黄蜀芹大感意外。在场的电影评论家与学者的审片意见竟然还是影片倾向偏"左"，认为"举国上下都在'反思'，你们这影片怎么这样，充满了所谓歌功颂德，或者是幼稚的共产主义思想"③。而黄蜀芹对此也并非没有自己的思考，她深知"电影所要表现的 20 世纪 50 年代中学生的共产主义理想显出的单纯状态与那时反思意识的主流思潮并不相符"④。所以一方面将不强调"历史上的是非功过"作为影片的立足点，让"观众离开影院后自己去思考，争辩"⑤，另一方面则借助拍摄手段弱化影片的政治意味，如通过对影片结尾字幕的有意设置去突出电影所叙故事的"历史性"⑥，试图通过塑造一代人对过往青春的"怀旧"姿态，进而减少所叙故事可能在政治意识形态方面带来的负面影响。

但来自电影评论家与学者的审片意见，显然也代表了当时评论界与官方群体的部分认知状况。事实上，小说出版之初的备受冷落，就颇能反映这种意见的大行其道。作为一部在五六十年代曾遭受不够"左"的指摘的小说，

---

① 胡耀邦：《全面开创社会主义现代化建设的新局面》，中共中央文献研究室编：《十二大以来重要文献选编》（上），中央文献出版社 2011 年版，第 21 页。

② 张弦：《魅力在于素质——黄蜀芹印象》，王人殷主编：《东边光影独好·黄蜀芹研究文集》，中国电影出版社 2002 年版，第 202 页。

③ 张仲年、顾春芳：《黄蜀芹和她的电影》，上海人民出版社 2009 年版，第 18 页。

④ 张仲年、顾春芳：《黄蜀芹和她的电影》，上海人民出版社 2009 年版，第 18—19 页。

⑤ 黄蜀芹：《真挚的生活　真诚地反映——我拍影片〈青春万岁〉》，《电影新作》1983 年第 6 期。

⑥ 影片首尾的字幕均取自王蒙同名小说的序诗，结尾处字幕为：所有的日子都去吧，都去吧，在生活中我们快乐的向前。

此时无论是小说本身抑或改编影片却又都得到过于"左"的批评，究其根源，这背后显然是时代语境和现实需要产生了错动。也正是在这个意义上，小说与影片对 50 年代的"共产主义理想"的表现，就自然显得不无尴尬。但更值得注意的是，对"共产主义理想"的臧否本身亦承载着颇具时代症候性的社会现实，即 50 年代的革命理想主义显然并未随着"文革"的结束而消逝。其不仅仍旧占据相当的社会心理基础，不时触动人们敏感的深层心理，更成为不同话语争夺或批判的对象，以致在小说获奖特别是电影正式上映之后，引发了更为广泛而强烈的热议。

二、获奖后的"热议"：评论界、官方与中学界

随着影片送审后的正式上映，对小说与电影中所表现的革命理想主义的争议也开始走向公开化。其中，大致存在来自 3 个方面的声音，即以中学生为中心的中学教育界，代表国家政治意志的官方话语，以及内部不无差异的文艺评论界，各方话语既有矛盾又不无相似，形塑了一个富有张力的聚合空间。具体涉及的，则是如何评价 50 年代中学生生活及其对当下青年的现实意义等议题。于是，他们在争议中有意或无意地突出的部分将是问题的关键。因为那些部分成为争论的焦点，并非只是"现象"更是"问题"，背后折射的实质上是他们从各自的话语立场与情感结构出发，如何重新理解 50 年代的革命理想主义，以及对历史、现实与未来的认知差异。

首先是小说与电影中所谓"左"的问题。如前所述，小说出版前，作为出版方的韦君宜就对此有着清醒的认识，这也是她特别提醒王蒙另作后记的重要原因。王蒙在后记中也首先检讨小说的"不像样子""多么天真、多么幼稚"，以及小说人物对革命与社会主义的肤浅认识，进而在"扬弃"的意义上提出"好的，应该发扬，坏的，应该警惕和克服"以对可能遭受的误解或批评进行回应 ①。可无论张弦改编的剧本还是黄蜀芹导演的电影，还是受

① 王蒙：《〈青春万岁〉后记》，《光明日报》1979 年 1 月 21 日。

到"难道今天还要去表现'左'的色彩和一群头脑简单的人?"①,"难道五十年代的幼稚是值得歌颂和怀念的吗?"②的激烈质疑。他们指责小说和电影中的人物幼稚片面、激进盲从,甚至"假、大、空"式的美化历史,认为正是他们不切实际的革命理想主义催生了此后的历史苦难,因而他们理应为自己所造成的"伤痕"负责。由此不仅剥夺了小说和电影对过去历史的意义,更拒绝承认革命理想主义在当下的价值。持这种态度的,多为以热衷"伤痕"书写的知青一代为代表的青年作家,他们大多是在经历过"文革"创伤后高呼"我不相信"的质疑者,小说与电影中的革命理想主义精神显然刺痛了他们本就不无偏激的情绪,所以无论批评还是忽略也都在逻辑之中。

只是因为小说的意外获奖和社会情势的日益缓和,特别是电影正式上映后带来的普遍关注与热切好评,使得这一批评的声音随之趋于微弱。首先,支持者的声音开始由被动说明转向主动抗辩,这尤其表现在具有50年代亲身生活经历的知识群体当中。张弦针对部分青年对50年代中学生的学习生活及其革命理想主义的批评,以亲历者的身份指出"这些振振有词的宏论却往往多凭主观想象,并无充分的根据"③;董健则选择将50年代初期与此后的极左历史进行区隔,认为"那时党的路线正确,国家政治生活正常,没有后来出现的那些极左的东西扭曲人们的灵魂和人与人之间的关系"④;邓友梅除同样认为影片中的人物与10多年后出现的"造反派""极左分子"有着本质不同外,更不无激动地反驳"如果把青年人对革命理想的追求,对组织纪律的服从和对落后现象的斗争热情也一律都划到'左'倾错误的范畴中去,我们的共产党人就干脆别革命了"⑤,而且他这里开始有意或无意地将"左"倾从政治意识形态的本质化理解中剥离出来,重新赋予"追求理想""斗争热情""革命行为"等革命理想主义元素以价值进步的色彩。

王蒙对此则作出更加明确的总结,认为"说'左',无非是说五十年代

---

① 黄蜀芹:《真挚的生活 真诚地反映——我拍影片〈青春万岁〉》,《电影新作》1983年第6期。

② 叶晓楠:《形象·性格·时代感——影片〈青春万岁〉观后》,《电影新作》1983年第6期。

③ 张弦:《关于〈青春万岁〉改编的一封信》,《电影新作》1983年第1期。

④ 董健:《不仅为了美好的回忆——影片〈青春万岁〉观后》,《江苏戏剧》1983年第12期。

⑤ 邓友梅:《犹记风华正茂时——电影〈青春万岁〉观后感》,《文艺报》1983年第9期。

青年的那种革命理想主义、集体主义、社会主义新中国的主人翁感、自豪感与责任感，以及对于思想品质教育、对于团的活动的重视等等"①，但更重要的是"如果说'左'，这也是不带引号的左"，"这才是左倾的本意，这些年，一些人竟然只知带引号的'左'而不知不带引号的左了，甚至认为凡左都是带引号的、坏的，这真是惊人的、令人痛心的颠倒！"② 显然，面对将50年代中学生生活及其革命理想主义热情指认为"左"倾的批评，他们一方面将之与之后的极左政治区别开来，另一方面则借助对"左"的重新诠释摆脱对"左"的污名化，进而重新肯定小说和电影所蕴含的革命理想主义的正面价值。值得注意的是，对这代人来说，不同于知青一代的是，他们无论在情感认同还是现实考量上，都有必要在对那段青春岁月"怀旧"式的重识中，重新确立起当下主体存在的历史位置的合法性，而对革命理想主义的重新正名显然成为这一行为实践的必要支点。

同时，小说与电影也终于得到了来自官方的高度肯定。胡乔木坚持将影片作为具有鼓舞性的正面作品来提倡，他针对文艺界对阴暗面的过度揭露和意图否定影片的声音，对"现在文艺界有这种情况，看不起这种作品（指从正面影响读者或观众的作品），认为是肤浅的，作者是无能的，没本事。一些文艺作品还写伤痕，总觉得还没有写够似的"的现象提出批评，并在之后为影片作出"谈不上什么'左'倾"的权威认定③。可见国家意识形态对影片的正面定位，一方面在于纠正这一时期文艺界对暴露阴暗面的过度沉溺的倾向，另一方面则是看到了影片对"坚持革命乐观主义的信念"④，以引导整合社会群体、服务时代发展的重要作用。

于是，在关于"左"的问题的批评与抗辩中，革命理想主义的"现实意义"也随即凸显出来。早先在王蒙及其同代人看来，"五十年代中学生生活中的某些优良传统和美好画面"本就是一种仍然值得温习与纪念的"宝贵"

---

① 王蒙：《写在〈青春万岁〉上了银幕的时候》，《大众电影》1983年第9期。

② 王蒙：《比怀念更重要的——看〈青春万岁〉搬上银幕》，《光明日报》1983年9月29日。

③ 胡乔木：《胡乔木同志关于电影的一些意见》，《电影》1983年第10期。

④ 胡乔木：《胡乔木同志在会见全国故事片电影创作会议代表时的讲话》，见中共中央宣传部文艺局编：《1981—1985：文艺通报选编》，文化艺术出版社1986年版，第98页。

资源①。作为他们革命理想信念萌生的起点，这种"光明的底色"无疑能使经受过历史"伤痕"的"一代人壮志满怀、青春焕发"②。情感之外，他们也不否认存在轻信和盲从的部分，但那与"左"无关，而是历史的局限，更不应为极左分子的错误负责。因为他们也是极左思潮的受难者，所以更愿意将之视为个体为坚定共产主义理想所遭受的坎坷与试练，而这也将再次成为证明他们当下主体位置合法性的历史资源。由此，"一旦党实现拨乱反正的政策，他们就又以百倍的革命热情投身于战斗"③，并如乔光朴、陆文婷一般重新找到自己的位置，再次融入时代建设的主力军。

可在 80 年代初的时代语境下，所谓"现实意义"显然不可能止于对 50 年代历史的"怀旧"，其隐含的受众群体更应指向以中学生为主的青少年群体。争议的焦点也在于，50 年代的革命理想主义对青少年有何意义以及能否被理解与接受的问题。其实，面对可能的质疑，他们早在小说出版之初就主动否认了革命理想主义已经过时的说法，并针对被十年浩劫所践踏摧毁的美好生活与真理信念，强调"对于深受林彪、'四人帮'摧残和毒害的青年一代来说"，其"无疑有着启发和教育意义"④，从而突出小说在当下的正面价值与现实意义。

只是随着社会情势的发展和认识与思考的深入，他们也开始不满足于对"现实意义"的狭隘理解，认为针对青年问题的关注与揭露尽管必要，但更应该发挥文艺的社会教育与引导意义。在他们看来，当时社会所充斥的对"文革"历史的一味控诉或反思，不仅只是历史的一个面向，甚至还会因此造成对新中国成立初期某些正面传统的盲视。在这个意义上，简单以为"只有那些表现'人的价值'、'自我奋斗'、'自我实现'的作品，才能占领八十年代青少年的读者市场"⑤ 的想法，就被从事实和意义的双重层面反证了认知的偏狭。也正因此，"五十年代初期中学生们的那种沸腾的、充满激情的生活，纯真的友爱，集体主义精神，对美好理想的向往和追求，对祖国建设

---

① 王蒙：《〈青春万岁〉后记》，《光明日报》1979 年 1 月 21 日。

② 刘思谦：《读〈青春万岁〉致王蒙》，《读书》1980 年第 3 期。

③ 邓友梅：《犹记风华正茂时——电影〈青春万岁〉观后感》，《文艺报》1983 年第 9 期。

④ 刘兴辉：《王蒙的"处女作"——〈青春万岁〉》，《新文学论丛》1979 年第 1 期。

⑤ 宁然：《这并未过时——从〈大学春秋〉获奖想到的》，《光明日报》1984 年 8 月 4 日。

事业献身的渴望"等革命理想主义元素，才得以获得价值意义的某种"颠倒"，重新成为"实现四化最关键的八十年代新一代人"具有"现实意义"的历史资源①。同时在对两个"除旧布新"的历史新时期的比附中，历史从断裂处也再次获得了某种承继性，因而"为了挑起四化建设的重担，当代青年已清醒地认识到不能老是在摩挲'伤痕'和反省'失足'中度日"，他们开始意识到"自己这一代人的历史重任"，并"重建共产主义的理想信念"②，"现实意义"也由对过去的批判与反思重新转向对未来的想象与构建。

至于中学生们则由于年龄、经验与视野的局限，多从小说或电影中看到学习为了什么、如何认识学习，如何处理同学关系，如何看待个人与集体、个人与事业的关系等切身性问题。面对身边对"理想、信仰，很多人却不屑一顾"③的社会风气和学习生活的压抑与焦虑，使得他们极易被 50 年代中学生们充满热情与希望的学习生活所感染，进而产生羡慕与向往的情绪。而个人成长中自我确认的需要与社会转型中的时代要求的叠合，也使他们极易接受小说与电影，并从其中得到振奋向上的精神力量和心理慰藉。中学教师群体多出于教育工作者的角度，既重视指导学生从中实现鉴赏能力、审美知识的培养，也充分肯定其对"中学教育和青年一代有着深刻的现实教育意义"④。也正因此，小说与影片才得以被国家意识形态所关注，并将其看作对开展青年工作、引导教育青年具有"现实意义"的"主旋律"作品，不仅以此对充斥其时的揭露阴暗面的潮流进行反拨，更从人生观教育的角度，把它们归入"对这一代青年进行共产主义理想和共产主义信念教育的教材"当中⑤。

---

① 张弦：《关于〈青春万岁〉改编的一封信》，《电影新作》1983 年第 1 期。

② 呈祥：《准确把握当代青年的审美信息——看电影〈青春万岁〉有感》，《文谭》1983 年第 11 期。

③ 《历史的回顾 青春的赞歌——上海市中学生座谈影片〈青春万岁〉的发言摘编》，《电影新作》1983 年第 5 期。

④ 《继承和发扬五十年代青年的革命精神——彩色影片〈青春万岁〉座谈会纪要》，《人民日报》1983 年 9 月 25 日。

⑤ 《〈文艺报〉编辑部和本刊编辑室联合召开电影〈青春万岁〉座谈会》，《电影》1983 年第 9 期。

综上可见，在各方话语的争议中，对革命理想主义正面价值的认同最终占据强势位置，但在这一位置内部又存在不无差异的理解面向。在国家意识形态的认知中，小说与电影的现实意义集中在思想政治教育与社会动员价值，旨在通过对革命理想主义的推崇与阐释，为 80 年代初的社会群体尤其是青少年，提供理想的角色期待和社会规范，以塑造符合现代化意识形态需要的时代新人；中学教育界则更加重视革命理想主义对中学生的学习生活的示范效应，使其成为激发学生对知识的追求、对人生的自我实现的精神力量；文艺评论界无疑对小说与电影中的思想动能与情感意蕴更加关注，不仅突出革命理想主义对一代人的情感抚慰作用，更意在将其作为行为主体在历史新时期重塑自我与投入社会主义现代化建设的重要思想资源。

三、调适与更新：革命理想主义的新时代逻辑

众所周知，80 年代初期是革命与革命理想主义双重受挫的危机时刻，革命的失败及其历史后果，让那些曾经对革命的许诺深信不疑的人们，普遍感到被背叛与被欺骗，以致他们对激进的革命理想主义也产生了强烈的质疑，并催生出普遍的虚无主义情绪。那么，问题就在于，在这样的历史情境之下，小说与电影中所表现的 50 年代的革命理想主义，何以再次获得正面的接受与认同？个中逻辑是否产生变动，又有何意味？

作为 50 年代社会精神塑造的核心逻辑，革命理想主义存在的合法性，自然是以与其结合的革命的正当性为前提的。新中国成立初期，除旧布新的火热氛围、党政方针的正确引导、社会建设的成功实践，都极大地验证了党从武装斗争到执政建设的成功过渡，革命的正当性与有效性因而更加深入人心，乃至成为不可撼动的真理。革命对未来所作出的许诺，以及由此对人民的召唤与动员，便也同时具有了无可置疑的合法性。另一方面，为充分调动个体的主动性，并对之进行必要的规范以形塑社会主义新人，个体存在的身份认同与人生意义也被纳入这一框架当中。正如邓友梅在谈到 50 年代初的青年人时所言，"他们在精神上""那么富有"，"感到整个世界都属于他们"，"他们有干不完的事，有用不完的力气。为什么？因为他们有理想，有生活

目标，自觉到中国青年的光荣责任，而这就是幸福"①。因而在"为保卫什么而去反对什么"的"革命精神"驱动下②，小我—大我、个人—集体、专—红、索取—奉献、批判—歌颂等一系列二元对立项产生，革命理想主义也在对前者的不断克服中，获得了集体主义、革命信仰、爱国主义、牺牲精神、乐观主义等核心意涵。

及至80年代初，尽管社会中弥漫着革命受挫与理想破碎后的虚无感与幻灭感，但却未能跳脱此前已牢牢扎根于人们思想与情感深处的心理结构，并依然共享着50年代革命理想主义的认知逻辑。他们依然"认为——人就应该对历史、对国家、民族、社会承担责任，人就应该追求有明确意义感的生存方式——这两种信念所核心支撑起的理想主义信念"③，借以获得进取目标、精神力量与人生价值。也正因此，50年代的革命理想主义才没有丧失其存在的全部合法性，而是被证明无论在个体、社会还是国家层面都仍具有重要的"现实意义"，以致"每当人们回忆起那些朝气蓬勃的年代，就不由热血沸腾，壮心倍增"，而"在这历史转折关头，在全国人民为了实现四个现代化的宏伟目标而开始新的长征的时候"，"呼吸到了那举国上下，为了一个目标，共同奋斗的热烈气息，怎不令人心潮起伏，跃跃欲试呢？"④ 这不仅与主体在虚无主义的挤压下急于寻求个人身心安置的情绪相契，更与80年代初期的改革意识形态潜在的相合。于是这也不难解释，其何以在革命热情消退的危机时刻，能够再次引发广泛的热议。

但推究根源，围绕小说与电影的热议乃至论争，无论肯定抑或否定的意见，背后实质上都取决于对中国的革命历史、社会现实与未来图景的不同认知与判断。伴随着"文革"的结束，暴力的激进革命终于被强制停止，但其所遗留的诸种后果也彻底凸显出来，甚至党的执政合法性与马克思主义的意

---

① 邓友梅：《犹记风华正茂时——电影〈青春万岁〉观后感》，《文艺报》1983年第9期。

② 萧殷：《读"青春万岁"》，《文汇报》1957年2月23日。

③ 贺照田：《当社会主义遭遇危机⋯⋯——"潘晓讨论"与当代中国大陆虚无主义的历史与观念构造》，贺照田、余旸等：《人文知识思想再出发》，唐山出版社2018年版，第104页。

④ 王鸿谟：《真正的青春》，《人民日报》1979年7月14日。

识形态也受到质疑，这种极其复杂的社会形势，无疑为整个社会的转型带来难以克服的困境，也成为革命理想主义本身遭到激烈批评的现实原因。但从另一个方面来看，在思想解放风潮的推动下，新的矛盾又重新激发了人们对理想未来的期待，强化了人们思治图变的决心，于是"告别""以阶级斗争为纲"的暴力政治运动，发起一场广泛而深刻的社会变革，无疑成为全国上下一致的迫切需要。也正因此，随着党的十一届三中全会的召开，正式作出了"大规模的疾风暴雨式的群众阶级斗争已经基本结束"，"全党工作的着重点应该从一九七九年转移到社会主义现代化建设上来"的正式宣告①。而且这一颇具共识性的历史决策，在试图摆脱革命的激进实践的同时，显然也意识到了革命本身仍承载的政治权威与现实效用。首先在新的现代化建设尚未完全展开之时，延续革命对未来的许诺，以缓解人们对党和国家意识形态的质疑与现实发展程度不高的焦虑，其次是召唤社会大众依旧潜在的革命理想主义的心理结构，以解决他们人生意义无处安置的难题。所以尽管官方通过对"文革"历史的批判，对极左路线的反拨，实现了执政理念的重大转换，但却并未完全否定革命本身，而是将"文革"视为封建主义的复辟，以剥离出革命本身所负载的正当性价值。"改革"因而也被看作对现有制度的"自我革命"，对"革命事业"的重新规划，以在淡化革命的负面色彩的同时重启现代化建设的新征程。由此随着各项社会政策的落实，大量冤假错案的平反，以及改革初步成效的显现，进一步维护了官方意识形态及其改革实践在历史新时期的合法性，也使革命理想主义重新成为具有时代号召力的思想资源。由上可见，"改革"是以与既往"革命路线"之间形成的断裂而获得其合法性的，同时基于革命传统的稳固性及其现实效用与心理惯性，又使得"改革"需要以"革命"的"另一种名义"进行，至于这种"告"而"未别"的状态，无疑也正是革命理想主义重新引起热议与认同的根由所在。

不过 50 年代革命理想主义的这种构造，虽然在国家整体强有力的调控下，既赋予了主体以人生意义，又实现了社会建设力量的获得，但正由于

---

① 《中国共产党第十一届中央委员会第三次全体会议公报》，中共中央文献研究室编：《三中全会以来重要文献选编》（上），中央文献出版社 2011 年版，第 1、4 页。

这种构造过于偏重"号召人们去关注大问题，去召唤人们的崇高感、使命感"①，往往又造成了其结构的单一性，对作为集体组成部分的个体更缺乏有效关注。尤其是在"文革"之后，革命在理论与实践上遭遇双重失败，就更加凸显出了革命理想主义的乌托邦式的抽象与虚幻。所以，即使历史并非可以截然二分，革命理想主义的复归也实有其历史机制的惯性使然，但更为关键的是，在时代语境与现实需要的双重错动之下，50 年代革命理想主义的个中内涵与运作逻辑，显然也需要作出必要的调适与更新。

事实上，在对 50 年代革命理想主义的认同背后，已经显示出了新的审视与思考。早在小说出版之初，王蒙就坦言："我已经不那么激动了，我已经知道了写作需要承担什么样的责任和风险"，"我还懂了人不能没有理想，但理想毕竟不可能一下子变成现实"②。张弦也在改编剧本时，认识到时代和生活已经发生的变化，所以"完全不意味着希图青少年观众把剧中的某个人物，某些行为，某种思想，直接照搬，模仿，学习"③。在黄蜀芹看来，"我觉得理想归理想，你曾经信仰过这个，但实际生活不那样理想"④。显然，因为对反右和"文革"的切身体验，他们已不再如 50 年代之初那般对革命理想主义选择无条件地信服，而是在经历过痛苦与反思之后，产生更加复杂的认知与理解。

对黄蜀芹来说，"小说和剧本呼唤真诚呼唤理想"⑤ 当然使她感动，但更重要的是历史是延续的，因而中国革命历史的长处或短处也将完全折射于现代，几代青年人中也必存在共鸣之处。于是，在思索中她得出结论，"近几代人的共鸣点恐怕也就是那筑在我们心中的长城——理想、追求与美的向往，只是每一代人都在用自己不同的方式筑着"，表现在不同时代就是"战争时期的青年用血肉、五十年代的青年用热情、八十年代的青年用开拓精

---

① 贺照田：《当社会主义遭遇危机……——"潘晓讨论"与当代中国大陆虚无主义的历史与观念构造》，贺照田、余旸等：《人文知识思想再出发》，唐山出版社 2018 年版，第 55 页。

② 王蒙：《我在寻找什么?》，《文艺报》1980 年第 10 期。

③ 张弦：《关于〈青春万岁〉改编的一封信》，《电影新作》1983 年第 1 期。

④ 张仲年、顾春芳：《黄蜀芹和她的电影》，上海人民出版社 2009 年版，第 21 页。

⑤ 张弦：《魅力在于素质——黄蜀芹印象》，王人殷主编：《东边光影独好·黄蜀芹研究文集》，中国电影出版社 2002 年版，第 202 页。

神"①。在这里，革命理想主义不再被指认为一种 50 年代特有的历史资源，而是在不同时代的现实需要与个体追求之中，可以通过不同的形式予以构造，并成为在历史链条上的每一代青年人都应具有的主体属性。这样，就在淡化了特定时期意识形态色彩的同时，将个体价值与时代发展再次联结，不仅生成了一代人理解自己的入口，更使其真正成为跨越时代裂痕的具有历史延续性的精神资源。

对此，王蒙当然也有自己的思考。他认为之所以"要让'青春''万岁'，当然不是说可以'红颜永驻'，'长生不老'，而是说，保持青年人的理想、热情、献身和友谊，是一件至关重要的事情"。在他的理解中，这些青年人身上的"极可宝贵的东西"②并非一成不变，而是有随着经验与学识的累积而失去的危险。因而面对"文革"之后革命热情消退、社会认同松动与个人信仰迷失的社会状况，他看到"每个时代都有自己的特点，都有自己的渺小、平庸、哀叹，也都有自己的伟大、崇高、进取"，问题在于"要追求，要提高和丰富自己的灵魂"，"与其抱怨"，"不如从自己做起，用自己的全面发展来充实自己的青春，用自己的友爱去温暖同龄人的心"③。也正是在此意义上，永远保持青年人式的理想主义，就成为主体抵抗自我失落、更新自我追求的核心动力。所以如果说在黄蜀芹那里革命理想主义是一种形显于外的时代表征，那么在王蒙这里，其则成功被转化为在时代或个人的危急时刻进行理想重建的主体自觉。

也正因此，在 80 年代初的时代语境之下，革命理想主义经由被指认为过时、幼稚、盲目，甚至政治意识形态上"左"的归类，到成为一种被"扬弃"的历史资源。既沿袭 50 年代革命理想主义中将个体价值与革命议程相联结的意义框架，重新肯定集体主义、爱国主义、牺牲精神等核心要素，又在拨乱反正、思想解放、人道主义潮流的时势驱动下，努力回避此前对个体价值的否定，转而同时肯定主体本身的探索与发展。从而在对宏大叙事的宣扬之外，同时赋予主体重建理想信念的可能，并生成以现代化建设为目标、以自

---

① 黄蜀芹：《黄河边断想》，《光明日报》1985 年 5 月 9 日。

② 王蒙：《谢谢你，爱读〈青春万岁〉的朋友》，《语文教学通讯》1982 年第 4 期。

③ 王蒙：《谢谢你，爱读〈青春万岁〉的朋友》，《语文教学通讯》1982 年第 4 期。

我追求为支点的新时代逻辑，以参与到重估历史、参与现实、建设未来的议程当中。

结语　从"革命理想主义"到"新理想主义"

总的来看，在"《青春万岁》热"中，认同和支持 50 年代革命理想主义的声音，一方面着重宣扬革命理想主义对"文革"造成的灵肉"伤痕"、社会不良风气与青年思想问题进行解决的效用，一方面则从实现"四化"建设的时代需要出发去论证革命理想主义的"现实意义"。由此在团结一致"向前看"的改革共识下，国家意识形态和文艺评论界也才从中学教育界对小说与影片的热烈反响中，注意到革命理想主义所蕴含的现实价值，并在对其重新评价与理解的过程中渐渐合拍，显示出革命理想主义本身的复杂多义性，以及由此得以被各方征用的可能。

更为重要的是，革命理想主义的这一当代转换，尽管因应了改革时代的现实需要，却并未彻底斩断与革命传统的历史关联，而是在推进革命图景重新规划的同时，更加重视人的自我追求与现实需要。换言之，其既不同于改革之前以实现革命理想的名义去发起政治动员与阶级斗争的功能，也与 80 年代末期尤其是 90 年代以后丧失社会政治想象的"历史的终结"式思维相异。因而这一"转换"的可贵之处也就在于，通过对革命理想主义的时代逻辑的调适与更新，生成了能够弥合革命理想与个体需求之间结构性断裂的"新理想主义"，其不只保留了应对新矛盾与变革现实的政治势能，同时突出对人的主体意志的充分肯定，从而在"革命"受挫之后得以构造出新的社会想象。

正由于此，即使在意欲切断与革命关联的 80 年代初，革命理想主义也仍并非可有可无。相反，无论是出于社会心理上对人生意义与价值认同的急迫寻求，还是现代化意识形态的强烈召唤，都要求在"后革命"中国的现实语境之下，重新审视 50 年代的革命理想主义，同时将其作为革命年代的宝贵资源，在顺承与重构中借以生成重新构建未来新可能的结构性力量。正如德里克所言："对将来的预期是我们历史意识的一部分，没有这种预期，我们如何赋予过去以意义？又如何把握我们的今天？"① 也正是在此意义上，"《青春万岁》热"中所呈现的 50 年代革命理想主义的复归与重构，为我们重新认识、思考革命与理想主义乃至当代思想探索与社会实践，提供了别样的镜鉴和可能。

（常鹏飞：中国海洋大学文学与新闻传播学院中国语言文学专业博士生）

---

① ［美］阿里夫·德里克：《后革命时代的中国》，李冠南、董一格译，上海人民出版社 2015 年版，第 381—382 页。

二、小说整体研究

王蒙小说中的"重"与"轻"

张志忠

我有个并非严格的断定,在作家群落中有两种小说家。一种是一生中都在写同一部小说,从浅描到深描,如张贤亮,从《灵与肉》《绿化树》到《男人的一半是女人》《习惯死亡》,再到《青春期》,都是对苦难沦落不堪往事的反复皴染深入呈现,逐渐褪去一层层遮隐在苦难岁月上的云遮雾障,越来越接近其本相,抉心自视,感慨万端。一种是王蒙式的,仿佛一部时光的透视机,穿越时空的隧道,不断地留下时代的面影与个人的心影。就以王蒙2010年代以来的文学创作和文化思考为例,其不但纵论孔子庄子老子而滔滔不绝,放谈《红楼梦》而兴致盎然,而且其"陈年旧作"《这边风景》亦惊艳文坛,荣获第九届茅盾文学奖。以其旺盛不衰的文学创作,纵贯共和国文学70年,王蒙如何做到?

要探索王蒙"青春常在"的秘诀,这是一个很大的命题,或者用今天常用的话语说,是一个系统工程。本文只取其一隅,从王蒙小说的"重"与"轻"说开去。

意大利著名作家卡尔维诺曾经提出沉重与轻逸的命题,可以帮助我们的思考。在阐述其对于文学创作经验的《未来千年文学备忘录》中,卡尔维诺这样说:

> 我开始写作生涯之时,每个青年作家的诫命都是表现他们自己的时代。我带着满怀的善良动机,致力于使我自己认同推动着二十世纪种种事件的无情的——集体的和个人的——动力。在激发我写作的那种探险性的、流浪汉般的内在节奏,和世界上时而戏剧性时而丑怪的狂热景象

之间，我设法寻求和谐。不久以后，我就意识到，本来可以成为我写作素材的生活事实，和我期望我的作品能够具有的那种明快轻松感之间，存在着一条我日益难以跨越的鸿沟。大概只有这个时候我才意识到了世界的沉重、惰性和难解；而这些特性，如果不设法避开，定将从一开始便牢固地胶结在作品中。

卡尔维诺把破解上述难题之道称作是珀尔修斯斩首女妖美杜莎的睿智。凡是被女妖美杜莎的眼睛看到的人和神，都会被化为沉重的石头。珀尔修斯以一面铜铸盾牌的间接映像所示，判定美杜莎的位置，挥剑砍下她的头颅，化解无法逃避的直面沉重与丧失性命的危厄，取得搏杀的胜利。卡尔维诺曾经因为亲身经历的第二次世界大战留下沉重的心理创伤，对战争后遗症的挣脱和逃离，则是借助于其以一种非写实的方式去描写那些不存在的城市、分成两半的子爵等；同样是以批判现实的姿态出现，但却跳出"二战"的心结，拓展了文学的表现天地。

无独有偶，王蒙也有一段论述沉重与轻灵的精彩文字，这是他评价《红楼梦》的一段话，却也看作是他的"夫子自道"："一般地说，写实的作品易于厚重，梦幻的作品易于轻灵，写实的小说易于长见识，梦幻的小说易于玩才华。或者反过来说，写实的小说易失之于拙，梦幻的小说易失之于巧。能不能把二者结合一下呢？厚重中显出轻灵，执着中显出超脱，命运的铁的法则之中显出恍兮忽兮的朦胧，痛苦而又无常的人生之外似乎还别有一个理解一切俯瞰一切而又对一切无能为力的太虚幻境……"（《〈红楼梦〉的写实与其他》）卡尔维诺是弃写实而就梦幻，于变形中显出飘逸，王蒙是重写实而融梦幻，于厚重中透出轻灵，这是殊途异路，"各还命脉各精神"，还是"东海西海心理攸同"？

依我所见，这也是王蒙能够超越苦难与沉重，能够巧妙地"脱身"事外，与危险保持距离，适当调适写作的角度与心态，取得广阔的视野与平和的心境，保持持久而强悍的写作能力，以源源不断的新作，为这个波澜壮阔、沧海桑田的伟大时代立碑造像，以轻逸写沉重，将沉重转化到一定距离之外，避免过多的沉浸式体验，避免长久地陷溺于某种纠结缠绕拂之不去的哀伤心境的为文处世之道。那面自我保护的青铜盾牌，就是将现实溶解在心灵之中，用经过心灵化的现实书写与生活现实和众多读者对话。在王蒙这里，以无可救药的乐观主义，用长时段与短时段的对比化解曾经的不幸，在庄子的快乐与《红楼梦》的诡异中获得启示，"命运的铁的法则之中显出恍兮忽兮的朦胧，痛苦而又无常的人生之外似乎还别有一个理解一切俯瞰一切而又对一切无能为力的太虚幻境"，用大珠小珠落玉盘或者浮华排比的语言，和讽刺、幽默、调侃溶解现实的严酷和僵硬。

当然，轻灵和厚重是相对而言的。没有沉重与厚重，何来轻灵与轻逸？

从抗战胜利后的 1945 年接触到中国共产党人并且产生革命向往，王蒙时年 11 岁；然后是 1948 年秋冬于解放前夜加入北平地下党，时年刚满 14 岁；新中国成立后，作为少年布尔什维克，为了回应伟大的巨变的时代，王蒙于 1953 年开笔写作《青春万岁》，自己也不过刚刚 19 岁，正值青春年华。《组织部新来的青年人》恰逢"百花时代"，让王蒙名满天下……屈指算来，在长达 70 年数千万字的浩瀚文本中，有几个地方让我感到王蒙的内心沉重。

其一是《杂色》中落难者曹千里和他骑的那匹杂色老马，一出场就是一派衰败没落、杂乱颓唐，"瞧它这个样儿吧：灰中夹杂着白，甚至还有一点褐黑的杂色，无人修剪、因而过长而且蓬草般的杂乱的鬃毛。磨烂了的、显出污黑的、令人厌恶的血迹和伤斑的脊梁。肚皮上的一道道丑陋的血管。臀部上的深重、粗笨因而显得格外残酷的烙印……"（《杂色》）这分明是在写一匹伤痕累累污迹斑斑的杂色马，却每一笔都是在烛照落难右派曹千里，沦落底层多年，雄心壮志消磨，凋敝、麻木、落寞，与这匹驽钝、衰老的杂色马恰成相互辉映。全文循此线索演进，不断地渲染、强化这一情绪，今日读来，仍然有催人泪下的功力。如果说，故事结尾之处，这匹其貌不扬的老马，终于获得了一次自由驰骋的机遇，得以展现自己的雄姿勃发，那么，骑在马上的郁郁不得志的曹千里，他的自由奔放一骋长才又在何时呢？以欢乐映衬悲凉，情何以堪？（或许可以仿写雪莱的名言，"秋天已经来了，春天还会远吗"，驽马已经飞驰，曹千里的雄飞还会远吗？）

再一个痛点是在《活动变人形》的家庭环境描写之中，一家数口，骨肉亲人，却落入互相谋算、互相绞杀的泥淖中。留学欧洲归来的倪吾诚，满脑袋瓜的现代理念，要讲卫生，要讲科学，却不承想一下子遇到"复仇三女神"，他的妻子静宜及岳母、姨姐，出自封建蒙昧的乡村，颟顸凶悍，将家庭变作雌雄搏杀的战场，三女性的恶毒咒骂，骂人骂出花儿来，穷凶恶极，无以复加，让人相信，恶言恶语的确是可以惊心动魄、夺人魂魄的。但是，倪吾诚又是一个极端不负责任的男人，不理家务，不养家糊口，在外边有情人，在家中则是能赖则赖，能躲则躲。"他一生追求光荣，但只给自己和别人带来过耻辱。他一生追求幸福，但只给自己和别人带来过痛苦。他一生追求爱情，但只给自己和别人带来过怨毒。"（《活动变人形》）更加不堪的是，这一幕幕家庭大战，让幼小的倪藻和同样弱小的姐姐反复经受，语言暴力和行为暴力对两个孩子造成巨大的心灵戕害与精神恐惧，却又躲不开逃不掉，成为这场悲剧中最大的受害者。倪藻以王蒙自己的少年经验为原型，作品中描写的父母之争，痛彻心扉，无可转圜。联想到此前王蒙就发表《"费厄泼赖"应该实行》，呼吁在"文革"结束后不但要改善中国的政治环境，还应该在人际关系中调整交往法则，多一些宽容和理性，少一些"斗争哲学""你死我活"，而《活动变人形》恰恰是超越政治和社会领域，揭示发生在一个家庭中的"斗争哲学""你死我活"，这是隐忍多年终于爆发，一洗多年的创剧痛深，还是鉴古知今，以警世人？

第三个痛点是在《狂欢的季节》中。王蒙的"季节"系列，加上《青狐》，以绵密而酣畅的笔法，状写从共和国初期到1980年代中国知识分子的心灵史，其涵盖的时间和空间，人物与头绪的众多，都是罕见的，鲜有其匹，给那一代知识分子和他们所属的时代风云，留下大规模全景式的历史长卷。我一直觉得，对于王蒙的这一类作品，目前的研究和关注是远远不够的。所谓"狂欢"，是作家用来描述那特殊的10年间作品主人公钱文的一种心态。身处边疆伊犁的钱文，曾经在当地乡村担任生产大队的大队长，得到维吾尔农民的热情对待，一旦抽身回到城市，却落得无事可做、散漫度日，学会了打麻将，学会了做酸奶，养鸡、养猫，对于从前未曾措手的世俗生活产生了浓烈的兴趣，进而对人生与现实产生种种新的认知：在那个不遗余力地鼓吹人人要做革命战士的时代氛围中，钱文领悟到，革命不是一个人生活的全部内容，也不可能要求每个人都成为革命者。但是，在这样逍遥的生活中，钱文忽然陷入生命的虚无之中，迫切地想要抓住点什么，狂热地想要写东西，哪怕是写那些充满时代辞藻和训诫色彩的扭曲文字。这可能是钱文遭遇的最大的精神危机——即便是落难之身，钱文仍然充满写作激情，为此不惜放弃京城较为舒适的生活，自愿报名来到新疆，又下到伊犁，有那么多的生活体验，有积郁多年的情感积淀，当农民也罢，当"逍遥派"也罢，都从根本上扭曲了钱文的心愿。尽管说，钱文善于自我排解自我安慰，用各种各样的理由说服自己麻痹自己，但要求从事写作的欲望，有朝一日忽然从层层积压下迸发出来，犹如大河决堤，却又无处安顿，令他五内俱焚，声索无门，令钱文及其背后的王蒙无法回避又无法直视。这正像龚自珍在《己亥杂诗》中所云，"少年哀乐过于人，歌泣无端字字真。既壮周旋杂痴黠，童心来复梦中身。"在弱冠的年纪，钱文就显示出极为醒目的文学创作才情，如今流落在边地，已经人到中年，是万事休，还是万事兴？童心犹在，现实却如梦幻泡影。

当然，这样的沉重、痛切的文字，在王蒙洋洋洒洒的两千多万字的作品中，并不多见。也幸亏不多见。否则，他就会像我们在前文所言，纠结在这些伤心往事中难以挣脱，一写再写，那就是第二个第三个张贤亮（澄清一下，我这里并没有任何贬损张贤亮之意，恰恰相反，我对张贤亮充满敬意，窃以为他和王蒙是那一代作家中最富有思想智慧的），而没有高产、丰富、驳杂的王蒙了。

这种轻灵，比比皆是。在《组织部新来的青年人》中，"干预生活"的号角频吹，激励了林震和赵慧文青春的火焰，他们一起听柴可夫斯基的《意大利随想曲》，如一缕清风，抚慰两颗纯洁多情的心灵，也丰富了作品的思想情感蕴涵。在《夜的眼》中，全社会都予以高度关注的民主话题，既敏感又沉重，却被羊腿的话题予以稀释，不再那么扎眼，亦形成了夜色中的意识流涌、思绪纷纭。

在更多的时候，王蒙表现出来的是一种洞达与超迈。洞达，所以能够承受深切的痛苦而坦然处之；超迈，可以超越危难的深渊，可以在更大的历史时段中展望旧日的坎坷波折，抚平心灵的创伤。还有，身为"下笔如有神"的作家，写作，也是排遣和舒泄胸中块垒的有效方式。如王蒙所言，他是个不可救药的乐观主义者，"对我来说，写作让我充实，而且我至今没有疲倦感和冷淡感。这种浓郁的写作兴味，根源于我对人生、家国、政治、社会包括个人的成长、爱情婚姻都抱有比较积极、乐观、向上的态度。顺利的时候保持积极的态度，不顺利的时候，我仍然能够保持积极的态度。除了乐观，我对生活万物充满了不易衰减的爱恋。"①

限于篇幅，以下仅以《明年我将衰老》为例进行论证。

2012年秋天，与王蒙厮守多年的妻子崔瑞芳病逝，2013年初，王蒙发表《明年我将衰老》，这是悼念亡妻的悼文。王蒙与妻子崔瑞芳的爱情，在文坛传为佳话。在王蒙落难的20年间，崔瑞芳不离不弃，以坚韧的爱情抵御时代的狂暴摧残。在一次我也参加的大型会议上，张贤亮在大会演讲中说，王蒙之所以没有绯闻，是因为他有个与他共患难的好妻子。风雨兼程，往事历历，悼念亡妻是中国文学中一个非常久远的文学母题。南北朝诗人潘岳的《悼亡》开其先河，苏东坡的《江城子·十年生死两茫茫》过目难忘，王蒙的《明年我将衰老》别开生面，将死亡写得云淡风轻，甚至将印度教中执掌创造与毁灭的湿婆神引入妻子的临终心态：

> 你垂下头，静静地迎接造物删节的出手不凡。你愿意体会类似印度教中的湿婆神——毁灭之神的伟大与崇高。冷酷是一种伟大的美。冷酷提炼了美的纯粹，美的墓碑是美的极致。冷酷有大美而不言……留恋已经进入全不留恋，担忧已经变成决绝了断。辞世就是不再停留，也就是仍然留下了一切美好。存在就是永垂而去。记住了一分钟就等于会有下一分钟。永恒的别离也就是永远的纪念与生动。出现就是永远。

对于站在诀别另一边的作家"我"，则抱着未来有期、相会有日的信念，以此支撑自己独自前行的人生之旅："我坚信我还活着，心在跳，好好活着，过了地狱就是天国，过了分别就是相会，我仍然获得了蓬蓬勃勃的夏天、风、阳光、浓荫、暴雨、潮与肌肉。"

痛失爱侣，对于王蒙而言，是人生最为伤魂的关节，但《明年我将衰老》却将莫大的感伤遮掩起来，屏蔽死亡带给妻子和自己的痛苦哀伤，将它转化为深情的诉说，对60年相守相伴的挚情岁月的绵绵回忆，并且尽力地实现妻子的遗愿，用"明年我将衰老，今天仍将歌唱""明年我将衰老，今天仍青春万岁"的蓬勃心态，快乐、健康地活下去，"我将用七种语言为你唱挽歌转为赞美诗。我已经有了太极。即使明年我将衰老，现在仍是生动！"也可以说，《明年我将衰老》就是献给妻子崔瑞芳的赞美诗。长歌可以当哭，

---

① 《王蒙、沈杏培："我是永远的激情飙客"》，《文艺研究》2023年第10期。

这是只有少数杰出文人才可以做到的，将挽歌变奏为赞美诗，古今中外，除了王蒙，岂有第二人乎？

京剧《红灯记》中李玉和有句台词，"有您这碗酒垫底，什么样的酒我都能应付得了。"对于读解《红楼梦》，读解《庄子》《老子》都深有心得，而且走过90年的历史烽烟，从新疆某生产大队的"王大队长"，到国务院文化部部长，从《青春万岁》到《明年我将衰老》，始终保持了乐观心态，熬过苦寒迎向光明灿烂，坦然面对生死困惑，时至今日，还有什么样的"酒"让他无法应对呢？

（张志忠：山东大学荣聘教授）

王蒙小说的听觉书写与人物塑造

刘东方　沙　莎

　　"要有耐心，要有善意，要有经验，要知觉灵敏"①，这是王蒙小说《春之声》主人公岳之峰在即将开启的闷罐子火车中的内心独白。随着声音的响起，岳之峰开启了他的精神之旅。这既是岳之峰的内心独白，也是作者王蒙的内心独白。一个作家，不能缺乏感觉知觉的灵敏，曾镇南曾言："与其说王蒙是偏重于思考型的作家，不如说他是偏重于感觉型的作家。甚至可以说，他作为小说家的主要魅力，越来越表现为他是凭借对活泼泼地流动的生活的惊人准确绝妙的艺术感觉进行写作的。"②王蒙对感官的书写有着超强的敏感度，在听觉方面更为显著。学者徐强曾指出，王蒙对音响世界的展示几乎有一种"声音崇拜"，通过对小说《春之声》中各种感官书写的统计发现，王蒙对听觉的书写达38%，占比最高，且通过不同作家的同题创作比较，得出结论：王蒙是一个典型的听觉感知型作家。③在叙事作品中，人物塑造往往是重头戏，文学作为人学，需以人物为重，而塑造人物的方法多种多样，听觉叙事作为文学叙事的一种，在王蒙小说中，成为了塑造人物、展现人物个体标识、联动人物心理变化、象征人物人格生命的重要方式。

　　"听觉"作为个体认知存在、理解自我内部世界与外部世界关系的重要维度，随着声音技术、现代媒介的飞速发展，在人的生存中愈发重要。因而

---

① 《王蒙文集》第 4 卷，华艺出版社 1993 年版，第 290 页。

② 曾镇南：《王蒙论》，中国社会科学出版社 1987 年版，第 6 页。

③ 徐强：《心之声——听知觉与王蒙作品里的音响世界》，《当代作家评论》2007 年第 2 期。

考查王蒙是如何通过听觉书写塑造人物，又刻画出怎样的人物形象即其独特性，也就愈发重要。

一、"语音独一性"与人物标识

研究者们往往集中于人物"说什么"，却忽视了人物说的"声音"，虽然小说是付诸文字的书面语言，但对人物语音的成功描写，能从中"听"出人物的独特个性。这种人物独具个性的语音本身，可称为"语音独一性"。"强调语音的独一无二和不可复制，更重要的是，能够通过'语音独一性'深刻认识到具体的语音与语音后面的'活人'之间的关系。"[①]"语音独一性"被印上了人物的性格特点、社会地位、身份角色、时代背景、地域环境等密码，形成了相对稳定、自成一体的独一性语音。现代技术通过指纹识别人物真身，同样，声音由于其发声体、发声方式等生理构造的不同，同指纹一样，成为识别不同人的"声纹"代码。王蒙小说中"语音独一性"表现尤为明显，并成了其笔下人物的重要标识，主要表现在3个方面：

其一，"语音独一性"作为王蒙小说人物性格的独特密码，表现为"语音性格化"。成功的人物形象既典型又丰富，虽复杂多变，但万变不离其宗，这个"宗"就是人物性格内在的质的规定性，相对稳定且具有一贯性[②]。"语音独一性"在王蒙笔下往往成为表征人物性格基本内质的"声纹密码"。

成功的语音描写，能让读者"听"出人物的性格特征。《名医梁有志传奇》开篇就通过出生时的哭声将孪生兄弟小黑和小白的性格区分开来。小说虽然也对孪生兄弟的肤色、眼睛做了区别性描写，但出生一刻呱呱坠地的哭声更具本能性和真实性，所营造的强烈听觉效果更能表现人物性格本质。小黑梁有德"哭起来像吹喇叭——哇、哇、哇，几里地外就能听见"[③]，是其憨厚、瓷实、直性子的声音彰显；小白梁有志"哭起来像小猫——喵、喵，曲里拐

---

① 傅修延：《听觉叙事研究》，北京大学出版社 2021 年版，第 117—121 页。

② 刘再复：《性格组合论》，上海文艺出版社 1986 年版，第 123 页。

③ 《王蒙文集》第 3 卷，华艺出版社 1993 年版，第 644 页。

弯，讲究旋律"①，则预示了他在时代和政治的剧变中审时度势、随机应变的机敏与灵活。出场时的哭声描写提示了人物的性格特点，并奠定了人物在时代变动中发展的趋势。

"季节"系列人物众多，但每个人的声音各有特色，能"以耳代目""听声类型"，展现了"是什么人，说什么话，有着怎样的语音语调"的恒久主题。在《恋爱的季节》中，王蒙多次提到周碧云的语音特性，多次、重复的书写意味着强调。周碧云讲话声音"极为洪亮，但是略显尖厉""类似金刚钻切割玻璃时发出的尖厉噪音"，唱起歌儿来"音量极大，音域也很宽广"，"如裂帛，如撕扇，如金刚石划破玻璃"。她仿佛自带"出场音效"，一张口就能使读者产生一种洪亮尖厉的高分贝听觉想象，但也正是周碧云那独具穿透力的激昂之音流露出她身上那股热情直爽、无拘无束、又解又放的劲儿。满莎的声音"铿锵震响"，有音乐般的欢乐与激昂，吸引了与之同处于声音高频的周碧云，使得二人在生活、革命中都能"同频共振"，也正是"穿透布'墙'的音波的交响"使得二人在人群中得到了更多关注。而舒亦冰的声音委婉温厚，富有诗情，与他的资产阶级身份有关。刘丽芳言谈中夹杂着"又像哭又像笑的"气声，这略显新潮的气声透露出一丝与时代不符的"非严肃性"。苏红作为一个极具复杂性又让人同情的人物，从不大声说话，有很好的声音，"一听这声音你就断定你会听到文明的友好的和悲哀的话语"②。她总哼些充满私人情感的老歌，成为了革命时代里的"异调"，却又是能抚慰人心、带有生活情调的"温情"之声。众多人物中，每个人都个性鲜明，印象深刻，这无疑要归功于对人物独具特色的语音书写，语音的独一性也就成为了与人物性格一一对应的能指符码。

"语音性格化"还能以"一音"窥"全貌"，将人物的外貌、行动都寓于人物的语音中，使语音具有了"以音拟状"的"全息性"功能。《一嚏千娇》以一位老人"风度翩翩"的喷嚏声和语音摹写出了这位老人的千娇百媚、仪态万千。老人在"一声无字的合唱'啊……'于无声处渐渐激荡起来的时

---

① 《王蒙文集》第3卷，华艺出版社1993年版，第644页。

② 《王蒙文集》第3卷，华艺出版社1993年版，第684页。

候"①出场，他的喷嚏"并没有声音，或者只有类似漏了气的管乐器发出的声音"②，管乐向来是温厚、优雅、庄严的声音代表，但却漏了气，暗示了其声音温厚却徒有其表。他说话的声调也是"风度翩翩"：

> 一种有意地控制并压低了的声音。一种浑厚的、温柔的、有很好的共鸣与齐全的性能，能发出从 10 赫兹至 30 赫兹的低高音，但一切旋钮都拧在 0—1 之间的音响。他的吐字非常标准，每个字的吐音都非常清楚，速度大约每小时 3000 字，停顿与节奏分明。听他讲话，不仅能听清每一个字，而且能分辨清标点符号。他的声音能够使人想起深紫色的绸缎，想起一幅低调而又层次分明的油画（例如一位俄国画家画的《门旁》，笔者结婚时新房中就悬挂过的），甚至于，他的声音使你想起夏里亚平与保罗·罗伯逊与梵蒂冈教皇。③

王蒙对老"喷"的语音描写精准又极富"声象感"，透过老"喷"这副语音的聚焦镜穿透了书面语言文字的肉身，放大了一个步态沉稳、举止优雅、声调温厚平静的老人形象。倘若说简单的外貌描写是生硬的，产生的是静态"图像"，那么语音的独特书写则营构了"以声拟状"的动态视听画面，即使省去外貌和行动描写，也能在王蒙极具视听效果的刻画中勾勒出一个声神形兼备的立体人物，激发读者对老"喷"的视听化想象，连同他的一颦一动、衣着样貌都融于这特有的声调之中，以声音为"方法"介入人物全息印象的生成，为人物形象的塑造插上了腾飞的翅膀。

其二，王蒙热衷于人物"语音身份化"的表现。马克思指出：任何个人，都是"在一定历史条件和关系中的个人"，"是一切社会关系的总和"④。即人是具有各种社会属性的人，王蒙深谙这一点，因为他自己就是一个身兼多重身份的人，经历时代与历史的浮沉，在政治与文学中来回跨越，接触过形形色色的人，尤其是过早参与政治工作，因而对各种意识形态的独特语音有着更为深刻细致的观察力。王蒙自己也承认，对作家来说，"政治既具体又生

---

① 《王蒙文集》第 2 卷，华艺出版社 1993 年版，第 682 页。

② 《王蒙文集》第 3 卷，华艺出版社 1993 年版，第 693 页。

③ 《王蒙文集》第 3 卷，华艺出版社 1993 年版，第 695 页。

④ 《马克思恩格斯选集》第 1 卷，人民出版社 2012 年版，第 135 页。

动，既越不开也择不开，除非你想完全把人物的现实性冲洗干净。"① 这种身份、意识形态的不同，最终也会表现在人物的语音中。

"季节"系列人物的"语音独一性"不仅是人物形象的"性格名片"，同时也是解开人物背后所依附的政治意识形态以及社会属性、身份属性的密码。声音洪亮铿锵、唱着战歌的周碧云、满莎是革命思想坚定又正确的代表人，充满温情之声、唱着流行歌的舒亦冰、苏红、刘丽芳们则是具有"小资产阶级"属性待改造的一类。舒亦冰唱着"玫瑰玫瑰我爱你"，与唱着"团结就是力量"的周碧云，因歌声所属意识形态的差别暗示了他们分道扬镳无法终成眷属的结局。

此外，拉着长音说话经常出现在王蒙笔下的干部形象中。《蝴蝶》中的张思远在官复原职后拉着长音说话无疑是文学史上让人印象深刻的语音刻画：

"这个——"他把"个"字拉长了声音，声音拉得长短和职务的高低常常成正比。他已经有 9 年没有这样拉长声音说话了，当明天具有了向昨天靠拢的希望的时候，他的声音立即拉长了，完全并非有意。他的脸唰地一红。②

从有着淳朴之声说话又快又巧的"老张头"到拉长音的"张副部长"的不经意转变，意味着张思远身份、职位的变化。这种语音转变的背后有着深深的集体无意识，正如列维·布留尔所说："所有社会集体的思维的本质特征应当在它的成员们所操的语言中得到某种程度的反映。"③作为张副部长的他，要深思熟虑每一句话甚至每一个标点的合理性，并且要让每一个听者有一个领会的时间，看似为拉长声说话找到了合适理由，其实背后有着张思远的身不由己，以及潜意识里对自己干部身份根深蒂固的身份追寻，而时代与历史巨变中主体身份地位转变的随机性、迫使人被裹挟于时代历史洪流中的荒谬性都蕴含在这一声语音的转变中。

拥有干部语音语调的，还有《组织部新来的青年人》中的韩常新：他拥

---

① 《王蒙文集》第 3 卷，华艺出版社 1993 年版，第 697 页。

② 《王蒙文集》第 3 卷，华艺出版社 1993 年版，第 106 页。

③ [法] 列维·布留尔：《原始思维》，丁由译，商务印书馆 1981 年版，第 131 页。

有"嘹亮的嗓音""豪放的笑声",并且"充领导他会拉长了声音训人",他对工厂建党组组长这一干部身份的悠然得意和"装腔"难免使林震觉得"他比领导干部还像领导干部"。《布礼》中年轻的副队长故作姿态地用含混不清的语言批判钟亦成,只因为"他认为大舌头、结巴、沙哑和说话不合语法乃是老资格和有身份的表现"①。"拉长声""装腔式"的语音语调开启了读者聆察王蒙笔下干部形象的听觉窗口。王蒙通过对干部语音的独特书写也为文学史上的干部形象塑造提供了新型突破口。

其三,不同地域的人物也有相应的"语音独一性",王蒙十几年的新疆生活为其人物的语音宝库积累了充分素材,实现了人物独具的"语音地域化"。《心的光》里那个聪慧美丽的凯丽碧奴儿得到了一次被选上当电影演员的机会,却因她的胆怯和"从小就被教育要低声慢语"②而错过。她总是从齿缝里挤出很小的声音说话,这声音背后所蕴含的边地文化的保守羞怯,尚未被注入主体性、现代性意识的思维机制与文化氛围都显露无遗,让人怜惜又心疼。《最后的"陶"》中,哈萨克族姑娘哈丽黛在一声久违的哈萨克语"陶"(山的意思)中打开了童年、故乡的时光记忆闸门,与之形成对比的是哈丽黛在北京的外国语学院所讲的汉语,以及夹杂着汉语味儿的拙劣哈萨克语。语言语音背后不仅是空间地域的区分,也关乎人物思维方式、生活方式的不同,使之成为边远山村的前现代原始形态与城市现代化的文明追求的对照,哈萨克语面对现代汉语的冲击意味着家园原始风貌的即将失落和时代、历史进程的不可阻挡之势给人物所带来的对旧时光的依恋、担忧、惆怅。

但另一方面,《在伊犁》系列中,人物的语言语音也欣然将维吾尔语和汉语杂糅成一派独特的"声象"。新疆人民语音语调朴实又不乏趣味,褪去"官方化",迎来了亲切与真实,动人与温情,与之对应的形象也是那么可亲、可爱、可敬。虽然革命也波及了边疆,但他们在喊口号时,都分不清"打倒"(维吾尔语"哟卡松")和"万岁"(维吾尔语"亚夏松")的发音,即便是"文革"这种灾难,也"无法挡住生活"。他们作为生活在新疆这片特定环境与文化中的少数民族人物,在这自然之境的舞台操着纯朴乡音,为

---

① 《王蒙文集》第3卷,华艺出版社1993年版,第12页。
② 《王蒙文集》第4卷,华艺出版社1993年版,第361页。

王蒙所建造的语音宝库和人物画廊增添了鲜亮又独特的一笔。

人物语音地域化是作家们塑造人物形象的重要方式之一,但每个作家的落脚点各有不同。语言大师老舍对人物语言的刻画可谓达到"话到人到,开口就响"的境界,他也曾强调"怎么说"甚至比"说什么"对人物性格更具洞悉性,"怎么说"也包括说话的语气、腔调等。老舍笔下人物的京腔在你来我往的对话中,展现得有声有色。《骆驼祥子》里有一句"……你上哪儿我也找得着!我还是不论秧子!"这语气也只有虎妞说得出来,泼辣强势尽显,一句"我招谁惹谁了"的无力感一听就知是老舍笔下个人主义的末路鬼们。老舍作为地道的北京人善于从充满京腔的语音与各种语气中刻画人物性格,人物性格背后又落脚于北京市民的世态人情、文化内涵、生活底蕴以及时代社会所塑造的悲喜人物。同是京味儿作家的汪曾祺也有所不同,在优美又诗化的人物语言语音中是人情、人性之美,是本土人情中的生活趣味之美……而王蒙在人物塑造时所采用的语音地域化与他独特的经历有关,他作为外来知识分子,却又能入乡随俗成为"维吾尔语博士后",他着意于在原始与现代、民族与汉化、生活与政治中找到平衡,这是王蒙区别于其他作家的特点。通过语音地域化和自己的"在场",王蒙更倾向于展示疏离于现代文明、城市文化、意识形态,而朴实原始、真实可感的边疆少数民族人物形象,为中国语音地域版图镶上了西域边疆的异彩。

二、"听觉意识流"与人物心理

"意识流"最早由心理学家詹姆斯提出,强调"人"的意识的"流动",并以"河"或"流"来强调意识的不间断性。随后,"意识流"被应用到文学创作中,实现了文学对人内心的深刻探究,使文学不断"向内转"。王蒙是中国新时期率先品尝"意识流"果实的作家,他常以人物的心理意识联结小说,这一点主要体现在他的"集束手榴弹"六篇作品中。王蒙在表现人物意识流动时,常用的表现手法包括内心独白、超时空的自由联想、感觉印象等。但他在运用这些艺术手法时,不是只聚焦于人物的内心世界,而是在"向内转"的同时兼顾了外部世界的描写,人物的意识流动常常伴有感觉的书写，视觉、听觉、嗅觉、触觉等，且在听觉方面尤为明显。本文将伴有听觉感官的人物意识流动的叙事方式称为"听觉意识流"。高行健曾在《现代小说技术初探》中对"意识流"与感官之间的密切关联一语中的："意识流语言在追踪人的心理活动的同时，又不断诉诸人生理上的感受，即味觉、嗅觉、听觉、触觉和视觉带来的印象，因而把精神世界和外在世界联系起来，它即使在描写外在世界的时候，写的也还是外在世界通过人的五官唤起的感受。换句话说，意识流语言中不再有脱离人物的自我感受的纯客观的描写。"①身体是感觉与思想的载体，身体受到外部世界的刺激产生感觉与感受，进而触发人有意或无意的思考，换言之，意识的流动也通过生理感官来触发，"通过感受我们开始亲知事物，但只有通过思想，我们才知道它们"②。另一方面，人内心无意识的流动和有意识的思考，也会激发人物产生相应的听觉反应。因而作为听觉感官所感知的外部世界与心灵空间相互作用，包寓于意识的流动之中。

那么王蒙小说中如何将意识流与听觉书写结合，实现"听觉意识流"？如何通过"听觉意识流"表现人物内心意识与心理活动？

首先，王蒙小说中意识流与听觉书写的结合表现为人物的"心声"。"心声"，即人物内心的意识和声音，也即内心独白。"心声"虽没有诉诸语音，但却诉诸文字，需仔细"聆察"，是更真实的声音。它作为无声景观的一种，同样属于听觉的范畴。《蝴蝶》中，张思远大篇幅的"心声"成了小说主要内容和人物心路历程的缔结：关于对海云的遗憾与忏悔，对成为"三反"分子的沉吟与苦思，对儿子冬冬的复杂情感，对张思远、老张头、张书记、张副部长身份变换的思索，对山村生活和秋文的留恋……张思远各种复杂的思绪与情感都通过直接或间接的"心声"诉说出来，体现的是他内心的反思、苦闷与挣扎。《海的梦》中，缪可言在心底发出无声的呐喊："呵，我的充满了焦渴的心灵，激荡的热情，离奇的幻想和童稚的思恋的梦中的海啊，你在哪里？"③王蒙笔下人物的"心声"往往充满着挣扎与痛感，他们在革命中

---

① 高行健：《现代小说技巧初探》，花城出版社 1981 年版，第 29 页。

② ［美］威廉·詹姆斯：《心理学原理》，田平译，中国城市出版社 2021 年版，第 144 页。

③ 《王蒙文集》第 4 卷，华艺出版社 1993 年版，第 307 页。

怀着诚恳与热情，却又在其中被推翻，他们不由地在坚定与怀疑中反复质询，这种纠结、反思、挣扎又可与何人说？这种想说却又无可说的境地或许只能通过诉说的"缺席"而诉诸静音的"心声"，或许，这也是王蒙为什么通过意识流来结构小说的原因之一。

这难以诉说的"心声"，也被王蒙以另一种方式表达出来，即设置人物的"副本"和"影子"，如《杂色》里与曹千里对话的老马，《布礼》中钟亦成的"灰影子"。老马和"灰影子"承载了主人公"心声"的另一面，他们互为写照，难舍难分。主人公们与其"副本"的对话也是与自我内宇宙的对话，是自我叩问与思索的过程，是冰山之下潜意识的流露。如果说曹千里与老马各自的"心声"最终走向了和谐的统一，那么钟亦成与"灰影子"的对话则走向了对驳的反面。"灰影子"颇有鲁迅《野草》里那个影影绰绰无处不在的影子的意味，其实在王蒙笔下，它们也在某种程度上被赋予了形而上的悖论意义。在他们内心的互相质询中，一方面，"灰影子"的异质之声将钟亦成的坚定"心声"推向顶点；另一方面，在他们关于对革命的坚定与对自由的追寻这对矛盾的辩证中，形成张力，两种声音在悖论中又走向了统一，成为了钟亦成乃至王蒙自己关于革命与历史的形而上思索之声。

其次，通过人物的听觉与自由联想结合来表现心理流动。联想通常是由一种事物的触发而想到另一事物或多种事物的心理过程。王蒙笔下的这种心理过程时常与听觉感官相联系。一方面，表现为某种心理活动联动起相应的听觉反应，如幻听。《布礼》中，当钟亦成看到评论新星们对他诗作的无妄之言，他轰然倒塌般的心情联动了他的听觉感知，产生了幻听。那一句句能杀死人的语言，犹如"轰地一声""叭、叭、叭"的巴掌落在他的脸上那样"骇人听闻"，对他进行着人格、党性尊严的践踏与诬蔑，心灵的恐惧、懊恼、耻辱瞬间引起了钟亦成生理上听觉感官的本能反应，他仿佛"听见了自己的骨渣声"被"嚼得咯吱咯吱作响"①。这是特殊年代带给人的恐惧和创伤，这种创伤导致心灵与精神的瞬间崩溃，令人心悸而产生了病态意味的幻听。小说将抽象的心灵创伤体验化为具体可感的音响效果，更具有内心的真实性。同时，这也是一种听觉的变异，是异化之声。王蒙以听觉感知或诸多感知相

①《王蒙文集》第3卷，华艺出版社1993年版，第4页。

结合的形式建构着人物心理动态，将心理意识与听觉感知融合一体，构成浑然一体的"复合物"，从而使读者在"有声的"意识之河中更真切地感悟那些说不清道不明的深意①。另一方面，听觉感知触发意识和心理的变化，引起一系列联想。因为意识流动的趋势"在相当大的程度上是由具有趋势的感觉促成"②，在听觉的刺激下，个体形成自我感知，诱发人与世界的联系，这种联系在联想中能够超越时空界限。《春之声》里"咣的一声"成为了整部小说的听觉起点，车内各种嘈杂的声响时刻牵动着岳之峰的意识之流，产生无尽的联想。"咣"的关门声让岳之峰联想到黄土高原的打铁，由火车的叮咚声联想到广州凉棚下垂挂着的瓷板，由铁轮声联想到生活的希望，由列车员的呼吁联想到 1946 年的学生运动，由车内各种交谈声联想到法兰克福、西北高原、北平……自由驰骋的联想跨越了闷罐子火车的一亩三分地和岳之峰的"此在"时间，联想到了"过去和未来，中国和外国，城市和乡村，此岸和彼岸"③，这正是岳之峰在"改革新声"的喧嚣下按捺不住的澎湃与激动的心理反应，声音在此成为了沟通现实与心灵的桥梁。倘若说西方"意识流"小说更倾向于表现人物内心非理性的一面，将对周围世界各形各色产生的多种感觉都纳入文本中，形成网络交错的内心非理性拼图，那么王蒙则通过"听觉意识流"剔除了无关枝节的散漫和无目的性，更具理性地聚焦于现实问题和时代焦点下所造成的心理变动。

再次，通过与视觉结合的听觉印象表现人物心理变化。有学者从视觉角度阐释王蒙的意识流小说④，但听觉可以提供另一把打开王蒙人物心门的钥匙。即使在王蒙以视觉角度命题的"意识流"作品中，如《杂色》《夜的眼》，仍不乏听觉的辅助参与。在《杂色》中，出现多种声音碎片：汉语和哈萨克语、虚张声势的狗吠、西方交响乐和边疆民乐、贝多芬的英勇崇高和柴可夫斯基的深沉委婉、火车的声音、河水的旋律、马蹄的节奏、诗歌、曹千里的心声与老马的心灵对话之声等等，众声喧哗。小说结尾处虽然通过各种色彩

① 王诺：《意识流小说的感觉描写》，《当代外国文学》1997 年第 3 期。

② [美] 威廉·詹姆斯：《心理学原理》，田平译，中国城市出版社 2021 年版，第 224、252 页。

③ 《王蒙文集》第 4 卷，华艺出版社 1993 年版，第 293 页。

④ 耿传明、陈蕾：《小说与技术的共振——王蒙新时期小说视觉叙事与多维时空构建》，《山西大学学报（哲学社会科学版）》2021 年第 4 期。

隐喻着千变万化的世界，但王蒙同样没有忘记留给听觉一席之地："耳边是一阵阵风的呼啸，山风，海风，高原的风和高空的风，还有万千生物的呼啸，虎与狮，豹与猿……"①如果说视觉镜头所摄的"五彩斑斓"是王蒙此篇小说中有意采取的观看世界的主要方式，那么声音奏响的"众声喧哗"也是王蒙有意或无意中流露出的"不可割舍"。

学者温奉桥称《夜的眼》"是中国当代文学的第一篇真正意义上的'感觉主义'的作品"②，也正是王蒙对人物感觉的独特把握使《夜的眼》成为"小说的精灵"。如果说主人公陈皋的眼睛就是一台捕捉夜景的摄影机，那么他的耳朵同样能够通过聆听各种声音来思索城与乡、人与人的差别。城市里充满视觉意味的五光十色也能通过嘈杂的众声喧哗进入陈皋的耳朵，听觉在此扮演着不可忽视的角色。虽说眼睛能看到售票员小灯的明灭，但耳朵同样能通过"叭"的一声分辨它的开和关；眼睛虽能看到迷宫似的楼房，但耳朵也能从楼房里传出的电视机声、"锤子敲打门板的声音、剁菜的声音和孩子之间吵闹和大人的威胁的声音"③里感受到楼房的密密麻麻；现代化的车灯遮蔽了陈皋的视觉，载重卡车也通过声音压抑着陈皋的听觉；城市小伙的表情、外貌、家中陈设带给了陈皋视觉性震惊，但"吱扭""咣当"的开门声、脚步声、说话声、笑声、软绵绵的歌声也刺激着陈皋的听觉，让他感受到来自城市人的先进、新潮与伪善；视觉上魔鬼眼睛般的红色灯泡暗示着陈皋惶惑的心理，听觉上"咚咚咚咚"的脚步声也暗示着他敲鼓般的惶惑心声。听觉的大量参与或许王蒙自己也未意识到，但也正是这种无意识的参与让王蒙的感觉书写更加丰富和饱满，也以此"从感受上能看出人来，看出思想来，看出灵魂来"④。可见，听觉在捕捉人物心理变化时具有不可忽视的作用，为王蒙的感觉书写增添了听觉的维度，也正是在视觉与听觉乃至多种感觉的联盟中，实现了感觉的互补，起到视听感官叠加的强调效果，人物内心深处的世界才得以被更深刻地"透视"和"聆听"。

---

① 《王蒙文集》第 3 卷，华艺出版社 1993 年版，第 4、181 页。

② 温奉桥：《蝴蝶·桥梁·界碑——论王蒙八十年代的精神现实》，《当代作家评论》2009 年第 3 期。

③ 《王蒙文集》第 4 卷，华艺出版社 1993 年版，第 238 页。

④ 王蒙：《在探索的道路上》，《北京师院学报（社会科学版）》1980 年第 4 期。

三、"听觉化象征"与人格生命

在通过听觉和声音书写塑造人物形象的文本里，我们需考察文本中的"声音意象"，即"声音景观"与人物之间的关系。

声音景观最早由加拿大音乐家夏弗提出，指一个环境里面的声音状态①，主要是在环境学、生态学议题上来强调作为物理层面的声音本身。艾米丽·汤普森在夏弗的研究基础上从文化、政治、社会、历史等方面对声音景观的内涵与外延进行了深化，强调从"听觉"的意义来定义"声音景观"，认为声音景观是"感知物理环境的方式，和所呈现出来的文化建构"，进而指出："在声音景观的物理层面，不仅包括声音本身和穿透空气的声波能量，还有那些使得声音得以产生或被消除的物质。在声音景观的文化层面，包括科学的和审美的听觉方式、聆听者与其所在环境的关系，以及支配了什么样的人所能听到什么样的声音的社会环境"②。汤普森这一定义为声音景观拓宽了文化内涵，并实现了声音研究的"向内转"，深入到听觉主体内部，考察声音景观与人的互动过程。王蒙赋予了声音景观以叙事意义，使之成为信息编码的"有意味的形式"，需要经过解码、阐释才能破译其中包含的丰富信息③。人物一旦在"听"的过程中对声音产生了共鸣并发出信息的投射，就超越了声音和听觉本身，成了观念，成了象征。读者在"聆察"声音景观的同时，实则也是在"聆察"人物的内在人格、生命、情感状态，是对其进行解码的过程，因而也就形成了一种对于人物的"听觉化象征"。

一方面，王蒙时常赋予声音景观以"人格化"的修辞象征，将用以形容人物人格的词语移用到声音景观中，使声音景观具有了动态的"人格"和"情感"，与听觉主体具有同一性。譬如"这威严而遥远的海的叹息"，"威严"和"叹息"分别作为形容人格和行动的词语，在此移用到海的声音中，所显

---

① [美]艾米丽·汤普森、王敦、张舒然：《声音、现代性和历史》，《文学与文化》2016年第2期。

② [美]艾米丽·汤普森、王敦、张舒然：《声音、现代性和历史》，《文学与文化》2016年第2期。

③ 冯椽：《论文学中的声音景观与声音叙述》，《写作》2020年第3期。

示的正是一位革命老人在听到海之声时对自己衰老的哀叹（《听海》）；当"车轮的滚动发出了愤怒而又威严的、矜持而又满不在乎的轰轰声"时，正是张思远在多年之后官复原职成为"张副部长"对青春未殇的回忆与感慨，在纵浪大化后迷离恍惚却又不喜不惧状态的真实写照（《蝴蝶》）。借用某种具体形象暗示特定的人或事理，内蕴深刻的寓意，强调的是以物征"事"/"人"，是"抽象"和"观念"。正如怀特将象征定义为"一件其价值和意义由使用它的人加诸其上的东西"[1]，听觉化象征也就强调了人物将听觉感知进行移情与投射的能动性、主体性，以及抽象出来的人物状态。

　　另一种"听觉化象征"较为隐蔽，王蒙通过对声音景观的描绘以象征人物生命的状态以及生命观为旨归，从声音的具体走向生命的抽象，需仔细"聆察"和体味。《听海》是王蒙典型的"听觉化象征"作品，以一个双目失明的革命老人为主人公，视觉的缺席使其听觉尤为突出，感知世界的方式就落在了听觉感官。小说主体有 3 节，每节都有"聆听"的主要对象：虫声、波声、涛声，3 种声音有各自的象征，结合起来又抽象为老人一生沉浮经历、理想人格、生命状态、人生价值的总体象征。《听虫》中，在"众声协奏"的虫鸣里，老人以异常灵敏的听觉分辨出最像自己的那只，它的叫声颤抖得像琴弦，但却是用尽生命歌唱，这声与力的组合构成了生命的辩证法：微弱的虫声虽然趋向于零，但在与零的悖反中走向力的无限，象征了老人自己对生命渺小与无限的达观态度。《听波》中，波声发出吹气一样的"噗——""沙——"声，缓慢、轻柔地"轻吻"着祖国的海岸线。这海波就象征着老人，海岸线象征着祖国，海波涌动碰撞沙岸发出的轻柔声响象征着老人曾为祖国的建设事业奋斗，暗示着老人对自我革命身份的追忆与认同；此外，这"稳重从容"的波声又象征着无所不包的广阔胸襟，以及与历史和解的态度。《听涛》中，先是"哗啦啦"——"唰啦啦"——"濯濯啾啾，窸窸窣窣，叮叮咚咚"，是大浪被击碎、跌落，又转瞬即逝的一连串声响，是老人无数次失败与碰壁的象征；接着成百上千个浪头"隆隆隆隆——嘭"的英勇搏击与老人失败后仍满怀激情、蓄势待发的生命"同频共振"，象征

---

[1]　[美] 怀特：《象征》，庄锡昌、顾晓鸣、顾云深等编：《多维视野中的文化理论》，浙江人民出版社 1987 年版，第 239 页。

着老人永不停歇的战斗精神；最终，老人又听到了最初的声音，这次不再是失败与碰壁，而是"归来仍是少年"的气魄与赤诚。海的"众声喧哗"成为了盲老人主体力量对象化的存在，被赋予了象征意蕴，它们是盲老人一生中关于生命辩证法、身份追忆、广阔胸襟、战斗精神、赤子情怀的协奏曲，盲老人"以耳代目"，将所有的生命能量都凝聚在这"听"的力量中，与海同在、与海共鸣、与海共情，聆听到的是更广阔的人生内涵。声音象征着人格生命，而生命又寓于声音内核，彼此交融，声我同一。如同朱光潜所说："我和物的界限完全消灭，我没入大自然，大自然也没入我，我和大自然打成一气，在一块生展，在一块震颤。"①

这也是声音景观在人物塑造中的"现代性"叙写，声音景观不再是景物描写或气氛烘托的艺术工具，而是内化了主体内在生命状态、关于生命哲思的独特艺术生命本体，它不是静止的、被动的、空洞的，而是积极的、能动的、充实的。"过分的抒情会降低情的价值"②，于是王蒙找到了更合适的方式，即"客观对应物"。王蒙对声音的抽象处理，超越了声音景观的物理意义，使人格和生命状态对象化、听觉化，避免了平铺直叙、情感滥觞、无病呻吟，赋予生命陌生化、象征化意义，产生心灵的回响，建构了对人物生命状态更广阔的阐释空间。

作家的个体经历、主体性认知和所处的历史语境熔铸的生命之声，赋予了不同作家笔下生命形象的差异性。沈从文笔下茶峒里鼓声砰砰响着，暗示着端午节的到来和翠翠心中不可言说的快乐，通过"以民歌定情"象征湘西原始、自然形态的生命及人性之美。张爱玲《封锁》开篇电车的"叮铃铃"声，"每一个'铃'字是冷冷的一小点，一点一点连成了一条虚线，切断了时间与空间"③，表层意义体现了时代进程中城市的变动，深层内蕴在于通过"铃"声透视人性的隔膜与人心间的"封锁"。张爱玲更喜于用具有伦理、文化、历史象征意味的现代声音媒介参悟人情伦理、人性的深度与裂变。同样接受了 80 年代"启蒙主义"思潮的作家对听觉与人物的书写也有不同。莫

---

① 《朱光潜美学文集》第 1 卷，上海文艺出版社 1982 年版，第 18 页。

② 《王蒙文集》第 4 卷，华艺出版社 1993 年版，第 419 页。

③ 《张爱玲典藏》第 1 卷，台北皇冠文化出版有限公司 2010 年版，第 164 页。

言在他的听觉王国中，主要展现的是人物蓬勃的生命力，如饱经战争、目睹生命来去的红高粱时而哀呼、时而静默，所要彰显的无疑是高密大地上作为主体的人的原始生命，象征着坚韧的民族精神。王蒙因其独特的革命经历，其笔下的人物多有他自己的影子。命运的起伏跌宕、大沉痛、大欢喜、碰壁之后的再次崛起，永远歌唱、永远战斗的"少布"精神，以及时代与历史洪流中人物身份由惶惑到确认和回归，始终是王蒙"听觉化象征"书写的生命底色，建构了"王蒙式"的生命形象。

《青春万岁》里"高粱叶悲哀地呜咽"是杨蔷云感情破灭后内心的真实写照。《蝴蝶》里"那有轨电车的叮声，便是海云的青春和生命的挽歌"①，玉米拔节"叭、叭的声音"是张思远对"一种不可压制的生命的力量"的感慨。《在伊犁》系列中，伊犁歌的忧郁和深情仿佛让听者"升华到了一个苦乐相通、生死无虑的境界"，喀什噶尔歌儿奔放、热烈象征着喀什噶尔人民充满野性与温柔的生命内质，以及新疆边地各种自然之声都象征着人物无拘无束的自然生命形态。《笑的风》里被抽象出来的笑声不仅是物理听觉意义上的，也成为被抽象出来的具有观念的笑声——"笑声喧哗"：无论是银铃般的笑，还是仙人般的笑，如歌般的笑，或是冷笑狂笑狞笑，都是不同生命状态的笑，都是爱情的笑、时代的笑、政治的笑……王蒙建构了一个"声音寓言王国"，这个"王国"里供奉的是"生命全过程的幽暗与光明，酸楚与甜蜜，庸碌与雅致，粗俗与庄严"②。

结　语

王蒙以听觉叙事作为塑造人物形象的方法，笔下的人物形象对这个世界始终保有敏感的听觉体验，并在听觉感知与对象化的听觉世界的沟通中找到了有效的互动。这也是走进王蒙笔下人物形象的有效途径，"聆察"人物性格身份、人格生命，"聆听"人物"心声"并感受人物意识流动、情感变化，

---

① 《王蒙文集》第3卷，华艺出版社1993年版，第95页。

② 朱寿桐：《王蒙文学存在的文学史意义》，《中国现代文学研究丛刊》2015年第10期。

穿透人物内心，看到人物灵魂。王蒙通过听觉所塑造的人物形象，展现了人物在时代、历史沧桑巨变中的浮沉经历，和其中的痛苦与欢乐、酸楚与欣慰、游移与坚定、晦暗与光明，思索的是人生的内在悖论和始终存在的惶惑之感。听觉正是通过身体最切实的感受通往人物心灵的桥梁，实现人物外部感知与内心世界的连通，抵达的正是具有王蒙自身影子的生命、生活哲思。从听觉的角度"聆察"人物，提供了另一种感知人物形象和思考世界的思维方法，弥补了视觉霸权、感官失衡的缺陷，继而为文学创作、文学批评提供了一个新的方法与范式。听觉文化正在兴起，如何更好地与文学接轨还有待我们进一步思考。

（刘东方：青岛大学文学与新闻传播学院院长、教授、博士生导师

沙莎：青岛大学文学与新闻传播学院硕士研究生）

"政治人"与"自由人"的逻辑和转换

——关于王蒙小说的人物形象谱系趋向的一种考察

沈杏培

在中国当代作家中，王蒙是一个巨大而复杂的"异数"，从 1953 年处女作发表至今的近 70 年写作历程中，作品体量巨大，风格与技艺多变，似无衰年和颓势的常见渊薮，相反常有老树新花的惊喜。旅法作家刘西鸿说，"作家王蒙是一棵树，在哪儿，那儿就不会有失望的春天。花，逢春必开。"①纵观王蒙"杂色"斑斓的小说创作，既是关于当代中国历史历程的忠实记载，也是关于一代人心灵轨迹的生动呈现。在历史证词与自我精神主体回溯两个方面，王蒙的小说体现了昆德拉所说的"思考式的探询"，也即"小说在探寻自我的过程中，不得不从看得见的行动世界中掉过头，去关注看不见的内心生活。"②当我们聚焦王蒙小说中的人学话语与人的形象谱系，会发现在革命、政治、历史、文化这些宏大话语之下活跃着的是个体对这些命题的认同与挣扎，在《青春万岁》(1953)、《组织部新来的青年人》(1956)、《布礼》(1979)、《蝴蝶》(1980)、《活动变人形》(1985)、《季节》四部曲(1992—2000)、《青狐》(2004)、《生死恋》(2019)和《笑的风》(2020)这些重要文本中，清晰地存在着一个关于人的"被缚"与"脱缚"的精神脉络，由郑波、林震、钟亦成、张思远、倪吾诚、钱文、青狐、苏尔葆、傅大成等构成的人

---

① 刘西鸿：《王蒙的"普鲁斯特问卷"》，严家炎、温奉桥主编：《王蒙研究》（第三辑），中国海洋大学出版社 2017 年版，第 183 页。

② [捷] 米兰·昆德拉：《小说的艺术》，董强译，上海译文出版社 2004 年版，第 30—31 页。

物形象也内含着由"政治人"到"自由人"的形象谱系的历史变迁。本文围绕人的类型与危机叙事，主要考察王蒙小说由"政治人"到"自由人"形象谱系的变迁过程，两类文化人格各自的特征，以及个体如何化解精神危机等问题。

一、被缚的"政治人"与自由冲动

王蒙是一个相当高产且风格多变的作家。但在其漫长的写作历程中，"政治情结"是伴随他的一个基础性文化心理。他曾说："我早早地'首先'入了党，后来才尝试习作。我无法淡化掉我的社会政治身份、社会政治义务。"① 对于王蒙来说，他的"干部官员"的身份与"小说家"身份一样显眼，"同时我是干部是官员，推是推不掉的。我当过团区委副书记、大企业团委副书记、生产大队队长、北京作协副秘书长、《人民文学》主编、作协书记处书记、作协常务副主席、文化部部长，此后还担任了全国政协文化文史和学习委员会主任的现职实职。就是说我当过村级、科级、处级、局级、部级的官。再大官，我也是写小说的，再写小说，我也仍然具有相当引人注目的干部身份。"② 尤其是 80 年代至 90 年代担任中央委员的 10 年，被王蒙视为此生重要的政治经历、政治资源、理论资源、生活资源与文学资源 ③。

始于"少共"的革命经历，又在共和国的不同时期担任各种政治职务，这些身份和经历对于王蒙的创作心理和文学风貌无疑会产生重要的影响。如果从人物谱系的角度看，王蒙从《青春万岁》至新世纪的"季节"系列中塑造的林震、张思远、钟亦成、钱文等若干"政治人"形象，未尝不是王蒙个体生活史和心灵史的分身。何谓王蒙式的"政治人"？这些"政治人"大致是 20 世纪 40 至 70 年代中国"革命"实践的亲历者或参与者，他们信仰革命，大多遭受了历史的厄运，但又怀着坚定的革命认同和光明追求，自我消化个

---

① 《王蒙自传》第二部《大块文章》，北京联合出版公司 2017 年版，第 89 页。

② 《王蒙自传》第三部《九命七羊》，北京联合出版公司 2017 年版，第 86—87 页。

③ 《王蒙自传》第二部《大块文章》，北京联合出版公司 2017 年版，第 210 页。

体磨难，对历史的方向始终抱有乐观情绪。历史学家张灏在其知识分子史研究中指出，近代以来，知识分子面临着新的"危机"，"对许多中国知识分子来说，这种秩序的危机不仅是一种政治危机，它还是更深层的和意义更深远的意识领域中的危机。"①这里的所谓意识领域的危机，是指知识分子的心灵秩序、精神或观念世界层面的危机。王蒙笔下的"政治人"典型地具有这种心灵与精神层面的危机。可以说，王蒙式的"政治人"作为一种历史现象，是一种单向度、充满非理性和精神危机的人物类型，是20世纪中国现代化进程中现代知识分子的某种症候式人格体现。他们的危机与困境体现在政治同化与自由冲动、革命伦理与生命伦理，以及个人与集体等范畴的冲突上。

《青春万岁》是19岁的王蒙对一代人革命青春的热情礼赞，也是对个人青春时代心灵史的唯美缅怀。《青春万岁》描绘了郑波、杨蔷云、李春等青年群体清澈明亮的精神风貌和饱满昂扬的理想主义激情。小说活跃着的是新中国成立初期对革命和建设充满无限热情的小儿女，他们热爱新生的党及其壮丽事业，这是一群忠诚、单纯、乐观的"少年布尔什维克"。正是从这个青春者的阵营里，走出了后来的林震、张思远、钟亦成、钱文这些知识分子、老干部或革命者。这是王蒙"政治人"形象系列的最初人格雏形，他们像春天里灵动的精灵，曼妙多姿，欢声笑语，隐含着"政治人"的全部人格密码和精神秩序。《青春万岁》是对一代人青春姿态的深情演绎，它是夜莺的初啼，纵情、炽热，而又不免青涩、稚拙。多年后回首这篇处女作时，王蒙对这部作品的不足毫不讳言。他说："直到几十年后，我当然也看到了青春的缺少经验与务实精神的这一面，看到了青年人认识世界与选择道路上易于产生的简单化、两极化、非理性化的这一面。"②写于20世纪末的"季节"系列与《闷与狂》，"增加了一些对于青春的反思"③。

如果说《青春万岁》是"群体"的吟唱，书写了革命逻辑、集体意志收编个体青春的浪漫过程，那么，写于同一时期的《组织部新来的青年人》则

---

① ［美］张灏：《危机中的中国知识分子：寻求秩序与意义》，高力克等译，中央编译出版社2016年版，"导言"第8页。

② 王蒙、［日］池田大作：《赠给未来的人生哲学》，人民出版社2017年版，第7—8页。

③ 王蒙、［日］池田大作：《赠给未来的人生哲学》，人民出版社2017年版，第52页。

通过组织部新人林震融入集体的"不适",写出了"政治人"最初的身份危机与精神焦虑。从美学类型上看,《组织部新来的青年人》与《青春万岁》一脉相承,都是关于青春、理想的美学,王蒙将前者视为"我的诗"和"心语的符码"①。不同的是,"组织部的故事"讲述了初涉政治的年轻人遭遇的困惑与危机。林震的不适根源于"小学教师"到"组织部干部"的身份转变,作为一个官场新人,林震的政治身份虽已确立,但他的行为方式和认知视角显然还没有准备好。面对通华麻袋厂事件以及与刘世吾、韩常新、王清泉各式政治前辈交手时,他秉持的显然是狭义概念上的教师／知识分子身份或是广义概念上的正义视角,这样的身份和视角必然伴随着对消极的机关秩序、官僚人格的质疑与批判。由此,"组织部秩序"与朴素的正义诉求,娜斯嘉式的英雄理想与现实政治的阻遏之间不可避免地陷入了冲突。这样的冲突把林震置入了"自我改造"以接受新体制的规训,还是保持异质性对撞的选择中,这也成为林震面临的精神危机。这场危机的外在形态是林震"疏离"还是"融入"官僚体制,本质上是关于个体伦理价值与集体伦理价值的冲突问题。洪子诚先生将林震的故事视为现代中国的"外来者"和"疏离者"的故事,"坚持'个人主义'的价值决断的个体,他们对创建理想世界的革命越是热情、忠诚,对现状的观察越是具有某种洞察力,就越是走向他们的命运的悲剧,走向被他们所忠诚的力量所抛弃的结局,并转而对自身价值和意义产生无法确定的困惑。"②政治新人林震最后"单凭个人的勇气是做不成任何事情"的自悟与敲响区委书记办公室的门"争取领导的指引",意味着这场危机的最终化解。说是"化解",未尝不是个人主义向集体主义或一种强大的社会秩序的退却。

王蒙"组织部的故事"和"林震式"人物,并没有后续,70 年代后期王蒙复出文坛后,迅速切换了写作的题材和人物。对于这种转变,他这样说:"不论有多少好心的读者希望我保持'组织部的青年人'的风格,但是,这是不可能也不必要的。二十年来,我当然早就被迫离开了'组织部',也

---

① 《王蒙自传》第一部《半生多事》,花城出版社 2006 年版,第 141—142 页。

② 洪子诚:《"外来者"的故事:原型的延续与变异——重读〈组织部新来的青年人〉》,《海南师范学院学报》1997 年第 3 期。

不再是'青年人'。然而我得到的仍然超过于我失去的，我得到的是大有作为的广阔天地，得到的是经风雨、见世面，得到的是二十年的生聚和教训。故国八千里，风云三十年，我如今的起点在这里……我无时不在想着、忆着、哭着、笑着这八千里和三十年，我的小说的支点正是在这里。"①正是从这"八千里"和"三十年"走出了"后林震时代"的钟亦成、张思远、翁式含、曹千里等王蒙 80 年代塑造的典型人格。许纪霖在考察近现代知识分子人格史时指出，政治就像"一团摆脱不了的黑影紧紧纠缠着人"，逼迫着知识分子作出人格的选择。"然而，从整个知识分子群体观察，从'他主他律'到'自主自律'的人格转变并未历史性地实现，各种形式的依附性依然严重存在。"②王蒙在 80 年代的写作从意义范畴来说仍然属于政治性写作，这些政治性文本提供了多个充满内在危机的"他律"型政治人。

在《蝴蝶》《布礼》《杂色》《相见时难》这些重要文本中，张思远、钟亦成、曹千里、翁式含的纷纷出场，使王蒙笔下饱经磨难、九死未悔型"政治人"形象得到塑形。这是一个醒目而灿烂的人物形象系列，凝聚了王蒙的生命体验、历史认知和美学趣味。这些"政治人"有着颇为近似的政治信仰和历史观念，即无限忠诚于自己所属的集体，相信理想，感恩苦难，秉持着不可救药的乐观主义去理解历史遭遇。值得注意的是，在他们的革命实践中，又隐含着集体与个人、服从与超越、束缚与自由这些价值范畴的剧烈冲突。"政治人"的内在精神秩序是动荡、冲突、惶惑的。《蝴蝶》艺术地呈现了"政治人"在大时代中自我身份的不确定性，张思远在小石头—指导员—张主任—省委副书记—老张头—副部长形成的多重身份之间，倍感自我的飘忽和人生的恍惚。张思远的身份危机来自"历史规定的个人角色的不确定性、起伏性、突变性乃至偶然性"③。

《蝴蝶》呈现了不能选择和难以确认自我的危机，除此之外，个人与集体的冲突是张思远更为严重的精神危机。张思远把革命事业看得比什么都重要，即使成为"贱民"或"罪犯"，仍不改坚定信念，对于个人和自我小家庭，

---

① 《王蒙文集·论文学与创作》（下），人民文学出版社 2020 年版，第 148 页。

② 许纪霖：《安身立命：大时代中的知识人》，上海人民出版社 2019 年版，第 422 页。

③ 《王蒙自传》第二部《大块文章》，北京联合出版公司 2017 年版，第 92 页。

他是疏忽的——他和海云的第一个孩子的死,是因为孩子发高烧,海云电话向他求助,他却"忙于重要的会议"未能抽身救治;而他自己,"除去全市的工作,他没有个人的兴趣和个人的喜怒哀乐";他忙碌得没有时间去思考冬冬是否是自己的孩子,甚至没有时间正眼看冬冬一眼。可见,在张思远这些革命者的世界里,个人与自我是分散革命者注意力的负面因素,是革命集体中多余的部分,是需要竭力剜除的单元。对个人主义的不近情理的清算和忽略,给张思远带来了父子血亲伦理的断裂和失去妻子的锥心之痛,个人主义的自我阉割也造成了政治人理性与独立精神的缺失。

可以说,"集体与个人"之间的对立几乎也构成了王蒙政治小说的一种隐秘结构,而他的小说"并未有效地释除个人与集体之间的深刻对立"[1]。"政治人"对个人主义的清理,在《布礼》中更为直接而彻底。老魏、凌雪和钟亦成在人格气质上是同路人,他们把党的事业和个体的忠诚放在崇高的位置上,把个人主义当作走向布尔什维克的阻碍力量,视个人主义和"个人打算"为卑污——"个人主义是多么肮脏,多么可耻,个人主义就像烂疮、像鼻涕,个人主义者就像蟑螂、像蝇蛆……"[2]也许王蒙意识到,放弃个人主义,追求一种绝对的集体主义,毫无疑问是一种虚妄的价值设定,因而,《布礼》中设置了"灰影子"这一角色。"灰影子"对"政治人"的痴诚与"自己束缚自己"的做法进行了尖锐的嘲讽,提醒钟亦成不应放弃个体价值,不要盲信,甚至应该怀疑一切。"灰影子"尽管有某些虚无主义色彩,但代表了一种审慎、驳诘的视角,与"政治人"构成一种对话和争鸣关系,部分解构了"政治人"价值观的虚妄和非理性的一面。

在王蒙的小说中,常常有一个聚合力强大的"集体",这样一个"集体"是现实政治集团的对应物,比如《组织部新来的青年人》中的官僚集团,或是具有时代典型意味的人格群落,比如"季节"系列与《青狐》中的知识人或革命者群落,当然,还有一种不在场却时时主宰着人们精神信仰和思想边界的"观念性集体",即钟亦成、张思远等人心里的"祖国和党"。在这里,集体是一种至高正义,代表着一种时代价值导向。很显然,个体与这种"集

---

[1] 南帆:《革命、浪漫与凡俗》,《文学评论》2002年第2期。

[2] 《王蒙精选集》,北京燕山出版社2015年版,第114页。

体"并不总是相融或一致，但集体是强大的，个体选择自觉服从，或是经过挣扎、博弈后最终只能归顺到集体的意志中来。在中国传统价值体系中，道德理想主义强调个人道德修养，并以家庭为本位，追求成仁成圣，这种价值体系经过五四时期的价值逆反和重塑，形成了新型的知识分子价值观，即"群体的道德理想主义"，"当群体的道德理想主义代替个体和家庭道德理想主义时，五四青年的终极关怀也越来越具有了集体主义性质。"①现代开始的这种重群体价值而轻个体价值的传统，一直绵延到20世纪70年代后期。《青春万岁》至"季节"系列之间的"政治人"，基本上都有这种服膺集体的特质。这种特质要么表现为个体融入/初入集体的痛苦与隔阂，比如林震，要么表现为钟亦成、凌雪这样的对于集体的无比忠诚和九死未悔，要么表现为"季节"系列中钱文等人被集体开除的恐惧和回归后的庆幸。自现代以来的社会进程中，"个人"在民族史视野里的位置一直介乎一种尴尬之中。"在'大我'存亡的关头，我们几乎完全忽略了'小我'的重要性。其结果是政治吞没了文化，无论是中国传统中的'自我'的精神资源或西方的资源都没有人认真去发掘。"②民族救亡、不同名目的革命、国家建设、社会变革等不同时期的"政治"在现代以来的历史序列里具有压倒一切的重要性，这种"政治"的巨型战车下，个体主动参与其中或被动裹挟，个体的价值、自由常被忽略，甚至被践踏。王蒙的"政治人"系列形象，呈现了中国特定历史阶段个体被革命、政治、信仰所挟持的悲剧过程，同时也包含了个体在集体压抑之下的自由冲动和脱缚努力。

二、失位与失名：主体性的危机

在描述1984年这一年时，王蒙用了"难忘"。这一年，他一面带着犯了抑郁症的二儿子王石看病，一面开始构思和写作《活动变人形》。王蒙非常

---

① 金观涛、刘青峰：《开放中的变迁：再论中国社会超稳定结构》，法律出版社2011年版，第206页。

② 余英时：《中国思想传统及其现代变迁》，广西师范大学出版社2014年版，第36页。

珍视这部长篇在他写作历程中的"转型"意义。这种转型在题材上表现为从"五十年代的火红，极左的试炼，荒谬绝伦的'文革'，欢呼新时期的到来"，转向"童年时代的经验"，《活动变人形》意味着王蒙 1978 年到 1984 年"温习梦魇"式的"靠历史大兴奋"的写作告一段落①。1984 年之前他的写作是高度政治化的写作，塑造的人物大多可归为"政治人"序列，《活动变人形》则是关于"政治人"的前史，它将笔触伸向文化传统的内部，探究人的精神生成问题。如果说林震、张思远、曹千里、钟亦成面临着理想、身份、信仰的分裂与认同这些心灵秩序的内部危机，那么，倪吾诚以及随后的青狐则面临着难以确认自我主体性的困境。

倪吾诚是身处乱世，陷入传统与现代两种价值剧烈冲突的痛苦的灵魂。他留过洋，认同西方文明，并试图在古老的中国大地引入这种文明，在家庭内部积极倡导刷牙、洗澡以及文明语言的新风尚。然而，由于现实生存的艰难和人们思想的守旧，加上他志大才疏，无法处理好家庭关系，他的价值观和新风尚得不到认可，反而成为人们眼中的"异类"和"西洋崽"，连妻子也骂他是全盘西化的"外国六"。倪吾诚处于无法安放自我的尴尬之中，他的自我主体性身份面临着严重的危机——在家庭和社会两个空间都面临着"失位"的境地。金耀基先生在《从传统到现代》一书中，借用"过渡人"一词描述中国在由传统向现代转型期出现的人格类型，"过渡人是站在'传统—现代的连续体'（traditional-modern continuum）上的人。一方面，他既不生活在传统世界里，也不生活在现代世界里；另一方面，他既生活在传统的世界里，也生活在现代的世界里。由于转型期社会的'新'与'旧'的混合物，在这里，新旧两个'价值系统'同时存在。他一只脚踩在新的价值世界中，另一脚还踩在旧的价值世界里。他不是静态的'传统者'，他是'行动中的人'。"②确实如此，倪吾诚作为中国现代一个典型的"过渡人"，面临着自我主体性确认的深刻危机，在社会和家庭双重失位的情境下，仍然高举理想之火炬。倪吾诚是痛苦的，承载着现代社会转型期新旧价值剧烈冲突带给知识人的苦楚和无所适从。

---

① 《王蒙自传》第二部《大块文章》，北京联合出版公司 2017 年版，第 224—225 页。

② 金耀基：《从传统到现代》，法律出版社 2017 年版，第 77—78 页。

在《活动变人形》中，倪吾诚、静珍、静宜都是"被缚的人"，他们渴望"逃离"和"脱缚"，却无法获得人的这种自主性和自由。在这些形象中，倪吾诚的痛苦最为深重。作为遗腹子的倪吾诚，从小继承了激进而精神特异的父亲的基因，为了防止倪吾诚重蹈父亲"革命"的弥天罪愆，家族人试图用"一杆烟加一个媳妇"来拴住他的身心，以此瓦解他走向革命的可能性。母亲亲自教导他抽大烟，并落下罗圈腿的病根，表哥给他示范手淫，德高望重的叔叔给他说了媳妇——倪吾诚在人生的起点处便被家庭和传统套上了沉重的枷锁，经受着身体和革命意志的"去势"。所幸17岁去县城洋学堂读书，使倪吾诚终于有机会摆脱陶村的梦魇。然而，成年后的倪吾诚虽然热情、进取，但空有改天换地的豪情，而无经世致用的实才，遍阅西洋文明的开明，却深陷东方文明的禁锢之中。在社会中，他像一个游魂，找不到自己的位置，在家庭内部，他感到隔膜，寂寞，无休止的争吵是生活的常态。他渴望做一个"热烈的活人"，却无法伸展自我，"我的能力，我的智力，我的热情，我的苦干的精神，头悬梁、锥刺股的精神，通通都被压制着，统统都被捆绑着。我的潜力现在发挥出来的连千分之一还不到！就是说，有千分之九百九十九压在五行山下边，绑在仙人绳里头！"①倪吾诚的矛盾和被缚，典型代表了20世纪上半期在新旧时代转型和民族危亡之际，现代中国知识分子引入西方欧罗巴文明试图重造中国社会时所遭遇到的彷徨困境和心灵痛苦。倪吾诚的痛苦，不仅来自于社会性的"失位"，也来自不能纵情地做一个"热烈的活人"，不能自由地主宰自己的生活。

那么，如何从这种"被缚"中走出来，如何恢复自己的自由意志和人格主体性？倪吾诚首先诉诸"离婚"，离婚受阻后，他选择了"割颈自杀"。他救赎自我的方式是决绝而悲怆的，自杀虽未遂，却在精神层面实现了人的自由和自我主体性的修复，因为通过这种向死而生，"他终于自己成了自己的主人"。②埃利亚·卡内蒂在《人的疆域》中说："自由这个词，表达了一种执念，或许是人类最热烈的执念。人总有逃离的愿望，可是要去的远方未知而没有边界，我们称这种愿望为自由。空间层面的自由是冲出无形边界的愿

---

① 王蒙：《活动变人形》，中国友谊出版公司 2019 年版，第 120、280 页。

② 王蒙：《活动变人形》，中国友谊出版公司 2019 年版，第 312 页。

望……时间层面的自由，是超越死亡的愿望。"①

　　1990 年初冬，王蒙开始构思写一部一个人的"中华人民共和国编年史"②，这也即后来的"季节四部曲"和自传三部曲。"季节"系列的《恋爱的季节》《失态的季节》《踌躇的季节》《狂欢的季节》分别发表于 1992 年、1994 年、1997 年和 2000 年。从内容上看，"季节"系列的 4 部作品与《青春万岁》以及 1978—1984 年政治性书写具有同构性，都以 20 世纪 40 ~ 70 年代的大历史和个体史作为书写对象。"季节"系列意在以一种史诗体例为共和国历史作传，但同时，王蒙对于这段历史中的理想主义、乌托邦情结、革命豪情显然多了一份省思和警惕。他说："那是新中国的童年时代，难免革命的幼稚、'解放'的幼稚。如果仅仅是幼稚，就与一个儿童的幼稚、生手的幼稚、突变后的幼稚一样，不应该受到嘲笑。不受嘲笑，但是必须正视，必须及时超越，及时前进，及时摆脱浅薄的牛皮与自说自话，更摆脱孤立与封闭、愚弄与无智无知。"③确实如此，"季节"系列是王蒙在"后革命"时期，对革命时代进行大规模总结和新的反思的写作实践，从人物的谱系来看，季节系列展现的仍然是"集体的人"和"政治的人"。但相对于《青春万岁》里的郑春、杨蔷云、李春等革命小儿女，"季节"系列里的钱文、黎原、曲风明等显然更为复杂，更为深沉——单纯、忠诚、热烈之外多了一份冷静、怀疑、驳诘，服从之余多了一份深思。直到"后季节"系列的《青狐》，王蒙在检视 80 年代人文景观时，仍不忘再次表达对革命乌托邦年代的警惕：

　　　　而在今天的聚会上，他们都怀念五十年代，都相信那是最美最真的理想天堂。那过往的夸张和简单、轻信和煽情，那过往的对于天堂的幻想和自以为是，也许正是通向苦难通向灾异的缘由？不能够太相信梦境，不应该过分相信回忆，由于失却而更加珍贵的回忆、完美无缺如诗如火如梦的回忆也许太廉价了。④

　　对于革命初期的简单和幼稚，对于革命乌托邦的致幻色彩进行理性清

---

① ［英］埃利亚·卡内蒂：《人的疆域：卡内蒂笔记 1942—1985》，李佳川等译，广西师范大学出版社 2020 年版，第 3—4 页。

② 《王蒙自传》第三部《九命七羊》，北京联合出版公司 2017 年版，第 38 页。

③ 《王蒙自传》第三部《九命七羊》，北京联合出版公司 2017 年版，第 122 页。

④ 王蒙：《青狐》，作家出版社 2009 年版，第 81 页。

理，以及拒绝对于历史的美化和光明式回忆，是"季节"系列与《青狐》非常清晰的意图，由此也构成了王蒙对早期政治叙事和革命激情的某种修正。可以说，"季节"系列在大规模重新进入革命历史时，部分修复了原有革命叙事的人格气质、情感基调和价值判断上的单一和狂热。"季节"系列勾勒了革命年代的理想、青春、爱情与政治，王蒙显然缺少了重构那个年代的崇高感和悲壮感的激情，相反，重述历史的荒谬与人的失措成为显在的叙事重心。"在'季节'系列中，无论是'恋爱'、'失态'还是'踌躇'、'狂欢'，都可以看作是个体命运和社会历史的非常态和暂时形式，是历史的'不平衡'时期的'闹剧'。"① 在"季节小说"里，20 世纪 50 年代至"文革"时期的历史背景下，在周碧云、舒亦冰、钱文、萧连甲、黎原、苗二进等人与大历史的纠缠中，崇高的理想与庸常的日常悖谬交融，扭曲的人性与失态的丑行共生并行。我们看到的人的图景是破碎的、创伤的，革命与政治不再是不可置疑的正义，革命的肆虐和政治的潮流撕裂了人性，粉碎了人的主体性，使人呈现出生命失措、精神失态的悲剧状态。

写于 2000—2003 年的《青狐》被视为王蒙的"后季节"作品，它以钱文的视角聚焦 20 世纪 80 年代初期的政治生态和文人生态，以女作家倩姑的悲喜人生作为主线，并串联起其他人物群像。人在历史夹缝中的荒诞生存和危机性精神处境，是这部小说的叙述重心。《青狐》的这种写作旨归，王蒙曾这样夫子自道："真正解放了自由了青云直上了以后，人们会是什么样子呢？尤其是长期以来没有那么解放那么自由的人，那些饿极了渴极了穷疯了憋疯了的人，又是生活在一个没有什么法制观念的地方，生活在一个权比法大，政策比法大，情面比法大，什么都比法大的地方，他们吃上大饼了喝上可口可乐了……还不烧出瘟疫来！"② 可见，《青狐》是在王蒙"革命—政治"叙事主线上，将历史背景延展到新时期的新现实之中，探讨当代人如何面对自由，如何修复人的历史主体性的写作尝试。

渴望做一个"热烈的活人"，是《活动变人形》中倪吾诚的生存理想，这种理想终其一生并未达成，《青狐》继续探讨和建构这种理想的人格，王

---

① 温奉桥：《王蒙文艺思想论稿》，齐鲁书社 2012 年版，第 149 页。
② 王蒙：《青狐》，作家出版社 2009 年版，第 218 页。

蒙颇为欣喜地将青狐这个神奇的女子称为"真正的活人"①。青狐是小说中最为夺目的一个形象，她有写作的才情，因为小说《阿珍》的发表而崭露头角，并在文艺界声名鹊起，逐渐成为享誉海内外的名人。但另一方面，青狐又是不幸的——她出身贫寒，长相怪异，从小被人歧视，爱情和婚姻非常不幸：初恋的哲学家，在运动中自杀，与大学辅导员的性关系公开后，辅导员被判刑，自己被开除，后来嫁给丧妻的小领导和主动追求她的小牛，两个丈夫先后因急性病和车祸死亡。至此，青狐成了"白虎星""克夫"魔女。不幸的婚恋经历，让青狐背负了很多骂名和世俗的敌视，也让她对于性、爱和婚恋产生了耻感和排拒。事业上的崛起部分消弭了青狐的这种自卑的情感状态，使她恢复了爱的渴望。对于异性的爱和蠢蠢欲动的欲望，青狐一方面将它们转移到自己的写作中，另一方面积极主动地去表达，英俊儒雅的杨巨艇和思想深邃的王模楷先后成为她心仪的对象，她主动去迎合和争取，最后却无疾而终。

青狐的不幸和悲剧除了表现为婚恋上的受挫和性爱上的压抑，还更为深刻地体现为不能确认自我的"无名感"。纵观青狐从籍籍无名到闻名遐迩，她几度被污名，改名或失去名字：青狐自小由于长相奇异，而被称为"小杂毛儿""黄毛丫头"，她是"小领导"丈夫眼里的"烂货"，恋爱风波和"克死"两任丈夫后，她成了"丧门星""白虎星""扫把星"。通过小说《阿珍》的发表，她成为了人们口中的"天才""著名作家"。这样一个多名、污名和走向盛名的过程，相应对应着"卢倩姑—青姑—青狐"这样一个演变过程。"如果说在《活动变人形》中，王蒙以痛苦却清醒的笔调实现了主体性的反思，那么在《青狐》中，他则以隐喻和戏谑的笔发出了主体的焦虑与无名的叹息。"②青狐起伏的人生命运与象征自我身份的易名和污名过程，显示了个体在现代社会难以确认自我的漂泊感和危机经验。

主体的这种焦虑和危机，不仅表现为主人公青狐的性受挫和无名的惶惑，在《青狐》的其他人物身上也有生动的体现。比如，眉清目秀的江南才

---

① 王蒙：《王蒙新世纪讲稿》，上海文艺出版社 2005 年版，第 380 页。

② 姜尚：《当代文学史视域下的主体性探索》，严家炎、温奉桥主编：《王蒙研究》（第五辑），中国海洋大学出版社 2019 年版，第 169 页。

子米其南，曾是深受女性喜爱的美男子，因为亲了一个女生的额头，而以涉嫌强暴被送去"劳改"。在新的语境下获得自由后，米其南觉得20多年的右派生涯太亏了，加上"自宫事件"的刺激，他一心想要补偿自我，从而放纵情欲，追求感官刺激。性的解放和性的放纵，成为米其南当代生活的"活法"，成为他修复历史旧我、确认自我的独特方式。无疑，对于走过历史苦难的米其南而言，性的"解缚"成为他对抗历史和找寻自我的一种重要方式，自我主体在性的欢愉上能够得到伸张。另一方面，米其南的放纵式性解放，事实上也走向了一种过犹不及的极端。《青狐》中的另一个人物杨巨艇，也是高度典型的历史人物。杨巨艇在小说中是一个气宇轩昂、英俊帅气的知识分子，他擅长表达，是典型的理论大师和语言巨人，分析现实与理论问题时，头头是道，汪洋恣肆，然而，理论和语言上的这种巨人对应的是他在现实中的"软弱和无助"和他在性上的无能。杨巨艇语言的夸饰和身体的去势构成一种反讽，构成一种负面的"美学对称"，生动地再现了特殊年代知识分子人格扭曲和畸变，"隐喻地反映了专制主义政治文化对中国当代知识分子在思想和心灵上形成的严重扭曲、摧残"①。

三、"自由人"的叙事伦理与困境

《生死恋》（2019）和《笑的风》（2020）在王蒙的写作中是种异数，又意味着一种新的人物类型与价值关怀。说是异数，是因为从人格类型来说，苏尔葆、傅大成这些形象溢出了王蒙"政治人"的经典序列，他们具有了区别于林震、钟亦成、倪吾诚和倩姑的独特秉性，即对自由的执偎渴望和为了自由决绝行动的能力。正是"自由人"这种人格类型的出现，开辟了王蒙人学话语的新叙事和新的价值向度。

纵观王蒙的写作历程，在林震、郑波、张思远、钟亦成、翁式含、倪吾诚、钱文、青狐等人形成的形象谱系列上，钟亦成、张思远属于典型的"政治人"，林震是由知识分子向"政治人"积极转变过程中的人，倪吾

---

① 温奉桥：《王蒙文艺思想论稿》，齐鲁书社2012年版，第154页。

诚则是中西文化夹缝中的"过渡人",是一个遭遇着自我主体性危机、精神极其痛苦的"游世之魂"①。王蒙让笔下的林震、钟亦成、倪吾诚从革命土壤和文化传统里一路走来,突破政治秩序的束缚,走出种种心灵危机,赋予他们向往自由和个体心灵飞翔的冲动,一直到商品时代的青狐,才算看到了个体可以伸张自我,成为"自由人"的曙光。但青狐似乎是经济时代的一个消费符号,它可以预示着某种成功,代表着某种文化资本与神话,但在这个粗鄙的时代,青狐仍然是一个没法真正舒张自我的悲剧人物,她最后焚毁自己的所有书稿,即包含了这种生的痛楚和绝望的诉说。那么,人还可以再自由一点,自我的主体性是否可以不受拘囿发展得更充分一点?近作《生死恋》和《笑的风》即是在探讨这些问题。在这两部作品里,王蒙围绕人的自由问题,通过苏尔葆和傅大成的婚姻变故,探讨人的选择和限制,自由与伦理,以及男性挣脱传统婚配获得婚姻自由后的真实状态,以此思考自由的边界和限度。

在以赛亚·伯林看来,自由意味着可能的选择与活动不被阻碍,是指免于枷锁、免于囚禁、免于被人奴役,也即,"我希望成为我自己的疆域的主人"。②在《生死恋》中,苏尔葆的生活是近乎完美的,热情、能干的立红给他安排好了生活里的一切,他处于一种被强势女性保护的"幸福"之中。然而,在这种家庭与婚姻关系里,苏尔葆的意志是静态的,选择是被动的,"选择的自由"在苏尔葆的生活里一直缺席。如果说束缚倪吾诚并使他感到痛苦不堪的是妻子、岳母和大姨子三人组成的剽悍女性联盟,她们连连向倪吾诚发难,对他的放浪和不负责任穷追不舍,那么,苏尔葆的痛苦则来自于处处被保护、被安排好的被动和选择丧失之中。正如美国作家维克多·弗兰克尔所说,选择的自由是"人类的终极自由",也即,在外界刺激和自我回应之间,他有"自主选择如何应对不同处境的自由"③。因而,苏尔葆固执而决绝地抛弃贤惠的立红和圆满的家庭,看上去是年轻的月儿的召唤,实际上

---

① 许纪霖:《安身立命:大时代中的知识人》,上海人民出版社 2019 年版,第 420 页。

② [英] 以赛亚·伯林:《自由论》,胡传胜译,译林出版社 2013 年版,第 183—184 页。

③ [美] 维克多·弗兰克尔:《活出生命的意义》,吕娜译,华夏出版社 2018 年版,"前言"第 4 页。

是他对"自主选择"的渴望。苏尔葆向兄长顿开茅塞的哭诉中反复提及的"我没有选择过,我没有追求过","我这一生只知道接受,只知道听喝"①,是理解苏尔葆的密钥。在《笑的风》中,傅大成为了心中"笑的风",而放弃与白甜美的美满婚姻,也是出于男性自主选择的冲动。于是,在《生死恋》和《笑的风》中,男性为了"选择的自由",先是离婚,继而出走,在精神和空间的意义上都实现了个体的自由。

那么,在打破各种限制和枷锁,获得主体性和选择的自由后,这种自由通往何方,"脱缚"的个体是否会遭遇新的困顿,个体是否会为决绝赢取自由的行为付出新的代价,这些问题在王蒙这两部作品里得到了深刻的书写。这两篇小说都探讨了"自由的代价",尤其聚焦了"绝对自由"与"绝对的孤独"的共生性关系。在《生死恋》中,顿开茅利用访学之机探望在国外艰难打工的苏尔葆时,在贫瘠和孤独中苦苦挣扎的苏尔葆向大哥诉苦道:"自由的代价就是孤独,自由是人类与精神的真正考验,真正的自由与孤独是不能接受婚姻与家庭的。"②苏尔葆为了选择的自由,为了主动拥有爱的自由,放弃了与立红看似完美的家庭,净身出户后,试图与令他魂牵梦萦的月儿结合,由于晚来一步,月儿已经结婚怀孕,痛苦中的苏尔葆终于跌进了孤独的深渊。孤独到极致,便是死亡的边缘与深渊。苏尔葆用自己的皮带结束了自己的生命,而死前,他试图与这个世界沟通,世界的大门却一扇扇关闭起来:

那个北京时间周五的夜晚(自杀的时间),尔葆给立红打电话,得到的是清晨5时立红的内心抗议与实际拒接。给凯文电话,凯文按下了两小时内拒接的功能键。给苏瓒电话,苏瓒说:"爸爸您先让我睡觉好不好,待会儿我还要去上滑翔机培训班……"她想着的是鸟儿般地飞翔,在高山与大海间。没等她爸爸再说话就把电话按死了。③

苏尔葆死于追求自由的路上,从婚姻里跌跌绊绊走出来后,还没有迎来与心爱的人的结合,便走入了孤独之中,在无边的寂寞和孤独中,他试图与

---

① 王蒙:《生死恋》,广西师范大学出版社 2019 年版,第 98 页。

② 王蒙:《生死恋》,广西师范大学出版社 2019 年版,第 69 页。

③ 王蒙:《生死恋》,广西师范大学出版社 2019 年版,第 123—124 页。

大哥联系，试图与远在大洋彼岸的妻子儿女沟通，都未能达成。失去爱、失去家、失去关怀的苏尔葆，最终为自由付出了惨重的代价：绝对的孤独和凄凉的死亡。在《笑的风》中，自由的代价问题仍然是小说的叙述重点。冲破重重阻力而结合到一起的傅大成与杜小娟，非常珍惜来之不易的"中年新婚"，但同时他们也意识到自由背后的"代价"问题："绝对的自由的代价往往是绝对的孤独，哪怕你的身旁多了一个人，你也会不愿意承担对他或她的关照与妥协。而孤独的结果很可能是空虚，虚无，最绝对的自由其实说不定是自杀的自由。"[①] 这番对话既是在重申绝对自由可能会导向的后果：孤独，虚无和死亡，也是在预示傅大成为了这种"自由"可能会付出的种种代价。10 年的马拉松式恋爱，20 年的日常耳鬓厮磨，傅大成与杜小娟的灵魂之爱，终于难敌灰色和琐碎的到来，陷入了"耗散效应"的窠臼——爱会随着时间巩固与充盈，时间也会使爱一点点耗散与衰减[②]，轰轰烈烈的傅杜恋最后以两人的凄然分手而告终。

某种程度上，《生死恋》和《笑的风》是对五四启蒙神话和"娜拉出走"母题的当代演绎。在新文化运动和五四风潮之下，个性解放和人的自由成为20 世纪初时代的铿锵主题。在历史急剧转型期，五四青年一代对个性解放的理解不无狭隘，在很多人看来，个性解放即是婚姻的自主或是性的解放。那么，这种启蒙"神话"会把青年带向何方，即青年一代真的争取到了婚姻的自主和性的解放，他们会幸福吗？鲁迅在《伤逝》中通过子君和涓生的悲剧结合，张爱玲在《五四遗事》中通过罗、范氏等几个青年的出走叙事，都给出了否定性的答案。及至近一个世纪之后的《生死恋》和《笑的风》，王蒙接续了对这个问题的思考——"不自由"的苏尔葆和傅大成为了追寻自由，挣脱包办婚配或旧有婚姻的束缚，从家庭决绝"出走"去追寻理想的爱情和自主的婚姻。那么，离婚与出走，能够解决新的历史时期"男娜拉"们的情感危机和生存困境吗？在两部新作中，王蒙显然并没有简单给出乐观的答案，相反，"出走"后的苏尔葆最后孤独自杀，傅大成、杜小娟神仙眷侣20年之后也以分手告终。王蒙试图告诉我们的是，离婚是现代社会解决夫妻关

---

① 王蒙：《笑的风》，作家出版社 2020 年版，第 179—180 页。

② 王蒙：《笑的风》，作家出版社 2020 年版，第 207—208 页。

系的一种文明手段，出走也只是人们解决婚姻危机的一种姿态，它们并不承诺幸福，并不能从根本上解决当代人的情感危机。

从王蒙的家庭记忆来看，父母不幸的婚姻和离婚的悲剧是他心头挥之不去的阴影。由于王蒙的父亲王锦第与其妻在思想观念和生活方式上的差异，也由于王锦第缺少家庭责任感、眼高手低等毛病，致使夫妻婚姻一直很紧张。这种紧张并没有随着时间的流逝而缓解。直到 20 世纪 50 年代中期，王蒙在机关工作和文学创作都进行得顺风顺水时，不得不亲手经办了父母的离婚事件。"我一度认为父与母的生活也将揭开崭新的一页。而等我从中央团校毕业后，父亲又把他的离婚的问题提到我的面前。从理论上我认定，父亲与母亲离婚有可能为他们创造新可能，离婚有可能成为一种文明，我来操办，父亲和母亲离了婚。然后父亲匆匆结了婚，不久又闹了起来，其火爆程度不亚于过去。"①面对婚姻危机，男性选择离婚和出走，再陷入新的危机——这几乎成了父亲王锦第与倪吾诚（《活动变人形》）、苏尔葆（《生死恋》）和傅大成（《笑的风》）共同的生活轨迹，也意味着一种共同的悲剧宿命。这种略带悲观的叙事模式，与王蒙的家庭记忆多少有些关联。

《生死恋》和《笑的风》的写作时间比较接近，大致在 2019—2020 年之间，此时的王蒙已是耄耋之年的老者，经历了太多命运的沉浮起伏与人间是非爱恨，书写了太多关于人与政治、历史、文化纠缠的文学。那么多的人物中，为政治而活，为集体与崇高的理想、信仰而活，为传统而累，为旧式婚姻而累，为世俗而累，即使到了 20 世纪八九十年代彪悍的青狐这儿，在这个群魔乱舞的欲望化时代，她可以靠着写作才情声名鹊起，而她迷狂的情思与奔腾的欲望却无处安放。到了《生死恋》《笑的风》中，王蒙把爱的自由，选择的自由给了苏尔葆和傅大成。他们两个人同宗同源，都是"自由之子"，都渴望最大程度地实现自己的自由意志。苏尔葆用这份"选择的自由"把自己从杀伐决断、事事安排周全的立红那儿解放了出来，他还没有来得及拥抱新的婚姻和新的爱人，便孤独地死去。傅大成不仅挣脱了原本幸福的婚姻和贤惠的妻子，还与新爱缔结良缘，但携手经年后，爱与婚姻仍然走向了解体。可以说，《生死恋》和《笑的风》是王蒙写作里真正为自由张目，彻底

---

① 《王蒙八十自述》，人民出版社 2017 年版，第 22 页。

把自由还给个体的文学叙事，两部作品都聚焦"自由的人"的行动和情感，探讨自由与代价的关系，以引起我们去思考自由的边界、自由的困境这些值得深思的问题。

结语：王蒙人学话语的新韵或变法

王蒙的小说始于对"政治人"的塑造和对革命伦理的伸张，这种写作选择缘于独特的少共身份以及在政治实践中形成的强烈革命认同。但"政治人"的文化心理、行为逻辑显然是一种不无缺陷的体系，王蒙意识到革命者身上的这些值得纠偏的问题，故而在"政治人"的身边设立了"辩驳者"形象或"审父"意象，比如"灰影子"（《布礼》），比如冬冬与张思远（《蝴蝶》），钱远行与钱文（《青狐》），通过对"政治人"的辩驳以及"审父"行动，质疑或辨析了革命逻辑与政治伦理的某种片面与虚妄。90年代开始的"季节"系列，是王蒙对自己的革命叙事以及"政治人"的更为自觉的反思，这种史诗式的"清算"有"告别革命"的意味，呈现了革命时代的理想、单纯与狂热，以及历史、政治、革命、集体与自我的深度纠缠，同时也为个体走出历史重负和精神创伤提供了某种可能。在《季节》叙述之后，王蒙的关注重心很明显转向了"后革命"时代人的世俗生活和精神主体性问题。

如果说"政治人"体现了王蒙作为历史亲历者对"革命年代"的政治乌托邦理想及其实践的反思，那么，"自由人"叙事则是试图释放被集体正义漠视、被革命和政治压抑着的个体自由，以此重构人的主体性。从政治走向自由，从群体走向个人，这成为王蒙人学话语的一个内在轨迹。近代以来，自由何往，是个颇有争议的命题。对于中国知识精英来说，"作为意志之展现的自由，究竟是走向个体还是群体？应该保障个人意志的延伸还是集体意志的伸张？他们是感到惶惑焦虑的。"[1]王蒙小说由"政治人"到"自由人"的历史变化，呈现了自由在群与己、政治与世俗间的当代流变。王蒙笔下的人，无论是风云人物张思远还是初涉政坛的林震，也无论是"游世之魂"倪

---

[1] 许纪霖编：《现代中国思想史论》（下卷），上海人民出版社2014年版，第722页。

吾诚还是"真正的活人"青狐，或者是为自由而冲出婚姻围城的苏尔葆，似乎都是分裂的人，有悲剧色彩的人。王蒙曾将他笔下的这些人称为"不平衡的人"，即"人的脑袋和他的身躯和他的脚的不平衡现象"，由此带来人的悲剧和痛苦，失败和洋相，"也可以把这看成一个中国在总体实现现代化中人的性格、遭遇的悲喜剧，这也是代价，是现代化的代价。"①总体来看，王蒙的人学话语是丰富而深刻的，他的"政治人"与"自由人"系列包含了巨大的历史内涵，两个系列之间的转变既是写作由革命到后革命的自然延伸，也可以视为王蒙文学精神和美学上的某种"衰年变法"，这些问题值得细细辨析。

（沈杏培：南京师范大学文学院教授、博士生导师）

---

① 王蒙：《王蒙新世纪讲稿》，上海文艺出版社 2005 年版，第 380 页。

回归大地，回到民间

——试论新疆生活对王蒙创作的影响

于京一

　　众所周知，从 1963 年 12 月 28 日 17：20 到达乌鲁木齐火车站，到 1979 年 6 月 12 日正式调回北京工作（同年夏天，举家迁回北京），王蒙在新疆生活、工作、劳动了将近 16 年，横跨整个"文革"。笔者曾在论析红柯新疆书写的文章里提道："流徙甚至常年客居他乡是中国古代文人十分典型的生存状态之一，现代以来，这种历史的典型常态开始慢慢消退，转而成为历史巨变时代的偶然性事件。"①王蒙的情状当属此类。与红柯相似，一个鲜明的事实是，新疆生活之前与之后，王蒙的创作无论是表层的内容、风格还是深层的写作伦理与文体结构等都发生了明显的转变。由此，需要探究和追问的是：16 年的新疆经历对王蒙的文学创作到底影响几何？以及这种影响的价值何在？

一、出走新疆，重塑自我："家"的执迷与爱的寻觅

　　不少评论者认为王蒙少年得志，所依据无非且基本是"14 岁就加入中国共产党，是政治上早熟的布尔什维克，19 岁担任东四区团区委副书记；不满 23 岁就因《组织部新来的青年人》声名大噪，是被毛主席钦点的天才作

---

① 于京一：《论作为文学地理的新疆之于红柯的意义》，《小说评论》2018 年第 3 期。

家。"① 如此等等。

然而，我们不应忽视"少年得志"的前身是王蒙童年的悲戚与压抑，这主要来自其原生家庭父母之间的情感裂隙甚至尖锐矛盾②。这种小家的不幸与温情的缺失，某种程度上导致王蒙自小就对来自集体的温暖和召唤充满了异于同龄人的热情、向往，而童年生活的压抑在塑造王蒙作家形象的过程中也酝酿、发酵着非同一般的效力。

我们大胆地推测，1963 年在政治风暴山雨欲来之时，王蒙毅然放弃北京师范学院的教职而远走新疆，恐怕与他此前因《组织部新来的青年人》所带来的伤痛有关，毕竟王蒙再一次在所谓"革命大家庭"的温暖中迷失且受挫。革命的大家庭在带给他前期火辣热烈、崇高绚烂的同时，很快在运动中以貌似无来由的情状将他打入另册，这不能不令生性敏感的王蒙大惑不解——尽管他也会以革命和理想的名义竭力思索与反刍，但当时的情势已经远远超出了年轻的王蒙所能理解的范围。无论如何，生活尤其是政治的敏感性让王蒙于朦胧中觉知到了必须作出某种抉择的时刻了。就此而言，出走新疆，可以看作是成年王蒙第一次主动大踏步撤退，反思自我与社会，梳理人生与生活，以图重觅、重建"新的大家庭"的以退为进的战略性转移——当然，这其中也裹挟或掺杂着其少共理想一贯鼓舞与昂扬斗志的自然结局③；更是他为寻找更真挚的爱与更广阔的大家庭的一次命运大赌博。

幸运的是，新疆尤其是伊犁巴彦岱公社张开双臂、结结实实、热情淳朴地拥抱王蒙，给了他猝不及防的大家庭的温暖、关爱和保护。以至于多年之后，王蒙仍然深情地谈道："回想和谈论我们在伊犁的生活，唤起并互相补

---

① 参见汪丽慧：《论新疆生活对王蒙及其创作的影响》，硕士学位论文，中国海洋大学，2011 年。

② 参见王蒙：《精彩与荒谬》，《极致与从容》，山东文艺出版社 2019 年版，第 119 页。

③ 后来王蒙曾自言："不能把我去新疆说成是被'流放'。去新疆是一件好事，我是自愿的，……当然，如果没有'反右'运动的被扩大，我大概不会去新疆，而那是一件非常痛苦的、荒谬和不幸的事情。"参见王蒙的《文学与我》，有论者曾将王蒙出走新疆概括为"惬意浪漫寻梦"（如汪丽慧：《论新疆生活对王蒙及其创作的影响》，硕士学位论文，中国海洋大学，2011 年，第 14 页），我认为不太符合当事人当时当地的境况，不应以历史后视的角度去美化或者浪漫化生活的原貌。

充那些记忆，寄托我们对伊犁的乡亲、友人的思念之情，快要成为我和家人谈话的一个永恒主题了。不论什么时候谈起来都那样兴高采烈、感慨万端，不但历久不衰，而且似乎时间过得愈久，空间距离愈远，那时的生活反而愈加凸现和生动迷人。"① 当然，16 年的新疆生活，于王蒙而言并非铁板一块、波澜不惊，而是随着时代的大潮起伏跌宕、偶有浪花与波涛 ②。这期间虽偶有苦闷、无聊 ③，但整体而言，伊犁的生活赋予了王蒙终生难忘的教益和美好回忆，"特别是从 1965 年到 1971 年，我在伊犁地区的巴彦岱公社'劳动锻炼'，并一度兼任该公社二大队的副大队长，是一段非常宝贵和永远难忘的经历。我和当地的维吾尔农民相处得十分融洽，六年来我和维吾尔老农阿卜都热合曼与老农妇赫里其汗住在一起，亲如一家。"④ 王蒙甚至认为"巴彦岱是我的第二故乡"，并且学会了维吾尔语，能熟练地与维吾尔人交流，能把维吾尔的文学作品译成汉语。由于维吾尔农民和当地干部的保护，王蒙在"文革"中没有受到任何人身侮辱，堪称奇迹。

在新疆，王蒙静静地沉潜、反刍、思索、蜕变，新疆大大地改变了他，甚至在很大程度上重塑了王蒙的世界观、生活观和价值观。为新时期伊始王蒙在文学创作上的横空出世、一飞冲天扎下了厚实的根基。

---

① 王蒙：《在伊犁》，《在伊犁 新大陆人》，人民文学出版社 2003 年版，"后记"第 281 页。

② 1963 年 12 月先被安排在新疆维吾尔自治区文联工作，在乌鲁木齐市任《新疆文学》编辑，创作热情依旧高涨；1964 年底，因"文艺整风"，王蒙已经排好版的作品被撤下，因右派问题，下乡搞社教的资格被取消。这次被决定下放伊犁，但又因伊犁方面负责人暂时不在，王蒙整个冬天在家枯坐。直到 1965 年 4 月才到达巴彦岱。1966 年秋，个别群众给王蒙贴了几张大字报，王蒙不再适宜担任副大队长工作。

③ 比如王蒙学抽烟，是因为无趣、无聊、烦闷，参见方蕤：《王蒙"放逐"新疆十六年》，东方出版社 1995 年版，第 93 页。也可参见王蒙：《我的喝酒》，《极致与从容》，山东文艺出版社 2019 年版，第 98 页。

④ 王蒙：《文学与我——答花城编辑部 ×× 同志问》，《王蒙文集》第 23 卷《论文学与创作（下）》，人民文学出版社 2014 年版，第 66 页。

二、扎根伊犁，重识人间：写作意识的开阔与
写作伦理的开放

新时期伊始，重登文坛的王蒙，在写作意识和伦理方面均发生了显而易见的变化。总体而言，由"十七年"时单一的政治化思维转向了更为开阔、多面、立体的创作追求，对俗世俗人倾注了更多的瞩目与垂青。这应该与其16年的新疆生活，尤其是1965—1971年在巴彦岱的劳动锻炼密不可分。

首先，自然环境的粗粝崇高和社会环境的冷暖互映，使王蒙对于人，尤其是自我的认知，冲破了单一政治思维的框架。新疆因为特殊的地理位置，气候多变而恶劣，大漠戈壁、雪域群山与神奇绿洲、多彩山谷径直相连，尽显大自然的鬼斧神工。此种情状给予了富有浪漫色彩和"少共"情结的王蒙以前所未有的冲击，在自然的粗粝与崇高面前，人（尤其是个体）的主体性易于回归冷静客观的情态。生活穿行于此的王蒙不禁感慨："面对这样的环境，你无法不感到个人的渺小，不感觉到人与人携起手来的必要，不感到一味自吹自恋自我循环自我按摩的没劲。"[1]因此其在巴彦岱红旗公社的"三同"式（同吃、同住、同劳动）改造生活也尽显诚心实意。王蒙很快掌握了农家生活生产的基本技能与习俗：他帮助房东挑水，帮助邻里上屋梁，学会了夏秋之际麦场上的一切活计，而且很喜欢扬场，觉得有韵律性，"那种土中求食的形象，着实耐看"。[2] 总之，王蒙以满腔真诚与热情很快融入了当地农村的生活，并获得了意想不到的收益："新疆不仅开阔了我的眼界，更使一个失之于纤细和柔弱的灵魂得到了雪山和绿洲、戈壁滩和暴风雪、季节河、大渠和坎儿井、原始森林和林场、牧场的洗礼。新疆十六年，我变得粗犷和坚强了，也变得更加乐观和镇静了。"[3]甚至还被提名推举为"五好社员"（后因不拿工分，因此不算社员而作罢）[4]。巴彦岱的劳动生活使原本作为小知识

---

① 王蒙：《王蒙自传·半生多事》，花城出版社 2006 年版，第 232 页。

② 方蕤：《王蒙"放逐"新疆十六年》，东方出版社 1995 年版，第 75—76 页。

③ 王蒙：《新疆精灵》，上海文艺出版社 2002 年版，"序言"第 1—2 页。

④ 方蕤：《王蒙"放逐"新疆十六年》，东方出版社 1995 年版，第 81 页。

分子革命者的王蒙与基层劳动者的心更近了，达到了水乳交融的亲密无间。

而在社会生活中，王蒙也体验到了冷暖互映的不同情状。一方面，政治运动与斗争形势琢磨难定、动辄获咎，被人贴大字报、无缘无故被扣发工资、排队半天买粮、无声无息地被遗忘或"挂起"，尤其是一切生活的混乱无序、毫无前途，令他格外迷惘、沮丧甚至消沉。此种切实的公共生活遭遇难免不在王蒙的思想与意识世界引起震动和反思。而在私人生活领域，王蒙及其家人则接受到了来自周围四面八方的友谊、鼓励、关爱和帮助。既有王谷林、宋彦明夫妇、罗远富夫妇这样的政界和科技界人士，和妻子崔瑞芳的教师同事张继茹、李洪，也有农民金国柱夫妇和工人王世辉夫妇，当然更有少数民族同胞如房东夫妇、肉孜·艾买提、满苏尔艾山、萨黛特等。这些来自新疆基层，或在那个特殊年代终将坠入基层的各色人等，构成了中华民族最广大的人群和主体，他们蕴含并凝铸成我们民族的勃勃生机与精神源泉；王蒙在收获他们的爱的同时，反过来对由他们所构成的族群及国家充满了十倍、百倍的热爱与崇敬，由此加深了其固有的强烈的爱国爱党情怀①。而这种冷暖分明的生活体验，也让王蒙从早期那种一片光明的政治理想主义的单纯中清醒过来，逐渐明晓了社会的复杂、生活的芜杂和人生的繁杂，走出了单一政治思维的逼仄和幼稚，也让他更加认识、体悟并珍惜俗世的广博、深邃、力量与温暖②。

其次，基层百姓的热情淳朴，使王蒙对社会，尤其是深广的民间世界，有了更深入的了解和熟悉，对革命与生活关系的思考与理解更客观、更合理。写于1970年代中后期的《这边风景》《队长、书记、野猫和半截筷子的故事》，虽然故事的背景是"文革"，但构成戏剧冲突的依然是"阶级斗争"的张力结构；但在细节的描画和主要人物的塑造方面，王蒙已经将主要精力倾注到基层的日常生活及干部、百姓对于生活常识性的认知与坚持上。换言之，王蒙在这些披挂"阶级斗争""形式外衣"的小说里，重点书写和关注

---

① 这种情怀在王蒙喜欢吟唱的一首用湖南花鼓调谱写的"语录歌"中表现得淋漓尽致。参见方蕤：《王蒙"放逐"新疆十六年》，东方出版社1995年版，第105页。

② 这种冲破政治拘囿、走向广阔的思维，在文学语言和小说文体上有着丰富的表现，参见郭宝亮：《王蒙小说文体研究》，北京大学出版社2006年版。

的不是斗争如何激烈，而是正常的思维、情感、观念如何被重新捡拾、树立和确证，常识开始重新回归并占据生活的主流，人们开始逐步从狂乱、迷惘、压抑和虚假的失序与动乱中重回正常。而那些扯虎皮拉大旗，表面打着"革命"光辉旗号，实则名利均沾、机关算尽的投机分子则尽显滑稽与拙劣，终被扫进了历史的垃圾堆。革命与生活之间密切相依的关系得到了极大的阐述：革命与日常生活之间绝非截然对立的存在，革命的目的就是让万千百姓过上正常的生活。

由此，王蒙特别注重对少数民族群众人生经历、情感起伏和日常生活的瞩目与呈现。如《歌神》《在伊犁》等系列短篇小说。如果说少年王蒙是依凭对理想的浪漫向往与追求和对温暖大家庭的寻觅而投身革命、鼓吹革命进而忧虑反思革命队伍可能出现的瑕疵；那么新疆生活，让王蒙逐步从革命虚饰的光环与荣耀中冷静下来，直面广袤、厚实的大地，直击基层百姓的艰辛、忧愁与欢乐，明晓了再光彩夺目的革命，当繁华褪尽，最终需要回归的必定是百姓真实可触的生活与真情可感的心绪。所谓天下太平、繁华盛世，必得从民间的视角去认知与确定，必得从真实的生活与人生出发去体悟，否则一切都是虚浮与矫饰。"长期的底层生活使王蒙的身心都获得了一个新的飞跃，除了让人激情沸腾的革命和政治之外，原来生活本身蕴含了无数的美感，王蒙的生活天地从此变得广阔而深厚，他的创作道路也烙上了深深的民间的印痕。"[1] 王蒙自己也深情坦言："虽然这一系列小说的时代背景是那动乱的十年，但当我写起来、当我一一回忆起来以后，给我强烈冲击的并不是动乱本身，而是即使在那不幸的年代，我们的边陲、我们的农村、我们的各族人民竟蕴含着那样多的善良、正义感、智慧、才干和勇气，每个人心里竟燃着那样炽热的火焰，那些普通人竟这样可爱、可亲、可敬，有时候亦复可惊、可笑、可叹！即使在我们的生活变得沉重的年月，生活仍然是那样强大、丰富、充满希望和勃勃生气。真是令人惊异，令人禁不住高呼：太值得了，生活！到人民里边去，到广阔而坚实的地面上去！"[2]

---

[1] 汪丽慧：《论新疆生活对王蒙及其创作的影响》，硕士学位论文，中国海洋大学，2011 年，第 18 页。

[2] 王蒙：《在伊犁》，《在伊犁 新大陆人》，人民文学出版社 2003 年版，"后记"第 282 页。

三、融合地方，走向总体：文体的交融与风格的多样

"作家的思想不仅显现在文学观念和人物形象中，也显现在语言和文体中，而文体是为思想赋形的，它甚至能照见作家思想的全貌。"①"文革"后期，特别是新时期以来，王蒙的创作风格日益由严肃、高亢转向活泼、达观，文体也由原本的相对单纯、拘束逐步敞开，走向丰厚与洒脱。追根溯源，显然，这同样来自 16 年新疆生活的热情馈赠。

首先，维吾尔语言的浸润与熏染。熟练掌握维吾尔语言，意味着对维吾尔族文化的深入了解、熟稔与沉浸，为王蒙对世界与人的认知打开了一扇别具一格的窗子，也易于打破个体之人对自我原初文化的独守、孤赏以致偏执，培养了王蒙世界观中关于多样性、包容性、理解性的宝贵认知和姿态，也为其后续包容、宽阔、体谅的写作伦理打下了坚实的基础。尤为值得一提的是，维吾尔语是一种非常形象、非常强调邻近取譬的及物性语言。如"一个共产党员向另一个共产党员说了实话，就能使那个党员肚子发胀"。"他（哈皮孜）指责铁木耳是一个没有政治头脑、保守僵硬、不能适应形势的落伍者，是糟朽如棉的木头，是一捅就破的熟过了劲的哈密瓜，是过期失效的电影票……"，而"听到这一套妙喻，谢力甫像三伏天喝了一碗用坎儿井水搅拌的酸牛奶。"②这些维吾尔话语在说理或评述中，直接从维吾尔人伸手可触的日常生活中撷取具体、形象的事物，显得特别亲切易懂。而且，维吾尔人观察世界是"以健全的感觉认识世界，即以人类特有的听觉、味觉、视觉、嗅觉等能理性的思考、推理和判断，从而带到对超感觉的事物和整个世界的全面认识"③。加之维吾尔人特别擅长辩论、逗趣（见下文论述），这种理性而周全的认知方式使得王蒙原来直线式的、单向的思维模式转向了多维与辩证。正如其夫子自道："养成了一种对于世界的多样性、文化的多样性的

---

① 谢有顺：《文体也是作家思想的呈现》，《中国文学批评》2023 年第 3 期。
② 王蒙：《队长、书记、野猫和半截筷子的故事》，《惶惑》，北京联合出版公司 2016 年版，第 7—8 页。括号内是笔者所标。
③ （宋）玉素甫·哈斯哈吉甫：《福乐智慧》，耿世民等译，新疆人民出版社 1979 年版，第 45 页。

了解与爱惜，一种对于'己所不欲，勿施于人'，'己欲立而立人，己欲达而达人'的恕道的深刻理解，一种'海纳百川，有容乃大'的气魄。"① 概而言之，对维吾尔语言的学习和掌握，使得王蒙整个思维和思想世界都获得了无法想象的巨大突破。而作者主体的觉悟对文体与风格的创新尤为关键："真正的革命都是先从艺术家的内心发生的，先有内心形式，才有文体观念。""以内心经验为底的艺术形式，才是'有意味的形式'，才能实现理念与形式的统一。"②

尤其值得一提的是，王蒙对维吾尔语文学作品的阅读与赏析，于日常口语和民间熏陶之外，又在雅文学的殿堂领略、享受了维吾尔语言、文学和文化的瑰丽、美妙。在《哦，穆罕默德·阿麦德》中，作者从穆罕默德·阿麦德③那里借阅了阿依别克的《纳瓦依》《圣血》，"还有一位吉尔吉斯作家原著的《我们时代的人们》，写得好笑极了。特别是塔吉克作家艾尼写的《往事》，对于布哈拉经院的记述，确实漂亮。还有一位哈萨克作家写的《骆驼羔一样的眼睛》，也很动人……就这样，穆罕默德·阿麦德帮助我认识了维吾尔乃至整个中亚细亚突厥语系各民族语言、文化的瑰丽，他教会了我维吾尔语中最美丽、最富有表现力和诗意的那些部分。我将永远感激他。"④ 由此可见，维吾尔语言的熟悉和掌握对王蒙后来的创作产生了多么宝贵、重要且不可估量的影响。

其次，维吾尔人思维、性情及观念的淘洗与冲刷。熟练地掌握维吾尔语，赋予王蒙得以"以文化持有者的内在视角"（克利福德·吉尔兹语）去感知、体验并获得维吾尔人的思维、性情及观念。维吾尔族人民最为凸显的是其乐观幽默的民族品性，最有代表性的则是弥漫于他们生活中的"塔玛霞儿"。"塔玛霞儿是一种自然而然的怡乐心情和生活态度，一种游戏精神，像

---

① 王蒙：《王蒙自述：我的人生哲学》，人民文学出版社 2003 年版，第 15 页。郭宝亮在对王蒙小说语言进行历时性考察后得出其特点是"从封闭走向开放"，颇有见地。参见郭宝亮：《王蒙小说文体研究》，北京大学出版社 2006 年版，第 46 页。

② 谢有顺：《文体也是作家思想的呈现》，《中国文学批评》2023 年第 3 期。

③ 穆罕默德·阿麦德的原型是肉孜·艾买提，借书情节属实。参见方蕤：《王蒙"放逐"新疆十六年》，东方出版社 1995 年版，第 111 页。

④ 王蒙：《哦，穆罕默德·阿麦德》，《惶惑》，北京联合出版公司 2016 年版，第 186 页。

play 也像 enjoyment，像 relax 也像 take rest。"①"塔玛霞儿"展示了维吾尔人的生存智慧，反映了他们乐观随性的生活态度。即使面临恶劣的自然环境和生活条件，在缺衣少食的情况下，他们也会用唱歌跳舞的方式来转移注意力，这可谓是塔玛霞儿精神的创造性运用，他们的歌舞不是表演而是一种生活方式和态度，表达了苦中求乐的生存精神，张扬了元气淋漓的生命活力。比如面对王蒙的不幸遭遇，房东阿卜都热合曼老爹劝慰道："老王，不会老是这样子的，请想一想，一个国家，怎么能够没有诗人呢？没有诗人，一个国家还能算是一个国家吗？元首、官员、诗人，这是任何一个国家都不能或缺的。老王，放心吧，政策不会老是这个样子的。"②

王蒙曾经在专门谈论维吾尔人喝酒的文章中极为形象又细腻地谈到他们乐观、开朗、擅长辩论、舌灿生花的性情："维吾尔人的围坐喝酒总是与说笑话、唱歌与弹奏二弦琴（都塔尔）结合起来。他们特别喜欢你一言我一语地词带双关的笑谑。他们常常有各自的诨名，拿对方的诨名取笑便是最最自然的话题。每句笑谑都会引起一种爆发式的大笑，笑到一定时候，任何一句话都会引起这种起哄作乱式的大笑大闹。……这些谈话有时候带有相互挑战和比赛的性质，特别是遇到两三个善于辞令的人坐在一起，立刻唇枪舌剑，你来我往，话带机锋地较量起来，常常是大战八十回合不分胜负。旁边的人随着说几句帮腔捧哏的话，就像在斗殴中'拉偏手'一样，不冒风险，却也分享了战斗的豪情与胜利的荣耀。"而王蒙也特别喜欢参与这种谈话，因为"谈话的内容很好笑，气氛很火热，思路及方式颇具民俗学、文化学的价值。更因为这是我学习维吾尔语的好机会"③。久而久之，王蒙不仅谙熟了维吾尔语的表达习惯、熟悉了维吾尔人的民族品性与思维特色，而且对社会与人生、生活和人性等也慢慢形成了更加宽阔、包容、达观的认识和修为。《买买提处长轶事——维吾尔人的"黑色幽默"》便来自王蒙对日常生活的细腻

---

① 王蒙：《王蒙自传·半生多事》，花城出版社 2006 年版，第 280 页。

② 王蒙：《故乡行》，《忘却的魅力》，人民文学出版社 2020 年版，第 146 页。

③ 王蒙：《我的喝酒》，《极致与从容》，山东文艺出版社 2019 年版，第 99—100 页。省略号为笔者所加。

观察、体悟、提炼与呈现，让人在捧腹中品尝了生活的百般滋味①。

再次，从某种意义而言，王蒙小说的语言节奏与文本结构，从维吾尔族的歌曲中获益匪浅。王蒙曾数次专文谈到他对维吾尔歌曲的深刻印象，称其为"又舒缓又热烈，又迂回又开阔"②；"它似乎更散漫，更缠绕，更辽阔，没有开头也没有结尾，抒不完的感情连接如环，让你一听就陷落在那里，痴醉在那里。"③王蒙甚至热情地描摹了两个干建筑工的南疆女人一边干活一边歌唱《阿娜尔古丽》的畅快情景："她们的唱歌就像呐喊一样的自然、朴素、开阔、痛快，她们的唱歌就像呼唤一样响亮、多情、急切、期待着回应，她们的唱歌又像是一种挑战、放肆的发泄，自唱自调，如入无人之境。……她们的精力，她们的热情，她们的喉咙里，似乎都有着无尽的蕴藏。"④崔瑞芳也注意并特别提到王蒙对维吾尔族歌曲的强烈兴趣："王蒙特别喜欢听，也喜欢唱维吾尔族歌曲，尤其是伊犁地区的民歌。北疆的维吾尔歌曲，不像汉族歌曲那样完整，而是带着一种自然的即兴发挥，像一条感情的河，随着地势而曲折地流淌。王蒙欣赏它们那种忧郁、深情，而且充溢着散漫和孤独的美。"⑤上述话语中的关键词如"舒缓又热烈，散漫、缠绕、辽阔、孤独、自然、开阔、痛快、多情、急切、放肆"等，很大程度上与王蒙新时期以来创作语言奇崛爆发、变幻诡谲、汪洋恣肆的情形——对应，从80年代的《来劲》《初春回旋曲》到90年代的"季节"系列，再到2023年的《猴儿与少年》等大批小说无不如此；而"没有开头也没有结尾，即兴发挥，随地势而流淌"等关键词则在某种意义上是其文本结构的形象概括，从《夜的眼》《春之声》《我又梦见了你》等意识流小说，到新近的《霞满天》《猴儿与少年》等也是如此。

由此可见，王蒙的很多小说并非故意弱化情节，而是其从维吾尔歌曲中

---

① 很多论者都提及或论述了新疆16年生活中所接触、熟知的维吾尔人丰富的幽默感，是王蒙新时期以来创作中幽默、调侃乃至荒诞风格的直接来源。

② 王蒙：《又见伊犁》，《忘却的魅力》，人民文学出版社2020年版，第184页。

③ 王蒙：《新疆的歌》，《忘却的魅力》，人民文学出版社2020年版，第185页。

④ 王蒙：《新疆的歌》，《忘却的魅力》，人民文学出版社2020年版，第189页。省略号为笔者所加。

⑤ 方蕤：《王蒙"放逐"新疆十六年》，东方出版社1995年版，第81页。

悟得精粹、取得精华，并与自己的生活体悟及情感律脉血肉交融、日臻成熟、妙手偶得的结晶。因为不论语言还是文体都"不是一种美学修辞，更不是叙事上的技术崇拜，它反对猎奇、赶时髦、哗众取宠，任何的文体革命，真正要奔赴的是作家的内心，并使作家观察世界的方式更为有力"①。

结语：归来依旧是"少年"

生活从来没有无缘无故的荒废和虚度，只要拥有足够的耐心、细心和信心，生命长河中的每一段流域都有它不可小觑和忽视的独特意义和价值。

综上所述，16 年的新疆生活，尤其是 6 年巴彦岱"三同"式劳动生活，给予了"有心"的王蒙以身体、语言、思维、情感和记忆等各方面、立体式的馈赠，并由此重塑且凝铸了一个比"十七年"更成熟、丰厚、自信、旷达、顽皮的，想象力天马行空、书写力天女散花、创造力不可遏制的总体性的王蒙；一个集作家、编辑家、批评家及文化活动家于一身的当代文化巨子。历尽千帆，归来仍是少年。

（于京一：山东大学人文社科青岛研究院教授、博士生导师）

---

① 谢有顺：《文体也是作家思想的呈现》，《中国文学批评》2023 年第 3 期。

王蒙近期小说的叙事伦理及其内在张力

江腊生

　　近年来，王蒙以丰沛的创作活力，推出了《生死恋》《奇葩奇葩处处哀》《笑的风》等一系列作品，"在'青春激情、革命激情、历史激情'的多重激荡中"[①]，关注当代中国社会的发展和生活形态的变革，成为透视当代中国及其文学言说的一面镜子。在他的这些创作中，将宏大的时代发展与现实变革融入一系列个体的生活状态与精神形态，在展示当代中国人的生活伦理与情感困惑时，关注当代中国的生活、思想、情感与观念意识的变化与发展。同时，作品关注当代中国发展中人的现实，注重在家庭伦理与个体伦理之间探究爱情、婚姻、家庭等伦理观念的冲突，在人性的基础上展开传统与现代的反思。在叙述美学层面，王蒙近期小说注重文本表现长度与广度的打造，融入各种知识性的记忆载体，弥散在文本中形成独特的美学内涵。

一、宏大的改革叙述与个体的生命表达

　　书写改革开放带给当代民众生活特别是个体层面的精神、心灵和观念变化，是王蒙近期小说的一个显著追求。自《组织部新来的青年人》开始，无论在叙述内容还是叙述姿态方面，革命、政治、改革开放等成为其一以贯之的文学"关键词"。他的小说在直面奔腾激荡的时代新貌时，往往将人物置

---

① 王蒙：《已经写了六十五年》，《中华读书报》2019 年 1 月 14 日。

于时代风云变幻的背景和现实中，通过一个个具体的人的命运，在书写他们的婚恋、家庭的破裂与重组中透视改革中国的生活巨变，重新思考和辩证时代价值与个体伦理的复杂关系。《生死恋》《笑的风》《霞满天》等小说，贯穿其中一个主导性的情感线索则是对百年来中国社会现代性的激情渴望与欢呼，及其背后的思辨性反思。

小说将个体命运的浮沉与国家社会的转型相结合，通过一系列具体人物的生活形态的改变，展示改革开放带来的生机与挑战，并在其中寄寓作家历史性的沉思。读者依据《笑的风》中的白甜美、傅大成，《生死恋》中的单立红、苏尔葆，《霞满天》中的蔡霞等人物个体鲜活的生命经验，可以透视半个多世纪以来整个中国社会发展的重要文化症候。这些人物个体的身上，一方面散发出传统文化的勤劳善良与伦理操守，另一方面又具有强烈的现代气质与意味，体现了作家对时代与人性的深刻理解。白甜美虽然是一名文化程度不高的农村女性，但她的聪明、勤劳甚至美丽成为一个家庭或者丈夫的主心骨。她以一双贤惠的手和高超的厨艺，支撑起一个家庭日常生活的里里外外，将一个家庭操持得温暖如春、岁月静稳。她的生活往往与一定时代的文化相关联，并表现出强大的生活能力，焕发出强烈的生命价值。白甜美在"政治运动如火如荼，高亢入云"的严峻形势下，用自己的智慧和能力，营造了乱世中难得的家庭安稳和幸福，让傅大成"渐渐意识到他与白甜美的婚配是一件好事"，而"平安幸福地度过了动荡的年代！"改革开放的大潮中，白甜美创办了"相思"棋牌茶室，无意中与李谷一"乡恋"无缝接轨。小说巧妙地把1979年边地小城萌发的新机与京沪大城市、十一届三中全会、港澳台歌曲、日本电影、帕瓦罗蒂乃至整个中国正在发生的历史性变迁联系起来，将"个人""生活"与"时代"、与"历史"联系起来，将"中国"与"世界"联系起来。同样，傅大成参加高考，因为一首诗而成名，当干部当作家，在国内参加笔会，出国参加艺术节，甚至后来与白甜美离婚，与追求爱情的杜小鹃结婚、离婚，都体现了改革开放与市场经济带给国人的巨大精神与心理的变化。离婚后的白甜美开办企业，从事慈善事业。她不再是传统的依附于男性的被侮辱与被损害者的怨妇形象，在改革开放的大潮中，成就了自己的传奇事业，成了时代的弄潮儿。透过白甜美这一艺术形象，呈现了改革开放给生活带来的新机遇新可能，特别是给中国女性带来的新变化新气象。

在小说《生死恋》中，作家将目光投向家族发展史与社会改革史的结合点。小说既有从顿开顺到苏尔葆家族发展史，也有从纳兰性德以来到改革开放的时代史，其中"大跃进"、出国洋插队、跨国公司的经营等都体现在个体的生命史与爱情史的链条之中。小说中反复出现的"年表"，意味着小说不仅仅是一种纯粹的个人化的恋爱行为，而且是历史帷幕下的个人生命史。小说历史舞台从清末到新世纪，从北京四合院到美国和欧洲大陆，再到苏州工业园区，在个体生命密码的捕捉中，体现了作家对历史、政治、时代文化的一贯热情。《霞满天》中的蔡霞，在丈夫不幸去世后，收获了丈夫弟弟的爱情并回应这种热烈的情感，第二次走入婚姻。书写这种极致的情感关系，与其说挑战的是伦理旧习，不如说是爱的能力和权利的礼赞。儿子去世，丈夫与昔日受资助的小保姆产生私情，蔡霞主动提出了离婚。离婚后的她自驾游新疆天山南北、云南、西藏，还去了俄罗斯的贝加尔湖，欧洲名城，埃及的卡纳克神殿等地。在蔡霞的身上，体现了离婚、出国游、老人养老等一系列的时代问题与文化。这个人物个体的命运沉浮，直接贯通了当代中国的不同时代，并直接呈现了各个社会时段的价值理念与人性冲突。时代改变了人物的命运，使人、事、情和家庭偏离了原有的轨道，王蒙在书写这种种改变带来的刻骨铭心的经验、体悟、思考、慨叹的同时，也总是试图写出历史与人心的幽深、时代与历史对人的意识和情感结构的深层影响。可见，王蒙近期小说在他一贯的激情书写中，智慧地呈现了个人经历、体验与时代、历史风云间别有意味的张力关系。

在王蒙的小说里，历史时代决定了人物的命运轨迹，个人也为时代增添了斑斓的色彩。在个体人物命运的书写中，既有时代文化的热情颂赞，又有历史层面的自我反思。傅大成因为创作了一首诗《笑的风》一举成名，并在文学道路上越走越远。他应邀参加上海、北京以及德国的文学活动，并通过文学改变了自己的人生。文学时代带来的自由与开放，增添了文学作品的理想情怀。他通过文学活动认识杜小鹃，并走上离婚而寻找爱情的神话。这里有自由的追慕，又有对时代文化的反思。同样，苏尔葆的洋插队生涯中，既有对改革开放的世界性视野的歌颂，又有人性和命运等层面的反思。苏尔葆为了走出家庭的原罪，到美国寻找生活的出路。他成功之后将单立红接到美国，实现了他对妻子的报恩，而后被公司派到苏州工业园区担任厂长，遇到浪漫而又真情相待的月儿。他与妻子单立红离婚，却没有实现与月儿在一起。本质上，单立红和月儿是苏尔葆经历的不同时代及其文化的隐喻载体。单立红作为一个少先队队长身份走进他的生活，拯救了他的家庭，也拯救了苏尔葆的灵魂，体现的是革命时代的理性与精神。月儿则是唱昆曲出身的纯真痴情女子，她填补了苏尔葆爱情生活中的真空地带，体现了世俗时代人欲解放的一面。《霞满天》中的蔡霞在经历一系列的生活不幸与挫折之后，在自己的内心与社会进行了和解。丈夫出轨、中年失独、老人养老，这些社会问题在她的内心化作自身价值的唯一体现。她将知识的教养与悲悯的情怀相互融合，走出一条爱社会、爱自我、爱他人的道路。可以说王蒙在展开其时代文化反思时处于一种价值冲突与矛盾的张力状态。作品既批判反思革命叙事，歌颂世俗化对人的解放，又怀念革命的理想主义仪式，警惕世俗化带来的虚无情绪。最终在其叙述空间和个体的心灵空间实现"历史的和解"。

历史的反思对于作家而言，并不是从宏观的层面对社会历史的理性判断与思考，而是从人的命运出发，探究人的生命密码与社会密码。在王蒙近期小说创作中，对岁月、爱情、时代、是非、幸运与遗憾，都有了激情之外的理解和体味。耄耋之年的王蒙站在时间与经验铸就的人生高处，展开时代历史之下的命运之谜的凝视与思考，体悟个体命运与时代之复杂缠绕。在《笑的风》中，小说通过傅大成、杜小鹃等的人生体验、历练和感悟，连接外部的、动荡的时代风云，从而探讨个体在历史中的位置和际遇。少年傅大成因一首小诗《笑的风》，而彻底改变了生活和生命的轨迹。傅大成在改革开放之前与白甜美的爱情属于包办婚姻，却又和谐融洽，避免了知识分子被批斗的遭遇而过上平常人的生活。当进入市场经济时代，他终于与杜小鹃实现了自由恋爱之后，却产生"得而后知未得"的遗憾和悔意。同样，单立红在改革开放之前帮助苏尔葆照顾父母，二人的婚姻生活安静如水。苏尔葆走出国门进入跨国公司后，二人的婚姻生活崩塌，苏尔葆追求爱情自由而爱上了月儿，却在离婚后错过了与其在一起的机会。究竟是时代的巨大转型造成了个体命运的缺憾，还是个体的躁动造成了生命轨迹的改变。作家没有给出自己明确的答案，却在慨叹时代历史的转型中，既热情歌颂改革开放带来的自由，又思考个体命运中的诗意与浪漫、责任与价值等悖论性存在。无疑，近期的这些小说，超越了《组织部新来的青年人》《青春万岁》的激越，也超越了《活动变人形》的决绝，而闪耀着一种走出了历史沉重之后的理性与和解。

二、传统的家庭伦理与现代的个体伦理

对于作家而言，传统的家庭伦理与现代的个体伦理始终缠绕在人物的精神世界中。从《组织部新来的青年人》中的赵慧文家庭的温馨摆设，到《笑的风》中白甜美精心经营的日常吃穿，家庭氛围的建构一直是王蒙小说努力追求的目标。同时，在傅大成、苏尔葆、蔡霞等人身上，又有一种追求个体自由的现代伦理体现，既接通了五四以来一代文人孜孜追求的现代个性，又体现了作家对80年代以来西方现代性的向往与践行。无论是傅大成与苏尔葆最后走出包办婚姻，拥抱自由爱情，还是蔡霞凭借自身现代知识和魅力，在步入老年时选择走出家庭实现个体的人生价值。这些近期作品中，传统的家庭伦理与现代的个体伦理相互冲突、相互纠结，在小说的伦理叙述中体现了一种张力效果。同时，也在文本的态度中体现了作家对家庭与个体的现代性发展中的矛盾、困惑及其背后的理性反思。

毫无疑问，王蒙小说中的个体大多享受传统家庭带来的温暖与踏实。这些家庭的女主人往往注重家庭生活的日常吃穿，在长幼有序的伦理秩序下努力让家庭生活得到正常的运转。在这些女主人的身上，她们往往失去自身存在的主体性，却努力建构一个家庭的社会存在。传统的贤良淑德与困难时代的支撑家庭生活往往互相融合，形成了当代家庭伦理的优良品质。"季节"系列中的叶东菊、《奇葩奇葩处处哀》中的淑珍、《笑的风》中的白甜美，以及《生死恋》中的单立红等人物，均属于普通平凡却又德能兼备的原配人妻而存在。白甜美不仅肤白貌美，而且是心灵手巧、无所不能的"手工之神""女工之王"。她嫁妆家底丰厚，而且凭借双手实现经济独立。在她的身上，既有属于传统的一面，又有现代的一面。她既可以计件劳动赚取高额工资，也可凭借炊艺在边城名噪一时；她既可以在风雨动荡的年代给予傅大成惊涛骇浪里的安稳幸福，又可以用惊人的商业头脑在改革开放的春风中率先操办起民营棋牌茶室。这些能力和品质，足以让傅大成心存感激，"想起

白甜美，他只想五体投地，叩头流血，哭死他这个姓傅的"①。傅大成虽不断想走出包办婚姻，却又充分享受着白甜美带给他日常生活的温暖与踏实。同样，小说《生死恋》中，单立红在苏家陷于困境之时出现，操持家务，伺候老人，并与苏尔葆结婚生子，鼓励丈夫出国闯荡。她的出现犹如民间传说中的田螺姑娘，体现了小说创作背后传统的家庭伦理。小说这一伦理的倾向，正是作家在现代社会对家庭、人生的一种体验性思考，生命的激情逐渐被人生的理性所取代。

同时，小说又在现代性的畅想中呼唤个体伦理的出场。身处现代化和后现代化文化时代的王蒙，在关注个体的生活形态时，个体的自主意识自然是重点。傅大成在享受白甜美给他带来的安稳与幸福时，又不满足他们之间的包办婚姻，追求"生活得更现代、更文明、更丰富、更提升一些"，希望"活得更幸福更爱情更精神也更文学"。傅大成在理论上先验地以五四以来的个性启蒙话语来考量他们之间的婚姻，并单方面将其定位为无爱的非法婚姻。因此他与属于文学的杜小鹃长达8年的恋爱，结婚，一起谈诗、谈文学，出国旅游，追求的正是自由恋爱的精神世界。单立红带给苏尔葆的不仅仅是家的稳定和谐，还有一种爱情的控制与压抑。他们的结合不是基于男女欲望而生，却是因为大爱而起。单立红的善意与坚强，对家庭生活的精心安排，实现的是苏尔葆身上的现实原则，让苏尔葆无法摆脱，没有权利拒绝。而个性化的现代追求又不断驱使他努力实现欲望原则和自由原则。他喜欢月儿的诗意和纯情，为的是填补自己从未爱过的遗憾。个体伦理的追求，让他最终选择离开妻子单立红，却又无法顺利地与月儿在一起。

离婚成为他们走出家庭，实现个体自由和爱情自由的方式。离婚是王蒙近期小说的一个重要细节。每个作品都是在离婚状态下思考人性的自由与家庭的稳定之间的矛盾与冲突，及其带给人们的困惑与焦虑。经过了五四新文化运动，带给知识分子最大的洗礼，也是最关乎个体日常生活的现代性表征，那就是爱情自由、婚姻自由。"夫妻间到了爱情消灭的时候，应该立刻离婚。不然，就玷污了两方的人格"。因此"离婚"作为一个现代概念，在新旧变革时期的中国，承担了妇女解放、男女平权、个性自由、民族进步、

---

① 王蒙：《笑的风》，作家出版社2020年版，第268页。

国家现代化等"现代性"意义，在个人、性别、社会、民族等公与私的双重层面上都获得了言说与实践的合法性。沿着五四以来的启蒙逻辑，苏尔葆找到了离婚的理由，傅大成找到了离婚的自信。小说在这一系列离婚事件中，将个体的精神追求努力提升到百年中国社会现代性的高度，然而并没有赋予他们生活的幸福和自由。相反，这些个体反而堕入更大的困惑和迷茫中。

也就是说，在王蒙的小说中，传统的家庭伦理与现代的个体伦理处于一种内在的紧张与冲突关系中。传统的家庭伦理来自男权中心社会的男性对家庭和妻子的功能性想象，而现代的个体伦理则是现代自由社会的个体对家庭与异性的诗意化想象。两者满足的是个体不同层面的价值追求，并不能截然分开，而是相互融合又相互撕扯。苏尔葆爱单立红的担当果敢，因为他自己的软弱犹疑，而享受对方带给他的稳定与幸福；他爱月儿的纯真痴情，因为一直被操控爱情的他渴望主动而激情地去爱一次。他从婚姻里跌跌绊绊走出来后，没有迎来与心爱的人的结合，便陷入无边的寂寞和孤独中，最后以跪拜忏悔的方式决绝地自杀。

在《笑的风》中，冲破重重阻力而结合到一起的傅大成与杜小鹃，非常珍惜来之不易的"中年新婚"，但到老年还是陷于分开后的孤独。

《生死恋》《笑的风》中，王蒙把爱的自由、选择的自由给了苏尔葆和傅大成，结果却没有沿着五四以来的现代逻辑走向个体价值的实现，而是通向孤独和死亡的悲剧。应该说，作家在享受和遵循传统家庭人伦关系与夫妻关系的同时，又热情追求现代个性的自由与独立。二者难以真正地分割或融合。最后的悲剧体现了作家在家庭伦理与个体伦理之间的困惑与反思。文本探讨自由与代价的关系，引起读者去思考自由的边界、自由的困境这些重要命题。

三、文本表现的广度和长度与知识叙事

一般来说，老年作家的文本追求往往受到自身的活动空间限制而视野越来越小，思维也越来越局限。他们的创作多为记忆叙事，而且记忆会随着个体体验的强化而少一些文化层面的反思，多一些生命的感悟。然而纵观王蒙

近期的小说，其作品中的视野却越来越宽，各种世界性的知识、历史性的认知都纷至沓来，出现在文本的内部。文学的思维也走出了以往激情的革命性或一味的现代性，而在生命体验的基础上有了更多的对命运层面的探究与思考。

自 20 世纪 80 年代《相见时难》《活动变人形》始，王蒙小说表现的广度大大拓宽，开始把故事置于世界范围内展开，文学思维表现出较为开阔的世界意识。因为"加入了创作者主观的文化、情感与社会体验，文学作品中的'异域'也是创作个人思想的一种表现"。① 近年来，王蒙的《笑的风》将故事置于一个完全开放的异域背景，从一个名为"鱼鳖村"的中国北方小村庄写起，写到边境小镇 Z 城、上海、北京、广州、西柏林、法兰克福、科隆，直至希腊、爱尔兰、匈牙利。这种文本广度的空间转换，不仅是故事背景的变化或延展，更标志着作者体认和看待世界方式的转变。如同《笑的风》中主人公傅大成初次出国考察的感受是："中国紧连着世界，世界注视着中国。"② 同样，在《生死恋》中，从北京到美国，然后到苏州工业园区。在《霞满天》中，蔡霞与丈夫离婚后，去世界各地游历考察。其中有北京、布拉格、伏尔塔瓦河、新疆天山南北、云南、西藏、青海、俄罗斯、尼日利亚等地。这些世界各地的景观，不仅打开了蔡霞的认知视野，找到了自己的人生价值，也打开文本表现的广度，给小说融入足够的知识视域。

王蒙近期的小说不但在表现广度上体现了宏阔的视野，还在表现长度上从当下向历史记忆的纵深处延展。记忆在王蒙小说中既有自传性写作的一面，也有历史虚构的一面。在《生死恋》中，从纳兰家族写起，到吕先生家的北京大四合院里的"蜂窝煤"，一直写到苏尔葆在美国圣何塞的"洋插队"，单立红在美国经营特色小店，将中国近代以来的百年历史沧桑，融于男女主人公之"生死恋"中。同时小说还以一系列纪事年表的方式，将顿、苏两个家族与整个国家的现代化进程融合起来，既有个体记忆的真实感，又有时代记忆的宏大性。小说在一个家族史的长度下，将纳兰家族的历史虚构与顿家

---

① 王富仁：《现实空间·想象空间·梦幻空间》，《汕头大学学报（人文社会科学版）》2005 年第 6 期。

② 王蒙：《笑的风》，作家出版社 2020 年版，第 117 页。

历史续接起来，并通过性史的隐秘脉络，将苏尔葆的创业史与爱情史打通，整个小说的长度有了民族记忆的深邃，又有个体记忆的真切。《笑的风》则全景式地展现了自20世纪50年代"大跃进"以来，到改革开放与市场经济时代，历经中国社会60余年的变迁。主人公傅大成的离婚事件，更是将反思推到五四以来的婚姻发展历史中。小说虽然是知识分子傅大成结婚、离婚、再婚、离婚的婚恋史，但也是中国五四时期以来的婚姻观念演变史。这些小说的叙述纵向地拉伸了文本表现的长度，极大地突破了以往革命化小说"国家—民族叙事"的局限，克服了中国—世界的对立感和断裂感，建构了一个共同体时代新的文学方式。正如王蒙所言："这样的视野和写法，是改革开放的产物。"[1]同时，小说的历史记忆的拉长，避免了传统的单一故事讲述的片段性，而使人性与婚姻的反思具有了悠长的命运感。

小说表现的广度不仅仅在于作家视野广角的拉大，更在于文本中填充入一系列的历史、人文、婚姻、教育、地理等知识，在情节小说之外建构了一种新型的知识叙事美学，重塑了当代小说的丰富性和知识性。1980年代初，王蒙指出当代作家的"非学者化"问题，认为"缺乏学问素养"[2]，是影响当代作家创作的一个重要因素。王蒙近期小说融入丰富而驳杂的知识谱系，除了增强小说的趣味性、可读性外，还在于拓宽小说叙事的广度，打开了小说的叙述视野。在《生死恋》中，如盲公镜、日本录放机、电脑、微信等不同时代的器物的使用，关于文学创作知识的介绍，文本既在语言的狂欢中扩大了美学的空间，也大胆道出叙述的意图和叙述方法。在《霞满天》中，蔡霞遭遇一系列的生活变故后，凭借自身的知识能力和生命理性，将自己的人生价值发挥到极致。小说中有关于南极企鹅的知识，关于生物化学的概念，关于世界各地探险的知识，汇聚在文本中，进一步强化了蔡霞作为一个知识女性身上焕发出来的知识能力，以及顽强的生命能量。同时，各种历史时代的知识叙述，在丰富密集的记忆符号中增强了真实感与时代感，强化了个体命运的反思力度。在《笑的风》中，王蒙打破了虚构与写实、历史与现实之间

---

[1] 王蒙、单三娅：《你追求了什么？——王蒙、单三娅关于长篇小说〈笑的风〉的对话》，《光明日报》2020年6月10日。

[2] 王蒙：《一个值得探讨的问题——谈我国作家的非学者化》，《读书》1982年第11期。

的界限，从飞机起落架到英国"三枪"牌自行车，从传统美食到荷兰"飞利浦"电视机，还有各种古今中外诗词歌赋、名言典籍、掌故段子等旁征博引，纷至沓来。傅大成参加北京一家出版社组织的创作座谈会，其间提到从《葡萄仙子》《何日君再来》《乡恋》到《往日情怀》《致我爱过的女人们》《门德尔松·E小调小提琴协奏曲》等中外音乐、歌曲、戏曲等。可以说，知识性叙述拓宽了小说文本的广度，弥散在文本中形成一种复杂的时代网络和文本语境，体现着鲜明的审美内涵。在长度方面，傅大成和杜小鹃的恋情经历，辅以电影《小街》主题曲到李谷一的《乡恋》《哈萨克圆舞曲》到舒曼的《梦幻曲》，不但强化了小说的时代感、现代感，而且丰富了小说的审美质素，也提升了小说的审美品格。知识性在小说艺术世界的构建和艺术品位的营造中，都发挥了重要作用。小说在表现傅大成与杜小鹃结婚后，写到电脑与人工智能发展的过程，谈论李商隐、李白、乔伊斯、普鲁斯特、杜拉斯、加西亚·马尔克斯等作家，谈论关于舒曼、勃拉姆斯、贝多芬以及柴可夫斯基的音乐知识，在小说审美功能方面，不仅在人物命运与时代文化方面具有一种对话关系，而且增添了小说的文化空间与知识空间，在情节小说之外形成一种新的小说叙事美学。

总体来看，王蒙近期小说创作，将自身一生的生活经验与生命体验转化为个体人物激情生活状态，并融入宏大的中国社会发展历史进程，在关注改革开放的成就中呈现几十年来个体的生命走向。同时作家在关注个体的爱情与婚姻生活时，传统的家庭伦理与现代的个体伦理相互冲突又相互融合，在表现人性的复杂中体现文学的内在张力，也暗含了作家对现代婚恋伦理的反思与探究。小说在表现长度和广度上不断扩大，融入各种知识性叙述，在小说叙述层面形成一定的狂欢效果，体现了文本创新的激情与努力。这本质上并非单纯出于作家的艺术技巧，而是其人生阅历所沉淀的超越和必有的自信与从容。

（江腊生：江西师范大学文学院教授、博士生导师）

晚郁时期的文学新变

——王蒙近作印象

龚自强

　　王蒙的文学创作生涯断然离不开创新二字，自 1953 年开始写作《青春万岁》起，王蒙在每一个时期都有文学上的新变，从而关于王蒙的创作又有了创新和变化的惊讶也就成为人们言说王蒙时基本的和主要的表现。王蒙是如此独特的一个作家，他的创作并不跟风，每每有依托个人经验尤其是个人主观体验的独立思考，却总是能够更为概括也更为精准地捕捉时代的新变，给予这种时代新变以完全丰满的文学表达，从而能够醒目地矗立在中国当代文学史的每一个重要关口。《青春万岁》《组织部新来的青年人》《春之声》《杂色》《活动变人形》，"季节"系列等已经如此醒目地挺立在当代文学场，这些作品的内在统一与外在参差多态，无不表明尽管一度或一贯或一般被认为是一个政治作家，实际上王蒙更是一个具有内在丰富性的作家，简单又概念化地用"政治"来统摄王蒙的全部文学创作，如果不是不全面的，至少也表明了人们在认知上的懒惰、惯性甚至某种无能。

　　进入 2015 年，王蒙已然 81 岁，或许令人难以想象的是，这一本来大多数作家都要搁笔彻底迈入老年的阶段，王蒙的创作却进入了另一个高潮，呈现出与前作不太相同的风貌 ①。如果说大异其趣有些夸张的话，我愿意称

---

① 某种意义上，2014 年的作品《闷与狂》《杏语》也应该归入本文所述王蒙新作的范畴，在文本气质上，二者与王蒙 2015 年以后的创作已经有很多相通之处，但个人感觉《闷与狂》虽则让回忆自由驰骋，却总归过于散漫，在艺术上仍有待调整；《杏语》则是一个理想的铺垫，已经开始在悼往或悼亡的形势下，将整个人生放入回忆或审视的目光之下，但还没有完全进入那种晚郁时期的情绪之中。

之为一种雍容有度的革命或变革。在观感上来说，王蒙依然保持其本来风格的大体，这主要是指其语言风格与文体风格，但年老或老年这一事实毕竟是不可回避的切身体验，王蒙又是一个如此执着于从自身取材（当然，与共和国同步或同龄的创作经历，与政治的生命缠绕等，确实就是王蒙本人的人生经历）的作家，他的这一时期的写作于是与老年或年老就有了千丝万缕的联系，从而有了某种与岁月和解而来的澄明透彻之境。可以总体上认为，王蒙近作的新变之所以成形，之所以有效，之所以仍能在新鲜的意义上打动人心，即在于老年或年老视角的观照。老年并不总是更加衰老，同样可能更加任性，更加自由，更加无所不能，对于王蒙来说，确乎如此，王蒙的近作不能不让人联想到萨义德关于"晚期风格"的论述。在这个意义上，我尝试将王蒙这一时期的写作称作晚郁时期的写作。晚郁时期并非指晚年，而是意在指出王蒙的晚年仍然郁郁葱葱，轰轰烈烈，蓬蓬勃勃，仍然有所作为，或者不如说是继续大有作为，正是在其文学新变沉甸甸的分量佐证下，我们可以去除顾虑地说：王蒙及其写作不可阻挡也明白无误地进入了晚郁时期①。

是的，在晚郁时期王蒙又展开了孜孜不倦的文学创新与创造，与人们相对来说更加惊诧的心情不同，王蒙的自我感觉则相当良好，一如一个初涉写作的青年，一如那个 19 岁刚决定写作的青年："我，对不起，虽然这样说涉嫌嘚瑟，我好像掀起了一个写小说的小高潮……我对人说，写小说的感觉是找不到替代的，你写起了小说，你的每枚细胞都要跳跃，你的每一根神经，

---

① "晚郁时期"这一说法借自陈晓明。在《新世纪汉语文学的"晚郁时期"》（《文艺争鸣》2012 年第 2 期）一文中，陈晓明比较清晰地论证了萨义德的"晚期风格"这一概念，由此提出用"晚郁时期"而非"晚期"来理解当代汉语文学的气质格调的尝试，"汉语文学历经百年现代白话文学的社会化变革与动荡，终于趋于停息，转向回到语言、体验和事相本身的写作。'晚郁时期'是指一批作家过早领悟了'中年写作'命运与汉语文化的'晚期'历史情境重叠在一起，由此形成的写作处境"，进而总结出晚郁时期的 5 个美学特征。而我借用"晚郁时期"这一提法，纯粹是因为"晚期"在汉语语境中有一种哀感，"晚郁时期"则兼顾了"晚期"与"生命力仍旺盛"两点，这一时期的重要标志也即萨义德所谓"晚期风格"的形成：一种与生命的终结状态相关的那种容纳矛盾、复杂却又体现自由本性的写作风格（有关引文参见陈晓明：《无法终结的现代性》，广东人民出版社 2023 年版，第七章"新世纪汉语文学的'晚郁时期'"）。正是在这一意义上，王蒙的近作表明王蒙的写作进入了晚郁时期。

都要抖擞，不写抖擞，写成哆嗦也行。"①总体上看，在晚郁时期的人生沉淀里，王蒙的新作所产生的新变初步来看，有以下 3 个方面，后面将逐一展开分析：一是重新打量语言。在这种重新打量下，王蒙新作的语言表现出与政治剥离的趋势。二是重新打量政治。在这种重新打量下，不同于前作与政治难分难解的纠缠，新作中的政治被放在了人生这一大框架下，成为人生的一个片段，甚至只是其中一个普通片段。三是重新打量老年，或者也可以说是重新打开了老年，王蒙新作无疑写出了一种"津津有味"的老年感，彻底刷新了以往关于老年的认知与书写。

一、重新打量语言：语言与政治剥离

新时期以来，语言就成为王蒙小说最为突出的特点。在新时期特定语境下，王蒙心中压抑着的汹涌奔突的种种情愫、人物、故事、思想等不得不择路径地冲决而出，王蒙小说的语言于是与现实主义规范出现严重偏离，这使得其小说似乎只愿意沉浸在语言的洪流之中，小说也就成了语言的某种夸张放纵的表演。《春之声》等一批作品被评论界认为是当代文学意识流文学的最初成绩，就与王蒙小说的语言特点大有关系。当然，就是在当时，人们也认识到了王蒙所谓的意识流作品的特别所在：一方面，王蒙的作品绝非西方意识流文学的中国近亲，而只是借鉴了一些意识流的技巧而已，另一方面，王蒙的作品甚至绝非什么意识流文学，那些被指认为具有意识流特点的文学手法与技巧，都可以从中国传统文学中找到渊源，与之相对应的是，王蒙的作品即便充满了自由联想、内心独白和词语无规则堆叠，仍有基本明晰的叙事结构和叙事意旨，而因为其作品与社会、政治、历史、现实等总是有着不可分割的联系，它们就仍可归入现实主义文学的范畴。无论如何，新时期以来，语言成为了王蒙小说最为醒目的标志，阅读王蒙的小说，就意味着要接受一种语言的洪流，这语言的洪流迫使读者不得不跟着作品走，不知不觉就迷失了对于小说故事、情节和人物的现实主义文学式的思索，而只得陷

① 王蒙：《好的故事（前言）》，《生死恋》，广西师范大学出版社 2019 年版，第 2 页。

入王蒙的语言迷魂阵里，得到一种语言的印象、感受或享受。

评论者早在 1988 年就注意到了王蒙小说"语言的扩张"这一突出的文本特征："1988 年的小说充分暴露了他的肆无忌惮的语言扩张欲，他恨不能在一句话中将事物的所有可能性和所有不可能性全部穷尽，这便构成了他叙述语言的非语法、非逻辑、非修辞乃至反语法、反逻辑、反修辞的思维特征。"① 王蒙近作仍有这种明显的，如果不是更加强烈的"语言的扩张"欲望及表现。读王蒙的近作也让人无法不感慨，王蒙对于"语言的扩张"竟然仍有如此旺盛的热情，这种热情比之于 1988 年，也丝毫不遑多让。某种意义上，甚至可以认为王蒙的小说有一种语言躁狂的明显症候，其小说最先抓住人的总是语言，而不是任何其他，他笔下的人物或叙述人总是滔滔不绝地在说话，人们需要谨慎认真地从其小说语言的巨大洪流中分辨传统小说的基本要素。而就是在这种注定要分神或迷失的语言漂流中，那些语言显然已经将人们拖拽到王蒙设定好的文本诉求之中了。与先锋小说家痴迷于语言或某种语言游戏不同的是，王蒙的小说语言并不抽象，不拒绝理解，也不自外于整个世界与社会现实，毋宁说，王蒙的小说语言始终与整个世界和社会现实缠绕在一起，既从中抽取又返归其中，始终渴望与读者"谈心"。因此，王蒙的小说语言尽管足够躁狂，足够猛烈，足够不守规则或不受规则约束，其内在却仍有一定的甚至是丰富的可理解价值，而其中渗透的政治感兴、人生感悟和价值辩证等又总能给人不少启迪。但也需要客观承认，对于王蒙在小说中使用语言的方式，评论界是有分歧意见的，读者也褒贬不一。这一分歧最鲜明地体现在对于《闷与狂》的评价上，此处不赘。无论如何，王蒙是一个语言艺术家，这一点应该是没有异议的。他的小说总是给人以语言方面的强烈冲击，人们也总是津津乐道于王蒙新颖乃至奇崛的语言处理方式。

不可否认，由于王蒙独特的个人生活与生命经历，王蒙此前的大多数作品与政治有着紧密联系。提起来王蒙，很少有人不会想到中国当代的政治，尤其是新中国成立以来的当代政治曲折。很多人也会轻易地将王蒙视为一个政治作家就算了事。这不是没有原因的。王蒙此前的大多数作品确实充斥着政治话语、政治事件与政治感兴，确实是中国当代历史（政治是其中不可或

---

① 月斧：《悖反的效应——王蒙的小说魔术》，《当代作家评论》1989 年第 2 期。

缺尤为重要的一环）的文学记录，在"季节"系列中这一文学诉求体现得更为淋漓尽致，也更为让人叹为观止。因此，王蒙小说的语言特点在此前论者的评述中，多与政治或政治话语挂钩，认为王蒙的语言是在正面或反面的意义上表现了政治，认为政治构成了王蒙小说语言的主要内容，更或者认为正是政治导致了王蒙小说语言的躁狂，而王蒙小说语言的躁狂也主要围绕着政治展开。一句话，王蒙小说的语言及其特点，根本上是与政治难以分割的。这些见解不无见地，也切合王蒙此前大多数作品的实际。如郜元宝认为王蒙的小说有一种"说话的精神"，进而认为"正因为意识到政治化生存所造成的人的苍白与单调，王蒙才仅仅用漫画来收藏语言的所指世界，虚晃一枪，应付了事，而以更大的热情关注语言的能指本身，关注政治化生存中人们仅有的'说话精神'"[1]。在这里，"后革命"时代的政治化生存成为王蒙小说语言的反抗对象，从而导致了语言的躁狂。而南帆则在对于反讽的分析中指出"什么使王蒙的反讽产生表层涵义和潜台词的相互脱离？这里，人们看到大量的过时的政治辞令与叙事语境的不协调。这样的不协调成了王蒙式反讽的主要结构。"[2]然而，也应看到，王蒙的小说语言是复杂的，对于政治与政治话语的态度与运用也不仅仅停留于反抗与反讽，作为一个与新中国共同成长起来的作家，王蒙对于新中国、革命、建设等发自内心地关心热爱，他同样表达了对于政治或政治话语的热情和礼赞，表达了一种对于祖国和人民无限信任无限爱戴的赤诚胸怀，这些也构成了其小说语言的重要特色。

在近作中，王蒙的小说语言出现的新变绝非彻底摒弃政治，而毋宁说是让语言包容政治，从而出现了一种与政治有所剥离的趋势。我们仍能从王蒙的近作中看到"后革命"时代的政治话语。《猴儿与少年》将政治意味强烈的 1958 年给予典型化表现，其叙述话语和人物话语自然充满了政治话语与政治语言。《笑的风》中，傅大成的个人命运既受制于又得益于"后革命"时代的政治实践。由于王蒙仍将自身作为小说的主要叙述人，"我"的个人命运就无法不与当代政治息息相关，"后革命"时代的政治也就无法从

---

① 郜元宝：《"说话的精神"及其他——略说"季节"系列》，《当代作家评论》2003 年第 5 期。

② 南帆：《反讽：结构与语境——王蒙、王朔小说的反讽修辞》，《小说评论》1995 年第 5 期。

根本上远离这些近作。但在这些近作中，王蒙的小说语言表达的重点绝非政治，而是一种宽广普遍的人生历程。在某种回溯式的小说叙述中，这些近作也不再将政治对人与人生的挤压钳制作为表现重点，诉诸语言，也就缺少了此前那种强烈的政治感。当政治仅仅成为人生阅历之一种，人生长篇之一个片段时，更为驳杂的语言就包容了政治，从而使得作品逐渐剥离此前作品的那种强烈的政治气息。也是在这些近作中，在某种水落石出的境遇里，王蒙的小说语言特性才得以更加凸显，更加清晰。与其说它们与政治或政治化生存互为依存，不可分割，不如说它们自身本就具有扩充性或扩张性，具有一种语言结构的拖拽感。在这种视野下，此前作品的那种语言与政治的纠缠也可重新理解：王蒙的小说语言具有极大的包容性，举凡政治、人生、历史、社会、流行语、语义辨析等等 ①，都是作为语言的质素进入王蒙小说的语言结构之中，是这种语言结构决定了何种话语占据上风，而非相反。在政治化生存相对切近的历史阶段，王蒙的作品自然给人一种充斥了政治与政治话语的观感，这并非就表明王蒙小说的语言与政治难以分解。不信请看，在政治化生存相对远离的历史新阶段，王蒙的新作无疑就表现出远离政治、疏远政治、剥离政治的明显特征，但其小说语言仍然是躁狂的，甚至更加躁狂。也许只有到此时，我们才愿意相信作为小说家的王蒙，实际上是一个语言的囚徒。他愿意将一切熔铸在语言之中，将一切在语言之中无差别地熔铸在一起，从而显露一种语言观或语言的哲学观。

王蒙的近作提醒世人，王蒙对于语言的认识是深刻的，他的语言观或语言的哲学观是其来有自的，也是有着深刻的用心的。王蒙并非不善于现实主义地讲述一个典型环境中的典型性格，《青春万岁》和《组织部新来的青年人》就是典型，他只是觉得让语言凸显出来，让语言容纳一切，让语言包容一切，更具有文学表现力，更能表达他的内心诉求或对于人事与万物的认识见识，更适合施展他的文学才华。这让我不免想到鲁迅先生。当大家遗憾于

---

① 童庆炳的一番感慨可供参考："我们每个人都掌握了不少社会流行的'话'，我们却不能把这些话变成新鲜文体，王蒙超越我们的地方就是他能把这些看似枯燥的'话'以他独有的才智编制起来，形成新鲜的、灵动的、丰富的、独特的'王蒙文体'。"参见童庆炳：《作为中国当代小说艺术的"探险家"的王蒙》，《中国海洋大学学报（社会科学版）》2003 年第 6 期。

鲁迅不能专心致志于小说创作时，其实只是因为不能理解鲁迅对于杂文的深远寄托以及这种寄托背后对于文学与万物的认识见识。得益于王蒙近作的启发，但绝不仅仅显现于王蒙近作的王蒙的语言观至少包括两点：一、"言语生神力"。这句话出自《猴儿与少年》，它再显明不过地说明了王蒙对于语言的观念和信念。施炳炎的 1958 年绝不浪漫，也不激情昂扬，他甚至是带着一种绝望和失落去往大核桃树峪的，但核桃少年的情谊以及劳动的教益让他对过去充满感怀，抚今追昔自然感慨万千，这一切矛盾复杂的情感显然无法用条理化常规化的明晰语言给予形塑，这才有了小说语言的大解放。在《猴儿与少年》等近作中，我们无疑可以感受到言语的神力，语言的力量。"太初有言"，是的，没有语言，世界在某种意义上就是不存在的。在这个意义上，王蒙对于"言语生神力"的信念是有根的，又是始终如一的。二、词语越多，立场越平和。王蒙之所以不厌其烦地堆砌词语，以至于有时候会让人觉得反感，与其人生经历不无关系，更与其偏中和中庸的价值立场有关。在《夏天的奇遇》中，翁耄苍说的一段话可谓发人深省："无知的人更容易被极端、分裂、恐怖三种势力忽悠。知道的越多，包括语种与词汇越多，你就会越知道词语所要表达的存在其实很普遍、很亲切、很自然，俚俗、普及，于是苦中作乐，彻底幽默。"[1]这一段分明体现着王蒙语言风格的话，应该可以解答关于王蒙语言躁狂的原因。这里值得一提的只是，王蒙之所以设计那种让读者不得不一直跟着它走的语言结构，其实是有深意的。它让你不得不放弃偏激，去向中和，放弃绝对，去向相对，放弃冷酷，去向幽默，放弃隔膜，去向理解。

二、重新打量政治：政治成为人生片段

此前的大多数作品里，王蒙均致力于表现政治。这对于王蒙来说，其实也就是表现他的个人经历，仍具有明显的自叙传痕迹。政治与人生，在王蒙

---

[1] 王蒙：《夏天的奇遇》，《人民艺术家·王蒙创作 70 年全稿》第 17 卷，人民文学出版社 2023 年版，第 464 页。

这里是高度重合的，政治是王蒙人生的主要内容，王蒙的人生主要也就是政治生活。而鉴于王蒙1953年至今已经70年的创作经历，鉴于王蒙的小说所表现的政治多为新中国成立后的政治内容，鉴于王蒙对于共和国的历史与现实同步共振、全面又细致深入的表现，我们完全可以说王蒙是共和国的作家。正因此，孙郁这样看待王蒙是不无道理的："他的诱人的地方，是其生命形态里系着中国政治风云和文化动态，他的言行折射着这个时代的矛盾，困苦，乃至蓬勃的生命力。"①当然，孙郁对王蒙作品的"纯粹性"和"审美价值"有另外的看法，这也是难免会有的分歧，王蒙其实始终处在这种纯粹与否的争论旋涡之中，他的作品也多被径直看作政治书写而盖棺定论。事实上，王蒙此前大多数作品虽然致力于表现政治，却也绝非缺乏"纯粹性"和"审美价值"，毋宁说王蒙的作品需要读者调用一种更加综合的评价尺度，调整关于文学"纯粹性"和"审美价值"的固定化或常规化认知惯性。从纯粹到杂色的王蒙，并非牺牲了文学的审美特质和纯粹性，毋宁说王蒙用更深邃的纯粹和更广大的审美价值容纳了通常被视为不那么纯粹，不那么具有审美价值的政治，从而使其作品具有了更为丰富、驳杂、复杂的审美价值。当然，王蒙的作品一直都有一个或许无法解决的问题，那就是多数作品叙述人的声音强过了人物的声音，导致人物的内涵单独来看相对单薄，这在其近作中仍然存在。

但无论如何，王蒙的作品确实让涉世不深的人望而却步，那些关于政治的小说内容总是让不谙政治的人提不起兴致来，或许只有等待他们自身在社会意义上取得成长之后，王蒙的作品才会让他们心有戚戚然吧。但这绝非王蒙书写内容的失误。书写政治某种程度上正是王蒙作为一个作家的独特之处，他有这种自觉②，也有这种使命感，更有这种书写政治的好条件。王蒙也正是因为书写"后革命"时代政治的种种，而成为新中国成立以来一个响当当的作家。而在新时期以来，王蒙抛出了一系列被称为"意识流"的新作

---

① 孙郁：《王蒙：从纯粹到杂色》，《当代作家评论》1997年第6期。

② 在刘绍棠的讲述里，王蒙曾经对刚写了《地母》的刘绍棠提出忠告："你写不了政治性太强的作品，这个题材应该我来写，你还是写你的运河、小船、月光、布谷鸟……田园牧歌。"参见刘绍棠：《我看王蒙的小说》，《文学评论》1982年第3期。

品，将政治内容处理得更加新颖别致，也更加深化了当代文学对于政治的表现力度。在这些作品中，尤为值得一提的是王蒙对于政治感兴的抒发，借助叙述人、小说人物之口，王蒙经常性地在作品中大发感慨。某种意义上，王蒙的这些作品充满了政治事实和政治感兴，而政治感兴更为突出，是阅读这些作品时不得不接触的部分，也是颇耐咀嚼回味的部分。这些政治感兴在在提示着作家王蒙的存在，提示着作家王蒙的诸种看法，神思、联想、遗憾、庆幸、骄傲、痛苦，不一而足。在这个意义上，王蒙的小说是一种主观性很强的小说，作家的主观性很强，作家依托所叙内容或所叙内容的一鳞半爪兴发的无限政治感慨，在在引人注目。而所谓"意识流"云云，我想大概也就是这种作家主观性的一个体现吧。"在许多小说中，王蒙叙述事件或人物心理，目的并不是藉此确立人物事件在小说中的实体性地位，而是以此为媒介实现对读者的心理征服。"①在这个意义上，王蒙的小说表现政治，却又总是将这种对于政治的表现置于主观的视镜之中，从而给出自己对于政治之种种的个人感悟。

近作中，政治事实和政治感兴并不彻底消失，而是在多数"怀往"的情绪或情境下，成为音响减小的副声部，成为广阔而漫长人生的一个或许普普通通的片段。这是一个明显的新变。王蒙绝非让自己的书写远离政治，而是在一种关于人生的综合考虑下，自动减弱了政治在文本和人生中所占据的分量和位置，或曰让政治回归到它本来应该在文本和人生中占据的分量和位置。在这种怀往的总情绪下，人生，超越了政治，成为小说主要的表现内容。关于人生的种种感兴，取代关于政治的感兴，成为作者主观性抒发的主要领域。当主人公纷纷走过漫长的人生岁月而仍然健在，不仅健在，而且拥有丰富多样的精神和物质生活时，一种关于人生的整体观照就油然而生了。在这种对于人生的充满豁达与感恩的整体观照中，过往的种种挫折、坎坷与痛苦，都有了全然不同的面貌。这当然得自于内心的豁达与澄明，这晚郁时期的宝贵馈赠。"……我们梦中的一切，最美好的一切，都不容易变成

---

① 郜元宝：《特殊的读者意识和文体风格——王蒙小说别一解》，《小说评论》1988 年第 6 期。

现实"①，当翁荟苍充满旷达但也带着必然的遗憾回忆自己与芭蕾舞女演员失之交臂的恋情时，他很欣然地得出了这么一个结论。正是在对于自我局限和生命局限的必然性的认识中，翁荟苍获得了大自在，从而得以从容达观地回忆自己的一生。而借助这种回忆，我们也得以增进对于人生的完满与残缺的辩证认识。无独有偶，《仇仇》中李文采与仇仇的点滴交往及残酷遭际，并非不伤痛，但仍在时隔几十年后，给二人以超越一切的心灵滋养。这种对于人生残缺、痛苦或遗憾的必然性的认识，使得王蒙的近作渗透着一种通透和达观。在这种通透和达观的光辉中，政治事实与政治感兴也作为人生之必然但普通的构成得以重述，但已不再具有此前大部分作品中那种生死压抑的痛与绝望感。在几十年后回望一生，它们也不过是人生朵朵浪花中的一朵，确切来说，它们并没有，也确实没有当年所认为的那种严重性和决定性。在这个意义上，王蒙的近作写出了人生包容政治的复杂况味。当然，也可以将过去的一切功过是非得失成败，统统付诸一笑。王蒙的近作多有两个老者之间交谈的设置，在这种充满人生况味的散漫交谈中，"笑"成为主要的情绪，成为统摄人生的关键词，从而一切生命曲折也就不再构成困扰，而是成为幽默的材料。在《夏天的奇遇》中，"我"对于人生的理解是这样的："……一切往事都不妨付诸一笑，好事、乐事、嘚瑟的事可以一笑，蠢事、坏事、痛悔的事，对于一个年近期颐的高士来说，更可以一笑，哪怕是苦笑，哪怕是含泪，只要你没有自杀的倾向与谋划，为什么不笑一笑呢？"②在这样的笑面前，人生中那些磕磕碰碰又算什么呢？这与其说是无奈的笑，不如说是释然的笑。

在这种总体达观和释然的态度下，王蒙近作关于人生的讲述并不力求严整，而意在突出人生的关键环节与总体框架，突出一个基本的故事核，在此基础上，则要大书特书关于人生的感怀，大书特书一种澄澈透明的生命境界。这种关于人生的表现或讲述，体现出以下几个特点：一是淡化情节、人

---

① 王蒙：《夏天的奇遇》，《人民艺术家·王蒙创作 70 年全稿》第 17 卷，人民文学出版社 2023 年版，第 469 页。

② 王蒙：《夏天的奇遇》，《人民艺术家·王蒙创作 70 年全稿》第 17 卷，人民文学出版社 2023 年版，第 467 页。

物、故事，同时又明确打造了一个显明的故事核。《笑的风》《女神》《生死恋》《猴儿与少年》《霞满天》《我愿乘风登上蓝色的月亮》《仇仇》《奇葩奇葩处处哀》等作品都很难按照现实主义文学的规范去严格要求，它们不注重人物形象的精雕细刻，不注重白描手法的使用，不注重情节的严谨构造，但它们无疑又都有着现实主义的内涵，更是充斥着很多现实主义的物品、地理、人物、历史事件、文化等细节，又只能说是现实主义文学。在最主要的故事核这一问题上，这些小说又无不可以用一句话来概括其核心故事，因此始终具有现实主义文学的凝聚力。而之所以在保留故事核的同时又淡化情节、人物、故事等，主要是为了方便展开强烈的人生感兴。二是截取人生中有意味的瞬间，广泛生发感怀。《仇仇》写的是一个未成的青涩恋爱故事，有一种一瞬间的相遇却用一生来咀嚼品味的意味。而白巧儿无论其命运如何沉浮，她吸引"我"的始终是初见时白巧儿给学生讲《卖火柴的小女孩》时的情景。"听了白巧儿的故事二十分钟，她的声音我一连几年忘记不了……我觉得我在升腾，我在迷醉。这本身就是传说，就是童话。人生不过几十年，几十年中难得有几次迷醉的享受。"① 正是对这一瞬间的迷恋，催生了"我"无限的感怀，甚至可以说催生了这篇小说的诞生。《地中海幻想曲》《美丽的帽子》更是用一滴水透视整个大海的典型作品。三是时代永远在场，人生永远与时代交叠共处，时代中的人永远是表现的重点。《笑的风》中傅大成的个人命运与时代沉浮之间紧密的联系，其实可以对应到王蒙近作中的每一个人物身上。即便像《霞满天》这样的着重表现女性自强之路的作品，也不乏诸多时代细节与世界图景的展现。王蒙即便将政治与政治感兴置入人生的宏阔旅程之中，也绝不意味着他要做一个纯粹的作家，在他这里，人始终是时代之中的人，文学始终是时代之中的文学。在政治成为人生一个普通片段的当下，人仍然无往而不生活在时代之中，仍然无往而不生活在自己的人生之中，每个人的人生也仍然无往而不与别人的人生交织碰撞交叠，因此人将继续收获甜蜜与幸福，也继续拥有困惑和痛苦。不信就请看看《生死恋》中苏尔葆的下场，当然也可以参考一下《奇葩奇葩处处哀》中"我"的黄昏恋感受。任

---

① 王蒙：《我愿乘风登上蓝色的月亮》，《人民艺术家·王蒙创作 70 年全稿》第 19 卷，人民文学出版社 2023 年版，第 393 页。

何时候，王蒙都不把话说绝，人生在他的笔下仍然，当然是杂色的。

三、重新打量老年：精神自由与心系世界

王蒙此前的大多数作品也不乏对老人形象尤其是老干部形象的表现，但限于自身所处的年龄阶段，在表现这些老人形象时，小说叙述人自居的位置始终是中青年人物的位置，那也是王蒙当时所处的年龄阶段。因此，似乎可以笼统地认为，前作对于老人形象的表现，是将老人形象放在他者的位置，用中青年叙述人或人物的眼光去打量他们，得出的结论自然不免带着中青年人的价值判断。而随着王蒙自身年龄进入 80 岁的门槛，身为老人的王蒙自然开始站在了老人的位置重新看待老人形象、看待老年，这样，王蒙以其自身的切身体验介入写作，其近作无不带有强烈的个人自叙传色彩，也就此真正打开了老年这片广阔世界，展开了老年人这一群体深幽的生活世界。与那些标榜远离自身经验，尤其忌讳在作品中显露自身的作家不同，王蒙是一个强烈依赖、信赖自身经验的作家，某种程度上他是以自身独特个人经验为荣的，他的写作因此也就与其个人经验始终保持一种同步关系，构成了互相补充的局面。在这个意义上，《青春万岁》既是中国当代文学的《青春万岁》，也是王蒙个人的"青春万岁"，《组织部新来的青年人》既是"干预生活"的代表作，也内蕴着王蒙个人其时的真实人生经历，《春之声》既是属于时代的"春之声"，也是王蒙个人命运的"春之声"……到了老年阶段，《霞满天》《猴儿与少年》《夏天的奇遇》《笑的风》等作品既是当代文学的新收获，也是王蒙个人生活的新阶段。因此，站在老年重新打量老年的王蒙，也就将近作的一个写作焦点放在了老年、老年人和老年感之上，也当真由此写出了一种"津津有味"的老年感，从而构成其近作的又一新变。

自传性写作如何具有普遍性意义？这对于王蒙来说，似乎根本就不成其为问题。语言躁狂的王蒙，总能借助语言将任何自身的个人经验与时代紧密联系起来，在其强烈的抒情话语中将任何个人经验升华为具有普遍性意义的时代经验。也是在这种语言躁狂中，王蒙的近作将老年和老年人的永远青春表现得合情合理。我们完全可以在《青春万岁》和《猴儿与少年》中看到几

乎完全一样的话语和表达方式，在"背篓""雨季造林"等章节对"劳动"和"身体"的强势抒发中，我们甚至要认为写作《猴儿与少年》的王蒙更为青春，施炳炎们比之于郑波们，也更为青春年少，激情满怀。而《笑的风》中那似乎象征自由驰骋又总是意义不明的"笑的风"，也颇具青春特色。在近作中，王蒙强势驱使他的人物和叙述人，让他们仍旧滔滔不绝地说，鱼龙混杂地说，不择路径地说，这时候的说显然已经不具有什么政治反抗或深层意蕴，而只是表明了作家及其笔下人物——他们多数是老人——的自由心境和青春热情。如此来看，孙郁 20 多年前关于王蒙的一段论述，用于论述其近作，仍旧恰如其分，而巧合的是，当时的孙郁也感慨于王蒙 1979 年由新疆返回北京后，竟"依然带着青年岁月的余痕"："我一直认为作者的结构故事不如其抒情笔致，他并不在意人物、情节的离奇、怪诞，而是要自由而潇洒地表现着一种生命的状态。这一状态，使他无意中消解掉了理性主义模式，而他获得了一种精神的自由。"①施炳炎、沈卓然、傅大成、翁荠苍、蔡霞等人，确实已经臻于自由之境。有漫长的人生做底，他们了无遗憾，即便是真的有遗憾，也无疑都释怀了。老年人的自由，或许才是真正彻底的自由。无所期待，也就无所畏惧，这就是王蒙近作给人的启示，也是其笔下人物的精神状态。

值得一提的是，王蒙近作中的老人大多为有所成就的知识分子，某种意义上甚至是杰出人士，如同《女神》中的陈布文一样，每一个老人都身怀绝技，这或许也是他们可以在晚年获得思想自由和精神自由，能够永葆青春心态的关键原因。但王蒙更意图借助对于这些老人的探讨，来抒发一些普遍性的感兴，从而将精神自由的可能赋予或指向每一个老年人。而关于时间的感兴，即是其中频繁出现的一种。可以肯定地说，王蒙近作关于时间的感兴，既渊源于广阔的传统，又有自己的新见，奇怪的是，这些关于时间的感兴，总是能够直击人心，让人——无论处在何种生命阶段——兴起无限感慨。"世界上有一种获得即是失去的悲哀，包括一切成就与财产，但都不如年龄与年龄段是这样的得即是失。……时间造成的年龄，秒、分、时、日、旬、月、

① 孙郁：《王蒙：从纯粹到杂色》，《当代作家评论》1997 年第 6 期。

年、年代与世纪，一旦获得，没有一刻不在减少与走失。"①王蒙的语言躁狂
每每让人摸不着头脑，又让人欲罢不能，其中一个重要的依托就在于他的由
语言拖拽出的感兴总是不乏幽默、讽刺、戏谑与感伤。而在本质上，在语言
的躁狂背后，王蒙实际上也是一个无限感伤的人。如若不然，王蒙就不会在
近作中对时间产生如此多种多样的、真挚动人的感怀。时间中的包括政治创
伤在内的人生坎坷，本来是人生不可承受的痛楚，但在"逝者如斯夫，不舍
昼夜"的时间面前，在拥有漫长人生的老者面前，这些终于变得可以承受了，
而获此解脱的小说中人物则由此进入自由无碍的说话、交谈与自语之中。这
就是王蒙近作的基本脉络。在对于老年或老年人的表现中，王蒙使用最多的
手法还是让人物说话或让叙述人说话。很难想象，一个老年人会滔滔不绝地
说话，但对于王蒙来说，对于王蒙笔下的人物来说，这确实是毫无疑义的，
而且是合情合理的。《夏天的奇遇》里，翁耄苍和"我"在交谈，《猴儿与少
年》里，施炳炎与"我"在交谈，更多的时候则是叙述人在说话，正是这些
老人兴致盎然生机勃勃的交谈或说话，宣示了他们的仍然青春，仍然能量饱
满，同时也佐证着他们的释然与和解，知足与感恩，佐证着他们已经实现了
完全的精神自由。所有这些，都在王蒙的近作中融会为感人的交响。

获得精神自由或精神解脱的老人们，当然不止于说，而且更进一步展开
了"游"，去拥抱广阔的世界，也就此宣示了他们仍旧拥有广阔的世界。王
蒙近作中的老年人绝非一般想象中的陷入晚景的老人，而是充满着"霞满
天"的蓬勃能量，不仅在自我与世界、人生的和解中获得了内心的完全自由
与解脱，从而拥有了澄澈清明的心境，而且仍对这个世界充满好奇，保持热
情，时刻渴望着并且身体力行着拥抱广阔世界。在这个意义上，《猴儿与少
年》对于"身体""劳动"的发现和礼赞，就具有了某种概括意义。只有拥
有"身体"，能够继续"劳动"的人，才仍是一种完整意义上的人，才不会
被轻易归入陷入晚景的老人，而被社会打入另册。而王蒙近作笔下的老人丝
毫不显露任何老年的衰败特征，不仅是在精神上如此，在身体和体力上同样
如此。如果抹去人物的年龄，我们很难推测小说人物的实际年龄，他们仍旧

---

① 王蒙：《猴儿与少年》，《人民艺术家·王蒙创作 70 年全稿》第 13 卷，人民文学出版社
2023 年版，第 1 页。

精力饱满，生机勃发，在他们的字典里，似乎从来没有"老朽"一词。正是在"游"的意义上，陈布文和蔡霞作为两个迥异的人物，表征着王蒙对于老年人拥有广阔世界这一问题的深入思考。陈布文为了家庭而抛弃显要的社会职务，全身心做一个家庭主妇，回归平凡，看似没有真正走向世界，实则在内心的富足与从容中收获了更大的内心自由，完成了更大的家庭责任和社会责任，也因此赢得了"我"的最大敬意。蔡霞则在婚姻家庭问题上陷入绝境后，以"关键在我"的痛定思痛的决心果断抽身，从此开始周游世界，并在此过程中收获属于自己的壮丽人生。而小说叙述人的一番感慨不仅让蔡霞的形象更加光彩，而且让所有获得精神自由的老年人都得以突出站立在所有人面前，成为老而让人弥敬的群体："世界怎么这么大，这么新奇，这么令人震惊？人生人生，你走不完你的人生，世界世界，你看不完你的世界。"①这就是王蒙近作中的老年人，他们仍旧充满能量，仍旧对这个世界充满热情，心系世界，仍能敢于用双脚丈量世界，丝毫不觉"老之已至"。这哪里是老年人呢？王蒙的近作无疑在内外两个方面颠覆了以往人们关于老年或老年人的认识与书写，长久地激动人心。

（龚自强：中国艺术研究院副研究员）

---

① 王蒙：《霞满天》，《人民艺术家·王蒙创作 70 年全稿》第 17 卷，人民文学出版社 2023 年版，第 566 页。

幽默精神的发掘和人性美的礼赞

李 雪

　　1956 年 9 月，王蒙因在《人民文学》上发表了短篇小说《组织部新来的青年人》一炮走红，谁知却因福得祸，在随后的"反右运动"中被划为右派，从此备受折腾。从 1963 年到 1979 年，他在新疆待了长达 16 年之久。但重新归来后，王蒙却堪称近 30 多年中国文坛上的常青树，他的《海的梦》《蝴蝶》等意识流探索小说，"在伊犁"系列新疆风情小说，《活动变人形》"季节"系列等长篇小说饮誉文坛。考察他的文学创作资源，苏联文学、俄罗斯文学是不可忽视的重要因素。他曾说："我们这一代中国作家中的许多人，特别是我自己，从不讳言苏联文学的影响。是爱伦堡的《谈谈作家的工作》在 50 年代初期诱引我走上写作之途。是安东诺夫的《第一个职务》与纳吉宾的《冬天的橡树》照耀着我的短篇小说创作。是法捷耶夫的《青年近卫军》帮助我去挖掘新生活带来的新的精神世界之美。在张洁、蒋子龙、李国文、从维熙、茹志鹃、张贤亮、杜鹏程、王汶石直到铁凝和张承志的作品中，都不难看到苏联文学的影响。张贤亮的《肖尔布拉克》、张承志的《黑骏马》以及蒋子龙的某些小说都曾被人具体地指认出苏联的某部对应的文学作品；这里，与其说是作者一定受到了某部作品的直接启发，不如说是整个苏联文学的思路与情调、氛围的强大影响力在我们的身上屡屡开花结果。"[①]在王蒙看来，苏联文学有许多显著的优点，如承认人道主义，承认人性、人情，乃至强调人的重要、人的价值；承认爱情的美丽；喜欢表现人的内心；喜欢大

---

① 王蒙：《苏联文学的光明梦》，《读书》1993 年第 7 期。

自然和风景描写以及静态的细节描写；具有强大的抒情性；等等。

在对苏联文学的接受和赞誉中，王蒙又似乎对艾特玛托夫情有独钟，他曾说："苏联文学有自己很杰出的成就，特别是俄罗斯文学有非常杰出的成绩，但多年来，苏联把社会主义现实主义定在作家协会的章程里，变成一种法令性法规性的东西，所造成的损害至今还有。不能够说苏联的作品都写得很好，苏联作家里我最佩服的是钦吉斯·艾特玛托夫，但我有一种感觉，就是艾特玛托夫太重视和忠于他的主题了，他的主题那么鲜明，那么人道，那么高尚，他要表达的苏维埃人的高尚情操、苏维埃式的人道主义、苏维埃式的对爱情、友谊、理想、道德的歌颂在一定意义上限制了他，使他没能够充分发挥出来。"[1]虽然他说苏联的主流意识形态限制了艾特玛托夫的文学才能的发挥，但他依然高度地肯定了艾特玛托夫的文学成就。他还指出，艾特玛托夫与马尔克斯、卡夫卡、海明威一起是对新时期中国文学影响最大的4位外国作家。

王蒙对艾特玛托夫的小说是比较熟悉和了解的，在长篇小说《狂欢的季节》中，主人公钱文于20世纪70年代在新疆和朋友偷偷交换着读书的时候，其中提及的书就有艾特玛托夫的《白轮船》。事实上，艾特玛托夫对王蒙的创作产生了一定的影响，尤其是在王蒙的那些以新疆生活经验为题材的小说中，时时闪烁着艾特玛托夫小说艺术的折光。

如果把艾特玛托夫和王蒙的人生经历和创作历程大致比较一下，两者之间还存在着一定的相似性。一是两人都具有底层生活经验，对底层人民身上那种淳朴善良的品质印象深刻，这种印象还一度深深地影响了他们的文学创作。艾特玛托夫在父亲死后就和母亲回到故乡舍克尔村从事劳动，尤其是卫国战争期间，他更是与底层人民一道同甘共苦。而王蒙被打成右派后，也曾在新疆底层人民中生活了10余年，从中汲取了难能可贵的精神资源。二是他们在成名后都曾经身居高位，在各自国内文坛上享有崇高的威望，影响很大。艾特玛托夫曾任苏联最高苏维埃代表、加盟共和国中央委员等职，而王蒙也曾任中华人民共和国文化部部长、中央委员等职。三是他们都深受苏联文学的深刻影响，而且非常善于在艺术上推陈出新。艾特玛托夫在早期的

---

[1] 王蒙、王干：《王蒙、王干对话录》，《王蒙文集》第8卷，华艺出版社1993年版，第447页。

《查密莉雅》等小说取得巨大的名声后，就毅然地向《白轮船》《花狗崖》等小说转型，后期更是向《一日长于百年》《断头台》《卡桑德拉印记》等探索小说转型。而王蒙从改革开放以来的创作走的也是不断地探索、转型的路子。

当然，我们在此主要关注的是王蒙在新疆伊犁和乌鲁木齐的生活经历及对其小说创作的影响，因为正是这段生活经历让他与紧邻的吉尔吉斯作家艾特玛托夫有可能把距离拉得更近。也许对于许多被放逐的作家而言，放逐地的生活是不堪回首的，是备受憎恨的，是满含屈辱的。但是王蒙对新疆的记忆却迥然不同，他把新疆视为第二故乡。他曾说："从 1963 年到 1979 年，我在新疆生活了 16 年，从 29 岁到 45 岁，在这亲爱的第二故乡度过了我生命的最好时光。国内外都有一些热心的朋友，谈到我 1957 年后的经历时，强调我的命运坎坷、不幸。然而，仅仅说什么坎坷和不幸是不公正的，在新疆的 16 年，就充满了欢乐、光明、幸福而又新鲜有趣的体验。"[1] 他对伊犁巴彦岱公社有很深的感情，"我又来到了这块土地上。这块我生活过、用汗水浇灌过六七年的土地上。这块在我孤独的时候给我以温暖，迷茫的时候给我以依靠，苦恼的时候给我以希望，急躁的时候给我以慰安，并且给我以新的经验、新的乐趣、新的知识、新的更加朴素与更加健康的态度与观念的土地上"。[2] 可以说，王蒙把那段放逐生活转变成了一段美好的回忆，那就是两千年来中国知识分子曾经不断叙述的落难才子受到善良的底层百姓救助的温暖故事。

艾特玛托夫对王蒙新疆题材小说的影响首先表现于鲜明的地域风情描绘上。艾特玛托夫的小说大多具有吉尔吉斯鲜明的地域风情，如《查密莉雅》《我的包着红头巾的小白杨》《第一位老师》《母亲——大地》《永别了，古利萨雷》等小说中，苍茫的草原、高耸的群山、奔腾的骏马、湍急的河流，更兼那些勤劳朴实、热情炽烈的底层劳动人民，无不彰显着吉尔吉斯人的民族性。

---

[1]　王蒙：《萨拉姆，新疆》，《桔黄色的梦》（散文集），百花文艺出版社 1984 年版，第 173 页。

[2]　王蒙：《故乡行——重访巴彦岱》，见《淡灰色的眼珠——系列小说"在伊犁"》，作家出版社 1984 年版，第 1 页。

　　王蒙的新疆题材小说写新疆，自然非常关注新疆伊犁那些独特的自然风物，例如那高高的白杨树、火红的玫瑰花、美丽的葡萄架、潺潺的沟渠等，以及当地特有的民风民俗，如《虚掩的土屋小院》中的喝奶茶等。但笔者以为，王蒙真正感兴趣的事其实还是新疆少数民族，尤其是维吾尔族那种独特的生活态度及其蕴含的民族精神。在短篇小说《买买提处长轶事——维吾尔族人的"黑色幽默"》中，王蒙在篇首引用维吾尔族《古哲佳言》："维持生命的六要素是：一、空气；一、阳光；一、水；一、食品；一、友谊；一、幽默感。泪尽则喜。幽默感即智力的优越感。"①王蒙特别喜欢的就是维吾尔族人民在生活中表现出来的幽默感。该小说写到维吾尔族人在"破四旧"新式婚礼后照样举行老式的婚礼；买买提处长在牛棚里把一个年近半百、长着大脖子、驼背、眼睛长着白蒙子的中年妇女想象成美丽的姑娘等等，都非常能够表现维吾尔族人民的幽默感。在短篇小说《淡灰色的眼珠》中，穆敏老爹曾说马尔克木匠精于"塔玛霞尔"，"塔玛霞尔是维语中常用的一个词，它包含着嬉戏、散步、看热闹、艺术欣赏等意思，既可以当动词用，也可以当名词用，有点像英语的 to enjoy，但含义更宽。当维吾尔人说'塔玛霞尔'这个词的时候，从语调到表情都透着那么轻松适意，却又包含着一点狡黠。"②其实，这种"塔玛霞尔"就是王蒙特别关注的维吾尔族人民的一种民族精神，一种生活智慧，即能够轻松又幽默地看待生活的一种民族精神。在《哦，穆罕默德·阿麦德》中的阿麦德、穆敏老爹等人身上都存在着这种民族精神；乃至受其影响，《杂色》中的曹千里也都染有这种民族精神。

　　此外，艾特玛托夫对王蒙的新疆题材小说比较深的影响就是对人性美、人情美的礼赞。艾特玛托夫在《查密莉雅》《我的包着红头巾的小白杨》《母亲——大地》等小说中着力发掘的就是底层人民身上那种人性美、人情美。而王蒙也从切身的新疆生活中体验到了底层人民身上的那种正面闪光的人性素质。王蒙曾说："虽然这一系列小说的时代背景是那动乱的十年，但当我写起来，当我一一回忆起来以后，给我以强烈冲击的并不是动乱本身，而是即使在那不幸的年代，我们的边陲，我们的农村，我们的各族人民竟蕴含

---

① 《王蒙选集》第 3 卷，百花文艺出版社 1985 年版，第 169 页。

② 王蒙：《淡灰色的眼珠——系列小说"在伊犁"》，作家出版社 1984 年版，第 59 页。

着那样多的善良、正义感、智慧、才干和勇气,每个人心里竟燃烧着那样炽热的火焰。那些普通人竟是这样可爱、可亲、可敬,有时候亦复可惊、可笑、可叹!即使在我们的生活变得沉重的年月,生活仍然是那样强大、丰富、充满希望和勃勃的生气。真是令人惊异,令人禁不住高呼:太值得了,生活,到人民里边去,到广阔而坚实的地面上去!"① 的确,《组织部新来的青年人》中,王蒙主要体现了对当时社会现实的批判力度;到了《悠悠寸草心》《蝴蝶》等小说中,王蒙着力要展示的就是底层人民的巨大力量和善良人性。但是与他的新疆题材小说相比,那些小说对底层人民的人性美、人情美写得还是不够浓烈。

王蒙有个短篇小说就叫《温暖》。该小说叙述了在商品供应困难的年代里,人们排队买东西时发生的一件温暖人心的小事。新疆维吾尔等少数民族都喜欢喝砖茶,但供应不足,当供销社好不容易有供应时,大伙在寒冷的冬天纷纷起早去供销社门前排队。正当大家等得不耐烦时,一个老太婆也说她是最早来排队的,因为看到没有人,就在招牌上系了一根白头发,又回家给孙子做饭去了,现在要求站到最前面去。她的可笑举动自然受到大伙的嘲讽,弄得她坐到地上哭了起来。但排在第一位的一个说话结巴、长着黄胡子的男人却劝大伙同情老太婆,让她排上队,结果又遭到大伙的反对。在大伙的冷嘲热讽下,那个男人居然把自己的排队位置让给了老太婆。于是,大伙纷纷被他的高尚举动感动,彼此间都感受到一种温暖,此次买茶后好几个人都建立了交情。这个短篇小说酷肖鲁迅的《一件小事》,但其取材角度也和艾特玛托夫早期小说的取材角度较为相近。

此外,如短篇小说《淡灰色的眼珠》中写的阿丽娅和马尔克木匠的爱情就非常感人。阿丽娅被称为毛拉圩孜公社最漂亮的女人。她离婚后认识了马尔克木匠,两人的感情非常好。马尔克木匠技艺高超,常常自己做些小家具到市场上去出售,而且很会背诵领袖语录。后来阿丽娅得了癌症,本不想继续医治,还希望马尔克能在她死后娶爱莉曼为妻。但是马尔克却把房子都卖了,筹集了一点钱把阿丽娅送到乌鲁木齐的大医院去治病。阿丽娅去世后,马尔克回到毛拉圩孜公社,从队部借了一间房子,照旧做他的木匠活,也不答应娶爱莉曼为妻,就一个人与世无争地生活着。而在短篇小说《虚掩的土

---

① 王蒙:《淡灰色的眼珠——系列小说"在伊犁"》,作家出版社1984年版,第323页。

屋小院》中，穆敏老爹和阿依穆罕大娘之间的温暖情感更是动人。为了让在外干活的穆敏老爹一回家就能够吃上热饭，阿依穆罕大娘就不断地烧水添水，不断地到门口去探望穆敏老爹的身影。后来穆敏老爹远赴南疆去看望久无音讯的弟弟，与阿依穆罕大娘就难舍难分。最后，作者写道："我一想起穆敏老爹和阿依穆罕老妈妈来，就有一种说不出的爱心、责任感、踏实和清明之感。……他们不贪、不惰、不妒、不疲沓也不浮躁、不尖刻也不软弱，不讲韬晦也决不莽撞。特别是穆敏老爹，他虽然缺乏基本的文化知识，却具有一种洞察一切的精明，和比精明更难能的厚道与含蓄。"[①]可以说，王蒙对新疆底层人民的人性美、人情美的礼赞无疑是与艾特玛托夫的早期创作主旨遥相呼应的。

当然，王蒙还有一些小说与艾特玛托夫的小说之间存在较为明显的思想艺术关联。如王蒙的短篇小说《光明》中的市委秘书长李仲言的性格和艾特玛托夫的中篇小说《永别了，古利萨雷》中的农庄主席乔罗比较相似，两者本质上都是比较善良的人，但是在唯上是从的极左政治体制里他慢慢地变成了"不倒翁"式的无原则的人，遇事能敷衍就敷衍，能推脱就推脱。而在"文革"中受到打击、后来当了市委副书记的邵容朴则和塔纳巴伊比较相似，两人都敢于坚持自己的意见，敢于迎难而上，敢于抗争。当然，《永别了，古利萨雷》中的塔纳巴伊受到撤销党籍的严重处分，而邵容朴最终重新获得重用，重新掌握权力。

还有王蒙的短篇小说《最后的"陶"》与艾特玛托夫的中篇小说《第一位老师》存在着关联。《最后的"陶"》的主人公是一个名叫哈丽黛的哈萨克族姑娘，她很小时父母就因病双双去世，远房叔叔依斯哈克收留了她。哈则孜老师看她是可造之才，就去动员依斯哈克叔叔让她去上学，但依斯哈克却认为女孩子不用上学，哈则孜好不容易辩倒了他，哈丽黛才得以去上学。上学时，哈丽黛受尽各种磨难，幸好有哈则孜父亲般的帮助才得以考上北京大学。但上大学后不久，哈则孜就去世了，6年后，学习成绩优秀的哈丽黛已经办理好前往澳大利亚留学的手续，因此临别前最后一趟回故乡，告别最后的"陶"（哈萨克语，即山）。然而，依斯哈克已经垂垂老矣，他的儿子达吾

---

① 王蒙：《淡灰色的眼珠——系列小说"在伊犁"》，作家出版社1984年版，第146页。

来提只知羡慕外面的现代世界，哈则孜的儿子库尔班也只想着多赚钱，原来淳朴的传统世界眼看着已经受到现代文明的冲击，哈丽黛只有黯然离去。该小说中哈丽黛受到哈则孜的教育，出国前返乡的那种情绪描写，都与艾特玛托夫的中篇小说《第一位老师》中阿尔狄娜依受到玖依申的教育之恩，最后成为著名的学者，又再次返回库尔库列乌村的故事遥相呼应。不过，艾特玛托夫把小说的重点放在对玖依申的高贵人格的描绘上，还有就是阿尔狄娜依对玖依申那份纯洁的初恋感情的渲染上。但王蒙却把小说的重点放在依斯哈克大叔和达吾来提、哈则孜和库尔班的父子两辈人不同的文化冲突上了，而哈丽黛和哈则孜独特的心路历程都没有进入作者的视野。因此，总的看来，《最后的"陶"》在艺术魅力上就远逊于艾特玛托夫的《第一位老师》。

王蒙曾经决心写一部风格直追艾特玛托夫的作品，这就是他的新疆题材短篇小说《歌神》。该小说叙述的是一个维吾尔族歌手在极左年代的悲惨命运。他叫艾克兰穆，原来在伊犁特克斯林场工作，在大河里放木排，后来因为歌唱得好，被选拔到自治区天山乐团。但是去了乌鲁木齐一两个月，他因想念家乡，又回到了伊犁，到察布查尔林场去工作。他非常喜欢一个哈萨克族姑娘阿依达娜柯。阿依达娜柯父母双亡，跟着异母哥哥过日子。而她的哥哥是个不可救药的窃贼、赌棍和醉鬼，他先是阻挠艾克兰穆和阿依达娜柯的爱情，后来又公然索要高价钱。艾克兰穆计出无门，阿依达娜柯又不敢违逆哥哥的意志，结果后来她被哥哥裹挟着逃到苏联去了。艾克兰穆无限哀伤，先是到喀什去看望姑母，后来终于回到乌鲁木齐天山乐团。在天山乐团，艾克兰穆非常受欢迎，歌也唱得出神入化，甚至出了个人唱片，但他依然过着清冷、贫困的单身生活。"文化大革命"爆发后，艾克兰穆又被监督劳动，一次和伙伴们在小饭馆里唱歌联欢，却得罪了监管的造反派，受到通缉，不得不在朋友帮助下隐藏起来。后来患了肝癌的阿依达娜柯回到伊犁，临死前渴望见到艾克兰穆，听到他的歌声，在朋友的帮助下，她如愿以偿。阿依达娜柯死后，艾克兰穆不知所终，只是听说遥远的阿尔泰出现了一位歌神，他的歌声能够让麋鹿、羚羊、银狐和雪鸡都聚集起舞。

很显然，该小说直接受到了艾特玛托夫小说的影响，主要就是他的中篇小说《查密莉雅》。

首先，从小说叙述人称和叙述者的安排上看，《歌神》和《查密莉雅》

非常相似。《查密莉雅》采用第一人称叙述，叙述者是见证了查密莉雅和丹尼亚尔的爱情的产生、发展过程的谢依特，他是查密莉雅的小叔子，才十四五岁，初涉人世，对一切都怀着朦胧的好奇心，心地淳朴，感觉敏锐，感情丰富，但功利心尚不强。因此，他叙述中的查密莉雅和丹尼亚尔的爱情，就显得非常纯真美好，就好像给一幅优美的风景画加上了一个雅致的画框。而且，从谢依特第一人称的叙述中，我们不仅可以充分地感受查密莉雅和丹尼亚尔的爱情优美婉曲的发展过程，还可以品味到这种美妙的爱情在一个未成年人心目中引起的玎玲反响，就像在欣赏瑰丽多姿的晚霞时，同时可以欣赏到碧波上晚霞的潋滟倒影，因而艺术魅力顿然大增。此外，艾特玛托夫安排谢依特的第一人称叙述，其实还暗藏一个主题，那就是少年谢依特在充分领略到查密莉雅和丹尼亚尔两个优美灵魂的爱情后渐渐地成长起来了。因此，小说结尾写到查密莉雅和丹尼亚尔私奔后，谢依特向母亲提出要离开家乡去学习绘画的要求，这就是他成长的决定性一步。与《查密莉雅》相似，《歌神》采用的也是第一人称叙述。叙述者初次在伊犁河谷黄昏的田野上遇到艾克兰穆时，还是个医科大学的在校学生；第二次在喀什街头遇到艾克兰穆时，他作为实习生参加农村医疗队；后来作为毕业生代表参加文艺晚会时又欣赏到了艾克兰穆的演出；最后是在黑水河水利工地上行医时，遇到已经被监督劳动的艾克兰穆。通过这个叙述者的设置，艾克兰穆十几年内的命运就被串联起来了，让人顿生沧海桑田之感。

其次，在浓郁的抒情气氛的营造方面，《歌神》和《查密莉雅》也颇为相似。《查密莉雅》开篇是以成为画家后的谢依特面对自己以前的一幅以查密莉雅和丹尼亚尔为主题的画展开的，回忆就像一场清新的春雨一样再次淋湿了心灵。而小说主体部分，不断地再现吉尔吉斯草原村庄那种种优美的场景，尤其是查密莉雅和丹尼亚尔赶着马车走过黄昏时的草原时那种如梦如幻的景致更是富有诗意。而《歌神》的开篇也浓墨重彩地描绘了伊犁河谷初秋黄昏的田野上美妙而和谐的景致，为歌手艾克兰穆的出场做好了铺垫。而当写到艾克兰穆第二次在喀什街头出场，为了映衬他的爱情不幸，作者就着力展示了新疆南疆盛夏时分的那种酷热、干旱的狞厉场景。《查密莉雅》富有吉尔吉斯草原的地域风情，《歌神》则把新疆伊犁河谷和南疆的地域风情呈现得很充分。

当然，《歌神》和《查密莉雅》最为相似的还是艾克兰穆和丹尼亚尔两个人物形象。《查密莉雅》中的丹尼亚尔从战争前线负伤返回草原村庄，他干活勤奋，心地善良，性格刚毅质朴。小说中有个片段如此描绘他：

他背对我站着。他那颀长的、像是用斧头砍削出来的有边有棱的身影，在柔和的月光中显得清清楚楚。他似乎在细细倾听那大河的流水声，——夜晚，河水下滩的声音越来越清晰可闻了。可能，他还在倾听我所听不见的一些夜的音响和喧嚣。①

丹尼亚尔的嘴角上带着清晰的纹丝，两片嘴唇总是紧闭着，眼神抑郁、镇定，只有两道弯弯的、活泼的眉毛给他那副瘦削的、总是显得疲倦的面孔增添一些生气。有时候他会凝神倾听，像是听到一种别人听不见的声音，这时他眉飞色舞，眼里燃烧着一种难以理解的喜悦。然后他不知为什么事微笑好久，显得十分高兴。这一切我们都感到奇怪。②

有时他侧耳静听，凝神屏息，睁大一双眼睛。有一种东西在激荡着他的心，我觉得，他马上就要站起来，敞开自己的胸怀，不过不是对我敞开——他没有理会我——而是对着一种巨大的、无边无际的、我所看不见的东西。③

从这些优美的片段中，我们可以看出艾特玛托夫笔下的丹尼亚尔是一个对周围世界非常敏感的人，是一个内心世界非常丰富的人。非常有意味的是，王蒙笔下的艾克兰穆，不但像丹尼亚尔一样身材较高，瘦削，而且神态也与他很相似。王蒙这样描写艾克兰穆："高身量，略显瘦削，骨架有力，卷曲的头发，高高凸出的眉骨和鼻梁，浓而长的眉毛，扁而长的、上挑的眼睛；淡褐色的、带着一种奇异的温柔和沉思的色彩的眸子，英勇而又和善的、似乎凝神看着远方的目光。"④看来，艾克兰穆和丹尼亚尔还真的像一对形神兼似的兄弟啊！

当然，更为相似的是，两个人民歌都唱得很好，唱歌简直是他们心灵和

---

① ［吉尔吉斯］艾特玛托夫：《艾特玛托夫小说集》（上），外国文学出版社 1980 年版，第 19 页。

② ［吉尔吉斯］艾特玛托夫：《艾特玛托夫小说集》（上），外国文学出版社 1980 年版，第 21 页。

③ ［吉尔吉斯］艾特玛托夫：《艾特玛托夫小说集》（上），外国文学出版社 1980 年版，第 22 页。

④ 《王蒙选集》第 3 卷，百花文艺出版社 1985 年版，第 97 页。

灵魂的展示窗口。《查密莉雅》中，丹尼亚尔是在查密莉雅的要求下才唱的，而且是一鸣惊人，不但俘获了少年谢依特的心灵，而且轻而易举地俘获了查密莉雅的心灵。

最使我惊讶的是，那曲调本身充满何等的炽情，何等的热力。我当时不晓得这该叫做什么，就是现在也不晓得，准确些说，是无法断定：这仅仅是歌喉呢，还是另有一种从人心的深处发出的更重要的东西，一种最能引起别人的共鸣，最能表露最隐秘的心曲的东西。

我于是忽然懂得了他那些引起人们不解和嘲笑的怪癖——他的好遐想、爱孤独和沉默不语。这时我懂得了他为什么整晚整晚地坐在守望台上，为什么一个人留在河边过夜，为什么他总在倾听那些别人听不见的音响，为什么有时他的眼睛会忽然大放光彩，平时十分戒备的眉毛会飞舞起来。这是一个爱得很深厚的人。他所爱的，我感觉到，不仅是一个什么人；这是一种另一样的、伟大的爱——爱生活，爱大地。是的，他把这种爱珍藏在自己心中，珍藏在自己的歌曲中，他为它而生存。感情冷漠的人不能够唱得这样动人，不管他有多么好的嗓子。

当一支歌子的余音似乎停息了时，一阵新的激荡的浪潮，像是又把沉睡的草原惊醒。草原很感激地在倾听歌手歌唱，那种亲切的曲调使草原如醉如痴。等待收割的、已经熟透的蓝灰色的庄稼，像宽阔的河面似的起伏不定，黎明前的微曦在田野上游荡。水磨旁雄伟的老柳群飒飒地摇动着叶子，河那岸野营里的篝火已经奄奄一息，有一个人，像影子一样，无声无息地在河岸上朝村子的方向纵马飞奔，一会儿消失在果园里，一会儿重新出现。夜风从那儿送来苹果的香气，送来正在吐穗的玉米鲜牛奶般的甜味儿，以及尚未晒干的牛粪块那种暖熏熏的气息。

丹尼亚尔久久地忘情地唱着。迷人的八月之夜，安静下来，听他的歌声。就连马儿也早就换了均匀的步子，像是恐怕扰乱了这种奇妙的境界。①

可以说，艾特玛托夫对丹尼亚尔唱歌的这种描写在世界文学史中都可以流芳千古的。

---

① [吉尔吉斯斯坦] 艾特玛托夫：《艾特玛托夫小说集》（上），外国文学出版社 1980 年版，第 40—41 页。

我们可以再看看王蒙的《歌神》中对艾克兰穆歌唱的描绘：

我没言语，不管愿意不愿意，艾克兰穆的热瓦甫琴声开始吸引着我。好像在一个闷热的夏季，树叶颤动了，还弄不清是怎么回事也罢，人们总会不约而同地舒一口气。好像一个熟睡的婴儿，梦中听到了慈祥的召唤，他慢慢地、慢慢地张开了眼睛，他第一次看到了世界的光和影，看到了俯身向他微笑的美丽的母亲。……

艾克兰穆把酒喝下去了，又喝了一次。三杯已过，他眯上眼睛，再一睁，就唱起来了。说是唱，又像是在说话，在自语，似乎没有旋律。懒洋洋地哼着的调子里包含着一种温暖，一种希望。好像青草在欣悦地生长，好像蓓蕾在无言地开放，好像是一匹被主人上了绊子的马自顾自地低头觅食，好像是船舶靠岸过夜的时候随着水波轻轻摇晃。渐渐地，草原开遍了鲜花，骏马风驰电掣，木排在激流里起伏，四面是光明的白昼。我呆住了，耀眼的亮光使我晕眩，使我忘记了一切。我像一个正在负气的粗野的孩子，扭动身躯要躲避母亲的爱抚，但是母亲的硕大的手掌理顺了我的搽挲的头发，抚摸着我的额头、脸蛋和脖颈，我驯服了，我终于躺在了母亲的怀里，幸福地闭上了眼睛。

突然，一声高亢的呼唤，中断了连续，艾克兰穆蓦地把头一甩，用一只手支持着自己，放下了弦琴，面对着苍茫的天上升起的第一颗星，用一种全然不同的、天外飞来般的响亮的嗓音高唱起来。像洪水冲破了闸门，像春花在一个早上漫山红遍，像一个个盛装的维吾尔少女同时起舞，像扬场的时候无数金色的麦粒从天空洒落。艾克兰穆的歌儿从他的嗓子，从他的胸膛里迸放出来，升腾为奇异的精灵，在天空，在原野，在高山与流水之上回旋。我呢，也随着这歌声升起，再升起，飞翔，我看到了故乡大地是这样辽阔而自由，伊犁河奔腾叫啸，天山云杉肃穆苍劲，地面上繁花似锦……

我们不知道过了多长时间。一颗又一颗蓝色的和橘色的星星竞相来到我们的头顶，它们在俯视，在谛听，在激动得发抖，庄稼和树木惊愕地呆在了黑影里，风儿也在围绕着我们回转，不忍离去。①

① 《王蒙选集》第3卷，百花文艺出版社1985年版，第99—100页。

无论是丹尼亚尔还是艾克兰穆唱歌，无疑是用心灵、用灵魂唱出来的，他们把生命的炽情融入歌声中，因此歌声才无比动听，无比感人。这两个片段文字在对音乐的描写方面无疑都是文学史中的上乘之作。更为奇特的是，丹尼亚尔歌声唤起的谢依特对生活的感情，和艾克兰穆歌声唤起的维吾尔族医科大学生对生活的感情，都是相似的。《查密莉雅》如此写道：

> 傍晚，我们走在峡谷中的时候，每次我都觉得我跨进了另一个世界。我合上眼睛，倾听丹尼亚尔歌唱，在我面前会出现一些童年时候就异常熟悉、异常亲切的情景：有时在帐幕当头、大雁飞翔的高处，飘过正作春游的蓝雾般的轻柔云片；有时在震响的大地上，蹄声得得、嘶声悠长地驰过夏牧的马群，牧马驹儿抖着未曾剪过的鬃毛，眼里闪着墨黑的、野气的火光，洋洋得意、憨头憨脑地一路跑着追赶自己的妈妈；有时羊群在山包上静静地纷纷散了开来；有时瀑布从悬崖上倾泻而下，它那飞舞乱溅的泡沫的白光耀眼欲花；有时在河对岸草原上，红日轻柔地落进芨芨草丛里，火红的天边有一个孤独而遥远的骑手，好像正纵马追赶落日——红日已伸手可及——可是也掉进了草丛和暮色之中。①

而王蒙的《歌神》则如此写道："直到歌声停止，我才透过了一口气。弟弟趴在地上，哭起来了。来牵山羊的小姑娘搂住她的山羊，忘记了回家。我也想起了许多亲切的事，我想起了去世的母亲，想起了小时候偷偷爱过的姑娘，想起苹果开花和蚕豆结荚，想起了那一去不复返的、少年人的梦一样的日子。我想说一些话，然而，艾克兰穆已经走了……"② 可以说，正是丹尼亚尔的歌声深深地打动了谢依特，他才会不遗余力地帮助丹尼亚尔和查密莉雅，甚至在明明看到他们私奔时，也不去告发。而《歌神》中，也正是艾克兰穆的歌声深深地打动了医科大学生，他才会像想念情人一样想念艾克兰穆，并为艾克兰穆的命运做出历史的证明。

当然，艾特玛托夫的《查密莉雅》和王蒙的《歌神》的立意主旨不一样。艾特玛托夫《查密莉雅》的重心在丹尼亚尔和查密莉雅的爱情上，因此他把战争、政治乃至吉尔吉斯民族残存的宗法制习俗等都推到背景上，而主要的

---

① [吉尔吉斯斯坦] 艾特玛托夫：《艾特玛托夫小说集》（上），外国文学出版社1980年版，第42页。
② 《王蒙选集》第3卷，百花文艺出版社1985年版，第100页。

笔墨放在刻画查密莉雅、丹尼亚尔这两个富有个性、富有精神光彩的草原儿女身上。而王蒙的《歌神》则把重心放在了维吾尔族歌手艾克兰穆的歌唱艺术天才和极左政治对天才的摧残和扼杀上了。在艾克兰穆被监督劳动后，他曾说："我的罪就是——唱歌！呵，一切使人有别于驴子的东西，使人变得善良、文明、温柔和美丽的东西全不要了，剩下的是什么呢？凶暴、仇恨、残忍、贫困……"① 在作家看来，极左政治势力为了消灭心灵，就必须消灭歌声。因此，王蒙写歌神艾克兰穆及其遭遇，就既是对极左政治摧残艺术的抨击，又是对自己因创作小说被打成右派的命运的自况。在对艾克兰穆的爱情书写上，王蒙的《歌神》无疑是不成功的，关键就在于过重的极左政治批判使命使得作者无法把重心放在艾克兰穆和哈萨克族姑娘阿依达娜柯的个性塑造上。与查密莉雅相比，阿依达娜柯的形象是没有人性深度的，也没有个性和精神光彩；与丹尼亚尔相比，艾克兰穆也是如此。在一定程度上可以说，艾特玛托夫能够超越政治的狭隘局限，突入到人性的丰富性和复杂性之中，从而勾画出人的心灵和灵魂的生动具象；而受浓郁的意识形态和实用主义思维的影响，王蒙的笔触只能停留在较为表层的政治叙述中，更为细腻的心灵图景乃至灵魂抉择的艺术之旅均未得呈现。这不能不说是一大遗憾。

除了短篇小说《歌神》之外，王蒙的中篇小说《杂色》也和艾特玛托夫的中篇小说《永别了，古利萨雷》之间存在着文学史上的关联。

首先是两部小说都以马命名，都是一匹马和一个人的一段旅程中包含着丰富的生活信息、历史信息。《永别了，古利萨雷》中，溜蹄马古利萨雷本是天生的骏马，曾经在赛马中夺魁，但最后被阉割，成了农庄主席的坐骑，后来沦落为衰老的辕马。而塔纳巴伊先是当牧马人，后来为了农庄的需要又去当牧羊人，但是农庄的各种条件极差，管理者又高高在上，不闻不问，从而导致了春天接羔时大量羊羔倒毙的惨状，最后塔纳巴伊还因为触犯了官僚主义者区监察委员谢基兹巴耶夫而被开除出党。艾特玛托夫的《永别了，古利萨雷》就以年老体弱的塔纳巴伊赶着垂垂待毙的古利萨雷回家途中的回忆口吻，哀婉而悲愤地展示了一个人和一匹马的一生命运。王蒙的《杂色》中的小说主人公曹千里原本是中央音乐学院毕业生，很有音乐才能，"反右运

---

① 《王蒙选集》第 3 卷，百花文艺出版社 1985 年版，第 110 页。

动"中被划为右派，后来他自愿到边疆接受改造。到了边疆后，他处处学着本地人的生活方式、本地人的语言、本地人的饮食。一次他骑着公社最差的一匹杂色老马到夏牧场去统计一个什么数字，小说主体就是通过曹千里沿途的所见所闻、所思所忆来展现他到边疆后的心路历程。可以说，《永别了，古利萨雷》和《杂色》两部小说都展示了极左政治造成的种种悲剧。不过，在叙述时，王蒙的《杂色》基本是曹千里一个人的意识流；而艾特玛托夫的《永别了，古利萨雷》则是采用第三人称全程叙事的方式。

艾特玛托夫的《永别了，古利萨雷》开篇就写古利萨雷衰老后的惨状："古利萨雷早就感到胸口阵阵隐痛，颈轭压得它喘不过气来；皮马套歪到一侧，像刀割似地勒着；而在颈轭右下侧，有个尖东西老是扎着肉。这可能是一根刺，要不就是从颈轭的毡衬垫里露出来的一颗钉子。肩上一块擦伤的地方，原来已长上老茧，此刻伤口裂开了，灼痛得厉害，还痒得难受。四条腿变得越来越沉，仿佛陷进了一片刚刚翻耕过的湿漉漉的地里。"[1]"塔纳巴伊看了看马的眼睛，心一沉，脸色顿时变了。马的眼眶周围布满了皱纹，眼睫毛都掉光了。在深深凹陷的半睁半闭的眼睛里，他什么也没有看到。两只眼睛已经昏暗无光，就像被废弃的破屋里的两扇窗，显得黑洞洞的。"[2]与之相似，王蒙的《杂色》开篇也写曹千里眼中杂色老马的狼狈相："这大概是这个公社的革命委员会的马厩里最寒伧的一匹马了。瞧它这个样儿吧：灰中夹杂着白，甚至还有一点褐黑的杂色，无人修剪、因而过长而且蓬草般的杂乱的鬃毛。磨烂了的、显出污黑的、令人厌恶的血迹和伤斑的脊梁。肚皮上的一道道丑陋的血管。臀部上的深重、粗笨因而显得格外残酷的烙印……尤其是挂在柱子上的、属于它的那副肮脏、破烂、沾满了泥巴和枯草的鞍子——胡大呀，这难道能够叫做鞍子吗？即使你肯于拿出五块钱做报酬，你也难得找到一个男孩子愿意为你把它拿走，抛到吉尔格朗山谷里去的。鞍子已经拿不成个儿了，说不定谁的手指一碰，它就会变成一洼水、一摊泥或者

---

[1]　[吉尔吉斯斯坦] 艾特玛托夫：《查密莉雅》，力冈、冯加译，外国文学出版社1998年版，第57页。

[2]　[吉尔吉斯斯坦] 艾特玛托夫：《查密莉雅》，力冈、冯加译，外国文学出版社1998年版，第60页。

一缕灰烟的呢。"① 两部小说对老马的衰老可怜的样貌的描写都非常生动。

其实，无论是艾特玛托夫的《永别了，古利萨雷》还是王蒙的《杂色》都是把人与马作为互相映衬的形象的。古利萨雷的命运和塔纳巴伊的命运基本是同步的，两者都在赛马时达到辉煌的顶峰，而后步步堕落，直至被命运淘汰。《杂色》中，受到鄙弃的杂色老马和被流放边疆的曹千里也互为镜像。正如有论者所说的，"马是曹千里驾驭的对象，同时又是曹千里的形象、心灵和人格的外化。"② 从表面上看，杂色马衰老，疲惫，但是它又似乎非常具有韧性，而且尚有千里腾飞之志。因此小说最后写到曹千里和老马的另一幅神异之像："终于，曹千里骑着这匹马唱起来了。他的嘹亮的歌声震动着山谷。歌声振奋了老马，老马奔跑起来了。它四蹄腾空，如风，如电。好像一头鲸鱼在发光的海浪里游泳，被征服的海洋被从中间划开，恭恭敬敬地从两端向后退去。好像一枚火箭在发光的天空运行，群星在列队欢呼，舞蹈。眼前是一道又一道的光柱，白光，红光，蓝光，绿光，青光，黄光，彩色的光柱照耀着绚丽的、千变万化的世界。耳边是一阵阵的风的呼啸，山风，海风，高原的风和高空的风，还有万千生物的呼啸，虎与狮，豹与猿……而且，正是在跑起来以后，马变得平稳了，马背平稳得像是安乐椅，它所有的那些毛病也都没有了，前进，向前，只知道飞快地向前……"③ 这种景象，无疑是曹千里对自己命运新的展望和希冀！

不过虽然两部小说具有如许的相似性，但它们的重心又明显不同，艾特玛托夫的《永别了，古利萨雷》比较侧重于展示像古利萨雷这样的动物生命在人类中心主义暴力下的悲惨命运，以及像塔纳巴伊这样的共产党员是如何敢于坚持真理，敢于反抗共产党内的官僚主义的，因此《永别了，古利萨雷》无疑更富有悲剧色彩，而古利萨雷的形象也塑造得栩栩如生。但王蒙《杂色》的重心是放在曹千里被放逐边疆后的心理自我调适过程上。其实，曹千里骑着杂色马去夏牧场的旅程，就是曹千里如何接受被放逐的命运，如何慢慢地融入当地生活，以及最终梦想着如何再次鹏程万里的心路历程。他骑着那匹

---

① 《王蒙选集》第 2 卷，百花文艺出版社 1985 年版，第 159 页。

② 於可训：《王蒙传论》，武汉大学出版社 2009 年版，第 266 页。

③ 《王蒙选集》第 2 卷，百花文艺出版社 1985 年版，第 210 页。

杂色老马，经历风吹日晒、雨淋雹打的种种坎坷，终于到达夏牧场，看着满山苍翠的美好景象，告别了青春和理想的单纯，接受了现实的丰富和驳杂，最终才能腾跃而起。这无疑也是王蒙对自己几十年命运的艺术概括。这也是那个时代中国知识分子的命运和心路的形象写照。相对而言，艾特玛托夫笔下的古利萨雷是高贵而又悲惨的，而王蒙笔下的杂色老马是驯服而又富有生命韧性的；艾特玛托夫塑造的塔纳巴伊是富有反抗精神、勤劳朴实、敢于坚持真理、追求正义的底层人民中的一员，而王蒙笔下的曹千里是需要从底层人民那里汲取生存的勇气、获得庇护并最终再次渴望着被权力接纳的、时常必须依赖精神胜利法的、较为软弱的中国知识分子。

从整体上看，艾特玛托夫对王蒙小说的影响是融入苏联文学、俄罗斯文学的影响之中了。我们如此条分缕析地剖析出艾特玛托夫对王蒙的个人影响自然有点穿凿，但正是这种穿凿让我们能够更清晰地把握住文学史中许多作家的内在交流的暗道，为文学史的影响研究做出一点更具实证性的贡献。

（李雪：集美大学教务处处长、教授）

地方体验与王蒙新疆小说的绿洲书写

王　敏

在全球化语境中，文学家对于个人身份和民族身份的思考体现在如何通过写作来探索和巩固"本土"文化经验。其中，文化认同的一个重要来源是本土的"地方体验"。作家的"地方体验"核心是作家与地方环境之间的关系，"地方"不仅包括地方物质要素，还包括文化历史、价值意识等人文要素，它是"通过对一系列因素的感知而形成的总体印象，这些因素包括环境设施、自然景色、风俗礼仪、日常习惯，对家庭的了解以及其他地方的了解"。① 王蒙"回到地方"，在自己的"地方体验"中寻找文化认同，他开始挖掘地方内部的传统文化，并将其置于当代的观照之下，他通过塑造和体认"绿洲"的地方空间，彰显了"地方意识"和"地方体验"对于他确立文化身份的重要意义。当代绿洲书写具有独特的审美价值，可以说绿洲是王蒙小说中一个重要的叙事焦点。王蒙小说中的绿洲"地方体验"书写源于他对地方生活方方面面的现实经历，长时间的绿洲生活让他深受地方内部文化熏染，对绿洲地方文化有着深入的接触与理解。王蒙在他的文学创作中通过生动描写绿洲生活经验，旨在呈现新疆绿洲地区的多面光彩，同时展示绿洲居民的生活与这片土地孕育的独特文化。经过一系列的审美创造形成了当代小说中独特的绿洲地方形象。

本文从"地方体验"出发，关注自然、风俗、信仰等地方性要素在王蒙小说中的形态与作用，探讨作家与自己生存的地方环境之间的深刻关系。此

---

① 王志弘：《流动、空间、社会》，台湾田园城市文化事业有限公司 2003 年版，第 240 页。

外，本文还突出了王蒙"地方体验"中的绿洲文化艺术要素，包括民歌、方言俗语等。本文试图突出强调绿洲内部资源形态对王蒙小说写作的影响，最后探讨了王蒙"地方体验"中所彰显的中华民族精神文化共同体意识。

一、"地方体验"中的绿洲发现

王蒙对新疆绿洲的挖掘与描摹使得新疆自然景观成为展现绿洲生活的重要叙事资源之一。他的作品塑造了新疆地域形象，使得新疆绿洲文化获得了又一对外传播的契机。王蒙对地方内部绿洲的接触体验与深切情感是他书写绿洲的基础，绿洲是他生命之"根"的一种存在形式，它不仅是王蒙的第二故乡，同时也是他创作中的心灵原乡。因而王蒙对绿洲的书写，是他"新疆情结"的一种表现，凝聚着他浓烈的家园意识，同时对绿洲的整体形绘也寄托着他的民族意识。绿洲样貌在王蒙的笔下得到了贴切的呈现，地方的本然差异，通过王蒙这个中介，在他的"地方体验"影响下，造就了绿洲书写的异彩纷呈的风景特质与美学风格。荒漠里有水才有绿洲，王蒙对绿洲水域有着深刻的体验与情感："河水湍急，挟泥带沙，奔腾旋转，呼啸而下……大水滔滔，不舍昼夜，篝火腾腾，无分天地。"①王蒙将目光聚焦到伊犁河的细微之处：神秘的马兰花、盘桓的鹰、游动的野鸭、倒映在水中的雪峰，呈现出了更多的绿洲元素与细节。这让小说中绿洲水域的自然风貌区别于其他地方性写作的文学风景图。与此同时，王蒙笔下的绿洲水域也形态各异，呈现的美学风貌不尽相同，那扣人心弦的赛里木湖，碧蓝平静又难掩不安。经过地方美学的沐染，绿洲不同水域在王蒙笔下形成了不同的风景体验，他将伊犁河的原始与野性，赛里木湖的神秘和清澈各自进行了文学的细节展现，通过"地方体验"差异的塑造，绿洲内部水域具有了个性差异。

王蒙在小说中创造了与其他地域不同的绿洲地带，那是一些和谐淳美的"异域"地方世界——"绿洲桃花源"。王蒙在"绿洲桃花源"的构建中始终传达了和谐的氛围，在那里有他曾体验过的优美环境、淳朴的人性，在那里

---

① 王蒙：《你好，新疆》，《逍遥游》，人民文学出版社 2011 年版，第 152 页。

如火如荼的现代化进程都被自然冷却。绿洲地方的文学呈现倾注了王蒙对自然和悦、朴素纯善的家园的回忆，对美好光明人性的赞美与强调，更是从自然角度对现代性的反思。王蒙的"地方体验"是从他与绿洲的互动中生发出来的，绿洲的自然环境对包括作家在内的绿洲人群产生了重要的影响，所谓"一方水土养一方人"，正是绿洲附近壮阔、祥和、美好的自然环境塑造了当地人纯洁、明朗和通透的性格。在王蒙创造的艺术空间里，有着最纯粹自然的生活，他可以赏花艳、嗅花香。玫瑰可以自在开放，孕育着无限的生命力。维吾尔族独特的庭院布局充满了生活的温馨和生动，他们善用色彩、喜种花草、注重装饰艺术，他们在空间利用和房屋美化方面充满了智慧和本领。俄式雕花木窗扇、印花羊毛毡、鲜艳夺目的地毯、白色挑花窗帘，强烈的视觉冲击唤醒着王蒙内在的生命力量。独特的环境造就独特的人性，只有在绿洲的环境里，才会有小说中的人和事。王蒙通过特殊性的景观描绘，表现了他想要再现的健康、善良、明快的人性，以深切的人文关怀和真挚抒情的写作笔法给人一种世外桃源般的安宁和宁静感。王蒙在绿洲自然环境的体验中形成的地方形象，更是他内心深处隐藏的情结，文中人物的"地方体验"与他本人的"地方体验"达到了相融的效果。在他创造的艺术空间里，有着最纯粹自然的生活，有着一块与外界隔绝的净土。

王蒙将绿洲的生物"物性"与小说人物的"人性"融合，利用自然意象塑造人物，更深刻地揭示了作家在"地方体验"下对人与绿洲关系的生命思索。这也是作家将自然风景指向人类生存的文学手法。王蒙通过"自然之性"与"人类之性"的互喻，展示了自然与人的深层精神联系。王蒙对绿洲"风景的发现"，从物质性上升到人性，是作家基于"地方体验"而对人与绿洲地方自然之亲密性的艺术展现。对于生活在绿洲的作家来说，雪山上的松涛、沙漠里响起的驼铃、白雪皑皑的博格达峰、奔腾叫啸的伊犁河，不只能引起他们的审美感受，成为绿洲风景画的灵动色彩，还能在与人的互动中、在人的生产活动中构成实践联系。王蒙在小说《最后的"陶"》中选取了绿洲地方的"陶"（哈萨克语，指"山"）作为主人公与家乡情感的纽带和牵绊，小说通过对大山、流水、石头等元素的描绘，展示了自然景观的壮丽和宁静。文章描绘了故乡自然景观的丰富多样性和真实感。冰峰、怪石、沙滩、密林、大河、山涧、瀑布等自然元素都以朴素和亲切的方式等待着主人公的到来。然而，主人公在求学的路上逐渐失去了这些美景，丧失了夏天的最后日子，丢失了云杉、枫杨、雪峰等景观，也失去了与牧羊狗、飞鸟等生物的亲密接触。这些描写突出了主人公与故乡自然景观之间的联系和情感纽带，同时也暗示了主人公在离开故乡后的生活变迁和失去的东西。王蒙通过对自然景观的描写，展示了绿洲自然景观的美丽和力量，以及人与自然的交融与变迁。王蒙选取的人物，以及与人物构成关联的自然意象都是极具地方特性的，人与绿洲构成了生死相偎的命运统一体，在此意义上的绿洲风景书写更有了动人的生命深度。

绿洲风俗是王蒙体验到的地方"第二自然"，他将自己行为与观念的亲身体验转化为文字，形成了绿洲书写的"风俗画"。在王蒙的新疆书写中，他对绿洲的民俗文化有着浓郁的兴趣，具体体现在他对绿洲地方人民衣食住行等全方位生活特征的描绘。以风俗为载体，挖掘绿洲与人之间的信仰、道德联系，完成了对绿洲人民精神空间的塑造。王蒙从不同的角度对绿洲内部民俗进行勾绘，是介入并揭开自我以及绿洲地方群体共通的思想观念的文学尝试。同时，王蒙在风俗书写中也展现了绿洲人的思想观念的现代性转变，用绿洲地方内部的力量去重塑现代性发展所丢弃的生命伦理。王蒙借用绿洲地区的特殊节日、庆典的场景化描绘，展现自己所体验到的绿洲群体心理氛围与人文传统。节日民俗是地方古老文明的历史沉积物，节日中的仪式典礼能在很大程度上被塑造为一个道德的空间，最集中地反映着历史和现实中多姿多彩的人情美的形态。如婴儿出生40天后过"摇床喜"；隆重的古尔邦节；缺不了宰羊、抓饭、买酒、打馕、送绸子、回门等元素的婚礼。王蒙借用具有浓郁地方特色的节庆仪式，折射出自己所体验到的绿洲地区与其他地区的文化差异。利用具有地方标识的节日来营造地方色彩明显的文本氛围，展现绿洲独特的地方文化。

王蒙将自己体验到的地方民俗转化为小说文字时，需要通过具体可见的事物来展现民俗行为，民俗物象不仅构成了小说人物活动的物质条件，推动了小说情节发展，还以一种绿洲文化的象征符号，揭示了小说人物赖以生存的生活环境以及地方、时代特征。在绿洲地方的日常礼俗书写中添加了很多民俗物象，其中馕是王蒙新疆叙事中的高频率词汇，作家们借助馕这一可见形态的民俗物象，揭示了人们的生活常态，这种生活状态在时间上具有延续性，空间上具有封闭性，是作家深切体验到的地域文化积淀的一种生活样态。馕是绿洲人民饮食习惯的重要代表，在王蒙的新疆叙事中发挥着巨大的地方经验阐释作用。王蒙借日常生活描写，聚焦馕这一习俗物象，叙说生命历程，剖析绿洲人民的精神世界：伊力哈穆思考家乡变化中有馕，就连日记中也有馕；穆敏老爹远行前大娘打馕为他作口粮；新馕出锅后，姑丽娜挑了最好看最完美的馕送给我；爱弥拉姑娘的丈夫挑拣了一个打的最好的馕掰碎，放到爱弥拉姑娘的碗里。馕在整个场景中是很重要的主体，显现了王蒙充分调动生活经验以真实再现地方文化的艺术能力。珍惜食物是绿洲文明的一大特征，绿洲的人们把馕视为神圣之物，对于绿洲人民而言，馕与他们生死相依。"愈吃馕就愈想喝茶，愈灌奶茶就愈想吃馕，良性循环。"[1]王蒙还对馕与茶生存关联进行了深度思考，将民俗描写从文化层面上升到了生存高度，赋予其深刻的内涵。王蒙利用日常习俗物象来展现绿洲生活情境，表现出极为浓烈的生活质感。

王蒙新疆叙事中出现的绿洲地区人民信仰及其相关习俗的描述，是在展现绿洲生活状态、地方人文内蕴差异之后，对地方心理的进一步挖掘。对地方风俗的描绘从展现地方人文传统、勾勒地方生活逐渐深入到地方精神文化的底层，将绿洲地区共通的精神性、信仰、传统进行了文学呈现。"全村只要有丧事，都来找他，他也特别热心地去帮忙，甘尽义务。洗尸、裹白布、诵经、作乃孜尔（祈祷的一种）直至送葬，老爹面容严肃地忙活了好几天。"[2]王蒙将自己观察体会到的地方信仰进行小说再现，除了起到推进情节的叙事作用以外，还更进一步地保留了古老文明流传下来的地方人文传统，这种信仰背后，也存在着人与绿洲地方环境之间的亲密联系。《杂色》中的哈萨克族老妇人以一种独特而深刻的方式尊重自然，她生活在大自然中，与动物、山川相依相伴，对自然有着深厚的感悟和敬畏之心。她与曹千里互动中的一系列礼节和问候，甚至连曹千里的马也要关心照料，展示了她对人与人之间的关系以及人与自然之间的关系的敬重。王蒙通过揭示当地人民对自然的敬畏心理，在叙事之间强化了敬畏自然、尊重自然的主题，发掘绿洲与

---

[1] 王蒙：《淡灰色的眼珠》，《你好，新疆》，人民文学出版社2011年版，第48页。

[2] 王蒙：《虚掩的土屋小院》，《你好，新疆》，人民文学出版社2011年版，第114页。

人们的精神联结关系。绿洲风俗是王蒙"地方体验"中的重要组成部分，是新疆叙事中不可或缺的叙事内容，它是地方文化的一面镜子，也是地方群体的心灵之镜。作品中的地方性绿洲风俗书写，正是王蒙将自己归属于绿洲地方的一员，在作品的字里行间展现绿洲生活，展现自己挖掘到的绿洲与人之精神、道德、意识的联系。王蒙探寻到了绿洲地区人民的性格、行动、命运等一切行为的深层文化基因，显现了绿洲社会性格和精神，表现了绿洲地方的人们共享的一套价值观，这是当代小说中绿洲书写区别于其他地域书写的独特精神意义。

二、"地方体验"中的资源融汇

王蒙在小说中对绿洲风景、风俗、文化的描写，相对完整地将他体验到的生存空间和心灵空间进行了个人化的还原。王蒙对绿洲内部的文学艺术资源也有着深入的体验与充分的掌握，这种文学层面的感知也在一定程度上影响着他的创作内容与形式。绿洲内部的文学艺术资源范围宽广，比如：民歌、方言俗语等。王蒙通过绿洲特色的民歌、方言俗语的汲取融汇，在文学性的"地方体验"基础上对绿洲地方空间的小说进行营建。可以看到王蒙为还原绿洲地方空间，不仅在小说中再现自己接收到的地方文学内容，还利用生成于绿洲区域的特殊资源凸显了地方性的文艺审美特质。

鲜有作家具有将少数民族民歌、文学相结合的跨艺术、跨文化的自觉实践性。在王蒙笔下，《歌神》《哦，穆罕默德·阿麦德》等小说都是作家迫切追求音乐艺术产生文学话语的结果："从整体上来说，我在写作中追求音乐，追求音乐的节奏性与旋律性、音乐的诚挚的美、音乐的结构手法。"①借鉴少数民族民歌来贯穿完整的故事情节和塑造生动的人物形象，这使王蒙给当代文学带来耳目一新之感。"在严寒的冰雪里，我思念着春天，鸟儿何时飞翔，花儿何时红遍，少女何时绽开笑脸？何时我们才能尽情地歌唱啊，让歌声滋

---

① 王蒙：《音乐与我》，《王蒙文存》第 14 卷，人民文学出版社 2003 年版，第 175—176 页。

润我们焦渴的心田?"①利用民歌来烘托人物命运急转直下前的感愤氛围,体现了王蒙对地方内部的艺术资源有着深入的体验与充分的掌握,这种艺术层面的感知也在一定程度上影响着他创作的内容与形式。穆罕默德·阿麦德拿起都塔尔,拨动琴弦唱道:"我也要去啊,我也要云游四方,我要看看这世界是什么模样,我要走很远很远的路,我要越过高山和大江……"②他很久没有唱过这首歌,也很久没有听别人唱了。王蒙以独特的民歌、文学相结合的手法鲜活展现新疆少数民族的创伤与治疗、苦难与智慧。绿洲产生的带有绿洲色彩的民间文艺,这些都是王蒙的"地方体验"中可以调用的特殊资源。新疆民歌在慷慨澎湃的声腔中传达着绿洲人民昂扬向上的精神力量,王蒙将这些民间艺术融入小说,对于表现地方人民积极乐观的精神气节大有裨益。

在新疆叙事作品中,王蒙还对绿洲地方内部的话语形式进行化用与创造,利用民间的表达方式讲述作家所体验的地方生活。作家对地方自在空间的建构也体现在向传统民间话语形式的回归,将民间话语形式引入绿洲书写中,营造出脍炙人口的作品美感。新疆本身是一个多语系交汇、多语族共存的地方,语言种类繁多,异常驳杂。王蒙的新疆叙事作品深受维吾尔语的影响,给他的作品带来了奇异的效果。王蒙虽是来到绿洲生活的汉族作家,但是他精通维吾尔语,所以在他的作品中可以看到大量少数民族语言的汉语音译词。比如:"坎土曼""都塔尔""坦萨""巴郎""多普卡""诺契、泡契""笆篱子""那仁""塔玛霞尔""面肺子"等等。这些原本对于读者而言陌生的词汇被王蒙激活,承载着凝聚地域文化的独特意义,凸显了作品的地方色彩和民族色彩,为读者打开了一扇了解绿洲各少数民族的生活方式、思想性格、风俗习惯的大门。

王蒙作品中方言俗语的使用,是地方体验中最醒目的标志,也为他的新疆叙事增添了泥土气息和生命活力。比如:"都是谝传子的事情呗!"③同样是聊天、说话,不同说法,表现的是不同人物性格在不同状态下不同性质的说话方式。"谝传子"一词惟妙惟肖,形神兼备。还比如:"这次你要不来,我

---

① 王蒙:《歌神》,《王蒙文集:短篇小说》(上),人民文学出版社 2020 年版,第 389 页。

② 王蒙:《哦,穆罕默德·阿麦德》,《你好,新疆》,人民文学出版社 2011 年版,第 47 页。

③ 王蒙:《好汉子依斯麻尔》,《你好,新疆》,人民文学出版社 2011 年版,第 85 页。

可肚子胀了……只好把这个丫头拿走了……这个贼娃子奸着呢……"① 这些地方性、民间性的话语表达，是王蒙得以借鉴和创造的地方资源，让他根据现实体验建构的绿洲空间更真实生动。作品中还夹杂着很多维吾尔族特色的俗语和谚语，比如"喉头使人丢脸，而舌头使人掉头"，再如"自己煎炸自己的肉""手指甲缝里的泥垢，喉咙是罪恶的根源""因富有则花光钱，因馕多则喝光茶""你的舌头像蝎子的尾巴，你的牙齿像魔鬼的锯"等等，这种对民间表达形式的借鉴，体现了他充分调动自己"地方体验"的艺术能力，同时也具备尊重读者"地方体验"的文学自觉。王蒙用绿洲地方内部的话语形式更传神地描绘出了地方的生活真相，也许对于不熟悉当地的方言俗语的读者而言，这些表达方式可能会显得有些晦涩难懂。然而，正是这些语言的运用，才使作品中的角色个性得以凸显。这些语言的巧妙运用能够栩栩如生地展现角色的神态和性格，读者仿佛亲眼所见，亲耳所闻，产生强烈的共鸣和愉悦感。地方性的内容与形式相得益彰，地方内部的资源融汇则使王蒙呈现给我们的绿洲现实生活更生动通俗，具有极高的艺术审美价值和传播影响力。

三、"地方体验"中的中华民族共同体意识的彰显

通过深入描写新疆绿洲地区的风土人情、生活样态，王蒙试图建立一种跨越地域的文化联系。他的作品强调了中国不同地方的多元性，同时也表达了这些地方在中华民族大家庭中的重要性，王蒙的作品反映了这种平衡的努力，他试图通过地方体验书写来传达中华民族的多元性，这种平衡有助于增强读者对中国文化的理解，同时也促进了全球范围内的文化交流。新疆是王蒙的第二故乡，在新疆这片壮阔神奇的土地上，他感受到了各族人民一直勤劳奋进、守望相助，交往交流交融的和谐生活。在王蒙的新疆叙事小说中有许多展现民族文化交流，互通有无的场景，是当时多民族文化交往交流交融的鲜活样本和生动实践。小说中的这些场景也鲜明地体现了中华民族共同

---

① 王蒙：《哦，穆罕默德·阿麦德》，《你好，新疆》，人民文学出版社 2011 年版，第 34，45 页。

体意识。民族间的这种友好相处的交流融合集中体现在语言上的互通互用，这一独特的人文景观在王蒙的小说中留下了生动的记录："在毛拉圩孜公社，每天我干两件事：劳动和学习维语维文。所有的维吾尔农民都是我的维语老师，包括他们刚会说话的孩子……玛依奴尔汉文比他好，能看汉文小说，给他讲过好几个汉族古代寓言故事，像'晏子使楚'、'二桃杀三士'，他听起来非常入神。'老王哥，我要学汉文，借我一本书看吧。'……玛依奴尔教穆罕默德·阿麦德用汉语唱《大海航行靠舵手》和《我们走在大路上》……"①互相学习语言、讲汉语寓言故事、唱汉语歌的景象，道出了各族文化渐趋融合的新气象，反映出中华传统文化已经成为各民族共同传承的精神文化磁场。《这边风景》中技术员杨辉用刚学的还带着四川口音的维吾尔语走访入户、宣传科学种田技术，被维吾尔族民众亲切地称为"我们的女儿"，充分展现了王蒙眼中生动可感的各民族互相交融的生活印象。文中反面人物库图库扎尔，他吃饭不说"塔马柯耶依力"而要说"乞潘"——吃饭力克柯勒米孜，这种汉维语夹杂使用的现象是绿洲各民族交往交流交融的有力佐证。《边城华彩》中还描写了春节、肉孜节和古尔邦节时各民族互相拜年的场景，王蒙在小说中展现了自己体验到的地方性的节日文化，这种文化将地方内部的每一个人民凝聚在一起，体现了他试图表达的地方共同体意识。

王蒙深刻地探讨了新疆各民族之间的美好、亲近、深情和友爱，这些情感触动人心。亲近之感源于对亲人般的关怀和共鸣，而民族之情则来源于发现和欣赏各民族的美丽。民族团结的人际关系、情感纽带和文化联系正是通过相互交往中的审美发现而建立起来的。正因为少数民族身上善良、厚道、纯朴和好客的特质才赋予了他新疆经历中强烈的安全感、温馨感、归属感。在他的小说中，讲述了关于民族团结的故事，生动塑造了一系列维护民族团结的楷模形象，比如赛里木、里希提、赵志恒、伊力哈穆、热依穆等。尽管各民族的生活方式和习惯各异，但各民族同胞之间互敬互爱互助的关系在作品中不乏体现。《逍遥游》里维吾尔族、汉族、哈萨克族和满族的各族同胞共同居住在杂院中，演绎了多个感人的民族团结故事，强调了各族人民之间的亲密关系，文中王民感叹到："我们这些萍水相逢的身份不同、文化不同、

---

① 王蒙：《哦，穆罕默德·阿麦德》，《你好，新疆》，人民文学出版社2011年版，第36页。

民族成份不同的老百姓之间，自有一种团结力。"①王蒙新疆叙事作品中全面展示了各族人民意笃情深、亲密无间的欢乐和谐之情，力透纸背，蕴含着浓厚的民族团结之情，也描绘了新疆各民族携手共进、交流融合的历史画卷，为中华民族共同体意识提供了历史的见证。

中华文化是一体多元的文化。中华文化是多元的，是互相影响的。比如王蒙笔下依斯麻尔家房内陈设布局介于维汉之间，有汉族风情的桌椅、茶壶和日历，维吾尔族式的地毯、铜壶、花毡等。王蒙对回族依斯麻尔庭院住室等的准确描写触及了民族性，表现出他们在保持本民族核心品质的同时，也积极吸纳其他民族的文化因素，是新疆多元文化荟萃交汇的有力佐证。中华文化又是一体的，各族人民的价值观念、精神肌理有着一致性。"客人从你的一株果树上吃了一百个苹果，那么这一株树明年会多结二百个——也许是一千个更大更甜更芳香的苹果。客人喝了你家的一碗牛奶，明天你的奶牛说不定会多出五碗奶。"②绿洲少数民族这种美好的信念正是中华民族共同价值观中的乐观和分享精神。文学作品在塑造个体对和社会的认同感和思想意识方面起着重要作用。在王蒙的小说中，我们可以发现他在努力表达和塑造中华民族共同体意识。这种共同体意识不仅关注个体对所在地方的认同，还强调各民族之间的联系和共通之处。王蒙的地方体验书写表达了对绿洲浓郁而深沉的热爱，对绿洲山水的赞咏，对民族团结之情的珍视，对中华文化的自觉认同，进一步彰显了中华民族共同体意识。

王蒙与绿洲之间存在着稳固的情感纽带，他以自己最为熟悉的绿洲地方为叙事基点，自觉地通过小说反映地方风貌。王蒙小说中的绿洲空间是在他的"地方体验"基础上建构的，这是王蒙将自己在现实绿洲地方环境中的综合体验，转化为凝结着浓烈个人意识的文学符号的过程。"地方体验"作为一种体验能力，在各个维度上以其自在性、原生性深刻影响着王蒙的绿洲书写，在文坛中展现了独特的绿洲地方风貌。浸透着地方特色的环境文化以直接的方式融入了王蒙的生命体验中，进而融入了小说叙事中。绿洲地方空间的独特魅力得到了王蒙的认可，对他产生了审美和情感上的吸引力，因而他

---

① 王蒙：《逍遥游》，《你好，新疆》，人民文学出版社 2011 年版，第 187 页。

② 王蒙：《虚掩的土屋小院》，《你好，新疆》，人民文学出版社 2011 年版，第 98 页。

在小说中表达了回归和拥抱地方的欲望。可以看到，王蒙对绿洲地方空间的小说再现，不仅还原了绿洲地方环境的别样风致，还展现了地方人文的内核与传统，更重要的是对绿洲生命力量的追寻和对中国多元地方的理解和认同，为文学研究领域提供了有价值的探讨和思考。

（王敏：中国海洋大学文学与新闻传播学院中国语言文学专业博士生）

试论王蒙小说的"中美记忆"书写

——以《轮下》《海鸥》为例

胡文品

引　言

　　相较于王蒙长篇小说的研究热潮，其短篇小说研究某种程度上处于一个低谷期，还有许多值得开拓的领域，而本文所研究的对象是王蒙"新大陆人"短篇小说的前两部，即《轮下》和《海鸥》，均是主要探索20世纪80年代初"美国热"驱动下去往美国的大陆人生存发展状况，当然其中不乏冲破禁锢、身份认同等较为新颖的话题。目前学术界对"新大陆人"系列小说的研究还未完全展开，如伍依兰在《"文革"历史印记下的美国形象——王蒙"新大陆人"系列的形象学研究》一文中认为王蒙笔下"新大陆人"中的美国形象有着较深的"'文革'印记"，但在论述过程并没有聚焦这一主题，而是侧重分析怀有中国情结的美国友人和借助改革浪潮谋取名利的美国投机者以及美式生活的享受者等具体形象，对"'文革'印记"的能动作用扩大化，且研究对象是其中3部小说文本并不全面。① 黄秀清在《王蒙海外游记中的美国与苏/俄形象》一文中虽然注意到王蒙"新大陆人"系列小说创作动机是对"美国热"的回应，指出小说人物"身在异国，心系祖国"的情感共性，

---

① 　伍依兰：《"文革"历史印记下的美国形象——王蒙"新大陆人"系列的形象学研究》，《长江学术》2009 年第 3 期。

但在"海外游记"的主题框限下并没有展开论述。① 由此可见，王蒙的"新大陆人"系列小说仍有较大的研究空间，本文以《轮下》《海鸥》两部短篇小说为研究对象，拟从"本事"的借用和转换、"新大陆人"形象重读、"'文革'叙事"的必要性和价值3方面来探讨小说的思想内蕴和美学价值。

一、本事的运用和象征

王蒙偏爱"漫游"一词，"王蒙是一个爱游、壮游并且肯定对旅游有大参悟的人。"②1980 年 8 月至 12 月是王蒙访美特殊时期，他将自己在异域国度的所见所闻所思所感付诸笔端，集中于几篇游记或散文，如《在美国思念新疆草原》《美国的枫叶》《别衣阿华》《旅美花絮》等，对照着"新大陆人"系列小说，仔细揣摩这些"旅美见闻录"，其中有一些似曾相识的"环节"或场景，如农家风味的墨西哥饭馆和萧瑟陈旧的费城火车站，这其实涉及如何恰如其分地运用"本事"来为小说创作添彩的问题。当然"本事"一般指实际发生的本源性事件，但除了重视事件的原型之外，有学者在"本事迁移理论"视域中，给予其较为宽泛的定义，"它可以是实际发生的事件，也可以是虚构的事件；它存在于日常生活、神话传说、历史、文学艺术等领域之中"。③ 王蒙小说中的本事既有真实存在的世间作为依托，又有来自美国著名作家理查德·巴赫笔下的鸟类作为象征素材。

学者张均曾将真人真事的本事改写所依附的生产材料分为 4 种类型：即一、对本事的实录，二、对部分本事的删减，三、对本事的嫁接和改造，四、超出本事的虚构。④ 这 4 种对于本事的运用方式其实在王蒙小说的创作实践中均有出现。小说中曾写到 V 教授夫妇因间谍罪被逮捕判刑，后在联合国秘书长哈马舍尔德的斡旋下得以释放并被驱逐出境。这在游记中却是

---

① 陈晓兰主编：《想象异国——现代中国海外旅行与写作研究》，安徽人民出版社 2012 年版，第 208 页。

② 崔建飞选编：《王蒙漫游美文》，广东人民出版社 1999 年版，第 499 页。

③ 杨春忠：《本事迁移理论视界中的经典再生产》，《中国比较文学》2006 年第 1 期。

④ 张均：《转换与运用：本事批评与中国现当代文学》，《中国社会科学》2021 年第 1 期。

真实存在的事件，其人物原型是李克（Adele Rickett）教授，其在王蒙访美期间担任宾夕法尼亚州州立大学的汉学系主任。小说和游记都介绍了该教授在中国的留学经历以及提到了一本著作即《解放者的囚徒》（*Prisoners of Liberation*），但小说只是以"留学"二字指出其在中国生活的经历，并没有补充犯间谍罪的缘由。两位美国友人对中国革命和新中国政权的拥护和赞美之情是一致的，虽然这对美国夫妇有过牢狱之灾，但是两者并没有因此心存芥蒂，而是保持着对中国的赤子之心。此外小说又通过 V 教授之口道出美国人民对于中国总体性的情感态度则较为公正，"V 说，他觉得美国人民对中国有一种特殊的感情，是爱，是向往，也可以是怨恨和恶毒的咒骂，但永远不是无动于衷，不是冷漠。"① 李克教授的妻子真名为李又安，其随中美建交后尼克松访华再次来到中国，其"思想包袱"的消失是中美两国建交正常化的缩影，这在游记当中都有原版资料作为印证。

《轮下》中主人公的原型是作者好友范与中，原是河北高中的团总支书记，曾有过出国经历，而现实中范与中也是死于车祸，正如王蒙所言："他的故事我写在《轮下》里了。"② 作者对于好友"英年早逝"怀有惋惜之情，但终究让位于中国婚姻道德伦理规约下对其婚姻不忠的批判，作者对于"轮"的联想其实某种程度上还指涉天道轮回的因果"宿命论"思想，如小说反复出现"报应"一词，字眼"轮"不乏对"崇洋媚外"知识分子丑恶嘴脸的揭露意味。

如何将现实的本事转化成小说中的故事？这其中涉及金圣叹所说的"因文生事"和"以文运事"的问题，除了"虚构"和"创造"的因素之外，还存在故事冲突机制的营造问题，"以真实事件为据的作品在将本事转化为故事时，必然面对以新的冲突机制为原型事件重新结构、赋形的问题。"③ 如游记中提及"我"与范与中频繁通话，但"我"对长途电话拨号的陌生以及费用昂贵颇有微词，这是琐碎的现实主义生活流，作者借题发挥，打破了世俗消费社会的旧有逻辑，制造新的事件冲突。如小说中"我"打电话是因为消

---

① 《王蒙文存》第 8 卷，人民文学出版社 2003 年版，第 267 页。

② 《大块文章》，《王蒙文集》第 42 卷，人民文学出版社 2014 年版，第 148 页。

③ 张均：《转换与运用：本事批评与中国现当代文学》，《中国社会科学》2021 年第 1 期。

除你"自杀"的想法,这是起因,中间高潮是因电话号码拨错,受制于英语口语水平,与一位美国老妇人开展"驴唇不对马嘴"的对话,引发了自身对美国文化的隔膜,最后因为你的来信说明了屡次打错电话的原因,这是结局。由此构成一条完整的故事情节链条,此外为了凸显无视美国文明和文化差异性的代价,还将电话费和作者亲历的"重罚将狗屎遗留公共场所者"事件相关联,如小说中所言:"我的电话费的百分之十五是为了费城街上的狗屎而赔(pay,支付)出去的。"①"绝大多数历史事件都可以有多种不同的编码方式,结果就有关于历史事件的不同解释,赋予它们以不同意义。"②"电话事件"背后是语言差异所造成的日常信息交流的困扰,说明在美国掌握英语的重要性,而"狗屎事件"是法律统一性和道德差异性不平衡现象的体现,作者有意融合了"重罚"与"电话费",在冲突强烈的情节中愈显小说的戏谑意味。

小说《海鸥》之所以要以"海鸥"来命名,是因为作者想通过自己阅读 20 世纪 70 年代畅销一时的美国作家理查德·巴赫的短篇小说《海鸥乔纳森》中的主观体验和生命哲学来架构小说肌理。原著意在表达海鸥勇于突破框限,"追求多元化飞行技巧",敢于试错,在逆境中永不放弃的精神,此外还凸显个人要发挥辐射带动作用,创造更大价值群体以及尊重个人意愿和选择的价值取向。

海鸥在小说中共出现两次,一次是在侯向阳出狱之后,在日记本上提及的内容,一次是作为旅游局接待处副处长的侯向阳在听取美国学者米勒·查理斯关于模拟人的智能观念所引起的身体和心理的反应。其实这两处都存在象征指向,借海鸥原初文本中的内容引申出去,从而达到更深层次的语义表达。原本事物通过一套语言学程序,其某一方面的表征被移植或是复制或转化到另一事物,从而实现两者之间的"等量代换",借直观感性的事物传达某种精神情感观念。小说中的侯向阳在"文革"期间是位政治狂热者,在不同的集团或派别之间投机钻营,他从事盲目跟风的政治活动本身虽带有知识分子怕受皮肉之苦的软弱性,但总体上还是在政治风暴裹挟下渴望为"公"

---

① 《王蒙文存》第 8 卷,人民文学出版社 2003 年版,第 258 页。

② [美]海登·怀特:《后现代历史叙事学》,中国社会科学出版社 2003 年版,第 177 页。

作贡献的心态使然。正如其在日记中写道，"我就是一只海鸥，我的生命的意义在于飞翔，在于飞得更高些，再更高一些。我有健壮的翅膀，我有冲向云天的愿望和勇气。历尽磨难，哪怕受了伤了也罢，我的翅膀的百分之九十的潜力还没有发挥出来呢！"[1]这与原著中海鸥乔纳森的形象相契合，它不安于现状，如和其他海鸥一样永久栖息于海滩边，为食物和权力而争斗，而是基于自身海鸥的天性，努力超越自我，追求飞翔的速度和技巧，而这些目标的实现与飞往天空的高度有关，高度是实现后续设想的前提条件。所以才有了日记接下来的内容："我的应有的高度的百分之十还没有达到呢，做一个俗人，做一个俗人所谓的好人，是多么轻松，多么容易，多么舒服啊！那就等于让一只海鸥生活在屋檐下，生活在鸡窝里！……我追求天空，我追求高度，我追求飞翔的热诚敢叫铁石儿落泪！"[2]这是一种身份认同感的找寻，更是对高层次自我价值实现的宣言。另外一次的海鸥意象出现在主人公与美国学者查理斯进行学术交流后，史无前例的高新技术对侯向阳强有力冲击所引发的心理活动，"好像一只海鸥，听到了云天之上的遥远的某地的一种奇怪的声响，看到了从那不可测的高空闪烁传导的莫测的电光。"[3]未曾听闻的前沿科技对侯向阳原本认知的冲击是不言而喻的，而一旦成功掌握或是引进该技术，其所带来的功绩和荣誉对于个人是至高无上的，所以这次交谈是风险和机遇并存。原著中乔纳森没有接受安稳求生的命运安排，而是实现了飞行速度和技巧的超越，这一切并没有得到同胞尤其是长老的赏识，而是将它视为耻辱的异类，驱逐到"远方山崖"，身处流放之地虽孤独但同时结识了一些志同道合、教授自己飞翔技巧的同伴，但是学有所成的它一如既往地和几只其他海鸥返回故乡，在无偿教学后又悄然身退。原著中存在两个基本的场景，一个是天空，另一个是陆地（海洋更多作为飞行失败的参照），其中暗含着自由突破和守序维稳的两种思想倾向，而这种语义指向其实延伸至《海鸥》小说之中，如侯向阳意识到自己"一展宏图"的时机来临时的战栗，"真正飞翔的机会到了，敢不敢？要不要？天上刮着狂风，亮着星辰，交错着各

---

① 《王蒙文存》第 8 卷，人民文学出版社 2003 年版，第 282 页。

② 《王蒙文存》第 8 卷，人民文学出版社 2003 年版，第 282 页。

③ 《王蒙文存》第 8 卷，人民文学出版社 2003 年版，第 287 页。

种电波。"①这是总体思想解放进程缓慢态势和个人寻求自由超越急切需求之间矛盾的体现，因此以"海鸥"为题，既指原著美国小说《海鸥乔纳森》中的海鸥，又代指现有小说《海鸥》中的侯向阳，由此形成"两只海鸥"深层意义上的对话关系，"海鸥"成为两个文本交汇处的关键词，构成克里斯蒂娃所说的"互文性"，"任何文本的建构都是语言的镶嵌组合；任何文本都是对其他文本的吸收与转化。"②"海鸥"意象与语境的借用，反映当时美国文学对于中国当代文学创作的影响，是热奈特所说的"承文本性"的体现，"没有任何文学作品不唤起其他作品的影子，只是阅读的深度不同唤起的程度亦不同罢了；从这个意义上说，所有作品都具有承文本性。"③

二、创设两个"新大陆人"

《轮下》《海鸥》是王蒙"新大陆人"系列小说中的两部短篇小说，均完成于 1986 年 3 月，是作者对于 20 世纪 80 年代"美国热"的审视之作。"新大陆人"指初来美国大陆的中国人，即是以美国本土为活动范围，身份一般是中国留学生或是出国访学、讲演的学者，中国公民身份未发生实质性改变，可以称之为"新大陆的人"。但除了主人公的身份划定，还存在另一种容易被忽略的群体，即以中国大陆为基点，人物国籍为美国的外国人，如来中国旅游或是留学、讲学的外籍友人。总之，"新大陆人"一词是立足于小说中不同人物的活动场域和身份的判定。

20 世纪 80 年代初，中国正值改革开放初期，"欧风美雨"开始不断涌入中国，中国本土掀起一股"美国梦"热潮，美国成为中国走向现代化的重要参照系之一。"80 年代初，中国大陆的出国潮刚刚勃发，人们心骛八极，似乎对出国的方向无所挑剔，只要是外国就行。后来指向渐渐明确，进而约定俗成——'到美国去'，'到美国去'成第一目标，能在那里留下来是一等

---

① 《王蒙文存》第 8 卷，人民文学出版社 2003 年版，第 287 页。

② ［法］朱莉娅·克里斯蒂娃：《词语、对话和小说》，《当代修辞学》2012 年第 4 期。

③ ［法］热拉尔·热奈特：《热奈特论文选》，史忠义译，河南大学出版社 2009 年版，第 65 页。

身份。"①对于当时的国人来说，美国可以说是继苏联之后另外一块令人神往的国度，中国大陆人"发现了一个如此富足和'自由'的地方，可以去留学，可以去参观访问旅行，可以去开洋荤、捡洋落、发洋财，可以去探亲，去搞到长期居住的'绿卡'，去移民。一时，在美国找到社会关系、亲友乃至与美国人通婚，通过各种途径到美国去，成了一些人的'热门'"。②"富足"和"自由"作为表征的美国业已成为偌大的磁力场，似乎正在填补着国人对外物的欲望之壑，同时"以美观中"比较视野中的"差距感"也吸引着一些外国友人前往中国新大陆，将自己的一些发展理念付诸实践，这是人道主义精神的表现，当然其中包含着早期生活在中国却因政治错误而被遣返仍心系中国的美国友人。

王蒙对于"新大陆人"形象的建构是基于二元互动视域的自觉意识，正如法国学者巴柔所言："一切形象都源于对自我与'他者'，本土与'异域'关系的自觉意识之中，即使这种意识是十分微弱的。"③从《轮下》至《海鸥》，作者"彼此"关系观照意识渐趋凸显。具体来看，《轮下》主要讲述了一名赴美留学生"你"与"我"交往的点滴故事，这种回忆笔法是先将20世纪80年代初主人公的登门辞行和1984年初冬主人公的死讯证实作为小说的起始两端，中间穿插着50年代至70年代两人共同的学习、生活、工作的记忆书写，尤其是对"我"阔别奔赴新疆时两人互赠礼物时的温暖场景进行了工笔刻画，然而正是这些回忆削弱了小说对于异域他者形象构建之初情感的浓烈程度。

具体来看，王蒙注意到了新大陆人在美国的"不适感"，与其物质欲望相比较而言，更多的是一种精神痛症的表达。"文学的'形象'是人们对异国的看法与感受的一个总体，这些看法与感受是在一个文学化也是社会化的过程中获得的。"④对于母国的感受同样如此，作者觉察到新大陆人对于故国的眷恋之情，如"离开北京的时候你哭得一塌糊涂。哭得周围的旅客都感到

---

① 张爱平：《美国梦 中国情》，中国文联出版公司1997年版，第4页。

② 《王蒙文存》第8卷，人民文学出版社2003年版，第240页。

③ 孟华主编：《比较文学形象学》，北京大学出版社2001年版，第202页。

④ 孟华主编：《比较文学形象学》，北京大学出版社2001年版，第202页。

尴尬，不知怎么才能帮助你。哭得空中小姐歉然，不知道在波音 747 上她做了什么错事。"① 小说一开始便渲染了一种个体从文化母体剥离时所产生的阵痛感。此外小说中涉及"新大陆人"独居异乡所产生"灵与肉"分离的情形，一是在美国受挫后念及在祖国气氛融洽的政治学习讨论会，另一种则是努力消除自身的华人特征，仰慕白人血统，后者即是德里达所说的擦抹（Under Erasure）现象，将涂改的对象"'置于删除之下'，处于一种游动状态，或者说处于'既要被擦除，但又还没有被擦除'的张力之中"，"涂改之后，在场的先验所指隐没在划痕之下然而又保留了可读性，符号概念本身被涂改又易于阅读，遭到破坏然而又清晰可辨"。② 新大陆人的思维方式、审美趣味、文化观念可以改变，但一些外在的特征如肤色、面容却改变不了，这是"反自身"的荒谬性，如小说中写到一位学体育的年轻女孩的"美国化"，"每天晚上都在夜生活中狂欢，花天酒地，使已经数代定居美国的那些华人青年瞠目结舌，自愧弗如。"③

《轮下》对于新大陆人的塑造，不无作者对于美国文化优劣的反思意味。小说中虽然没有涉及具体的美国物质丰富、科技发达等景观社会描写，但是从人物言语中，包含着对于美国文明和就业前景的赞美。在美生活的"你"，在中美对照下，认为"穷是遭罪"，这不仅是中国当时的社会现状，也是每个中国游子的内心隐痛。对于隐痛的逃避或是反抗，造成了新大陆人对于美国文化的极端向往乃至推崇，以至于被同化也未察觉，反而认为是理所当然。关于婚内出轨，"你"理应被谴责，儿女本应对父亲的可耻行为表示愤慨，然而小说中"你"凭借美国"洋货"卡西欧电子计算器和索尼袖珍录放机竟将自己的儿女"驯化"了，"一个卡西欧，一个索尼，再加一个日后去美国探亲、留学乃至定居的希望形成了高温，融化了子女痛恨'变节'的父亲一方的法则的铁的不可改变性。"④ 然而，王蒙对于美国文化的审视是较为公正的，这表现在小说对于"你"的出轨之罪，上升到了中美法律共同性的

---

① 《王蒙文存》第 8 卷，人民文学出版社 2003 年版，第 241 页。

② 汪民安主编：《文化研究关键词》，江苏人民出版社 2020 年版，第 12—13 页。

③ 《王蒙文存》第 8 卷，人民文学出版社 2003 年版，第 260 页。

④ 《王蒙文存》第 8 卷，人民文学出版社 2003 年版，第 250 页。

制约和审判，"在美国性关系确实是随便的，但婚姻关系却仍然神圣严肃。"①两性男女步入婚姻殿堂，或是离婚形同陌路，似乎都是以男女双方自主意愿为出发点，但是男女婚姻合法化本质是一种排他性和唯一性的契约关系，如费孝通所言"婚姻是社会力量造成的""是一桩有关公众的事件""不是私事"。②小说中主人公千方百计想单方面解除婚姻关系，甚至想借"J"对美国法律的无知来威胁她，从而为自己的婚外恋"正名"，可耻的行径只会招致当地华人的恶劣反应。

虽然主人公心系国家大事，抨击"白华"言论，维护民族尊严，但是作者无法接受婚内出轨，有违婚姻伦理的"你"，最后只能安排"死亡"的结局来反思和解决，这是对待不理想"新大陆人"的合理方式。这种死亡属于偶然性死亡，这种意外发生的死亡是作者刻意安排的，意在说明死亡的偶然性暗含着必然性，主人公由此走向边缘化的死亡境地，"偶然性死亡产生的不是审美的崇高感，而是荒诞感。在整个审美过程中不再进行传统的夸大化和深入化。偶然性死亡的角色也走向边缘化，主要人物非英雄化。死亡的偶然性体现心理的苦闷和分离感。"③伴随着"留美热"的破灭，主人公由"中心英雄化"走向"边缘世俗化"，原有的崇高感被消解，文本开始被一种荒诞感所笼罩，即产生基于美国社会现状的事实判断和价值判断，"车祸致死是正常且简单的"，因此"我"对主人公的死因猜想已毫无意义。

既然第一个新大陆人被"写死"了，那么作者意图通过留学生学成归国，助力改革开放进程的想法宣告破产，王蒙说："我们的生产、生活水准是太低了，差距是太大了，我们不能不通过自己的劳动尽快创造一种更富裕也更文明的生活。否则，真的要被'开除球籍'了！"④对被"开除球籍"的恐惧，激发了作者对"更富裕更文明"生活的追求，而这种"迫切"心理又驱动作者创造了另一位新大陆人，即《海鸥》中的侯向阳。

小说《海鸥》着重刻画了一位热爱祖国并且精通外语的高才生侯向阳。

---

① 《王蒙文存》第 8 卷，人民文学出版社 2003 年版，第 260 页。

② 费孝通：《乡土中国　生育制度　乡土重建》，长江文艺出版社 2019 年版，第 167 页。

③ 陈民：《西方文学死亡叙事研究》，江苏文艺出版社 2006 年版，第 127 页。

④ 王蒙：《德美两国纪行》，浙江人民出版社 1982 年版，第 32—33 页。

他虽在"文革"受到不公正待遇，但他始终坚信自己有朝一日会为祖国的现代化建设作出一番贡献。侯向阳接见了美国康涅狄格州立大学副教授米勒·查理斯，并主动翻译其著作，介绍其相关的经济发展理念，这对改革开放之初中国的发展前景意义重大。有趣的是，侯向阳最后寻找的爱人却是美国黑人，但与之前的主人公不同，他始终将祖国的利益置于最高的位置，因此作者给予了充分包容的态度，"中国在改革、在开放、在变化，随时会出现一些新气象、新问题，也会出现一些古怪事情。见怪不怪，其怪自败。多出点花样，倒也耐人寻味。"①体现了作者对改革开放后"百花齐放，百家争鸣"思想解放观念的回归。

鉴于小说中对新大陆人的描写过程，王蒙对其思想倾向显然从之前的批判和否定过渡到肯定和赞美，其中也包含曾在中国大陆留学、生活或是旅游过的美国人，这类"新大陆人"着墨虽不多，却有着典型性，如V夫妇、查理斯教授。小说中"新的大陆人"的设置，是双向视角投射的结果，是作者基于"在美的中国人"的话语来积极建构当时中国大陆在海外传播和接受过程中的客观形象，从而形成"人国同构"的形象叙事策略。小说中描写了查理斯作为发展战略专家受到政府部门高层人士和著名学者的热烈欢迎和隆重接待，"席间宾主频频举杯为中美人民与学者之间友谊，为中美文化学术交流，为中国的四个现代化，为世界和平干杯。"②中国新大陆人意在以自己的知识能力和学术成果助力中国经济的腾飞，表现其著作成果影响力的同时也不忘凸显中国传统工艺文化的魅力，如查理斯在商店欲购景泰蓝圆盒因价格昂贵而放弃，却因侯向阳赠予其同样物品而发出欣喜若狂的呼喊，这是典型的中西文化补位后的满足心理，也显示出美国知识分子对于中国传统文化的认同。

值得注意的是，小说结尾部分均有一番来自他者的评价，与前文形成极大的反差。《轮下》中主人公留学美国不幸客死他乡，是因与Z谈情说爱才到美国留学，这有违作者的道德理性的叙事逻辑和"家本位"的婚姻伦理传统，而葬礼现场的盛况，尤其是大学副校长出席和朋友们对于主人公品性的

---

① 《王蒙文存》第8卷，人民文学出版社2003年版，第293页。
② 《王蒙文存》第8卷，人民文学出版社2003年版，第288页。

高度称赞，即归结为近年来自大陆赴美留学的最好学人之一，这显然与小说末尾"中国的不肖子"一词构成二元悖论式的立场差异。然后，《海鸥》中主人公侯向阳去美国学习研究，是基于"去美者"大多停留在"采购电器"抱着"三洋"心态的肤浅层面，而自己的 3 年美国计划是为了研究美国生活，真正成为美国通，回来报效祖国。这令人钦佩的壮举，却因与美国黑人姑娘的婚姻，其行为动机和个人品性招致非议，一种是完全批判，指斥其为坏人，二是持基本肯定的态度，以法律法规来作为处理问题的依据，三是持观望的态度，将问题交给时间去检验。这显然是人们思想囿于意识形态没有完全解放的体现，但作者对于第二种观点予以较大篇幅书写，其客观公正的态度不言而喻。小说存有"以人代国"符号化思维，如《轮下》中主人公急切了解"我"对于 Z（第三者）的看法，实际上是注意故国的反应，这是狂热的态度，而关于 Z 寄给"你"和原配丈夫的信件被调包的丑闻，"你"对海关邮件人员的指摘，更上升到对国家机器的阴暗猜测心理，这是憎恨的态度，而《海鸥》中侯向阳"宁弃琳达，毋弃祖国"的宣言，个人婚姻幸福让位于国家民族的大义层面，这是对亲善的态度，"狂热、憎恶、亲善这三种态度以清楚、固定不变和恒久的方式构成了诠释异国、阅读他者的各种最明确的表现。它们构成了最基本的态度，在一个文本内部或在一个文化整体中，它们能说明选择了什么，偏好什么，排斥了什么，甚至所有意识形态选择的原则，而这后一点是一切对他者进行的描述之前提。"[1]这种"以人代国"思维方式虽受制于社会文化却是主观意志扩大化、符号化的产物，"我想言说他者（最常见的是由于专断和复杂的原因），但在言说他者时，我却否认了他，而言说了自我。"[2]

三、见证"文革"和"理想非罪"论的反思

《轮下》和《海鸥》开端都有一个"爬楼"的现象，前者是"你"从深

---

① 孟华主编：《比较文学形象学》，北京大学出版社 2001 年版，第 143—144 页。

② 孟华主编：《比较文学形象学》，北京大学出版社 2001 年版，第 124 页。

夜一点爬楼梯，爬到 9 楼，共跨过 280 级台阶，后者是侯向阳在电梯故障的情况下爬上 7 层楼，虽然前者是深夜辞行，后者是出于拜访的目的，但是两个行为活动的发生时间均是 1980 年，即"文革"结束后改革开放伊始。作者这样别有深意的安排旨在凸显 10 年"文革"浩劫后人的主体性力量的苏醒和爆发，是对人的伟力的推崇。小说《海鸥》很大一部分是围绕主人公侯向阳的经历展开叙述，某种程度上是一部以"文革"为前置背景的"文革小说"。许子东曾将"'文革'小说"划分为隐含着不同的意义模式的 4 种基本叙事类型，即"一、契合大众审美趣味与宣泄需求的'灾难故事'（'少数坏人迫害好人'）；二、体现'知识分子——干部'忧国情怀的'历史反省'（'坏事最终变成好事'）；三、先锋派小说对'文革'的'荒诞叙述'（'很多好人合做坏事'）；四、'红卫兵——知青'视角的'"文革"记忆'（'我也许错了，但决不忏悔'）。"① 王蒙笔下的"文革"叙事没有过多的血腥和暴力，其有荒诞成分揭露，主要是个人才能被"误用"而不自知。如小说中写到侯向阳的首要特征便是收集癖，"不但'文革'以来全部小报和全单他都留下了，过去随便一次会议通知、一次婚礼请柬、一份时事测验试题、一张电影票、一次挂号收据、一张糖纸，他都全部收藏起来。"② 这些倒不是什么珍贵物件，而是他攻讦和倒戈别人的凭借。"文革"中两份检举侯向阳家庭出身和反革命身份的材料完全是子虚乌有，而政治搜查活动中，不仅内衣内裤无一例外成为对象，就连侯向阳左眼"斜视"也被视为可能是微型摄影机设置甚至是录音机伪装成的假眼球。"荒诞是人面对世界的一种自我心理体验。从本质上说，荒诞是人的主观意识对于外部世界的一种领悟，是现代人陷入一个无意义的世界的困境而产生的巨大悲剧感。"③ 对知识分子的"吹毛求疵"和彻底怀疑，还原了"文革"语境中对于知识分子"审判"的非理性精神向度。"荒诞作为时代的忧患意识和批判意识偏重的是破坏性和否定性，其积极的意义是在破坏与否定中获得全新意义的新生。"④ 正是"文革"荒诞极端思维对于

---

① 许子东：《许子东讲稿》第 1 卷，人民文学出版社 2011 年版，第 153—154 页。

② 《王蒙文存》第 8 卷，人民文学出版社 2003 年版，第 273 页。

③ 张容编：《序言》，《荒诞小说》，中国和平出版社 2001 年版，第 4—5 页。

④ 张容编：《序言》，《荒诞小说》，中国和平出版社 2001 年版，第 8 页。

侯向阳被迫奴化思想的刺激，某种程度上才酝酿并产生了他在新时期"穷则思变""变则长久"、关于个人进步乃至国家开放创新的发展理念。

"革命时代的社会主义国家政治理念其核心的要义在于为未来人类的理想奋斗，为这一未来的使命，人们被要求摒除一切个人化的私欲，提升自我的道德旨趣，由这一政治理念出发而衍生出一套规范社会民众私人生活的功利性的伦理准则。"①这一带有强制性和排他性的伦理准则会挤压甚至遮蔽个人的意识和欲望，如小说对于侯向阳"文革"前后性格的变化用"判若两人"来概括。"'文化革命'前，他孤僻、不开展、怕交际，为此他甚至连对象也找不上，直到最后在一九六六年初勉强找了一位工人。'文化革命'开始以后，他竟然成了一位'活动家'"。②"文革"开始前他是内向的，这是他的真性情，至于"文革"初婚姻生活的幸福程度不言而喻，"勉强"一词即在说明工人对象是有违主人公的真实意愿，与身为知识分子的他是不匹配的，带有强行搭配组合的味道，"在押期间，经组织同意法院批准，老婆与他离了婚。压根儿他们就没有感情"。③至于"文革"中的"活动家"侯向阳，其开展的"活动"更多的是长期跟风以至于丧失判断力的戏剧化闹剧或表演，到处投机钻营伤害别人的同时也亲手摧毁了自己的政治形象和群众的信任度。

就小说而言，王蒙的"文革"叙事聚焦当时历史文化语境中人生存的荒诞性，减轻了政治高压对于人精神的戕害和肉体的消磨程度，弱化了苦难色彩，更不存在"反智主义"倾向，而是转向渺小个体与外界政治力量博弈下人性弱点所引发的悲剧。"虽然'文革'时期，王蒙远离了政治中心，但是王蒙依然用自己狂欢化写作的方式，力求为'文革'这段历史做一个见证。"④作者运用了以点带线乃至面的笔法，将"文革"中以侯向阳为中心纷纭复杂的事情加以较为真实地表现，这是一种见证叙事，这种以间接经验为基础的叙事方式与何言宏曾提及的"见证文学"注重"亲历性"和"真实性"为基本特点的文学写作方式区别较大，但两者所遵循的内在文学伦理具有一致

---

① 祝亚峰：《中国当代小说的叙事伦理问题》，合肥工业大学出版社 2015 年版，第 79 页。

② 《王蒙文存》第 8 卷，人民文学出版社 2003 年版，第 274 页。

③ 《王蒙文存》第 8 卷，人民文学出版社 2003 年版，第 279 页。

④ 王耀：《王蒙长篇小说的"文革叙事"研究》，硕士学位论文，浙江工业大学，2016 年，第 6 页。

性,"见证伦理的基本特点,就是'反抗遗忘'和'坚持真实',它们也是见证文学对待历史、对待现实以及对待写作者和文学自身的最为基本的伦理姿态。"① 小说中涉及的"文革"历史书写内容,看似荒诞不经,却与王蒙对于"文革"经历的缺位有关,由此关涉"文革"的残酷灾难性成分大大降低,这是作者对"文革"真实有选择性地遮蔽与再现,而再现的内容,如侯向阳受审问,被批判,犯罪入狱等都是知识分子在"文革"中的真实处境,是作者对于知识分子出于明哲保身"傲骨"散失的一贯现象的重现,"我实在是怕触及皮肉,我是宁要触及灵魂不要触及皮肉。我相信我们的正式的公检法系统的政策水平与审理水平,我起码相信你们不会触痛我的皮肉。"② 侯向阳对于肉体创伤的恐惧甚于精神的谩骂,因此才有了小说中"胡乱招供""迫害亲朋"事情的发生,以此来转移自己的"罪责",这也造成了其"众叛亲离"和来自受害者集体舆情的冷酷惩罚。小说中共同的"文革"记忆将侯向阳和赵局长牵连起来,成为两者人际关系的黏合剂。然而这种记忆的唤醒是通过分享来实现个体私密记忆向政治公共记忆的转换,如小说中侯向阳爬到厅局级干部赵局长的宿舍,两者的记忆分享是在赵局长的会客间进行的。"记忆必须在公共空间中有自由交流,才会成为分享的记忆。分享的记忆以自由的公共交流为条件,因而成为一种具有公共政治性质的记忆。"③ 有趣的是,在对话交流中,赵局长作为一个掌握话语权的领导级人物,却相当被动,由"怔住""莫知所措""终于稳住",最后才皱着眉头,踱着步子,说自己对于侯向阳的工作安排无能为力,显然意识形态对于人的记忆言说有规约作用,赵局长似乎出现了记忆的模糊化和割裂感。相反,侯向阳却情真意切地直面痛楚的记忆,展现出知识分子剖析自我的勇气。

值得注意的是,这种"自我剖析"是伪善的,甚至带有虚假性的。"忏悔主体的缺席既是'文革'叙事的重要表现,也是当代'文革'反思所存

① 何言宏:《当代中国的见证文学——"文革"后中国文学中的"文革记忆"之一》,《当代作家评论》2010年第6期。

② 《王蒙文存》第8卷,人民文学出版社2003年版,第278页。

③ 徐贲:《人以什么理由来记忆》,中央编译出版社2016年版,第10页。

在的重要病症。"① 小说中主人公缺乏忏悔意识，将罪行归咎于他人或是社会，从而达成自我慰藉，摆脱罪责承担的目的。《轮下》中"文革"叙事的成分不多，但是"你"忘记了阔别重逢难得的友情，转而在孩子面前谩骂批驳"我"，这是言语暴力罪行的体现。小说中用"恶毒的笑"来形容"你"为自己"开脱"的狡猾神态，"感谢'文化大革命'，解除了你的一切政治压力、思想压力，再用不着认为自己是有罪的、至少是犯过错误的了。"②《海鸥》中侯向阳更是如此，在审讯过程中，只是重复承认自己"被迫"组织材料陷害好同志，即使锒铛入狱9年，仍然只承认自己有错误，用"错误"替代"罪行"，这是典型的借偷换概念行为，以此来变相美化自己的罪行。侯向阳坚持"理想非罪"论，这是他不忏悔的逻辑起点，而这种理想是极权主义非常态化的社会历史文化语境中被蛊惑的理想，其本身就是罪恶，而不管行为者本身是屈从、盲从还是顺从的姿态，狂热的知识分子和这种扭曲理想显然构成了一种共犯关系。作者借"我""后背冒凉气"和赵局长怀疑侯向阳有精神病，均是对于这种"理想非罪"论的震惊和质疑，但作者不仅意识到这种理想有罪，而且进一步思索持有这种理想的主体如何进一步调适自身的问题。"让个人从历史的横向关联中独立出来、垂直起来，使个人的自由意向同超验信仰保持一种垂直的自律关系，阻止个人的自律向意识形态的他律转化，即阻止'伪科学性'与'权力性'的意识形态化通约个人。也就是说，个人再也不应该把个人与超验信仰之间的自律关系交付给意识形态的他律以促成'理想罪'"。③ 王蒙没有回避这种沉重历史中人的过激言行，而是以严肃的态度审视政治狂热中个体理想的"有罪性"，这是作者"文革"叙事的理性立场。1978年党的十一届三中全会召开后不久，主人公侯向阳的监狱生活本该结束，却没有得到"平反"，因为"群众阻力"仍旧强劲，"树敌无数"的侯向阳在全民丧失理性判断力的舆情浪潮中成为"众矢之的"，被"延迟"释放两年，即1980年春才得以出狱。"政治错误"扩大和"监禁服刑期"

① 沈杏培：《小说中的"文革"——当代小说对"文革"的叙事流变史（1977—2009）》，博士学位论文，南京师范大学，2011年，第211页。
② 《王蒙文存》第8卷，人民文学出版社2003年版，第263页。
③ 张志扬：《创伤记忆——中国现代哲学的门槛》，上海三联书店1999年版，第141—142页。

延时构成极不对等的"新冤情",形成一种潜在的讽刺张力,从"互为主体性"的角度考虑,"群众"是无数"侯向阳"个体的集合,小说文本中施害者和受害者会随时间和语境发生转换,因此小说的"文革"叙事除了警醒人性、牢记历史之外,"更是有利于警惕另一种'文革',阻绝在全能意识形态的动员与魅惑之下所发生的新的全民性疯狂。"①

结　语

王蒙是敢于突破禁区,富有创新意识的当代作家,其"新大陆人"系列小说是结合自己"行旅美国"的精神体验和当时中国改革开放的实际情形创作出来的"新型域外现实主义小说",其对美国文明持公正客观的评价,一定程度上体现了作者"休休有容"的胸襟和格局。本事的移植和转换对于小说故事情节的生成起到了至关重要的作用,是小说"创作自洽"的枢纽。这其中有本事的嫁接、改造、删减、虚构等多种技法,这是作者对美国记忆的召唤以及对自己整合素材原型创作自信力的证明。作者两个新大陆人的构想是富有深意的,其一方面显示了在美大陆人的身份认同危机感和文化隔膜感,另一方面则积极主动发掘在中美国人的中国情结以及对中国改革开放进程的贡献,由此形成在言说他者的同时在否定和肯定的双重价值层面上表达自己"人国同构"的话语指向。"'文革'记忆"作为走向新时期一代人的精神创伤记忆,是这个时期小说创作不可回避的重要领域,相较于《海鸥》较大篇幅的"'文革'叙事",《轮下》这方面的叙事宛若"微弱萤火",两者"'文革'叙事"均是遵循去苦难化的叙事脉络,揭示"文革"荒诞性的同时,更重要的是对知识分子自身理想是否有罪的审视,揭露知识分子自我认知的盲点,从而形成特殊历史文化语境下"理想有罪"论的判定。

（胡文品：中国海洋大学文学与新闻传播学院中国语言文学专业博士生）

---

① 何言宏：《当代中国的见证文学——"文革"后中国文学中的"文革记忆"之一》,《当代作家评论》2010 年第 6 期。

三、王蒙作品研究

再读《淡灰色的眼珠》

张　炜

　　初读《淡灰色的眼珠》，是 40 年前。当时印象深刻，非常喜欢，韵致长存，久久不息，所以今天再一次想起来，又读。40 年经历了多少文坛变幻，风气更移，转眼又到了时下的数字时代。可是如实说，我刚刚获得的阅读快感仍然十分强烈。我依旧觉得这是作者最好的作品。

　　它是作者从新疆回到北京安顿下来且发表了相当多的新作品之一组。回忆异地异族的人与事，心境特殊，笔调轻松，自信从容。这些文字好像跟作者一起经历了跌宕，有惊无险，呼吸舒畅，冷静回观，产生了极大的快感和极深的情感。

　　比较作者后来的作品，它是节制的，畅然而不喧哗，自由而又质朴。它十分准确地写出了生活、人物和细节。它的洞悉力是第一流的，表现出强大的理解力和想象力。后两种能力是相关一体和不可分割的，因为那些缺乏想象力的作品也总是没有理解力。初看它有非虚构的写实特征，却又是浪漫和飞扬的。通常人们认为想象力强大的文字一定是大幅度腾挪的、跳跃的、天马行空的，但事实上恰恰相反，那往往也是想象力衰弱的表现。最有想象力的文字，一定是一次次贴近和靠近，是朴素，是深入腠理之下的生命探究，是共情力和体验力。

　　它写出了一个活脱脱触手可及的穆罕默德·阿麦德，同时又是极有陌生感的谜一样的异族人物。与之具有相同深度和分量的，还有女子阿丽亚、爱莉曼，男子马尔克、依斯麻尔等等。他们每个人都是一部大书，一个费尽心思的谜语，一个世界，一个魅力无穷的生命。其特异的质地，更有无以言表的永远无法重复的个性，让我们在接近他们时感到了深深的不舍、留恋和同情，更有极大的爱惜与喜赏。无论男女，作者对其旺盛的生命力、性与爱、曲折复杂的生存境遇，都达到了洞幽烛微的地步。这才是最难以拥有的文学才能。

我们经常谈到文学的进步和发展，其实这是一个近似虚妄的伪命题。因为艺术是难以进步的，比如我们不容易量化和确指今天的文学就一定优于或好于几千年前的文学。艺术只会在形式的探究中呈现阶段性的特征或气息，所谓的时代样貌。就一个人的作品或一个时代的作品来说，道理都是一样的，即不可能是线性的所谓进步。在文学质地、品质方面，确有一些永恒的、不因时代递进而丧失的最宝贵的元素，最终，就是这些决定了一部作品的成就与价值。也正是从这个意义上，我想在此强调自己再读《淡灰色的眼珠》的判断。

它给予我们的启示，它的参照意义，可能在当下更加凸显出来。我会不由得追究和思索它的产生，它隐藏的一些与写作学诗学讨论连在一起的秘密。我认为它的卓越，除了作者先天的才能决定的那些部分，再就是生存环境所给予的朴素和诚恳。这二者相加，其实是具有真正致命的决定力的。我这样说，丝毫没有在比较中贬低作者的另一些作品、其他风格及探索的写作过程，相反是要反衬其开阔性和繁复性，这其中的意义。当然，我更肯定朴素和诚恳的力量，肯定其无与伦比的力量。

在数字化的、无一不是依赖算计的时代，有谁愿意讨论如上的原理和规律？我愿意，并且想以这个难得的标本，即《淡灰色的眼珠》为例。

生存，社会，潮流，世俗，一切都在改变我们的文气和文风。改变最大、最无情地摧残我们的，是创作品质。在这部不失庄敬和诚恳的小说集中，我感受了19世纪或者更早的优秀文学传统中不会陈旧的东西，它的光彩。它是过去时，也是未来时。一句话，它永远是现代的。我们指认它是质朴的容易，但确定和感受它的华丽却是困难的。我认为这部书，是我已知的作者所有文字中，最华丽的。

用以作为参照，会想到许多和假设许多。好的写作，仅有才华是远远不够的，但没有才华是万万不行的。有了才华，还有文运和心情，还有处境。没人能够保证自己永远不写轻浮和廉价之物，就像谁也难保自己永远不写那些时代大词一样。低潮期不唯属于一个时代，也会出现在我们的写作生涯中。

我这里自然而然地得出的一个结论，即它是中国文学走向复苏之后，最好最丰硕的成果之一。它的饱满，就像那个时代的精神。它的丰富和可能，就像那个时代许多同行们的奋发作为。我们一旦离开那种情绪，那种心地和情感，单就文学而言，也是不幸的。当下我们可能要面临数字时代的多重催逼和挤压，也多少包括一点点机遇和幸运；但是，放到更长远的视野里打量我们的劳作，将是极其重要的。

所以，这次重读是一次回忆，一次重温，一次接受，还有启示。我会在这个过程中否定喧哗和它造成的不可挽回的后果。我又一次在自认为可靠的审美与实现的方向中，找回了一些东西。

作者写到的那副淡灰色的异族人的、女性的眼珠，好生神秘。这是投向未知和未来的目光，是心灵的窗口。作者在稍远的距离中感知和判断，把已知和未知的一切送给我们，同时也是他自己的永久的怀念、贮存和陪伴。

生命的不可重复性，正是珍贵的根本。文学的不可重复性，也是如此。我看到的这部40年前之书，在人性的共鸣共振中，竟然是簇簇如新的，甚至还带着颤颤闪烁的露珠。而我看到的某些最弄潮最现代的时新文字，却是那样的陈旧，那样的老生常谈。

一个人的写作会老旧，一种沉沦的世风和潮流，会加速这种老旧。

也许作者在很早以前就预感到了什么，所以他曾写出这样的题目：《青春万岁》。

这里的青春，显然不是单纯的生理概念。

2023 年 8 月 25 日

（张炜：中国作家协会副主席）

王蒙・耄耋顽童・《霞满天》

——用"评点"法写的一篇小说评论

黄维樑

一、《霞满天》故事提要

王蒙的中篇小说《霞满天》是一"奇葩",讲的是"前所未有的奇葩故事"①。王蒙著《霞满天》2023 年 3 月由广州花城出版社出版,收录两个中篇小说《霞满天》和《生死恋》。本文论评的是标题之作《霞满天》,此篇分为 21 节,共约 4 万字。先简述其内容。"霞满天"是一所"长者之家"的名字,位于某城,大概是北京。2012 年,76 岁的蔡霞成为霞满天的休养员。蔡霞曾经是教授,号称懂 10 余种语言,她高雅美丽,入院时"激活了高端昂贵、似嫌过于文静的疗养院"(我迫不及待加批语曰:她引起的"激活"情景,令人想起古诗《陌上桑》中的罗敷)。回顾往事:1954 年蔡霞与薛建春结婚,1956 年薛建春所乘飞机失事死亡;后蔡霞与薛逢春(建春之弟)结婚,1961 年生儿子早春。逢春有婚外情,"蔡霞与逢春双双自愿离婚"。1991 年逢春妻子小敏生儿子,名叫又春(加批语曰:建春、逢春、早春、又春,共四春,令人想起王蒙酷爱的《红楼梦》中的元春、迎春、探春、惜春〔原应叹息〕)。蔡霞喜欢音乐、舞蹈。82 岁时"人在南极","后来去了北极"。1992 年她"自驾出游新疆天山南北",曾购买"摄影用直升机,学会了全套操作本领"。古

---

① 王蒙:《霞满天》,花城出版社 2023 年版,第 16 页。

稀后她去过欧亚非多国,"她乘坐了各线游轮"。"95 岁的蔡霞与 87 岁的王蒙见面"[①]。王蒙想着如何可以弄到一只华北豹小崽,"请蔡老师养好一只豹子,丰富她通向期颐的人瑞生活吧"——这是《霞满天》的最后一句。

二、王蒙小说的语言风格：从郜元宝的评论说起

王蒙的小说、散文、诗歌、批评、论著等各种书写,总字数大概已超越 2000 万,其中小说产量是最大宗。我阅读过的王蒙小说数量有限,却也对其风格有颇为深刻的体会。评论王蒙小说的文章以至专书很多,我有少量阅读。1997 年王蒙出版其《踌躇的季节》,同年复旦大学的郜元宝教授有文章《说出"复杂性"——谈〈踌躇的季节〉及其他》[②],概括王蒙小说的语言风格,我极认同其说。郜元宝形容王蒙《恋爱的季节》《狂欢的季节》《踌躇的季节》三书风格的关键形容词之一是"恣肆"(何西来对王蒙的语言风格有类似的描述,2003 年发表的拙作《王蒙小说〈布礼〉三读》一文,对何说和郜说都有引述)。

我觉得到了《霞满天》,是更为"恣肆"了,是"超恣肆"。"季节"三书在 1996 年完稿,那时王蒙 62 岁,"老顽童"式"恣肆"是其小说的语言风格;80 多岁写《霞满天》时,王蒙变成"耄耋顽童"了,比武侠的周伯通和文苑的夏志清,还要"老顽童"。《霞满天》的主角蔡霞经历富有传奇性,故事蕴含人生哲理。本文的评论重点在小说的语言风格。关于王蒙的语言风格,郜元宝"崔颢题诗在上头",我不得不先做文抄公,引述后,希望开拓创新,用评点方式,细读片段然后加以评说,希望读者对王蒙风格,以至王蒙其人,有若干具体而深刻细致的认识。以下是郜元宝的 4 段"真言"。

无论写小说还是写文章的王蒙都带有强烈的主观性,……爱抒发,

① 《霞满天》有个年龄问题:蔡霞在 1936 年出生,还是 1926 年?"老姐"是蔡霞本人,还是蔡霞的姐姐?我理解力有问题,还是王蒙"懵"了?或者王蒙故意如此"懵",以引起后人纷纷研究,争论不休?

② 郜元宝此文原刊《当代》1997 年第 2 期,后来成为《王蒙》(明报出版社 2000 年版)一书的序言。本文所引根据《王蒙》一书郜序。

爱跑到情节外面议论，爱不失时机多半是创造时机炫耀语言储备量。（《王蒙》第6页）

王蒙写《蹒跚》，一如既往地大开大阖，并不遵循既定的小说笔法。有时我更愿拿他的小说当文章读，就像有时也拿他文章当小说看。王蒙的小说和文章愈来愈趋于融合了，这一现象很值得重视。（《王蒙》第6页）

王蒙小说的语言构成相当复杂，有经过细心挑选不露痕迹的文言，有各种外来语，有各地的方言，特别是北京话（老的"京片子"和八九十年代兴起的北京味的"新方言"），以及他最为擅长的大量化入各个时代的政治术语（这其实是现代汉语的主干部分）。当代作家中大概没有谁的语言比王蒙的更庞杂了，这或许更令呼吁纯洁汉语的专家学家们皱眉的。（《王蒙》第7—8页）

王蒙体验丰富，语言过热，想象发达，因为过分活跃，当刻意经营一事时，往往情不自禁地旁逸斜出，甚至走向反面，类似儿童的无目的游戏。这使他很难在某一点上固定下来。他喜欢高蹈，喜欢浮想联翩，喜欢用文学手段提醒人们注意"此中有真意"。（《王蒙》第10页）

郜评观点鲜明，虽然有"炫耀""庞杂""皱眉"等贬义词，却不能称之为"酷评"。郜评的鲜明观点是：王蒙的小说爱发议论，语言构成复杂。下面先对郜评作些"笺注"，然后结合王蒙《霞满天》的文本，对此小说的风格加以论析。

20世纪初以来，在科学主义重视具体"数据"的大环境中，流行以亨利·詹姆斯（Henry James）为首的一派文学理论，即写小说不宜用"直说法"而应用"呈现法"（即不要telling而要showing）。"直说法"即作者讲述故事，且讲述时常常加上议论；"呈现法"即通过人、事、物的描述，和人物对话，来具体呈现故事内容，叙述者通常不发议论。在中国现代小说中，鲁迅的《药》、白先勇的《冬夜》等篇，是"呈现法"的范例；钱锺书的《围城》则代表了"直说法"，而且是议论风发。

王蒙自写小说以来，无论参用不参用西来的"意识流"手法，议论风发的"直说法"是他的最爱。我最爱的文学理论典籍《文心雕龙》认为读者喜好不同，有蕴藉者、浮慧者等类别。我借用蕴藉一词来形容"呈现法"，借用浮慧一词来形容"直说法"。① 郜评说的"王蒙体验丰富，语言过热，想象发达"，王蒙"喜欢高蹈，喜欢浮想联翩，喜欢用文学手段提醒人们注意'此中有真意'"，正好用来指称王蒙小说的"浮慧"。要注意的是，"浮"字这里没有贬义。

三、《霞满天》评点

《霞满天》如何合了郜评（不是"酷评"），如何浮慧，如何意气风发，如何"耄耋顽童"，自然应该有文为证，自然希望本文读者通过细读、"微观"、欣赏，留下"彩霞"的种种印象。下面即引《霞满天》的片片彩霞或谓蔡霞，夹叙夹议之，评点之。我议论时，会郑重涉及本文的另一个论题：作者王蒙如何化为片片彩霞而成为蔡霞——至少是大半个蔡霞。以下所引《霞满天》的文字，以页码标明出处。

【1】（页 17）以蔡老师的身材、风度、举止、穿着和笑容，更不用说她的知识学问经历名气，来到"霞满天"长者之家，可说是春雷滚滚，春风飒飒，春雨潇潇，春花灿灿，一举激活了高端昂贵、似嫌过于文静的疗养院，引起了"霞满天"的浪漫曲高调交响。一批男生休养员，特别是单身男生休养员，最小的六十岁，最大的一百零三岁，为之换了心情，换了发型，换了领带与裤缝，换了英国衣料、意大利裁缝、法国围巾，和不但是法国而且是戛纳附近的世界第二小国、面积二点零八平方公里的摩纳哥公国出产的三件套男用化妆品和德国亚马孙电动剃须刀。

【评点 1】"春"起头的句子共四个，"换了"起头共四个，这种一字带起的排比句法，是王蒙常法，"郜评"也提过。"浪漫曲"，王蒙爱音乐，音乐之声其小说篇篇闻，就好像林黛玉时时处处都流泪。"男生休养员"的"换了"片段，可文本互涉（intertextuality）古诗《陌上桑》，上面已说。衣料、公国等知识，有"炫耀"意味。仕女购买穿戴

---

① 参阅黄维樑：《蕴藉者和浮慧者——中国现代小说的两大技巧模式》，《中国文学纵横论》，东大图书公司 1988 年版。

昂贵服饰，经济学家韦白龙（T.B. Veblen）说这样做是一种炫耀性消费（conspicuous consumption）；我们可说王蒙如此提供知识，是一种炫耀性写作（conspicuous composition）。

【2】（页31）二〇一七年，蔡霞八十一岁，大年三十头一天晚上的本院联欢会上，蔡霞用俄语、英语、法语、波斯语朗诵了普希金、拜伦、艾吕雅、哈菲兹的诗，再用汉语作了翻译，她重新显示了风度与聪敏，良好教育与自信，饱经沧桑与活力坚韧。霞满天长者之家的心理医疗主任医师说，是时间与音乐或者是音乐与时间，治好了她的精神疾患。

【评点2】俄语、英语等，这里一共四种语言了。王蒙懂俄语、英语等多种语言，曾在微信中用俄语词汇。这里也涉及诗和音乐。王蒙"化身"为蔡霞，走入小说中。

【3】（页31）她（蔡霞）也听"文革"中的红太阳颂歌，特别是张振富与耿莲凤对唱的藏族歌曲："您是灿烂的太阳，我们像葵花，在您的阳光下幸福地开放。您是光辉的北斗，我们像群星，紧紧地围绕在您的身旁…"她听得满眼热泪。

【评点3】歌曲，王蒙的小说离不开歌曲；"文革"，王蒙当然经历过"文革"；当然，小说里还要记下歌词，这也是"炫耀"？还有，"满眼热泪"，王蒙在散文中在小说里，常常有此叙述。林黛玉之外，贾宝玉也常常流泪；王蒙有贾宝玉的某些气质。这一段中，太阳、葵花、北斗、群星都是比喻；宋代陈骙在其《文则》中宣称："文之作也，可无喻乎？"亚里士多德在其《修辞学》中说：用比喻是三大修辞技巧之一。

【4】（页33—34）亲爱的读者，王蒙从小就想写这样一篇作品，它是小说，它是诗，它是散文，它是寓言，它是神话，它是童话，它是生与死、轻与重、花与叶、地与天，它不免有悲伤，有怨气，有嘲讽，有刻薄与出气，有整个的齐全的祸福悲喜。同时，尤其重要的与珍贵的是刻骨铭心的爱恋与牵挂，和善与光明，消弭与宽恕，纪念与感恩，荡然与切记，回肠与怀念。

【评点4】在《霞满天》里，王蒙不是主角，也不以旁观者身份来叙事（如美国小说《大亨小传》（*The Great Gatsby*）中的尼克）；王蒙就是喜欢插话，或谓插嘴，或谓发议论，就是喜欢参与其间，表示"我在"
（曾被王蒙称为"台湾多产女作家"的张晓风，出版过后来非常畅销的
散文集名为《我在》），并表现自我。主角是蔡霞，王蒙却要"挤"进去，
这分明就是"元小说"（metafiction）的写法。"生与死"等矛盾词组、
排比词组，表现人或事物的丰富、气势或复杂，是王蒙的另一个"文标"
（从商标 trademark 我引申出此词），这里自然也亮相。

【5】（页 33—34）珍惜文学，珍惜生命、生活、生机、生长、使命、
运命、受命、人生。不能接受对"生命"一词的一分钟猜疑与敌视。病
态、冷漠、敌视与仇恨生命批判生命的人怎么能算人呢？我们珍惜的人
又是什么人呢？且请读下去再读下去。

【评点 5】王蒙述其"珍惜"观，"生命、生活"等排比的词语"长阵"
又出现了。有得过世界文学大奖的小说家认为文学应该暴露社会和人
生的各种黑暗，才有价值；如歌颂光明，则其品质值得怀疑。王蒙一定难
以全盘接受其说。一句题外话：我 2012 年发表《王蒙莫言诺贝尔》一文，
后来纳入《王蒙研究》第八辑（2023 年出版）。

【6】（页 33）人会消失干净，仍然有话语留存。笔补造化天无功，
病里微言意不穷！渐行"渐远"，可以用五线谱上的五个表示"渐弱"的"p"
符号来表示，一年一年，不愉快的记忆渐行渐远。蔡霞有不愉快的记忆，
步院长注意履行为休养员的私生活保密的规则。还没有告诉王蒙。

青春百样美，老态 P 般甜，活到惊人处，苍天变蔚蓝。爱情耽热
火，歌赋醉华年。香蚁（酒）得佳贮，举杯叹月圆。

老泪思早先，新诗记变迁，春秋酿深意，广宇惊鲜妍。惜爱愁应
忘，欢欣乐未眠，此生多感触，何日不缠绵？

【评点 6】"笔补造化天无功"，唐代李贺诗《高轩过》中句子。《三
国演义》《红楼梦》等讲故事时都会嵌入诗词、对联之类；嵌入前，有
"正是"或"其词曰"或"后人有诗云"字眼。王蒙不因袭前人，直接
嵌入诗作，如现在电视节目进行中直接嵌入"植入性"广告。这里一嵌
就是四首五言律诗（或谓近似五言律诗），但我只录前半的两首。《霞
满天》中如此直接嵌入，如此暗渡陈仓，如此表现其写作的多才多艺
（virtuoso），有很多次。

另一个"另类"手法是诗句中嵌入外文。这其实不算新鲜，五四时期郭沫若的诗早就有了 symphony 等字眼；这里奇的是王蒙嵌入了个不知道何意的拉丁字母 P。"老态 P 般甜"，P 这字母真 puzzle（困惑）了我：这里有令人 puzzled 的甜？我细读上下文，啊，P 是个音乐上表示渐弱的符号。中学时我读过的音乐知识，现在逼得重温了。在《霞满天》其他地方，"大数据"、"清零"、ICBC 等新词汇包括网络词汇都来了。

王蒙小说语言的繁复、复杂、驳杂、混杂、"秀"外来语（上引"部评"有它"有各种外来语"之说），相当 hybrid，地球人都知道（王蒙小说有很多种外文译本），王蒙有小说名为《杂色》。杂，是王蒙的本色。这"色"，包括酱油的颜色：《霞满天》某页无端端提到生产酱油有名的香港产商"李锦记"。论者谓王蒙写的是"大龄青春小说"；是的，青春嘉年华，喜啦乐啦（hilarious）大恣肆。

还要说一说："青春百样美"呼应王蒙早年小说《青春万岁》，而"老态 P 般甜"呢，年臻耄耋，还是"甜"的。不能说王蒙没有一丁点"滥情"，而滥情啊，sentimental 啊，因为"生的美多"。王蒙直至耄耋依然乐观积极热爱人生。

【7】（页 38—39）我（蔡霞）嫁给了中国式加意大利兼俄罗斯式的歌声，嫁给了他的疯狂的对于嫂嫂姐的恋情，嫁给了永远的我与剑桥、苏黎世、布拉格、意大利与俄罗斯的缘分与灾难，嫁给了《太阳出来喜洋洋》《教我如何不想她》《啊，你冰凉的小手》和《今夜无人入睡》，嫁给了《青春，你在哪里？》《黑桃皇后》，嫁给了一个无论怎么说，有哥哥的脸型、有哥哥的嘴角、有哥哥的笑容更有哥哥的口音哥哥的眨眼的另一个男孩子。

【评点7】王蒙的多国家多城市多歌曲的文字排比"长阵"又来了。这一段列出的歌曲，是蔡霞的最爱，一定也是王蒙的最爱。我们可通过阅读王蒙而得出一个文学批评观点：人物就是作者（The character is the author）。唐代李贺诗有名句"可怜日暮嫣香落，嫁与春风不用媒"，蔡霞嫁给了如沐春风的多元文化。我们常常说、长长说的"现代化"才只有四个，而蔡霞的"嫁给"有五个呢！蔡霞之嫁，也真"可怜"——可怜可解释为可爱。这片段有可疑的"哥哥"一词。猜中有奖，是香港歌星张国荣吗？王蒙去过香港不下二十次（我有近作《王蒙在香港》记其事），于是让"哥哥"和"李锦记"（上面提过）等亮丽登场了。

【8】（页58）……罗曼·罗兰的话是："凡是不能兼爱欢乐与痛苦的人，便是既不爱欢乐，也不爱痛苦。"何况是为了逢春弟弟。也可以为小敏小丫头。这丫头不是那鸭头，头上哪有桂花油？曹雪芹就能原谅与包容她们，包括袭人、小红、彩霞、彩云……陀思妥耶夫斯基说过，他害怕的是辜负了自己承受的痛苦。

【评点8】先看"小丫头""那鸭头""桂花油"的组合，很"无厘头"，但有押韵！夏志清有英文文章论《镜花缘》，称它是scholarly novel，中译可作"文人小说"或"学者小说"。王蒙的不少小说（甚至很多小说）可用此称，《霞满天》是其一。小说自然要"炫耀"作者的学识，要引曹雪芹、罗曼·罗兰、陀思妥耶夫斯基的名言或典故。学习是王蒙一生的"硬骨头"，曾发表文章为"当代作家的非学者化倾向"而担忧；他的小说有学者化的现象，岂不顺理成章？

【9】（页59）最后，蔡霞与逢春双双自愿离婚。离婚以后第一件事，她到了布拉格然后维也纳。她乘坐伏尔塔瓦游艇，听着乐曲美美地大哭一场，这才到了她要哭的时间与地点。如果在家里包括老家的建春与早春墓地哭，只能刺激逢春与小敏。在布拉格当晚，她梦到了长着马克思式大胡子的捷克古典音乐奠基人贝德里赫·斯美塔那来见她。甚至到了维也纳听上《蓝色的多瑙河》了，她还挂牵着水声叮当如铜铃的《伏尔塔瓦河》。

【评点9】德国人布莱希特有名剧曰《四川贤妇》，蔡霞真是个中国贤妇，和王蒙《活动变人形》里的女性很不一样。蔡霞在婚变之时绝不"一哭二闹三上吊"；哭，是要哭的，要哭得优雅有文化。"……这才到了她要哭的时间与地点"，妙！王蒙热爱的《红楼梦》里宝玉哭黛玉，到了适当的时间和地点才哭；蔡霞哭的地点实在距离"现场"太远了，相隔"事故"的时间太长了。王蒙怎能不突破前人，不开拓创新呢？当然要，因此蔡霞还必须伴着音乐哭！音乐啊，音乐！还有，不要忘记数算这里提到的国家和城市，蔡霞和王蒙都是游历遍地球的人。

【10】（页59）蔡霞哭建春、哭早春、哭自己的泪水，从北京流到

了布拉格，从黄河长江，流到伏尔塔瓦河，然后流进易北河，向着德国的文化古城德累斯顿，然后是德国第二大城市、海港汉堡，最后与泰晤士河一起流到北海去了。

【评点10】"哭自己的泪水"，又一妙！看官，蔡霞的泪水从哪里流到哪里？其流之长，足够绕地球一周了，够夸张了吧，够悲壮了吧，够tragically sublime 了吧！有泪花吗？倒是没有。奇葩小说《霞满天》应该也写奇葩泪花的。

【11】（页 62）一九九二年秋天一过"十一"国庆，她自驾出游新疆天山南北，去的时候走北路，张家口、大同、呼和浩特、包头、银川、兰州，整个河西走廊，哈密、吐鲁番、乌鲁木齐。在新疆她又走了伊宁、新源、库尔勒、喀什、和田，她前后走了两个月，尽看了雪峰、云杉、胡杨与白桦林、高山湖泊、戈壁长河、草原、马场、牧民毡房、高昌遗址、交河古城、喀什噶尔清真大寺、十二木卡姆、沿叶尔羌河两岸的刀郎木卡姆，还有维吾尔族加蒙古族风味的哈密木卡姆。

【评点11】到此又要计算新疆等地名的数量①。所列举的地方应该都是王蒙曾游历过的，谁不知道王蒙一家在新疆待了（不，活生生生活了）16 年（1963—79）。王蒙在新疆的尼勒克曾经策马奔驰，骑的是一匹"雪青马"②；《霞满天》中没有蔡霞骑马的场面，王蒙漏掉可用的材

---

① 王蒙游历之广，仅 1991—1999 年就有如下国家或城市（以下录自《王蒙自传》第三部《九命七羊》，第 242 页）："孔子云，道不行，乘桴浮于海。真正无道的情况下，浮槎出游恐怕难以实现，至少是改革开放之道在实行，吾人才好浮槎四海。这段期间我可真走了不少地方。一九九一年新加坡。一九九二年澳大利亚。一九九三年，新加坡、马来西亚、美国、中国台湾。一九九四年，美国、日本。一九九五年，加拿大、美国、韩国。一九九六年，中国香港、英国、德国、奥地利。一九九七年，中国澳门、马来西亚、新加坡。一九九八年，美国、挪威、瑞典、中国香港、中国澳门。一九九九年，西班牙、法国、德国、奥地利、韩国、意大利。2000 年后则有挪威、爱尔兰、瑞士、新加坡、美国、墨西哥、印度、日本、韩国、不丹、尼泊尔、毛里求斯、南非、喀麦隆、突尼斯、法国、埃及、荷兰、瑞典、菲律宾、印度尼西亚、越南、伊朗、俄罗斯、英国、乌克兰、爱沙尼亚、立陶宛、捷克、斯洛伐克等。"

② 艾克拜尔·米吉提：《王蒙老师剪影》，严家炎、温奉桥主编：《王蒙研究》（第八辑），中国海洋大学出版社 2023 年版，第 402 页。

料了,可惜。

【12】(页62)尤其难忘的是天山北麓中果子沟的哈熊。从乌伊公路上走,在兵团经营的五台公路服务区住一夜,第二天她经过了可克达拉——绿色的原野,走到隶属博尔塔拉蒙古自治州的沙地中的绿洲精河县午餐,还享受了"抱着火炉吃西瓜"的奇妙经验。饭后到达了高山湖泊——当地人称作三台海子的巨大的高山咸水赛里木湖,走过狭窄的峡谷果子沟。那里长满了野生小苹果,进入秋冬,苹果落地,发酵变化,获得了芳香酒精成分。由于当地长住的多是哈萨克牧民,那里的大个子熊只,也被称为哈熊。可喜的是蔡老师亲眼看到了吃了太多的酒香野果的哈熊摇摇晃晃的酒仙步态。

【评点12】上引"部评"说王蒙"经验丰富",诚然诚然;这里丰富的、充满异乡情调(exotic)的是吃的经验。虚构的小说(fiction)自有其很多真实之处。孔夫子说"读诗可多识于鸟兽草木之名",西方有文论家说"诗即知识"(poetry as knowledge);这一段文字的知识够丰富了吧!还有,"人物即作者",王蒙是个饕餮客,或谓美食家,是吧?

【13】(《霞满天》全篇最后一段)王蒙心里还想,也许真的可以请求河北与山西动物园专家与驯兽师帮助,进太行山找上一个刚刚出世的华北豹小崽,请蔡老师养好一只豹子,丰富她的通向期颐的人瑞生活吧。

【评点13】华北豹别名金钱豹、中国豹,此豹列入中国《国家重点保护野生动物名录》(2021年2月5日)一级。资料据"百度"。大概王蒙写作《霞满天》时看到"列入名录"的新闻,乃把华北豹写进小说。如果王蒙在2023年9月上旬写他的小说,他极可能把华为的Mate-60-Pro写进去。能近取材!刘勰等古今评家论文(包括小说)多认为应首尾呼应、表里一体。《霞满天》最后没有任何"霞"来呼应篇名,谙熟写作艺术的王蒙,又"破格"了,不遵守儒家"宗法制度"一样的"文法"了。篇末没有"霞",但通篇的主角蔡霞就是彩霞嘛,"丰富她的通向期颐的人瑞生活"则满含王蒙对蔡霞祝福的美意。光明的尾声!王蒙小说多有光明的尾巴,其早期最有名的《组织部新来的青年人》结尾就是。

四、《霞满天》总评

以上 10 多段的引文，采摘时有点随意，没有事先经过精心挑选，或通过统计学的方法而后厘定。尽管如此，它们还是能说明王蒙的语言风格的。

王蒙为人倾向于孔子，为小说，其语言风格恣肆、恣纵、逍遥、浪漫，简直就是庄子。文学评价亘古以来就有见仁见智的元素。你喜欢王蒙小说的"浮慧"吗？"杂色"吗？他就是如此有童心，童心就是赤子之心，耄耋之年而童心未泯（上面的"郜评"提到他"类似儿童的无目的游戏"），而且童心更旺盛，把小说写得如此"好玩"，如此"顽皮"，如此"大龄青春"，如此语言"嘉年华"，如此喜啦乐啦（hilarious）；如此雄浑如大鹏如老鹰，秀美如夜莺如白鸽；……如此不循规蹈矩，好像孙悟空大闹小说的天宫。（哈哈，我也用起王蒙的排比句法来了）王蒙是个大文体家，其小说语言的"王风"已确立。

王蒙的笔（或键）是"如意棒"，一挥百应，在"文战"中百战百胜。又如莎翁笔下《暴风雨》中的普洛斯博罗（Prospero）能呼风能唤雨，且能呼唤彩霞，不管是朝霞还是晚霞。耄耋的小说家喜欢黄昏颂，"满目青山夕照明"。王蒙小说的知音和粉丝向来很多。我认识王蒙先生多年，非常敬佩敬重其才其学其成就其为人。读其文如见其人，读《霞满天》就如见到耄耋顽童把王蒙变幻成蔡霞彩霞，把蔡霞彩霞变回王蒙。①

（黄维樑：香港中文大学教授）

---

① 本文之作，方式类于"评点"。现代读书人似乎很少用此法来评论文本了，我倒是用过：曾"眉批"了一篇散文，此散文和"眉批"收入拙著《香港文学再探》，香江出版有限公司 1996 年版。

论《青春万岁》的文学史意义

丛新强

  《青春万岁》初稿于1953年，中间历经波折并几次修改，直到1979年才得以出版面世，1997年获得再版。王蒙19岁写成的这部作品，于人民文学出版社2014年版的《王蒙文集》45册中排在第1卷，时至今日依然具有独特的重读价值并呈现出无可取代的文学史意义。

  尽管作者像他描绘的主人公那样年轻，但却写出了不同层面的城市生活，创造了不同个性的中学生群像。作者和她们一样，满怀对于新中国的无限热爱，尽情抒发对于新社会的真挚情感。正如作者在1978年10月写的出版"后记"中所说，"五十年代中学生生活中的某些优良传统和美好画面（例如：对于又红又专、全面发展的提倡；团组织和班集体的丰富多彩的活动和生动活泼的工作；同学们之间的友爱、互助及从中反映的新社会的人与人之间的关系；开始建立起来的师生之间的新型关系；特别是一代青年对于党、对于毛主席、对于社会主义祖国的无限深情），不是仍然值得温习，值得纪念吗？"[①] 这里，王蒙已经对《青春万岁》的文本主题做出了全面而准确的概括。除此之外，其文学史意义何在，值得进一步深入论析。

  其一，以杨蔷云、张世群等为代表的时代见证者所体现的历史意义。

  《青春万岁》反映了1952—1953年的中国社会的时代面貌和巨大变化，塑造了1952—1953年从高二到高三年级的中学生的生活面貌和精神趣味，还在一定程度上兼顾了大学生的影响性参照。小说从参加夏令营的女中高二

---

① 王蒙：《青春万岁》，人民文学出版社2014年版，第314页。

班同学们写起，将生活引入 1952 年的新中国，又以 1953 年的高中毕业之际看到毛主席作为终结，而且以杨蔷云遇见张世群开篇，以杨蔷云寻找张世群结尾，使得结构上趋于完善。在最后的环节，又从毛主席的眼睛里，从人民英雄纪念碑的雏形中，看到了一个新生的祖国的形象。整体而言，这样的布局谋篇可谓匠心独运，有意无意地实现了主题内涵和审美形式的有机融合。

新中国的中学生站在新的历史时期的门槛上，还来不及欢迎、吟味和欣赏生活的变化，就被卷入生活之中。杨蔷云、郑波、袁新枝、周小玲、李春、吴长福、黄丽程等，一方面在学校读书学习、你追我赶，另一方面又在社会参与活动、积极进取，正可谓"向科学进军"和"把青春献给祖国"的密切结合。她们有理想、有实践；有矛盾、有争辩；有困惑、有激情；有想象、有选择。她们关于英雄人物的观点针锋相对，她们关于命运安排的讨论心有戚戚，她们被提醒不要陷入无谓的忙碌和虚妄的热情，如苏君所指出的那样，"在你们的生活里，口号和号召非常之多，固然生活可以热烈一点，但是任意激发青年人的廉价的热情却是一种罪过……"① 这样的话语尽管让杨蔷云感到荒谬和不可思议，但仍然难掩作者的一己之思考。诸如此类，简而化之，相关的问题可以集中到最有代表性的李春的言论中，"我真心劝郑波，当然听不听在你，别开那些个会去了，也用不着找人个别谈话，先自己念好书吧。我也劝杨蔷云，我知道杨蔷云恨我。你呀，也别净讲政治名词了，有工夫多制几个图好不好？还有咱们全班，大伙好好地念书吧，什么你选我我选你呀，谈谈思想情况呀，你批评我我批评你呀，申请入党呀——还远着呢——往后搁一搁，不碍事。"② 尽管李春的思想和行动在后来发生了变化，但在这里不失其敏锐的洞察和清醒的自觉。就此而言，不唯当时，至今仍然具有普遍价值和针对意义，虽然其中的选择并无标准答案。

新年前夕，学生会筹办了"一切为了伟大祖国"的展览。主要由 3 部分组成，一部分叫作"祖国大规模建设的先声"，内容是鞍山钢铁公司的建设；一部分是"支援最可爱的人"，内容是朝鲜前线的胜利战果与英雄事迹；最后一部分是"攻克科学堡垒"，内容多半是本校同学的学习成绩——作业、

---

① 王蒙：《青春万岁》，人民文学出版社 2014 年版，第 57 页。

② 王蒙：《青春万岁》，人民文学出版社 2014 年版，第 45 页。

课外制作的工艺品……可以想见当时的社会背景和青年人的生活重心。1952年的结束，1953 年的开端，第一个五年计划的实行，在作者的笔下得到了有力的见证。连作者本人都忍不住地开始呼唤读者，"亲爱的读者，你们都怎样度过这一年之始的时辰？可知道学生们这样热烈，这样多彩？他们郑重而愉快地送别旧岁，迎接新的亮晶晶的日子。他们珍重每一个节日，每一个节日都留下美妙的记忆。在风雪交加的边防前线，在机声震耳的矿井底层，年长的读者，是你们，正用你们的双手保卫着、铸造着年轻孩子们的幸福。敬礼！谢谢你们。……啊，读者：工人、农民、士兵、干部……过新年的时候到学校来吧，不要拒绝孩子们的邀请吧。在十二月三十一日的夜晚，不论走过哪个学校，门口都挤满了同学，他们向你招手，他们欢迎你们。"①如此的感染力，让作者与同学们和读者一道充满前行的希望，"青春万岁"既是青年和学生的青春精神和无私奉献，更是祖国和民族的青春涅槃和历史变迁。

其二，以苏宁、呼玛丽为代表的思想转变者所体现的精神意义。

相对于作品对其他同学的表现，《青春万岁》还着力交代了苏宁的家庭生活及其青春困境，与此同步，也揭示了呼玛丽的成长环境及其青春抉择。可以说，以苏宁和呼玛丽为代表的中学生的命运，分别折射了本国的反动者和外国的反动者对于青年人肉体和心灵的伤害。而她们走向新生的艰难历程，不仅具有历史转折的现实指向，更具有当代文学发生期的精神意义。

苏宁出身于旧式资本家大家庭，在家中呼吸着发霉的空气。她有被新政权改造的父母，有属于国民党的海外关系，更有着梦魇般的发生在少年时期的挥之不去的被侮辱和被伤害的经历。这一切，都让她承受着不可承受的痛苦，都让她经历着无以名状的不幸。如何走出生活的困境和心理的阴影，杨蔷云设身处地地理解和感同身受地安慰给了苏宁以巨大的力量。"我们仇恨他们，那些坏蛋，那些魔鬼，那旧社会！我们应该活得更快活，活得比谁都美！现在是毛主席教育我们了，是毛主席保护我们了，毛主席的手，能够医治我们国家的创伤，也能够医治你心里的创伤。为什么你把这件事看得那么重？让它把你压得那么沉？结果，你用'但是我'三个字隔开了美丽的强大

---

① 王蒙：《青春万岁》，人民文学出版社 2014 年版，第 117—118 页。

的生活……你还说要信什么天主教，你哪是要信教，只是在精神上找一个避难所。你起来，起来！你笑吧，今天一切全不同了，你能成为一个美丽的、善良的、有作为的社会主义姑娘……"① 在这里，个人伤痛的根源显然来自旧社会制度的迫害，而拯救者自然也就是新社会制度的创造者毛主席。新旧两重天。其实这里的象征意义还在于，一切旧社会的被压迫的青年女性，在新政权中都将成长为社会主义的新女性。"苏宁抬起头，一丝艰难的微笑出现在她的泪迹斑斑的脸上。"② 及至后来，苏宁毅然决然地检举父亲的不法行为，因为大义灭亲而遭受殴打，进一步从行动上和此前的生活划清了界限。从反动家庭出身又满身旧社会伤痕的青年，终于在新社会到来之际获得了彻底的新生，其中的艰难转换无疑具有着鲜明的精神象征意义。

如果说苏宁的苦难源自于旧有的反动者，那么呼玛丽的苦难则源自于外来的反动者。

呼玛丽是教徒，从小生活在天主教的"苦修会"里，由李若瑟神甫作为监护人。面对历史考题"义和团斗争的始末"，她答道："义和团是中国最大的一次教难，魔鬼们烧毁教堂，杀戮主的信徒。许多教徒因而致命。圣母派遣了自己的孩子惩治魔鬼，叫他们下地狱。"③ 这在郭校长和袁先生看来，不但不是小事，而且是中毒太深，是教会中的帝国主义分子进行思想灌输的结果。"这是教会当中的帝国主义分子向我们挑战，和我们争夺青年。我们能允许一个孩子，把自己祖国的爱国者看做魔鬼，而把侵略者八国联军看做圣母的使者吗？"④ 显然，争夺青年问题极度敏感，各方展开的挽救工作也就在所难免并迫在眉睫。

在勇敢的郑波的真诚关怀下，一向忧郁的、充满悲哀的呼玛丽吐露心声，全班同学只有自己信主，19 年的孤苦岁月已经让她逐步弃绝了群体而走向了封闭。作者在这里借助呼玛丽的生活环境，揭露了宗教意识形态及其载体的反动属性。"'仁慈堂'在北京西什库天主教北堂的旁边。名义上这是

---

① 王蒙：《青春万岁》，人民文学出版社 2014 年版，第 201 页。
② 王蒙：《青春万岁》，人民文学出版社 2014 年版，第 202 页。
③ 王蒙：《青春万岁》，人民文学出版社 2014 年版，第 48 页。
④ 王蒙：《青春万岁》，人民文学出版社 2014 年版，第 49 页。

慈善事业——'仁慈'的孤儿院，实际上却是吸血的童工工厂，贩卖人口的营业所和骇人听闻的儿童地狱。教会中的帝国主义分子，在这里对我们欠下了无数血债。"①新中国成立之初的中西意识形态的尖锐对立，在文学创作中也表现得极为醒目。

当呼玛丽就读初中后，李若瑟对她灌输的是妖魔化了的共产党形象，"共产党一来教难就快到了，不信主的人都要下地狱。你要听了他们的也要下地狱。"②所以呼玛丽一方面希望认真学习、好好听课，另一方面又恨不得堵上耳朵，生怕"魔鬼的异端邪说"侵入自己的头脑。但是面对老师们和同学们的友爱，面对李若瑟的卑俗和丑陋，呼玛丽也不断地发生着信仰的怀疑。当她参加五一游行之后，李若瑟的表现几乎走向极端，宗教与政治的关系被表露得绝对对立而无法调和。而在女七中的温暖的环境里，在同学们的友爱的熏染下，在日常生活的自然比较中，深知软弱的生命受不住风雨的本就具有博爱之心的呼玛丽终于意识到宗教的问题所在，致使连同自己和李约瑟在内的整个世界都变得摇摇欲坠而处于毁灭的边缘。呼玛丽的精神发生了裂变，尤其在圣母慈爱的光照面前，她所面对的世俗生活和神圣信仰的斗争开始转向。伴随着李若瑟作为潜藏的反革命分子的被逮捕，再加上黄神甫对于宗教精神的内在辨析，呼玛丽意识到自身投入集体而不要离群独处的意义，也就终于重燃生活的勇气而得以救赎而走向新生。

在塑造呼玛丽这一独特角色之时，可以想象作者的宗教态度的复杂性及其矛盾性。尽管难以判断其明确的宗教倾向甚至有无与否，但显而易见的是，这里已经提供了当代文学史的具有丰富阐释空间的人物形象。

《青春万岁》通过苏宁和呼玛丽的命运遭际，分别从内部和外部两个层面找到了中国人民的苦难根源。她们的人生变化和新生之路，她们的告别过去和走向未来，标志着社会主义意识形态的绝对胜利和社会主义思想文化的强大力量。尤其是其中所蕴含的除旧布新的转换特征，又自然体现并表征了当代文学发生期的精神意义。

其三，《青春万岁》本身所象征的人的青春和祖国的青春的双重性以及

① 王蒙：《青春万岁》，人民文学出版社 2014 年版，第 61 页。

② 王蒙：《青春万岁》，人民文学出版社 2014 年版，第 66 页。

对于当下发生的新时代文学的影响意义。

《青春万岁》中的青年学生，大都遭遇并不快乐的童年和各不相同的家庭悲剧。像郑波说的，"在旧社会，哪一个儿童也不幸福。""正是我们的伟大的党，她要擦干我们的眼泪，给青年缔造幸福！"[①]面对新的历史时期，每个人都要和过去告别，每个人都将走向新生。所以，女七中的郭校长在辞旧迎新的 1953 年来临之际，在新中国第一个"五年计划"的开局之际，发表了语重心长的由衷的演讲："同学们，我羡慕你们。你们将来，都将参加第二个、第三个五年计划的建设，工厂、矿山、田野，到处都有位子等着你们！在伟大的建设面前，我特别觉得自己知识的贫乏，甚至是可怜。我真希望重新做中学生，学代数，学物理，学语文，学工程，学开拖拉机，使自己在祖国的新的历史时期，变得更有用。……没办法，我不可能获得像你们一样念书的好条件了。可是，我不气馁，同学们，我要向你们挑战！各种科学知识，在战争环境中，我早就扔下了，忘光了，现在要从头温习，重新学起。同学们，咱们赛一赛，看谁学得更多，对国家更有用！"[②]一切都是希望所在，一切都是青春的形象，这里不仅属于同学们的青春，还燃起老师们的青春，更是祖国母亲的青春。

《青春万岁》还触及青春期的朦胧的爱情，有的走向了美好的婚姻，有的正处于培养阶段，还有的刚开始萌芽，一切都是青春力量的勃发。当然伴随其中的，也有不可避免的青春的流逝。

由上述而论，70 年前的《青春万岁》和作家王蒙甚至一度影响到当下的作家徐坤及其新时代之作《神圣婚姻》。

《神圣婚姻》开篇便是青年人程田田和孙子洋的恋情分离，并一度贯穿到结尾程田田和潘高峰的并肩站立，而且所有人的故事都发生在 5 年间，就像"五年计划"一样。接下来，便是宇宙文化与数字研究所的"五年计划"的建设。这时候，作者写到了王蒙和他的《青春万岁》。以国家"五年计划"作为计时方法，应该首推作家王蒙。"他在 19 岁的时候，就开始在小说里用

①　王蒙：《青春万岁》，人民文学出版社 2014 年版，第 257 页。
②　王蒙：《青春万岁》，人民文学出版社 2014 年版，第 120 页。

国家的'五年计划'来给人生计时和纪年了。"① 紧接着便是《青春万岁》的电影情节片段，是杨蔷云和张世群相互祝贺并约定毕业后再见面，是永远忘不了的有意义的中学生活。这时候，作者又写道，"感叹和羡慕那火红的青春，那新中国刚刚成立的激情燃烧年代，还有那个 19 岁的作家王蒙，那个少共布尔什维克的朝气蓬勃和灿烂情怀。《青春万岁》在今天看起来，仍然让人心动，令人心潮澎湃。那样的文字，连同那样一个时代，都离我们远去了。走远了。诗已携着人心，飘向不可知的远方。"② 这样的纪年方式，让作者笔下的主人公恍然觉得，他们是替杨蔷云和张世群们往前活了。在这里，作者徐坤继续生发对于人生的感慨。"当然王蒙他老人家也替他们往前活，替他的书中人物往前活。但是他老人家已经替完了、玩过了，场上盘带射门倒钩帽子戏法都耍够了，完成了历史使命，退场当教练了。而她和老孔们还在场，还在奔突、奔跑、跳跃、传带、起脚，还在企求破门怒射一举得分，还在企望当世界赛场冠军。他们是他们的前生，他们是他们的转世。实际上他们是一拨人，他们是一代人。他们也就是他们，他们根本就是他们。他们就是他们自己。这一点，从来都没有变，永远也不会变。"③ 其实人生皆如此，所谓的前生和转世，也不过是相同的循环。每一代人都在重复前一代人，本质上也就是一代人而已，徐坤再次用思辨的笔触揭示了沉重的话题。青春稍纵即逝，存在一成不变。

回到《青春万岁》。为什么"青春万岁"，因为青春一去不复返了。从文学史意义上说，文学总是对于已经逝去的和将要逝去的，或明或暗地表达或流露无限的眷恋和怀念。在这个意义上也可以认为，文学总是挽歌，《青春万岁》也不例外。

(丛新强：山东大学文学院教授、博士生导师)

---

① 徐坤：《神圣婚姻》，人民文学出版社 2022 年版，第 32 页。
② 徐坤：《神圣婚姻》，人民文学出版社 2022 年版，第 34 页。
③ 徐坤：《神圣婚姻》，人民文学出版社 2022 年版，第 34—35 页。

《夜的眼》与新时期文学的"开端"

温奉桥

　　把《夜的眼》这样一篇不足 8000 字的小说，视为新时期文学的"开端"，是不是言过其实、故作惊人之语呢？更何况这是一篇几乎没有多少人真正认真对待过的小说。

　　文学有时充满了悖论，一方面视创新为第一生命，另一方面，真正具有创新性的作品又往往因为打破了某种文学的既有成规而屡遭抱怨，长期被忽视，这类例子在文学史上屡见不鲜。《夜的眼》似乎也难逃这一文学史的悖论。然后，另一个更加无情的悖论是：凡是在文学史上留名的，永远是那些充满了探索、试验乃至背叛与颠覆性的"异类"或"变数"。

一

　　"新时期"似乎是一个不证自明的概念，但是细究起来，又是一个言人人殊的概念，既具有某种约定俗成的"共识"，同时又语焉不详。"新时期文学"同样如此，甚至更为复杂一些。当代以来，文学的分期多以重大社会、政治事件为标志，"新时期文学"也同样如此。所以，想要弄清楚"新时期文学"，须先厘清"新时期"这一概念。

　　一般认为，"新时期"最初源自 1977 年 8 月 12 日华国锋在党的十一大上的报告："第一次无产阶级文化大革命胜利结束，使我国社会主义革命和社会主义建设进入新的发展时期。"在同一会议，叶剑英《关于修改党的章程的报告》中用了"新的时期"的说法，邓小平在"闭幕词"中则使用了"新的发展时期"的字样。无论是"新的发展时期"还是"新的时期"，都包含着后来"新时期"的意思，只是具体表述不同而已。然而，也有论者更倾向把"新时期"的起源，定为1978年初五届全国人大一次会议所提出的"新时期总任务"，认为"新时期总任务"是"新时期"的直接来源。丁帆、朱丽丽则认为《实践是检验真理的唯一标准》（1978年5月11日《光明日报》）"最早正式提出了政治意义上的'新时期'概念"①。总之，虽然具体理解不同，但都认为文学上的"新时期"，源于政治意义上的"新时期"。

具体而言，"新时期文学"这一概念相对复杂得多，需要从文学意识、创作实践、审美风貌等层面来理解。黄平在《"新时期文学"起源考释》一文中，详细梳理了"新时期文学"概念的由来。黄文指出，早在1978年5月，在署名"桑城"的文章《为新时期放声歌唱》②中，"新时期"一词既已赫然出现在文章标题中。黄文同时认为，在"桑城"的文章之前，《延河》编辑部曾于1978年3月28日至4月5日召开了一次诗歌创作座谈会，在这次座谈会上出现了"在当前，必须充分反映我们与'四人帮'的尖锐斗争，反映抓纲治国、实现新时期总任务的伟大斗争，写出无愧于伟大时代的诗歌作品。"的说法，但是应该指出的是，无论是桑城还是《延河》诗歌创作座谈会，关于"新时期"的说法仅仅是一种政治术语的流行性套用而已，并不具备自觉的"新时期文学"的意识。关于"新时期文学"的起源，史燮之（即蒋守谦）在《"新时期文学"话语溯源》中认为，"新时期文学"始自刘白羽1979年11月在中国作家协会第三次代表大会上所作的"开幕词"："明确社会主义新时期文学工作的新任务，动员鼓舞全国各族新老作家，特别是要扶植新一代的青年作家，同心同德，振奋精神，团结起来向前看，为繁荣社会主义文学艺术而奋斗。"③应该关注的是，与此同时召开的第四次文代会上，周扬作了《继往开来，繁荣社会主义新时期文艺》（1979年11月1日）的报告。由此可见，无论是刘白羽的"开幕词"，还是周扬的报告，都明确提出了"新时

---

① 丁帆、朱丽丽：《新时期文学》，《南方文坛》1999年第4期。

② 桑城：《为新时期放声歌唱》，《上海文艺》1978年第5期。

③ 《文艺报》1979年第11—12期合刊。

期文学""新时期文艺"的概念，特别是周扬在第四次文代会报告的标题中明确提出了"新时期文艺"的概念，显然具有特别的标志意义。其实，单纯从时间节点上还可以继续往前追溯。1978 年 12 月在广东省文学创作座谈会上，周扬发表了《关于社会主义新时期文学艺术问题》的讲话，对此，刘锡诚在一篇文章中有详细考证：

> 周扬于 1978 年 12 月在广东省文学创作座谈会上的讲话《关于社会主义新时期文学艺术问题》一文所使用的"社会主义新时期文学艺术"这一比较规范化了的专有词汇并对其进行了理论上的阐释。周扬在广州讲话之后，其讲稿即由中国社会科学院印成内部征求意见稿，在领导范围内征求意见，同时《广东文艺》1978 年 12 月号予以发表。稍后，其定稿于 1979 年 2 月 23 日、24 日在《人民日报》上公开发表。从此以后，"新时期文学"或"新时期文艺"，逐渐为文学理论评论界所认同和采用，成为中国当代文学发展中的一个重要阶段的名称。①

综上，刘白羽的"开幕词"和周扬的报告，对"新时期文学"的提出，起了决定性作用。特别是周扬的报告，体现了自觉的"新时期"意识，可以认为是"新时期文学"这一概念的直接由来。由此，"新时期文学"的说法规范化并固化下来，并一直沿用至今。

当然，这是从"新时期文学"概念考古意义上说的。而从文学创作情况来讲，一般认为刘心武的《班主任》（《人民文学》1977 年第 11 期）是"新时期文学"发轫之作，并把《班主任》与白桦的剧本《曙光》、徐迟的报告文学《哥德巴赫猜想》，并称为"三只报春的燕子"。这也是目前绝大部分文学史所采取的"策略"，即视《班主任》为新时期文学的开端。如果单就《班主任》所表现出来的现实主义文学精神而言，将其视作新时期文学的开端，具有某种历史合法性，特别是契合了政治意义上"新时期"的内涵。客观而言，《班主任》显示了刘心武作为一个作家的高度敏感性，特别是"救救被'四人帮'坑害了的孩子"的小说主题，不但契合了当时的主流意识形态，也相当集中地体现了社会的普遍性诉求，完美实现了文学与社会的共振、共鸣。《班主任》之后，文坛上迅速掀起了伤痕文学思潮，卢新华的《伤痕》、王蒙

---

① 刘锡诚：《"新时期文学"词语考释》，《文艺报》2005 年 3 月 5 日。

的《最宝贵的》、王亚平的《神圣的使命》、张洁的《从森林中来的孩子》、冯骥才的《铺花的歧路》、鲁彦周的《天云山传奇》、张弦的《记忆》、周克芹的《许茂和他的女儿们》等，在一定意义上都是《班主任》"催生"出来的，这也是很多人把《班主任》看作新时期文学滥觞的一个原因。

但是，如果将"新时期文学"之"新"视作某种"现代性"审美特质的话，情况会变得更为复杂。客观而言，《班主任》主题的直白浅露和艺术上的不成熟是显而易见的。今天回头看这篇在当时引发巨大关注和震动的小说，会发现这篇小说在艺术性上尚停留在"十七年"小说的流行模式，并未真正进入"新时期"："它在人物塑造、叙述形式、作品结构包括艺术想象力上，对文学史可以说没有什么明显的'贡献'"①，这一说法也许并非完全没有道理。这就是历史和时代的复杂性，也是文学的复杂性。文学有时需要"命名"，而这种"命名"本身并没有多少内在本质性新意。

如果从更内在更本质的角度来思考和定义"新时期文学"的话，新时期文学的"界碑"显然不是《班主任》，当然也不是《伤痕》《李顺大造屋》《爱，是不能忘记的》《乔厂长上任记》等所谓"伤痕""反思""改革"小说，本质上它们与《班主任》并无二致，距离艺术上的"新时期"尚有不小距离。

有的学者指出，"新时期文学"至少具有三重含义："第一，'新时期'是一个时间标识，命名的是 1976 年之后的历史时期；第二，'新时期文学'是一个重大的社会政治事件的产物，没有这个事件，也就没有这个文学段落；第三，'新时期文学'具有某种特殊性质的美学意识，这是作为一个文学段落不可或缺的特征。"② 这里的第三点，尤为重要。事实上，"新时期文学"之"新"，"美学意识"之"新"是最起码最基本的题中应有之义。但是，恰恰是在这一点上，遭到了普遍性忽视。

显然，"新时期"绝不仅仅是单纯的时间编码，而是蕴含着某种价值认定或价值期待，新的美学意识、新的文学理念、新的表现手法理所当然构成了"新时期文学"的基本内涵，具体到 1970 年代末中国社会和文学语境，

---

① 程光炜：《文学"成规"的建立——对〈班主任〉和〈晚霞消失的时候〉的"再评论"》，《当代作家评论》2006 年第 2 期。

② 南帆：《"新时期文学"：美学意识、抒情与反讽》，《文艺争鸣》2018 年第 12 期。

这种新的美学意识、新的文学理念究竟是什么？又是如何体现的？这是厘清"新时期文学"必须面对的课题。这种新的"美学意识"在文学观念、主题意蕴特别是艺术形式——小说毕竟是一种艺术形式，艺术性是其基本的也是内在的要求——而恰恰是在这些方面，《班主任》并没有体现出多少"新"变化，甚至也没有表现出多少"新"的艺术审美质素。

真正体现出了这种"新"变化的是一篇并不被特别关注的小说，那就是王蒙的短篇小说《夜的眼》。《夜的眼》原载《光明日报》1979 年 10 月 21 日"东风"副刊，是王蒙"自我放逐"新疆 16 年回到北京后的第一篇小说，也可以看作是"归来"后王蒙的"亮相"之作。从《夜的眼》始，王蒙真正拉开了小说艺术变革的序幕，继而《布礼》《风筝飘带》《春之声》《海的梦》《蝴蝶》，渐成规模，进而引发文坛的广泛关注。然后，在这"老六篇"中，无论是读者还是文学史，喜欢谈论的是《春之声》《布礼》和《蝴蝶》，尤喜《春之声》和《布礼》。何也？一是容易谈，二是主题主流。最闪烁其词的是《夜的眼》。被忽视，是一切创新必须面对的普遍性窘境，乃至宿命。

从时间上看，《夜的眼》要比《班主任》晚近乎两年，单纯时间的先后并没有多少意义，关键是看有无真正内在的本质性的"新"变化。与这些在当时引发巨大关注和轰动的小说相比，《夜的眼》则显得寂寞得多，说实话，并没有多少人真正认真地对待这篇小说。然而，正是这篇不足 8000 字的小说，才是真正的"报春的燕子"，掀开了新时期文学新的一页。

二

还是让我们回到《夜的眼》发表的 1970 年代末文学现场。在距离《夜的眼》发表 40 多年后，王斌为我们保留了作为一个普通读者初读《夜的眼》时的直观感受：

> 我非常偶然地读到了一篇几乎让我有醍醐灌顶之感的小说，它在点燃了我体内热血的同时，亦让我见识到了一种全新的闻所未闻的小说形式。它就是发表在当时《光明日报》上的一篇短篇小说——《夜的眼》，作者是王蒙。

当时还是一名工人却又无知的我，并不知道这位名为王蒙的人究竟是何许人也，又来自何方，但我只是记得我在阅读的过程中像被雷电击中了一般。在此之前，我还从来没有读过这种类型的小说——它没有完整的一板一眼的故事，没有惊心动魄的情节，有的只是一个人在一种恍惚状态下的自言自语，语句亦在相互缠绕、撕扯和回环中交织成了一支忧伤哀婉的小夜曲，像一股清澈明净的泉流，平滑而湍急地一路流淌，顺着一种在当时还让人多少有些懵懂的语句中飞流直下，以致读着有点儿喘不过气来，但又是那么酣畅淋漓。①

无独有偶，另一名为何新的读者在《夜的眼》发表后的第三天，即完成了一篇卓有见地的评论文章。何新不仅对这篇"几乎没有情节"的小说所表现出的"匠心独运的结构""深刻的观察力与巧妙的艺术概括力"赞赏有加，更被其"炉火纯青"的艺术技巧所折服。更重要的是，何新充分敏感地注意到了这篇小说的新变化："不论在任何时代，不落俗套总是艺术上有所突破的首要条件。《夜的眼》的成功，标志着我国现代短篇小说艺术上一个可贵而可喜的创新。"②类似的还有作家赵玫。她当时是一名南开大学中文系的低年级学生，但是，多年后她仍然无法忘怀阅读《夜的眼》的兴奋："突然觉得生活和文学都不一样了"③，"《夜的眼》那样的作品能被称作为小说吗？几乎没有情节"④，透过这些略带夸张的话，我们不难感受到他们的激动，乃至狂喜。

如果说，王斌、何新、赵玫代表了一般读者直观感受的话，阎纲则凭其专业的敏感，直呼"好似天神暗助一般"，并由此断言小说出现了"新写法"：

这篇一气呵成的篇章，写得酣畅淋漓、神驰魄动。作者在尽可能短的篇幅、尽可能短的时间里，把各种复杂的生活现象(包括光线、音响、色泽、情景等)熔于一炉，使人眼界开阔，想象力纵横驰骋；……乍看时眼花缭乱，实际上通感惑人，丰富多彩，显然都是作者写法上求新更

---

① 参见王斌：《沉思经典：循着大师的足迹》，百花文艺出版社 2024 年版。

② 何新：《独具匠心的佳作——评王蒙〈夜的眼〉》，《读书》1980 年第 10 期。

③ 《王蒙自传》第二部《大块文章》，花城出版社 2007 年版，第 54 页。

④ 赵玫、任芙康：《旗手王蒙》，温奉桥编：《多维视野中的王蒙——第一届王蒙文学创作国际学术研讨会论文集》，中国海洋大学出版社 2004 年版，第 50、51 页。

新的结果。①

即便如此，阎纲理性上也仍然认为"《夜的眼》不过是作者灵感袭来、偶尔得之的一篇戏谑之作。"② 其实这几乎是当时文坛对这篇小说的普遍态度。特别是当时文坛上的某些权威人士对这篇小说所表现出的冷漠，让作者王蒙一直无法释然，以至于小说发表近 30 年后王蒙还不无幽怨地说："那时候的文艺家多半是连《夜的眼》也看不懂的。"③

事实上，王蒙对《夜的眼》格外喜爱和看重，并多次提及。2007 年，王蒙接受斯洛伐克汉学家高利克的访谈，高利克问哪一部作品是他最好的作品，王蒙特别提到了《夜的眼》："一九七九年我的小说《夜的眼》的发表是重要的。"④ 王蒙在自传《大块文章》中，专辟一章来谈《夜的眼》，认为"这是我七十年代喷发式写作过程中突然出现的一个变数。它突然离开了伤痕之类的潮流或反伤痕的潮流"。在这里，王蒙连续用了两个"突然"，其实，《夜的眼》的出现，对当时整个文坛而言，都有一种"突然"之感。

刘绍棠曾在一篇文章中谈到关于《夜的眼》的一个小插曲：

> 王蒙重新拿起笔，我曾希望他按照《组织部新来的青年人》的路子写下去。他写了，还得了奖。但是，王蒙自己似乎不大满意，我们这些老朋友也好像不大满足，觉得他还没有写出五十年代的最好水平(当时，我亦如此)。然而，王蒙毕竟是王蒙，他不想一条道走到黑。忽然！(必须使用惊叹号) 王蒙另辟蹊径，写出了《夜的眼》。小说发表后，承蒙他垂询我的意见，而我却只认为这不过是他偶尔为之的游戏之作，心中不以为然，颇使王蒙扫兴。⑤

这个"小插曲"透露出一个意味深长的重要细节，即《夜的眼》发表后，王蒙主动征求好友刘绍棠的意见，这说明王蒙对这个小说格外看重。关于《夜的眼》，王蒙在自传《大块文章》中，记录了另一同样意味深长的细节：

---

① 阎纲：《小说出现新写法——谈王蒙近作》，《北京师院学报》1980 年第 4 期。

② 阎纲：《小说出现新写法——谈王蒙近作》，《北京师院学报》1980 年第 4 期。

③ 《王蒙自传》第二部《大块文章》，花城出版社 2007 年版，第 56 页。

④ 王蒙、高利克：《有同情心的"革命家"》，《王蒙文集》第 27 卷，人民文学出版社 2013 年版，第 255 页。

⑤ 刘绍棠：《我看王蒙的小说》，《文学评论》1982 年第 3 期。

小说发表的当晚，"我与芳（即王蒙先生夫人崔瑞芳——作者注），在离东安市场不远的地方一个阅报栏里读到了它，激动极了。我们还躲在一边看有没有什么旁的人去读"①。

然而，《夜的眼》并未引起文坛的足够关注，特别是一些文坛老领导老专家，甚至表现出了"莫名其妙，不应也不必置评"②的态度。原因是多方面的，例如人们尚未从伤痕、控诉、宣泄的时代情绪中走出来，尚未从传统的阅读习惯和审美惯性中走出来。更重要的是，尚未从小说的传统写法中走出来。《夜的眼》相对于当时的主流文学来说是一个"异类"，即王蒙所说的"变数"。

也许是有感于当时的小说"太浅俗""太廉价""太不文学"③的缘故吧，王蒙在《夜的眼》中变换了一套笔墨，不再亦步亦趋式地描摹现实，而是采取了一种更主观、更审美因而也更文学的方式，这也许是很多人"读不懂"的最直接的原因。

恰如萨特所言，小说技巧总与小说家的哲学观点相关联。本质上，《夜的眼》所发生的变化，并不仅仅是艺术技巧问题，而是社会生活的变化，引发了文学方式的变化——新的审美感受和审美想象。小说形式的陌生感，源于生活变化所带来的陌生感。王蒙创作《夜的眼》时，刚刚从新疆返京不久，暂住北京市文化局下属的北池子招待所一间9平方米的房间，王蒙一家常常沿着护城河散步，向西步行5分钟就是东华门，向东不远就是王府井大街，这里有百货大楼和东安市场，"东安市场出现了较多的鸳鸯冰棍、杏仁豆腐、奶油炸糕、牛肉干、槽子糕、话梅糖果……而每天傍晚与周末，这里人山人

---

① 《王蒙自传》第二部《大块文章》，花城出版社2007年版，第54页。

② 王蒙在《大块文章》中，有更为详细的记录："一些我深深敬爱和引为同道的文学界老专家老领导，都对此作不怎么感兴趣。一位发声共鸣极好的老领导老作家说是此作'不好'，'很不好'。一位对我印象颇好的评论家（唐弢）老师说是此作头重脚轻，亦即本应集中笔墨写一个不成功的走后门的故事，而不是大写什么从边缘小镇到大城市的感受。一位最好意的老领导，我说的是陈荒煤，则承认此篇写了一个'侧面'。而谈到此作，冯牧的表情像是吃了一枚霉变了的果子，他感到此作莫名其妙，不应也不必置评。"（《王蒙自传》第二部《大块文章》，花城出版社2007年版，第54页）

③ 《王蒙自传》第二部《大块文章》，花城出版社2007年版，第48页。

海，而且有了勾肩搭背的青年男女"，筒子河周围"有提着笼子遛鸟儿的，有骑着自行车带着恋人的，有带着半导体收音机听早间新闻广播的，有边走边吃炸油饼的。常常看到听到有年轻人提着录音机，播放着当时流行的《乡恋》《太阳岛上》《我心中的玫瑰》……"①阔别已久的王蒙，面对这一切有一种梦幻般的陌生感："如果不是到京后我们夫妇常常彳亍在例如王府井大街上观看天是怎样变黑的（此时我们在北京还没有'家'），也许不会有这种对于街市灯火的感受"②："它（指《夜的眼》——引者注）来自一种说不清道不明的感觉，对不起，是真正的感觉，艺术的也是人生的感觉。它用一种陌生的，略带孤独的眼光写下了沸腾着的，长期沸腾永远沸腾着的生活的一点宁静的忧伤的观照。它写下了对于生活，对于城市，对于大街和楼房，对于化妆品与工地，对于和平与日子的陌生感。它传达的是一种作者本人也不甚了了的心灵的涟漪。是一个温柔的叹息，是一种无奈的平和，是止水下面的澎湃，是泪珠装点着的一粲，是装傻充愣的落伍感与一切复苏了吗的且信且疑与暗自期待并祝福着的混合体。"③王蒙创作《夜的眼》时，距离后来广为流行的"向内转"④说，早了7年多，但是与当时流行的小说写法相比，《夜的眼》的确表现出了明显的"向内转"倾向。从《夜的眼》开始，新时期小说开始真正具有某种现代性审美特质，这种现代性，既包括文学理念、文学感受方面的，也包括艺术形式方面的，一种真正属于"艺术性"的东西，开始从新时期小说的内部生长出来。

陈晓明提出："王蒙比同代人总能往前多走一小步"⑤，陈晓明的"一小步"说，很形象，也很准确。的确，王蒙是一个敏锐的作家，他的创作往往走在了时代的前头，《夜的眼》同样如此。当"伤痕"文学几乎独霸文坛的时候，《夜的眼》的出现，有点"横空出世"的味道，王蒙再一次比同代人往前多走了"一小步"，但是，王蒙的"一小步"，套用美国宇航员阿姆斯特朗的话，却是新时期文学的"一大步"。童庆炳称王蒙为中国当代小说艺术的"探险

---

① 王蒙：《我这三十年》，《王蒙全集》第 27 卷，人民文学出版社 2013 年版，第 226 页。

② 《王蒙自传》第二部《大块文章》，花城出版社 2007 年版，第 49 页。

③ 《王蒙自传》第二部《大块文章》，花城出版社 2007 年版，第 60 页。

④ 鲁枢元：《论新时期文学的"向内转"》，《文艺报》1986 年 10 月 18 日。

⑤ 陈晓明：《"例外状态"：试论王蒙创作的艺术本性》，《文艺研究》2023 年第 10 期。

家"①，此言非虚。

究其原因，正如王蒙在《大块文章》中有著名的"相差一厘米"之说：

胡乔木、周扬器重王蒙，他们的水平、胸怀、经验、资历与对于全局性重大问题的体察，永远是王蒙学习的榜样。然而王蒙比他们多了一厘米的艺术气质与包容度量，还有务实的、基层工作人员多半会有的随和。作家同行能与王蒙找到共同语言，但是王蒙比他们多了一厘米政治上的考量或者冒一点讲是成熟。书斋学院派记者精英们也可以与王蒙交谈，但是王蒙比他们多了也许多于一厘米的实践。②

也许就是这"一厘米"，让王蒙走到了时代的前面，《夜的眼》成为新时期文学变革的先声，连同稍后的《布礼》《风筝飘带》《春之声》《海的梦》《蝴蝶》，拉开了新时期中国文学变革的序幕。

三

然而，迄今尚未有人从文学史的角度来认真对待这篇小说。虽然阎纲曾断言，《夜的眼》标志着"一个新的文学流派正在酝酿、形成"③，但显然他更多是从小说技巧层面来看这篇小说的，尚未将其看作是一个文学史上的自觉。洪子诚在《中国当代文学史》之"中国当代文学年表"中收录了《夜的眼》，表现了其独特的史家眼光。

何新在《独具匠心的佳作——评王蒙〈夜的眼〉》中，触及了另一更重要的普遍性问题："我曾经询问几位青年读者对这篇小说的读后感。他们告诉我，这篇小说的特色是真实，惊人的真实。……不仅露出了筋络，而且露出了骨骼。"④ 是的，"真实"。然而，《夜的眼》的"真实"又完全不同于当时流行的伤痕文学的"真实"，这是一种真正艺术的"真实"，是更高更本质

---

① 童庆炳：《作为中国当代小说艺术的"探险家"的王蒙》，《中国海洋大学学报》2003 年第 6 期。

② 《王蒙自传》第二部《大块文章》，花城出版社 2007 年版，第 175 页。

③ 阎纲：《小说出现新写法——谈王蒙近作》，《北京师院学报》1980 年第 4 期。

④ 何新：《独具匠心的佳作——评王蒙〈夜的眼〉》，《读书》1980 年第 10 期。

的"真实"，这种"真实"打破了传统小说诸因素之间的因果链条，抛弃了情节小说的外在逻辑性，客观上甚至造成了能指与所指间距离的拉大、错位或悬置，造成了"表意链的裂解与意义的延宕"，也就是说，小说的意义生成机制变得更为复杂化、主观化。《夜的眼》在一定意义上颠覆了现实主义文学的审美编码方式，改写了中国当代小说的叙事策略和表意形态。

当然，对这篇小说而言最重要的还不是"真实"，更不仅仅是艺术技巧上的"炉火纯青"——事实上，单纯从艺术性方面很难看清这篇小说的文学史意义和价值——而是小说从审美感受、艺术形式到表意形态等发生的重构性变化，这种变化无疑是颠覆性的。

如果把小说的艺术形态分为拟实与表意两大类的话，无论是伤痕文学还是反思文学、改革文学，基本属于"拟实"类文学，《夜的眼》则开启了新时期表意小说的滥觞。毫无疑问，审美理念的变化，带来了小说表意形式和审美风貌的变化。这是一篇几乎没有什么情节的小说，断断续续写了一些片段式感觉、印象，飘飘忽忽，若有若无，打破了传统小说的情节逻辑，营造了一种主观性叙事逻辑和飘忽虚幻的叙事空间，这也正是导致很多人抱怨读不懂的原因。与"伤痕""反思""改革"小说所体现出来的现实主义相比，《夜的眼》基本抛弃了现实主义最看重的客观、平实的写法，极大拓展了小说的内涵容量和意义空间，从平面化、单一化走向了深邃化、立体化，从而获得更加开放的审美意蕴和文化内涵，进而改变中国当代文学的精神气质和审美品貌。

甚至，单纯从语言层面稍加留意就会发现，《夜的眼》所发生的重要变化。在《夜的眼》中，一种迥然有别于传统小说的语言方式开始出现——事实上，这种略带"印象主义"的写法在稍早的《布礼》（《布礼》写作时间早于《夜的眼》，发表则略晚）中已初露端倪："黑夜，像墨汁染黑了的胶冻，黏黏糊糊，颤颤悠悠，不成形状却又并非无形。"——这种变化从《夜的眼》开头一下就能感受到：

> 路灯当然是一下子就全亮了的。但是陈果总觉得是从他的头顶抛出去两道光流。街道两端，光河看不到头。槐树留下了朴质而又丰满的影子。等候公共汽车的人们也在人行道上放下了自己的浓的和淡的各人不止一个的影子。

再如：

> 陈杲像喝醉了一样地连跑带跳地冲了下来。……一出楼门，抬头，天啊，那个小小的问号或者惊叹号一样的暗淡的灯泡忽然变红了，好像是魔鬼的眼睛。

即便在最基本（当然也是最本质）的语言层面，《夜的眼》与《班主任》《乔厂长上任记》等小说的区别也是显而易见的。例如，《班主任》开头是这样的：

> ……在光明中学党支部办公室里，当黑瘦而结实的支部书记老曹，用信任的眼光望着初三（3）班班主任张俊石老师，换一种方式向他提出这个问题时，张老师并不以为古怪荒唐。他只是极其严肃地考虑了一分钟左右，便断然回答说："好吧！我愿意认识认识他……"

《乔厂长上任记》的开头：

> 党委扩大会一上来就卡了壳，这在机电工业局的会议室里不多见，特别是在局长霍大道主持的会上更不多见。但今天的沉闷似乎不是那种干燥的、令人沮丧的寂静，而是一种大雨前的闷热、雷电前的沉寂。算算吧，"四人帮"倒台两年多了，七八年快过去了，电机厂也已经两年多没完成生产任务了。再一再二不能再三，全局都快要被它拖垮了。必须彻底解决，派硬手去。派谁？机电局闲着的干部不少，但顶饿的不多。愿意上来的人不少，愿意下去，特别是愿意到大难杂乱的大户头厂去的人不多。

显然，《夜的眼》与《班主任》《乔厂长上任记》相比，《夜的眼》是一种感受性、印象式语言，无论是《班主任》还是《乔厂长上任记》，采取的主要是一种写实性甚至日常性的话语方式，很难说是一种审美的文学话语方式，而王蒙的语言更具有审美性、个性化。艾布拉姆斯曾指出："文学语言则是以自我为中心的，其功能并非通过外界参照物传递信息，而是以自身形式上的特征吸引注意力，即语言符号自身的品质和内部关系等特征，给读者提供一种特殊的体验模式。"① 从这个意义上讲，《夜的眼》显然更接近这里

---

① ［美］M.H.艾布拉姆斯、［美］杰弗里·高尔特·哈珀姆：《文学术语词典》，吴松江、路雁译，北京大学出版社 2009 年版，第 207 页。

所说的"文学语言"，这不仅仅是一个语言技巧问题，从本质讲，这是两种完全不同的体验和表意方式。语言的改变意味着审美意识和审美方式的变化，《夜的眼》极大地改变了传统小说的写法。

一般认为，文学语言具有"语义"和"体验"双重品格，与当时的主流文学相比，王蒙的小说语言显然更注重体验性，是一种高度感觉化、主观化的语言，这在很大程度上颠覆了传统小说的语言伦理："旨在冲破常规语言的局限，创造一种以感知而不是告知为其主要功能的艺术语言，以变异的艺术符号寄寓自己的感情，以之启发和激活读者的联想和想象。"[1]王蒙小说的陌生化，在一定程度上源于语言的"变异"艺术。从王蒙开始，新时期小说语言具有了浓郁的主观化色彩——特别是明显的感觉化、心理化特征，其功能也随之主要由外在的描摹转向内在的表现。

实质上，这不是单纯的语言问题，而是一种全新的文学感觉和审美意识的觉醒，这是新的文学时代到来的征兆，因而，从这个意义上说，《夜的眼》是真正意义上的"先锋"小说。这种叙述方式是此前小说所没有的，这是一种崭新的感受和表现方式，这显然不是什么技巧问题，而是感受和表现生活的方式——也就是"小说的方式"——发生了根本性变化，从那种流行的外在的叙述，变成了一种有"我"的存在，虽然不是第一人称叙述，但是一种内视角叙述，极大地突破了平面化、故事化的刻板模式，拓展了文学语言的艺术边界，语言的表现力得到了前所未有的呈现。

新时期之初，《班主任》《乔厂长上任记》《陈奂生上城》等引发社会巨大关注的小说，基本是传统写实主义小说，其引发广泛关注的原因，主要源于与社会问题的共振共鸣，而非小说艺术自身，这是一个不争的事实。但是，自王蒙的《夜的眼》始，新时期小说的写法发生了变化，文学的表意方式开始发生显著变化，文学性、审美性开始回归文学。《夜的眼》使熟悉王蒙的读者和评论家目瞪口呆，王蒙仿佛变成了文坛的陌生人。《夜的眼》不但改变了王蒙小说的路数，更改变了新时期小说的路数。

《夜的眼》在一定程度上改变了当代小说的审美风貌——距离现实太近太实太紧的问题。"夜的眼"显然是一个"怪怪的"带有异质性和陌生感的

---

[1]　叶国泉、罗康宁：《语言变异艺术》，广东教育出版社 1992 年版，第 18 页。

审美意象，更是一个带有鲜明时代特质的开放式意象，这种陌生感一方面源于奇异性，另一方面更缘于歧义性——也就是某种丰富性和混沌感，《夜的眼》颠覆了传统写实主义小说过于单一化的意象，难怪很多外国译者困惑于究竟是"eye"还是"eyes"。王蒙在解释"夜的眼"时说，"夜的眼"起码包括了4层意思：第一，作者的"眼"即作者视角；第二，主人公的"眼"；第三，小说中的"电灯泡"；第四，把夜拟人化的结果。"Eye of night"不是任何一个人的"眼"，即不是存在的实有的"眼"①。

王蒙说他最喜欢的画家是俄罗斯画家列维坦，"夜的眼"本身不就是一幅别具意味的印象主义画作吗？"夜的眼"实在是一个天才的意象，是神来之笔。更重要的是，"夜的眼"具有某种自由感、开放感：小说写的是一个发生在"夜"里的故事，重要的不是故事，而是那种独特的陌生而又新奇的氛围和感觉。其实，这种感觉自身就具有鲜明的时代性内涵。在首都的"夜"里，主人公陈杲获得了某种前所未有的自由和自我解放，就如鲁迅在《夜颂》中所说："人的言行，在白天和在黑夜，在日下和在灯前，常常显得两样。夜是造化所织的幽玄的天衣，普覆一切人，使他们温暖，安心，不知不觉的自己渐渐脱去人造的面具和衣裳，赤条条地裹在这无边际的黑絮似的大块里。"②"夜"引发了主人公的某种混沌感，同时，"夜"也引发陈杲对自我的某种探寻的冲动。在《夜的眼》中，"夜"不再是黑暗和罪恶，而是一种崭新的自由、自我的诞生，甚至，我想说《夜的眼》体现了某种宇宙意识，这也是一种崭新的审美质素。

自《夜的眼》始，新时期小说不再满足于对经验世界的描摹、复制，不满于"形象与智性相结合"的美学理念，而是更自觉地追求小说的审美表达的主观性、个体性、艺术性，重新调整了小说与现实的关系，"实际上否定了小说与现实'相像'这一审美标准的正当性"③，这在很大程度上导致了文学审美重心的转移，进而影响了新时期文学的整体美学风貌，并逐渐成为

---

① 《圆桌派》第四季：王蒙讲自己小说《夜的眼》，外国学者不知咋翻译，见 https://m.163.com/v/video/VAMRTJBFA.html。

② 《鲁迅全集》第 5 卷，人民文学出版社 1981 年版，第 193 页。

③ 孟悦：《隐喻与小说的表意方式》，《文艺研究》1987 年第 2 期。

一股重要文学潮流。这就是《夜的眼》的文学史意义。

王蒙将《夜的眼》称为他 70 年代末 80 年代初喷发式写作过程中"最值得回顾"的作品。毫无疑问,《夜的眼》无论在王蒙的个人创作谱系还是在新时期文学流变中,都具有独特的意义。事实上,"新时期"文学从"夜的眼"起篇,自身不也是一个含义丰富的隐喻吗?

（温奉桥：中国海洋大学王蒙文学研究所教授、博士生导师）

期待与追远

——论王蒙长篇新作《猴儿与少年》

朱静宇

2022 年 1 月，花城出版社推出了著名作家王蒙的长篇小说新作《猴儿与少年》。在该书的扉页上，作者郑重地写了一行字："能够回忆成小说的人，也用小说来期待与追远。"很显然，他是试图在这部新作中表达出他内心的某种遗憾、失落、理想和愿景。

这部小说创作于 2021 年。此时的作者已是 87 岁高龄。在这之前，他已发表了《青春万岁》《组织部新来的青年人》《活动变人形》《这边风景》等多达 1000 多万字的作品，并于 2019 年 9 月获得"人民艺术家"的国家荣誉称号。这是众多当代作家中的唯一获奖者。那么，在获此殊荣和发表了大量的文学作品以后，他还有什么未了的心愿没有表达？还要在年近 90 的鲐背之年急欲一吐为快？他"期待与追远"的，又到底是什么呢？

在仔细阅读这部长篇新作并深入思考之后，我们觉得，该小说在他的创作道路上确实显现出别样的艺术风貌与深邃的思想光芒。

一

首先，是别具一格的艺术技巧与手法。

小说的主要内容是 90 高龄的外国文学专家施炳炎老人，与小老弟王蒙回忆他自 1958 年"出了事儿"后开始的不同的生活历练、体验和各种遐想。

应该说，这个内容与他在 20 世纪 90 年代创作的以"季节"为题的系列长篇小说《恋爱的季节》《失态的季节》《蹉跎的季节》和《狂欢的季节》有较多的重叠。这是一段刻骨铭心的记忆，是他挥之不去的如梦魇般的创作题材来源。只不过，时隔 20 余年之后，他的艺术处理方式发生了巨大的变化。

在一篇题为《探寻中国文化更新与转换的契合点》的文章中，他这样介绍自己在写作"季节"系列时所运用的艺术技巧："在这个系列里，我追求的是一种把历史的讲述、回忆与个人的抒发结合起来的自由文体。"[1]嬉笑怒骂、插科打诨、旁敲侧击、泥沙俱下、汪洋恣肆。在貌似狂放、随意的自由文体中指点江山、臧否人物、爱憎分明、不无激愤。他解释着这时写作的心境："人不能老是追求单纯，如果说我二十一岁半写《组织部新来的年轻人》时有权利与愿望追求单纯，我现在六十岁半，也就是过了四十年后，我追求的已不是单纯，而是公正、和谐与适度的宽容。"[2]公正与和谐，是正义与价值的评判标准，是人类进步的标志。作者以此为准绳，对这几十年的恩恩怨怨、是是非非、坎坎坷坷，进行了全面的清理与批判——当然，这种"清理与批判"带有了典型的王蒙式特点，声东击西、欲言又止、顾左右而言他，也即他所谓的"适度的宽容"。他在另外一篇《长图裁制血抽丝》的文章中说，花了 8 年时间、写出 130 万字的 4 卷本"季节"系列，是想写"我们这一代人，写我们所经历的革命和新生活，写我们的心灵史，写人类的这种刻骨铭心的经验"，因此，他有一种义不容辞的责任感与使命感。"我希望我能写出真相，我能为历史提供一份证词。"[3]由此我们可以发现，"季节"系列在貌似自由文体的外表下，其实蕴涵着作者内心不平静的义愤和波澜。

而在 20 多年过去后的今天，当王蒙再来处理同样的生活经历与题材时，他的心态变了。

在《猴儿与少年》一书的"后记"中，他这样表述着创作这部小说时的心态："回忆中与泪水一起的，是更多更深的爱恋与亲近，幸福与感谢，幽默与笑容，还或许有飞翔的翅膀的扇动呢。"并说，回忆总是与珍惜伴随在

---

[1]　《王蒙文存》第 20 卷，人民文学出版社 2003 年版，第 107 页。

[2]　《王蒙文存》第 20 卷，人民文学出版社 2003 年版，第 92 页。

[3]　《王蒙文存》第 21 卷，人民文学出版社 2003 年版，第 129 页。

一起的。"与渐行渐远在一起的是益发珍惜，是陈年茅台的芳香，是文物高龄的稀罕，是给小孩儿讲古的自恋情调儿。"①高龄了，已经是 87 岁的写作人了。这样的年纪，而且是从 63 年前的 1958 年的回忆落笔，如果还是心潮澎湃、血压升高、荷尔蒙爆棚，用作者的话说，那不是有点晕、晕、晕了？

因此，在创作这部小说时，他采取了一种似乎是彻底"躺平"的心态。世事洞明、云淡风轻、不急不躁。其具体手法，主要是以下 3 点——

一是角色互换。小说的主人公是 1930 年出生的某大学校长、省政协副主席、外国文学研究专家施炳炎。他在 90 岁时，常常是情不自禁地"涌起了、满溢了对于六十、七十、八十年前的回忆，歌哭兼得，哀乐无涯，自我安慰，又实在不好意思，有不敢与不必……"②于是，他每每找到小朋友"王蒙"，与他唠叨、倾诉、交流、感叹。1957 年大鸣大放后不久，他被打成右派，下放到北青山区镇罗营乡大核桃树峪村劳动改造，一两年后他远赴荒寒边陲，直到"四人帮"粉碎后才重新回到岗位。熟悉王蒙经历的读者都知道，小说中施炳炎老人的这段遭遇，其实就是王蒙自己的坎坷人生路。然而，在这里，作者却让一位大他几岁的老朋友施炳炎将自己置换了出来。罹受漫长岁月磨难的是施炳炎，而原本的受难者则成了局外人的听众。这无疑是王蒙在构思《猴儿与少年》时别出心裁的巧思。

从心理学角度来看，当悲剧主人公转变为悲剧故事的旁观者与聆听者时，他已拉开了与悲剧的距离，成了没有利害关系的欣赏者与审美者。如果由事件经历者作为叙述主体，那么，他在描写自己的悲惨遭遇时，作者下笔往往会显得沉重与迟滞，因为其间带有个人强烈的感情色彩。而反过来，由于自己没有类似的情感体验，受难者一方的叙述也常常不能使听众或阅读者感同身受、震撼人心。因而，在角色互换后，小说故事的悲剧性就会减弱，甚至会有冷眼旁观、不动声色的效果。

二是回忆叙事。整部小说由主人公施炳炎关于大核桃树峪村的 5 段回忆（1958 年、1960 年、1982 年、1985 年和 2016 年）和一段畅想（2023 年）组成。回忆是这部小说的主体。时间可以筛除掉许多不愉快的东西。时间可以使被

① 王蒙：《猴儿与少年》，花城出版社 2022 年版，第 216 页。

② 王蒙：《猴儿与少年》，花城出版社 2022 年版，第 4 页。

欺骗、被愚弄的生活，变成美好的回忆。因此，当王蒙以回忆的方式来结构这个长篇小说时，就使作品具有了超越苦难、超越现实困境的可能。

而且，回忆者现时的地位和处境，也保证了他与受难时不一样的心境。尽管从1958年开始，施炳炎遭遇了整整20年的人生厄运，但是，改革开放以后，他却是一帆风顺，平步青云。教授、博士生导师、大学校长、省政协副主席，以及大量的论著出版和广泛的国内外讲学与考察。所有的坎坷，都似乎是天将降大任于斯人的考验，所有的磨难，也都是成功路上的一个插曲，一朵花絮。艰难困苦，玉汝于成。因此，在小说中，沉重消失了，痛苦不见了，那段伤筋动骨、黯然神伤的劳动改造经历，仿佛成了一些美好的旅游活动。

三是说笑逗唱。在一篇谈论自己创作手法多样性的原因时，王蒙曾这样说着自己选择时的考量。"我写小说，有的是当散文诗写的，如《海的梦》《风筝飘带》，有的是当相声写的，如《说客盈门》《续聊斋志异》系列，有的是当回忆写的，如《初春回旋曲》《庭院深深》，有的是当寓言写的，还有的算是畅想曲，有的算是杂文。有的老老实实，有的不无油腔游戏，有的甚至是与读者开个玩笑。当然，玩笑也有格，有意思，有'道'。总之，不拘一格。"①

不拘一格的原因是"道"，也就是根据作品内容的需要决定小说的风格与技巧。施炳炎对自己的回忆特点，自我打趣道："老了，有点糊涂，有点打岔，有点捯不明晰，这也算一种享受，一种特权，一种照顾，一种放松的幽默吧。"而他所拜托记录与书写的小老弟王蒙，则是被认为具有说笑逗唱、幽默顽皮的天赋。他情不自禁地说道："王蒙本应该去说相声的啊。"而作为叙述记录者的"王蒙"，则不好意思地客气了一下："那可呛了马三立、侯宝林他们啦。"② 这一赞一叹，也正好说明了小说的叙述特点与风格。

总起来看，作者巧妙运用角色互换、回忆叙事和说笑逗唱等艺术手法，在《猴儿与少年》中营造出一种涉笔成趣、云淡风轻、诙谐愉悦的艺术氛围。这与已近鲐背之年的主人公施炳炎有关，也与他虽历经坎坷但最终身处高位

---

① 《王蒙文存》第21卷，人民文学出版社2003年版，第283页。

② 王蒙：《猴儿与少年》，花城出版社2022年版，第202页。

的身份有关。

小说最后以 8 首打油诗结尾，其中第一首或许最典型地反映这部小说的趣味和特点："云淡风轻近午天，群猴踊跃闹山巅。时人不识余心乐，将谓偷闲写少年。"

二

如果仅仅将《猴儿与少年》视为一部轻松、逗趣的"老年人文本"，那就显然低估了小说深厚的思想内涵与锋芒，也显然漠视了作者王蒙在小说中的良苦用心。

在一篇《止于流血　止于画龙》的创作谈中，王蒙曾明确告诉读者，他喜欢在作品的表象之外，暗藏作者的弦外之音、言外之意。"写东西写多了，我最喜欢曹雪芹的一句话：满纸荒唐言，一把辛酸泪，都云作者痴——这句话到我这里得改：都云作者精——谁解其中味。"① 曹雪芹的这首诗是在《红楼梦》的引言中，为那本百年来红学界争论不休的谜团所作的证词。而在王蒙这里，"都云作者精"一语，则是在提醒读者，阅读他的作品也必须格外小心，否则是无法领会小说其中所蕴含的深层意味的。

具体到《猴儿与少年》中，我们认为起码在以下 3 个方面，透露着作者的匠心与巧思。

首先，关于大核桃树峪村的设置与描写。

这是施炳炎老人劳动改造的地方。1958 年，他扛着 25 公斤的行李、奔波了 13 个小时又 10 分钟，来到了这个山中村寨。这是我们在"伤痕文学"中常见的题材。然而，在王蒙这里，却鲜见落难者的呼天抢地、痛不欲生。作者只是淡淡地描写了施炳炎的这次命运变轨。"他相信跌倒了，一定爬起来；误解了，一定正得过来；饿大发了，终会饱餐朵颐、鼓腮帮子；一团乱麻，照样能理好编织好一等缆绳一等织品。"② 于是，他开心地学着背篓、积

① 《王蒙文存》第 21 卷，人民文学出版社 2003 年版，第 126 页。
② 王蒙：《猴儿与少年》，花城出版社 2022 年版，第 23 页。

肥、扫盲，并与村民们一起跳神、爬树、玩猴。他认为阴暗可能化为阳光普照，窘迫可能准备着丰盛美满腴足的拥有。在作品中，大核桃树峪村并没有给施炳炎留下阴影，甚至隔了几十年以后，他的夫人老刘生了癌症，到当年这块受难之地转了一圈，竟然奇迹般地多活了 5 年。"大核桃树峪的空气、大核桃人的善心，已经被证明胜过了一切良药，它们为老刘赢得了五年阳寿增益。"①凡此，似乎都在说明着施炳炎并没有真正地受难，而大核桃树峪村，倒好像是他的一块福地。

但是，我们觉得这其实仅仅只是一个幌子。其间的轻，实际上凸显的是重。表面上的淡，表现的是内底里的浓。

人们为什么要进行回忆？王蒙的理解是："所有的回忆的目的都是可能的，但也都被大大地简单化了。在某种意义上，回忆决定了性格，回忆决定了身份，回忆决定了智慧和命运……"②当施炳炎老人离开了大核桃树峪村后，他于 1960 年、1982 年、1985 年和 2016 年几次三番地回到那里，并缠着成了所谓名作家的王蒙老弟一定要将他的经历写成小说。这种种举动，其实最真实地暴露了他的内心。在人生的晚年，他最忘不了的，就是大核桃树峪村，就是那场彻底改变了他命运的"反右"扩大化运动。尽管由于现在的"身份"，还有他的性格，使得他的回忆显得不痛不痒、轻描淡写，然而，在他已经长达 90 年的生命跨度中，这是一页永远都翻不过去的陈年老账，一个永远在深夜折磨得他流泪、惊醒的噩梦。浓到极处是淡，是沉默，是无言以对。施炳炎在离开那块受难之地 63 年后，仍然执着于追忆它、表现它，正是情浓到极处时疯魔般的心理呈现。因此，当我们阅读时，如果只是把施炳炎到大核桃树峪村反反复复的经历视为一般的怀旧时，事实上，就忽略了小说在这里隐含的意义。它在提示着当今的读者，"反右"扩大化曾经造成了许多知识分子的累累伤痕，直到今天，他们的心灵仍然没有完全平复。

其次，对于猴儿的形象塑造。

这是个动物形象，不过，在小说中却有着特别重要的地位。"三十年前的《狂欢的季节》里我呕心沥血地写过 1+1 只猫。在三十年后的《猴儿与少年》

---

① 王蒙：《猴儿与少年》，花城出版社 2022 年版，第 204 页。

② 《王蒙文存》第 21 卷，人民文学出版社 2003 年版，第 519 页。

里，我刻骨铭心地写了1+N只猴子。此1只猴子名叫'三少爷'与'大学士'。它们是我小说作品中的最爱。"①在该书封面上，还用黑体大字写着："刻骨铭心的猴儿，王蒙把这本书献给它"。可见，王蒙对它的重视程度。

不过，在小说中，它的篇幅并不算长。这也符合作者在这部作品中举重若轻、旁敲侧击的艺术风格。

这是一只经区、县动物园鉴定为属珍稀的六神山直隶猕猴品类。有一次，从山上下来，被少年侯长友的二叔所收养。二叔经常带着它游戏表演，敲锣打鼓、爬杆上树、钻圈倒立、穿衣戴帽，甚至戴上眼镜，骑起自行车，滑稽又可爱。猴儿哥二叔给它起了个绰号叫留洋大学士，小名三少爷。大概是戴上眼镜，一副文绉绉的样子。而它的脾气也与其他动物不同，它不服人，不讨好人，哪怕是为了食物，鸡和兔都知道追逐跟随喂养它的人，狗呀猫呀更是亲人近人讨人喜欢，而它就偏偏对人不服气。施炳炎觉得，猴儿的脾性与他少年时的性格相似。"它们不怕人，它们一般不攻击不敌视不警惕人，它们也绝对不服人不巴结人不讨好人，它们要的是自由自在自如自安自玩自闹。甚至它们在人前有几分自傲……"②他感到这个"三少爷"猴儿，与自己这样的知识分子有着许多的相似——

炳炎突然悟了，三少爷是猴儿里的"小资产阶级"，或者，小资产阶级是社会变革突飞猛进大潮大浪中的猴儿。三少爷的动作有些急躁，三少爷的神态有些失准，三少爷声音里有催促，有难受，更有哀求，也有愤愤不平，怨怼超猴。三少的表现相当于人类从磨叽牢骚黏糊酸水求情求饶，发展到了意欲铤而走险，时而龇牙咬啮，意在威胁。③

而在大核桃树峪村民看来，这位被称为留洋大学士、三少爷的猴儿并不怎么顺眼。"……看耍猴的人们，却是以人们的经验认定三少爷是在自我欣赏、顾影自怜、手舞足蹈、自恋自苦、吟咏咕哝、如诗如魔、如梦如痴。"④于是，在三年严重困难时期的第一年，就被接手抚养的侯长友放归野山。不

---

① 王蒙：《猴儿与少年》，花城出版社2022年版，第216—217页。
② 王蒙：《猴儿与少年》，花城出版社2022年版，第126页。
③ 王蒙：《猴儿与少年》，花城出版社2022年版，第122页。
④ 王蒙：《猴儿与少年》，花城出版社2022年版，第112页。

过，没几天，它又找了回来，在长友家东翻西找，不但吃掉食品，而且还胡吃乱扔未经烹饪的原料与生菜。最后，忍受不了骚扰的长友用木棍打了它的红屁股，三少爷接受不了如此大辱，含愤而死。——猴儿特别在意自己的屁股，如果有谁向它大喊一声"猴屁股着火啦"，它都会与你搏斗拼命。施炳炎是在 1960 年返乡时听到猴儿死亡的消息的。村民们说："挨打以后，三少爷愤忧已极，跳进原主人猴儿哥的院子，倒挂在猴儿哥家的榆树上，冻饿而死。"①

三少爷猴儿的遭遇和命运，与其说是这个六神山直隶猕猴品类的，倒不如说是施炳炎这样的小资产阶级知识分子的。小说中对猴儿的描写与感慨，其实正直面了多年来我国在对知识分子的使用与信任方面的严峻课题。

第三，是少年侯长友。

这是施炳炎在大核桃树峪村的小友。当年 28 岁的施老师向 15 岁的他学习爬树、跳绳、游戏，而他没有一丝歧视这个下放劳动的知识分子的想法。有一次，他睁大了两只清明闪亮的眼睛，悄悄地说道："炳炎大哥哥，我觉得你的思想非常好啊，你绝对是好人啊！为什么会有人说你的思想不对呢？"这话对于身处劳动改造中的施炳炎来说，是何等的温暖与体贴啊！从此，他将长友视为知己，视为自己在落难时的精神支撑，并在离开几十年后时时想念。

活泼、机智、善良，与鲁迅小说《故乡》中的闰土有些相似。然而，除了改革开放以后物质条件有了较大的改善之外，其精神奴役的创伤与闰土一样深重。因为发展旅游的需要，大核桃树峪村与上游的小堰涛村发生了摩擦。他天真地想扮演一个主持公道的长者形象，不料却出了人命，于是假扮成精神病患者逃到了外地的疗养院。一个没有现代意识的法盲，在遇到困难时依然想通过愚昧的手法撇清责任。在得知当年的大哥施炳炎平反后当了教授、省政协副主席时，又误认为他是可以开后门、帮助村民的靠山。他先后写了两封信：一是希望帮助村里具有高中学历的孩子们找个能挣月薪现钱的工作，二是请求为表侄女家解决宅基地纠纷提供帮助。施炳炎接信后沉默良久，苦苦摇头。且不说省政协的虚职无法解决这样头疼的问题，即使能够办

① 王蒙：《猴儿与少年》，花城出版社 2022 年版，第 196 页。

成，公权力又如何可以这般私用呢？离一个真正的现代公民，猴儿小友还真的有一大段距离啊！施炳炎的痛苦是："富裕了，繁华了，开放了，美丽的土得掉渣的镇罗营与大核桃树峪啊，我到哪里与你们重逢、与你们乡愁、与你们话旧呢？"①

如果说小说中对大核桃树峪村的设置与描写是在彰显施炳炎被记忆缠绕的世界，那么，对于三少爷猴儿的形象塑造，就是一种象征，一种隐喻。而对猴儿少年长友的表现，则是明写，是作者对于当下最为痛心的地方。尽管这 3 部分的内容，在作品中写得断断续续或淡或隐，但是，当我们仔细品读、分析以后，作者的思想意图与深入思考，依然清晰可见、令人警醒。

这是作者在《猴儿与少年》作品中，给读者留下的深邃而沉重的思想内容。

三

王蒙一直是一位入世很深的作家。

早年，他的理想是做一个职业革命家，一个勇敢的少年布尔什维克，后来，他的兴趣转移到文学方面。不过，入世的态度并未改变。他始终认为："文学与革命是天生的一致的和不可分割的，它们有着共同的目标——旧世界打个落花流水，鲜红的太阳照遍全球。文学是革命的脉搏、革命的信号、革命的良心，而革命是文学的主导、文学的灵魂、文学的源泉。"②这种文学就是革命的理解，典型地反映在他 20 世纪 50 年代的创作之中。到了改革开放以后，当文坛上文学主体性盛行、艺术至上主义成为一些作家的口头禅之时，他仍抱持了强烈的使命担当。他的主张是："还是高尔基的那句话：'文学是人学'。我希望我们今后的创作在塑造人、研究人的心灵、美化人的心灵、提高人的心灵、开阔人的心灵、锻炼人的心灵、净化人的心灵这些方面起作用。通过做人类灵魂工程师，对生活起到促进作用，也可以叫干预作

---

① 王蒙：《猴儿与少年》，花城出版社 2022 年版，第 181 页。
② 《王蒙文存》第 21 卷，人民文学出版社 2003 年版，第 23 页。

用。"① 这种对文学功用的坚持与强调，在王蒙这里一直没有改变。

改变的是他对艺术表现技巧和手法的运用。

他相信："复杂化了的经历、思想、感情和生活需要复杂化了的形式。"②20世纪五六十年代，单纯、热情的生活，现实主义是十分贴切的创作手法；而改革开放以后商品经济的大潮、快速流动的人群，意识流及其现代主义的表现技巧，便是有效的艺术手段。在这其中，王蒙是积极的应变者和弄潮儿。在《夜的眼》《春之声》《暗杀——3322》《失态的季节》《狂欢的季节》等长达 30 余年的创作跨度中，叙述角度的转换、潜意识的表现、魔幻与现实的混同、荒诞手法的运用等等，他都在进行着艺术技巧的花样翻新，并得到了当代文学同行与读者的广泛肯定。

而新近出版的这部《猴儿与少年》，是他在 87 岁高龄时的创作。其入世的思想未泯，其艺术手法的创新未变。只不过，以往的屈辱和痛楚，已不能再如祥林嫂那样的喋喋不休；现时的荣耀和安适，也不应该张扬与显摆。因此，彻悟、释怀、轻松和温暖，构成了这部小说的最佳文本。同时，如果我们相信了该作品就是一部宠辱不惊、云淡风轻的小说，那么，我们也就没能真正猜透作家的用意，没有真正了解他的"入世"思想。这是一部充满着智慧的小说。稍不留神，就会忽略掉它的微言大义。

比如，在小说的最后一节"山清水秀"中，已经听了施炳炎老人翻来覆去的大核桃树峪村的故事后，小说家王蒙自然萌生出要与施大哥一起去看一下的愿望。于是，在畅想中，他们回到了那个山庄。最后的结尾是施老人的建议——

由于长友的张罗，山民们在北青山上把猕猴儿们引了过来，他们帮助猴儿搭窝，提供充足的饮食，镇罗营大核桃树峪成了猴儿戏之乡，招来了多少游客呀，连定居 N 国的侯守堂的子孙都与 N 国的游客来看猴儿戏了。③

这本是一段纪实性的描写。想象中回到山村的他们俩，东瞧瞧，西望望，每个地方都有他们的规划和愿景。然而，在畅想开发农家乐旅游时，他

---

① 《王蒙文存》第 21 卷，人民文学出版社 2003 年版，第 154 页。

② 《王蒙文存》第 21 卷，人民文学出版社 2003 年版，第 27 页。

③ 王蒙：《猴儿与少年》，花城出版社 2022 年版，第 211 页。

们自然看到了山巅的那棵大核桃树，也自然想到了可以在树下办一个猴儿园。猴儿们，从此有了一个可以自由活动的天地。这是小说中的一个重要主题。善待"三少爷"，善待如"三少爷"猴儿般的知识分子，就在这不经意间被表现出来了。

小说是可以用来期待和追远的。但是，作者却把它藏得那么深、那么远。"入世"是他永远的使命，而风格却随着身份、年龄、内容的不同发生着变化。

《猴儿与少年》写得轻松、自然、老到，值得认真研究与关注。

（朱静宇：同济大学人文学院教授、博士生导师）

记忆美学的多重面孔

——评王蒙的《这边风景》

张立群

自 2013 年 4 月，长篇小说《这边风景》上下两卷出版后，王蒙及其"文革"时期的写作再次成为文坛的热点。除众多媒体竞相报道之外，众多批评家也相继将目光投向《这边风景》，进而呈现出聚讼纷纭的态势。在笔者看来，对于这样一部在写作和出版之间存有 30 余年"时间差"的长篇，不同读者产生不一样的阅读反应甚或带有质疑之声，并不让人感到意外；不仅如此，如果只是采取传统的主题、人物、艺术分析甚至强加某些理论，也极有可能收效甚微。为此，本文拟从作家姿态和读者接受的角度入手，将《这边风景》视为一部"记忆美学"，而其在不同语境下的生成与接受差异，正是其具有"多重面孔"的重要前提。

一、"旧日再现"与"双重的真实"

尽管，在《王蒙自传》等多部带有传记性的文字中，人们早已获知王蒙有这部手稿，但直到 2012 年 3 月，《这边风景》的旧稿才被"偶然"发现。由此回顾小说坎坷的经历：从 1972 年王蒙开始考虑书写在伊犁农村的生活经验，到 1974 年下决心"努力写一部大长篇"，再到 1978 年 6 月改稿、8 月完成初稿。然而，此时的社会形势已发生重大改变，出版社已觉得"难以使用"，作者只是在一些杂志上发现部分章节①……《这边风景》在 30 年后终得出版，无疑堪称一次旧日再现，而王蒙所言的"重读旧稿，悲从中来，尘封四十载，终见天日"②，也带有相当程度的真实性。毕竟一部六十余万字的长篇会花去大量的心血，何况，这部书还涉及作者刻骨铭心的记忆和难以忘怀的亲人。因此，当王蒙在"小说人语""后记"中多次提到重新阅读旧作中若干场景时，会感动得"热泪盈眶"就显得在情理之中。如果说当年更多是凭借激情与体验渴望完成一部见证时代主题的大作，那么，今天重温这些文字、感怀物是人非，作家本人为之动容同样可以归结为一种心灵的真实。

从《这边风景》的叙述，我们不难读出王蒙写作此书时的几个基本倾向。首先，作者所要着力描绘的是一幅 20 世纪六七十年代的新疆多民族聚居的历史画卷。小说中的人物包括在新疆伊犁生活的维吾尔族、回族、俄罗斯族、乌孜别克族、哈萨克族、塔塔尔族、锡伯族、汉族等各族的人民，他们有自己独特的民族习惯和民族信仰，他们在一起生活、相互融合，交织出丰富多彩的故事，具有浓郁的地域风情，阅读这段贯穿特定时代的历史，确然可以领略"回肠荡气的民族画卷"，品尝"原汁原味的新疆盛宴"。其次，是作家渴望触及与众不同的社会（重大）主题。《这边风景》以 60 年代新疆伊犁一个维吾尔族聚居村落推行社会主义教育运动为主线，将故事置于中苏关系破裂、我国边境出现短暂动荡的背景之下。这一敏感而又现实的主题指向，使民族矛盾、阶级矛盾以及人与人之间的矛盾紧密地交织在一起，小说故事情节之复杂、内容之独特不仅使其迥然有别于同时代的社会生活故事，而且，也是其在 70 年代末期难以出版的重要原因。第三，鲜明的政治立场。作者曾多次借助小说的叙述立场鲜明地表达了对党和国家政策的拥护、对领袖的敬仰，并力求凸显主人公坚忍不拔的血肉形象。与此相对应的，则是小说深刻揭露了那些伺机制造事端、阴谋分裂边地团结等敌对势力的险恶用心，同时，也尖锐批判了部分干部的"左"倾思想、教条主义作风。由于作者的创作时代正值"文革"时期，追求"政治正确"的痕迹是显而易见的。

---

① 王蒙：《这边风景》，花城出版社 2013 年版，第 702—705 页"后记""情况简介"。

② 王蒙：《这边风景》，花城出版社 2013 年版，第 705 页"情况简介"。

当然，上述倾向如果换成是时代为其提供了写作的方向与限度也同样说得通，因为它们本身就是一个问题的两个方面。第四，现实的手法和激情的笔调。《这边风景》以现实主义手法为主，在书写新疆民族风情、文化生活时饱含深情。正如王蒙在第三章"小说人语"中写道："谁能不爱伊犁？谁能不爱伊犁河边的春夏秋冬？谁能不爱伊犁的鸟鸣与万种生命？谁能不爱与生命为伍的善良与欢欣？"现实主义自然是那个时代提供给作者的为数不多的创作手法，但激情却源于作者本人亲历的生命体验。与前者相比，作品字里行间的激情真挚感人，生动地再现了青年时代王蒙特有的写作方式。通过以上几个方面，王蒙再次以创作验证了他喜欢说的"生活是创作的源泉"，生活不仅"提供了灵感、故事、细节与激情"，"还提供了科学与真理的光辉"①，而在这些堪称故事元素的背后，还有厚重的历史和一个个鲜活的生命。如果《这边风景》当年可以出版，那么，它具有强烈的现实指向性是毋庸置疑的；但它的命运却决定了它只是再现了旧日的历史，只是以叙事的方式为历史增添了一道别样的风景。

对比《这边风景》当年创作时的心灵真实，王蒙重新面对时的感动显然与前者构成了"双重的真实"。然而，在真实的背后，我们必须看到的是记忆再现、终获补偿对于作家的意义。在惊喜与感慨之余，《这边风景》的重见天日对于王蒙而言还有小说家成长史、创作史和心灵史的完整与满足。在接受记者采访的过程中，王蒙曾多次提到林斤澜"鱼之中段"的说法，并认为《这边风景》是自己的"小说的中段"皆与此有关。②"它不但填补了我自己的空白，更是为那个年代的文学填补了空白。"③王蒙的说法已告诉我们，《这边风景》的"风景"是多重的，而其理解也自然应当是多向的。

---

① 王蒙：《这边风景》，花城出版社 2013 年版，第 557 页"第四十四章·小说人语"。

② 分别见王晶晶：《尘封 35 年之作〈这边风景〉出版王蒙一本书改变了后半生》，《环球人物》2013 年第 12 期；《王蒙：〈这边风景〉就是我的"中段"》，《文艺报》2013 年 5 月 17 日。

③ 王晶晶：《尘封 35 年之作〈这边风景〉出版王蒙一本书改变了后半生》，《环球人物》2013 年第 12 期。

二、距离的"调整"与阅读的"错位"

考虑到阅读语境的差异，王蒙在 2012 年校订《这边风景》的手稿时，曾做了如下几点调整。在内容上，"基本维持原貌，在阶级斗争、反修斗争与崇拜个人的气氛方面，做了些简易的弱化。"在时间跨度上，王蒙掌握的尺度是"保持当年的面貌，适度地拉到新世纪来"。① 在第五十七章，王蒙曾写到当年犯教条主义错误的"四清工作队队员"章洋在事实澄清之后的一蹶不振，和他于 2012 年去世前的状态（按小说的介绍时年章洋 79 岁），这样的描述自然属于校订过程中增添的部分。此外，最为显著的，是王蒙为每章正文后撰写了"小说人语"。出于对《史记》有"太史公曰"、《聊斋志异》有"异史氏"之叙述形式的理解，王蒙推陈出新，运用了"小说人语"的独特形式。它具体、灵活、自由，可长可短，既收到了出版社广告词所宣称的"79 岁的王蒙对 39 岁的王蒙的点评。"又以 21 世纪的态度和立场，对小说加以注释、给读者以交代，"在寥寥数语间，既体现了作者今日的视野，又将几近淡隐了的当年时空自然衔接起来，似乎更加凸显了陌生化效果，给小说注入了别样的韵味"。②

客观来看，王蒙的"调整"对于《这边风景》的阅读和接受是有积极意义的。通过调整，《这边风景》所叙述的"当年史"与今天读者之间的距离被拉近，许多因时代产生的阅读障碍被消除，同时，因作者创造性地使用了"小说人语"的形式，《这边风景》的情节、技法、情感以及若干构思、意图会更加清晰地呈现在读者面前，从而缓解因时过境迁而造成的故事与阅读之间的"张力"，尽量保证记忆还原过程中前后的一致性和完整性。

当然，就阅读而言，一旦作品进入欣赏层面，就会产生人言人殊的状态，这时，决定作品阅读效果不仅取决于他者的个性趣味，还会涉及作品之外的一些因素。就《这边风景》出版之后批评界的声音来看，我们有必要提及同时刊载于《文学报》上的两篇文章：《〈这边风景〉：深陷泥淖的写作》和

---

① 王蒙：《这边风景》，花城出版社 2013 年版，第 705 页"情况简介"。

② 艾克拜尔·米吉提：《这边风景，隔世年华》，《文学报》2013 年 8 月 8 日。

《这边风景，隔世年华》。在第一篇文章中，作者认为《这边风景》"冗长乏味，不堪卒读"；"其小说的思维和写作与众多的'文革'小说在构思和表现手法，以及认识水平上几乎毫无二致"；没有"进行反复的修改和认真的打磨，甚至推倒重来"，"就急匆匆地呈现给读者"，有受到"市场的诱惑"之嫌①。而在第二篇文章中，作者则肯定了"小说人语"的形式实践，分析了人物形象、浓墨重彩的笔法、悬念设置等，最终得出"读罢这部六十万字的作品，会令读者回味无穷，拥有新的收获"②的结论。姑且不论上述批评的客观性、合理性及介入的角度，仅就批评本身，我们就能感觉到美学趣味、批评的代际构成及其个性等会对一部作品产生怎样截然不同的阅读效果。《这边风景》若在当年出版的假设前文已经提过，如果它在当年出版，是否不会得到第一篇文章那样尖锐的批评呢？如果是那样的话，"文革"时代的小说写作是否不会让人感到如此单薄，其文学史书写是否会留下新的"遗迹"呢？王蒙的创作史是否会得到和今天不一样的评价呢？在我看来，尽管历史不能假设，但并不能说历史无法还原。尊重历史和评判作家的创作，应当充分考察写作年代的社会文化语境，这一点，对于新时期前后两段中国当代文学来说尤为重要。由于特殊的"命运"，《这边风景》会在当下众多读者眼中产生阅读的"错位"甚或隔阂是可以理解的，同时，也是一种必然。但在另一方面，评判作品应当秉持客观、全面、公允的标准，不宜为作家身份、地位所限制，以及过分强调外在的因素（如出版的宣传效应等），也是研究本身的意义所在。

一面是作者通过修改调整"距离"，一面是阅读可能产生的"错位"，《这边风景》在接受层面具有多重面孔，使时间的"裂痕"凸显出来，同时，也使作品自身的独特性逐渐显露出来。毫无疑问，就写作、出版、阅读等角度来看，《这边风景》是当代小说中一个较为独特的个案，它有自己的"文学史"，因此，唯有拨开历史的迷障，才能使作品得到合理的解读。

---

① 唐小林：《〈这边风景〉：深陷泥淖的写作》，《文学报》2013 年 8 月 8 日。
② 艾克拜尔·米吉提：《这边风景，隔世年华》，《文学报》2013 年 8 月 8 日。

三、小说"前史"的前世今生

相对于王蒙 80 年代的创作，今朝出版的《这边风景》其实是一段尘封的小说"前史"——它有鲜明的创作理想追求，同时，也有不可避免的时代印痕。但如果将其放置于"文革"文学的发展中考察会得出怎样的结论？将其作为新时期王蒙小说的"前史"去考察又会如何？对比"十七年"及同时期的小说，《这边风景》的突出特点在于追求故事繁复的同时具有自己的文化价值。小说开篇就设置了悬念：伊力哈穆在客运站遇到惨叫的乌尔汗，她的儿子波拉提江丢了，而后牵出麦子被盗案，伊萨木冬和乌尔汗夫妇被宣布为盗窃犯。这一悬念使故事情节、人物形象在错综复杂的矛盾中展开——坚韧不拔、踏实勤劳，在斗争中成长，最后形象得到直立的伊力哈穆；阴险、狡诈、虚伪、见风使舵的库图库扎尔；还有善于"变色"、钻营、制造事端的麦素木；纯洁善良、一尘不染的雪林姑丽以及平凡、坚强、正义又令人尊敬的爱弥拉克孜等等。随着故事的推进，新疆各族人的日常生活习惯以及性格特征都在不同程度上得以呈现。戴帽子的习惯、馕、维吾尔人多喜欢饮酒时唱歌抒发胸臆，还有特别的农业工具、大量的方言……选材与切入的角度使故事含有丰富的信息和文化价值，同时，也增添了阅读过程中的"陌生化"效果。

很多论者在评价王蒙小说时都曾指出王蒙有很强的"政治情结"，这一点显然和王蒙的个人经历、价值观密切相关。由于《这边风景》的选题和最初成书的年代，"政治情结"是其显著的面相之一自然是不言而喻的，不仅如此，"政治情结"也确然使小说本身呈现出"主题先行"直至"叙事的分裂"的倾向[1]，而其书写政治斗争在艺术表现力上也明显不及对日常生活的描写，但这些并不表明王蒙没有自省的态度。"难得小说人在那个年代找到了一个抓手，他可以以批评'形左实右'的'经验'为旗来批'左'。"[2]《这边风景》

---

[1] 夏义生：《〈这边风景〉：主题先行与叙事的分裂——兼论王蒙"文革"后期的创作》，《南方文坛》2011 年第 4 期。

[2] 王蒙：《这边风景》，花城出版社 2013 年版，第 403 页"第三十一章·小说人语"。

在最后几章通过章洋及"小突击"着力批判"左"倾，讲述"二十三条"对"左"倾的调整。上述具有反思性的描述虽在一定程度上带有斧凿的痕迹，但却在时间上早于"伤痕文学""反思文学"，它的气势恢宏，可以容纳更为广阔的生活，因此，其一旦重置于当代文学史的链条时便会更具独特的思想、艺术价值。

重新考察《这边风景》至王蒙新时期伊始的创作，《这边风景》在艺术上不及后来那些充满奇思妙想的中短篇，其艺术探索也无法走得更远。然而，将作品按照时间顺序重新编排，我们是否能够看到演变与转型的轨迹呢？我们是从《这边风景》中大量的心理描写看到了之后王蒙创作的种种可能和追赶时代、超越时代的契机以及如此关注一个个属于生命的"季节"。王蒙不仅钟情于历史题材，也钟情于主人公的成长史；他重视人格心态和心灵世界的变化，期待深入灵魂的发现与剖白；他无限感怀自己的新疆经历，又为其创作加入了异域风情。从这个意义上说，《这边风景》是新时期王蒙小说创作的"前世"，作家的生活记忆已在此存档、铭刻；至于它的浮世，应当是一种幸运，因为品读它的"今生"，我们可以更加完整地了解王蒙，了解六七十年代的中国。

反复阅读《这边风景》，品味封底"手写的书稿 尘封四十载终见天日""心写的历史'文革'桎梏下动情述说"；想象今天不同年龄段、层面读者的阅读感受，忽然想到由马尔克斯《百年孤独》引申出的著名语式："多少年之前 / 多少年之后。"多少年之前，王蒙曾"戴着镣铐"激情舞蹈，完成鸿篇巨制，那时他肯定没有想到《这边风景》要在"多少年之后"问世；"多少年之后"，《这边风景》从沉睡中醒来，它仍然使作者感动，作者却无法确定读者的反应。所幸的是，《这边风景》一经出版便构建起自己的阅读史：任何一种评价都是对其阅读史的有效填充，而其流传下去的生命力也正在于此！

（张立群：山东大学人文社科青岛研究院教授、博士生导师）

《霞满天》与王蒙的"纵贯线"

李　壮

　　此刻我们来到这里、坐在一起的机缘，是源自对王蒙先生从事文学创作 70 周年的庆贺。在中国这样一个自近代以来就不断经历着剧烈变化的国家里，在今天这样一个科学技术、生活经验、情感结构都加速迭代更新的时代中，70 年是一个很惊人的概念。在我们的语境中，一个人连续做一件事情做 70 年，而且不是一般意义上的做，而是始终都活动在这件事、这个领域的第一线、高水准线上，这非常不容易。王蒙先生在文学的高水准线上活跃了 70 年，这几乎与中国当代文学的历史大致等长。而且他目前还在活跃，还在持续拿出新的作品，我今天想要做例子分析的《霞满天》，就是今年春天才刚刚出版的新作。所以我们今天在会议主题上所使用的词，不是"纪念 70 周年"，而是"庆祝 70 周年"：王蒙先生还在写，"这边风景"每一天仍在继续生成，这不仅仅是回顾，甚至还可以是展望。

　　因此我今天要谈的关键词是"纵贯线"。王蒙先生的写作成果和他的写作行动本身，构成了"纵贯"式的景观。它纵贯了一代代读者的集体阅读记忆（许多家庭大概一家三代在年轻时都读过王蒙），也是纵贯了具体读者的个体阅读记忆（比如我，初中的时候在语文课学到过《青春万岁》，如今 30 多岁又参加了《霞满天》的新书发布活动）。它纵贯了时间和大历史，也相应地纵贯了这些历史中不同的文化生态和社会语境。这个话题很大，真要展开来，其实不仅要跨文本、跨作家，甚至还要跨学科。我在此当然不过度展开，只讲两个方面的感受。

　　其一，王蒙先生的创作，在技法和意识上，是纵贯中国当代文学的探索实践史的。文学本身不必有非此即彼、卡死不变的审美价值"尺度",但重要的作家,可以让自己和自己的作品成为见证时间的"刻度",王蒙先生便是这样。他 70 年来的写作,除了提供文本内部研究所能关注的、"就事论事"式的艺术价值之外,还提供了中国当代文学史纵向剖面的可辨识的"刻度"。纵观他 70 年来的写作,就仿佛科研人员从南极取冰,冰层的样本呈圆柱体从冰盖深处被提取上来,冰是分层的、有线和刻度的,我们从中可以辨识出地球的气候变化——这和这些年来流行的"古墓寻宝"题材小说、电视剧里时常出现的"洛阳铲"道理一样。王蒙先生的创作就像是中国当代文学的一把国宝级"洛阳铲":一铲子下去,把铲子里的土壤样本往外一取,每一个地层都在里面,都能管中窥豹、见微知著。他以文学写作的方式参与了——并且折射和注释了——共和国文学几乎所有重要的阶段。《青春万岁》,这是新中国成立初年的作品,固然在那时算不上特别重要,但其中的手法和情绪之于那个时代,称得上特别典型——我们今天回望那个火热建设、充满革命理想主义时代,"所有的日子,所有的日子都来吧"几乎就是最合适的背景音。它的句法、节奏和腔调,是技术,是写法,也更是世界观,它们都完美地诠释了那个时代的气质。到《组织部新来的青年人》,王蒙先生的作品在文学史上就变得重要了,理想与现实之间的契合或者不契合,个体的人在集体性的历史话语和社会空间中应当如何完成自我建构,其中的思考和寻觅,人物声音和叙事话语的交杂缠绕状态、叙述视角与叙事距离上的拿捏调整和微妙把控,很能体现那种问题意识逐步深入、而一系列运动变动还尚未到来的"文学天气"和"时代天气"。进入新时期以来,王蒙先生可以说是领风气之先的人物,《春之声》《夜的眼》,极为创新地在中国经验的语境上大胆使用了"意识流"的写法,后来总是被列入"中国式现代派小说"的范畴进行讨论。直到现在,我每次坐火车,到车厢交接处散步透气,都还常常会想到《春之声》里的许多细节。《蝴蝶》也使用了意识流手法、在写法和结构上很有创新、具有先锋文学的"萌芽感",同时其内容内核,又无疑能够同新时期之初的"反思文学"进行对话呼应。到 1980 年代中后期,我们看到了《坚硬的稀粥》《来劲》这样嬉笑怒骂,甚至极富语言叛逆性和话语狂欢感的很"另类"的作品,这是王蒙先生文学话语在某一角度上的"极致绽放",而这种特定角度上的"极致绽放"和无拘无束的恣肆,恰恰正是那个先锋性弥漫的时代最鲜明、最令人回味的文学特点。《活动变人形》对 20 世纪中国知识分子心灵历程的缩影，尤其是对我们民族文化结构、人文性格中某些无意识顽固侧面的反思，也可与"寻根文学"等有影响力的文学潮流进行互文对读。进入 1990 年代，市场经济大潮涌起，今天的学术论文在回顾这一历史阶段的文学反应，例如分析"人文精神大讨论"的时候，也都绕不开王蒙先生的许多文章和观点，都会提到他内在于文学而着眼点又显然高于文学内部的、对新潮流新经验与文学之关系的思考——这些或许不是狭义上的文学创作成果，但无疑同文学是直接相关的。新时代以来，《这边风景》以旧题新作的方式获得茅盾文学奖，《笑的风》《霞满天》等新作不断问世，这些作品具有鲜活充盈的现实质感和与时俱进的精神关怀，很有时代感，而绝无"古董气"，且很好地体现了当下时代文学重新关注回应时代生活、尝试修复文学叙事内在总体性的整体大趋势。

具体到《霞满天》，我们也可以从中看到压缩在一个中篇内部的不同形式痕迹、"文学地理地层"。例如，小说开头第一句，王蒙直接出现："在王蒙上小学的时候，看到一拨男女大学生从大街上走过，不知道为什么，我替他们觉得焦躁"。甚至小说最后，还安排了主人公蔡霞与作家王蒙相见交流（甚至谈作品）的情节。这种打破虚构边界、打破"似真幻觉"的写法，显然是"先锋文学"内化后的手法遗存。再如，王蒙在小说中经常打破情节闭环、跳出叙事之外，直接发表议论，或来上大段大串的排比表达，甚至（半认真半调笑地）来上几首古体诗或"打油诗"，例如小说第 33 页："王按：侃侃而谈，念念有词，这就是岁月积蓄，逝者有声。是反刍与消化，是遗忘与淘汰雪藏，是珍惜与告别，又是永恒的安宁与纪念。人会消失干净，仍然有话语留存。笔补造化天无功，病里微言意不穷！"接下来又是连续几段五言诗，再接上几段"高尔基说过"之类的议论感叹，一直撒欢到本节结束。这是一种"语言的欢乐"，或称"语体的综合"，用王蒙先生自己常用的词叫"撒欢""得瑟"，显然也能从前面提到的《来劲》《坚硬的稀粥》中找到影子，这种语言的狂欢感和杂糅激情，是一以贯之的"很王蒙的"。又如，小说中时常在特定的情节单元完结后加入"王按"（王蒙自身声音构成的评点总结），且小说前 4 节都是天南海北讲人讲事的"楔子"（并未直接进入正文），这类做法其实有颇为鲜明的向中华古典叙事致敬靠拢的意味：前者当然会让我们想到《史记》里的"太史公曰"或章回体小说里面的"有诗为证""有诗赞曰";后者则树立起极易辨识的"说书人"姿态,让我们联想到唐传奇和宋话本,它试图在小说"故事空间"之外单独罩上一层具有审美意味和话语活力的"叙述空间"——前不久我在一篇有关叙事学的学术论文中读到一个观点,论者认为"叙述空间"(叙述行为发生的场所环境及其呈现的话语形式)被作者保留和凸显、与"故事空间"共存于同一个叙事文本的现象,自唐传奇以来几乎一直顽强地存在,成为中国传统叙事一种有别于西方的形式特征。我当时就想到了《霞满天》。而这种向古典叙事传统靠拢、不断在形式技巧上进行转化和发展的做法,也正构成了近些年来中国小说创作现场的某种最新的"潮流""地貌"。

因此,仅取《霞满天》一个文本,我们就能看出,不同时代的手法、技巧、风格习惯、叙述意识,都呈现为一个聚合着的"剖面"。就此而言,王蒙先生确实是见证、经历了共和国文学的漫长形式发展史、风格演变史,并用文本记载了其中的痕迹、刻度。他是共和国文学的"活化石",并且更重要的不是"化石",而是"活"。

其二——当然,这个"其二"我只能很简略地讲几句了——王蒙先生的创作,在主题和气度上,也是纵贯中国当代社会的精神演变史的。王蒙先生的作品,大都体现出对应时代的理想主义精神——无论是理想的绽放与萌发、理想的彷徨与思考、理想的归来和复活,都是直接表征着对应时代的精神史的。在《霞满天》中,我们看到的则是一种"老而不衰"的理想主义精神。主人公蔡霞所承受的不幸是超乎想象的,其中很多不幸甚至根本不是来自性格的弱点或时代的挤压,而干脆就是概率,几乎可称之为"倒霉",但即便如此,她还是要有尊严地活着,要智慧、从容且美丽地活下去。我们可以从《霞满天》中读出很多具有当下对应性的主题,例如人口老龄化问题(这个话题在今天非常"前沿"又非常重大,但作家们给出的回应似乎还并不充分,而《霞满天》恰恰是一个在养老院里发生——或者说"被讲述"——的故事)。我们还可以从中读出许多具有过去时代对应性的主题,例如蔡霞要用俄语说出离婚的决定、所有眼泪要留到伏尔塔瓦河上去独自痛哭出来,这些情节细节的背后,都藏着一个从特定时代爱过走过的个体,与那个逝去时代之间微妙而又深刻的无意识对位榫合。但对我而言,更重要的主题,是生命能量的"变而不衰"：那么多的不幸的变故，并没有折损蔡霞的风采。这是王蒙先生"少年布尔什维克"式的革命乐观主义，也是他对时代变迁中理想人格的期许。而这一主题——那么多的"变"中，"衰"和"不衰"间的对抗角力——其实是以极其核心的方式贯穿着共和国成立以来，尤其是改革开放以来中国人的精神史、中国文学的主题史。这几天我看到《人物》对王蒙先生的专访，记者谈起当下年轻人很"丧"、时常"躺平"。王蒙先生表示自己并不太了解现在的年轻人，但他自己从不躺平，也不会"丧"。我个人觉得，王蒙先生的精神背景、人生经历，当然与今天的青年不同；对于不同的精神姿态，文学创作也不便简单地以价值判断的方式去指点或介入。但王蒙先生的创作，的确是提供了一种贯穿时代语境、也贯穿了年龄壁垒的对话空间，这些作品所提供的、看似是从另一个时代穿越而来的精神活力，仍可以与今天的精神困境相对话。这并不是不可能的。前不久，我们中国作协青年工作委员会发起主办的"王蒙青年作家支持计划·年度特选作家"活动，在北京颁出第二届。王蒙先生来给获选作家颁奖，并现场聊了几句。我记得王蒙先生对这些年轻作家说，写作很重要，但生活更重要，工作，谈恋爱，睡觉，吃饭，这些都重要，都要下功夫。我想这在精神上便是与当代青年共通、相通的。因为我这几天也刚看到，那天从王蒙先生手中接过奖牌的"90后"获选作家大头马，最近正在微信上分享她开网约车的体验——她是江苏作协的签约作家，开网约车固然可以挣钱，但做这事儿显然也并非是由于活不下去，而其实是某种体验生活，是以自己的方式去时代经验里"尝鲜"的实践。我想王蒙先生会对这样的"尝鲜"感兴趣。王蒙先生作品中一以贯之的精神底色，在今天也依然富有启迪。

（李壮：中国作家协会创作研究部助理研究员、博士）

《青春万岁》出版考论

——兼及萧也牧与王蒙的来往关系

邵　部

　　《青春万岁》是王蒙真正的处女作，是比创世还艰难的工程。小说自1953 年动笔写作，到 1979 年第一次出版单行本，再到 1998 年试图恢复原貌，时间跨越近半个世纪，既见证了王蒙的人生起伏，也因为在不同年代的修改中折射出当代文学观念的变迁。关于这部作品的出版经过，王蒙在自传《半生多事》《大块文章》、回忆性文章《〈青春万岁〉六十年》中，做过较为详尽的讲述。张睿颖、温奉桥、王雪敏等学者的版本研究，通过梳理版本谱系，汇校异同，呈现出不同时代的版本变迁和修改情况。[1] 作家提供的材料以及学者的文献学研究大体上讲清了这部小说的来龙去脉。不过，书稿进入出版社审稿环节后，编辑、审稿人有何具体的审读意见，这些意见如何对小说内容产生实质性影响，以及因这部书稿而催生出的编辑、作者的交游，诸如此类派生性的问题，囿于材料，实则还是一笔糊涂账。

　　幸运的是，笔者在整理萧也牧的相关史料时，恰好遇到了一系列关于《青春万岁》的出版文献，计有《关于〈青春万岁〉一稿处理经过的报告》《给王蒙同志的信》《审读报告书》以及《对〈青春万岁〉的意见》4 篇具有文学史价值的稀见史料。这些材料可以追溯自与萧也牧私交甚笃的中国青年出版社编辑黄伊先生。20 世纪 70 年代末，在拨乱反正的大背景下，黄伊积极

---

[1]　相关研究见张睿颖：《王蒙小说〈青春万岁〉版本研究》，《中国当代文学研究》2021 年第 2 期；温奉桥、王雪敏：《〈青春万岁〉版本流变考释》，《华中学术》2017 年第 3 期。

为萧也牧平反奔走，直接推动了《萧也牧作品选》的出版。这一时期，黄伊保持着把与萧也牧相关的文件、信件誊写后送给萧也牧家属保存的习惯。笔者所见的上述材料，便出自萧也牧长子吴家石先生留存的复写件。材料集中于 1962 年、1963 年，对于研究《青春万岁》而言，这段时间恰好是最为关键，然而又最为空白的时期。本文试图依据这些材料，呈现《青春万岁》的出版波折，考察萧也牧与王蒙的交游活动。

一、《青春万岁》的 4 个时段、3 个版本

《青春万岁》从写作、修改到出版的全过程，大致可以分为 4 个阶段，产生了 3 个版本。

（一）第一阶段：1953—1957 年

这是小说的初创期，近三分之一的篇幅在报刊上公开选载，形成了初刊本，也被称作选载版，是定本的重要底本。

1953 年秋，王蒙内心涌动着用文学为新中国第一代青年人做记录的理想，开始在办公室里用凌乱的稿纸写作处女作《青春万岁》。次年，小说完稿，通过父亲王锦第拿给潘之汀，继而由潘之汀推荐给中国青年出版社的编辑萧也牧。萧也牧在《关于〈青春万岁〉一稿处理经过的报告》中写道：

> 《青春万岁》一稿，原名《走向生活》。是在一九五五年由潘之汀同志介绍来的一部外稿。当时编辑部读过此稿后，认为有基础。又先后请潘之汀、萧殷等同志传阅。编辑部综合了各方面的意见，建议作者重写，并通过北京团市委，为他请了创作假。

萧殷认为小说的"问题在于小说缺少一根主线，需要从结构上打磨"[1]。在这个意见的指导下，王蒙随即进行大幅度修改，常住到父亲在郊外中关村的寓所中写作。其间，小说最后一节以《金色的日子》为题，刊载于《北京

---

[1]　王蒙：《〈青春万岁〉六十年》，《新文学史料》2013 年第 2 期。

日报》(9月30日)。1957年1月11日—2月18日，经过浦熙修与梅朵的工作，《文汇报》"笔会"栏目分29期，抽取出杨蔷云作为主要线索，连载了全书近三分之一的章节。选载章节对应着单行本的第7、11、13、17、22、23、25、28、35、37、38小节的内容。因为《青春万岁》采用的是群像式多线索的叙事结构，是才情大过技艺的作品，这样以一个人物为中心跳跃式的截取方式，既在结构上更加清爽，又覆盖了小说的主体情节，因此虽说是选载，但显得较为独立和完整，可以视为初刊本。1957年9月，小说最终定稿，与中青社签订出版合同并付排。"后作者在整风运动中犯了重大政治错误，列为右派分子。此稿即停止付印，将清样存档。"(《关于〈青春万岁〉一稿处理经过的报告》)《青春万岁》因此遗憾地错过了自己所书写的年代。

(二) 第二阶段：1962—1963年

这一阶段可谓是无果的花期。围绕着《青春万岁》，编辑部、韦君宜、黄秋耘、冯牧、邵荃麟以及刘导生（团中央书记）或因出版社邀请，或因作者邀请，陆续参与到书稿的审读程序中，对王蒙修改小说产生了实质性影响，并在事实上形成了新的版本，为后来的初版提供了底本。

据《关于〈青春万岁〉一稿处理经过的报告》，1962年，"编辑部重新审读了此稿，并征得北京市团委组织部的同意请作者来社交换意见"。这一次编辑部向王蒙提出了7条修改意见：

(一) 对解放初期学生参加政治活动应如何正确估价？加强学习和思想改造（思想教育）的关怀，应如何正确描写？建议作者考虑，并深化这一主题思想。

(二) 作者对政治思想工作干部，有错误的看法，具体体现在团总支书记吕晨这个人物形象上。建议重新塑造这个人物。

(三) 通过书中不少的"作者抒情独白"和若干插笔、细节，反映出这样的一种思想：只有年轻人才有朝气，才有真挚的友谊，才有高尚的情操……而这些可贵的素质，随着年岁的增长，一去不复，随之消失。这种观点是错误的。建议作者修改和删除。

(四) 关于黄丽程婚礼这一场面，作者的嫌恶的心情，渲染了它的

"庸俗"。这也反映了作者对老干部的错误看法。这种描写是无益的、不必要的。建议作者删去。

（五）书中多数主要人物，都有些悲惨的遭遇，特别是苏宁幼年被其姐夫强奸这一情节。（我们的意见是：并不是笼统地反对描写人物在旧社会中的悲惨的遭遇，而是怎样去写，从什么角度去写，还不能强烈地激起读者对旧社会的憎恨，而会给读者多少留下一些阴惨惨的情绪）请作者删除。

（六）关于郑波和田林，杨蔷云和张世群的爱情，有过分之处（我们并不笼统地反对在作品中描写爱情），特别是其中过分渲染属于生理的"青春的烦恼"之类的描写。建议作者删除或重写。

（七）书的结尾：学生们天安门前遇见毛主席这一场面的真实性，请作者考虑。

王蒙表示考虑编辑部意见，并请韦君宜和黄秋耘审读稿件。随后，王蒙将二人意见转述给出版社："即便不作什么修改，就是现在这个样子，也是可以出版的。并且认为我们所提出的这部稿子的某些缺点，恰好相反，正是这稿子的优点和长处。"基于这个判断，王蒙表示："对这部作品不准备作大的修改了，作些枝节性的删节是可以的。"出版社因此做了让步，提出4点最低限度的修改要求：

一、对做政治思想工作干部的形象——主要是指吕晨（团总支书记），要作修改，或作删节。

二、对书中宣扬：年轻人一定比上年纪的人有朝气、真挚、高尚、热情的非阶级观点之处，加以洗刷、删除。

三、对书中的爱情描写过分之处，尽可能冲淡一些。

四、书中讽刺政治工作，讽刺政治干部之处，包括黄丽程婚礼场面含有讽刺的部分，加以删除。

其后，冯牧受出版社之邀审稿，并与王蒙面谈了具体的意见：

一，我们逮捕特务神甫之后，呼玛丽骂我们党，这一描写有对呼玛丽这一人物性格的描写，前后不调和要改。二，在叙述和描写中，书中人物所看的书，所跳的舞，所唱的歌，几乎全部是苏联的，这样写好不好？有没有这个必要？要改。三，并建议郑波父亲之死，这一场搬到后面去，可以冲淡过于哀伤的气氛。书的结尾，学生们会毛主席这一场面不真实，要改。

冯牧审阅的是 1957 年的稿本，他的意见从一个侧面反映了后来王蒙极力想恢复的小说原稿面貌。王蒙自述听取冯牧意见后，"于是我把提到苏联歌曲、书籍的地方尽量改成本地土产：将青年们读的《卓娅与舒拉的故事》改成《把一切献给党》，把苏联歌曲改成陕北民歌……"[①] 以往的版本研究对于苏联元素的变迁已有充分的考证，本文不再赘述。关于第一点，特务神甫被捕后呼玛丽的心理转变是第 31 小节的内容。对于呼玛丽而言，这是她涅槃重生的关键节点。她从最开始对新生政权的不理解，到最后在郑波的关心下安静下来，逐渐融入集体，走向新生。因此，呼玛丽初始行为愈是激烈，愈加能表现这个可怜姑娘的精神创伤，以及新社会对这种创伤的医治。原稿或许写到了呼玛丽对党因不理解而发出的怨言。从现在的面貌看，小说或许进行了柔化处理，并不显得过激。关于第三点，郑波父母之死是在回忆视角被放置在了一起。征诸不同版本，可以看到，出版社最终的 4 条意见和冯牧的 3 条意见确实被王蒙采纳，并对小说的最终面貌产生了实质性的影响。

这次修改稿，除了重写结尾一节外，其余主要是作了些删节。一、吕晨这个人物的形象，基本上删掉了，为了情节发展的需要，保留了这个人物的名字。二、书中宣扬"年轻人必然比上了年纪的人高尚、真挚、热情……"之处删掉了。三、对黄丽程婚礼这一场作较大的删节。四、有关爱情描写作了些删节，过分之处冲淡了。五、改掉了书中频繁出现的过多的苏联书名、舞歌曲的名字。六、把郑波父亲之死的场面往后移了，并重写了书的结尾。

经过这一次的修改，书稿基本定型。而时间也推移到了 1962 年秋，随着八届十中全会提出"千万不要忘记阶级斗争"，形势又有变化，出版社对小说的顾虑增多。因此又请了团中央书记刘导生审读。刘认为小说"未写出知识分子与工农兵的结合，是个缺憾"[②]。王蒙对书稿仍抱有期待，在 1963年初夏找到邵荃麟。邵荃麟预感到书稿以目前的面目出版或许对作者不利，

---

① 王蒙：《〈青春万岁〉六十年》，《新文学史料》2013 年第 2 期。

② 王蒙：《〈青春万岁〉六十年》，《新文学史料》2013 年第 2 期。

提议"先把它摆一摆"或找个地方出版社低调出版。① 几经波折之后，书稿终又搁浅。

（三）第三阶段：1978—1979 年

在拨乱反正的时代背景下，随着王蒙的"归来"，《青春万岁》终于正式由人民文学出版社出版，是为初版。

1978 年 6 月，复出的王蒙应中青社邀请，到北戴河修改《这边风景》文稿。9 月回到北京，与韦君宜见面。韦君宜"决定立即出我的《青春万岁》，只要稍微改动一点易被认为感情不够健康的段落，如写到的杨蔷云的春季的迷惑即可，但要写一篇后记，说明是当时写的，不一定完全符合当前规格"。② 因此，王蒙根据形势变化，再度对小说进行了修改。小说最终在1979 年迎来了初版。王蒙讲述了这个版本的由来：

> 本书经过两次修改：第一次是一九六二年，计划出版时，因当时中苏交恶，我遵嘱删去了当时令人觉得提苏联过多的部分。第二次是一九七八年，当时还处于"抓纲治国"时期，战战兢兢，删掉了可能认为感情不够健康的个别段落和词句。人民文学出版社出的就是这个经过两次修改的版本。③

出版前，王蒙曾有意请萧殷写序，未果。在后记中，王蒙大致回应了韦君宜提出的问题。根据张睿颖的梳理，作家出版社 2009 年版、2013 年版均以此版为蓝本。

（四）第四阶段：1998 年及之后

鉴于 1962 年与 1978 年两度因为顾及当时的历史语境做了许多不情愿的修改，王蒙因此始终对 50 年代的小说原稿心有执念。他曾说："我一直希望

---

① 王蒙：《不成样子的怀念》，人民文学出版社 2005 年版，第 4 页。

② 《王蒙自传》第二部《大块文章》，北京联合出版公司 2017 年版，第 26 页。

③ 王蒙：《青春万岁·再版说明》，人民文学出版社 1998 年版，第 324 页。

能恢复小说的原貌，但已找不到原稿或五十年代的校样。"① 为此，1998 年，王蒙以初刊本为底本，部分地对书稿进行了复原工作。从版本谱系的角度来讲，这即是再版本，也就是作家心目中的定本。根据张睿颖的梳理，人民文学出版社出版的文存本（2003 年）、60 周年纪念本（2013 年）、文集本（2014 年）等版本均以此为蓝本。

至此，《青春万岁》终于尘埃落定，再未有新的版本。《青春万岁》在艺术性上固然有不成熟之处。因为时间跨度很大的数次修改，作者无法对小说人物形象和情节调整做到自洽，以至于遗留了许多"败笔"。比如对杨蔷云有爱慕之意的男学生赵尘，可谓来去匆匆，看不出性格以及在作品中的功能。再如编辑意见中提及的黄丽程的婚礼。小说保留了一定篇幅，但显得与小说结构不太融合，仿佛她的出现，就是为了引出郑波的地下斗争历史，以及对于成长的困惑——"为什么要结婚"。诸如吕晨也是这种人物，有出场但无展开。作品中偶尔还会冒出一些修改的斧凿痕迹。然而，诚如郜元宝所言，《青春万岁》"建立的抒写风格，是无可替代的。它和 1949 年以前中国文学并无多少血缘关系，也不同于从'解放区'、'国统区'过来的任何一个'现代作家'任何一部写于 1949 年以后的作品。我们甚至无法在世界文学史范围替《青春万岁》找到直接的文学师承。……对于开国之初青年人的精神状态的这种感受是只有王蒙这样的新中国第一代青年作家才有的，所以倘若要为新中国文学（当代文学）在创作上确立一个开端，《青春万岁》是最合适的，至少它无可争议地属于这个开端。"② 正是在这个意义上，一部以青春之名的书稿在当代的遭遇，也从一个侧面反映了"青春"的成长史。

二、萧也牧与王蒙交游考

通过梳理《青春万岁》的时间线索和版本谱系，我们可以看出《青春万岁》与杨沫的《青春之歌》类似，虽然最终由人民文学出版社出版，但为其

---

① 王蒙：《青春万岁·再版说明》，人民文学出版社 1998 年版，第 324 页。
② 郜元宝：《当蝴蝶飞舞时——王蒙创作的几个阶段与方面》，《当代作家评论》2007 年第 2 期。

付出心血最多的却是中国青年出版社。王蒙也说，"抓这个书，最费力气的是中国青年出版社。"① 而在出版的整个过程中，编辑萧也牧是一个绕不开的关键人物。

萧也牧比王蒙年长 16 岁。就文学代际而言，他们正是薪火相传的两代作家。萧也牧代表着从解放区跨入"当代文学"的新中国第一代作家。他是共和国初期最为活跃的作家之一，代表作《我们夫妇之间》不仅是共和国文学探索期的标志性作品，由此引发的批评更是开了当代文学批评实践的先河。王蒙则代表着在共和国的新生中，成长起来的第一代青年作家。王蒙与萧也牧围绕着《青春万岁》的交游，不仅仅是作家与编辑的故事，同时也是两个文学史时代的对话。放长远来看，一部书稿牵连了两代作家在当代的命运浮沉。

1953 年 4 月，青年出版社与开明书店合并为中国青年出版社。经过文学编辑室主任江晓天的建议，萧也牧从团中央调入文学编辑室，开始了在中国青年出版社的生涯，并使用本名吴小武从事编辑活动。草创之期，人员简单，萧也牧是编辑室的主心骨。尤其是随着出版社调整出版方向，从偏重翻译作品到出版当代文学新作，当时中青社出版的文学作品里，背后大多有萧也牧的身影。不过，经历过 1951 年的批判事件后，在与作家打交道的过程中，从事编辑工作的萧也牧经常遭遇种种出乎意料的困难："作为一个编辑当然要对自己所处理的稿件直率地提出自己的意见，所提的意见当然也不一定正确，或者不完全正确，但编者作者之间可以商量，也可以争论，这是常识范围以内的事。可是在一小部分作者的眼里，似乎因为我写过几篇有错误的小说，受过《文艺报》那样严重的批评，因而连我对旁人作品的意见，也必然是错误无疑的了。冷嘲热讽者有之，没等我把话说完，拂袖而去者有之。"② 正是在这种处境中，萧也牧责编了《红旗谱》（梁斌）、《白洋淀纪事》（孙犁）、《散文二十六篇》（阿凤）、《太阳从东方升起》（曾秀苍）、《彩霞集》（浩然）、《枫香树》（王英先）等文学作品，并与杨沫、罗广斌、杨益言、王林等作家多有交游往来，在当代文学生产中留下了不容磨灭的痕迹。

---

① 王蒙：《〈青春万岁〉六十年》，《新文学史料》2013 年第 2 期。

② 萧也牧：《"百花齐放，百家争鸣"有感》，《人民文学》1956 年第 7 期。

通过晋察冀时期的老战友潘之汀①，萧也牧第一次读到了《青春万岁》的原始稿件。萧也牧对书稿印象颇好，在《对〈青春万岁〉的意见》中谈到"这是部有才气的作品，笔触细腻，富有屠格涅夫式的抒情气息。读时受到感染，虽然，这部作品，写的是孩子们的事(高中学生)。"因此，在1955年秋，萧也牧邀约王蒙共同去赵堂子胡同拜访萧殷，听取意见。萧也牧鼓励王蒙，"这篇东西改好，你会取得大的成功"②。前辈的鼓励坚定了王蒙写作的信念："如果吴小武与萧殷是把我的初稿干净利落地否定了呢？我还有勇气继续努力吗？多么脆弱的青春、才华、激情和创造的冲动呀！"③此后，王蒙与萧也牧有了更多的联系。

推动二人友情升温的，或许还有在大时代中的共同经历。随着"反右"运动的到来，《青春万岁》出版之事搁浅。1958年，萧也牧和王蒙分别在各自单位被错划右派。王蒙下放门头沟劳动改造。萧也牧被开除党籍，从行政13级降为17级，第二年下放到河北省安国县（今安国市）齐村生产第四队劳动改造。他们的人生转机出现在1961年，萧也牧摘帽，回到中国青年出版社文学编辑室当编辑。王蒙摘帽，次年回到北京，"处境刚刚松动一点，就接到韦君宜的鼓励写作并说准备出版被搁浅了的处女作《青春万岁》的信。"④二人再度重逢，萧也牧将小说《大爹》的构思讲给王蒙听。王蒙眼中的萧也牧"是用一种深知个中甘苦的、带几分悲凉的口气来谈创作的，他不但懂得创作的技巧，他更理解创作的心理、作者的心理。他深知写作的艰难，他好像多次用过'磨'这个词。"谈论文学的时候，"他的两眼放着光，但他整个的人仍然沉浸在一种凝重、晦气的色调里。他的脸上总有一种'苦相'，有一种生理的痛楚的表情。他好像越来越知道写小说是一件'凶事'，但他又遏制不住自己。"⑤其实，王蒙又何尝不是如此。尽管萧也牧告诫后辈，

---

① 萧也牧与潘之汀相识于1947年夏，当时，潘之汀在冀中新华书店工作，萧也牧在晋察冀边区，担任《中国青年》杂志的编辑。二人曾在解放区报刊上合作署名发表通俗故事。解放后同在北京，私交甚笃，50年代也曾再度合作写过民间传说。

② 《王蒙自传》第一部《半生多事》，北京联合出版公司2017年版，第126页。

③ 《王蒙自传》第一部《半生多事》，北京联合出版公司2017年版，第127页。

④ 曹玉如编：《王蒙年谱》，中国海洋大学出版社2003年版，第24页。

⑤ 王蒙：《一个甘于沉默的人》，《雨花》1980年第7期。

"甘于沉默",但当写作的权力重新回来时,他也同样抑制不住写作的冲动。

有意思的是,当萧也牧在 1962 年 5 月重读旧日的书稿时,却意外地发现自己再难重现当年阅读时的喜悦心情。萧也牧躬身自问,"当年读这部作品的时候,到底是些什么样的感情使我受到感染的呢?答案是颇使自己汗颜的:不是别的,而是这部作品的浓重的感伤气质。……作品中所写的新的生活是苍白无力的,并不能激发读者对新的生活的热爱。而整个作品给人留下的印象,仍然是无穷无尽的感伤和忧郁。……这种感伤的、忧郁的情绪,贯彻作品的始终,成为作品的基调。"(《对〈青春万岁〉的意见》)

在《青春万岁》中,我们确实可以在青春明快的主色调之下,察觉到那种挥之不去的感伤气质。在开篇露营场景的描写中,小说中的主要人物陆续出场,并各自有一段动作和旁白。在这样一个欢快的环境中,李春却用哲理式的语言道出了青春的仓促:"生活经常是一种匆忙的追求,恬静和安逸是暂时的,是对匆忙追求的一种报答。因为短暂,所以美好,所以值得……"在随后的篝火晚会中,苏宁拉着杨蔷云的手感慨:"快瞧这些火星呀,飞得那么高,又美,又多,又富于变化,可惜不能长久存留,要不然……"①

苏宁因为旧家庭的陈腐气息以及身体上的创伤记忆,对生活一度抱有消沉态度。李春的问题则是专心于学习而在思想上落入个人主义。二人在小说中是作为被帮助的对象出现的,有这种感伤思想尚可理解。然而,即使小说中性格最为开朗的杨蔷云,也时常有类似的情感流露,就不免令人有些错愕。最令笔者印象深刻的场景发生在杨蔷云在滑冰场偶遇张世群一节。伴着柴可夫斯基的《花之圆舞曲》,二人在长凳上聊天,谈论滑冰的快乐。张世群随口让杨蔷云讲个故事。意外的是,在这样一个萌生情愫的青年男女的热烈交谈中,杨蔷云却讲出了一个悲伤的雪孩子的故事:孤苦伶仃的老太太在一年冬天堆了一个雪人,成天向雪人说:"做我的孩子吧,我太闷得慌。"雪人真的变成了穿着白衣服的姑娘,给了老太太陪伴和快乐。随着天气渐暖,在向冬天告别的迎春会上,雪姑娘唱了一支悲哀的歌,然后跳过火堆不见了。老太太的温暖被夺走了,比原来的严寒还残酷。听完杨蔷云的故事,张世群陷入了沉思。从欢快到忧伤,这一重情绪转换本就有些突兀。然而,紧

---

① 王蒙:《青春万岁》,人民文学出版社 1998 年版,第 8—11 页。

接着冰场上传来散场时间临近的广播，杨蔷云推了张世群并猛地站起走向冰场，在有限的时间里尽情挥洒自己的热情，直到"觉得自己那小小的身躯，装不下那颗不安分的心、那股烧不完的火。"青春的美好与青春易逝的紧迫感交织在一起，恰如苏宁眼中的火星一般。也难怪萧也牧在审读意见中感慨："作者用重笔调表述了这样的一种观点：纯真的友谊、高尚的情操、蓬勃的朝气（均指作者所认为的），只存在于青年人中间，随着年龄的增长，也就随之消失。然而青春易逝，这又是多么令人惆怅啊！"

在 50 年代初期，第一个"五年计划"即将展开，对未来充满向往的时间节点上，青春那向上的一面呼应着新生政权的健朗气象，更能够统摄作者和编辑的心灵。而在经历了更多的世事之后，脱开共时性的语境再去回看这样一个文本，隐藏在"青春"背后的感伤与忧郁则有可能更多地向读者敞开。这或许是萧也牧重读《青春万岁》时关注点偏移的一个心理因素。

因此，他注意到书中人物大多有着深层次的心灵创伤：

> 作品中多数人物，不论是郑波、李春、呼玛丽、苏宁、田林、苏君……以至袁先生，都有这样或那样的惨淡的身世，都有着看来是难以医治的心灵的创伤；他们在新社会中，仍然生活得很烦苦，对所谓的前途的向往，是渺茫的，不可捉摸的，设若把作品中有关往事的回叙删去，当下作品中所描写的"新的生活"那么就会觉得这部作品，又是多么的抽象化，概念化！

可见，在文学作品的政治标准上，此时的萧也牧已变得更加敏感了。这一点鲜明地体现在他对吕晨形象的批评上："作为学校团总支书记吕晨，在作者的笔下是个只会提口号、发号召的人物，是个'空头的政治家'，作者笑她，似乎又在'怜悯'她。她始终没有得到转变。不知道作者描写这个人物的用意何在？"在目前版本中，吕晨形象主要通过侧面描写来塑造。迎接节日前的积极分子动员大会上，吕晨有一段颇有官僚气息的讲话。会后，周小玲一边走一边模仿吕晨的腔调，并用身体动作表现出嘲讽之意。这个人物在现今的版本中几乎被删掉了。

总的来说，通过转录萧也牧的读稿意见，我们大概可以推断，编辑部最初的 7 条意见以及最后确定的 4 条基本修改意见，很大程度上出自萧也牧。他对于《青春万岁》的成书实则扮演了关键角色。

1963 年，书稿付排，并送团中央审查，然而如上文所述，反馈并不理想。之后，出版的事情又停顿下来。5 月 16 日，王蒙有一封给萧也牧的询问书稿的信件。21 日，萧也牧作了一封回信，向他介绍了书稿遇到的问题和下一步的修改方案。谨将全文摘录如下。

王蒙同志：

五月十六日来信收到。

尊著《青春万岁》，自今年一月间付排后，即送团中央审查，团中央经过反复考虑，认为尊著内容无政治错误，但作品调子低沉，作品中对政治学习和知识学习的关怀，爱情等描写有自然主义倾向，总的来说，作品缺少鼓舞力量，对青年读者还不能起到应有的教育作用。我们当即把这个意见转告邵荃麟同志。邵荃麟同志很关心这部作品，他读过以后，和韦君宜诸同志交换了意见。他也同意团中央的意见，认为这个作品确实存在着这些弱点，作品缺乏理想，因此也就缺乏鼓舞读者教育读者的力量，并认为仅仅是枝节性的修改，并不能解决问题，建议我们暂不出版。请您再作一次较大的修改，改好了再出版，这不论对读者和您来说，都是有好处的。我们很认同他的意见。同时我们也相信您这几年来思想上的进步和提高，以现在的思想水平，来看当年的生活，是有条件把这个作品改好的。

听邵荃麟同志说，他准备找您面谈一次，这对您改好这个作品，必然能得到更多的启发和鼓舞。

我们对尊著的具体意见，基本上在去年冬天和您面谈时大致都谈过了。可供您参考，如果您有不同意的地方，我们还可以充分交换意见，您如果修改时你有什么困难，我们也愿意尽可能地协助解决。我们对这个作品，一直寄予厚望，多方的考虑和征求意见，无非是盼望您能把这个作品改好。想必这和您的愿望是完全一致的。

过去几个月，在送审过程中，未能将处理意见奉告，想必您是能谅解的。最近您何时有空，请来电话联系，我们想去看看您。

紧紧握手！

吴小武

1963.5.21

这次书信往来之后，萧也牧与王蒙当有一次面谈。《审读报告书》中载，王蒙表示："现在不论在生活上和思想上还不具备重作的条件，需要较长时期的准备，才能动笔，何时改成，尚难预计。"在时代语境微妙变化的形势下，王蒙再无心力以今日之我重写这部带有青年印记的旧作。随后，在向"老边同志"（即时任中青社总编的边春光）汇报时，萧也牧着重转录邵荃麟的意见，强调"这部作品在政治上没有问题，并非毒草，在艺术上很有可取之处"，决定暂不出版的原因，是"由于作者，没有站在高于生活的思想水平上来理解生活表现生活，因此作品缺乏理想的力量，缺乏政治激情。"至此，《青春万岁》方才两度付排，两度中断，被作为研究资料封存。

萧也牧与王蒙的交游始于《青春万岁》，也终于《青春万岁》。同年 12 月，王蒙决定举家迁往新疆。行前，萧也牧要了出版社的车，同黄伊将王蒙全家送到火车站，在站台上挥手告别。这是二人交游的最后一个镜头。1978 年，王蒙回到北京，《青春万岁》出版事宜重启，并最终顺利问世。彼时，作品背后的萧也牧却早已长眠于黄湖的土地中了。张羽谈到："多年以后，王蒙在向人谈起萧也牧对《青春万岁》的真知灼见，谈起他远戍边疆时刻萧也牧对他的关怀爱护时，肃然尊称萧也牧是'编辑之神'。"①

对于王蒙而言，《青春万岁》是那种需要特定的机缘才能写出的作品。这种作品只有在作家生命中的某个阶段，或者某个节点上才有可能出现。彼时，所有的过往都成为此刻的准备，又恰恰遇到那么一个外部环境，激荡了作家内部的转变，提供了写作的契机。这种作品融进了作家的生命，铭刻了一个心灵与时代碰撞的瞬间，往往是大作品诞生的时刻，也会成为作家风格的前导，在以后作品的底层不断被覆写。然而，作品本身却是不可重复的，优点固然可取，即使是不足也会显出可爱之处来。作家的技艺会进步，但那种情境是再没办法复原的。因此，就《青春万岁》而言，别的作家断然写不出，即使是王蒙自己，1953 年之后，他便再也写不出。如此来说，《青春万岁》便是王蒙的创世纪。也难怪他会留恋初稿，始终未曾消弭还原旧作的执念——那里隐藏着王蒙的文学秘密。

明亮的调子与轻快的节奏的缝隙中，小说总是透露出那种独属于青年人

---

① 张羽：《萧也牧之死》，《新文学史料》1993 年第 4 期。

的感伤。这构成了一代"少年布尔什维克"的内涵：是少年的布尔什维克，也是布尔什维克的少年。这或许便是王蒙想要表达的青春感觉，快乐与忧愁如影随形，"青春投身政治，青春也燃烧情感。青春有斗争的勇气，青春也满是自卑和无奈。青春必然成长，成长又会面临失去青春的惆怅。文学是对青春的牵挂，对生活与记忆、生命与往事的挽留，是对于成长的推延，至少是虚拟中的错后。是对于老化的拒绝，至少是对于生命历程的且战且进，至少要唱着青春万岁长大变老当然也变得炉火纯青。"① 对于王蒙而言，少年 /布尔什维克、组织部 / 青年人实则构成了一组矛盾而又统一的人生形式。纵观其一生的创作及文学活动，他始终没有超脱这样一重内在结构。

（邵部：山东大学文学院助理研究员、博士）

---

① 《王蒙自传》第一部《半生多事》，北京联合出版公司 2017 年版，第 139 页。

叙事理性的规约与情感表达的丰溢

——王蒙长篇小说《这边风景》中的"风景"书写再论

赵双花

一、《这边风景》中的叙事理性及其与文本情感表现间的辩证关系

王蒙创作于"文革"末期（1974—1978 年）的长篇小说《这边风景》着重表现 1962 年春至 1965 年五六月间新疆伊犁社会主义农村的建设过程，宏大叙事的落脚点是麦盖提县跃进公社爱国大队第七生产队。整部小说中，有名有姓、有身份有角色的人物多达 82 位，真正活跃在农事活动中，担当着某种叙事功能的亦有近 70 位。在常见的夫妻、亲子、兄弟、邻里等关系之外，还交织着中苏交恶的国际关系、农民与地主作斗争的阶级关系以及基层组织内部正邪相抗的同志关系等。立于陇亩之间而着眼于国际国内政治变局的叙事视野、众多的人物及其复杂关系以及严峻且不乏危险的创作环境，不仅考验着作家的叙事结构能力，也检验着作家的胸怀格局与审美品质。当年《新疆文艺》的编辑陈柏中回忆："当时我们读过这些书稿的编辑异常欣喜，认为有史以来第一部全景式描绘新疆历史文化的宏伟史诗快要诞生了！"[1]而后世学者认为它有高度的"人民性""理想性"[2]，即是对作家这两项艺术能力的

---

① 陈柏中：《读〈这边风景〉四题》，《伊犁师范学院学报（社会科学版）》2015 年第 1 期。

② 雷达：《这边有色调浓郁的风景——评王蒙〈这边风景〉》，《中国现代文学研究丛刊》2016 年第 2 期。

高度肯定。

不过，问题并不止于此。"史诗化""理想性"是彼一时期书写热火朝天社会生活的小说之普遍特征，赵树理《三里湾》、柳青《创业史》、周立波《山乡巨变》等均是如此。《这边风景》中凸显的阶级斗争（或人民中间进步与落后的对照）主题、势不两立的人物关系以及正邪分明的价值观念与它们实无二致，表现出强烈而浓郁的政治理性。那么，《这边风景》的独特性在何处呢？笔者以为，恰是在政治理性书写之外的情感表现上（当然，这种情感表现与新疆伊犁这一特殊的地域书写密切相关）。在论述这一情感内容的结构性表现之前，先简要展开一下《这边风景》中的叙事理性之表现。

除了前述的政治理性外，文本叙事还体现出一种经济理性。其一，在叙事组织上，作家采用以一统多的方式，将众多人物日常生活中发生的层次不等、轻重不同的小事件如返乡、收麦、求学、赶车、结（离）婚、吃瓜、打馕、喝茶等盘结在同一个大事件上，即第七生产队麦子夜半被盗。小说的核心人物是乌鲁木齐工厂退出，返乡参加农村劳动的伊力哈穆，作为"拟外来者"，更作为中共中央政策及毛泽东思想的坚决拥护者，他仿似一个侦探，对麦子被盗的前前后后充满好奇。大队书记库图库扎尔的八面玲珑、乌尔汗大姐丈夫外逃事件的缠杂不清，以及"四清"干部章洋的不辨是非，都使得这个案件扑朔迷离。但伊力哈穆始终不放弃弄清楚这一桩案件来龙去脉的信心与决心。他热爱学习中共中央颁布的政策文件，积极向公社书记赵志恒、县委书记赛里木汇报队里的实情，与正直坦诚的大队长里希提交流谈心，耐心做善良社员如阿西穆、阿卜都热合曼的思想工作，帮助失魂落魄的乌尔汗重新树立生活的信心，宽容理解乌尔汗丈夫伊萨木冬的过失，同时也敢于直斥麦素木篡改民族身份企图外逃的卖国行径，同时也不惧压力地与大队书记库图库扎尔争辩是非，如是等等，都起到不断推进案件趋于明朗的作用。以一统多、以多辐一的叙事结构既保证了文本的高度紧凑，又为大量非叙述手段如说明、描写、议论尤其是抒情的渗透、布局留下了空间。

其二，文本在人物布局上讲求对称。来自省里的"四清"工作队、县州两级的干部、大队基层的干部、居住在此的汉族人口以及广大的社员群众等，每一层级、群体中均存在着正反两派人物，即便是中间性质的群体，既存在貌似正面实则贪污受贿无原则的人物，如曾任七生产队队长的穆萨，也存在着真正犯了错误但实际上又善良无辜的人物，如马夫泰外库与参与盗窃案件的伊萨木冬。此外，几乎每一个出场的人物都有其来历，也有后续交代。文本在叙事进程中不断追溯人物的过往经历，并通过（伪）书信、日记等方式，进一步补充、阐释正在发生的事情。即便是在开首大赞特赞伊犁之美但并未参与整个事件的食品采购员米吉提，临近结尾时，作家也让他再次露脸，要办葡萄酒加工厂，进一步坐实他对伊犁的热爱。

其三，尽管《这边风景》完成于20世纪70年代，但是，毋庸置疑的是，当下读者读到的毕竟是作家2012年重读、校订并在2013年公开发行的版本，深情感叹往昔的"前言"、简洁梳理成书过程的"后记"以及每一章末附加的"小说人语"都构成了阅读、理解正文内容不可或缺的"副文本""超链接"，负载着额外的意义。但是，这种超出原文容量的感慨与修订（其中包含着对历史事件的再阐释）也不是没有边界的。对"真实"的强调①、对文稿"过时"的坦承②以及"保持当年面貌，适度地拉到新世纪来"的校订原则③，充分体现了作家正视自我、反思历史的理性意识，进而避免了过度阐释以及沉湎往事时抒情的滑腻化。

简言之，这种讲求统纳、对称与节制的经济理性，是王蒙青年时代养成的数学思维在创作中的体现。他青少年时代非常喜欢数学，甚至达到"如痴如醉"的地步。数学中蕴含的"逻辑和智慧"是最高级别的"美丽"与"光明"，让人感到"忠诚""可靠"。④在以后的人生道路中，这种对数学的热爱转换为对马克思主义经典著作中逻辑的激赏，以及求实、务实的人生态度的追求。不仅如此，他还认为，对"智慧"的寻求需要"忠诚"做保障。⑤而"实践、实绩、事实是激情的基础"。⑥

因此，王蒙小说中的叙事理性是其情感抒发的重要堤坝，不仅规定了情感的表现形态，也约束着情感的趋势走向。换言之，王蒙小说中的情感既是

---

① 《〈这边风景〉前言》，《这边风景》（上），花城出版社2013年版。
② 《〈这边风景〉后记》，《这边风景》（下），花城出版社2013年版，第703页。
③ 《〈这边风景〉后记》，《这边风景》（下），花城出版社2013年版，第705页。
④ 《王蒙自传》第一部《半生多事》，北京联合出版公司2017年版，第43页。
⑤ 《王蒙自传》第一部《半生多事》，北京联合出版公司2017年版，第44页。
⑥ 《王蒙自传》第一部《半生多事》，北京联合出版公司2017年版，第70页。

镶嵌在这一叙事理性之中，与叙事理性构成映照、错动关系，同时也反作用于这种理性，为这种理性之贯彻保驾护航，而不仅仅是主体精神心理的彰显或故事情节的生活点缀。对中国共产党的热爱、对社会主义制度的颂赞、对伊犁风景物产之爱、对乡民淳朴善良品性的彰显、对地主奸诈残暴行为的鞭挞以及对弃国奔赴苏联者的气愤、对部分基层干部油腔滑调的作风之厌恶等，不一而足。并且，与叙事理性的结构性相对应，这些情感内容之间也存在着一定的结构关系，比如，对伊犁的热爱是故事得以展开的启动器，对普通乡民的同情、肯定与对地主阶级的憎恨是纷纭的人物关系不致散乱的凝聚剂，而对社会主义祖国的热爱、对中国共产党的崇敬则是整个叙事大厦稳固、坚实的支撑点。而这些情感内容也都包含在风景书写中，丰富的风景书写立体多向地交叠着特定年代作家对新疆农村生活的观察、感受与思考，在历史与现实相交叉的纵深而广阔的叙述视野中，体现出社会主义文化心理的构建机制，并以其充沛、动人获得了超越时空限制、民族区隔的艺术魅力。

二、风景书写中的情感表现及其性质

在以故事情节为表现根柢的小说中融入大量的风景，是中国现代小说的重要叙事传统之一，鲁迅《故乡》、萧红《呼兰河传》、沈从文《边城》、路翎《财主底儿女们》等均可视为典型文本。天光、山水、草木、旷野、庄稼等都被创作主体赋予深沉的情感内容，是现代主体性投射与建构的重要场域。以此为标尺，有研究者认为在"十七年"农村题材的小说中，以赵树理的《三里湾》《锻炼锻炼》为代表，风景书写趋于简单化，"没有对自然景物的细致描摹，更缺少人物对自然的抒情"。[1] 如果将同样书写政治运动背景下社会主义初期农村生活的《这边风景》纳入批评范畴，这一观点恐怕还可以再商榷。谈及《三里湾》的阅读感受，王蒙说："我佩服他的群众化的语言和他对于北方农村的人情世故的洞察与表现，但是我不满足，对如火如荼

---

[1] 贺仲明：《文学风景中的权力与传统——以"十七年"乡土小说的风景描写为中心》，《文艺研究》2023 年第 8 期。

的新中国的描绘，需要激情，需要浪漫，需要缤纷的幻想与色彩，而伟大的老赵，除了朴实，还是朴实，除了泥土，还是泥土。"① 在《这边风景》中，王蒙的激情内蕴在整体的故事讲述与核心人物伊力哈穆的政治忠诚方面，但更凸显在宏阔与细腻兼具的风景描绘中。

具体言之，《这边风景》中的风景书写大致可分为两类，一是指在地壳运动、天地造化中生成的地形地势、气候植被，其间虽包含着人类活动，但从叙述目的与效果上，强调的是不以人的意志为转移、不因社会剧变而转变的自然风景；二是与生存、劳动密切相关的农事风景，以果园、水渠、庄稼为主。行文上，两者有交叉、胶着，也常在一起，但根据上下文语境，表意侧重的区分度还是非常明显的，各自承担的功能也比较鲜明。

如前所述，文本的情感表现是镶嵌在叙事理性的框架当中。这种镶嵌体现出的规范与限制意识也作用于自然风景的描写。伊犁人对家乡自然风景的赞叹、热爱是叙事得以开启的基本动力。小说开篇，1962年5月，在从乌鲁木齐到伊宁的汽车上，留着漂亮黑胡须的食品公司采购员米吉提开口便定义伊犁之美："'如果说祖国的边疆是一个金子的指环，那么，我们的伊犁便是镶在指环上的一颗绿宝石！'""绿"体现在：

> 到处是郁郁葱葱的一片碧绿！高山上是云杉密林，丘陵上覆盖着肥美的牧草，河谷地区，到处是纵横的阡陌，是庄稼，是果园，是花坛，白杨高耸入云，葡萄架遮住了整个庭院……

似乎为了配合黑胡子的叙述，叙述者从第三者较为客观的立场描绘公路两旁的山坡，无数四季常青的云杉矗立，"显示一种庄严沉静的墨绿色"。在这种宏阔的描述之后，是细腻的特写：

> 进而由峭壁的顶端，一股清澈的雪水，伸延倾泻下来，到山谷汇入永远奔腾不已的急流，击打着怪石，冲刷着积年的落叶，扬起朵朵银花，旋转跳跃而去。②

借黑胡须之口，作家体现出明确的地理与政治的归属意识。伊犁之美与祖国这只大手、与边疆这个"金子的指环"密不可分。《这边风景》中的核

---

① 《王蒙自传》第一部《半生多事》，北京联合出版公司2017年版，第115页。
② 王蒙：《这边风景》（上），花城出版社2013年版，第2页。

心事件即麦子被盗正是由祖国分裂势力从中作祟。苏侨协会的"专员"木拉托夫，相当于曹禺《日出》中的金八，几乎不露面，但麦素木、库图库扎尔及其老婆、赖提甫等都与木拉托夫有着明暗不同的关联，受其指使。这个看似轻巧的比喻其实别有深意存焉，是以抒情的方式宣告伊犁是祖国不可分割的一部分。进而，伊犁山水成为祖国的隐喻。阿卜都热合曼老汉的女儿哈丽姐在上海读完大学之后，嫌弃自己的国家穷，准备和同学、未婚夫艾山江去苏联。伊力哈穆安慰气病了的热合曼："'天山没有走，伊犁河没有走，我们没有走！'祖国还在这里，人民还在这里"。①

　　将山河喻为祖国，是十七年文学的普遍现象。但写景由广面铺陈到聚焦一处、由静到动、由高到低、由大到小的层次转换，则体现出"少共作家"王蒙的文人意识。与赵树理、柳青等作家不同，王蒙不是特别了解农村状况的作家，尽管儿时被寄养在乡下老家，但其生命记忆却是从城市生活开启的。其文艺修养更是与在北京所受的教育密切相关，他对苏联小说的如饥似渴、对交响乐的推崇以及对数学与诗歌之关系、小说结构与音乐旋律相对应的感知，都体现了他的文人气质。因此，他笔下的自然风景书写，同样有着"十七年"及"文革"农村题材小说功用化、政治性特征，但风景呈现向价值赋予间的滑动，相对来说比较有周折。这增强了小说的生动性、趣味性，但更凸显了在归属关系中伊犁的"地方性"与"独特性"，同时也映衬出作家应对新环境的机敏以及积极融入的姿态，有助于观察者情感的渗入。

　　伊犁风景的"地方性"与"独特性"在农事风景中有着更突出的体现，作家也更明确地将自身的思想、情感寄寓其中。伊力哈穆从乌鲁木齐回乡不久，就赶往庄子，一路见到的田野景象是：

　　　　路旁各有六行栽植齐整的杨树，已经长大成林。丰满的枝叶，随风作响，在路上摇曳着缭乱的阴影，散发出一种类似梨儿的甜香。……再把视线放远一点，一望无际的大块条田，乌黑碧绿的冬小麦随风舒适地摇摆着身躯，变幻着表面的形状和色泽。油菜的金花正在盛开，每一朵小黄花就像一滴水，汇集起来成为一片汪洋，招引着蜂蝶。玉米苗还很矮小，为了来日的惊人的长势，它们正在不动声色地深深地、深深地向

---

① 王蒙：《这边风景》（上），花城出版社2013年版，第140页。

泥土的深处扎根。①

这段文字是典型的社会主义"自然"书写。在视线的上下跳跃、远近变换中，广角镜头扫描与微距镜头聚焦交替使用，写出农作物的生机勃勃。更重要的是，使用主体意向性极强的词汇如"变幻""招引""为了"赋予油菜、玉米以人格气质，凸显其极强的目的性，是特定年代极端重视人之主观能动性的体现。而将每一朵小黄花比喻成一滴水，汇聚成海洋，体现的则是极富时代特色的集体主义精神。最终，它们接受劳动人民的"调动指引"，"正在进行那万古长青的伟大而神奇的合成，提供着社会生产和人民生活的无限财富。"②这种语义符码的编织，有助于从风景向历史的过渡。接下来，伊力哈穆对于伊犁近代史的联想顺理成章。

麦收是伊犁地区主要的农事活动，任务繁重，持续时间长，大家吃住在"庄子"里，依照惯例，开镰之前，还要全员聚餐，喜庆如过节。因之，是多重事件矛盾冲突展开的主要场所，各类人物的思想性格、行为品质在这里得到展现，而伊犁人的生命观、情爱观乃至政治观也得到充分的演绎。"金黄的太阳照在金黄的麦秆和麦穗上，空气中充满了炙人的黄光。"其间充溢的是丰收的喜悦与对生活的热爱。乡民们习惯于在烈日下兴高采烈地干活，认为夏日汗流浃背的炎热，能够祛除疫病，符合养生之道。在此衬托之下，穆萨队长强调麦收主要是一项任务，一心要拿到全公社完成的第一名，不仅脱离实际，也有损农民的劳动习惯与生命观念。而与这种明朗热烈的景象相比，大队书记库图库扎尔不仅躲避劳动，还在哥哥阿西穆的果园挑三拣四地吃瓜，就不仅仅是懒惰所致了，而是阶级对垒问题。库瓦汗干活敷衍潦草，雪林姑丽好心指正，却被大骂了一场。雪林姑丽因之夜半难眠，出来散心。月色之下，一渠青光，闪烁变幻。牛马咀嚼声、汽车声以及风吹玉米叶子声，不断传来。青草、树叶、玉米、小麦、雨后泥土等散发出不同的香气，使人如醉如痴。这些感受都非常微渺，不仅需要人物的内心十分安静，还需要有足够的品位修养才能感受到。作家将这一物我融合的、十分文人式的审美能力赋予雪林姑丽，使其感受到生命的成

① 王蒙：《这边风景》（上），花城出版社2013年版，第43—44页。
② 王蒙：《这边风景》（上），花城出版社2013年版，第44页。

长与美好，一定程度上，是将风景当作了独立的审美对象。至少，与流行的政治话语同频共振（接下来雪林姑丽和好友狄丽娜尔谈到了社会主义建设），而非被后者裹卷。

由此可见，《这边风景》中的风景书写在整体性的政治隐喻系统内部，仍保持着个人生命与集体行动、传统文人独语与政治党派代言、细腻的美学品鉴与急切的社会内涵之间的张力及其平衡。叙事理性一方面规约了风景书写的向度与尺度，另一方面，风景自身的丰富与饱满也得到了呈现。追及这一张力存在及平衡的缘由，不可忽略的要素之一是作家的创作立场，即对生活本身的热爱与直视。

三、生活：叙事理性与情感表现间平衡的支点

要承认的是，《这边风景》具有深刻而鲜明的时代烙印，即将一切势不两立的矛盾冲突都归结为阶级矛盾。中苏关系、民族关系以及社员内部关系的核心是阶级关系。阶级斗争思维牵引着作家的人物身份设置、人物关系布局以及胜负结局。与阶级论相关的血统论观念也在小说中大张其道。作家几乎为每一位出场的人物都讲述了其身份来由。凡是正直的，如伊力哈穆、里希提，祖上都是世代长工，他们儿时都深受地主压迫、羞辱。凡是不幸的女性如乌尔汗、雪林姑丽、狄丽娜尔在原生家庭中都受尽疾苦折磨。而地主的侄子还是热衷于制造对立，中农的后代还是企图浑水摸鱼，如是等等。此外，也有以艺术的方式图解中共中央政策、政治运动以及伟人思想的教条化倾向，对社会主义行进过程中的农村难题缺乏制度设计层面的反思。这种"硬气功式的"努力，体现在多年之后作家对伊力哈穆这一人物塑造的反思上，"小说人也对伊力哈穆的原则性与不识相性感到有点受不了了。"[1]

但是，对充满斗争、挑战的生活之积极拥抱，在相当程度上调和了这种简单化倾向，避免在叙事理性与情感表现之间一头沉，这在风景书写上表现得分外明显。前述所言风景的"地方性""独立性""文人性"等特征，在小

---

① 王蒙：《这边风景》（下），花城出版社 2013 年版，第 521 页。

说中还有多处体现。例如，言及伊犁严寒而晴朗的冬日，老百姓照样精神抖擞，认为"越冷就越能够消除病疫，强健筋骨"。对于物我交融式的情境描绘，经典场面之一是伊力哈穆与穆萨在星空下推心置腹的谈话。"上弦月落下去了，天色稍稍一暗，星光却显得逐渐灿烂。晚春的清风吹拂着面孔，送来了农村特有的混合在一起的庄稼、野草和树叶的香气。"自然风景与农事风景合而为一，正如伊力哈穆与穆萨的和谐相融。对于这个场景的解释，作家在"小说人语"中说：

> 腥风血雨的阶级斗争的存在是一个事实，某种程度的阶级合作与关系调理也是事实。不同的时间地点条件下，不同的意识形态各有侧重还是一个事实。能够做到倾听生活的呼声，而不是执着于特定的基本教义——原教旨，人类就会活得舒服一些了。①

"生活"，是理解《这边风景》艺术魅力的关键词之一。王蒙在不同的场合一再强调，自己是主动携家带口去新疆参加劳动锻炼的，这与当时右派被下放进行劳动改造有着本质不同。正因为积极投入，他做到了与维吾尔族农民同吃同劳动，不仅精通维吾尔语，还成为当地农民的亲密朋友，终生难忘。同时，他密切关注着政治变动与文艺风向。"主体间性"特征在王蒙身上非常典型，且他能以积极的、乐观的态度融化之，而不会轻易被"同化"。这种态度，是被他视为"童子功"的。正因为如此，他能不厌其烦地一再描写伊犁的乡间风物，有心情有能力将其一年四季的变化、在重要时节的长势细细描摹，且赋予其象征意义。即便是出版前校订，王蒙也强调，"整理归纳，你不敢也未能摆脱其时的主流意识形态，记忆与形象化再现则离不开永远生气贯注的生活、世界与感受。"②这使得寄寓在风景书写中的情感既符合叙事理性的要求，同时又有自身的饱满多义。

生活天然具有在地拘时的属性，对生活过于执着，也必定带来既珍惜怀念又伤感慨叹的矛盾心态。在"小说人语"中，作家一再将伊犁风景化用到古典诗词中。一方面激活了文本风景的现实价值，另一方面则实现了寄寓其中的情感与当下现实之间的对话，构成了小说的"复调"。例如"问君能有

---

① 王蒙：《这边风景》（上），花城出版社 2013 年版，第 78 页。
② 王蒙：《这边风景》（上），花城出版社 2013 年版，第 72 页。

几多愁，恰似伊犁河水向西流！俱往矣，至今仍是刻骨铭心。"① 又如"西瓜甜瓜应犹在，只是容颜改。高楼昨夜又南风，山水故园无恙挂牵中。"② 不过，这种念念不忘、时不再来的矛盾心态反过来又进一步照亮了小说中的风景书写，进一步凸显了王蒙的"新疆美学"③。

就叙事结构中理性与情感的张力关系而言，《这边风景》无论是在王蒙个人的创作史上，还是在中国当代小说尤其是前 30 年的发展史上，都十分独特，难以被简单归类。但也正是难以被归类，它为我们重新理解新疆时期的王蒙，尤其是重新理解整个社会主义建设初期作家对自然风景的语义编织，提供了不可多得的参照，是社会主义文化心理形塑过程的一个倒影。难得的是，该文本在多年之后还能得到作家重释乃至修订，较之《三里湾》《创业史》等，这未尝不是一种幸运。这些"周边"都可被视为文本的一部分，是作家努力平衡历史与现实之强烈反差的重要表征，值得进一步深究。

（赵双花：济宁学院人文与传播学院副教授、博士）

---

① 王蒙：《这边风景》（上），花城出版社 2013 年版，第 22 页。

② 王蒙：《这边风景》（上），花城出版社 2013 年版，第 228 页。

③ 温奉桥、李萌羽：《王蒙的新疆美学——"〈这边风景〉里的王蒙与新疆"之一》，《中国图书评论》2018 年第 7 期。

《活动变人形》人物文化心理结构初探

罗　蕾

  1985 年春，刚刚步入"知天命"之年的王蒙在北京门头沟区西峰寺正殿边缘角落的一间小土屋中，开始了孤独而疯狂的写作，当年夏天，他在大连"八七疗养院"为作品定稿。① 这部"审判了国人，父辈，我家和我自己"② 的小说最终被命名为《活动变人形》，首发于 1986 年的《当代》，与张炜的《古船》、路遥的《平凡的世界》等一起"构成这一年长篇创作的总体高度"③。

  学者刘再复评价《活动变人形》是一部"深化到民族文化心理深层之中的现实主义"④ 作品，多年后，醉心于"人物文化心理结构"的小说家陈忠实则坦陈："中国当代作家王蒙的《活动变人形》、张炜的《古船》，哥伦比亚的马尔克斯的《百年孤独》和《霍乱时期的爱情》，意大利的莫拉雅亚的《罗马女人》以及美国的谢尔顿的几部长篇……比如说上述两位中国当代作家的两部作品，一本写旧一本写农村，都对我当时正在思考着的关于这个民族的昨天有过启迪。"⑤ 尽管王蒙本人曾强调写作《活动变人形》初稿时"还没有寻根、文化热"⑥，细究文本，我们却可以发现《活动变人形》在人物文化心理结构的形塑与想象方面早有探索。

---

① 王蒙：《关于〈活动变人形〉》，《南方文坛》2006 年第 6 期。

② 王蒙：《关于〈活动变人形〉》，《南方文坛》2006 年第 6 期。

③ 肖云儒：《中国当代文坛百人》，陕西人民教育出版社 1998 年版，第 488 页。

④ 刘再复：《挚爱到冷峻的精神审判》，《文艺报》1986 年 7 月 26 日。

⑤ 陈忠实：《再读〈活动变人形〉》，《南方文坛》2006 年第 6 期。

⑥ 王蒙、王干：《王蒙王干对话录》，漓江出版社 1992 年版，第 229 页。

  1980 年，李泽厚发表了长文《孔子再评价》，认为应在广阔的历史视野内和中国文明将与世界文明交融会合的前景上对孔子作出再评价，提出孔子思想"在历史上形成了一个对中国民族影响很大的文化——心理结构"[①]，后来他将这一观念扩展为"积淀"理论，说明人类文化心理结构的共时性、历时性和进化性[②]。作为"中国 20 世纪 80 年代学术思想领域第一人"[③]，李泽厚的文化理念和美学思想对那 10 年间的学者有着深刻的影响，也潜移默化地启发着许多小说家以新的方法"写活人物"[④]。如果说张炜、陈忠实、陆天明等作家在《古船》《白鹿原》《木凸》等家族史小说中刻画出中国传统文化心理结构在人物精神性格中烙下的根深蒂固的印痕，王蒙的《活动变人形》则将目光放得更远，在家族史的"多声部叙事"中写出了人物文化心理结构的时代性变构，这或许是对李泽厚过于重视文化心理结构的历史积淀因素、而多少忽略了其复杂性和不确定性的一种反拨。

  让我们将目光投向小说文本。《活动变人形》以语言学家倪藻 1980 年出访欧洲、拜访父亲倪吾诚当年的朋友开篇，在精心营构的"文化怀思空间"中回叙了倪吾诚蹉跎的一生与他和姜家女人们的爱怨纠葛。小说塑造了中国传统文明与西方文明遇合下的 3 类人格类型，一是偏向西方文明、不断求索与挣扎的，如倪吾诚、赵微土等；二是固守传统文明、拒斥西方文明、精神内核稳定的，如倪吾诚的母亲、姜静珍、姜静宜、姜老太太（静珍与静宜的母亲）等；三是在西方文明与传统文明之间持调和态度的，如赵尚同、倪藻等。在真实与虚构相交织的广阔时空背景中，王蒙以既同情又批判的笔法书写了家族故事，透过文化视角对中国历史与社会生活进行了深入思考，尤其通过创造倪吾诚"这一个"典型形象的心灵结构，叩问了近代以来中国知识分子的精神命运。

---

① 李泽厚：《孔子再评价》，《中国社会科学》1980 年第 2 期。

② 贾晋华：《二十世纪哲学指南中的李泽厚》，《中华读书报》2013 年 12 月 11 日。

③ 程光炜：《自我的觉醒：八十年代文学论》，春风文艺出版社 2021 年版，第 81 页。

④ 陈忠实曾谈到自己在接受了"文化心理结构"说之后，获得了塑造《白鹿原》人物的新途径。详见陈忠实：《从生活体验到生命体验》，《南方文坛》2017 年第 5 期。在对新时期长篇小说"魔幻"趋向进行研究的过程中，笔者发觉陆天明 1992 年出版的长篇小说《泥日》似乎也受到了"文化心理结构"说的影响，后来在通信中，陆先生也默认了这一点。

倪吾诚的家乡在河北省一个叫孟官屯的穷乡僻壤里，倪家是这里的首户，倪吾诚的祖父参加过"公车上书"，戊戌变法失败后自缢身亡，倪吾诚的父亲因为染上了抽鸦片的恶习而早逝。幼时的倪吾诚对先进思想有着一种无师自通的感悟力，他5岁上私塾，9岁上洋学堂，"一进洋学堂他就迷上了梁启超、章太炎、王国维的文章"①，10岁时他便声泪俱下地控诉缠足的愚昧和野蛮，14岁要砸祖宗牌位，这种超出同龄人的早熟令其母亲觉得可怖，于是在亲生母亲的教导之下，倪吾诚抽上了大烟，这为他身体与精神的孱弱矛盾埋下了祸种。

为了到县城里的中学读书，倪吾诚同意奉母命完婚，在妻子姜静宜娘家的资助下，他得以赴欧洲留学。游学欧洲之后，倪吾诚对西方文化有了"皮相"的了解与热爱，常以西方文明的代表自居，开始在生活的琐事中向传统挑战。然而，倪吾诚遇到了强大阻力，他在与岳母姜老太太、妻子静宜、妻姐静珍旷日持久的家庭战争中陷入了可怕的泥潭，事业上也因自己的糊涂与家人的"败祸"而陷入窘境。正如学者李萌羽所言，"纷争的背后折射的深层问题却是文化的冲突"②，曾经留学西方的知识分子倪吾诚与来自"孟官屯——陶村"保守文化的姜静宜等分属于不同的"文化阵营"，倪吾诚性格中不乏真诚可爱的一面，但他志大才疏，做事不着调，逐渐在中西方文化冲突和碰撞的罅隙中挣扎、深陷、沉沦，姜家母女三人世俗、封建、守旧，但实干而强力，有时倒颇富传统仁学结构中强调人世现实的理性精神。

如所周知，《活动变人形》中的倪吾诚原型其实是王蒙先生的父亲王锦第，这是一个"生活在时代之外的人"（温奉桥语③）。王蒙把倪吾诚放在巨大的文化人格心理焦虑中予以表现和解析，倪吾诚的一生，像极了"活动变人形"这个隐喻与象征。小说里，倪吾诚曾经满怀舐犊之情地给儿子倪藻送了一套"活动变人形"——一种日本玩具读物，这套画片分为头、上身、下身三部分，每部分都可以独立翻动，从而排列组合出无数个不同的人形图

---

① 王蒙：《活动变人形》，中国友谊出版公司2019年版，第53页。

② 李萌羽：《"变"的辩证法——王蒙〈活动变人形〉的文化符码解读》，《名作欣赏》2008年第9期。

③ 温奉桥：《对话与交响：舞台剧〈活动变人形〉》，《人文》2022年第1期。

案。后来，王蒙借小说人物赵尚同之口，说出了每个人都如这"活动变人形"，"每个人可以说都是由三部分组成的"，他的心灵、欲望、幻想、理想、追求、希望，都是头，他的知识、本领、资本、成就、行为、做人行事是身，他的环境、地位、立身之地是他的腿。命运之吊诡与残酷之处在于，倪吾诚自少年时就怀着理想主义情怀，且是一个"天生的民主主义者"①，然而因为先天的社会历史大环境、家庭小环境与自我精神力量之不足，他的理想主义始终未能实现。他与静宜一样，出生在"羊厄厄蛋，上脚搓……喝醉了，打老婆"的封建落后之地，这里的地主信奉"'革命'，比起鸦片烟来，当然要凶险一千倍"②，在母亲与表哥的诱导之下，倪吾诚染上了鸦片与自渎的恶习，16岁时大病一场，"此后一生，他的高大的身躯、俊美的面容始终与他细而弯的麻秆似的腿不协调的长在一起"③，半个多世纪以后，他果然跌断了踝骨，成为一个"变了形"的人。

头、身、腿的不协调不仅是外在形象上的，更是精神上的。倪吾诚在青年时代就有着超乎年龄的志向，但他又有思维散漫、言胜于行的毛病，所以学术上一事无成，专爱在生活的细节追求西化，且不懂结合实际、循序渐进、以情动人的道理。他对家人常怀有善意，有时又极不负责任，反而两次把自己逼近濒临死亡的境地，有一次是自杀未遂，堪称在"三维的精神地狱"④中磋磨而几无长进。他为人交友诚挚温和却缺少风骨、不加选择，既与史福岗这样的良友结下友谊，也曾与汉奸有所往来。在快70岁时，倪吾诚失去了视力与双腿的功能，还说自己的黄金时代尚未开始，"倒像明天或者后天，明年或者后年他能大放光芒似的"⑤，写到这里，作者王蒙忍不住借叙述者倪藻的口吻愤怒地谴责："这是彻头彻尾的轻佻，是脑袋掉了不知道

---

① 王蒙：《活动变人形》，中国友谊出版公司2019年版，第78页。

② 王蒙：《活动变人形》，中国友谊出版公司2019年版，第74页。

③ 王蒙：《活动变人形》，中国友谊出版公司2019年版，第55页。

④ 刘再复在《挚爱到冷峻的精神审判——评王蒙的〈活动变人形〉》（《文艺报》1986年7月26日）一文中说："这是王蒙式的三维精神地狱，即由恶劣的社会环境、古老的文化观念和自身的心灵所构成的地狱。"

⑤ 王蒙：《活动变人形》，中国友谊出版公司2019年版，第353页。

怎么掉了的混账!"①

正如学者郭宝亮在《论王蒙的文化心态及其传统认同》中所说的,倪吾诚的典型意义就在于"相当有代表性地表现出中国 20 世纪知识分子在西方文明与传统文明夹缝中的处境",他的一生"耽于幻想而讷于行动"②,痛苦又可笑。阖卷之际,笔者看到从 20 世纪 40 年代日伪占领时期的旧北京到新时期的曙光带来很好的政治气候,倪吾诚的文化心理结构基本都由他接受并信奉不疑、"食西不化"的表层西方理念为柱梁,这种心理结构影响着他的思想质地、道德判断和行为选择,他的心理结构一度受到异质文化的激发从而焕发出活力,但在中国传统社会与家庭、自我多种事象的压迫冲击下,接近颠覆的危险,从而使他遭遇着深层的痛苦,到了晚年有时产生阿 Q 般的自我安慰、自我麻木的心理。归根结底,倪吾诚文化心理的矛盾、生存状态的落魄似乎没有真正地改变过,他的一生仿佛是命运的悲剧,也是性格的悲剧——没有自审意识的他,在被扭曲的关系之中,始终没有走出他人与自我的地狱。好在小说里,寄托着倪吾诚美好愿望的倪藻③走向了父亲向往的、更加文明的生活,而《活动变人形》也因此成为一部情难忘、意难平的小说。

(罗蕾:中国石油大学(华东)文法学院讲师、博士)

---

① 王蒙:《活动变人形》,中国友谊出版公司 2019 年版,第 354 页。
② 郭宝亮:《语言·审美·文化》,花山文艺出版社 2013 年版,第 107—108 页。
③ 王蒙在《活动变人形》中写道,"他(倪吾诚)亲自给倪藻起的名字,倪藻,就是'早'就是 good morning,就是欧罗巴的文明……"见王蒙:《活动变人形》,中国友谊出版公司 2019 年版,第 171 页。

小说的"回旋曲":《霞满天》中的王蒙密码 [①]

段晓琳

2023 年是"人民艺术家"王蒙从事文学创作 70 周年，在与共和国一同成长的文学生涯中，王蒙为中国当代文学贡献了《青春万岁》、《组织部新来的青年人》、《活动变人形》、"季节"系列、《青狐》、《这边风景》、《笑的风》、《猴儿与少年》等重要作品。其中 2022 年发表、2023 年出版的《霞满天》[②]是王蒙新近创作的小说中引人注目的一部。无论是对于王蒙的个人创作来说，还是对于中国新时代文学而言，《霞满天》都是一部重要的作品。小说中所展现出的坚定的人民立场、强烈的家国情怀、宏阔的人类视野，以及以文化自信与民族自信讲述中国故事的文学自觉，彰显了王蒙小说创作的新时代文学品格。

从文本细读的角度来看，《霞满天》是一部暗藏玄机的作品。这是一部小说的"回旋曲"，王蒙在小说的"回旋"中埋藏下了许多"密码"。"回旋曲"写法是王蒙所格外欣赏的一种写法，它可以用于小说创作，也可以用于诗歌写作。具有浓厚"李商隐情结"[③]的王蒙，在诗论《李商隐的回旋曲(外二章)》中，曾重点解读了李商隐的"回旋曲"写法。王蒙认为李商隐的"诗之回旋"主要包括时间的回旋、视角的回旋与诗语的回旋 3 个方面：时间的回旋是指

---

① 基金项目：本文系中国海洋大学中央高校基本科研业务费专项项目"新时期文学批评'向内转'问题研究"（项目编号：202113021）的阶段性成果。

② 王蒙的中篇小说《霞满天》最初发表于《北京文学》2022 年第 9 期，2023 年 3 月小说集《霞满天》（含《霞满天》《生死恋》两部中篇）由花城出版社出版。

③ 赵思运：《王蒙旧体诗中的"李商隐情结"》，《中国当代文学研究》2022 年第 2 期。

现在、未来、过去与现实、想象、回忆的彼此交织、相互转化、相互影响乃至共时存在，它体现了"时间的多重性"[1]；视角的回旋是指君与我、主与客角色视角的回旋转换，这是一种虚拟的多层次复调对话状态；而诗语的回旋则是指诗歌中字词的重复现象，在这些有意义的重复中形成了诗的"张力与悲哀，悬念与期待，落空与落实"[2]。王蒙认为正是通过时间的回旋、视角的回旋与诗语的回旋，李商隐完成了比音乐回旋还要回旋的诗之"回旋曲"。而王蒙的小说《霞满天》中也存在着复杂的小说"回旋曲"，因此《霞满天》与《李商隐的回旋曲》可以作互文参照阅读。首先，《霞满天》同样以时间的回旋与视角的回旋实现了小说叙事的回旋，并在叙事的回旋中，以多层次疾病隐喻叙事为中心形成了小说的双重环形叙事结构。而且，《霞满天》还通过作者的在场与虚构的暴露、时间的"错置"与"重版"、多文本的嵌套与互文实现了小说虚构的回旋。正是在叙事的回旋与虚构的回旋中，王蒙借助双重环形叙事结构和文本内外的互文，完成了一部关于女性、国族与人类的寓言，并将这寓言写成了一部对女性、国家和民族、人类精神的赞歌。这便是《霞满天》中的王蒙"密码"，它彰显了王蒙小说创作的新时代文学品格。

一、叙事的回旋与疾病的隐喻

《霞满天》的小说叙事结构严密而精巧，其总体小说叙事是一种双重环形叙事结构。小说楔子和正题共同构成了从 2020 年代到 2020 年代的环形叙事，而小说正题部分以蔡霞为中心的叙事则构成从 2012 年到 2012 年的环形叙事。这种双重环形叙事结构是通过视角的回旋、时间的回旋与叙事的回旋来共同完成的。

具体来看，《霞满天》由小说楔子部分开始叙事，楔子（1—4 章）由"我"（王蒙）以第一人称视角讲述了"我"往事中的"日子"和几个老友的故事片段。这看似碎片式的随笔体记录中却暗含着两条与时间有关的叙事线索。

---

[1]　王蒙：《李商隐的回旋曲（外二章）》，《读书》2023 年第 2 期。
[2]　王蒙：《李商隐的回旋曲（外二章）》，《读书》2023 年第 2 期。

首先是时代线索。与共和国一同成长的王蒙，是一位擅长在个人史中讲述国家史的作家。《霞满天》的楔子在讲述"我"30岁、40岁、40岁后对"日子"的感受以及新疆"铁胃人"老友、北京"没情况儿"老乡和某海滨城市"大舌头"姜主席的故事时，王蒙借助"五七"干校、"爱国卫生"运动、"批林批孔"、出国移民梦以及市场经济东风等标志性时间节点，在个人史的片段中折射出了国家发展史中的大时代变迁。楔子部分在看似随意的散文式感慨中，将1950、1960、1970、1980、1990年代的个体往事与国家往事，按照时间顺序予以了以点带面、以小见大式的呈现。在这一叙事中，个体与时代、个人与国家紧密相连、同步向前。也正是时代线索的连续性，让小说楔子与正题部分获得了叙事上的连贯与气韵上的相通。

其次是叙事时间线索。《霞满天》的小说叙事是从当下2020年代（约2021年）的回溯式讲述开始的，而这个立足当下的叙事时间并没有被王蒙明确点出，而是需要读者在阅读中自己推算出来。楔子中的"我"在30多年前因病疗养时认识了某海滨城市的姜主席，分别后不到一年，"我"就听到了他投资期货被骗、突然因病去世的消息。由于市场经济的东风与"从未与闻的'期货'市场"在改革开放后的出现时间是1990年代初，那么距此30年后的现在就是2020年代初，这说明《霞满天》的小说叙事是从2020年代初开始的。而在小说的结尾部分，小说叙事又回到了2020年代初："二〇二一年，在'霞满天'院里，王蒙终于见到了九十五岁庆生的蔡霞'院士'。"① 也正是立足于当下的叙事才为王蒙提供了"王按"与"王评"的机会，让"王蒙"得以直接参与叙事对话并做出了立足于当下的价值评判。

《霞满天》的总体叙事（楔子＋正题）是"我"（王蒙）在2020年代讲述发生于2020年代的"我"与步小芹、蔡霞交往的故事。在这一叙事中，王蒙通过叙事视角的转换与回旋，形成了小说叙事的3层嵌套：层次一，"我"讲述"我"与步小芹、蔡霞相识相交的故事；层次二，在层次一的叙事中嵌入"我"听步小芹讲述和转述蔡霞的故事；层次三，在层次二的叙事中嵌入蔡霞对其人生经历的自述。这种叙事视角的回旋转换在参差对照中形成了一种立体复调叙事，蔡霞、步小芹和王蒙（"我"）都对蔡霞的奇葩行为

---

① 王蒙：《霞满天》，花城出版社2023年版，第66页。

与传奇经历发出了自己的声音并做出了价值判断。

更重要的是，在小说主体（正题）部分，王蒙完成了以蔡霞为中心的从2012年到2012年的环形叙事。在这一环形叙事中，以疾病为核心，形成了多时间轴的多层次疾病隐喻叙事：

首先，时间轴一（第5—9章）的叙事是"我"听步小芹讲述蔡霞2012—2017年的故事。该时间段所覆盖的核心事件是蔡霞入住霞满天养老院后，因跌跤突然发作了幻想性精神病。蔡霞的精神病是《霞满天》中叙事节奏最慢的部分，也是小说中最精彩的部分，它是小说的题眼、心脏与灵魂。以这一精神病为中心的多层次疾病叙事要靠整部小说的环形叙事结构来完成。仅从时间轴一来看，它完整地讲述了蔡霞入住霞满天养老院、因跌跤而发作精神病，并依靠时间与音乐的治疗而自愈的过程，其表层叙事即精神病的发病与疗愈。但时间轴一的叙事中却留下了许多"格格不入"的悬念。比如，当王蒙听步小芹讲述蔡霞的精神病经历时，善于为休养员保密的步院长尚未告诉王蒙蔡霞的个体往事，但时间轴一的叙事却已经在字里行间透露出蔡霞的精神病发作与其"此生遭遇过重大的不幸"密切相关。而且当蔡霞的精神病被时间与音乐所疗愈后，时间轴一的叙事又专门提到了空间旅游的治疗作用，尽管入住霞满天后的蔡霞从未进行过旅游："为什么提到了空间的旅游？也还少有谁知道情况。霞满天，并没有旅游业务，小步他们还不敢组织古稀耄耋群体的大空间活动。"①个体的不幸与空间的疗愈这些突兀的悬念要到时间轴二的叙事中来揭露和解决。

其次，时间轴二（第10—18章）的叙事是蔡霞在听说王蒙想了解她的故事后，她向步小芹自述了其1926年至1996年的人生经历。该时间段所覆盖的核心事件是蔡霞初婚意外丧夫、再婚意外丧子、后遭丈夫与干闺女双重背叛婚变离婚、离婚后开启了国内外的全球化旅行。时间轴二的表层线性叙事是蔡霞前70年的人生经历，但其深层叙事却构成了以"病毒—免疫"模式为核心的疾病隐喻叙事，其中"病毒—免疫"模式兼具叙事结构功能与隐喻结构功能。时间轴二中的蔡霞处于一种大喜大悲、祸福更替的极端人生状态中，她人生中的重要机遇与幸福和重大不幸与灾祸总是螺旋缠绕、交替出

---

① 王蒙：《霞满天》，花城出版社2023年版，第32页。

现。蔡霞遭遇一次次苦难突袭后所作出的种种应对,恰似遭受了病毒侵袭的肌体所作出的一次次免疫对抗。这个多次突袭与对抗的"病毒—免疫"过程本身构成了时间轴二的线性叙事结构。同时从蔡霞的个体人生经历来看,这个"病毒—免疫"过程也构成了关于人生状态的疾病隐喻结构,其内里是对人性弧光与坚毅品格的赞美:"荒唐的痛苦正像一种病毒,摧毁生命的纹理与系统,同时激活了生命的免疫力与修复功能。我明白了,我不可能更倒霉更悲剧了。已经到头,已经封顶。我蔡霞反而坚定了一种信心。"①为了应对突袭而至、不得不全盘接受的灾祸与苦难,蔡霞采取了种种有效措施来向外发泄和向内修行。她购买健身器材锻炼身体,她排演话剧,用文艺充实自己,更重要的是她去新疆、西藏、云南、四川、甘肃、青海、布拉格、维也纳、俄罗斯、北中南欧洲名城、突尼斯、尼日利亚、好望角、伊朗、埃及乃至南北极等地进行国内外全球化旅行。对于蔡霞而言,"空间"成为了一种有效的治疗方法与自我救赎手段。至此,时间轴一中的悬念得以解决,但王蒙同时又在时间轴二里埋下了更大的悬念,即蔡霞为何在 2012 年突然终止了全球化旅行(空间自疗)而入住了霞满天养老院。而这个悬念的揭晓与环形叙事的闭合则要在时间轴三里完成。

最后,时间轴三(第 19—21 章)的叙事是一种第三人称全知叙事。2021 年,在霞满天养老院,王蒙终于见到了 95 岁的蔡霞,蔡霞在庆生摄影展上讲述了她南北极旅行的故事。当王蒙问她为什么在 2012 年终止了全球化旅行时,蔡霞微笑不答,含笑莫测高深,步小芹则小声告诉王蒙,"二〇一二年初,中日友好医院查体时候发现她的淋巴结有变化……"②这显然是一种强暗示,正是突袭而至的更大灾难、极有可能是癌症的重大疾病迫使蔡霞停止了自我疗救的空间旅行。因此,时间轴三的叙事仍是一种双层叙事,其表层叙事是对王蒙与蔡霞故事结局的交代,而深层叙事则是对以蔡霞为中心的环形疾病叙事的完成。2012 年既是小说正题部分疾病叙事的时间开端,也是小说主体疾病叙事的结尾,小说在完成全部叙事的同时,将蔡霞故事的结尾与开头相连,形成了完美闭合的环形叙事结构。

---

① 王蒙:《霞满天》,花城出版社 2023 年版,第 51 页。

② 王蒙:《霞满天》,花城出版社 2023 年版,第 75 页。

　　而从以蔡霞为中心的完整环形疾病叙事结构来看，在时间轴一（2012—2017）中同样存在着双层疾病叙事。时间轴一的表层叙事是关于蔡霞精神病发病－发展－自愈过程的完整叙事，而深层叙事则是关于"作为一种疗愈方法的精神病"的叙事。蔡霞的精神病不仅是一种疾患，更是一种疗愈方法。当历经人生苦难的蔡霞再次遭受命运的重大突袭（罹患绝症）时，她由外向式的空间自疗，转入了内向式的精神自疗。"疾病是通过身体说出的话，是一种用来戏剧性地表达内心情状的语言：是一种自我表达"[①]，蔡霞突然发作的自言自语、自恋自怜式的幻想性精神病是一种内向型的自我表达与"智能补偿"。因此蔡霞发作的精神病没有负面的情绪与心理变态："相反，她有时的低声含笑自言自语，更像是一个美好的假设，一首诗，一个温馨的微笑，一次巧遇，一种闲暇中的自慰，文静中包含着一点悲哀，与悲哀一起，还有几分得意……那种平缓与自美自赏的想象是正面的、丰富的与深情的。"[②]

　　结合时间轴三与时间轴二的叙事来重审时间轴一，会发现蔡霞发作的精神病不仅是疗愈身体病变（癌变）的有效方法，也是疗愈人生病变（苦难）的有效手段。发作精神病同样是"病毒—免疫"模式下蔡霞应对命运突袭时作出的免疫对抗。而历经时间与音乐的自我疗愈，从精神病中恢复过来的蔡霞，不但实现了身体的康复，还完成了人生境界的质的飞跃。她更加从容、成熟、尊严、体面、清晰、克己、多礼，展现出了更好的风度、高雅、坚韧与活力，她实现了由人境到圣境到佛境的提升。而蔡霞对其精神病的疗愈功能也有着清醒的认知："我知道我有点胡言乱语，对不起，我有点憋闷，我不服我的倒霉噩运，我想着我应该有点幸运、福气、彩头，我相信我的生活里会有许多美好的东西出现。没有也会有，没有当作有，心里有，念里有，想着有，话里也要有。我要快乐，我要幸福，我不信我会常常不幸，我要的是高雅与幸福，不是炫耀，不是撞大运，我又不愿意显摆显佩。我想撒撒气儿，我要坚持我是福星，不是灾星。"[③]

---

① ［美］苏珊·桑塔格：《疾病的隐喻》，程巍译，上海译文出版社 2020 年版，第 47 页。

② 王蒙：《霞满天》，花城出版社 2023 年版，第 24—25 页。

③ 王蒙：《霞满天》，花城出版社 2023 年版，第 32 页。

　　纵观蔡霞的 95 岁人生,前 30 年(1926—1956)是幸福的成长经历与爱情生活,中间 35 年(1956—1991)是灾星噩运、祸福更替的极端人生苦难,而最后 30 年(1991—2021)则是不屈不挠的决绝反抗与坚持到底的自我疗救过程。正是在这一无比艰难的人生历程中,一生学问深、经历惨、出身高、命运糟的蔡霞获得了人性的自我救赎并完成了人生境界的超凡入圣。当王蒙见到了 95 岁的霞满天"院士"蔡霞时,他为蔡霞的超高龄美貌与神仙风度所折服。历尽人生病变而又顽强自愈的蔡霞终于修炼到功德圆满:"与天为徒,天人合一,莫得其偶,是为道枢。"[1]

　　由此,再来反观由楔子和正题共同构成的双重环形叙事结构,楔子部分其实与正题相似,其核心也是关于疾病 / 人生病变 / 苦难突袭的叙事。楔子中看似碎片式的关于王蒙("我")、"铁胃人""没情况儿"、姜主席等人生片段的随笔式回忆,其共性内核都是如何应对人生病变(苦难突袭)这个问题。楔子中罹患咽喉病、口腔癌、颈椎病、心肌梗死等疾病的"他"和"他们"面对身体疾患、人生病变与命运突袭采取了不同的应对方式,有的积极,有的消极,有的成功,也有的失败甚至一败涂地。"他们"的故事与正题中"她"(蔡霞)的故事共同构成了有意味的参差对照与疾病隐喻,在大小双重环形叙事结构中共同揭示了《霞满天》的小说主题:"不要怕偶然与突然的祸端,因为我们勇敢而且光明。"[2] 而这也正是小说题目"霞满天"的内涵。

二、虚构的回旋与小说的寓言化

　　王蒙是一位言说欲极强的作家,这种强烈的言说欲不仅促使其小说语言经常处于一种汪洋恣肆、奔涌驳杂的语言流、词语流状态,还经常让"王蒙"直接以对话者、旁观者或叙事者的身份参与到小说叙事中,从而以"王蒙"的强在场感彰显着作者对虚构的掌控与对小说的话语权。例如 2022 年出版的《猴儿与少年》,该小说以鲐背之年的外国文学专家施炳炎与小说家

---

① 　王蒙:《霞满天》,花城出版社 2023 年版,第 69 页。

② 　王蒙:《后记:与日子一道》,《霞满天》,花城出版社 2023 年版,第 188 页。

王蒙的对话为核心，以施炳炎 1958 年在大核桃树峪的劳动生活往事为基础，借助对话叙事与往事嵌套讲述了上下近百年的个人史与国家史。尽管《猴儿与少年》的对话体叙事与夹叙夹议风格形成了一种口述史式的非虚构叙事效果，但小说结尾部分对虚构的主动暴露又消解了非虚构叙事的可能。王蒙以对虚构的强烈掌控解构了对话体叙事的非虚构性，并揭露了《猴儿与少年》的小说本质乃是"虚构性的诗化独语体小说"①。与《猴儿与少年》相似，《霞满天》同样以"王蒙"的在场、作者的"破壁"与虚构本质的主动暴露彰显着王蒙的强烈言说欲与对小说虚构的绝对掌控："看官，以上是本小说的'楔子'。您知道什么是'楔子'吗？中华传统小说与戏曲，常常要有个帽儿戏、帽儿段子。比如听戏，刚开幕，戏园子不像现在的剧场那么有秩序：找座位的，招呼亲友的，递手巾把儿的，卖孝感酥糖的还在闹腾。需要台上先蹦跶蹦跶，渐渐聚起观众的注意力。读小说也是一样，开个头，对世道人情、生老病死感慨一番，显示一下本小说的练达老到、博大精深，谁又能不'听评书掉泪，读小说伤悲'？"②

除了作者的在场与虚构的直接暴露外，王蒙还在《霞满天》中埋下了许多虚构的回旋与隐藏的虚构密码。比如时间的"错置"与"重版"。《霞满天》是一部在"时间"上极其讲究却又极其"不严谨"的小说，与时间有关的"错误"总是过分明显而又过于频繁地出现于小说中，这显然是一种有意为之，是一种与虚构有关的有意味的时间形式。比如在第 5 章中，蔡霞 2012 年入住霞满天时是 76 岁，但在第 21 章王蒙询问蔡霞时却说："您为什么二〇一二年，在您八十六岁的时候停止了全球化旅行，变成霞满天的'院士'了呢？"③同一年发生的同一事件却对应着两个年龄点，这种时间上的"错误"提醒着读者时间错置的在场。比如第 9 章中，蔡霞在霞满天春节联欢晚会上用多国语言朗诵诗歌这一事件发生于 2017 年，但在第 19 章中，步小芹却说蔡霞"自从二〇〇五年春节联欢会上做了多种语言的朗诵以后，立刻被全院称为

---

① 段晓琳：《身体发现·历史重述·独语体小说——评王蒙最新长篇小说〈猴儿与少年〉》，《中国当代文学研究》2022 年第 1 期。

② 王蒙：《霞满天》，花城出版社 2023 年版，第 14 页。

③ 王蒙：《霞满天》，花城出版社 2023 年版，第 74 页。

院士"①，这不仅与第 9 章的时间线发生了冲突，更与第 5 章及第 21 章的小说叙事发生了逻辑悖反，因为在蔡霞故事的开篇与结局，她都是 2012 年才住进了霞满天养老院，她根本不可能在 2005 年时就成为了霞满天的"院士"。再比如第 10 章中，蔡霞谈到薛逢春在 17 岁初见嫂子时陷入了对她的疯狂迷恋，而到了第 16 章时，却是 27 岁的薛逢春如痴如梦地思恋着自己的嫂子。此外，第 13 章中，薛逢春出轨干闺女小敏并致其未婚怀孕是在 1988 年，但在第 17 章中小敏生子却发生于 1991 年秋天，一孕三年，这显然不合逻辑也不符合常理。

总体来看，虽然与蔡霞相关的多个时间点因为数次出现的时间错置而发生了时间线上的连锁波动，但这些频频出现的时间错置并没有影响整体双重环形叙事结构的闭合与完成。在有效的叙事中，重复必有意义，由于"在各种情形下，都有这样一些重复，它们组成了作品的内在结构，同时这些重复还决定了作品与外部因素多样化的关系"，因此"一部小说的阐释，在一定程度上要通过注意诸如此类重复出现的现象来完成"②。这些反复出现的时间"错误"以时间的矛盾、逻辑的悖反与叙事的不自洽动摇了整部小说的真实性与可信力，强烈地彰显了小说的虚构本质及其人物的隐喻性与符号性功能。为了提醒读者时间"错误"的在场，王蒙不惜在叙事中直接揭露了时间错置与重版的可能："蔡霞继续说：是的，出嫁在一九五九年，似乎也可以说，同时是一九五六年，还同时是一九四五与一九四九年的重版，是时间的多重叠加，是人与国与家，还有我正在逝去的青春的情与梦的热遇……"③。

此外，《霞满天》中的文本嵌套与互文是更加隐晦的虚构回旋与虚构密码。王蒙是一位善于在小说中嵌套文本的作家，依靠文本间的嵌套与互文，人物命运与小说主题往往能够得到强化与加深。在《青狐》《笑的风》《猴儿与少年》等代表性小说中都存在着典型性的文本嵌套与互文，《笑的风》甚

---

① 王蒙：《霞满天》，花城出版社 2023 年版，第 66 页。

② ［美］J. 希利斯·米勒：《小说与重复：七部英国小说》，王宏图译，天津人民出版社 2008 年版，第 3 页。

③ 王蒙：《霞满天》，花城出版社 2023 年版，第 40 页。

至在出版时以字体区别、变体引用等方式来强化文本间的嵌套性，这显然也是一种有意为之的"有意味的形式"①："中华读书报：小说中有着重号、变体等符号的引用，竟然觉得不可缺少，的确在阅读中起到了警示、强化等等作用。您在之前的小说中也这么在乎标点符号及文体的变化吗？王蒙：过去我也在乎，但从来得不到编辑的同意。这次得到了陈晓帆责任编辑的支持，做成了。谢谢陈编辑。"②

与《青狐》《笑的风》《猴儿与少年》等作品对文本的直接嵌套不同，《霞满天》中的文本互文以一种更隐蔽的密码式线索存在，它的互文发生于文本之外。《霞满天》在小说叙事中提到了王蒙的另外 3 个作品，《没情况儿》《夜的眼》和《初春回旋曲》。这 3 部小说的文本内容并没有被直接嵌套于《霞满天》中，但这 3 部作品在《霞满天》中的出现却是一种强暗示，它给予了介入《霞满天》文本的新线索，强烈地诱惑着读者去发现《霞满天》文本之外的互文。相较于《没情况儿》和《夜的眼》，《初春回旋曲》在《霞满天》中的地位显然更高，它直接参与到了《霞满天》的小说叙事与人物塑造之中：

九十五岁的蔡霞与八十七岁的王蒙见面，她笑着说："我读过你的《夜的眼》和《初春回旋曲》。"

"什么？回旋曲？"我一怔，一惊。

《初春回旋曲》一直在我心里，发表以后没有一个人说起过它，以至于听到蔡霞的话我想的是，好像有这么一篇东西，可是我好像还没有写过啊。

似有，似无，似真，似幻，似已经写了发表了，似仍然只是个只有我知道的愿望。

她说："欧洲民间的轮舞曲，两个不同主题的对比。读着它，就像当真跳了舞。"③

王蒙发表于《人民文学》1989 年第 3 期的《初春回旋曲》是一部典型

---

① ［英］克莱夫·贝尔：《艺术》，周金环、马钟元译，中国文艺联合出版公司 1984 年版，第 4 页。

② 舒晋瑜：《王蒙：时代的汹涌与奔腾前所未有》，《中华读书报》2020 年 6 月 17 日。

③ 王蒙：《霞满天》，花城出版社 2023 年版，第 74 页。

的元小说，它展现了小说虚构的不确定性与小说创作的正在进行时。《初春回旋曲》的开篇便充满了"回旋"，小说在"我们"—"她"—"他"—"你"—"他"—"我们"—"我"—"你"的人称回旋中，将小说的时间情境设定为一个有着惨白清冷月光的冬夜。就在这个"我"和"你"喝茶回忆往昔的冬夜里，"我"突然说起了一部 1960 年代写的却已丢失了的小说稿子。随后，"我"便向"你"叙述小说稿的梗概，但"我"的叙述却不是确定性的，而是在对小说的复述中加上了许多不确定的"可能"："写一个年轻人，在工会办的图书馆当管理员。有一个姑娘每天晚上到图书馆阅书。……姑娘很美，可能有长长的辫子，有黑得深不见底却又映照着世界光亮的眼睛。我已经记不清我是怎么描写的了，可能写到了清水潭……"① 这种不确定性让过去已完成却未曾发表出来的小说进入到了"过去未完成时"② 并在当下"我"的讲述中重新进入了虚构的"现在正在进行时"。"我"所叙述的小说梗概成为了该小说的第一种写法，即现实主义写法。随后，在"我"与"你"的对话中，"我"分别在构思的假想中用阶级斗争的写法、敌特侦察小说写法、1980 年代的身体写作写法、现代派与先锋派写法、等待戈多式的荒诞派写法以及寻根小说式的新潮写法数次解构并重写了这个图书馆管理员的故事。至此"我"的虚构想象被彻底放开，这部丢失的小说稿进入到了无限的虚构可能中："我的文学想象的翅膀迅猛翱翔，可以是一个个体户等待一位公关小姐。可以是一只狗等待一只猫。可以是一排中程导弹等待拆除……"③

《初春回旋曲》的小说叙事是一种双层嵌套叙事：首先它的主体叙事是"我"与"你"的冬夜叙话，这是第一层叙事；在叙话中又嵌入了多种图书馆管理员的故事，这些小说中的小说、文本中的文本是第二层叙事。但当小说中"我"的文学想象进入无限虚构后，第二层叙事与第一层叙事发生了交

---

① 王蒙：《初春回旋曲》，《王蒙文集》第 14 卷，人民文学出版社 2014 年版，第 280 页。

② 王蒙对小说的"过去未完成时"有一种强烈的迷恋："加上《初春回旋曲》《纸海钩沉——尹薇薇》《从前的初恋》的正在进行时，它们与七十年前的记忆，与六十年前四十年前的原稿的过去未完成时，让你翻来掉去地受用、反刍、感动、出新，这又是怎样地机遇、快乐、认证和书写的新体验呢！"详见王蒙：《后记：与日子一道》，《霞满天》，花城出版社 2023 年版，第 187 页。

③ 王蒙：《初春回旋曲》，《王蒙文集》第 14 卷，人民文学出版社 2014 年版，第 283 页。

又混合。第二层叙事向第一层叙事的入侵，让图书馆管理员的故事与"我"和"你"的故事在叙事上发生了嵌套融合："电话铃响，通知我明天在第七会议室开会，进南门。又一个电话，问泡好了的海参要不要，每斤七块多钱。小伙子在工会图书馆等着姑娘，他看到许多人，也有熟人。他很奇怪，为什么他等的人，就硬是不来，而他没有等的人来了一个又一个呢?"① 在双层叙事相互入侵混合后，"我"叙述了这部旧日小说稿的结尾，由这个"不能保证这一切都是原文"的结尾来看，这部已完成却未发表的小说其实是写了一段已发生却又从未开始的爱情。《初春回旋曲》作为一部小说中有小说的元小说，它以小说虚构的方式去回忆另一部已完成却丢失了的小说，这种回忆性讲述让小说稿回到了最初始的存在状态，即"回到了有待虚构有待生发的状态"②。而关于小说稿的虚构性叙事显然是一种破坏性复述，它在不停地建构与解构中，让回忆变成了虚构，让小说的本真历史文本在无限的想象与虚构中永远地失落了。

显然《初春回旋曲》与《霞满天》之间构成了文本内外的强烈互文。在《初春回旋曲》中，那部关于图书馆管理员等待姑娘的小说稿，是一部已完成却从未发表的小说，它以多种虚构的可能存在于文本嵌套的元小说叙事中，它的似完成又未完成、似存在又无法确定存在的虚构进行时与《初春回旋曲》本身的元小说叙事强化了小说的虚构性，让"虚构"本身成为了文本叙事的意义，具有强烈而鲜明的"先锋"气质。而在《霞满天》中，《初春回旋曲》就像那部丢失的小说稿一样，它似乎早已存在却又仿佛从未被写过、它似乎早已经发表却又好似只存在于王蒙的意愿之中。正像丢失的小说稿彰显着《初春回旋曲》的虚构性，《初春回旋曲》也以虚构的回旋彰显着《霞满天》的虚构本质。《初春回旋曲》与《霞满天》在"虚构"上实现了文本间的回旋互文共振。

值得注意的是，即便是"楔子"部分也存在着类似的文本互文。《霞满天》的"楔子"依靠回忆随笔体叙事营造出了一种类似于非虚构的叙事效果，但王蒙却又巧妙地通过文本内外的互文，以强暗示动摇了非虚构叙事的真实

---

① 王蒙:《初春回旋曲》,《王蒙文集》第 14 卷, 人民文学出版社 2014 年版, 第 284 页。

② 晓华、汪政:《〈初春回旋曲〉断评》,《文学自由谈》1990 年第 1 期。

性，暴露了小说的虚构内里。这部在"楔子"中具有强烈在场感与提示感的小说是《没情况儿》："另一个北京油子老乡，也差不多同一个时期，咽癌去世，他一直闹腾移民国外……他的故事我写在一篇小说《没情况儿》里。我的感觉是他离去时说了一句京腔话：'齐了，您。'"①与《初春回旋曲》相似，王蒙发表于《人民文学》1988年第2期的《没情况儿》同样讲述的是"我"和"你"的故事，小说的主体内容是"我"在一种类似于对话的独语体叙事中讲述"你"的故事与"你"的"没情况儿"。这种独语体叙事因为充满了回忆的细节与个体的深情而充满了可信的真实感，但《没情况儿》的小说"绪言"却在主体叙事开始之前就以小说家的强烈在场暴露了小说的虚构性："创作，真是一件残酷的事情。当你成为一个作家，当你怀着自以为善良崇高实际上也未必能免俗的心肠去接触人、去接触生活，也许没有什么人比你们更敏感、更洞隐察微、更感慨联想无尽、更自我生发出许多故事。这一切都是创作的启示，创作的材料。"②显然，《没情况儿》与《霞满天》之间也构成了文本内外的强烈互文。《没情况儿》的开篇"绪言"关于作家的议论动摇了整部小说回忆式独语体叙事的真实性与可信性，强化了小说的虚构性。而在《霞满天》的"楔子"中，《没情况儿》以关于虚构的强烈暗示，动摇了"楔子"回忆随笔体非虚构叙事的真实性与可信性，强化了《霞满天》的小说虚构性。

"虚构是文学的特权"③，纵观王蒙70年的文学创作，王蒙一直都是创造力与虚构力极强的作家。迷恋于小说"元宇宙"④的王蒙一直有意识地锻炼自己的虚构力与想象力，即"虚构的能力要靠自个儿发展"⑤。王蒙擅

① 王蒙：《霞满天》，花城出版社2023年版，第9页。
② 王蒙：《没情况儿》，《王蒙文集》第14卷，人民文学出版社2014年版，第180页。
③ 南帆：《虚拟、文学虚构与元宇宙》，《中国当代文学研究》2022年第5期。
④ 当王蒙回顾自己70年的小说创作时，他将小说看作是一个美不胜收、经久而用的"元宇宙"："小说是语言文字的世界，既是现实，又是符号，更是思维，是书的、文字的、音韵、修辞、比兴、对偶、旁敲侧击、歪打正着、美不胜收、经久而用的一个元宇宙。"详见王蒙：《写小说是幸福的》，《小说评论》2023年第2期。
⑤ 许婉霓：《春天的旋律　生活的密码——"春天一堂课"侧记》，《文艺报》2023年3月22日。

长以汪洋恣肆的语言与无拘无束的表达来进行纵横捭阖、先锋新锐的虚构，其内里则是对精神空间的极限拓展与极度放大："我喜欢说的一句话是开拓精神空间，增益精神能力，包括想象力、联想力、延伸力与重组及虚拟的能力。"① 而《霞满天》就是一部极其重视联想、延伸、重组与虚拟的小说。《霞满天》以作者的在场与虚构的暴露、时间的"错置"与"重版"以及文本间的嵌套与互文形成了"虚构的回旋"与"虚构的在场"。《霞满天》对小说虚构本质的有意暴露和对双重环形叙事结构的刻意制造，均是在追求一种诗化寓言体小说效果："亲爱的读者，王蒙从小就想写这样一篇作品，它是小说，它是诗，它是散文，它是寓言，它是神话，它是童话，它是生与死、轻与重、花与叶、地与天，它不免有悲伤，有怨气，有嘲讽，有刻薄与出气，有整个的齐全的祸福悲喜。同时，尤其重要的与珍贵的是刻骨铭心的爱恋与牵挂，和善与光明，消弭与宽恕，纪念与感恩，荡然与切记，回肠与怀念。"② 显然，王蒙想要写作的是一种兼具诗歌、散文、寓言、神话、童话共性的小说，以"文备众体"的超文本状态来实现文体间的大互文。因此，《霞满天》是一部典型的诗化寓言体小说，兼具"哲学的深邃""诗歌的激情"与"历史的质感"③，它深入到了生命的内里与人生的原本质地，以"生命活动的绝对价值"点燃了"奋争的火焰"④。

三、结语：一部关于女性、国族与人类的寓言

王蒙的《霞满天》以叙事的回旋与疾病的隐喻、虚构的回旋与小说的寓言化，在双重环形叙事结构和文本内外的互文里，完成了一部关于女性、国族与人类的寓言。

---

① 舒晋瑜：《为文进载，意犹未尽——王蒙创作 70 周年对谈》，《中华读书报》2023 年 1 月 18 日。
② 王蒙：《霞满天》，花城出版社 2023 年版，第 33—34 页。
③ 刘琼：《王蒙中篇小说〈霞满天〉：向汪洋恣肆的才华和不绝的创造力致敬》，《文艺报》2022 年 8 月 26 日。
④ 李雪：《生命如烈火燃烧——读王蒙中篇小说集〈霞满天〉》，《光明日报》2023 年 5 月 3 日。

首先,《霞满天》是一部女性寓言,它是一部女性的赞歌。王蒙是一位善于书写女性的男性作家,他在小说中给予了女性尊重与理解:"第一是爱,第二是真正的尊重,第三是理解女性的韧性、敏感、承受能力。周易讲,地势坤,君子以厚德载物,这是讲万物中的女性美德,不是虚话。"① 从《组织部新来的青年人》中的赵慧文、《青春万岁》中的众女性群像到《活动变人形》中的静珍姐妹、"季节"系列中的众知识女性以及《青狐》中的"青狐"卢倩姑,再到近几年的《奇葩奇葩处处哀》中的"奇葩"们、《仉仉》中的仉仉、《女神》中的陈布文、《生死恋》中的单立红以及《笑的风》中的白甜美与杜小鹃等,王蒙对女性的美好品质与优秀品格、出众能力与非凡气魄都给予了深情的赞美与纯挚的歌颂,对女性的身体欲望与精神困境、人性弱点与不幸命运也都给予了深刻的探索与深切的同情。而《霞满天》中的蔡霞不同于王蒙以往小说中的知识女性,"她"不是"我"的配角,更不是"他"的陪衬,"她"作为霞满天中的塔尖院士,本身就构成了对"活着"与"生命力"的最高阐释。当"她"被抛入到无可选择、只能接受的极端命运中时,"她"通过"病毒—免疫"式毫不妥协的决绝反抗与置之死地而后生的勇毅顽强维护了自己的尊严、人格与自由,她通过艰苦卓绝的自我救赎重新定义了自我,也重新定义了生活与存在。蔡霞在这部女性的寓言中充分展现了女性的勇敢、顽强、风度、气魄与生命力量,也充分体现了王蒙的生命观与生活观:"活就要好好地活,既然生而为人,就不能躲避人生,躲避生死","知其不可而为之,倾全力做好活着的人应该做的所有事情,而绝对不是动辄瑟缩在一边与人生为敌,哭天抹泪、悲观叹息、走火入魔、自戕自毁"②。因此,《霞满天》也是一部言志之作,病中坚持完成这部小说的王蒙,用他自己的话说,"他的这股子劲就是从蔡霞身上学的","'蔡霞一天没有起舞,就觉得辜负了人生',寄托的是他自己的心志"③。

其次,《霞满天》还是一部国族寓言,它是一部国家与民族的赞歌。纵

---

① 舒晋瑜:《为文进载,意犹未尽——王蒙创作 70 周年对谈》,《中华读书报》2023 年 1 月 18 日。

② 王蒙:《天地人生:中华传统文化十章》,江苏人民出版社 2022 年版,第 36 页。

③ 傅小平:《王蒙:永远对时代怀有特殊的热爱,相信希望在前方》,《文学报》2023 年 4 月 20 日。

观王蒙 70 年的文学创作，王蒙总是能够在充分表达作家个体生命经验的同时，将国家史、民族史与个人史同步融合，在个体的生命记录中折射半个多世纪以来的中国发展史："他是与党、国家、民族共命运的作家，他的作品（不仅限于文学作品）直接地、客观地、艺术地反映了中国当代的重大事件和各族人民的心路历程。"① 而在近年来的《笑的风》《猴儿与少年》等小说中，王蒙更是在立足于当下的个体回溯与历史重述中表达了自己鲜明的历史唯物主义立场与坚定的中国历史进步观。相似地，《霞满天》也是一部在个人史中讲述国家史、在个体生命中赞美民族精神的小说。在《霞满天》中，无论是"楔子"还是正题，个人的生命史中总是留下了国家发展史的标记痕迹，蔡霞人生中的每一个重要时间点都与国家发展、时代变迁的大背景密切相关。与蔡霞困难重重、艰难非常的人生经历相似，中国与中华民族也在历史发展与民族复兴中经历了种种磨难、重重困难。中国与中国人民经受住了种种挑战，并在困难与挫折的磨砺中变得更加强大。因此，蔡霞性格并不是一种简单的典型性格，而是"我们经历的历史沧桑在民族性格中的集体沉淀"②。《霞满天》以蔡霞隐喻国族，以蔡霞的个人史隐喻国家史、民族史，对中国和中华民族的伟大奋斗精神给予了最崇高的赞美："伟大的中国，古老的中国，镇定的中国，机遇满满的中国，大风大浪小花小草摇摇晃晃时有新变的中国啊，你的生活是多么有趣，你的机遇与政策誉满四海啦哇！"③

最后，《霞满天》更是一部人类寓言，它是人类精神的赞歌。霞满天的塔尖人瑞蔡霞显然已经不仅仅是女性的代表，在极光中看到"坚强"、在南极反思人类该怎样做人的蔡霞已经成为了人、人性、人类的代表，"蔡霞是精神性的，王蒙标出了一种人格的高度"④，"王蒙先生的《霞满天》所写，何尝不是关于人类的故事！只是在这里，'这一个''她'代表了人类所借以出场的最为真切的面目"⑤。王蒙的《霞满天》立足当下、着眼全球，在宏

---

① 舒晋瑜：《王蒙：我仍然是文学工地第一线的劳动力》，《中华读书报》2020 年 1 月 15 日。

② 郭悦、郭珊：《王蒙：写小说时，每一个细胞都在跳跃》，《南方日报》2023 年 4 月 2 日。

③ 王蒙：《霞满天》，花城出版社 2023 年版，第 14 页。

④ 吴俊：《好一部短篇红楼梦》，《小说选刊》2022 年第 10 期。

⑤ 何向阳：《女性知识分子形象及人格心理的文学探究——王蒙新作〈霞满天〉读后》，《北京文学》2022 年第 9 期。

阔的人类视野下，对以蔡霞为代表的坚毅良善、顽强勇敢、正直光明、温厚从容的人类精神给予了纯粹的赞美与深情的歌颂。

综合来看，《霞满天》典型地体现了王蒙小说创作的新时代文学品格，也展现了新时代中国文学对"时代性、历史性和文学性"① 的有机融合。回顾 70 年的写作生涯，"人民艺术家"王蒙强调文学创作要"做人民的学生，在生活中深造"②。而王蒙近年来的小说创作也具有鲜明的"中华性的本位立场"与"人民性的价值指向"③。在长篇小说《笑的风》《猴儿与少年》、中篇小说《生死恋》《霞满天》，以及短篇小说《邮事》《夏天的奇遇》等作品中，王蒙根植于中国本土经验，以自觉的文化自信与民族自信、历史自信与发展自信来建构新时代的"'中国'的总体性"④、讲述"中国人民参与历史创造"⑤ 的新时代文学主题，他从坚定的人民性立场与强烈的家国情怀出发，在人类视野下，完成了对"中国故事"的文学讲述。这既是《霞满天》"回旋曲"中的王蒙"密码"，也是王蒙新时代小说创作的共性特征。

（段晓琳：中国海洋大学文学与新闻传播学院讲师、博士）

---

① 吴义勤：《现实书写的新篇章——读关仁山的长篇小说〈白洋淀上〉》，《粤港澳大湾区文学评论》2023 年第 3 期。

② 徐健、刘鹏波：《"我愿意为文学做我力所能及的一切"——王蒙讲授"清溪一课"侧记》，《文艺报》2023 年 5 月 24 日。

③ 白烨：《文艺新时代的行动新指南——习近平文艺论述的总体性特征探悉》，《中国当代文学研究》2019 年第 5 期。

④ 李敬泽、李蔚超：《历史之维中的文学，及现实的历史内涵——对话李敬泽》，《小说评论》2018 年第 3 期。

⑤ 周新民：《新时代文学的标杆与标本——论〈白洋淀上〉》，《中国当代文学研究》2023 年第 3 期。

四、作品海外译介研究

王蒙作品的英译及译介策略

李萌羽　于　泓

作为当代最具代表性的作家之一，王蒙在 70 年的创作生涯中，在中国当代文学史上留下了一笔笔浓墨重彩的印记。同时，王蒙也是一位具有世界意义的作家，其作品被译成20余种文字[①]，译本数量颇丰，产生了重要的影响，推动了中国当代文学与世界文学的对话。但与王蒙在国内享有的盛誉相比，其作品在海外，特别是在英语世界的影响力和读者接受度存在着一定的不平衡性。现有研究对王蒙作品的英译与译本的接受情况介绍较少且不够全面，缺乏从翻译视角对译本质量的评价和对译者译介策略的探讨。本文将梳理王蒙作品的英译与接受情况，考察其作品译介面临的困境及译本采取的策略，并通过分析重要译者朱虹的译介实践，探索中国当代文学在突破外译困境方面的出路。

一、王蒙作品的英译与译本的接受

王蒙作品的英译活动大致可分为 3 个阶段。第一阶段始于 50 年代末，纽约 Praeger 出版社和伦敦 Thames and Hudson 出版社同时出版了社会主义国家作品集《苦果——铁幕后知识分子的起义》（*Bitter Harvest：The Intellectual Revolt behind the Iron Curtain*，1959），其中收载的唯一一篇中国作家

---

① 温奉桥：《王蒙十五讲》，中国社会科学出版社 2019 年版，第 133 页。

作品就是王蒙的《组织部新来的青年人》①。虽然较早获得了英语世界的关注，但由于其后王蒙淡出文坛，在新疆生活近 20 年，70 年代末复出后才又重新受到关注。第二阶段为 1980—1999 年，《中国文学》杂志于 1980 年第 7 期发表了《悠悠寸草心》等 3 篇王蒙小说英译，"熊猫丛书"于 1983 年推出王蒙小说集《〈蝴蝶〉及其他》(*The Butterfly and Other Stories*)，这些译本作为中国当代文学走向世界的先锋，为英语读者打开了了解新时期中国文学的一扇窗，也激发了英语世界主动译介王蒙的热情。随着王蒙的创作进入"井喷期"，对其作品的英译日益活跃，国内译出和海外译入齐头并进。第二阶段出版、发表的英译作品共 22 部（篇），先后有 20 多位译者参与译介，有以戴乃迭（Gladys Young）、梅丹理（Denis Mair）、文棣（Wendy Larson）为代表的西方汉学家译者，也有以朱虹为代表的本土译者，出版机构包括中国本土出版社、英美商业性和学术性出版社，不同性质的出版机构与不同身份的译者组合，形成了多样的译介生产模式，共同构造了王蒙作品英译的多元化图景。21 世纪以降，为王蒙作品英译的第三阶段，共计出版译作 11 部，其中多数为国内译出，部分为上一阶段译本的再版，与王蒙充沛的创作力相比，王蒙作品的英译有待进一步拓展。

通过分析王蒙作品的英译历程，可以归纳出以下特点：

其一，译介体裁以中短篇小说为主，译本多采用小说集形式。选材囊括了王蒙最具代表性的中短篇创作《组织部新来的青年人》《蝴蝶》《夜的眼》等重要作品，甚至拥有多个译本，王蒙十分倾心的微小说在梅丹理的《相见集》(*The Strain of Meeting*：*Selected Works of Wang Meng I*，1989）中也得到了大量呈现。小说集的出版形式能够灵活捕捉并充分展现作家的创作风格与动向，较大限度满足读者对丰富性和多样性的渴求，使其在较短时间内，对王蒙形成虽不够深入但却相对全面的了解。相较于译介成果丰硕的中短篇小说，其他体裁则鲜有译者涉足，收载在《雪球集》(*Snowball*：*Selected Works of Wang Meng II*，1989）中由 Cathy Silber 和 Deirdre Huang 合译的《活动变人形》是迄今为止唯一一部英译长篇，众多长篇和其他体裁的作品依然

① 温奉桥、张波涛：《一部小说与一个时代：〈组织部来了个年轻人〉》，中国海洋大学出版社 2016 年版，第 180 页。

是亟待译者填补的空白。

其二，译本注重呈现作家的文体创新。王蒙八九十年代借鉴西方现代主义创作手法，形成了独树一帜的"东方意识流"，创作了一系列被称为"集束手榴弹"的意识流小说。这一时期涌现的中国当代文学英译选集多囊括王蒙的意识流创作，以展现中国文坛焕然一新的气象，例如汉学家林培瑞（Perry Link）主编的选集《花与刺》（*Roses and Thorns*，1984）便将《夜的眼》作为开篇之作，译者 Donald A. Gibbs 在译序中也特别谈到了小说对情节的摒弃、电影式的描写和内心独白等创新性叙事策略的运用①；"熊猫丛书"推出的《〈蝴蝶〉及其他》收入了王蒙的意识流代表作《蝴蝶》并以之作为题目，《1949—1989 最佳中文小说》（*Best Chinese Stories：1949-1989*，1989）则收入了《风筝飘带》。此外，王蒙的创作谈也得到了部分译介，以帮助读者更好地理解他的创作主旨和文体创新，如王蒙写于 1979 年的《关于"意识流"的通信》，经 Michael S. Duke 翻译，于 1984 年发表在《中国现代文学》（*Modern Chinese Literature*）期刊上；《〈蝴蝶〉及其他》则收录了王蒙 1980 年的创作谈《我在寻找什么》，并将其作为选集的开篇。

其三，译材选择与时代需求关系密切。改革开放以来，飞速发展的中国渴望被世界了解，他国读者也对中国的社会变迁和人民生活的新气象充满好奇，因而 20 世纪八九十年代中国当代文学作品的译介尤为活跃，王蒙所创作的深刻反映中国知识分子在社会剧变中夹杂着创伤、疑惧、反思、期待等复杂心理状态的作品自然成为了译介的热点。《〈蝴蝶〉及其他》在译序中称，王蒙笔下的知识分子形象具有在中国当代文学中从未呈现过的复杂性和深度②，该译本选取的作品无一例外地展现了知识分子在理想信念受挫后的彷徨与反思，和对中国社会的犀利洞察。《相见集》也在前言中指出，王蒙的作品"忠实、动人地反映了一代人猛烈的觉醒、跌跌撞撞的前行和理想的重唤"③。王蒙远赴新疆的独特经历也受到了译者的关注，他对新疆人民充满

---

① Perry Link，*Roses and Thorns：The Second Blooming of the Hundred Flowers in Chinese Fiction, 1979-80*, Berkeley and Los Angeles：University of California Press, 1984, p.44.

② Wang Meng，*The Butterfly and Other Stories,* Beijing：Chinese Literature, 1983, p.7.

③ Wang Meng，*The Strain of Meeting：Selected Works of Wang Meng I*, Beijing：Foreign Languages Press, 1989, p.xii.

温情的书写，揭开了中国广袤西部的神秘面纱，为全面了解中国提供了不可或缺的视角。新世纪以来，伴随着中国的崛起，在对外译介活动中更加注重文化"走出去"，对王蒙的外译越来越聚焦于作家探讨中国文化思想的作品，如《中国人的思路》（*The Chinese Way of Thinking*，2018）和《中国天机》（*New China：An Insider's Story*，2019）。近年来，英语世界对王蒙作品的译介有朱虹、刘海明合译的《王蒙自传》（*Wang Meng：A Life*），2018 年由 MerwinAsia 出版，这部译著将作家于 2006 年至 2008 年分 3 卷出版的超千页的自传压缩至 350 页，作家一生跌宕起伏的经历作为一代中国知识分子的缩影，成为了译者译介的重点。

通过考察海外学者对王蒙的研究情况和读者对译本的评价，可以看出王蒙作品译本在英语世界赢得了一定的关注，但受众囿于学者群体，大众读者间的接受情况不够理想，这与作家在中国当代文学中的地位及其在国内享有的盛誉形成较大反差。英语世界对王蒙的研究是译本接受成效的重要方面，20 世纪八九十年代，研究与译介的热潮相生相伴、互为推力，英美学者利用译本所提供的研究媒介和译者在译文内外对作品的深度解读，围绕王蒙的创作手法和其作品的社会、文化意义，进行了视角新颖、方法多样的探索，反映出这一时期译本在学者群体中较好的接受成效。新世纪以来，译本在主流读书网站上的得分与获评情况能够较为直观地反映出大众读者的态度，以美国最受欢迎的在线读书社区 Goodreads 为例，王蒙的条目下共列出 40 部作品，包括王蒙作品的英译本、原著和其他语种译本，共计获得 407 次打分。其中，英译本的平均得分在 3 分以上（满分为 5 分），有读者甚至给出满分，近两年依然有读者将其标记为"想读"的书。作为杰出的人民艺术家，王蒙的创作彰显了共和国文学的丰富性和多元性，但就其英译作品而言，不仅远没有充分展现其全貌，而且存在着一定的译介困境和挑战，从而引发我们思考，如何采取有效的翻译策略打破现状？如何进行突围？这些都是值得探究的问题。

二、王蒙作品的译介困境与译介策略

王蒙作品的译介受制于作家自身的创作特质。王蒙的创作扎根本土，书写中国一代知识分子在时代动荡中的遭遇与内心起伏，绝不迎合大众的阅读趣味而刻意营造跌宕的情节，而是随着创作的深入，愈加注重对作品知识性、自由性、丰富性的追求。扎根本土的题材选择和不重故事营造的创作倾向对读者和译者提出了较高的要求，既要对中国的历史、文化有相当的知识储备，又要有较强的文学鉴赏能力，因而对王蒙的作品译介存在着一定的挑战性。王蒙鲜明的语言特色更为其作品的译介增添了难度，他的语言恣肆汪洋、天马行空，特别是在 90 年代的"季节"系列长篇后，王蒙进入语言狂欢的创作状态，风格日益凸显。语言特色依附于源语思维与表达方式，无法在翻译中自然传递，读者能否在译文中得见作家文风，考验着译者文学再创作的功力，需要译者在持续、艰辛的探索中反复打磨译笔。然而，多数译者对王蒙的译介浅尝辄止，缺乏对王蒙的长期关注和对其语言特色的准确把握，译本中普遍存在的对原作特质的减损，使读者低估了作品的文学价值，也难以就作家和作品形成深刻、统一的印象。

王蒙作品在进入英语世界时也面临着中国当代文学外译的普遍挑战。英美国家对翻译文学持明显的拒斥态度，翻译作品在图书出版总量中的占比较低且难以提升，这种拒斥与英语世界的文化心态有关。"当一种文化处在转型期，也就是当其正在扩张、需要更新或即将步入革命阶段时，会出现大量的翻译活动"①，而对于长期处于强势地位的英语文化来说，翻译的作用则不被强调，这使位于世界文学版图边缘的中国文学向英语世界逆势而上的译介困难重重。最突出的挑战来自英语世界以读者为导向的出版文化，汉学家白睿文（Michael Berry）曾提到，在美国，即使是知名作家，有时也需听从编辑基于对读者接受的预判而提出的意见，对作品进行修改，甚至改变情节走向和故事结局②，足见对读者体验与偏好的重视。中国当代文学作品常因陌生的社会语境和意识形态冲突使出版机构对读者能否接受心存疑虑，译作通常无法在不断适应读者口味的调整过程中完成，也并非所有作家都愿授权译者对作品进行任意改动。由于语言障碍和知识背景的缺乏，英语世界的读者

---

① Susan Bassnett, *Comparative Literature: A Critical Introduction*, Oxford UK and Cambridge USA: Blackwell Publishers, 1993, p.10.

② 吴赟:《中国当代文学的翻译、传播与接受——白睿文访谈录》,《南方文坛》2014 年第 6 期。

大多需要依靠译者与出版机构对作品的择取，为引发阅读兴趣，译作常以跌宕的情节、精彩的故事为卖点，无形中降低了读者对作品文学价值的期待，导致英语世界对中国当代文学的整体评价提升缓慢，受众群体难以扩大。

译本能否突破作品特质与接受环境所形成的内外部双重困境，与译者采取的译介策略密不可分，其中，译材的择取和翻译实践中的具体策略是两个重要方面。王蒙作品的英译者在选材上侧重作家的文体创新，翻译上有"厚译"和"删减"两种倾向，译本呈现出截然不同的整体风格。以美国汉学家文棣翻译的《布礼——一部中国现代主义小说》(*Bolshevik Salute*：*A Modernist Chinese Novel*, 1989）为例，译者仅选取了中篇《布礼》，将其作为"首部英译中国现代主义小说"推介给读者。文棣采取了明显的厚译策略，为克服两种语言文化间不对等所造成的障碍，通过大量加入副文本，为读者提供充实的背景信息。译文将读者带入陌生化的社会历史语境，以文外加注的方式对历史人物与事件等进行详细说明，辅助读者领略作品全貌。文棣还结合自身对中国当代文学的研究，为译本撰写了前言与后记，前言介绍了中国 20 世纪文学的发展历程，着重阐述了现代主义在中国的兴起，以及《布礼》作为中国本土现代主义先驱之作所享有的开创性意义。译文后附学术文章《中国知识分子与消极的自我界定》，进一步分析了《布礼》的现代主义技法、结构与主题，探讨了逻辑和情感作为支配人物对待世界的两种方式间的矛盾冲突，以及语言在建构真实方面的可疑性。副文本的设置考虑到了不同类别读者的需求，前言和注释为多数大众读者提供了足够的背景知识，附文解读则是译者与同行学者或希望深入了解作品内涵的读者的对话。《布礼》译本忠顺的风格和过硬的文字质量得到了肯定，王蒙亲自为译本作序，感谢文棣将这部"叙述内心体验历程的小说"译成英文，让读者"体验一下这独特的遭遇"①，汉学家傅静宜（Jeannette L. Faurot）盛赞文棣的翻译"准确地反映了原作的风格与内容，对西方读者不熟悉的名字和术语进行了有益的注解，附文解读引人深思当代中国知识分子所面临的重要问题"②。

---

① Wang Meng, *Bolshevik Salute*：*A Modernist Chinese Novel,* Seattle and London：University of Washington Press, 1989, p.ix.

② Jeannette L. Faurot, *Reviewed Work(s)*：*Bolshevik Salute*：*A Modernist Chinese Novel by Wang Meng and Wendy Larson,* Chinese Literature：Essays, Articles, Reviews (Dec., 1991), p.178.

但同时,《布礼》译本也招致了贬抑。《弗吉尼亚评论季刊》称《布礼》为一部"彻底的中国式小说",认为其中陌生的社会时代背景、人物的观念习惯和直露的情感表达使读者深陷困惑,并特别指出将"现代主义"作为卖点并不成功,以西方现代主义的标准衡量,读者会认为这部作品乏味、浅显、缺乏创新性①。《布礼》作为一部易与西方读者发生意识形态冲突的作品,无疑是个极具挑战的选题,译者以西方读者熟知的现代主义作为突破口,试图拉近读者与作品间的距离,但也特别在前言中说明小说所面临的两极分化的评价,即有人将其视为具有变革意义的现代主义实验之作,也有人将其视为只有时序错置的典型现实主义创作,提醒读者在阅读中做出自己的判断。但多数并不了解中国文学的普通读者会自然地运用以往的阅读经验,将作品视为对西方现代主义技法的模仿,难以将其置于中国当代文学环境中考察并体会其开拓性。评论中对译者的厚译风格也不乏贬抑,《柯克斯书评》指出,文棣遵循了最糟糕的学术传统,通过大量注解,试图将小说拆解后重构,使读者难以真正体会王蒙在形式上的创新。②厚译注重作品的学术价值,拒绝删减、绕行,能够最大程度地保留作品的文化内容,为海外研究提供准确可靠的资料,但却并非再现原作文学审美性的最佳途径,过于侧重内容、有时甚至亦步亦趋的翻译风格难免造成文字的滞重和对原作形式的损耗,繁复的注解则会不断打乱读者的阅读节奏,加重理解负担,从而影响整体的阅读体验。

由戴乃迭等9位译者合译的《〈蝴蝶〉及其他》是另一类译介策略的代表。译本囊括了王蒙的成名作和重要的意识流中短篇,选材丰富且具有代表性,能够全面地向英语读者展现作家的创作风貌,较之于专注某一特定作品的译本选材来说更易吸引读者。译本采用了"删减"的翻译策略,为保证译文的整体表达效果,译者省略了原文中大量的修饰、铺陈、排比,使文字晓畅灵活;删除了无益于直接推动情节发展的内容,使故事更紧凑,脉络更清

---

① Hardy C. Wilcoxon, Jr., The Ties that Bind, *The Virginia Quarterly Review* (Autumn 1991), p.761.

② Kirkus Review,Bolshevik Salute,引自 https://www.kirkusreviews.com/book-reviews/a/wang-meng-2/bolshevik-salute/。

晰；对带有政治和地域元素的内容进行了删减或解释性翻译，对文化负载信息量大的段落进行了编译。有读者评价译本为了解中国提供了"非常有趣且独特的视角"，并称赞王蒙的写作才华，特别是在人物塑造方面的能力要远超中国同时代作家 ①，可见译本在选材和接受方面取得了成效。正如有的学者曾指出的那样，在中国文学"走出去"的初期阶段，帮读者剔除了阅读障碍的译本，甚至是编译、节译本，往往收效更佳，作为较早走出国门的中国当代小说译本，《〈蝴蝶〉及其他》满足了短期内向英语世界宣传推介中国当代文学的需求。

然而，此种翻译策略终究是译者在原作语言特色和文化内涵的围追堵截下采取的权宜之计，不可避免地以损害原作叙事风格和文化旨趣为代价，使译文无法成为在文学审美价值上足以与原文匹敌的作品，使读者难以走近、理解王蒙。以该译本中最重要的《蝴蝶》为例，译者戴乃迭为突出小说的故事性，删除了她认为可有可无的内容，特别是人物较为发散的思考与回忆。例如，张思远在去往山村的途中突然想起过去视察时路遇灰兔的经历，从灰兔闯入车灯的光柱，在疾驰的车前惊慌奔命，到最终逃过一劫，小说对这一插入式回忆进行了细致描写，灰兔遇险时的仓皇和得救时的侥幸亦如张思远在政治生涯的大起大落中深刻体验过的惊惧与如释重负。灰兔的细节作为重要的隐喻，为中文读者津津乐道，而译本却将本段全然删去，虽然内容的衔接依然顺畅，但却尽失原文在人物情感递进方面的巧思，使译语读者难以深入人物内心。对故事性的追求难免以忽视文学细节为代价，除有意的删减外，译文还存在几处明显的错译。译者对原作语言风格的处理也显得谨小慎微，考虑到英语读者的阅读习惯，译文刻意淡化了原作充满情感起伏的语言特色。《〈蝴蝶〉及其他》的删减策略折损了原作可贵的文学审美特质，违背了王蒙"不要故事只要生活事件，不要情节只要情景"的创作理念 ②，也使译本丧失了丰富的选材所带来的优势，经过译者的简化和过滤，承载着作家探索与创新的 8 篇作品留给读者的却是重复、刻板的印象，有读者认为该译

---

① Joseph L. Reid, *Review on The Butterfly and Other Stories*，引自 https://www.goodreads.com/book/show/238277#CommunityReviews。

② 郭宝亮：《王蒙小说文体研究》，北京大学出版社 2006 年版，第 71—72 页。

本未能达到阅读期待，"故事乏味、千篇一律"①。

《布礼》与《〈蝴蝶〉及其他》作为现有译本普遍采取的两种译介策略的代表，无疑是推动王蒙作品走向英语世界的有益探索，但均存在明显不足，未能达到最为理想的收效。由此可以看出，译本选材能否真正激发读者兴趣，翻译实践能否在增与删、忠实与叛逆间达到良好的平衡，是突破译介困境的关键。

三、突破困境的译介策略探索

厚译与删减分别代表着文学翻译中由来已久的异化与归化倾向，前者力求贴近原文，保持译作的忠实、完整，而后者注重读者，以顺畅的阅读体验为首要考量。需特别注意的是，异化与归化并不是非此即彼的，任何合格的翻译实际上都是两者的结合，是不断在原作和读者间寻求平衡的结果。异化与归化与其说是译者刻意奉行的翻译准则，不如说是译本在历经译者反复权衡后呈现出的整体倾向，而真正优秀的译本自然是合理、巧妙地平衡了两者的"融化"之作。虽然王蒙作品英译本的整体接受情况尚不理想，但我们可以从少数进入英美主流销售渠道并在读者间产生良好反响的译本中找到趋近融化境界的成功之作，并探索译者在融化理念驱动下采取的有效的译介策略，作为推动中国当代文学突破译介困境的可行路径。

朱虹是王蒙作品最重要的英文译者之一，20世纪80年代起，她以独到的视角和极富个性的译笔，将大量中国新时期小说译入英文，译本获得了广泛的认可和赞誉。朱虹对王蒙的译介横跨30余年，是唯一一位持续关注王蒙创作的译者。她编译的《中国西部小说选》（*The Chinese Western：Short Fiction from Today's China*）收录了王蒙的短篇《买买提处长轶事》，1988年由美国 Ballantine Books 出版后，又于次年由英国 Allison & Busby 以《苦水泉——中国当代短篇小说选》（*Spring of Bitter Waters：Short Fiction from*

---

① Dan Dwgradio，*Review on The Butterfly and Other Stories*，引自 https://www.goodreads.com/book/show/238277#Community Reviews。

Today's China）为题再次出版，后经转译在雅加达出版印尼文版。1992 年，朱虹在美国著名文学杂志《巴黎评论》发表王蒙的《坚硬的稀粥》译作。1994 年，纽约 George Braziller 出版社推出了由朱虹选编、多位中外译者合译的王蒙小说选集《〈坚硬的稀粥〉及其他》（*The Stubborn Porridge and Other Stories*），汉学家金介甫（Jeffrey Kinkley）评价这部选集"编辑、翻译得非常好"①，该选集在 Goodreads 上的得分在王蒙作品英译本中遥遥领先。同时，该选集为英语世界的王蒙研究提供了宝贵的资料与视角。《王蒙自传》是朱虹最满意的译作，历经多年打磨，终于于 2018 年由 MerwinAsia 出版，文棣评价这部译作"非常值得一读"，"编辑和翻译都很出色"②。

朱虹综合了多种类型译者的优势，既有本土译者对源语文本的准确理解和推动中国文学走向世界的热情与责任感，又有近乎英文母语者的语感和对读者阅读习惯、审美趣味的把握，还有学者型译者对文学问题的敏感和对作品的深入阐释。朱虹将"融化"理念充分融入译介的各个环节，她的译本得到了读者的青睐，拥有着持续的生命力，为我们研究以融化为导向的译介策略提供了优秀范本。

译材选择作为译介的第一步，是决定译本能否吸引读者的关键。朱虹善于从中西文化、历史、社会的交汇处选取切入点，挑选和组织译材。《中国西部小说选》所突出的"西部"和"西部小说"是中美两国都有的地理、历史和文学概念，朱虹在译序中指出"中国西部"与"美国西部"在迥然不同的时代环境下，显现出惊人的相似，两国的"西部小说"都记录了重大的时代变迁，探讨了变迁背后的意义，并提到中国年轻一代西部作家对美国西部作家的借鉴③。读者对翻译文学的排斥很大程度上出于对陌生文化的拒斥，朱虹借由英语读者熟知的"西部"概念，让读者带着中西比较的眼光，踏上一段富有探索和发现乐趣的阅读旅程。这部选集不仅向读者推介了王蒙等一批书写中国西部的当代作家，也实践了文学翻译推动文化间对话的最高

---

① 金介甫：《中国文学（一九四九——一九九九）的英译本出版情况述评（续）》，《当代作家评论》2006 年第 4 期。

② Wendy Larson，Book Review，*The China Journal*（January 2020），p.201.

③ Zhu Hong，*The Chinese Western：Short Fiction from Today's China*，New York：Ballantine Books, 1988, p.viii.

理想。

朱虹的译材选择也离不开她对文学潮流的敏锐观察和精准把握。《〈坚硬的稀粥〉及其他》囊括了足以代表王蒙八九十年代最具代表性的意识流作品和先锋实验小说，向读者全面展现了这一时期中国文坛求新求变的渴望和锐意探索的成果。朱虹以灵活生动的译文，再现了她所解读的王蒙笔下一个个"急于逃离过去，又不知前路在何方的人物"，认为他们"集希望、欢喜、坚韧、反抗、沮丧、怀疑、焦虑与困惑的'辩证的荒诞主义'"[①]，呼应了20世纪世界文坛不断涌现的米兰·昆德拉热，使英语读者自然地联想到昆德拉在创作中反复探索、只可意会不可传译的心理状态"力脱思特"。文学潮流反映着特定时期作家的创作喜好和读者的阅读口味，朱虹对文学动态的迅捷捕捉和在译作中对文学潮流的呼应，既能及时满足读者的需要，又有助于中国文学与世界文学的交融互鉴。

朱虹的译材选择也极具个性化，她依据自己的阅读经验对作家的译介潜力做出判断，选择与自身精神气质相通的作家和与自己译笔风格相契的作品。出生于1933年的朱虹与王蒙同为见证共和国诞生与成长的一代，对王蒙作品中的经历有着格外深刻的体认。朱虹高度评价王蒙的个人品质，称王蒙"有智慧，有自嘲，有超越，很乐观，很坚强""是个有个性的人"，也非常认可王蒙的创作才华，特别是他极富奥妙的语言，她坦言："我写不出那样的小说，但可以做翻译，让外国人更多地了解他。"对作家的认同和对作品的欣赏让朱虹在翻译实践中以母语读者的姿态，借由译文与读者真诚分享"发现的喜悦"[②]，这样的译文往往更富感情、更有温度。

融化的选材是助力朱虹译本走进读者视野的前提因素，真正决定其译本收效的是她在译文中营造出的融化效果。《坚硬的稀粥》是朱虹认为最难译的一篇小说，作品整体的讽喻基调，叙述人幽默、夸大的词句，众多的人物及其千变万化的立场、语气、情感，还有丰富的历史、文化元素，无一不考验着译者"融化"的功力。但《坚硬的稀粥》也是朱虹最出色的译作之一，

---

① Wang Meng, *The Stubborn Porridge and Other Stories*, New York: George Braziller, 1994, p.5.

② 舒晋瑜：《朱虹：我吃亏在英文比中文好》，《中华读书报》2018年2月28日。

王蒙曾向她转述读者对此译文的评价，称朱虹翻译得"很有味儿"①，这句简单却有分量的褒奖足见译者不但讲好了原作的故事，更充分再现了其中蕴藉的审美特质。我们不妨以这篇译作为例，聚焦译文对作品语言风格的再塑，分析、归纳朱虹在翻译中用以实现融化效果的具体策略。

朱虹的译文处处展现着重构原作语言特色的巧思，融中式表达于英文语境，化中国文化于英文思维。《坚硬的稀粥》尽显王蒙的语言才华，小说中充满典型的"并置式语言"，即将众多意思相同或相悖的词语大量排列在句中②，显现出独特的气势与韵味。朱虹对千变万化的词语组合、叠加进行了合理、适度的规划，她常能找到英文中意义相近的惯用表达，如"既喜且忧"（"a mixed blessing"）、"落后于时代"（"living in a time capsule"）、"脱缰野马"（"a galloping fire"）、"掏心窝子"（"returned trust for trust"）、"庸人自扰"（"much ado about nothing"）③，使译文更流畅、精到，又不失原文的力度。在处理结构松散的语句时，朱虹会通过大幅调整语序，使译文的叙述重点更突出，更符合英文的表达习惯。为进一步方便读者理解，朱虹甚至会调整句子位置或重新划分段落。此外，朱虹还积极融汇具有相似语言特色的英语作家的行文方式，例如：她借鉴了美国作家华盛顿·欧文在《纽约外传》中的笔调，"采用了不歇气的长句子和有失比例的大字眼儿去表达原文中的夸张、机巧和那股滑稽模仿的傻劲儿"④，将原文风格更自然地切入英文。

有研究认为朱译本的成功主要源自译者游刃有余的归化译法，但实际上，朱虹并非一味追求译文的地道、易读，尤其是对待带有中国特色的内容时，她很少选择绕行。朱虹常不避异化色彩，对富于文化意趣的内容予以完整保留，如"假传圣旨"（fabricating the edict of the Emperor）、"滋阴壮阳"（nurturing the yin and energizing the yang）、"山珍海味"（a gourmet feast of all the delicacies extracted from seas and mountains）、"醍醐灌顶"（It was as if

---

① 穆雷：《翻译与女性文学——朱虹教授访谈录》，《外国语言文学》2003 年第 1 期。

② 郭宝亮：《王蒙小说文体研究》，北京大学出版社 2006 年版，第 34 页。

③ 所有译例均出自王蒙：《王蒙文集：短篇小说（下）》，人民文学出版社 2014 年版，第 248—265 页；英译文均出自 Wang Meng, *The Stubborn Porridge and Other Stories*, New York: George Braziller, 1994, pp.8-38。

④ 穆雷：《翻译与女性文学——朱虹教授访谈录》，《外国语言文学》2003 年第 1 期。

an enlightening fluid had been injected into our brains）等，有时看似不必要地译出了词语中的意象，却以恰到好处的力道还原了作者在文字间刻意营造出的荒诞、戏谑之感。对中国当代社会特有的特别是带有政治色彩的字眼，朱虹会在保证英文表意顺畅的前提下尽量沿用中文的表述方式。朱虹也很少删减或模糊处理读者无法直接领悟的文化内容或微妙细节，而是通过简短的脚注与读者说明原作中对社会现象、政治标语等的影射，或通过文内解释的方式进行化解，如"'四二一'综合征"（"Four-Two-One Syndrome"）、"美国的月亮比中国圆主义"（"the fallacy that the moon over the U.S. is rounder than it is over China"）等当时中国社会的独特现象，译者在直译的基础上，将前者进一步解释为"four grandparents and two parents revolving around the single child"（祖父母和父母围着一个孩子转），将后者解释为"the Blind Worship of Things Foreign"（盲目崇拜国外事物），使读者既接触得到富有趣味的源语表达方式，又不以牺牲理解为代价。

关于如何平衡归化与异化两种倾向，翻译家叶子南有一段精辟的论述："该归化且能归化时归化，该异化且能异化时异化，归化的程度因语境而异，异化的深浅随场合而定"①，朱虹的翻译实践正是对这段话的完美诠释。但她并未止步于此，而是在充分平衡两者的基础上，进行了不逊于原作的大胆的语言试验，融自身创作才情于译文，以英文鲜明地塑造出一套王蒙的笔墨。朱虹的选词富于创造性，她认为王蒙的文字是自我指涉的，能够四处游走、引人注意并派生意义，于是她并未对应着将小说题目中的"坚硬"译为"hard"，而是选择了富于人格化的"stubborn"，其中蕴含的强硬、执拗、棘手等多重意味与小说主题完美契合，奠定了译文讽喻性的基调。朱虹在遣词造句方面下足功夫，有时为达到与原文同样强烈的讽喻效果，不惜在特定位置做加法，如：老保姆徐姐操持家务数十年，全家敬重，地位特殊，堂妹指责妹夫轻视徐姐，称他在大家族中"还没徐姐要紧"。如果紧贴原文译作"You are no more important than Elder Sister Xu"，就表示徐姐与妹夫同属外姓，在大家族中地位都不高，这显然不符合说话人的原意，朱虹将此句译为"You are not worth Elder Sister Xu's litter finger"（你连徐姐的小指头都不如），

---

① 叶子南：《回旋在语言与文化之间——谈翻译的两难境地》，《博览群书》2002 年第 10 期。

看似加入了不必要的成分，背离了原意，实际上却更忠实地还原了人物的语气和情感。

当然，朱虹的译文并非无懈可击，文中同样存在少量细节上的误译，也有几处显现出译者的过度解读。但瑕不掩瑜，朱虹的翻译融中英两种语言特色于一炉，平衡了语言风格的再现与忠实度、故事性、读者体验等方面的关系，实现了良好的融化效果，值得中国文学译者借鉴。

王蒙作品进入英语世界已有 60 余年，译本数量颇丰，风格多元，在英语世界产生了较为广泛的影响，但多数译本受众群体有限，大众读者的接受情况不够理想。面对王蒙作品特质和接受环境所造成的译介困境，译者采取了以厚译和删减为代表的两种策略，译本呈现出鲜明的异化或归化风格，两者虽在突破译介困境方面取得了部分预期效果，但均存在对原作文学与文化价值的损害。本土译者朱虹的译本进入英美读者的视野并获得好评，她在译材选择上注重在中西文化交融处找到合适的切入点，消解读者对异质文化的拒斥，并积极融入自身对文学潮流的把握和对文学作品的体验，在翻译过程中合理地结合了异化与归化策略，既照顾了译语表达习惯与读者感受，又平衡了对原作内容与风格的忠实，充分保留与再现了作品的文学审美价值和文化内涵，使译本实现了较为理想的"融化"效果，为中国当代文学作品的译介提供了成功范例。

（李萌羽：中国海洋大学文学与新闻传播学院教授
于泓：中国海洋大学文学与新闻传播学院博士研究生）

王蒙作品的英译传播

姜智芹

　　王干在最近发表的文章中称王蒙为"共和国的文学'书记官'",是"共和国的一面镜子"①。诚然,和共和国一同成长的人生经历,早年展露的文学才华,70 年来丰沛、持续、充满活力的创作,使王蒙成为当代文学史上独特的存在。其具有鲜明风格的作品不仅在国内享有极高的声誉,在国外也产生了很大影响。与同时代、同年龄段的作家相比,王蒙的作品翻译成外文的数量多,译介的语种多,相应地在海外的知名度也较高。本文主要聚焦王蒙作品的英译传播,探讨其在英语世界的译介、评价、接受和研究,以及贯穿其中的形象塑造。

一、王蒙作品的英译之旅

　　就我国文学的海外传播来说,主要有本土推介和域外译介两种渠道,王蒙作品的外译亦复如此,他的作品首先由本土推介走向英语读者。

　　作为新时期之初创作实绩突出并紧扣社会发展脉搏的作家,王蒙的一些短篇小说被译成英文刊登在当时在国外有一定影响的英文版杂志《中国文学》(*Chinese Literature*)上。这些作品有《说客盈门》②《悠悠寸草心》③《夜

---

① 王干:《共和国的文学"书记官"——论王蒙的文学价值》,《文艺报》2023 年 8 月 30 日。

② Wang Meng:"A Spate of Visitors", trans. Xiong Zhenru, *Chinese Literature*, 7 (1980), pp.9-21.

③ Wang Meng:"The Barbers' Tale", trans. Yu Fanqin, *Chinese Literature*, 7 (1980), pp. 22-40.

的眼》①《蝴蝶》②《春之声》③《风筝飘带》④《行板如歌》⑤《高原的风》⑥《轮下》⑦
等。《中国文学》刊载王蒙英译作品的 20 世纪 80 年代正是该刊物之前的颓
势得到扭转从而获得新发展的时期，"欧美地区的订户和读者增多。据 1986
年统计，英文版《中国文学》在美国的订户为 1731 户，芬兰的为 1195 户。"
刊登的部分作品"在欧美引起极大的反响"。⑧ 关注《中国文学》的西方读
者以知识分子为主，文学修养普遍较高。他们在感受王蒙作品文学性、审美
性的同时，也借以了解新时期之初中国的社会发展和文坛新貌。

除了英文版的《中国文学》杂志外，香港的《译丛》（Renditions）杂志、
联合出版社、北京的中国文学出版社和外文出版社也推出王蒙作品的英译
本。《译丛》发表了译成英文的《坚硬的稀粥》⑨，联合出版社出版了王蒙的《最
宝贵的》⑩《异化》⑪，中国文学出版社出版了《〈蝴蝶〉及其他》⑫，外文出版社

---

① Wang Meng："A Night in the City"，*Chinese Literature*, 7 (1980), pp.41-49.

② Wang Meng："The Butterfly"，trans. Gladys Yang, *Chinese Literature*, 1 (1981), pp.3-55.

③ Wang Meng："Voices of Spring"，trans. Bonnie S. McDougall, *Chinese Literature*, 1 (1982), pp. 23-36.

④ Wang Meng："Kite Streamers"，trans. Lü Binghong, *Chinese Literature*, 3 (1983), pp.5-28.

⑤ Wang Meng："Andante Cantabile"，trans. Hu Zhihui, *Chinese Literature*, 10 (1983), pp. 5-76.

⑥ Wang Meng："The Wind on the Plateau"，trans. Yu Fanqin,*Chinese Literature* (Autumn 1986), pp.3-23.

⑦ Wang Meng："Under the Wheel"，trans. Yu Fanqin, *Chinese Literature* (Autumn 1987), pp. 4-32.

⑧ 郑晔：《国家机构赞助下中国文学的对外译介——以英文版〈中国文学〉（1951—2000）为个案》，博士学位论文，上海外国语大学，2012 年，第 120 页。

⑨ Wang Meng："Thick Congee"，trans. Joyce Nip, *Renditions*, 43 (1995), pp.58-76.

⑩ Wang Meng："Something Most Precious"，trans. Geremie R. Barmé and Bennett Lee, in *The Wounded：New Stories of the Cultural Revolution*, Hong Kong：Joint Publishing, 1979, pp.205-214.

⑪ Wang Meng："*Alienation*"，trans. Nancy Lin and Tong Qi Lin, Hong Kong：Joint Publishing, 1993. 收入王蒙的中篇小说《蝴蝶》（*The Butterfly*）和《相见时难》（*It's Hard for Us to Meet*）。

⑫ Wang Meng：*The Butterfly and Other Stories*, translated by Rui An，Beijing：Chinese Language Press (Panda Books), 1983. 收录的作品有：《我在寻找什么》（*What Am I Searching for*）、《说客盈门》（*A Spate of Visitors*）、《蝴蝶》（*The Butterfly*）、《夜的眼》（*The Eyes of Night*）、《悠悠寸草心》（*The Barber's Tale*）、《春之声》（*Voices of Spring*）、《风筝飘带》（*Kite Streamers*）、《组织部新来的青年人》（*The Young Newcomer in the Organization Department*）。

出版了《王蒙选集：相见集》① 和《王蒙选集：雪球集》②。

关于中国文学文化海外传播中的本土推介，国内学者有不同的声音。有的认为这是一种"硬推""强推"，带来海外接受效果的不佳，导致中国文学虽然"走出去"了，但是没有"走进去"，没有被海外的读者所接受。也有学者，比如翻译界的知名专家许钧教授认为："中国并非是在强推自己的文化，而是在积极回应世界了解中国、理解中国的需求。"他指出"每个国家或民族都应该加强文化交流，把每个民族具有独特性的文化推向世界，共同丰富世界文化。"③ 针对某些学者诟病的本土推介出去的文学作品在国外接受度不高的问题，许钧教授回应道："中国文化主动走出去，表达了中华民族为推进世界各种文明交流交融的美好愿望，也顺应了丰富世界文化、维护文化多样性的时代要求。从效果来说，文化走出去既是文化发展战略，那么对其效果也应从战略高度去评价。""仅仅以当下的市场销售与读者接受情况来衡量便得出否定性的结论，是值得商榷的"。并特别强调，在全球化时代，"主动走出去是一种常态"。④ 长期从事对外翻译和国际传播工作的黄友义先生也有此共识，他指出，随着我国国际地位的日益提升，翻译工作已经从向中国"翻译世界"，进入了向世界"翻译中国"的新阶段。⑤ 王蒙的作品堪称改革开放初期我国当代文学主动走出去的先锋，率先向英语世界展现了当代文学创作的蓬勃生机和反映生活的深广程度。

在本土推介的同时，王蒙的作品也通过域外译介更深入地走向英语世界。通过这一渠道"走出去"的王蒙作品既有收入中国新时期文学英译合集的，也有单行本的英译作品。就收入国外出版的中国文学作品集来说，

---

① *Selected Works of Wang Meng*：*The Strain of Meeting*, trans. Denis C. Mair, Beijing：Foreign Languages Press, 1989.

② *Selected Works of Wang Meng*：*Snowball*, trans. Cathy Silber and Deirdre Huang, Beijing：Foreign Languages Press, 1989.

③ 许钧：《关于深化中国文学外译研究的几点意见》，《外语与外语教学》2021 年第 6 期。

④ 许钧：《当下翻译研究中值得思考的几个问题》，《当代外语研究》2017 年第 3 期。

⑤ 参见黄友义：《从"翻译世界"到"翻译中国"》，外文出版社 2022 年版。

有《组织部新来的青年人》节译 ①、《买买提处长轶事》②、《来劲》③、《选择的历程》④、《夜的眼》⑤、《苏州赋》⑥、《失恋的乌鸦及其他》⑦、《雄辩家》⑧、《学话》⑨、《小，小，小，小，小……》⑩、《越说越对》⑪、《光头》⑫等。王蒙在英

---

① Wang Meng："The Young Man Who Has Just Arrived at the Organization Department (excerpts)"，trans. Gary Bjorge, in Kao-yu Hsu ed, *Literature of the People's Republic of China*，Bloomington：Indiana University Press, 1980, pp.229-241. Also translated as "A Young Man Arrives at the Organization Department"，in Hualing Nieh ed. and co-trans., *Literature of the Hundred Flowers Volume II：Poetry and Fiction*, New York：Columbia University Press, 1981, pp.473-511.

② Wang Meng："Anecdotes of Chairman Maimaiti"，trans. Zhu Hong, in Zhu Hong ed, *The Chinese Western：Short Fiction from Today's China*，New York：Ballantine Books, 1988, pp.152-164. Also in *Spring of Bitter Waters：Short Fiction from China Today*, London：W. H. Allen and Co., 1989. Also translated as "The Anecdotes of Section Chief Maimaiti：Uighur 'Black Humor'"，translated with an annotated introduction by Philip F. Williams, *Journal of Asian Culture* 8 (1984)：pp.1-30.

③ Wang Meng："Exciting"，trans. Long Xu, in Long Xu (ed.), *Recent Fiction from China 1987-1988：Novellas and Short Stories*, Lewiston：The Edwin Mellen Press, 1991, pp.1-6.

④ Wang Meng："A String of Choices"，trans. Zhu Hong, in Howard Goldblatt (ed.), *Chairman Mao Would Not Be Amused：Fiction from Today's China*, New York：Grove Press, 1995, pp.69-89.

⑤ Wang Meng："Eyes of the Night"，in Kwok-kan Tam, Terry Siu-Han Yip, Wimal Dissanayake eds, *A Place of One's Own*, New York：Oxford University Press, 1999, pp.113-125.

⑥ Wang Meng："Praise on Suzhou"，trans. Martin Woesler, in Martin Woesler (ed.), *20th Century Chinese Essays in Translation*, Bochum：Bochum University Press, 2000, pp.170-172.

⑦ Wang Meng："The Lovesick Crow and Other Fables"，in Carolyn Choa and David Su Li-qun eds，*The Vintage Book of Contemporary Chinese Fiction*, New York：Vintage Books, 2001, pp.143-154.

⑧ Wang Meng："Disputatiasis"，in *Loud Sparrows：Contemporary Chinese Short-Shorts*, trans. Aili Mu, Julie Chiu, and Howard Goldblatt, New York：Columbia University Press, 2006, p.189.

⑨ Wang Meng："Learning to Talk"，in *Loud Sparrows：Contemporary Chinese Short-Shorts*, trans. Aili Mu, Julie Chiu, and Howard Goldblatt, New York：Columbia University Press, 2006, p.19.

⑩ Wang Meng："Little, Little, Little, Little, Little…"，in *Loud Sparrows：Contemporary Chinese Short-Shorts*, trans. Aili Mu, Julie Chiu, and Howard Goldblatt, New York：Columbia University Press, 2006, pp.197-201.

⑪ Wang Meng："Right to the Heart of the Matter"，in *Loud Sparrows：Contemporary Chinese Short-Shorts*, trans. Aili Mu, Julie Chiu, and Howard Goldblatt, New York：Columbia University Press, 2006, pp.92-93.

⑫ Wang Meng："A Shaved Head"，in *Loud Sparrows：Contemporary Chinese Short-Shorts*, trans. Aili Mu, Julie Chiu, and Howard Goldblatt, New York：Columbia University Press, 2006, p.6.

语世界出版发行的作品集和单行本主要有:《布礼》①《新疆下放故事》②《〈坚硬的稀粥〉及其他》③ 等。《布礼》的英译本出版后很快就有 4 篇书评在国外重要的专业文学期刊上发表,分别是金介甫(Jeffrey C. Kinkley)发表在《今日世界文学》(*World Literature Today*)上 ④、傅静宜(Jeannette L. Faurot)发表在《中国文学》(*Chinese Literature: Essays, Articles, Reviews*,简称 CLEAR)⑤ 上、魏纶(Philip F. Williams)发表在《现代中国文学》(*Modern Chinese Literature*)⑥ 上、利大英(Gregory B. Lee)发表在《中国季刊》(*The China Quarterly*)⑦ 上评论《布礼:一部现代中国小说》的书评文章。《布礼》英译本的副标题"一部现代中国小说"(*A Modernist Chinese Novel*)是译者加上去的,意在说明王蒙在 20 世纪 80—90 年代较早意识到现代主义的创作手法,《布礼》中运用了意识流、时间碎片化、人物描写内在化等艺术技巧,不再是对事件的平铺直叙,而这在当时的中国文坛是比较先锋的创意之举。⑧《〈坚硬的稀粥〉及其他》收录王蒙的《高原的风》(*The Wind on the Plateau*)、《冬天的话题》(*A Winter's Topic*)、《夏之波》(*The Heat Waves of Summer*)、《调试》(*Fine Tuning*)、《室内乐》(*Chamber Music*)、《晚霞》(*The*

---

① Wang Meng: *A Bolshevik Salute: A Modernist Chinese Novel*, trans. Wendy Larson, Seattle: University of Washington Press, 1989.

② Wang Meng: *Tales from the Xinjiang Exile: Life among the Uighurs*, trans, Li-Hua Ying and Kang H. Jin, New York: Bogos & Rosenberg Publisher, 1991.

③ Wang Meng: The Stubborn Porridge and Other Stories, trans. Zhu Hong, et. al, New York: George Braziller, 1994.

④ Jeffrey C. Kinkley: "Review of Bolshevik Salute: A Modernist Chinese Novel", *World Literature Today*, 4 (1990), p. 697.

⑤ Jeannette L. Faurot: "Review of Bolshevik Salute: A Modernist Chinese Novel", *Chinese Literature: Essays, Articles, Reviews (CLEAR)*, 13 (1991), pp. 176-178.

⑥ Philip F. Williams: "Review of Bolshevik Salute: A Modernist Chinese Novel", *Modern Chinese Literature*, 2 (1989), 1989, pp. 355-356.

⑦ Gregory B. Lee: "Review of Bolshevik Salute: A Modernist Chinese Novel", *The China Quarterly*, (4)1992, pp. 1192-1193.

⑧ Jeannette L. Faurot: "Review of Bolshevik Salute: A Modernist Chinese Novel", *Chinese Literature: Essays, Articles, Reviews (CLEAR)*, 13 (1991), pp.176-177.

Twilight Cloud)、《诗意》(*Poetic Feeling*)、《致爱丽丝》(*To Alice*)、《来劲》(*Thrilling*)、《XIANG MING 随想曲》(*Capriccio a Xiang Ming*)、《铃的闪》(*The Blinking of the Bell*)等小说。金介甫在书评中称自己是"王蒙狂热者",认为"在文学试验方面,王蒙总是比国内的同行先行一步",在创作时"能够收放自如"。①

域外译介出版的王蒙作品英译本由于"自己人效应",更容易得到国外读者的关注认可,因为心理学家发现,"人们对'自己人',即有着共同信仰、相似价值观、讲同一种语言、隶属于同一种族、有着共同文化与宗教背景的人说的话,更容易接受和信赖。在翻译活动中,译介主体如果是目标语读者'自己人',也即是其本土译者或出版发行机构,译介的作品则较容易受到信赖和接受。英语读者认可自身文化系统内的译者,认同'自己人'的译本选择、译介策略和对原文的'二度创作'"。②因而,国外出版社出版的王蒙作品英译本引起汉学家的书评热情,而本土推介出去的王蒙作品相比之下少有国外学者的书评关注。不过通过这一渠道传播出去的王蒙作品无疑向英语世界的读者证明了他在当代文坛上的重要地位,对于异域他者的译本选择起到了推荐和参照作用。而且,就王蒙的作品来说,本土推介和域外译介很多时候没有交叉重叠,二者形成一定的互补,对于王蒙作品的英译传播起到了拓展作用。

王蒙的作品在 20 世纪末得到数量可观的多语种译介,但总体来看,相对于其丰硕的创作,译成英语的数量并不多,像《活动变人形》"季节"系列等在国内引起广泛探讨的作品,还有待于英语世界的进一步译介与关注。个中原因可能和王蒙的创作从一开始就受到苏联文学的影响有一定关系。在王蒙走向文坛之初的 20 世纪 50 年代,文艺创作强调"积极地使苏联文学、艺术、电影更广泛地普及到中国人民中去"③,对苏联文学的借鉴与创作中苏联文学的影响成为当时中国文坛的一个特色,王蒙亦是如此,苏联文学与文化可以说对王蒙产生过极为深刻的影响。他曾说:"我们这一代中国作家

---

① Jeffrey C. Kinkley："Review of The Stubborn Porridge and Other Stories"，*World Literature Today*, 1 (1995), p. 222.

② 姜智芹：《跨文化的追寻——中西文学研究论集》，中华书局 2022 年版，第 108 页。

③ 周扬：《社会主义现实主义——中国文学前进的道路》，《人民日报》1993 年 1 月 11 日。

中的许多人，特别是我自己，从不讳言苏联文学的影响。"①并将苏联文学与西方的文学做如下对比："苏联文学表现的是真正的人，是人的理想、尊严、道德、情操，是最美丽的人生。……而西方的文艺是那样的颓废、病态、苍白、狭隘、兽性……"②鉴于20世纪中后期以苏联为首的社会主义阵营和以美国为首的资本主义阵营在各方面的对抗，王蒙创作的与主流意识形态同构的作品在西方世界难以打开销路，一定程度上影响到其作品的英译和传播。

二、王蒙作品在英语世界的评价与研究

我们把英语世界对王蒙作品的评价和研究分为普通读者和专业受众两个层面。普通读者的评价主要以好读网（Goodreads）和亚马逊（英文）网站上的读者评价为例进行分析。

众所周知，好读网号称世界上最大的读者俱乐部，有"美国豆瓣"之称。"熊猫丛书"之一的《〈蝴蝶〉及其他》在好读网上的评分为3.42星（最高5星，下同）。其中20%的读者给予5星评价，8%的读者给予4星评价，62%的读者给予3星评价，8%的读者给予2星评价。最新的读者留言时间为2022年11月8日。名为Joseph L. Reid的读者2015年7月15日在留言中写道："与我阅读的同时代其他作家的作品相比，王蒙的小说表现出真正的文学才能，塑造的人物个性鲜明，和有些作家笔下过于简化的人物描写截然不同。在我看来，《组织部新来的青年人》是这部小说集中写得最好的作品。"③

由美国华盛顿大学出版社出版的《布礼》在好读网上的评分为3.14星，其中14%的读者给予5星评价，给予4星和3星评价的读者分别是28%，

---

① 王蒙：《苏联文学的光明梦》，《读书》1993年第7期。

② 王蒙：《关于苏联》，《苏联祭》，作家出版社2006年版，第175页。

③ *The Butterfly and Other Stories*, 2023年9月9日，见 https://www.goodreads.com/book/show/238277. The_Butterfly_and_Other_Stories?from_search=true&from_srp=true&qid=u87zqAxYks&rank=2。

给予 2 星和 1 星评价的读者分别占 14%。^①由美国乔治·巴西勒（George Braziller）出版社出版的《〈坚硬的稀粥〉及其他》在好读网上的评分为 3.75 星，其中 12% 的读者给予 5 星评价，50% 的读者给予 4 星评价，37% 的读者给予 3 星评价。^②这两部书目前尚未留下读者评语。

在亚马逊（英文）网站上，《〈蝴蝶〉及其他》的星级评价为 4 星，《布礼》和《〈坚硬的稀粥〉及其他》暂没有星级评价和读者评论。

从英语读者在好读网和亚马逊（英文）网站上的星级评价来看，总体在 3.5 星左右，对于以思维定式排斥我国主流意识形态作品的英语世界来说，已经算是不错的了。

对王蒙英译作品的深度研究主要体现在英语世界的专业受众层面。我们从他们对王蒙的总体评价、对其文学形式创新和创作题材开拓 3 个方面，做简要的梳理和分析。

首先，英语世界学者对王蒙的总体评价较高。加拿大阿尔伯达大学的 Sio-choo Ang 在《王蒙的生活和创作》中引用"故国八千里，风云三十年"来总括王蒙的人生经历，评价他是"1949 年中华人民共和国成立之后最杰出的作家之一"，^③在该文中他从 1934—1956 年、1957—1979 年、1979 年之后三个时期介绍了王蒙的生活经历，分 1953—1962 年、新时期以来两个阶段对王蒙的创作与艺术成就进行概述，认为王蒙"从青年时期就忠诚于革命，相信文学和革命是不可分割的""他的作品反映了他在不同时期对生活的深刻洞察"。^④

美国爱荷华大学教授周欣平（Peter Xingping Zhou）1993 年编写的系列丛书《爱荷华大学的中国作家》（*Chinese Writers in Iowa*）收录了王蒙的作品，

---

① *A Bolshevik Salute*：A Modernist Chinese Novel，2023 年 9 月 9 日，见 https://www.goodreads.com/book/show/2812574-bolshevik-salute?from_search=true&from_srp=true&qid=Rg5abG65YU&rank=1。

② *The Stubborn Porridge and Other Stories*，2023 年 9 月 9 日，见 https://www.goodreads.com/book/show/2812575-the-stubborn-porridge-and-other-stories?from_search=true&from_srp=true&qid=EzeVebvRwL&rank=1。

③ Sio-choo Ang："The Path of Wang Meng：Life and Works"，*China Report*, 1 (1991), p.15.

④ Sio-choo Ang："The Path of Wang Meng：Life and Works"，*China Report*, 1 (1991), p.26.

该丛书成为美国爱荷华大学图书馆中国藏书的重要组成部分，也是研究 20 世纪中国文学的重要资源。周欣平在丛书的前言中对王蒙及其创作进行了介绍，强调王蒙是中国知名的作家，《组织部新来的青年人》是其第一部重要作品，描写了年轻的理想主义革命者和年老的思想僵化的官僚主义者之间的冲突，并说这部小说引起了毛泽东的注意，而且毛泽东以此为例说明要放松对公共舆论的控制，促进了当时正在进行的"百花齐放、百家争鸣"运动。①

加拿大汉学家梁丽芳（Laifong Leung）在《中国当代小说家：生平、作品、评价》中用"永远的年轻人"（Forever a Young Man）来概括王蒙，认为从 1955 年到 1978 年，作为"年轻布尔什维克"的王蒙经历了人生的曲折，而 1979 年之后则是他这位"年轻人"的归来。梁丽芳分析了王蒙带有中国特色的"意识流"技巧、《坚硬的稀粥》和其他作品中的幽默、讽刺、隐喻，以及王蒙回归中国传统的人生智慧，指出中国"当代作家中很少有人像王蒙那样经历了如此丰富的人生，很少有作家像王蒙那样始终以'年轻人'的活力紧跟文学新潮流、时代新思想，作品一部接一部地出版。"②

其次，英语世界的研究者对王蒙文学形式上的创新非常感兴趣，其独特的语言风格也成为关注的焦点之一。《〈坚硬的稀粥〉及其他》英文版在纽约出版后，美国汉学家金介甫随即发表评论，介绍说：《坚硬的稀粥》"这部小说以一个大家庭成员围绕着早餐发生的故事，隐喻了在'后社会主义'中国几代人不同的政治立场和生活方式……这部由朱虹编辑、翻译得非常好的选集，主要值得注意的地方在于它洞见了王蒙不断的语言试验以及他为取得幽默讽刺效果而巧妙运用的先锋派技巧。"③

查培德（Peide Zha）教授在《英属哥伦比亚大学亚洲评论》1990 年第 3—4 期合刊上发表长篇论文，以王蒙为个案，选取《夜的眼》《春之声》《风筝

---

① Peter Xingping Zhou："Chinese Writers in Iowa"，*Books at Iowa,* 1 (1993), p.10.

② Laifong Leung：*Contemporary Chinese Fiction Writers：Biography, Bibliography, and Critical Assessment,* New York：Routledge, 2017, p.242.

③ Jeffrey C. Kinkley："A Bibliographic Survey of Publications on Chinese Literature in Translation from 1949 to 1999", in Pang-Yuan Chi, David Der-wei Wang eds, *Chinese Literature in the Second Half of a Modern Century：A Critical Survey,* Bloomington：Indiana University Press, 2000, p.252.

飘带》《海的梦》《布礼》《蝴蝶》6 篇小说，对中国当代文学中的意识流叙述特征进行了科学、客观的分析，对王蒙在借鉴西方意识流理论、开创新的文学创作之路方面所做出的贡献，给予高度评价。他说："因此，王蒙在中国大陆小说发展史上所发挥的作用，可以和 50 年前西方作家乔伊斯、伍尔夫、福克纳、普鲁斯特等人相媲美。但与这些西方作家的作品变得晦涩难懂不同，王蒙很快将意识流手法与传统技巧融为一体，因此，王蒙经历了一个否定以及否定之否定的过程。尽管王蒙还没有赢得世界性声誉，尽管他的试验小说可能成不了后人所认定的经典之作，但他对当代中国小说的影响是巨大的。没有他在小说叙述方式上进行的试验努力，就不可能有后来的'心态小说'的出现……王蒙独自一人在新时期之初引领的意识流'运动'，向其他作家昭示人类的内心生活是值得探索的重要主题，意识流技法可以取得传统手法所不能取得的成就。可以毫不夸张地说，王蒙的试验小说是新时期小说发展的一个里程碑。"①

印度尼赫鲁大学东亚文学研究中心教授邵葆丽（Sabaree Mitra）也对王蒙的文学手法进行了评述。她说："在这方面，王蒙、宗璞、邓刚、张辛欣这些知名作家使用意识流、象征主义、印象主义等现代技巧揭示现实主义主题……王蒙尤其在试验运用意识流手法方面取得了突出的成就，他通过这种手法形象鲜明地传递和描述了人们丰富的内心世界和日新月异的生活变化，从而创作了反映中国快速发展的具有现实意义的文学作品。"②另一名印度作家吉屯德拉·巴迪亚在"王蒙文学创作国际学术研讨会"上也对王蒙的文学创作发表了自己的见解。他说："王蒙的小说超越了国家和意识形态的界限……思想大胆、意图清晰是其小说的显著特点。"③

---

① Peide Zha："Stream of Consciousness Narration in Contemporary Chinese Fiction：A Case Study of Wang Meng"，*B. C. Asian Review*, 3&4 (1990).

② Sabaree Mitra："Comeback of Hundred Flowers in Chinese Literature：1976-1989"，in *Tan Chung ed：Across the Himalayan Gap：An Indian Quest for Understanding China*, New Delhi：Gyan Publishing House, 1998. 此处引自 https://ignca.gov.in/comeback-of-hundred-flowers-in-chinese-literature-1976-1989-sabaree-mitra/，2023 年 9 月 12 日。

③ 温奉桥：《多维视野中的王蒙——"王蒙文学创作国际学术研讨会"述要》，《中国海洋大学学报（社会科学版）》2004 年第 3 期。

菲尔·威廉（Phil William）认为从文学形式创新方面来说，王蒙20世纪80年代以后的创作取得的成就更大。他指出，中国当代文学的提升某种程度上有赖于王蒙在文学形式上的创新，同时王蒙作品中对历史的审视带有深切的人文关怀，所采取的内心独白叙述方式体现了人物心理的自我发现，运用的讽刺和幽默技法使人在笑声中品味人生的苦难和曲折。①

汉学家雷金庆对王蒙的个人风格赞赏有加。1982年5月，纽约圣约翰大学召开了"中国新写实主义文学研讨会"，来自美国、加拿大、德国、澳大利亚等国的46名作家、学者欢聚一堂。作为会议的主持人，雷金庆认为王蒙语言犀利，长于思辨，是中国最优秀的作家之一，其作品以使用意识流方法创作而闻名海外。他还进一步以《布礼》为例，详细说明王蒙在创作中对意识流技法的娴熟运用。《布礼》中叙述的事件在1949年、1957—1958年、1966—1970年、1979年几个时间段之间自由切换，体现了不同时代中国人命运的变迁。②

哈佛大学教授李欧梵专攻中国现代文学与文化，他对王蒙小说的语言非常感兴趣，做过深入的研究，而且由此引发了他对中国当代文学的热情。他说："好不容易读到一两个好作家，我就觉得很了不起，像王蒙的《夜的眼》，还有高晓声的《李顺大造屋》，我马上把他们两人放在一起，写了篇文章，就是我前面说的谈语言的文章。我觉得王蒙在意识形态上还是有点主流，我更喜欢高晓声小说里面农民的味道，可两个人在写作技巧上还是各有创新的。这之后我就逐渐进入到中国当代文学的领域里面来了。"③李欧梵在哈佛大学开了一门名为"现代主义"的文学课，1993年10月，他在一堂课上请当时在美国进行学术访问的王蒙以自己的作品为例，讲一讲意识流小说。第一堂讨论课，王蒙刚坐定就被问到他的小说中经常出现主词不明也无引号的"自由间接引语"，这样做是否有意为之。王蒙以李商隐的《锦瑟》来做说明："'庄生晓梦迷蝴蝶，望帝春心托杜鹃'两句诗的关系，诗人并没有说明，这

① See Phil William："Stylistic Variety in a PRC Writer：Wang Meng's Fiction of the 1979-1980 Cultural Thaw"，*Australian Journal of Chinese Affairs,* 11 (1984).

② Kam Louie："New Forms of Realism in Chinese Literature：the St. John's University Conference"，*The Australian Journal of Chinese Affairs*, 9 (1982).

③ 张英、季进：《李欧梵：当代没有知识小说》，《南方周末》2004年1月21日。

恰是汉语语法的不精确性，造成行文不受限的可能；在他的《夜的眼》一文中不知有多少人问起这只'眼'，国外的人问这'眼'是一个口还是两个眼，翻译时要不要加's'，诸如此类的问题，写的时刻都不成问题，也就无需界定，像杜甫的诗'幼子绕我膝，畏我复却去'，千年来有着一塌糊涂的争论，但有啥关系？可以再继续千年！"李欧梵说："这意识流背后有它内在的逻辑，是有文化背景的。"王蒙则回答："按中国说法是有其生活来源的。我做这些新形式的探索，从不采取激烈的态度，企图把现有或古典的骂倒，我是想让它们互相共存、和平共处。"①

此外，郑树森（William Tay）在《现代中国文学》（*Modern Chinese Literature*）上发表《王蒙、意识流和关于现代主义的论争》②，在《今日世界文学》（*World Literature Today*）上发表《现代主义和社会现实主义：以王蒙为例》③等。埃里·哈吉纳（Elly Hagenaar）在其《意识流与中国现代文学中的自由间接引语》（*Stream of Consciousness and Free Indirect Discourse in Modern Chinese Literature*）一文中对王蒙的语言试验和探索进行分析，鲁道夫·瓦格纳（Rudolf Wagner）在其著作《当代中国散文研究》（*Inside a Service Trade：Studies in Contemporary Chinese Prose*）中对王蒙的文学创作进行评论，认为王蒙是文学形式的政策建议书。④

最后，很多西方学者也围绕王蒙的文学创作主题展开讨论。比如凯泽（Anne Sytske Keyser）的《王蒙的〈坚硬的稀粥〉：社会政治讽刺》⑤、澳大利亚汉学家白杰明（Geremie R. Barme）的《稀粥的风暴——王蒙和虚幻的中国政治》⑥、

---

① 张凤：《名人与哈佛（三题）·王蒙在哈佛》，《读书文摘》2004年第12期。

② William Tay："Wang Meng. Stream-of-consciousness, and the Controversy over Modernism"，*Modern Chinese Literature,* 1 (1984), pp.7-24.

③ William Tay："Modernism and Socialist Realism：The Case of Wang Meng"，*World Literature Today,* 3 (1991), pp. 411-413.

④ Rudolf Wagner：*Inside a Service Trade：Studies in Contemporary Chinese Prose*, Cambridge：Council on East Asian Studies, Harvard University Press, 1992, pp.193-212, pp. 481-531.

⑤ Anne Sytske Keyser："Wang Meng's Story 'Hard Thin Gruel'：A Socio-Political Satire"，*China Information,* 2 (1992), pp. 1-11.

⑥ Geremie R. Barme："A Storm in a Rice Bowl：Wang Meng and Fictional Chinese Politics"，*China Information,* 2 (1992), pp. 12-19.

闵琳（Min Lin）的《〈坚硬的稀粥〉和中国的改革悖论》①、文棣（Wendy Larson）的《王蒙的〈布礼〉：中国现代主义与知识分子的消极身份认同》②、查玲（Ch'a Ling）的《王蒙的乡村生活和发展进步》③、张泽昌（Chang Tze-chang）的《孤立和自我疏远：王蒙的疏离世界》④、夏海（Shakhar Rahav）的《鱼和熊掌不可兼得：20世纪后期作为知识分子和政府官员的王蒙》⑤ 等论文。"稀粥风波"是西方学者感兴趣的话题，凯泽通过《坚硬的稀粥》提出文学与表现生活、现实世界与文学世界的关系问题；白杰明认为这部小说反映的是激进派与保守派之间的冲突；闵琳通过对小说文本内部的分析，认为它是对改革过程中不可避免的深层矛盾和问题的揭示。

　　尽管相比在俄语、法语、德语中的传播，王蒙作品译成英语的并不算多，但英语世界对其的研究却持续而深入，这和王蒙重视参加英语世界的文学和文化交流活动有一定关系。在20世纪80—90年代，王蒙有大量出访英语国家的活动。1980年，他参加了聂华苓主持的爱荷华"国际写作计划"（IOWA）活动，并应邀在美国宾夕法尼亚大学讲学。1982年，他应邀去美国圣约翰大学参加"中国现当代文学国际研讨会"，做了题为"中国文学的命运和作家的使命"的演讲。1986年，王蒙等中国作家应邀去纽约参加国际笔会，见到了后来获得诺贝尔文学奖的英国作家多丽丝·莱辛，二人交谈甚欢，彼此给对方留下了深刻的印象。1988年，王蒙首次造访英国，出席在伦敦召开的国际出版大会，并在英中文化中心发表演讲。1989年，去了

---

① Min Lin and Maria Galikowaki："Wang Meng's 'Hard Porridge' and the Paradox of Reform in China"，in *The Search for Modernity：Chinese Intellectuals and Cultural Discourse in the Post- Mao Era*．NY：St. Martin's Press, 1999, pp.71- 88．

② Wendy Larson："Wang Meng's *Buli* (Bolshevik salute)：Chinese Modernism and Negative Intellectual Identity"，in *Bolshevik Salute：A Modernist Chinese Novel*，Seattle：University of Washington Press, 1989, pp.133-154．

③ Ch'a Ling："Wang Meng's Rustication and Advancement"，*Issues and Studies,* 22 (1986)，pp.50-61．

④ Chang Tze-chang："Isolation and Self-estrangement：Wang Meng's Alienated World"，*Issues and Studies,* 24 (1988)，pp.140-154．

⑤ Shakhar Rahav："Having One's Porridge and Eating It Too：Wang Meng as Intellectual and Bureaucrat in Late 20th Century China"，*The China Quarterly,* 4 (2012)，p.1079-1098．

澳大利亚堪培拉出席"文学节"开幕式。1991年，赴新加坡参加世界作家周活动。1992年，前往澳大利亚昆士兰州参加"全澳作家周"活动。1993年，应哈佛大学邀请赴美访问讲学3个月。1994年，赴纽约参加投资中国研讨会，做题为《中国的文化市场》的演讲。1995年，应邀去加拿大哥伦比亚大学参加研讨会，做题为《当前中国文学的话题》的演讲，并前往渥太华、蒙特利尔等地讲学。1998年，应邀赴美讲学，在康州三一学院、耶鲁大学、匹兹堡大学、明尼苏达大学、纽约州立大学、华美协进社等学术机构发表演讲。2000年，率中国作家代表团访问爱尔兰。同年出访新加坡，做题为《中国西部文化与中国西部开发》的演讲。2001年，赴美国爱荷华大学出席"迷失与发现：翻译艺术研讨会"，同年出席在美国科罗拉多大学举行的"当代中国知识分子和社会力量"国际研讨会。

从以上简要的梳理中可以看出，王蒙不仅积极地、高频次地参加英语世界的文学文化交流活动，而且常常发表演讲或应邀去英语国家的大学讲学，为中国文学文化在海外的传播起到了宣传造势作用，也为他本人作品引发海外关注提供了契机。不过，决定作品最终能否在国外产生影响并活跃地存在下去的关键是其质量。毋庸置疑，高质量的创作是王蒙作品在英语世界持续引发关注和讨论的最主要因素，其不同寻常的人生经历、敏锐的文学形式创新、与时代同频共振的主题书写，都给英语世界的读者和研究者留下了无尽的学术话题。

三、王蒙作品英译传播中的中国形象塑造

一国文学的翻译传播从本质上讲是一个展示和塑造国家形象的过程。王蒙作品在英译传播过程中所塑造的中国形象是与他作品本身的自塑形象分不开的。

作为主流知识分子，王蒙有着浓郁的政治情怀，其创作体现了文学与历史的互文。他曾说："不管我处在什么情况下，包括最艰难的时候，我对我们的国家的关切是始终如一的，我和我们的国运是相通的感觉也是始终如一

的。"①王蒙从不讳言他作品中的政治表达。关于文学与政治的关系，他这样说道："既然我们的社会充满了政治，我们的生活无处不具有革命的信念和革命的影响。那么，脱离政治，就是脱离了生活，或者是脱离了生活的激流，远离了国家、民族的命运亦即广大人民群众的命运。"②用文学来表现政治是他创作的特征之一，其作品传达出与主旋律共振的中国形象。

王蒙作品的主旋律性是他崇高的使命感使然，他说："我为了我们的国家、社会、生活更加美好而写作。我为什么写作？我的答案与为什么革命为什么活着是一样的。"③但王蒙的作品又不是时代政治的传声筒，而是用文学来反映蓬勃发展的新气象，表现出敏锐的时事判断力和作家的前瞻眼光。比如《组织部新来的青年人》借林震的言行对当时党内存在的问题做出积极的判断和思考，小说的发表几乎与"双百方针"的提出同一时间，并且与此后不久开展的党内整风运动相契合。而这部小说在英语世界较早引起关注，出版之后不久就被收入当时旨在反映社会主义国家文学创作成果的作品集《苦涩的收获》④，进入许芥昱的《中华人民共和国文学作品选》⑤以及聂华苓主编的《"百花"时期的文学》⑥。新时期之初，王蒙发表了《夜的眼》《春之声》《布礼》《蝴蝶》等带有时代先锋意识的作品，再一次书写了时代的脉动，而这些小说亦较早被译成英语，将时代的风云激荡一同传递出去。

其次，王蒙英译作品的海外传播塑造了充满人格魅力和爱国热忱的当代知识分子形象。王蒙热爱祖国，热爱人民，尤其是在对外交往中，强烈的爱国心为他赢得了外国人的尊重。当他在美国参加学术交流时，心中充满着对

---

① 王蒙：《王蒙谈话录》，生活·读书·新知三联书店 2011 年版，第 341 页。

② 王蒙：《论文学与创作》（下），人民文学出版社 2014 年版，第 118 页。

③ 王蒙：《我的写作》，《中国国外获奖作家作品集·王蒙卷》，云南人民出版社 2001 年版，第 1 页。

④ Edmund Stillman ed：*Bitter Harvest：The Intellectual Revolt behind the Iron Curtain, with an introduction by François Bondy,* London：Thames & Hudson, 1959.

⑤ Kai-yu Hsu ed：*Literature of the People's Republic of China,* Bloomington：Indiana University Press, 1980.

⑥ Nieh Hua-ling ed：*Literature of the Hundred Flowers Period,* New York：Columbia University Press, 1981.

祖国的怀念，提笔写道："噢，我失去了那么多！那些使我的生活变得温暖和有意义的东西都在我的祖国，都在伟大的中华人民共和国啊！就在远离万里、隔越重洋的美利坚合众国，我所以能畅快呼吸，心里实实在在，不也正因为我是和十亿人民在一起吗？"① 1982 年，王蒙在美国参加中国当代文学国际学术研讨会，在发言中客观公正地介绍当时中国知识分子以及中国文化文学发展的政策，旗帜鲜明地声明愿意生活在一个对文学负责任、关心文学的社会里，与此次研讨会上个别外方人士试图诋毁中国文学政策的做法，形成鲜明的对照。

王蒙率直朴实，真情待人，豁达乐观，这是中华民族的优秀品质，也是世界人民极为推崇的。王蒙曾中断创作 10 多年，但复出后他没有牢骚满腹，而是满腔热情地投入到文学写作之中。虽然曾为政府高官，但他更加看重自己的作家身份，这为他赢得了很多热情的国外读者和文学界知音。1989年，美国《民族》（*The Nation*）周刊上登载了两篇《赞美王蒙》（*In Praise of Wang Meng I*、*In Praise of Wang Meng II*）的文章，其中作者之一是堪与狄更斯相媲美的美国作家霍顿斯·卡利什（Hortense Calisher），她曾于 1986年来中国访问，见到了王蒙，而且在此之前她已读过熊猫出版的《〈蝴蝶〉和其他故事》。见面之后，卡利什感到王蒙"比一般的记者要忧伤时事，但不像其他经受过坎坷的作家那样悲苦郁闷，也没有她见到的其他作家那样呆板"。"他对自己的祖国充满了热爱，甘于奉献……同时具有广阔的世界眼光。"②在卡利什的心目中，王蒙是一个率直之人，有一颗旷达的灵魂，充满人文关怀。另一位作者是诗人、学者威利斯·巴恩斯通（Willis Barnstone），出版过 5 部关于中国的著作。1980 年，他在王蒙参加爱荷华"国际写作计划"时与其相识，并于 1984 年至 1985 年在北京外国语学院工作期间再次和王蒙交往，成为倾心的朋友，在一次宴会上彼此有"我喜欢你"唱和。③王蒙以自己豁达的心胸、由衷的爱国热情、真诚结交朋友的挚情，向世界彰显了中国当代知识分子高贵的人格、博大的胸怀、宏阔的气度，传递了中国当代文

---

① 王蒙：《别依阿华》，阮航编：《丑石》，中国文学出版社 1993 年版，第 240 页。

② Hortense Calisher："In Praise of Wang Meng I"，*The Nation*, Oct 30, 1989.

③ Willis Barnstone："In Praise of Wang Meng II"，*The Nation*, Oct 30, 1989.

学的使命感、时代感和先锋性。

王蒙作品的英译传播虽然与后来莫言、余华、苏童、刘慈欣、麦家等人的作品在英语世界的影响难以比肩，但相比他同时代、同年龄段的作家，特别是作为主流知识分子的创作，其作品的英译传播堪称成功的范例。

（姜智芹：山东师范大学文学院教授、博士生导师）

附　录

在"王蒙与共和国文学"全国学术研讨会暨王蒙研究全国联席会议第二届学术年会上的致辞

于志刚

尊敬的王蒙先生，各位来宾，老师们、同学们：

金秋十月，在中国海洋大学建校 99 周年之际，我们在这里召开"王蒙与共和国文学"全国学术研讨会暨王蒙研究全国联席会议第二届学术年会。我代表中国海洋大学对大会的召开表示热烈祝贺！对各位专家学者莅临指导和鼎力支持表示热烈欢迎和衷心感谢！

王蒙先生是我们十分热爱的人民艺术家，是与共和国一同成长的文学巨匠，是共和国文学的一面旗帜。今年是王蒙先生从事文学创作 70 周年，在 70 年的文学生涯中，先生用深情的笔触，为中国当代文学贡献了《青春万岁》《组织部新来的青年人》《活动变人形》《这边风景》等重要作品。近年来，更是以惊人的创作激情连续推出了《生死恋》《笑的风》《猴儿与少年》《霞满天》等小说新作，集中展现了王蒙先生创作的新时代文学品格。

王蒙先生也是中国海大人十分热爱的老朋友。2002 年，先生加盟中国海洋大学，从此与学校开启了一段令人难忘的不解之缘。20 多年来，先生为中国海洋大学凝练提出了"海纳百川、取则行远"的校训，先后创设"名家课程体系"、建立"驻校作家制度"、开办"科学·人文·未来"论坛，为学校人文学科兴盛注入强大动力。在先生的引荐下，毕淑敏、余华、迟子建、张炜、尤凤伟成为首批驻校作家，其后莫言、王海、郑愁予、严力、贾平凹、邓刚、刘西鸿、霞子、陈彦、刘醒龙、何向阳、王干、赵德发等陆续成为中国海洋大学驻校作家；在这些驻校作家中，王蒙先生荣获"人民艺术家"国家荣誉称号，莫言荣获诺贝尔文学奖，迟子建、张炜、贾平凹、陈彦、刘醒龙等荣获茅盾文学奖。与此同时，严家炎、童庆炳、何西来、柳鸣九、叶嘉莹、於可训、黄维樑、卜键、顾彬、托洛普采夫、单三娅、郭宝亮、吴义勤、宋炳辉、韩春燕、郜元宝等一批海内外著名学者先后受聘学校客座教授，更有徐通锵、舒乙、朱虹、陶东风、曹文轩、金元浦、张福贵、赵敏俐等一批著名学者先后来学校开设"名家课程"，余光中（台湾）、白先勇（台湾）、金圣华（香港）、冯其庸、李希凡、张庆善、华克生（俄罗斯）、徐世旭（韩国）、郑培凯（香港）、孙郁、张志忠、朱寿桐、赵一凡等著名作家、诗人、学者到海大开设名家讲座等等。这些创新举措，极大地推动了学校人文社会科学学科的发展，特别是极大地促进了人文精神弘扬和大学文化建设，为特色显著的世界一流大学建设带来了蓬勃生机和活力！

学校高度重视王蒙研究，2002 年成立了全国第一家王蒙研究机构——王蒙文学研究所；2019 年，建立了王蒙文学馆；2020 年，学校发起成立王蒙研究全国联席会议。在各位专家学者的大力支持下，王蒙研究已成为学校的一个重要学术特色和有影响力的学术品牌。中国海洋大学将一如既往地支持王蒙研究，支持王蒙文学研究所按照"王蒙研究的资料中心、信息中心、研究中心"的目标进一步加强建设，为不断深化王蒙研究持续努力。真诚期待各位一如既往地支持中国海洋大学事业发展，特别是指导支持我校人文学科的建设发展！

最后，再一次衷心地感谢王蒙先生和各位来宾！

预祝研讨会取得圆满成功！

祝福大家身体健康、万事如意！

谢谢大家！

2023 年 10 月 28 日

（于志刚：中国海洋大学校长）

王蒙的意味

——在"王蒙与共和国文学"全国学术研讨会
暨王蒙研究全国联席会议第二届学术年会上的致辞

於可训

今年，是王蒙先生从事文学创作 70 周年，明年，将迎来他的 90 华诞，在此，我谨向这位今年还未衰老，以后永远年轻的文学家，表示衷心的祝贺和崇高的敬意。

迄今为止，王蒙的文学创作年龄和生命年轮都从 20 世纪跨越到了 21 世纪，在这两个世纪的跨越中，世界文学和中国文学都发生了很大变化，王蒙从一个热爱文学的青年，成长为一个"人民艺术家"，是这个变化的一个缩影。他的创作经历，也是这种变化的一个微缩景观。在这两个世纪的跨越中，王蒙和他的创作究竟意味着什么，我想从世界文学与中国文学的相互关系中，就这个问题谈一点粗浅的看法。

我的问题是：世界文学经验如何通过王蒙进入中国，王蒙怎样把世界的变为中国的；王蒙对世界文学贡献了哪些中国经验，他的创作形成了怎样的中国风格。

自从 19 世纪"世界文学"的概念出现以后，就意味着世界各国的文学进入了一个相互融通，相互作用，相互影响的时代，中国自然也不例外。

就王蒙而言，迄今为止，他的创作经历了从现实主义到现代主义两个大的世界文学潮流，在这两个大的世界性的文学潮流中，王蒙都以他独特的创造，让这种世界性的文学经验与中国当代文学发展的实际相结合，在中国生根发芽，并为之发扬光大，创造出了独特的中国经验。王蒙的这个创造，可

以分为两个阶段:

第一个阶段,是20世纪50年代中期,在现实主义的批判性中注入青春、激情和理想的元素。

众所周知,现实主义在19世纪西方文学中出现的时候,是以所谓"批判现实主义"为标志的,所以,现实主义一开始便对现实具有很强的批判性。这种批判性后来在苏联文学时期有所减弱,到20世纪三四十年代,甚至出现了一种"无冲突"倾向,即回避现实生活中存在的问题和矛盾冲突,只写生活的"主导倾向"和"发展趋势"。20世纪50年代,在苏联文学界兴起的"干预生活"的创作潮流,就是反拨和纠正这种"无冲突"论的结果。"干预生活"的创作潮流对当代中国文学,也包括对王蒙个人产生了至深至远的影响。虽然王蒙的创作起步要早于"干预生活"创作潮流的影响,但他的成名作《组织部新来的青年人》,却实实在在的是"干预生活"的创作潮流直接影响的结果。

但综观这种创作潮流对王蒙的影响,我们又不得不承认,与苏联时期和中国同期出现的"干预生活"的作品,王蒙的《组织部新来的青年人》,又多了一些特别的东西。苏联时期和中国同期出现的"干预生活"的作品,大多满足于揭露生活中存在的问题和矛盾,反映其间发生的冲突和斗争,王蒙的《组织部新来的青年人》却在揭露生活中的问题和矛盾冲突的同时,在主人公林震身上,又加进了中国现代革命文学所特有的青春、激情和理想的元素。林震发现生活中的问题和矛盾,不是源于一些理论教条,而是因为不符合一个革命青年的生活理想,他同老于世故、革命意志衰退的所谓官僚主义者刘世吾的斗争,也不是出自一些原则规定,而是源于一个革命青年的青春激情。王蒙把这种源于中国现代革命文学,在他的《青春万岁》中已得到充分表现的青春、激情和理想的元素,注入《组织部新来的青年人》的创作,把这种积极的生活元素作为主人公的行为动机,在大胆"干预生活",揭露生活中的矛盾和问题的同时,又给读者以希望和信心。这也就是巴尔扎克所强调的现实主义文学的理想的力量。

从20世纪50年代开始,中国当代文学中的现实主义,就在走着一条"广阔的道路",就主张在现实主义中融入理想主义,认为"我们的现实主义,是理想主义的现实主义",主张"革命的现实主义和革命的理想主义结合起来"（周恩来语），到后来又由毛泽东倡导，明确提出"革命的现实主义和革命的浪漫主义相结合"，即"两结合"的主张，形成了具有中国特色的现实主义的创作方法。这种融入理想主义（或结合浪漫主义）的"广阔道路"的现实主义，与20世纪60年代在法国出现的"无边的现实主义"，和20世纪70年代在苏联出现的"开放的现实主义"，是20世纪在世界范围内先后出现的三大现实主义文学思潮，也是现实主义文学发展的3个方向。王蒙的创作从一开始就走在中国当代现实主义文学的"广阔道路"上，为这种"广阔道路"的现实主义作出了积极的有益的贡献，使现实主义这种世界性的文学思潮成为具有中国特色的文学创作方法，贡献了一份独特的中国经验。

进入文学的新时期以后，王蒙又把这种青春、激情和理想，注入到诸如钟亦成、张思远和钱文等人物身上，在揭露伤痕、反思历史的同时，又讴歌革命的青春，张扬激情和理想的力量，王蒙本期作品中的所谓"少共"情结，就是这种青春、激情和理想的结晶。较之同期"伤痕文学"和"反思文学"中出现的一些人物形象，王蒙笔下的这些人物，因而更具历史的深度，也更有艺术的生命力。

第二个阶段，是20世纪70年代末80年初，在现实主义的创作方法中，注入现代主义元素，创造性转化现代主义，推动文学革新。

与20世纪前半叶中国当代文学现实主义一元独尊的局面不同，20世纪下半叶，进入历史新时期的中国当代文学，一开始便面临着重建和更新现实主义文学传统的要求。现实主义文学一方面要回到"说真话""写真实"的传统，另一方面同时又要避免长期形成的机械反映论对现实照相式的刻板再现。在这股文学革新的潮流中，王蒙的选择是在现实主义的艺术描写中，强化心理活动的因素，又以心理活动推动自由联想，重组艺术时空，以此来改变现实主义的观念，调整现实主义观照现实的方式，开放现实主义的艺术时空，增强现实主义的艺术表现力。

从20世纪70年代末《夜的眼》开始，王蒙就在致力于这种革新现实主义创作方法的尝试，这种尝试不但催生了如《春之声》《海的梦》《深的湖》《蝴蝶》《布礼》《杂色》《风筝飘带》等一系列中短篇作品，同时在中国当代文学中，也开创了一种全新的叙事风格。这种新的叙事风格，既不同于以往现实主义的客观再现，也不同于西方现代主义的主观表现，而是让客观现实经由主观情志的折光，再以自由联想的方式表达出来。从中国现当代文学的现实主义传统来看，它是一种新形态的现实主义，是一种创新性地发展了的现实主义，从西方现代主义的角度看，它是一种被中国的现实主义文学吸纳并加以创造性转化了的现代主义。它的本体或主体还是现实主义的，现代主义只为之所用，二者的关系是一种体用关系。

长期以来，人们习惯于把王蒙的这种革新现实主义的尝试，解读为西方"意识流"小说实验。王蒙无疑深谙"意识流"小说的写作技巧，也从"意识流"小说得到过某些启示，但王蒙取法于"意识流"的，却不是"意识流"所热衷探寻的人的潜意识活动和写作的无意识状态（极端情况是自动写作），而是它丰富的心理活动和活跃的自由联想。这种以现实主义为"体"，以现代主义为"用"，吸纳和创造性转化现代主义某些创作方法的尝试，较之那种亦步亦趋地追赶西方现代主义、后现代主义文学新潮，胶柱鼓瑟式地模仿西方现代主义、后现代主义各家各派的创作，其意义和价值相去不可以道里计。

王蒙此后的创作，大多与这个尝试的结果有关，以至于逐渐形成了一种辨识度很高、类似于"鲁迅风"那样的"王蒙风"。包括他的长篇作品，如"季节"系列等，也是如此。我曾经把王蒙的"季节"系列长篇小说，称之为"思想小说"，说他的这部小说的写法是"以思想之流裹挟情节的碎片"。这种写法是王蒙在这一阶段革新现实主义，创造性转化现代主义的独特创造，在中国现当代文学史上，是前所未有的，但它作为一部卷帙浩繁的长篇，同样完成了宏大的历史叙事，同样达到了史诗的高度，只不过这种史诗，不是以演绎历史或历史演义为特征，而是以深入人心发掘人心中的历史为旨归，因而是真正意义上的"思想史"和"心灵史"。

王蒙是一个对中国传统文化有独特领悟的作家，他的这种独特领悟不但见之于他写下的许多解读先秦诸子、评论古典诗词小说的论著，同时也见之于他在文学创作中，对传统文化和文体资源的化用。20 世纪 90 年代以后，新时期文学经历了一路向西的"取经"长途，复归东土，王蒙率先把他的目光转向中国传统文化，从中发掘、取用和转化文学创作资源。

从 20 世纪 80 年代中期到 90 年代以来，王蒙的创作，有许多作品都留有传统文化和文学的胎记，得益于传统颇多。其中既有"传奇""话本"的影响，又有段子式的"古小说"和"笔记"的余绪，包括民间传说、寓言故事和笑语杂录等等。我曾经说他的《蹒跚的季节》的开篇，是化用了古代话本的"得胜头回"，也就是话本小说的开头，也有称之为"话头"或"入话"的。说他的排山倒海的排比句式和连绵不绝的短语"串用"，是化用骈四俪六的骈文句法。他的文学语言不但把形音义一体的汉语的独特性，发挥到极致，同时也创造了一种他所独有的"王氏汉语"系统。他的近期创作，更以其丰富的阅历、渊博的学识和博闻强记、熟参妙悟的才具，自由出入于古今中外的文学深院，并以其独特的创造，为世界文学贡献了一份宝贵的中国经验。

祝此次大会圆满成功。

谢谢大家。

2023.10.25 改定

（於可训：武汉大学资深教授）

且行且作待明年 ①

王　蒙

首先，感谢中国作协，感谢中国海洋大学。讨论 70 年的创作，我有种过去所没有过的体会：一个是好多都是旧事了，我听着还挺温暖，很亲切；一个是我听着很有趣味，有的创作因为我已经忘了，刚才听一个学者发言，我一直在努力地想回忆起来我这个《海鸥》写的是什么，我用最大的精力来听这个发言，听到最后我仍然不知道写的是什么，好像还挺新鲜。

第二，我略略做一点响应，零零碎碎的。

关于《青春万岁》。第一，它是在开始写作以后 26 年才有机会出版的。第二，它到现在为止已经找不到原版了。现在的与原版相比没有大的改动，就是改掉了一批苏联歌曲、苏联的书名等，因为 20 世纪 60 年代曾经考虑过出版这本书，那时跟苏联已经交恶了，所以，现在看到的并不是原版。第三，我个人有一个很有兴趣的问题，但是没有哪位老师提到它，因为我也读过包括苏联、美国写到中学生的小说，基本上是作为儿童文学来写的——美国还有一些是作为小流氓文学来写的，把中学生写得这么大，好像早熟了——这个年龄的只有法捷耶夫的《青年近卫军》，还有鄙人的《青春万岁》，我觉得这个挺有意思。

其次，我响应一下关于《夜的眼》的说法。首先，如果作为文学史来概括，《夜的眼》连《班主任》五十分之一的影响都没有，而且现在人们并没

---

① 本文是王蒙先生 2023 年 10 月 29 日在"王蒙与共和国文学"全国学术研讨会暨王蒙研究全国联席会议第二届学术年会闭幕式上的讲话。温奉桥根据录音整理，题目由整理者所加。

有普遍接受《夜的眼》，所以改变文学史的说法，这个可能性我认为是零。但是，有一个有趣的事我补充一下：苏联和美国在开始介绍中国文学尤其是"文革"以后的文学时，都很重视《夜的眼》。1984 年我去苏联的时候，苏联作家协会《外国文学》的主编——像我们的《译文》之类的，他们叫《外国文学》——曾任苏联驻日大使、驻联合国代表的汉学家费德林，副主编是另一个著名汉学家叫艾德林，这二位"德林"就告诉我：我们在 1979 年冬天忽然看到了《光明日报》上的《夜的眼》，我们说文学又回到中国了，于是我们决定把它翻译过来。当时有这么个事。

这个事我又联想到张炜先生说到的《淡灰色的眼珠》，它的正题是《在伊犁》，副题是"淡灰色的眼珠"。日本对它兴趣比较大，很早就翻译出来了。有一次，我担任陪同团团长，陪日本首相竹下登从日本坐飞机到敦煌看敦煌壁画，路上有两个半到三个小时，我把日语版的《在伊犁》给竹下登看了，他也很会说话——在飞机上他一直别的什么事都不管，就看这个书——快到敦煌的时候，他说：王先生，我这次来的规划是访问北京、上海、敦煌、西安 4 个地方，现在回去以后我可以告诉日本的国民，我还去了新疆。

我还愿意告诉大家，我还有一批相对比较受冷落的作品，我个人希望在讲话的时候顺便"带货"（大笑），也提一下。比如说，我写过一组《成语新编》，尤其是有一篇叫《鱼目混珠》——是写一个"珠"混入鱼目，终于又回到"珠"的怀抱里，而且它的瑕疵变成了眼泪，使它变成无价之宝的故事——我在北大讲课的时候，我问了一下，全部听课的 200 多人中只有一个人读过，我当即表示要给他发一个红包，200 元人民币，而且我实践了，做到了，我红包发出去了，通过陈晓明教授已经到了他本人手里头了。还有一个比它稍微热一点的，我用童话写的成人的悲哀叫《木箱深处的紫绸花服》，在北大有 4 个人读过，我给每个人发了 50 元的红包。当场李洱教授说我也看过，我说太感谢你了，你的红包我就不发了。我还节约了 50 元。（大笑）

第三，还有一些有意思的话题，关于我的作品的翻译情况。大约 15 年以前，因为要在政协会上发言，我做过详细的统计，当时我在国外翻译的条目有 200 多种，莫言的条目是 400 多种，所以我当时就开玩笑说：老子天下第二！后来又有一次统计，已经是 300 多种，但是没有畅销的。苏童、余华要是从条目上来说，我未必少于他们，好像不谦虚，但是我没有那个意思，比五四时期那些作家，条目不知道多多少，这也是一个回应的情况。

还有些另外的其他的情况。比如《活动变人形》，中国是由外文局翻译的，英文版放在《王蒙文集》上下两卷里面，下卷叫《雪球集》——《雪球集》是一篇非常短的故事，但是那个故事我对它也是特别有兴趣的——把《活动变人形》算到《雪球集》的一篇。《活动变人形》最早翻译的是意大利语，发行量最大的是在苏联，1988 年由莫斯科虹出版社出版，第一次印刷了 20万册，很快就卖完了。这个时期，为了迎接戈尔巴乔夫访华，苏联的外长谢瓦尔德纳泽——他是格鲁吉亚人，一个大美男子——来到北京，当时外交部部长钱其琛宴请他，让我作陪，谢瓦尔德纳泽一见我就说你的书在莫斯科已经卖完了，怎么怎么样。当时中国印刷的好像是 10 万册，加精装本也远不如苏联销售得多，所以我说我正在考虑是不是今后主要为苏联读者写作。这都是一些花絮。

另外，在听到这些专家学者的发言以后，我也非常感动，非常受鼓舞。我也知道，自己有时候不知道会折腾出什么新的花样来，同时，我必须老老实实地承认，毕竟已经是这把年纪了，所以我听着除了兴奋、亢奋、愉快、温暖、趣味以外，还有一种感觉，一种认同感：原来这就是王蒙，这家伙也不容易，他前前后后写了 70 年，有各种各样的遭遇。（大笑）

还有，我一直有一个想法，我们有没有人适当地、适可而止地、轻微地研究一下对王蒙的各种批判，这个批判也曾经有一定的趣味，而且我认为其中绝大多数都不是无缘无故的，都没有个人的恩怨在里头——我也没有得罪过谁，我作风又非常检点，没有使任何人不愉快的可能①——如果我们用一种温暖的、善意的、轻轻微微的，稍微提一下对王蒙的批评文章，从趣味性上也是可取的，但是也别弄太多，弄太多"弄假成真"了，最后变成批判大会了。（大笑）

---

① 王蒙先生现场讲到此处时曾与王安有过一段对话：王蒙："我曾经委托王安先生——你那个组织了多少字？"王安："您说的是哪一本？"王蒙："批判王蒙那个。"王安："那个是30 多万字，最早是党校出版社要出，最后没出成。最后拿到重庆大学出版社，还是没出成，这里面有一些具体的问题。但是那个书，王蒙老师当初还写了小序，我觉得非常有意思，把批判他的文章和被批的文字都收到这个集子里，这个书的题目'批判王蒙'也是王部长自己定的，这个书以后可能只能作为内部的一个参考资料来做了。"

总而言之，讨论 70 年的创作，有些感觉是不一样的。我年轻的时候，听到动辄说什么几十年，我很紧张，而且有恐惧感——我有两次，一次是开会批判丁玲，丁玲在会上发言说，毛主席跟我说过，看一个人要看几十年。我参加这个会的时候还不满 23 岁，所以我一听要看几十年，我的感觉是我其实现在还不算是个人呢——你说几十年，二十年，一般的就不算几十年，这就跟《史记》上记载"项王泣数行"，这个"数行"我想来想去就是 3 行，4 行就很乱了，5 行根本没法看，根本分辨不出来，两行那还叫什么"数行"呢？他又不是独眼龙，当然是"泣数行"，所以我说你起码得 30 年能叫几十年——后来我又很感动，读毛主席的诗词："别梦依稀咒逝川，故园三十二年前"。我是 28 岁的时候读的毛主席的诗，而且我当时处在那种情况，所以我看了以后非常惭愧，觉得你看我怎么才 28 岁，我 28 岁我能懂个屁！

而现在我一听人家议论这个作品，我一想，这是 70 年前的，这个是 68 年以前，这个作品我当时写的时候根本没有资格发表作品的时候写的。我去新疆麦盖提县，人家说你来过这？我说来过，哪年来的？1964 年，1964 年到 2023 年是多少？反正五六十年。我一说五六十年，那些听到我话的人脸上都显出怪异的表情，因为他们都还没出生呢。我写的《从前的初恋》是 1956 年的稿子，现在稿子还在手里，1956 年到现在是多少年了？67 年了。

如果大家热爱文学，我也希望大家要注意身体的健康，如果一个长寿的人读自己儿童时期、少年时期、青年时期读过的书，再加以评论，会很有兴趣的。

让我们共同期待健康、长寿、快乐，而且在基本认同的情况下，小小的再有点创造。

谢谢。

编 后 记

　　2023 年 10 月 27—30 日，为庆祝"人民艺术家"王蒙先生从事文学创作 70 周年，由中国海洋大学、中国作协创研部主办，中国海洋大学文学与新闻传播学院、中国海洋大学王蒙文学研究所、王蒙研究全国联席会议承办，山东省文艺评论家协会、青岛市文艺评论家协会协办的"王蒙与共和国文学"全国学术研讨会暨王蒙研究全国联席会议第二届学术年会在中国海洋大学举办，来自北京、上海、天津、山东、广东、湖北、四川、河南、河北、浙江、福建、江西、新疆、云南、陕西、黑龙江等地的 80 余位专家学者出席会议，王蒙先生全程与会。这部论文集就是此次会议的重要学术成果。

　　需要特别说明的是，本书在编选过程中，与会专家会后对论文进行修改，按照修改后的版本收录；未做修改的，按照会议提交版收录。编者只对文章中个别笔误、个别注释的明显疏漏，作了适当修改、完善，文章内容则未做修改。另对文章做了一些技术性处理，如删去了"摘要""关键词"，统一了注释的格式。由于各种原因，有的会议论文未能收录本论文集，敬请谅解。

　　最后，衷心感谢与会专家、学者，他们求真求实的治学态度令人敬佩，对论文出版的慷慨授权表示由衷的感谢。

　　论文集在选编、出版过程中，得到了王蒙先生、中国海洋大学、人民出版社的大力支持，在此表示深深感谢。感谢陈佳冉女士的辛勤付出，她的认真严谨，令人敬佩。

　　由于编者能力所限，错漏之处在所难免，恳请各位作者和读者朋友海涵并不吝赐教。

中国海洋大学王蒙文学研究所

2024 年 5 月